栖遥 著

上 册

青岛出版集团 | 青岛出版社

图书在版编目（CIP）数据

星光降落 / 栖遥著. -- 青岛 : 青岛出版社, 2024.
ISBN 978-7-5736-2743-8

Ⅰ. I247.5

中国国家版本馆CIP数据核字第2024TQ2998号

XINGGUANG JIANGLUO

书　　名	星光降落
作　　者	栖　遥
出版发行	青岛出版社（青岛市崂山区海尔路182号）
本社网址	http://www.qdpub.com
邮购电话	18613853563
责任编辑	刘萍萍
特约编辑	徐晓辰
校　　对	郭金乔
装帧设计	蒋　晴
照　　排	梁　霞
印　　刷	三河市良远印务有限公司
出版日期	2024年12月第1版　2024年12月第1次印刷
开　　本	32开（880mm×1230mm）
印　　张	17
字　　数	505千
书　　号	ISBN 978-7-5736-2743-8
定　　价	65.00元（全2册）

编校印装质量、盗版监督服务电话 4006532017　0532-68068050

目录

上册

第一章　《橘颂》　　　　　　　　　　1

第二章　沿途红灯再红　　　　　　　41

第三章　见字如见人　　　　　　　　80

第四章　为你钟情　　　　　　　　　124

第五章　少女心事　　　　　　　　　161

第六章　壁炉篝火　　　　　　　　　195

第七章　影影绰绰的温柔　　　　　　226

目录

下册

第 八 章　冬夜回信　　　　253

第 九 章　事事有回应　　　　293

第 十 章　梦见过　　　　　　328

第十一章　光风霁月　　　　　360

第十二章　烟火与星光　　　　402

第十三章　催眠术　　　　　　433

第十四章　这些也值得成诗　　457

第十五章　下一站天后　　　　499

番　　外　如果的事　　　　　526

后　　记　　　　　　　　　　536

第一章

《橘颂》

凌晨的机场寂寥,偶有行人也行色匆匆。

戚瑶睡眼惺忪,一身倦意,取下松软的 U 形枕,摘下耳机,缓慢步出长廊。

行李箱的轮子在瓷砖地面上"咕噜咕噜"作响。

她穿得低调,孤身一人,前面的女生却频频回头,用手肘戳着同伴的腰,压低声音,似乎在确认什么。

戚瑶抿唇,将黑色口罩拉到眼下,用鸭舌帽压住长发。

她摁亮手机屏幕,刚刚关闭飞行模式,无数消息就争先恐后地涌进来。

小叶:"姐,你怎么就走啦?杀青宴不来吗?"

姚姐:"瑶啊,一杀青立马就跑了,是不是有点儿不厚道了?"

群聊:"全世界最最善良漂亮的戚瑶美女快回来!没有你我承受不来!"

戚瑶勾唇,一一或礼貌或调侃地回过。

发消息最多的是乔念,戚瑶都懒得看,但是那人跟派了人跟踪她似的,两分钟后,一个电话就打了进来。

"你一个人跑那么快干吗啊?"那边声音嘈杂,像是在饭局上,乔念压低声音。

"张导昨天不是说专门等你吃饭来着?又没什么事,怎么急着拍完夜戏,凌晨也要走?"

戚瑶往出口走,找到司机的车:"没空。你帮我在那儿道个歉吧。"

"你去哪儿了?回C市了?"隔着几千千米,戚瑶都能感受到乔念的抓狂,乔念吐字急促,"什么时候不能回啊?非得现在。那可是张导,他多看重你,你心里没点儿数吗?张承明是谁啊?!"

时值深秋,银杏叶风落了满地。

戚瑶"嗯"了一声,躬身钻进车里:"大导演。"

电话对面的人很急:"对啊!知道你还……"

戚瑶把帽子摘下来,撩了把头发,神色不变,淡淡地问完:"所以呢?"

他是国内数一数二的大导演,想约她吃顿饭,所以呢?

电话那头的人诡异又错愕地顿了两秒,既而越发暴躁:"戚瑶,不是我说你,你当个演员就认真当吧,怎么一点儿上进心都没有?这圈子里有人赏识你,你还不满意吗?你从第一部剧到现在都多少年了,接过一个S级大女主戏没有啊?!"

"乔念。"戚瑶撩起眼皮,轻声开口,声音很淡,没什么情绪,轻飘飘地落在空气里,却意外地让电话那头的女生安静下来。

戚瑶望向窗外——城市夜景被框在车窗里,匆匆而过,红绿灯在寂静的斑马线上闪着孤独的光芒。高楼林立,万家灯火,有人酣梦,有人难眠。

昏黄的路灯灯光透过车窗被切割成细碎的光斑,落在她的脸上,她半合桃花眼,鼻尖挺翘。

半晌,她轻声道:"今天是9月16日。"她的声音很轻,散在空气里,却仿似有千钧重。

司机闻声,从后视镜里多看了她一眼。

她神色平静,眉目淡然,再平常不过的表情,却莫名其妙地带着一股浑然天成的坚韧,好像狂风暴雨中被吹得飞舞却依旧挂在枝头的柳条。

电话那头，乔念沉默很久，最后长长地叹了口气，挂掉了电话。

戚瑶也静了片刻，把手机放回兜里，闭目小憩。

夜色寂寥，车内安静。轮胎滚过水泥路，带来持久舒缓的颠簸，戚瑶的思绪缓慢地飘远。

她一向很少跟别人提起这件事，只是刚刚不知道为什么，看着红绿灯在窗外朦胧变幻，她鬼使神差地觉得，今年的这个日子也许会有所不同。

可是会有什么不同呢？错觉吧……

她很轻地吐出一口气，正想戴上眼罩，忽然一阵巨大的噪声传来，身体猛然前倾。

"吱——"司机猛打方向盘，车头险险地避过一辆横冲出来的轿车的右车门，车轮猛然偏转，摩擦地面，发出刺耳的声响。

戚瑶被惯性带着往前倾，被安全带束缚住身体，又跌回椅背上。

"您没事吧？"

司机惊魂未定地低骂一声，原地停车，转过头确认，得到摇头的回应后松了一口气，重新拧上车钥匙。

指针飘忽转动，引擎空发出声响，却无法打火。

戚瑶坐在后座上等了一会儿，看中年男人略显慌乱地尝试各种方式重新发动汽车，额头上都冒出了细密的汗珠，但汽车不知出了什么故障，一直无法发动。

"怎么了？"

"应该是线路故障。"男人有些为难地看着她，淳朴的脸上带着歉意与无奈，还有些可惜，"但不知道是哪个地方，得花时间检查一下，估计需要半个小时。

"如果您需要重新打车的话，我这笔订单给您算原价的五折。就是……"男人神情犹豫，半晌，不好意思地说道，"您能不能别给我差评？"

戚瑶抬眼，视线扫过导航支架上破旧的手机，壁纸上是一家三口，相互簇拥地站着，笑得开怀。

男人的衣服肩部破漏，有缝补的痕迹；他的皮肤被晒得黝黑，眼角满是皱纹——他是很典型的平凡人物。然而就是这样最平凡的人，才是最幸福和知足的人。

"没关系。"距离目的地不过三四千米，五折车价对于他而言未免太不划算。

戚瑶戴上口罩和帽子，推开车门："这个点不好打车，我等你。"

男人顿了两秒，像是没想到她这么好说话，惊喜地连连点头，嘴上忙不迭地应着，并道谢："真是太感谢您了。"

戚瑶一连走出十多步，男人还在她的身后鞠躬，连连道着感谢。她不习惯接受别人如此直白卑微的感谢，往远处走了些。

车程已然过了大半，车子从市区边缘的机场驶到了新区。自C市设立这片新的行政区以来，戚瑶第一次踏足这片土地。

她在灯光昏黄的路灯下一步一步漫无目的地走着，偏头打量着这颗新的城市心脏。

写字楼密集，高耸入云，竖起的公司招牌大气，极其显眼，其中不乏一些知名的世界五百强企业。

玻璃窗明净，深夜仍然透出零星的光亮，不难想见早高峰时这里嘈杂的人流、拥挤不堪的电梯和地铁口。

戚瑶在路灯下驻足，仰头凝望着写字楼中的许多盏白色的灯，影子被拉得很长。

许是夜晚太安静，或是落地窗映出的人影太萧瑟，她看着看着竟然倏地冒出一个不合时宜的想法——他也会在这里吗？

他是会像从前一样为了理想奋斗到深夜，还是像刚才那个路过的程序员一样，愁眉苦脸，被生活磨平了棱角？

风吹过，干枯的银杏叶"簌簌"作响，打着旋儿飘下，落在她的眼前。

戚瑶蓦然回神，从吸引力惊人的陈年旧事中抽身，半晌，自嘲似的扯出一个笑——夜深了，容易做梦。

她回头，遥遥望见男人仍在检查发动机，于是拉好帽子，往路边的24小时便利店走去。

收银台后的女孩儿正捧着手机追剧，视线黏在屏幕上，舍不得抬头,嘴上利落地说了一句:"欢迎光临。"

戚瑶散漫地逛着,绕到饮料货架后,几乎没有思考,下意识地伸手拿了一瓶橘子汽水。

自动感应的便利店大门打开,女孩儿熟练的欢迎声和纷杂的脚步声一同响起。

进来三个男人,正在讲话,店铺本就不大,仿似空气都一下稀薄起来。

"都两点了还在加班,再做一会儿,隔壁公司都该上班了吧。"开口的那位矮胖男人扶了扶黑框眼镜,表情哀怨地侧身冲门口喊,"跟着你到底能不能有好果子吃啊,树?这段时间可把兄弟苦瘦了,老婆摸着我都直心疼!"

"少来,舍得原东家三倍的工资你就走。"旁边的男生是寸头,长得清秀,却意外暴躁,"啧"了一声,沿着货架往后走,吐槽道,"你减肥成功,你老婆都连发五条朋友圈庆祝,差点儿就要摆酒席了,以为我们不知道?"

黑框眼镜的男人哽了一下:"我不就开玩笑吗?谁舍得这么好的老板?"

最后走进来的那个人身姿颀长挺拔,穿着白衬衫、黑西裤,低笑一声,没说话,身体半隐在层叠的货架后,看不清全貌。

店铺不大,空间密闭,几个人的对话全都钻进了戚瑶的耳朵里,但她没太注意。

她站在货架面前,手指握紧瓶身,指尖染上些水雾,犹豫片刻,还是没有把橘子汽水放回去。她退后半步,打量货架,又拿了瓶矿泉水,从靠近收银台的一侧绕过去,到收银台结账。

收银的女孩儿这会儿已经没在专心看剧了,把横放的手机摊在桌面上,眼神直勾勾地往饮料柜的那一侧瞅,甚至扫商品条码的时候都心不在焉,不停地抬眼去瞟。扫描器在半空中悬着,扫了近一分钟还没成功扫到商品条码,她就差满眼写着"有帅哥"。

戚瑶挑一挑眉,不置可否。她不经意地垂眼,瞥见女孩儿的手机屏幕上的是一张万分熟悉的脸——女孩儿在看她的剧,而且看样子还是超前点播的。

好吧……戚瑶那点儿本就不多的气一散，她在脑子里漫无目地发散思想，原谅女孩儿了。

"微信还是支付宝？"

"微……"戚瑶伸手去摸兜，却触到一片空。她动作顿住，简单的一句话卡在喉咙里说不出来。

她没带手机……大概是急刹车的时候手机从兜里滑出来，她没注意，落在车上了。

女孩儿终于看向她，露出一个善意的微笑："可以刷脸。"

"好。"

在戚瑶摘下口罩的瞬间，女孩儿飘忽不定的眼神霎时停住，嘴巴呈"O"形，眼睛瞪圆。女孩儿眼中满是难以置信，接着咧开唇角，惊喜地张嘴："你……"

"嘘。"戚瑶动作很快地把食指抵在嘴唇上，勾起一个笑，桃花眼浅浅地弯起，和女孩儿交换了一个心照不宣的眼神。

收银机发出付款成功的声音，"吱吱"地往外吐着小票。

女孩儿不知是因为兴奋还是害羞，竟然立刻红了脸，压低声音道："我特别特别喜欢您！"

"您的每一部剧我都看。从《盛夏》开始就特别特别喜欢您。"女孩儿语无伦次，说到这里，情绪激动，竟然有些哽咽起来。

戚瑶怔了一瞬，看见她鼻尖发皱，红了眼眶。她的工作服上挂着方正的胸牌，显示女孩儿20岁，叫小桃。

戚瑶沉默片刻，从包里翻找纸巾。

小桃吸了吸鼻子，看戚瑶好像没有不耐烦，有些不好意思地继续道："那时候我上高中，每周都回家，守在桌前就为了等更新。大家都喜欢男女主角，但我觉得你才是演得最好的那个。

"最后一集，我反反复复看了好多遍。因为我高中的时候也暗恋一个男生，后来无疾而终，所以特别感同身受。

"大结局，你站在月光下看男主角的那一眼——"小桃攥紧了工作服的衣角，带着哭腔，却还努力想挤出一个笑，"我没什么文化，说不出很好的词。只是那一瞬间，我觉得，你好像是真的爱了一个人很多很多年。"

戚瑶的动作倏地顿住，温和的笑意缓慢散掉。她在心里无意识地重复这句话——好像是真的爱了一个人很多很多年。

一股无名的情绪呼啸而来，席卷了她的所有感官——惶然、生涩、胡思乱想、情难自抑，好像刹那间就把她拉回那个普通却滋味难言的夏天。

小桃吸了吸鼻子，还想说什么。远处脚步声纷杂，由远及近，货架后的几个人影晃动着向收银台走来。

戚瑶微侧身，往旁边迈了一步，为他们让路。

收银台后面的墙壁反光，映出模糊的景象，零碎的说话声忽远忽近地飘在戚瑶的耳旁。

"老板请你吃关东煮你就满足了，好没出息啊！"

"已经很好了好吧？你都胖成那样了，还吃那么多。"寸头男生把一袋鸡腿放上收银台，对后面的人说道："哥，你也吃点儿东西吧！估计今天得通宵，你都大半天没吃饭了。"

黑框眼镜的男人站在门口："我看出来了，你比前台小妹和全公司的女员工还要喜欢老板。"

模糊的反光墙壁映出那人的上半身。

戚瑶听见他无所谓地哼笑一声，懒散又漫不经心："差不多得了。"很轻的气音在空气中回荡。

这个声音！戚瑶猛地一滞。

一步、两步、三步，轻缓的脚步声停顿，一道清越的声音不远不近地响在她的身后："结账，谢谢。"

声音很低，还带着些熬夜后的沙哑，却霎时在她身边卷起一股强烈的风暴。

那人嗓音清亮，吐字清晰，如皎洁的月光落在雨后的地面上，如山间的清泉潺潺流过。夏夜傍晚的风温润地浸没四肢百骸，连心脏的跳动都变得绵软。

这个声音熟悉到她在梦里听过无数遍。戚瑶迟疑地眨眨眼，浑身僵硬地站在原地，心脏猛地停滞两秒，高高悬起，又重重落下，飞快地跳动起来，一下又一下，越来越快，似乎要冲破胸腔。

是他吗？戚瑶呼吸困难，心跳声震耳欲聋。她借着压低的帽檐遮掩，缓慢地抬眼去看。

男人垂着眼，额前几缕碎发垂下，额头饱满，侧脸清俊，下颌线利落，长袖白衬衫穿得规整又随意，袖口解开一粒扣子，露出一小截瘦削的手臂，肌肉线条利落。骨节分明的手指松松地扣在咖啡杯上，动作间，他露出了中指指根靠近食指的一侧，那里有一颗淡色的小痣。

是了，除了他，还有谁会把简单的衣服穿得如此高贵好看，一如当年的蓝白色校服？

男人的神情有些许倦怠，他低垂着漆黑的眼睫，礼貌地颔首转身，露出白皙的后颈，肩胛骨在裁剪得体的白衬衫下鼓动，撑起好看的弧度。

万千思绪从她的脑子里纷杂而过。她沉默了太久，连小桃都面露疑惑。

一个……爱了很多很多年的人。戚瑶在心里默念着。

她抬眼望着那个挺拔颀长的背影，一瞬间，不知从何而来的勇气和冲动盈满胸腔。她站在原地，张了张嘴，一字一顿地轻声叫道："喻嘉树。"声音很轻，几乎要散在空气里。

前面两个人玩闹似的拌嘴，嬉笑怒骂，声音高过她许多倍，自动感应门发出"嘀"的声音，徐徐打开，门口挂的小玩具发出机械声，说着"谢谢惠顾"。

嘈杂的环境里，他可能听到任何声音，独独不可能听到她微弱的声音。

戚瑶垂下眼，扯了扯嘴角，握紧冰凉的汽水瓶。玻璃瓶经过冰镇，温度直凉到心里，把刚凝起的勇气全都击碎。

她早应该习惯了，可是为什么今天会这么难过？

与此同时，男人迈步的动作顿住了。

黑框眼镜和寸头推推搡搡，已经走出了便利店大门，笑骂着，声音盖过了所有人声，回头问他在干什么。

喻嘉树拎着一杯冰美式咖啡,长身站在玻璃门前。白炽灯明亮,他眉心微动,显出几分困惑。

两秒钟之后,他掀起眼皮,线条流畅的下颌绷紧,喉结上下动了动。他回过头去。

9月16日,天阴沉沉的。

半山腰风景秀美,云蒸霞蔚,葱郁的柳树立在两侧,掩下飞扬的屋檐。

大慈寺香火缭绕,游人络绎不绝。

下午4点,日头被云层掩盖,"秋老虎"依旧徘徊不去。

戚瑶从长廊步出,最后望了一眼后山庭院,沿着一级一级的台阶往下迈。

她闲庭信步地从山上走下来,思想放空,难得宁静,走到山脚下,看见乔念站在一辆轿车旁边。

女人不算高,但身形小巧,姿态干练。她抬手摘下墨镜问道:"怎么样?"

"还能怎么样?"戚瑶笑笑,绕到副驾驶室,上车坐着,"该讲的话都讲完了。"

乔念挂挡,打方向盘:"昨天的事,我跟你道歉。机会太难得,忘记这茬儿了。"

戚瑶"嗯"了一声,没说话。

乔念不由得偏头去打量她。

戚瑶素颜就很美,穿着简单的白衣黑裤,遮阳帽盖住大半张脸。她脸小又棱角分明,皮肤通透白净,鼻尖挺翘小巧,眼似桃花,不过分圆或是狭长,掩下锋芒。

乔念很难讲这是好还是不好。

这样的长相在让人一眼心生好感的同时,也导致戚瑶的形象和戏路受限,她很少接到有突破性的角色,更别说绝佳剧本里惊世骇俗的主角。

温柔、安静、平和的美……自戚瑶出道以来,各种诸如此类的关键词就萦绕在她身边。

但此刻"全民初恋"眼下一片青黑，无精打采地靠在车窗边。

"昨晚做贼去了？"乔念纳闷儿。

戚瑶平时拍夜戏、赶凌晨的通告不是没有过，但熬通宵也不见得蔫儿得这么严重啊！

"做贼都没这么累。"戚瑶想起昨晚男人回头的那一眼，平静淡漠、礼貌疏离，让她做了一晚上光怪陆离的梦，不由蜷了蜷指尖。

她躬身从抽屉里扯出眼罩，三两下扣在脑袋上，伸手扳下遮阳板，一副"睡觉勿扰"的姿态。

乔念摇摇头，碎碎地念叨："等会儿去见老板，你尽量别开口啊。知道你上半年就进了两个组，很累，想要休息，但对赌协议刚签上，还热乎着呢，老板不可能放过你的。他扶持你这么多年，没有功劳也有苦劳嘛。"

她一边说一边瞄戚瑶的神色。

戚瑶二十岁的时候在一部小成本网剧里演女二号，意外地招人喜欢，互联网上的粉丝一大堆。后来她签了工作室，顺风顺水，片约不断，人勤奋能吃苦，比大多数人不知道敬业多少，逐渐打开知名度，一跃成为最被人看好的新人演员，星途也称得上坦荡。

只是她看着温暾软和，其实自己主意多着呢。

乔念一直觉得她像披着羊皮的独狼，乍一看，会被她温顺的外表迷了眼，等到企图剥开她的外壳的时候，一不留神就会被刺得鲜血淋漓。

戚瑶不知道乔念在想什么，只是靠在车窗旁，倦懒地应道："知道了。"

汽车一路畅行，驶进盛屿传媒公司的大门。

戚瑶戴着口罩，和乔念一起坐直梯，直接上了五楼会议室，推开门打断正在进行的讲话。

裴朗坐在会议室首位，西装革履，捧着文件扫了戚瑶一眼，对其他人说："这是你们的师姐，平时不爱迟到，今天是特殊情况。"

戚瑶弯起眼角，露出一个礼貌的笑容，颔首跟两侧七八个新签的艺人打招呼。

她一眼扫过去，一半的人不认识。新人有男有女，大多拘谨，甚至还有想起来鞠躬的，她笑笑，轻轻摇头制止对方。

乔念跟着她坐下，小声介绍："左边都是选秀新签的，一个是出道末位，一个是没出道但被裴总捡回来的；右边是……"

"哦。"戚瑶环顾四周，转头扫了两眼PPT（幻灯片）上的内容。

她一向对于裴朗的宏图大业不太感兴趣，又不好直接走掉，于是借会议桌的遮掩玩手机。

她点开热搜往下滑，大部分是与娱乐相关的话题，涉及不少老熟人。她没半分停留，一直滑到热搜榜三十多位，指尖才顿住。

半响，她点开末尾的词条。

财经商业类新闻，比起娱乐消息的热度低了太多，但戚瑶点开之前，没想过能看见那张脸——昨晚才见过的脸。

××财经独家发布："风行集团与新晋黑马科技公司达成合作，并在公司官网发布公告，称年底发布的'X-11系列'将采用由晶帆科技研发的全新XM-9521芯片。这将是国内首款全自主研发并投产制作的半导体芯片，较之前一代芯片，性能提升49%……"

配图是一张合照，左边的中年男人高大，肩膀宽阔，西装革履，一张脸不怒自威。托裴朗的福，戚瑶曾见过他一面，认出这是风行集团的总裁。

而另一个人依旧穿着白衬衫，只是下摆微松，板型不似昨天那件。他长腿笔直，黑西裤和皮鞋生生被他穿出几分不羁来。他没什么情绪，淡然地望向镜头，背后的"晶帆科技"四个字表面镏金，在阳光下熠熠闪光。

戚瑶顿了两秒，昨天那股想要叹气的冲动蓦然又冒了出来。她在娱乐圈见过形形色色的人，也从未见过谁有这样的气质。他就那么站着，不甚在意地向镜头投去一眼，高贵与冷淡浑然天成，宛如雪后松竹，引人瞩目。

戚瑶抿了抿唇，犹豫片刻，手指轻点，保存下这张照片。

裴朗仍在讲最后季度的计划，细化到每一个艺人的任务，她一点儿也听不下去。

热评第一:"好像很牛的样子,看不懂,但是他好帅啊!有没有人给我科普一下?"

热评第二:"一分钟内我要这个男人所有的信息!!!"

评论全是调侃打趣的,热度飙升,戚瑶一刷新,这个话题立刻在热搜榜上往前蹿了五位,底下的评论也被高赞顶上来。

C市林青霞:"互联网冲浪第一人不请自来!他是我的高中同学,从小成绩就好,德智体美劳样样全能,顶尖学校本科、常春藤硕士,不是读死书的那种。感觉人家就是随便学学拿个省前十名,再随便考个大学到名校,跟我们这种普通人不一样。"

发疯小号勿扰:"同校帮顶。而且他家里巨有钱,你们去查晶帆的控股母公司就知道了。"

小兔兔兔子:"偶遇一中校友!再补一句,他当年真的就已经很帅了!我太菜了,大学跟他不在一个地方,但是听我和他共同的朋友说,人家本科就科研竞赛奖项拿到手软,导师是行业大牛博导,本来都不收学生了,破例收了他……"

戚瑶抿着唇一字一字地看。哪怕很多东西早已有所耳闻,她却仍然不舍得放过和他有关的消息。

她再刷新,回复逐渐纷杂起来。

"去查了,晶帆最大股东就是风行啊……这位是喻重山的儿子吧?不然怎么这么重要的东西包给一个名不见经传的小公司?"

"晶帆还名不见经传?别搞笑了吧!这两年最大的半导体黑马,上市以来股票飞涨,就算不背靠风行也够厉害的了。"

"这不就风行的子公司吗?一家人还搞什么达成合作?"

"有些人查资料能不能查清楚啊?这公司成立五六年了,前两年风行才开始入股的,什么就一家人了啊?"

"楼上吵得好厉害,不懂。我肤浅,只看他的脸。我在朋友圈看过的不知名帅哥,没想到有一天能对上号。"配图是一张照片,在大学礼堂的发言台上,红棕色实木背景,英文校徽印在正中,镏金大气。这不知是多少人的"梦中情校",墙壁上挂满了历届优秀校友的装裱油画。

场景应当是宴会,觥筹交错,人影纷杂,戚瑶却能一眼就看见他——喻嘉树身穿一身黑色西装,酒红色的领带打得规整,衬衫领整齐,板正中透出几分随意,仿佛有与生俱来的气场。他单手扣住演讲台上的话筒,漆黑的眼睫低垂,额前的碎发散了几缕,好像下一秒他就会露出一个笑。

同从前站在一中的颁奖台上时一样,他懒散又漫不经心,下巴微仰,凌厉的下颌线被镀上金光——蓬勃的少年气。

"戚瑶!"裘朗喊了三声,可是她将视线黏在屏幕上,恍若未闻,直到乔念忍不住用胳膊推她,她才回神。

会议不知道何时已经散了,偌大的房间一片空荡。

裘朗:"知道你今年很辛苦,看你这精神状态,怎么也得给你放个假。"

戚瑶回过神来,诧异地挑一挑眉:"良心发现了?"

"我手下就你一员大将,可不得悠着点儿吗?"裘朗笑笑,把桌上的文件推过去,"年底之前只有一个任务。"

戚瑶抬眼盯着他,总觉得任务不会太过简单,手指抚上文件侧边,翻开第一页。与此同时,年轻"狐狸"圆滑的声音也响在她的头顶上:"拿下这个,年终分红给你多加五个点,可以吗?"

刚刚还出现在手机屏幕上的东西重现,几个熟悉的大字映入她的眼帘——"风行X-11系列品牌代言"。

"笑面虎"惯常喜欢以协商式的问句发问,事实上,他决定的事情谁也改变不了。

但这太不符合实际了,以至于乔念大惊,张口就想拒绝:"还问可不可以,这根本就不可能吧?风行这个级别的代言怎么样也不会落到我们头上——"

戚瑶那一瞬间好像灵魂滞空,耳边的声音都忽近忽远,听不真切。她只能听见自己打断乔念,吐出两个字:"可以。"

她嘴唇开合,尾音不自觉地发着颤。乔念滞了片刻,连裘朗也颇为诧异地垂眸。

戚瑶望着那几个字,想:有什么不可以的呢?

在那些漫长的年岁里,她不抱希望地等着两个人的名字产生关联,已经等了整整十年。

"胜算不大。"

手机屏幕显示夜晚9点,戚瑶正在与叶清蔓通话。

戚瑶在跑步机上挥洒汗水,紧身长裤勾勒出纤长的腿和浑圆的臀部曲线,鬓发被汗水打湿,未施粉黛的脸白里透红、干净漂亮。

"宝贝,你太美了。"视频通话里,叶清蔓嗑着瓜子看她,竖起大拇指,"这身材、这脸蛋儿,谁看了不心动?还要什么代言啊,这不分分钟把你那'白月光'拿下?"

戚瑶关掉跑步机,走下来,拆掉头发,晃了晃脑袋:"继续。"

"哦。"叶清蔓吐出瓜子壳,"风行怎么也算国产手机公司里顶尖的了吧,市场占有率快过半,更何况这次是自研芯片的全新系列。我给你发了个文件,你看看。"

戚瑶点开详细的数据报表,各种各样的图表呈现出来。

叶清蔓把键盘敲得"啪啪"响:"这是上次他们家AY系列找代言人的时候,我助理发的。"

风行集团早年起家,专注信息与通信技术领域,由于企业架构和发展理念极为前卫,创始人高瞻远瞩,吸纳人才,顺风而起,目前已经是全球领先的ICT(信息与通信技术)基础设施和智能终端供应商。

风行集团下控股子公司不少,业务范围极其广泛,但主要领域还是数据通信设备及微电子产品。

"AY系列的定位是性价比高、款式多样、颜色漂亮,可选择空间大,所以他们家会倾向于一些知名艺人。"叶清蔓很有自知之明,"比如你,比如我。"

戚瑶淡淡地"嗯"了一声:"所以你拿到了吗?"

"会不会说话?再这样挂电话了!"叶清蔓一想到到手的鸭子因为对家作乱而飞掉,牙齿都要咬碎了,"要不是那个臭男人,我能失手?"

戚瑶笑笑,从衣柜里翻出睡衣:"所以谈恋爱不要失去理智。"她的衣摆随着动作上滑,露出一截白皙紧致的细腰。

叶清蔓龇牙咧嘴,"嘁"了一声:"我看你谈起恋爱来还会不会这样说。扯回来！他们的新款 X-11 系列一开始定位就是高端产品，高性能、高稳定性，价格也不会低。大概在普通市场价的 1.5 倍，AY 系列的 2 倍。

"我打听了一下，从他们放出消息以来，已经有好几位金鹰奖得主主动抛出橄榄枝了。"

电话对面的人扔出几个名字，全是 35 岁往上，人气极高的女艺人，以高端大气的知性精英形象活跃在大众面前。

"要不然说风行一向聪明呢？"叶清蔓"啧"了两声，"都只是表明了合作意向，具体倾向谁一点儿消息没漏。"

视频里传来几声狗叫，一只黑黄色间杂的狗出现在镜头前，伸长脖子想来舔屏幕。

"乖。"叶清蔓抱起它，制止了该行为，苦口婆心地劝戚瑶："宝贝，要我说，我们干脆就别去争这个了，省得别人看笑话。不然你推了对家的产品去抢风行的代言，最后两头儿空。"

戚瑶拧着眉毛沉吟："我再想想。"

叶清蔓"啧"了一声，知道劝了也是白劝："随便你。记得待会儿来接狗。"

"知道了。"戚瑶应道，挂掉电话去浴室洗澡。

临近 12 点，戚瑶拎着一大包东西从车上下来，右手还牵着绳。

一只黑背德国牧羊犬转着圈从副驾驶座上跳下来，姿态优雅，仿似首领巡逻领地。

叶清蔓要进组了，在深山老林里拍古装剧，得知戚瑶即将拥有三个月的假期时愤愤不平，决定给她找点儿事做，于是临走前把自己的好大儿——一只狗托付给她。

此女的原话是："我的宝贝很乖，更重要的是，它天生聪明且敏感，不仅能预知危险，还招桃花。"

戚瑶对此"咻"了一声，不屑一顾。

但她没想到，她去后备厢放个东西的工夫，这只聪明的小狗就不见了。她站在楼下张了张嘴，喊不出名字，只能顺着曲径一路走走看看。

这套房子是乔念帮她找的，寸土寸金的地段，一层两户的大平层。小区绿化和物业都不错，安保到位，隐私性好，圈内不少C市户籍的人在这儿购置了一套房。

戚瑶跟着保安的指引一路出了小区大门，绕到后街巷。

大马路上车水马龙，街巷里的夜宵店铺人声鼎沸，热闹得很。

烧烤铺联排开着，蓝色塑料板凳和便携桌子一起摆在榕树下，开易拉罐和碰杯的声音此起彼伏。

老板往冒着油的烤串上撒了把孜然，将其装盘并拿了三瓶啤酒，匆匆往第一桌送去，笑着放下："久等了啊，今天人有点儿多，这是送你们的。"

"这么客气呢？我们都是常客了。"周漆摸了摸寸头，一挥手，"谢了啊！"

大白扶了扶黑框眼镜，一把抓起几串五花肉："终于可以休息两天了。这次合作搞完，我要大睡三天三夜。"

"直接进棺吧。最累的是你吗？"周漆嫌弃地看着他，抬了抬下巴，"哥都没说话呢，你倒是会邀功。"

周漆点开视频软件："哥，你得休息两个月吧？"

喻嘉树换了件黑色卫衣，握住冰啤酒的易拉罐，食指钩住拉环，漫不经心地一拽，白色泡沫"咕嘟咕嘟"地冒出来，沾染上指尖。

"看情况吧。"

他倾身扯了张纸，张开拉环的骨节分明的修长手指，将它们一根一根擦干净。

"树啊！"大白嚼着排骨，"啧啧"地摇头感叹着，"坐烧烤摊上都这么帅。"

喻嘉树把纸扔进垃圾桶："比上不足，比你还是绰绰有余的。"

大白难以反驳地黑脸，三下五除二把肉咬下来："那又怎么样？我有老婆，你没有。"

喻嘉树挑了挑眉，悠悠道："所以你怎么半夜三更不回家？"

"那不是回去要挨老婆骂吗？"大白偃旗息鼓，小声嘟哝。

喻嘉树漫不经心地勾唇，随意地靠在椅背上，看街边一只德牧走走停停，抖了抖耳朵，绕到他的裤腿边打转。

周漆一边吃一边在手机上"噼里啪啦"地打字，还不忘挤对人："你不知道，我们这些长得帅的都是真爱来得比较晚。单身男人的快乐，你这种 30 岁已婚男怎么会懂？"

"拉倒吧。你每天守着点看你'女神'主演的电视剧，就能找到真爱了？"

德牧嗅着喻嘉树的裤脚，前爪在地上磨了两下，试探性地抓住垂落的裤管，又很快放下去。

"嘿！这你就不懂了。"周漆毛了，把屏幕横起来举到两个人面前，"这叫什么？！曾经沧海难为水，除却巫山不是云！喜欢过这样的人，怎么还能喜欢上别人呢？"

小学生拌嘴，没意思，不如看狗。喻嘉树眼皮子都懒得掀，垂眼看了看狗——有项圈，他躬身捡起绳子，松松地扣在手里，从大白的盘子里挑了几块大点儿的肉出来扔给它，引起大白一阵愤怒的咆哮。

德牧一开始不吃，眼珠乌黑，一转不转地跟他对峙着。

挺聪明一只狗，喻嘉树"啧"了一声。

"看他。"喻嘉树伸手指了指大白，后者正倾情用嘴扒拉着一串骨肉相连，"他能吃，你也能吃。"

喻嘉树挑了串没撒料的排骨，随意地晃在手上。德牧这回动了，屁股从地上抬起，很绅士地去咬。

"你们什么意思？！"

周漆听得直乐，终于舍得从超前点播的剧上抬眼欣赏大白的窘态，却不知道看到了什么，动作猛地顿住。

"这……"他喃喃道，视线从手机屏幕移到面前，又从面前移回手机屏幕，来回好几次，发现剧里的人还是站在他面前——准确来说，是站在喻嘉树面前。

"我相思成疾，出现幻觉了？"

戚瑶一身休闲装扮，灰色针织衫松松垮垮地套在身上，一侧的边角被披进垂坠感极强的白色阔腿裤里。

她似乎刚洗完澡，没做什么遮挡防护，素着一张脸，皮肤白皙通透,发梢还微微湿着,浅栗色的长发柔顺地披散在背后——有一种人群中一眼就能看见的美。

德牧正专心地啃着排骨,粗暴中带着点儿细致,把肉全都吞下去之后开始"咔嚓咔嚓"咬骨头,发出"噼里啪啦"的声响。

街巷热闹,寒暄的、玩闹的、哭诉的,人声鼎沸。

喻嘉树若有所感,抬起头来看她。

和喻嘉树四目相对时,戚瑶顿住了。周遭像是瞬间被抽成真空,一切都猛然凝滞。说话声、汽车鸣笛声、碰杯声……所有的声音都飘在空中,忽远忽近。

空气静默半响。

"你的狗?"良久,他问道。

戚瑶的脑子还蒙着,身体先于大脑反应,她轻轻"嗯"了一声。

喻嘉树伸手轻抚上德牧的脖子,中指上的那颗小痣隐进柔软的皮毛里,低头跟它说话:"这是你的妈妈吗?"

他模样有点儿懒,声音很轻,尾音飘飘忽忽地落在空气里,散漫却意外地撩人。

德牧头都不扭,啃完排骨接着蹭他的裤腿,一副跟戚瑶不熟的样子。

喻嘉树思忖片刻,看这小姑娘也不像骗人的:"你叫它试试?"

戚瑶很明显地顿了一下,张了张嘴,迟疑地叫了一声:"狗狗。"

三个男人同时皱起眉,以一种很微妙的神情看着她。别说德牧没反应,这桌人都愣了。

大白:"这真的是你的狗吗?怎么连个名字都没有?"

戚瑶想:你以为我不知道它的缺德名字吗?我只是叫不出口而已。

她沉默了半响,喊道:"儿子。"

德牧依旧不为所动,后爪子往后一刨,开始绕着喻嘉树的椅子转圈。

坐着的男人不说话,手指在桌面上轻叩两下,悠悠地往椅背上一靠。这姑娘怕不是逗他玩呢?

两个人四目相对好半响。隔壁串串店里已经有年轻的女孩儿不住地看向这边，甚至偷偷竖起手机拍照。

时间一分一秒地流逝着。

周漆眼看着他的女神神情自若，耳根却慢慢变红，连带脸颊都爬上一层绯红，轻声道："老公……"

一秒、两秒、三秒……

空气一片寂静。三个男人像被按了暂停键。大白任由到嘴的肉"咕噜噜"地滚到地上，震惊地看着被狗蹭的男人。

周漆看着戚瑶的脸，她的桃花眼若有潋滟水光，天真中透出一股害羞……他大脑空了两秒，感觉上唇湿润，胡乱伸手一抹，摸到一手黏腻——流鼻血了！

她要怎么告诉喻嘉树这是叶清蔓前男友送的狗，分手之前叶清蔓叫它老公，分手之后它改叫儿子？！叶清蔓给它改了名字快要半个月了，它却连一点儿反应也没有，什么傻狗？

戚瑶感到一阵绝望，手隐在垂下的袖口里，握紧成拳，脚趾都忍不住抓地面。

喻嘉树只顿了一瞬，随即意识到她可能是在叫狗，垂下眼摸了摸狗脑袋。

德牧也很给面子，听戚瑶喊出这个称呼之后，立马兴奋地吐舌头，绕着戚瑶的腿转了两圈，又大胆地咬着喻嘉树的裤腿，把他往外拖。

戚瑶正想制止，听见他低笑一声，身体就顿在原地。

低低的声音通过空气传进她的耳朵里，仿似带着细密的电流，让人的后颈蹿上一股麻意。

戚瑶抿唇，蜷了蜷手指，想，自己对这人的滤镜是不是有点儿太重了。

"你什么情况？！"大白咋咋呼呼地惊呼。

她抬眼去看，昨天那个寸头男生正把纸巾搓成条塞进鼻孔，人中微红，有些即刻擦不干净的血渍。

见她看过来，周漆脸更红了，一路红到脖子根，半点儿看不出平时欠揍的样子，视线飘飘忽忽地往下落，两根纸巾条全都塞进了同一个鼻孔。

戚瑶："……"

喻嘉树这会儿把狗哄好了，德牧"噌噌"地蹿来，在她脚边趴着吐舌头。

它一副傻样，跟叶清蔓差不多。她看着这傻狗心想。

喻嘉树起身，清冽的薄荷味顺着风飘荡，有几缕钻进了她的鼻腔。

男人把牵引绳递过去，骨节筋络分明的手握住一端，腕骨凸起，下滑的袖口露出一截瘦削有力的小臂。

那颗淡色的痣晃在眼前。戚瑶沉默了一瞬，伸手去接。

虽然她已经很小心了，指尖还是轻擦过他的手指，柔软、微凉、纹路清晰，像一片她无法触及的海。

"谢谢。"她轻声说道。

喻嘉树"嗯"了一声，不甚在意地回了一句"没事"。他收回手坐下，袖口落下去，遮住凸出的腕骨。

戚瑶最后看了他一眼，牵着绳子往回走。

就这样吧，她想，对话一两句已经很难得了，人应该知足。

"那个，等等。"

戚瑶几乎立刻就顿住，回头。她没有任何犹疑，快得让人感觉她一直在等这一句。喻嘉树察觉到这个细节，抬一抬眉，手指轻动，在易拉罐上散漫地叩了叩。

寸头男生摸着脑袋支支吾吾，鼻孔里塞着纸巾条，脸红得要滴血："瑶妹你好……我特别喜欢你……喜欢你很多年了。"

"是真的。他刚才跟我们吃饭时还看你的剧呢！杂志什么的买了一堆，还占用公司地盘呢！"大白插嘴道。

周漆脸更红了，几乎有些结巴："这都是……我自愿做的，没什么大不了的。只是……我能不能要一个签名？"

"可以。"戚瑶眼睛里明亮的光一点点散去，她柔和地笑笑，等他从老板处借来一支黑色记号笔。

"这里吗？"她用笔指着周漆的肩头，有些诧异，"你确定？"

"嗯。"周漆点头，有些不好意思地挠头，"纸上不好保存，也没新意。"

戚瑶没再多说，手虚虚地扶着他的肩头，微微踮脚，认真地在白T恤衫上签上名字。

"你别说，还真漂亮。"大白喝了口啤酒，瞅着不远处的两个人，"本人比剧里还好看，水灵灵的，要不然红呢。"

喻嘉树有一搭没一搭地把玩着蓝牙耳机，没搭话，半晌忽然道："总觉得有点儿眼熟。"

"拉倒吧！天塌了你也不会认识女艺人好吧。小毛头在你面前念叨这么久，也没见你有印象。"大白"嘁"了一声，看着周漆走回来，好奇地扒拉周漆的衣服："我看看，我看看。"

"走开！"周漆护着衣服躲开，又变身暴躁小弟，"你也配？！"

"嘿！你这小屁孩儿。"大白作势撸袖子。

两个人又吵吵上了。

喻嘉树不置可否，点开手机屏幕打游戏，在动画蹦出来的时候喝了口水，晃眼瞥到周漆肩头那个秀气的签名。

字体规矩清秀，既有风格，也不至于让人看不出写的是什么字，和她本人一样温和不出格。唯一特别的是，两个字下有一条明显的横杠，画到末尾陡然弯折，后跟了一个小小的阿拉伯数字"1"——大概是"71"。

喻嘉树没太在意，垂眼操纵角色，电光石火之间，有什么东西飞快地从他的脑子里闪过。

他顿了两秒，抬起头来，手指在桌面上轻叩两下，发出声响。大白和周漆转头看过去。

半晌，喻嘉树对穿白T恤衫的男生说："给我看看。"

戚瑶回家把德牧的窝安好，又把吃的、用的统统在玄关摆好。

这只狗一回家之后就很乖，趴在软垫上眼巴巴地望着她。戚瑶一下没了脾气，摸了摸它的耳朵和脑袋，最后只报复性地决定以后叫它"来福"。

又是一夜胡乱的梦。她家对面的住户似乎在搬家，半夜三更发出家具拖拽的声响，电梯门开合，来来回回，其实声音不大，但她睡眠太不安稳。

阵阵乱七八糟的杂音里,她像飘浮在半空中,顺着季风飘游,做了一个支离破碎的梦——

她第一次站在C市一中门口的时候,15岁,瘦瘦小小的,一个人久久伫立,望着面前熙熙攘攘的人群,生涩又惶然地捏住衣角。

日光正盛,照得人眩晕,一晃眼,太阳变成了医院走廊里冰冷的灯。

16岁,她站在病房前,消毒水的气味刺鼻,心电图平直,机器发出"嘀嘀"的声音。她只茫然地站着,心碎到失去感觉,却流不出一滴泪。

再转眼,时间变成高考前的最后一个晚自习,她坐在倒数第二排靠窗的位子,一笔一画地写下最后一封信,趁着夜色与他擦肩,悄悄地将信塞进他书包的侧边。

然后18岁的少女站在月色下告诉自己:以后就不要再挂念他了。

此刻戚瑶从梦中惊醒,盯着白色的天花板愣怔片刻,眼前全是这两天遇到他的场景——

男人穿着白衬衫、黑西裤,拎着一杯冰美式咖啡,似有回应地回头。

他随意地坐在烧烤摊边上,屈起长腿,挠着小狗的下巴,黑色的卫衣袖口下露出瘦削的腕骨……

有些东西被埋藏得太好,以至于连她自己都被骗过去了,直到引线被猝不及防地点燃,烟花"砰砰"地在脑海里炸开,一阵绚烂过后是一片灰烬。

戚瑶想,少女时代最后的愿望,自己好像还是没能做到。

壁挂钟泛着清晰的光,显示凌晨4点。

远处偶尔传来几声汽车鸣笛声,突兀短促,迅速将她的思绪拉回。她再无睡意,索性起床打开电脑,屏幕发出幽幽的亮光,上面是X-11系列相关的报道。

一般而言,品牌选择代言人需要在内部进行周密的讨论,结合品牌阶段目标与市场地位,从艺人形象、影响力、潜力值与风险性以及双方契合度等几个方面出发，拟定候选人提案，最后由高层拍板。由于代言人形象与品牌形象息息相关，且费用不菲，因此众多品牌对于代言人的选择十分慎重，层层讨论筛选，从不考虑候选人名单以外的三四线艺人。

然而风行不是。戚瑶滑动鼠标，看助理发来的资料。风行自发家以来，最注重的就是创新和突破，企业理念贯彻公司上下。这一点在各系列代言人的选择上也体现得淋漓尽致。

针对所有的产品，风行内部只会拟定一个大致的代言人画像，粗略确定形象后公开信息，其余的交给有意向的艺人团队。类似于艺人向风行投简历，风行择优选用，有时甚至连宣传策划方案也需要艺人团队自己设计。

如果是小公司，这样做早倒闭了，奈何风行确实有这个资本。

许多一线艺人也会去尝试投一投，但对方不只看艺人的影响力。这一点，在叶清蔓这样一个二十来岁的网剧女主角可以抓牢 AY 系列的代言时，圈内的人就深有体会。

科技企业要的是创新性和前瞻性。总的来说，戚瑶还是有机会的，不然裴朗也不会把这个任务放到她身上——只是机会不多就是了。

她缩在书房的椅子上，双手抱膝，搭了条毯子，就着熹微的晨光认真地看完了风行的发家史和采访视频。

指针指向八点，城市逐渐苏醒，车水马龙，喧闹声阵阵。

德牧醒了，在她凳子下乱转。戚瑶给它倒了点儿狗粮，在等它吃的时候简单换了身衣服，白衣黑裤，将鸭舌帽往头上一扣，牵着狗绳下楼买早饭。

厚重漆黑的防盗门无声地打开，喧闹的声音传来。

对面房间的门没关严，半开着，貌似有人在客厅聊天儿，戚瑶隐约听见几个男声，门口零零散散地堆着些大纸箱。

戚瑶没有听墙脚的习惯，绕过纸箱下楼买了杯咖啡，顺道逛了趟超市，采买一些必需的生活用品。

德牧一直优雅高贵地在路上走着，半点儿没有撒丫子狂奔的迹象，戚瑶悬着的心总算放下来了。直到她重新摁下十八层，电梯门甫一打开，一阵烤肉的香气传来,"贵族狗"终于动了。

"哎!"戚瑶一个没留神,绳索从手里滑落。德牧一个箭步冲出电梯,前爪扑开对面那户未关严的门,直直地冲了进去,徒留下一个潇洒的背影和一截因为狂奔而不断抖动着溜走的绳子。

戚瑶:"……"

新邻居搬家第一天,就被外来狗入侵。她叹了口气,下意识地压了压帽檐,伸手敲门,声音轻轻的:"对不起,打扰你们了——"

防盗门顺着她的动作打开,露出灰黑色调的客厅。

大纸箱散落着,大多数空着,看起来新邻居收拾得差不多了。

吧台上摆着几瓶酒,茶几低矮。聊天儿的声音仿佛因为一人一狗的到来而停顿,只留下电视里游戏的背景音效。

戴黑框眼镜的男人拿着夹子站在餐桌前,电子烤架上的烤肉发出"吱吱"的声响,烤焦了也被人忘记翻面。

寸头男生坐在沙发上,一手拿着游戏机的手柄,一手扶着牙刷,白色的泡沫沾在嘴角上。他扭身,错愕地顿住动作:"瑶……瑶妹?"

其他人都望向她时,唯一一个低垂的脑袋就十分显眼……或者说,他本身也足够显眼。

男人随意地坐在沙发上,身体前倾,手肘抵在膝盖上,双腿分开,修长骨感的手握着黑色的手柄,手指灵活又随意地动作。他眼睫低垂,神情专注,好像和他做其他的事一样。

屏幕上怪物的血条一点点缩短,男人在完全没有队友的情况下,打得害羞精灵王最后发出一阵怒吼,而后屏幕上弹出通关页面。

喻嘉树漫不经心地把手柄一扔,站起来,轻微转动脑袋,抬手捏了捏后颈,垂眸才看见一直在他脚边蹭的德牧。

他顿了两秒,抬眼看去。

小姑娘有些不知所措地站在门口,露出半张脸,嘴唇微张,桃花眼瞪大,错愕不比其他两个人少。她的头发柔顺,被鸭舌帽软趴趴地压住,偶有几缕支起,不显凌乱,倒觉得生动。

半晌,男人挑起半边眉梢,随意又散漫:"这么巧,又碰见……"

聪明小狗正咬着他的裤腿,毛茸茸的尾巴晃得很欢。他的视线往下落,神情有些微妙,他轻声咬字:"你老公?"

如果这是在动画片里,大概会有几只乌鸦乱叫着横飞过。戚瑶干笑两声,感觉自己可以去"社死小组"开个帖子。他记什么不好,偏偏记住这种事情。

周漆又愣了片刻,视线在站着的两个人之间来回转,见鬼似的打量喻嘉树,又跟大白对了个眼神,满眼写着"他干什么,怎么这么主动跟我'女神'说话"。

大白也很惊恐,嘴巴呈"O"形,眼珠滴溜溜地转,表示"我也不知道啊,要不就是见鬼了,要不就是他看上你'女神'了"。

"滚!"周漆没忍住,骂出了声。

戚瑶顿了两秒,扶住门框,停住想要走进去牵狗绳的步伐。

"对不起啊,对不起!不是说你。"周漆忙扯纸巾擦干净嘴角的白色泡沫,"我昨晚刚搬到这里,他们来帮我。楼道里的东西还没来得及收。"

他有些局促地摸了摸脑袋:"在门口站着不方便,您先进来坐吧!"

"不用,我牵到狗就走了。"戚瑶抿唇,下意识地拒绝,却看德牧一点儿自觉的意思也没有,已经到大白身边支起身子想吃肉了,只好迈步走进客厅。

她用手指了指门外,客气道:"我就住在对面,有什么需要帮忙的可以叫我。"

"嗯!"小男生因为这个惊喜红了耳根,嘴角上扬,压也压不住,点头如捣蒜。

喻嘉树掀了掀眼皮,有几分想笑。他从冰箱里拎了两瓶水出来,往吧台上一放,进房间去了。

"有点儿乱,还没来得及收,坐吧。"周漆很紧张,飞快地把沙发上的衣服和杂物收起来。

戚瑶依言坐下,余光瞥见修长挺拔的身影逐渐消失,轻轻地舒了一口气。

"哎,妹妹,你晚上来吃饭吧!"大白盛情邀约,"今天刚好我们给这小孩儿办乔迁宴,多点儿人热闹。反正大家都是邻居嘛!"

戚瑶张了张嘴,还没来得及开口,周漆就紧张地瞄了她几眼,生怕她为难似的,抢着答道:"算了吧,人家可能有自己的事要忙。"

大白讪讪地摸了摸鼻子:"哦,好吧。不好意思啊。"

戚瑶不是个善于拒绝别人好意的人,犹豫了两秒,说:"没事,吃顿饭而已。反正以后就是邻居了。"

大白一拍手,喜笑颜开地道:"刚好!昨天没要签名和合照,我老婆把我骂个半死。今天能叫她来一块儿吃饭,说不定我回去就不用打扫卫生了!"

戚瑶无言片刻,收回视线,接过周漆递来的水。

柠檬片浮在透明玻璃杯里,她抿了一口,垂眼看见茶几上的杂志。

"这个你也买了吗?"戚瑶有些诧异地问道。

这是她出道之后拍的第一个杂志封面,已经很久了。彩页上的人尚且青涩稚嫩,妆容没有刻意遮住眼角的小痣,以至于她看到那张脸时,有种恍若隔世的感觉。

"对。"周漆不好意思地摸了摸鼻子,"高中放学的时候,路边有报刊亭,我就买了。"

戚瑶在脑子里过了一下时间线,有些好笑:"我拍这个的时候你还在读高中?"

周漆点点头。

"那你还叫我'瑶妹'?"

"这……这不是……大家都这样叫吗?"

周漆挠挠头,眼睛都不知道往哪儿看,胡乱搬出救兵:"我身边除了哥都是这样叫的。"

说完,他又像生怕她不知道他哥是谁一样,抬起下巴点了点喻嘉树刚才坐的位子,努努嘴:"就是刚才那个。"

戚瑶静了两秒,声音很轻地问道:"他认识我?"

"嗯……"周漆看上去有些为难,"之前我觉得他不认识,因为他确实对娱乐圈这些弯弯绕绕不感兴趣,但现在应该是认识了。昨天他还仔细研究了一会儿你的签名呢。"

"毕竟你对着他喊……"纯情男生张了张嘴,舌头打结,还是没能说出那两个字,只能下意识地摸了摸鼻子,好像在擦着什么东西,以此来暗示戚瑶。

戚瑶保持着微笑,脑子里的小人儿却在疯狂怒吼:我那是对着他喊的吗?!

周漆还在继续说:"任何男人大概都忘不了,忽然冲上来对着自己喊'那个'的女人……"

"那个"是什么?戚瑶扯了扯嘴角,把杯子往茶几上重重一放:"好的,别说了!"他再说就不礼貌了!

今天C市是难得一见的好天气。蓝天白云,太阳从软绵的云朵后面探出一半,给云朵镀上一层淡淡的金光。

书房里,男人站在落地窗前,身子半弯,手搭在窗沿上,碎发垂下,下颌线利落,冷淡又散漫,垂眼看着车水马龙的街景。

门锁"咔嗒"一声响,大白挤了进来。

喻嘉树回头,倚在栏杆一侧挑了挑眉。

"哎哟!小毛头那脸红得,我都不好意思看。"大白连连摆手,从裤兜里摸出烟盒,"不打扰粉丝见面会了。"

他又问道:"你怎么也躲进来了?"

喻嘉树用手指敲了敲栏杆,没说话。他总觉得那姑娘看到他就不怎么自在,虽然装得落落大方,但其实浑身紧绷着,眼睛不知道往哪儿看。

"抽吗?"

烟盒被递到喻嘉树眼前,喻嘉树微微偏头避开,言简意赅:"不抽。"

"嚯,不愧是你啊,说戒就能戒。"大白坐在书桌前,自顾自地点火,"不过你也就是偶尔压力大来两根,晶帆刚上市那会儿抽得多,不算有瘾,好戒。"

喻嘉树漫不经心地应了一声,推开窗户透气,眯眼看天边的云,绵软厚重,镀着漂亮的光。他不知道怎么,蓦然想起了那双眼睛——桃花眼上勾,平和安静,有着难以言喻的力量。

"周漆找的这房子是真好啊。"大白乐呵着吐出一口烟,"'女神'就住对门,小毛头眉毛都要飞上天了。"

"运气不错。"喻嘉树应道。

"女艺人是不一样,那个气质。"大白"啧"了两声,"我老婆从前说女艺人套麻袋都好看,我还不信,让她去找个女艺人套麻袋给我看看,还挨了一顿打。"

喻嘉树"哧"了一声:"怪不得半夜三更不敢回家呢。"

大白没空儿理他的嘲讽,还在琢磨女艺人这事:"你说她们是从小就那么漂亮吗?感觉在人群中站着就跟别人不一样,应该从小就挺自信的吧?"

喻嘉树盯着最漂亮的那朵云,良久才低声道:"不一定。"

大白"哦"了一声,半晌琢磨出不对:"你怎么知道?你又不关注女艺人。"

"猜的。"喻嘉树顿了两秒,敷衍道,然后看了一眼手机信息,拎着外套往外走,"我去公司盯一下进度。"

"又去啊?都投产了,不需要盯了吧?"大白诧异地道。

"约了技术部门开会,谈明年的计划。"

"刚结束一个项目,立马进入下一个项目的备战状态了?"大白目瞪口呆,竖起了大拇指,"劳模。那你晚上吃饭还来吗?"

"看情况吧。"喻嘉树应道,打开房门,往外迈了两步,突然又像想起了什么,顿了片刻回身望着大白,"你待会儿再出来。"

然后喻嘉树关上了门。

大白愣了两秒,下意识地答应了,吐出一口烟,才觉得不对:为啥?他皱着眉,走到门边,将门拉开一条小缝儿,从房间里探出头去看。喻嘉树已经走了,留下客厅里两个人还在讲话。

周漆:"其实你昨晚回的那条微博热评就是我发的。"

"哪条?"

"我报名《男生女生向前冲》但是被拒绝了,他们说我不符合条件。我不是经常向前冲吗?我看见瑶妹就冲,冲到地老天荒,常常冲昏过去,后来我去问他们,原来问题不在向前冲,问题在我既不是男生也不是女生,我只是瑶妹的一只狗。"

他补充道:"你回了我一个问号。"

一片寂静,该说不说,到处嗅闻的真狗和偷听的人都沉默了。

一阵风吹过,白烟弥散,大白看见戚瑶微微侧脸,很轻地皱了皱鼻子,搭在膝盖上的手指蜷缩了两下,似乎有些不适,但又意识到这是在别人家里,所以很快压了下去。

她的表情极其细微,可能是下意识的动作,要不是他一直盯着看,都很难发现。

30岁的已婚男人被现在年轻人话术震惊的情绪还没过,又发现了什么隐秘到不得了的事情。

大白心情复杂地关上门,盯着手里燃尽的烟头,嘴角半扯,神情很微妙。

喻嘉树看都没看,就让他待会儿再出去,这是怕熏着她?

有的人还完全不知道,自己已经被已婚男人敏锐地贴上了"有鬼"的标签。

喻嘉树拎着车钥匙下楼,开车到科技园。

他在周漆的新家里被拖着玩了大半夜游戏,美其名曰放松,他们倒是可以白天补觉,剩他一个人还要上班。

窗外高新区景色明净,几座玻璃大楼拔地而起,在晴天下熠熠闪光。

他松松地扶在方向盘上的手骨节分明,薄薄的皮肉包裹住指节,指间的淡色小痣随动作时隐时现。

喻嘉树的视线从后视镜里一扫而过,望见自己眼下有些明显的青黑,他挑挑眉,顺路到楼下的便利店买了杯咖啡。

店员依旧是小桃,只不过可能因为是白天,20岁的女孩儿没有偷懒看剧,也没敢明目张胆地看帅哥,低头规规矩矩地给他结了账。

喻嘉树站在柜台旁等付款,抬眼瞥见冰柜里放着的饮料瓶。

玻璃瓶装的橘子汽水,包装上是简约的英文。天热时汽水被从冰柜里拿出来,水蒸气变成水雾挂在瓶身,澄澈的液体晃荡在玻璃壁上时,会发出属于夏天的清脆声响。

那是他学生时代最常买的饮料。

不知怎么,喻嘉树忽然想起纤细的手指攥住瓶身的模样。

恍惚间,他仿佛又在收银台后微微反光的墙壁上看到那个纤细清瘦的身影——鸭舌帽盖住大半张脸,只留下漂亮柔和的下颌线,浅栗色的头发柔顺地披在肩上,像柔软的云朵。她喊他名字的声音很轻,但好像包含着千言万语。

喻嘉树垂下眼睫,微微出神。

"喻总。"

"老板。"

前台的女孩儿和路过的行政人员穿着得体的职业装,踩着高跟鞋走得利落凌厉,微笑着轻声打招呼。

喻嘉树微微颔首,穿过长廊,推开会议室的门。里面几个人歪七扭八地坐着,一副扑克牌还没来得及收起。

"要我说,全公司最能拿得出手的就是我们行政妹妹和你了。"技术部门负责人调侃着。

喻嘉树扫了他一眼,拉开主位的椅子坐下:"如果你斗地主不输两家的话,也挺拿得出手的。"

会议室里顿时响起一阵哄笑声。有人笑着,又想到什么,"啧啧"感叹道:"一晃眼,晶帆都这么多年了。当时我们还真以为树只是想搞个公司玩玩而已,谁知道能做到今天这地步。"

"可不是吗?外头哪个公司像我们氛围这么好?我们都是大学时期一起奋斗过来的。"

"还有大白和周漆那个小毛头,我们都是被他蛊惑了。想想树刚创业的时候才大三,我们跟着他整天泡在实验室里,没日没夜地设计和制作,大四毕业就有专利在手了。"

"等人家读完硕士回来公司就上市咯。有句话是怎么说的来着?选老板选得好,人生就成功了一半。"

"行了,少拍马屁。"喻嘉树淡淡地"唬"了一声,屈起手指叩了叩桌面,"先说正事。"

会议室不算大，不像电视剧中那样有浮夸巨大的方桌，西装革履的人各坐一侧，针锋相对，暗流涌动。

晶帆没那么多规矩。会议室整洁有序，两侧坐的都是些不羁的人，不到十个，讲究点儿的穿了衬衫，不讲究的穿着T恤衫、牛仔裤，但不妨碍他们收起那股顽劣劲后的认真与专业。

喻嘉树放松地靠在椅背上，沉声抛出主题。

芯片从需求提出到投入应用，大体可以分为设计与制造两个阶段。晶帆规模不算大，相应的，核心架构从初创以来就干净利落地分为设计与制造两个部门，一直沿袭到现在。芯片的设计流程一般包括前端设计和后端设计，前者更注重软件设计和逻辑，周漆和大白是负责这块的，后者则更注重工艺手段，需要根据芯片生产方的能力加以改进。

在科技飞速发展的今天，芯片设计已然不是国内最困难的问题，以制造为主的芯片下游才是国内集成电路产业最薄弱的环节。加之国际局势、大国博弈，各类经济制裁和管制不断，形势则更为严峻。

晶帆聚焦这一点，格外注重芯片制造工艺。制造部门的人数是设计部门的好几倍，包括从学术界到产业界在材料、工程、物理、化学、光学等方面的人才。

会议不像电视剧里演的那样剑拔弩张，但也并不轻松。

从方案目标、可行性到落实计划，一群年轻人在室内一刻不停，用近乎争吵的声音交流着观点，嘶哑的嗓音和无数张废弃的草稿纸里埋着的都是远大抱负与赤胆忠心。

秋阳从天空东边移到正中，又缓慢地向西沉。写字楼的阴影随着日光变换，时长时短，又被落日拉到马路对面。

直到大厦的玻璃窗上映出千万个日落，地铁口的人潮聚了又散，彻底寥落，会议室的商讨才进入尾声。手边两杯美式咖啡见底，喻嘉树将右手松松地搭上后颈，活动了几下僵硬的脖子，往椅背上一靠，声音微哑，平淡地下了定论。

至此，晶帆下一季度的操作系统和软件处理器研发计划才正式尘埃落定。

大家都嗓子哑了，捧着水杯倦怠地靠在椅子上，心里的一块大石头无声落地。安静出神,大家不经意地相互对视,蓦然笑出声来。

"树啊,下个季度你不在公司盯,放心吗?怕不怕我们把你的公司弄垮?"

喻嘉树闻声,懒洋洋地勾起嘴角:"随你造,垮了我负责。"

"弄不垮,这都是我们的心血。"开口的男人笑容一滞,低低地叹了口气,"还挺舍不得你的,去你爸那儿好好工作啊。"

"又不是不回来了。"喻嘉树挑挑眉,"应老头子要求去跟个项目而已,我还是老板,还管你的工资。"

"还哭了?你孬不孬啊。"旁边的人蓦然拍了一下男人的肩膀。

男人恶狠狠地抹了把眼睛:"滚!老子眼睛痒。"

其实不光是他,在座的各位或多或少都有些感慨。

晶帆这么多年一路走来,喻嘉树的付出有目共睹,偏偏有的人看不见,以为自己手握整个商业帝国,不把这个小小的公司放在眼里。

"行了。"喻嘉树微微仰起下巴,懒洋洋地说道,"下个月给你们涨工资。"

他在一片欢呼声中拎着外套走出大门,神色自若,平静得一如既往,只是在路过晶帆巨大的 logo(标志)时顿了两秒。

一瞬间,他好像回到读大学时的实验室——几个人挤在一起没日没夜地编写和调试程序数据,做电路分析。

喻嘉树没有侧头,只是微不可察地顿了片刻,接着长腿一迈,走了出去。

C 市的初秋尚且闷热,白日的秋老虎让人难以招架,只有入了夜才会显出几分秋天凉爽的意味来。

戚瑶回家工作了一会儿,等到晚上 7 点,换了身衣服,化了个淡妆,牵着德牧的绳子敲响了对面的门。

"地不拖,饭不做,你这假放了有什么用?不如回去加班吧,好吃好睡还能减肥。"

开门的是位女士,大约 30 岁,大波浪长发搭配白色西装外套,明艳大方。她上一秒还在回头快语连珠地数落人,下一秒转头看到戚瑶,明显一顿，眼睛瞪大，神情迅速变换，惊喜不已："哎呀！瑶妹来啦！"

方倩的理智只容许她犹豫了两秒，就伸手拉着戚瑶进屋，兴奋地小声夸道："昨天大白说见到你了我还不信，谁知道是真的！你本人也太漂亮啦！"

"来，瑶妹随便坐啊！都是些家常菜，不知道你喜不喜欢。"大白招呼着，"这是我老婆。"

戚瑶跟方倩说了两句话，大概能感知到大白在家里是什么地位，看着他那副奔拉着眉眼的样子忍不住想笑："好。"

餐桌是简约的白色，几个人分两侧入座，周漆在主位，方倩和大白坐在戚瑶对面。满满一桌菜摆得整齐，卖相和气味都不错，勾得人食指大动。

"你做的啊？"戚瑶小声问道。

"怎么可能？"周漆一惊，凑过去小声道，"都是这夫妻俩做的，我在厨房帮忙还被他们轰出来了。"

"主要是因为你帮的是倒忙，比如什么把切好的小葱扔到垃圾桶里，留下葱头，把醋拿成酱油。"方倩说着，气得周漆直撇嘴，逗笑了一桌人。

"来。我们先祝贺一下周漆小朋友，年纪轻轻，已然有了房！"大白举起酒杯，手臂向前。几个人都很给面子地举杯碰杯。

方倩："恭喜！乔迁快乐，前途无量。"

"以后就是邻居啦，小朋友。"戚瑶跟着说道。

玻璃杯碰撞，发出清脆的声响。

周漆没说话，只是闷头喝了一大口酒，还呛了两下，不知道是因为酒太辣了还是怎么了，脸又红了一大片，连眼尾都有点儿红红的。

戚瑶本来还担心她杯子里的透明液体也是酒，谨慎地抿了一小口，直到发现是雪碧才放下心来。

"还有，要感谢我们的瑶妹愿意来参加邻居家普普通通的聚会！"

大白又乐呵着给自己和周漆倒酒，被方倩轻描淡写地看了一眼，抖着手只倒了小半杯，同样举起来。

"你放心，我们都不是没有分寸的人，不会泄露你的隐私。祝你以后星途坦荡！"周漆就专业得多了，认真地说道，"祝你代言多多，片约不断，接到的都是喜欢的本子。"

方倩："祝你以后戏路越来越广，搭戏的男演员都是超级大帅哥。"

戚瑶手指并拢握着杯子，心情一时有些复杂。她出道以来也参加过不少聚会，剧组杀青、综艺开机、公司聚会，没有一次是完全和圈外人一起在家里吃饭。他们没有那么多弯弯绕绕，只能依据自己对娱乐圈的理解，给予她最真诚的祝福，这感觉很奇妙，又很……熨帖。

她抿唇举起杯子跟大家碰了一下，真诚地轻声说道："谢谢。"

"好了好了，别这么严肃无聊，小心以后瑶妹不来了。"方倩举起筷子笑着让大家开吃。

戚瑶盛了小半碗饭，边吃边听他们聊天儿。

方倩很有分寸，不打听八卦也不问戚瑶一些稀奇古怪的娱乐圈秘密，只是平静地跟她聊着天儿："所以你们真的是吃不胖吗？"

"怎么可能？"戚瑶摆摆手，"只是镜头需要，吃得少动得多罢了。"想了想，她又补了一句，"可能有的人是易瘦体质吧，反正我不是。"

"小孩儿啊，不是哥说你，你这年纪也该谈恋爱了，再过几年就该成家立业了。"大白慢悠悠地喝着酒，语重心长地说道，"别怪哥多嘴，生活里还是得有个伴儿，不管是你，还是树，都是这样。"

周漆难得没出声怼他，只是欲言又止地看了他一眼，嘴唇微动。

"哎！"大白忽然想起什么，"我记得你之前说高中暗恋过一个女生来着？你是哪个学校的，社区中学？"

"不是暗恋！"周漆呛了两口，脸都咳红了，疯狂制止大白。

"嗯？"戚瑶正和方倩说自己的新剧，闻声回过头来，"你是社区中学的？"

周漆点点头。

戚瑶桃花眼里似乎闪着微光，略显惊喜地笑着看他："学弟啊！"

周漆犹豫了两秒，握着杯子的手指收紧，轻声道："其实，我初中就认识你……"他也许是真的有点儿醉了，说话有些吞吞吐吐，目光游移，连耳根都泛着红。

"嗯？你说什么？"戚瑶凑近了点儿。

见一张漂亮的脸凑到眼前,周漆顿时更结巴了,一个字都挤不出来,所幸响起的门铃声拯救了他。

他腾地一下站起来,将一双筷子都掀到地上:"我去开门。"

戚瑶和方倩面面相觑。

"这小孩儿。"方倩嘀咕着,去厨房给他拿了双新筷子。

开门的声音响起,接着是周漆略显惊喜地喊道:"哥!开完会了?"

戚瑶的心跳猛地漏了一拍,握着筷子的手顿时收紧。

男人淡淡地应了一声,接着是"窸窸窣窣"的衣物摩擦的声音,还有礼品袋被搁置在柜子上的声音。

"给你的礼物。"

喻嘉树缓步从玄关迈进客厅,颔首跟方倩打了个招呼,视线落在桌边时,顿了两秒。

戚瑶今天化了淡妆,长发柔顺,穿着简单,既不过分隆重也不过分随意,修身的灰色上衣衬得她的肤色更加白皙,她在餐厅顶灯的照耀下像是在发光。

她抬起桃花眼,安静地看过去,眼神清澈又明亮。

没来由地,喻嘉树忽然后悔没有买一瓶橘子汽水。

他顿了一秒,径直往她的身边走去,用修长骨感的手握住椅背,轻轻地往后拉,指侧的那颗淡色小痣随着动作时隐时现。

戚瑶的鼻间萦绕着浅淡的薄荷香,他在她的身旁坐下,像一阵清新的风落在她身边,时间仿佛顷刻之间从初秋回到夏季。

戚瑶心跳如擂鼓,难以抑制地垂眼用余光去看他。

他们隔得如此近,相距的十几厘米好像被割裂成一个独立的空间,光阴自顾自地流逝,给这一幕配上似曾相识的滤镜———如当年那个阴错阳差的座位。

戚瑶那瞬间好像忽地想起了很多事,周遭的一切似乎都静止了,只留下她的回忆还在闪闪烁烁地播放着,像模糊陈旧的电影。

有一年夏天,他也是这样坐在她身边。

C市的8月很热,正午的气温能达到40℃,好像什么在太阳底下晒一遭都会蔫蔫地化掉。

一中作为全市最好的中学，学生毫无例外地需要在假期补课。

短暂放了一个月假的初中毕业生们被迫从晚起赖床的日子里抽离出来，在炎热的夏季，提前一个月进入高一的课程，一时间校园里充满了哀叹声。

其中当然不包括戚瑶。她刚被录取就办理了住校手续，校方了解她的情况后，允许她假期也留校。安静得一天都说不了两句话的女孩儿很勤奋，每天清晨就到教室看书，补课与否对她的影响只是身边有人或者没人而已。

一中每个教室都有空调，这在一定程度上平息了沸反盈天的"民怨"——直到忽然停电。每个班的学生都热得无精打采，汗水从额角流下，手心全是汗，中性笔的墨迹被洇得乱七八糟，以致课本像乱涂乱画的草稿纸。

戚瑶抿着唇坐在最后一排写高一衔接题，埋着的头在全班人都东张西望的情况下格外显眼。同桌问她不热吗？她愣了一会儿，摇摇头说习惯了，再无后话。

于是同桌也不再找她说话，和前桌的两个女生聊八卦，很是热火朝天。

她们谈及一些陌生的人名、陌生的事，兴奋不已，很快便热络起来。戚瑶抿着唇，往边上缩了一些。

教导主任老邓背着手在走廊上视察，格子衬衫后背洇开一大片汗渍，几乎湿透。最后他大手一挥，让后勤处拿出发电机，全年级的学生到礼堂里去避暑。

戚瑶去了趟洗手间，再抱着书到礼堂的时候，大家已经坐得差不多了。

在十六七岁、一个小八卦就可以聊上一整天、停电可以兴奋于不用学习的年纪，还没有人拘束，所有新生都在兴奋地聊着天儿。其中有很多一中初中部直升上来的学生，一看就人缘儿很好，处处跟人打着招呼。他们也许不是故意的，但总会隐约透露出一些属于本校人的优越感。

· 36 ·

戚瑶站在礼堂的走道上左右张望,找不到自己的班级,也不好意思在狭窄的横排座椅之间穿行,只好在最后一排落座,拿了张数学卷子写着。

"停电了啊!班主任今天请假,老邓又不知道我们来没来,翻墙出去玩呗?"

"就是啊树,自习课有什么好上的?这么多人吵得我头痛。走呗!"

后门传来几道急躁的男声,接着响起一个人的脚步声,轻缓散漫,由远及近,从后门响到戚瑶耳边。

"不去。"男生声音清越,懒洋洋的。他的动作不疾不徐,透出几分懒散与漫不经心,他伸手抚上折叠椅的软布坐垫,修长骨感的手指稍一用力,人也随之散漫地坐下来,"热。"

后门几个男生像是有点儿恼,走到他身边围着他:"你热个屁!空调停了这么久,连点儿汗都没见你出。"

"对啊,老子的内裤都湿了。"

戚瑶猝不及防听到这句话,蓦地被口水呛了一下,黑色中性笔在卷面上画下一道痕迹,横过娟秀的字迹。

喻嘉树扫了一眼她埋着的头,收回视线,往后懒散地靠在椅背上:"说话注意点儿。"

"对不起,对不起。"那男生也顿时意识到了不妥,尴尬地摸摸脑袋,飞速转开话题,"去不去?去不去?!你不带带我们吗?!"

"树啊……不,哥!你是我哥!求求你,带带我们好不?趁这会儿老邓头儿还没来。"另一个男生双手合十做祈祷状。

喻嘉树用余光瞥到不远处的身影,伸手放下前面座椅背后的小木桌,漫不经心地坐着,屈起手指敲了敲桌面:"不去,我要学习。"

他面前的两个人怒了:"你学个屁!你别装……"

"要去哪儿呢?"老邓背着手,笑眯眯地站在他们的背后问道。

两个人想也不想:"去上……啊……学!去上学。"最后他们尾音拐了十八弯,表情惊恐地圆了回来。

老邓眉目一凝,看起来凶神恶煞的,提着两个人的校服后领,把人扔到第一排去,让两个人在他的眼皮子底下坐着。

他走之前还回头望了一眼坐着的那个人："你也老实点儿！"

"哎。"看着两张苦脸戳在眼前，喻嘉树有点儿压不住笑，勾着嘴角应道。

戚瑶用余光瞥了一眼，老邓刚走，这人就摸出手机了。他将手肘松松地放在大腿上，将屏幕掩在小木桌下，明明是躲藏的动作，他做起来却格外散漫，眉眼冷淡，有种漫不经心的撩人。

感觉他不是什么好学生。戚瑶一顿，收回视线，抿唇接着写题，但写到一半就卡住了。

社区中学和一中的教学质量明显有差距，她能拿到一中的录取名额，但成绩在一中不过中等。

戚瑶皱着眉算数列，草稿纸上字迹整齐娟秀，却怎么也解不出来。

她卡了好半晌，忽然听到耳边清越的声音又懒洋洋地响起："求和公式用错了。"

戚瑶一顿，偏头看他。

少年靠在椅背上，背后是宏伟的礼堂穹顶与红色丝绒幕布，眉眼英俊，鼻梁高挺，下颌线利落，神色漫不经心，举手投足间又带着蓬勃的朝气，漆黑的瞳孔盯着她。

"不信啊？"喻嘉树挑眉。

他打完一局游戏，在等游戏队友进来的间隙看这小姑娘一直对着同一道题发呆，现在又对着他发呆，觉得这姑娘有点儿傻傻的。

游戏快开始了，喻嘉树瞥了眼草稿纸上有些熟悉的字迹，不知道怎么想的，干脆伸手从自己的笔袋里抽了支黑笔出来，长臂一展，笔尖精准地落到了她用错公式的地方，干脆利落地改掉了。

戚瑶猝不及防，避也不是，不避也不是，僵硬地看着那只手在她的草稿纸上涂画。

男生挺白的，手指修长，骨节分明，握笔的姿势标准，动作间露出指根处的一颗淡色小痣。

那颗痣像什么标识性的东西，如同当头一棒，将戚瑶尘封的记忆打开，清晰的记忆一闪而过。

等差数列的求和公式在她的草稿本上浮现，字迹潦草但锋利，横竖撇捺收放自如，颇有点儿力透纸背的潇洒感，非常……熟悉。

戚瑶大脑一片空白，眼前纷纷杂杂闪过很多画面。她蓦然想到了无数封信的落款，想到了无数张邮票，想到了男生简短却一针见血的分析……想到了她无数个彷徨失措的深夜里所有的情感寄托。

她的耳边一阵阵轰鸣，好似灵魂出窍。

半晌，戚瑶睫毛轻颤，没再看草稿纸上的正确公式，偏头盯着少年清俊的眉眼，近乎艰涩地问道："你读过《橘颂》吗？"

少年怔住。

后皇嘉树，橘徕服兮。受命不迁，生南国兮。

老邓的声音从麦克风里传来，他拖着声音通知大家教学楼供电已恢复正常，请各位同学回各自教室继续上课。

戚瑶坐在人来人往、人声鼎沸的礼堂里，盯着那瓶被遗漏的、还未拆封的橘子汽水，怔然出神。

她到现在也不知道，那个燥热夏天里突如其来的停电，究竟是不是命运的安排。

也许它的意义就在于，让她在他还未以优秀保送生的身份登上演讲台的时候第一时间就认出他，比任何一中的外来人员都要先注意到他；让她偷偷触摸那瓶还未拆封的橘子汽水，让她灰暗得像铅笔印一般的少女时代吹进一阵带着蝉鸣、薄荷、橘子气味的风。

这是他们高中三年里所有的、唯一的交集。

从那天起，她就安静地坐在他隔壁教室的角落里，看着他一次又一次地登上红榜与领奖台，一次又一次地拒绝别人的表白，然后等到第三个蝉鸣季毕业与他分离，一别至今。

戚瑶很多年后回想那时候的自己，都忍不住摇头。如果那时候的她勇敢一点儿，是不是就不至于到最后和他连一张合照都没有？但这都是一些求而不得的幻想。

她从未想过有一天他会再次坐在她的身旁，而她表面上竟然也足够落落大方，以一种坦荡的姿态同他打招呼。

喻嘉树隔着近十年的时光，再次坐在她的身旁。

大白和周漆还在拌着嘴，方倩在问她新剧什么时候播，耳边吵吵嚷嚷，是她极难体会的温馨，她却盯着餐桌上映出的光圈出神。

喻嘉树眉梢轻扬，不知道想到了什么，微微偏头看向她。

此时周遭的一切声响都飘远了，他这一眼像在他们的身边放了透明的玻璃罩，自动将无关人群隔开。

戚瑶要用这十年所有的长进来压制自己的情绪，才可以看似平静地回望他。

然后她看见他同少年时代几乎没什么变化的眉眼轻扬，瞳孔漆黑如曜石，他忽地没头没脑地问道：

"你读过《橘颂》吗？"

第二章
沿途红灯再红

空气登时寂静一瞬，正在热络地聊着天儿的人因为他这句话停了下来。

这个问句前不着村后不着店，除了当事人心照不宣，其余人都摸不着头脑。

"啥玩意儿？"大白皱着眉，"名字取得有文化了不得是吧？"

戚瑶被猛地从玻璃罩里拉出来，下意识地移开视线，目光虚虚地落在前方，静了片刻，跟着笑笑，没说话，心脏却"怦怦"加速跳动着——他这是……认出她了？

喻嘉树缓慢地收回视线，没什么胃口地往椅背上一靠："反正比你这种用绰号走天下的人了不起一些。是吧，白胖胖？"

一时间桌旁充满笑声。

"哟，白胖胖还好意思自己提名字这一茬儿啊！"

"呸！"大白把排骨咬得"嘎嘣"响，移开话题："说到名字，瑶妹啊，你这是真名还是艺名啊？"

"真名。"戚瑶睫毛颤着，有些心不在焉地笑笑，抿了口雪碧，"我奶奶取的。"

大白"哦"了一声："真好听，一听就很温柔，你奶奶一定是个很有文化的人,不像我妈,说取贱名好养活。"

戚瑶弯起眼角,没接话。

周漆偷着乐:"不是贱名吧?感觉就是写实了一点儿。"

大白:"滚!"

一顿饭吃得还算愉快,有大白夫妻俩在,氛围很不错。

只是戚瑶自从喻嘉树来了之后就意外地安静,有人问的时候就礼貌又挑不出错地回两句,再多的话却也没有了。

吃完饭,戚瑶再次祝周漆乔迁快乐,跟大白夫妻俩道谢,夸饭菜好吃,最后转向喻嘉树的时候,"呃"了两声,憋出一句:"以后多多见面。"

然后她近乎仓皇地回了对门。

被点名"多多见面"的人漫不经心地撩起眼皮,看着纤细的背影远去,裙摆一晃,消失在门口,好半晌才移开视线。

戚瑶刚把门关上就像卸了力似的,后背靠在厚重的防盗门上,深呼吸几次才缓解了情绪。

除了几场格外虐心的戏,她已经很久没有过这样的情绪波动了,胸口像是有慌乱的小鹿在乱撞,肢体和表情都不受控制,生怕自己一张口就露馅儿。

她自嘲地笑笑:变回年轻小女孩儿的秘诀大概就是,复刻当年让你心动的场景吧。

她在吧台上倒了杯水,换上家居服,走进书房写简历。

风行的初面很简单,就是筛一筛简历,去掉和品牌定位极其不符合的艺人,然后排出第一次面试时间,由HR(人力资源)对接,给出每个人的选题——是的,他们家招代言人这一块是HR的事,很飒。

戚瑶对着风行的资料,有侧重点地编排简历,其间还抽出时间去微博带了个新剧话题。正在播的这部剧快大结局了,收视率还不错,算大爆。

她差不多做完时,消息提示音响起,是叶清蔓的视频通话请求。

戚瑶由手机响着,没着急接,先检查了一下手机音量,将它靠着电脑屏幕,再缩远一点儿,才伸出一根手指将通话接起来。

果不其然，她刚一接通对面就是高分贝的鬼哭狼嚎——

"哎呀宝宝，我想死你了！呜呜呜！"

山上信号不好，叶清蔓的声音一卡一卡的，还夹杂着电流声从手机里传来，她几近哀号："深山老林的生活简直不是人过的！有虫又有蛇，吊威亚要把老娘的腰勒断了，酒店还有老鼠！啊啊啊！我想回去！"

戚瑶一边听，一边核对着助理发的邮箱地址，鼠标一点，将简历发送了过去。

发送成功且收到自动回复之后，她整个人窝在椅子里，双臂抱着膝盖，又听了好一会儿，叶清蔓的抱怨才告一段落。

"没关系啦，让他们给你买点儿驱虫的，你自己多喷点儿花露水。"戚瑶劝道，"再待半个月也该回来了，主要就是取取景。"

叶清蔓越听劝越娇气，更生气了："不！老娘就不受这个气！我现在就要回家！"接着她就要转头让助理订机票。

助理大惊失色，一张小脸煞白，无措得很，偷偷在后面给戚瑶作揖，脸上写着"求求了姐姐你管管她"。

戚瑶想笑，忽然想起今天水还没喝够两升，拿着手机去客厅。

"好，我支持你。"

小助理的嘴巴张成了"O"形，痛苦的表情凝在脸上：怎么回事，不是说这位是小花里面最冷静机敏有主意的吗？她怎么也跟着这千金祖宗乱混啊？

"你也别劝我……"叶清蔓不知道这两个人的弯弯绕绕，义愤填膺，说到一半才意识到，"啊？你说啥？"

"咕嘟咕嘟"的倒水声响起，戚瑶漂亮的侧脸在屏幕里平静得很："我说，我们不拍了。"

叶清蔓瞠目结舌，一副难以置信的表情愣在原地。

"不就是一个S级剧本吗？不就是大女主戏吗？不就是金牌编剧和导演吗？"戚瑶每说出一句，叶清蔓张开的嘴就闭上一分。

"这有什么了不起的？"戚瑶慢悠悠地喝着水，看了叶清蔓一眼，轻飘飘地说道，"咱不要了呗。"

叶清蔓神色一滞，剩下的话硬生生地被吞回肚子里，嘴唇张开又闭上,不知道说什么了——这确实还挺了不起的。

叶清蔓的脸色变了又变,好半响,她恨恨地咬牙:"宝贝你变了!你以前多温柔、多纯洁、多善良的一个小女孩儿,现在竟然都会阴阳怪气了!"

小助理知道这是没事了,长舒一口气,在视频一角偷偷给戚瑶鞠躬。

戚瑶弯起眼角笑道:"你才知道啊?"

那笑容太漂亮,桃花眼柔软地弯起,戚瑶笑靥如花,开朗又自信,有一种需要完全接纳自己才能由内而外生出的松弛感,以至于叶清蔓有一瞬间恍了神。

"我觉得这一行挺称你的。"叶清蔓忽然用手撑着下巴,有些感慨,"想我刚认识你的时候,你话多少啊。有戏的时候就上,没戏的时候就背景布似的站在旁边,别人问一句你答一句,像池塘里的青蛙,戳一下跳一下。"

戚瑶缓慢地敛了笑,盯着饮水机屏幕上显示的温度,安静地侧头听着,好像顺着叶清蔓的话回到了刚出道的时候。

那时候她刚上大学一年,高考考得还算不错,循着内心读了中文系,后来才发现中文系并不像她想象的那样全是文人浪漫与风花雪月。

她日复一日地上课、跑步、去图书馆待着,是一个格外沉默又无聊的女大学生——直到有一天她蹲在学校边的小路上哭,被裴朗看见了。

那个时候这位学长在学校已经很出名了,大四的时候他自己写剧本、拉投资,掌镜拍剧,制作一些低成本短时长的小网剧。网剧多是青春校园类型的,因为镜头感很强,构图滤镜不错,受众宽广,上线后竟然颇有水花,由此获得了一部分市场的青睐。

那天他正在校门口拍《盛夏》。

女二号的演员是个本校的小网红,一会儿嫌9月的太阳晒,要求有人给她遮阳,一会儿觉得情绪进不去,得点个下午茶缓一缓。

裴朗懒得忍,把剧本一扔,说:"就你那破烂演技也需要情绪啊?你信不信我随便从路边抓个人来都比你演得好?"

小网红恼了,梗着脖子往旁边一坐,让他去找。

裘朗目光一扫，就这么相中了边上的戚瑶。

女二号是暗恋的角色，是男主角的好朋友，两个人青梅竹马，一起长大，等到女二号能够分辨自己的少女心意时，她心仪的男孩儿已然有了他心仪的对象。她只能眼睁睁地看着他奔向别人，把自己的情绪全部埋藏起来，末了还要笑着祝福他们一句"百年好合"，足够惹人疼惜，隐忍又心酸。

戚瑶试的戏就是最后一幕，小桃说很喜欢的那一场戏。

她站在路口，望着远去的一双人，纤长的身影显得寂寥无比，一双桃花眼里除了要坠不坠的泪，还有无数遗憾、难过，以及许多难以言喻的情绪，心脏像是蓦然空了一大块，一切都灰扑扑、空落落的，好像再也不会明亮起来了。

直到裘朗喊"cut（停）"的时候，所有人才从显示器上抽离出来，面面相觑。一时间，现场寂静无声。

小网红顿了片刻，打量着裘朗的神色，骂骂咧咧地走了。

女主角是个漂亮女孩儿，隔壁电影学院的，惊愕地张着嘴来同戚瑶搭话。

裘朗沉默片刻，问她愿不愿意接这个角色。

戚瑶站在原地，好似还没从戏里走出来，愣愣地看着剧本，然后点头。

那是她演艺道路的起点，是她第一次从薄薄的剧本里如此完整地体会到一个人的人生，代入角色的情绪，表达角色的情感。

文字变得立体，好像一生的悲欢都在面前上演，她既是局外人，也是逃不开的局中人，一切都由她演绎。

这种感觉让人着迷，好像她可以短暂地沉入别人的人生，以此来躲避自己磅礴又无处发泄的情绪。但是细究，这个巧合的机会实在应该归功于那个人。

"当时你是不是觉得我是个啥都不懂，只有钱和脸的笨蛋美女？"叶清蔓愤愤不平，"我很少喜欢谁的，主动跟你搭话，你还爱搭不理的。"

"没。"戚瑶喝完一天指标的水，安静地抬眼，"我只是觉得我们不是一路人。"

"什么不是一路人？现在不是挺好的吗？我难道不是你最好的圈内好友吗？！"叶清蔓很是不满，话密得很。

"是。"戚瑶想笑，绷着脸哄她，"圈内圈外，最好的朋友都是你。"

"所以啊，瑶，"叶清蔓顿了两秒，难得正经，正色道，"无论现在的你还是从前的你，都漂亮又有魅力。你从来都不是自卑，只是太悲观了，很难迈出建立亲密关系的第一步。"

"从前是因为出身和人生阅历，现在是因为什么？"叶清蔓不捣乱的时候格外认真，说话一针见血，话音笃定，语气真诚。

"现在的你已经是最好的你了，不要再犹豫下去了，不然你会后悔的。

"你不想再要下一个十年了吧？"

戚瑶垂着眼，侧脸恬淡又平静，内心却跟着叶清蔓的话一阵阵地翻起风浪。

十年啊，人的一生有多少个十年？绵延一生的偏执念想又会有多少？

其实她并没有时时刻刻记挂着那个人，只是会在午夜梦回，或是某个有关的瞬间，猝不及防地被回忆裹挟着陷入洪流，然后想：当时要是勇敢一点儿该多好。

可是这世上没有后悔药。而且按照她十六七岁的情况重来一次，她也不大有可能像旁人那样毫无顾忌地递上一封情书，再坦坦荡荡地说一句"我喜欢你"。

现实太残酷了，她做不到。

沉默了好半晌，只剩下轻微的电流声在空气中"刺啦"作响，戚瑶终于开口说道："知道了，你可以放开嗑瓜子了。"

叶清蔓刚才为了让戚瑶静心冥想，大气儿都不敢出，又想嗑瓜子，很隐秘，动作缓慢，画面被不好的网络卡出明显的虚影，看起来特别搞笑。

"唉，"叶清蔓摆摆手，"想开了就好。不说这些了，给我看看好大儿。"

戚瑶顿住了。

"你把我儿子养得怎么样？它应该挺乖的吧，都没听到它叫。"叶清蔓正经不过两秒钟，开始絮絮叨叨，"我跟你说，它是比其他狗要奇怪得多。"

"别的狗不喜欢吃水果，它要吃。别的狗不喜欢闻薄荷，它是一闻到薄荷就冲上去。性情孤僻，不为世俗所动，此种狗应当是狗中豪杰，正巧配我……你什么表情？"叶清蔓停下了去拿瓜子的手。

戚瑶幽幽地看着她："不好意思，我把你乖巧的狗中豪杰好大儿落在对门了。"

此时的对门，三个人坐在沙发上围着一只狗。

喻嘉树仰靠在沙发上，姿态散漫又随意，随手拿了本书搭在脸上，遮住光，合着眼补觉。

德牧吐着舌头安静地蜷在他的脚边，剩下边上两个人神情微妙，面面相觑。

大白："什么情况？她不想要这狗了，扔这儿了？"

周漆："不应该吧，可能只是想放在我们家蹭吃的？"

大白："我们家有什么吃的？她走得那么干脆利落，是不是忍这狗很久了？好像有种终于摆脱了的感觉。"

周漆："不能吧……虽然有点儿傻，但好歹也是自己的狗，还叫老公呢。要不我们给她送回去？"

"别别别！"大白深沉地摆摆手，"都两三个小时了也不见她有反应啊，故意的吧？大概率就是不想要了，让你哥养着吧。"

中间的男人被他们烦得不行，骨节分明的手攥住书本一角，将书拽了下来，露出倦怠的眉眼。

他掀起眼皮看了一眼德牧，冷淡地开口说道："怎么就我养了？"

"树啊，别装了。"大白叹息着摇摇头，"哥都看透你了。你自己说，是不是关注人家很久了？"

喻嘉树："嗯？"

周漆："嗯？"

大白把腿跷成二大爷状，不住地抖着，阴阳怪气道："今儿我在书房抽烟呢,他知道人家在外面,讨厌烟味,非让我半个小时后把烟味散干净了再出去,这不是爱是什么?"

"你见过他对哪个女孩儿这么上心过?"大白一拍大腿,嚷嚷着:"说!是不是之前就认识人家,给哥如实招来。"

周漆目瞪口呆,视线在两人一狗中来回扫动,张大了嘴。

瑶妹……讨厌烟味?

粉丝不可能对偶像的每个细节喜好都如此清楚,何况戚瑶更没有在外界表示过这一点。她只是自己不抽烟,剧组或者饭局上遇到有人抽烟的时候,神色也是淡淡的,看不出一点儿讨厌的情绪。

所以喻嘉树是怎么知道的?难道他背地里……

周漆皱眉,跟着一拍大腿,说:"快说!"

"讨厌烟味不是很正常吗?"喻嘉树垂着眼看手里攥着的那本杂志,好巧不巧,就是戚瑶刚出道时拍的那本。

她的桃花眼微微上勾,沉静又漂亮,右眼角的泪痣更添了几分楚楚动人。

喻嘉树的指尖若有似无地擦过画报上漂亮女孩儿的泪痣,那本杂志被放到了茶几上,规规矩矩,端端正正。

"是正常。但你知道,还关注,这就很不正常!更过分的是你还为此强迫我,简直就是怪到了一定程度!"大白很愤怒。

喻嘉树清了清嗓子:"方倩,白胖胖今天在书房抽了两根烟。"

大波浪、红唇的女人闻声立刻从厨房里探出头来,秀气的眉毛竖起,厉声道:"什么?!"

大白:"……"

没等大白和周漆继续"严刑逼供",喻嘉树用修长的手摸了摸德牧的脑袋,牵着绳子起身往外走。

德牧寸步不离,乖巧地跟着他。

男人身形挺拔,西装裤挺括,姿态散漫随意,却透出几分贵气。

他打开厚重的防盗门,毫不在意身后两个人连珠炮似的问话,懒洋洋地报备:"我去遛狗。"他就差把"爷不想理你们"写在脸上了。

周漆和噤若寒蝉的大白对视一眼,眼里闪动着"绝对有鬼"的光芒。

方倩现在还没空儿收拾烟鬼,匆匆从厨房里出来,恶狠狠地瞪了大白一眼,塞了一个饭盒到喻嘉树手上:"顺便给瑶妹带过去。"

偌大的客厅登时安静了几秒。

戚瑶赶在叶清蔓反应过来之前说道:"我这就去接它回家。"

她的话音刚落,"砰砰砰"的敲门声就响起了,不疾不徐,卡着节奏响了三声,重归寂静。

戚瑶把手机屏幕倒扣下来,仿佛这样就能盖住叶清蔓愤怒的骂声一样,匆匆去开门。

门外的男人神色很淡,刚从公司出来不久,还没来得及换衣服,依旧穿着白衬衫、黑西裤,衬得人冷淡疏离,有着极强的距离感。

但他一开口,距离感就散了。

"怎么?"喻嘉树松松地把绳拎在手上,垂眸瞥了一眼小狗,又撩起眼皮看向她,似笑非笑的,"你是准备抛夫还是弃子?"

"没有,就是单纯忘了。"

她蜷了蜷手指,接过牵引绳,想了想,还是解释道:"这不是我的狗,所以总是出意外。"

喻嘉树点了点头。然后两个人一个站在门外,一个站在门内,中间横着一只立耳朵吐舌头的傻狗,相顾无言。

戚瑶开门太急,手里还握着空杯子,这会儿顿了片刻,顺势晃了晃玻璃杯,犹豫地邀请道:"进来坐坐?"

戚瑶搬来这里不比周漆早多少。

她上半年在两个剧组里泡着,几乎无缝衔接,都没回过 C 市。这套房子她一共来过两次,第一次是看房时匆匆一扫,第二次就是现在。

她家和对门的户型一样,近两百平方米的大平层,客厅装修简约,北欧风格,米白色为主。

吧台是大理石质感,围着餐厅绕了半圈,一旁的酒柜放了个七七八八,从深到浅按颜色摆放。客厅角落里放着一台跑步机。

喻嘉树粗略地一扫,能从零星的布置中感知到柔软的生活气息。

"戚瑶,你是不是带野男人回家了?!"蓦地,从吧台上倒扣着的手机里传来一道女声,"我听见了,啊啊啊!快把老娘放出来!我要看看什么男人能让你置好朋友于不顾!

"你这么随便,让你那十年的'白月光'怎么办,啊?!"

戚瑶的心脏重重一跳,太阳穴"嗡嗡"直响,她猛地把手机翻过来,摁下挂断键,头皮发麻地把手机攥在手里,转头去看那人的表情。

喻嘉树很轻地挑了挑眉,神情微妙,似笑非笑,手指在便当盒上轻叩两下,发出清脆的声响——这就是听见了,他真是一点儿都懒得装。

"坐吧。"戚瑶硬着头皮装没事人,轻声说道。

她也没想到,新家的第一个客人不是叶清蔓,不是乔念,会是他。

也许是因为不算太熟,喻嘉树没有开口打趣她。他恢复懒散倦怠的神情,散漫地落座于布艺沙发上,柔软的沙发浅浅下陷。

"方倩给的。"他伸手推来一个便当盒。

戚瑶打开来看,盒中是方倩刚做的草莓大福,白白胖胖,软软的,裹着糯米粉。

"谢谢。"戚瑶说道。

"烤箱里正在烤蛋挞,"戚瑶看了看表,"大概还有十分钟就好了,你能顺便帮我带过去吗?"

已经快10点了,她晚上出入别人家不太好,更难免寒暄推托一阵,很麻烦。

喻嘉树可有可无地点头。

戚瑶抿唇,蜷了蜷手指:"那你喝点儿什么?"

因为方才要拆便当盒,她顺势蹲在茶几边,纤细的身影蜷起,浅栗色的长发柔顺地披着,脊背挺直,颈项修长,姿态松弛却漂亮。

从喻嘉树的角度看去,他能看见她白净的侧脸,鼻尖小巧挺翘,睫毛纤长漆黑,像振翅欲飞的蝴蝶,轻轻颤着,桃花眼温柔,瞳孔是深棕色的,看起来温柔又安静。

他蓦地想起大白问他——是不是所有女艺人都从小就大方又自信?

不是的,但她现在能长成这样就很好。

喻嘉树抬眼看她,顿了两秒,不知怎么,一句"都可以"在出口时蓦地变了。

"Moonshine（月光）。"他说。

空气陡然寂静下来。

戚瑶顿了片刻："你确定？"这酒很烈，而且……

喻嘉树只是看着她，没说话，但戚瑶硬生生地从他略微挑起的眉毛里看出了"舍不得？"的意思。

她垂眸起身，神情不甚自在地绕到吧台旁。

她的酒柜里是有两瓶moonshine，北美产的甜威士忌，度数比较高，也不算贵，还没到她会舍不得的地步。但这酒更为大众所知的名字，叫作"月光酒"，"白月光"的"月光"。

戚瑶打开冰箱，在扑面的寒气中努力排掉杂念，强迫自己不去想他为什么偏偏点名要这个，想太多不是件好事。

澄澈的液体倒入杯子里，醉人的香气弥散开。冰块碰撞杯壁，发出清脆的声响。

"谢谢。"喻嘉树伸手接过。

他单纯不想回家，也不想回对门去接受拷问，却也不想让她太为难，准备客套两句就走了，忽而瞥见茶几上的资料。

"你在了解风行？"他挑了挑眉。

戚瑶没反应过来，"啊"了一声："对，我在准备投他们家的代言。"

喻嘉树诧异了一秒，勾起嘴角："这是可以告诉我的吗？"

每年风行发行新品，投系列代言人的艺人都很多，毕竟这几乎是圈内唯一一个不只看艺人影响力的品牌。风行会对名单保密，维护艺人隐私，最后呈现在大众面前的只有脱颖而出的胜利者。所以无论是谁，结果出来之前，都不会大张旗鼓地告诉外界自己去投风行了。

就算是品牌联系艺人的合作，在正式落定之前都有可能会黄，何况是这种堪称奇葩的合作方式。

"应该可以的吧。"戚瑶倒不是很在意，"努力了就行了，没什么好嘲讽的。"

挺好。喻嘉树点点头，视线扫过被压在所有资料下面的那一本杂志。烫金封面，色泽鲜艳，被主人保存得很好。

"所以为什么在看晶帆的报道?"男人垂着眼淡淡地问道。

戚瑶的脑子蒙了一秒。茶几上一沓风行的发家史、报道、人物传记之下,赫然压着一本以晶帆为封面的杂志,当头大字还是奇诡的标题——

"名校学生牵头创立公司,毕业三年后成功上市,成半导体市场潜力最大的黑马,其中是否有什么秘密?!"

其中"秘密"两个字的字号之大,几乎占据了半个封面。

不是,你听我解释……戚瑶顿了两秒,硬着头皮把这本杂志抽出来倒扣着:"这是正经杂志。"

"是吗?"喻嘉树挑了挑眉,不置可否。

戚瑶感觉脑子都烧成了一团糨糊,干脆破罐破摔,不解释了。

喻嘉树一扫,这确实是正经杂志——国内有名的新闻类期刊,执行主编还是他的老熟人。

封面大图配的是他在旧金山南湾念书时登上演讲台的照片,他穿着笔挺规整的黑色西装外套、领口板正的白衬衫,戴着酒红色领带,侧脸清俊,破天荒地戴了副金边眼镜,修长骨感的手松松地握住麦克风。他目光平直地直视前方,不骄不躁,不疾不徐,有属于成年人的平静稳重,波澜不惊中却仍然依稀可见当年的蓬勃少年气,好像十七八岁时,面容平静地站在一中的礼堂舞台上,却掩不住那股张扬肆意的劲儿。

十七八岁的少年啊,还没接受过生活的捶打,觉得全世界都在自己脚下,就算是登上珠穆朗玛峰摘星也轻而易举。

两个人的视线不约而同地落在这张封面图上,思绪不受控制地飘出,寂静的气氛在客厅里弥漫开。

半响,戚瑶张了张嘴:"我读过……"

"叮。"厨房里的烤箱停止了运作,发出烘烤完毕的声响。

她像被猛然拉出来了似的,"读过"两个字含混不清地在唇齿间走了一遭,匆匆消散在空气中,换成了"我去拿蛋挞"。

蛋挞液是她上午在楼下超市买的半成品,直接倒入蛋挞皮就可以放进烤箱里。蛋液鼓起,酥皮滚烫酥脆,还冒着热气。

戚瑶用烤箱专用手套把烤盘端出来,将蛋挞一个个放入分装的纸袋里。考虑到对面人比较多，且有可能各回各家，她烤了十二个蛋挞，三个一袋，一共四个袋子。

牛皮纸袋厚实，被她揉捏折叠时发出"窸窸窣窣"的声响。

喻嘉树不知道什么时候倚在了门边，看她一个不落地往里装蛋挞："你不留一个？"

她倒是想留，但是上午逛超市的时候没想到会被邀请去吃饭，以为十二个够她吃到年底，谁知道礼尚往来，一次就用完了。

戚瑶眨了眨眼睛，闻着浓郁的烘焙香气，狠下心把最后一个蛋挞装进袋子里："我在戒糖。"女演员嘛，怎么样都正常。

喻嘉树很轻地挑起半边眉梢，"哦"了一声。

防盗门无声地打开，德牧恋恋不舍地站在门槛里送他出去。

男人挺拔颀长的身影迈过门槛，一步步远去。

"晚安。"戚瑶轻声说着今晚的道别词。没说完的那句话就算了吧，她想。

喻嘉树顿了两秒，回过身看她。

楼道中的声控灯明明灭灭，空气一片静默。

他偏狭长的眼睛清亮，仿佛能一眼看进她的心里，像巨大的冷气团缓慢行经覆雪的香杉林，枝丫上落着细碎的雪，奇迹般卷走了她所有的彷徨与不安。

他仿佛叹了口气，很轻，惯常冷淡的眉眼垂着，带着点儿妥协似的，低声接过她未尽的话语："我知道你读过。"

戚瑶手里一沉，送出的牛皮纸袋去而复返，沉甸甸地落在她的手里，浓郁的奶香气和温热的触感抚慰着她缓慢跳动的心脏，鼻间萦绕着香杉与薄荷的味道，清冽却无端地让人想流泪。

喻嘉树看了她一眼，拎着剩下的三个袋子转身。

"晚安。"他说。

夜色寂静。

德牧没有趴在玄关的窝里，而是安安静静地蜷在卧室床边，呼吸均匀，睡得很香。

然而对有的人来说，这又是一个失眠之夜。戚瑶躺在床上，屈起手臂抵住额头，盯着天花板上的亮光发呆。城市已入眠，万籁俱寂，偶尔传来一声远远的鸣笛声，悠长又缥缈，好像来自梦里。

她眼前明明是白色的天花板，却不受控制地浮现出男人垂眼递过纸袋的模样——他的身姿颀长挺拔，侧脸清俊，少年时的张扬不羁已然被磨成了更深沉的气质，沉稳淡漠，不显山不露水。

如果说吃饭时她只是隐约有设想，现在就是笃定喻嘉树认出她了。他的记忆力向来好得惊人，何况还有周漆在旁边絮叨，两面之后，他凭借一些蛛丝马迹认出她是高中同校的同学，也不是不可能，也许还顺带想起他们为数不多的交集，然后顺口提一提。

戚瑶想：没什么，这不值得自己胡思乱想。

高中毕业到现在已经七八年了，他认出她了又能怎样呢？高中时形影不离的好朋友，到这个年龄分道扬镳、渐行渐远的也大有人在，何况她只是他隔壁班的一个女同学。

可是……万一他知道，她并不单单是擦肩而过的校友呢？

乱七八糟的念头在她的大脑里纷纷扬扬，搅得人不得安宁。

不可以这样，明天在播的剧大结局，她要和主演们一起连线直播。戚瑶轻叹了口气，起身走出房间，准备到酒柜里挑一瓶度高的酒助眠。

打开酒柜后，她顿了片刻，用纤长的手指抚上瓶身，在玻璃杯里不多不少地斟了半杯——是那瓶 moonshine。

周六，依旧是个晴天。

9月的C市天气似乎格外好，气温稍降，温度适宜，阳光明媚。

喻嘉树晚上没回家，在周漆家睡了一晚，阳光从窗帘的缝隙里透进来，他大早上就被"乒乒乓乓"的声音吵醒。

他站在房间门口，颇为无言地看着周漆左右手各拿着一个手机，腋下还夹着个平板电脑，艰难地用头打开了客厅的投影仪和电视。

"哥，快快，借我个微博账号，我要看我'女神'直播了！"

"你自己没有？"

"我三个号全用上了，还差一个，求求你了。"周漆举着两个手机给他作揖。

喻嘉树闭了闭眼，把手机扔给周漆："不记得密码，自己用。"

周漆乐呵呵地接过手机："好的，嘿嘿嘿。"

"这种感觉好神奇，'女神'就在我对门直播，我敲个门都会被她听到，说不定还会在直播间响起。"

喻嘉树没接话，转身去厨房打开冰箱，身形顿住："你把蛋挞全吃了？"昨晚放蛋挞的地方空空如也，哪里还有牛皮纸袋的影子？

周漆打了个嗝儿："对的。昨天大白和倩姐都走了嘛，你又不爱吃甜食，我就都吃了。"

整整九个……喻嘉树沉默两秒，关上了冰箱。

"大家好，欢迎大家来到《野棠枝》的大结局主演连线直播间，我们的六位主演已陆续到位。

"网络都没有问题吧？好的。"主持人掐着时间，"现在请主演们一一为大家做自我介绍。"

周漆拿支架摆好两个手机，把平板电脑支在茶几上，留了一个手机在手里："好了哥，别跟我说话了！我要看直播了。"

谁稀罕跟你说话？一口气吃了九个蛋挞的人，跟猪差不多吧。喻嘉树站在咖啡机前，抬了抬眼皮。

"大家好，我是《野棠枝》男主角萧子衿的扮演者，顾恒，很高兴跟大家见面。"

陌生的男声传出的时候，弹幕疯狂地刷着，密集到让人眼花缭乱。喻嘉树对这个名字隐约有点儿印象，但并不感兴趣，垂着眼摁咖啡机的按钮。

"哥哥吃早饭了吗？看起来好憔悴。"

"哥哥，好想你。起这么早困不困啊？"

"吃了，不困。"男人笑了两声，"好了，不刷了，接下来听我的女主角自我介绍。"

"妈呀！'我的女主角'！"

"秀恩爱的注意一点儿！全直播间五万人都知道你们在谈了！"

周漆不爽地"哧"了一声:"天天就会捆绑炒作。"

"大家好,我是戚瑶,在剧中扮演女主角谢昭。"

戚瑶的声音很有辨识度,她嗓音温柔,但由于咬字和情绪常常让人觉得冷淡。喻嘉树"哐当哐当"地往咖啡液里加冰块,闻声,动作顿了两秒,漫不经心地抬眼。

戚瑶因为要直播,所以妆比平时化得浓了一些。她坐在屏幕正中,纤长细白的手指攥着耳机线,微微前倾看弹幕,睫毛纤长,眼睛忽闪忽闪,眼角弯起,笑得很漂亮。

"谢昭小师妹你演得好好,大结局一定圆圆满满啊!"

"瑶妹今年还有什么计划吗?好好休息,不要太累了。"

"知道啦,今年不进组了,明年的计划可以等官宣。"

主持人按照剧本走流程,几个人都很配合,整个直播倒也和谐。

戚瑶时常会被弹幕逗笑,桃花眼弯起,简单地挑了两个问题回答。

"想看我演校园剧啊?"她轻声念着。

顾恒:"巧了吗不是?我也准备演个校园剧试试,不知道戚老师考不考虑我啊?"

"他舍不得,主动邀请瑶妹!恒子好爱她!"

"你们真的很配!"

"顾恒有女朋友谁还不知道吗?"

"有女朋友还热络地炒作。顾恒,你熟练的样子看得我心疼。"

…………

弹幕的气氛变得不太友好。

看见了也当作没看见,这是当艺人的必修课。

顾恒这两年风头盛得很,一直有传说他有相恋七年的女朋友,他本人没承认也没否认。这部剧是去年年初拍的,当时戚瑶在剧组过年,顾恒还自告奋勇地留下来陪她,被她拒绝了。

拍摄四个月,她没见过他所谓女朋友的影子,只有个女助理,但这件事应该是空穴来风。

戚瑶圆滑地把话接了过去,既没答应也没拒绝他,礼貌得当。

"笑死,顾恒的二搭都不要,她真以为自己多高贵呢?"

眼看着刺眼的评论在弹幕中越来越突出，主持人都有点儿慌张，只能挂着笑让大家平和一点儿。

顾恒这么多年不是白混的，勾起嘴角低笑着，自然地接过主持人的话头："戚老师有自己的事业规划，很正常。我反正就这么等着，戚老师想跟我搭的时候，我随时奉陪。"

一时间，"戚顾相当"的粉丝又活跃起来，满屏都是"他好爱她"。

只有C市中心十八楼的三个人沉默着抖了一身的鸡皮疙瘩。

"妈呀！"周漆一阵恶寒，搓了搓双臂，快速反应过来，在眼前四个设备上操作，"刷掉！"

"快乐小寸头送给主播@戚瑶一辆法拉利！

"快乐小寸头送给主播@戚瑶一辆法拉利！"

喻嘉树看了一会儿直播，满杯的冰块都开始融化，冷硬的棱角被消融掉，留下圆润的轮廓。他垂眼，轻松地拿着杯子迈步，从吧台绕出。

戚瑶顿了两秒，藏在镜头下的另一只手抓紧了椅子边缘，面上还是笑着："谢谢顾……啊？"

她一愣，露出几分错愕来——其他时候不是没有人送礼物，但是此刻屏幕上疯狂蹦出刷礼物的特效，连网络都卡顿了。

"XM芯片研发者-喻嘉树送给主播@戚瑶一艘游艇！

"XM芯片研发者-喻嘉树送给主播@戚瑶一辆法拉利！

"XM芯片研发者-喻嘉树送给主播@戚瑶一座梦幻城堡！"

XM芯片研发者-喻嘉树使用了特权，全屏幕喊话："顾盼生辉戚小瑶！绝世美女戚小瑶！你完蛋了，往后的日子你就等着吧！我从来没有这么喜欢过一个人，我真的是觉得，这一生就是为了来保护你的！！！"

戚瑶："……"

路过投影仪，看见自己的名字醒目地悬在屏幕上方的喻嘉树："……"

"不是，哥，真的！我是用错号了！咱们俩的手机又长得一样，我真没注意手里那个是你的，呜呜呜！你原谅我好不好？"周漆握着方向盘，苦着脸稳妥地停好车，没有立刻开车门，拱手向一旁作揖，头磕在方向盘上，差点儿行大礼。

坐在副驾驶座上的男人神色淡淡的，看不出情绪。

自从喻嘉树近距离地看到自己的名字出现在直播间上方之后，他已经两天没跟周漆说过话了。

不巧，那个直播间的观众里刚好有他的同学，那人当时含在嘴里的饭就喷了一半，发了截图问他，还发了朋友圈。

"树啊，好久不见，你也成了一掷千金的'榜一大哥'了？"

"怎么这年代还有用真名上网冲浪的？下次记得换号。"

喻嘉树："……"

他当天下午就回了家，什么消息也没回，就这么挨到了周一，周漆自告奋勇地送他上班。

周一的清晨，城市车水马龙，主干道堵得水泄不通，黑色的轿车好不容易才驶到风行门口。车窗外，高大的写字楼拔地而起，玻璃幕墙上映着朝阳，磅礴大气的建筑熠熠生辉，傲视四方，仿佛跟周围所有的摩天大厦都不在一个世界，好像一切在它面前都渺小如尘埃，包括一千米外的晶帆。

"行了，没生气。"喻嘉树盯着巨大的 logo，半晌，轻轻扬眉，"我在想公司的事。"

周漆小心翼翼地观察着他的神色："哦，好。今天第一天在这儿上班，你悠着点儿，好好工作，混过这段时间就回去了。"

"还会劝我了？"喻嘉树顿了一下，饶有兴致地挑眉，"之前对这件事最愤怒的人是谁？"

周漆撇嘴："那不是没有办法的事吗？这是你教的，既来之则安之，看淡点儿。"

"行了，知道了。"喻嘉树拉开车门，长腿迈出，一挥手，"回去吧。"

周漆坐在车里，看着男人颀长的身影一步步远去。

很奇怪，那身影明明和往常一样挺拔，他却仿佛看到被大雪压弯的香杉树枝丫，有些不堪重负。

递简历一周后，戚瑶收到了风行的第一次面试的通知，也接到了自己的单独命题。

"是什么？"叶清蔓在视频那头皱着眉，"《勇气》？"

化妆师手一抖："哎哟！正卸着妆呢，清蔓，注意表情。"

"哦，不好意思。"她的表情恢复松弛，声音却依旧疑惑着："怎么会是这个题？我上次是《多样》，起码还和那个系列沾点儿边吧？"

"不知道。"戚瑶咬着吸管，拿着张纸写写画画，做了个简易的思维导图出来，发散自己的思维。

风行的两次面试都是命题类的，给出一个关键词题目，自己设计展现，形式不限，文字、图片、PPT都可以。

最简单的当然就是把它当作一道论述题，阐述这个词语和新发行的产品系列之间的潜在关系，用词极其宏大浮夸，类似宣传文案，环环相扣，只需要一定的文字功底就能做到，但戚瑶不想这样。她对于这个词有自己的理解。

"你不会又要自己做吧？"叶清蔓看着她的动作，有些气愤，"简历自己做就不说了，怎么作品策划也要自己动手啊？你的经纪人呢？！"

化妆师这会儿不敢让叶清蔓放松眉头了，匆匆卸完妆就走出化妆间，还贴心地关上了门。

"乔念还要带几个新人。"戚瑶倒是没什么大反应，自顾自地想思路，"我在休假嘛。"

"真是气死我了，把你的资源分给新人，把经纪人也分给新人，你们那破烂公司就可着你一个人造作吧！"

"无可厚非，裴朗签了对赌协议，比谁都拼。"戚瑶用笔在纸上圈出一个关键词，心中有了个大概的设想，"这东西对我来说又不难，每天抽点儿空儿就能完成的。"她不甚在乎地弯起眼角，"而且团队来做还不一定吃香，万一风行被我的真诚打动了呢？"

叶清蔓瞪着她，感觉像一拳打在棉花上，半晌就泄了力："行吧，你开心就行。你的助理放完假没有？怎么感觉你瘦了好多？多补补。"

"大概还有两天就回来了。"戚瑶看了眼日期，"没瘦呢，这周吃了十二个蛋挞。"

"那你也挺能吃的。"

叶清蔓左右张望两下,确定化妆间没有人,凑到镜头前小声问:"怎么回事?怎么往家里带男人?小心被拍啊你!"

戚瑶反应了好久,才想起叶清蔓在说上周的事。

"是邻居。"戚瑶垂下眼,半真半假地道,"他只是过来送点儿东西,吃的……和你的狗。"

叶清蔓"哦"了一声,不感兴趣了,眼珠一转,又转回原来的话题:"我组里有个和赵敏同公司的小妹妹,听她说,赵敏的经纪人可是铆足了劲儿要这个代言给赵敏抬身价。赵敏今年还有两个大爆剧,你自己能不能行?"

赵敏是前辈,戏路和在全年龄段的知名度都和她们不一样。

"还行,也不用太紧张,我就是重在参与。"

叶清蔓"哧"了一声:"拉倒吧!你就是嘴硬。你虽说想要的东西少,但是哪个没拿到的时候不难过?你定好思路之后有需要我帮忙的就直说,借设备、人手啊什么的都可以,肯定比你们那破公司好。"

戚瑶笑道:"好。你是不是切出去刷微博了?"

叶清蔓:"你怎么知道?"

戚瑶:"因为视频卡在你猪鼻子的那一幕了。"

叶清蔓慌张地切回来,戚瑶弯起眼角,轻飘飘地说道:"我截图了。"

"不许发微博!"

虽说叶清蔓这样说,但戚瑶毕竟不是她公司里的人,她本人又远在山上拍戏,信号不好,一天歇不了几个小时,戚瑶最后也没有麻烦她。

戚瑶花了一整天的时间构思细纲。第二天下午,她最后理了一遍思路,飞快地写了个提纲之后,垂眼拨了个电话。

"喂?"

"怎么啦,瑶妹?"周漆那边很快接通了。

"我上次去你们家,好像看到有单反相机和三脚架,能不能借给我一周?"

"当然可以。"

不到半个小时,周漆就抱着一众和摄影有关的设备敲响了她的房门。大男孩儿穿着简单的T恤衫和牛仔裤,寸头理得利落,更像个大学生了。

戚瑶抱臂看了他好几眼,还是没忍住:"你今年多大了?"他能在科技公司技术部门上班,应该也不会特别小吧?

周漆:"21岁。"

他还真特别小。戚瑶诧异:"大学刚毕业啊?刚毕业就能买房了?"还是市中心的大平层。

"不是。"周漆摆手,"这房子是哥买的。因为我毕业之后没有住处了,到时候到处找房很麻烦,他就让我搬过来,把这儿当自己家。"

戚瑶"哦"了一声,盘腿坐在地毯上检查设备:"你跟他……有亲戚关系吗?"

周漆摇摇头:"没有。不过我是他资助上大学的。"

可他没比你大几岁。戚瑶只是在心里想想,敏感地察觉到这涉及隐私问题,不再往下问,清点着他带来的器材——单反相机、三脚架、稳定器,甚至还有麦克风和挑杆话筒。

"你的东西好全。"戚瑶感叹道。

周漆"嘿嘿"两声:"我们做电子信息的,各行各业的电子产品都有涉猎,你要是让我搬台红白机出来,我也能找到。"

"真的?"戚瑶仰头,睁大了眼睛,惊喜又期待。

周漆坐在沙发上,近距离盯着她的表情,脸腾地红了,一骨碌站起来,跟冲天的炮仗似的:"我现在就去给你拿!"

"不用,不用。"戚瑶被吓了一跳,伸手拦住他,"我这周有工作,玩不了,你下周给我吧。"

"哦。"周漆又坐回来,"对了,还没问你要这些干什么呢?"

戚瑶眯着一只眼调试镜头,定好焦距,相机屏幕中的场景逐渐清晰。

周漆看着她熟练地调试设备,动作干脆又利落,胸有成竹,有种与温柔的外表不符的魅力。

戚瑶仰起脸，桃花眼里有几分狡黠。她弯起嘴角，露出一个明艳漂亮的笑容。

周漆耳边响起她温柔又带着笑意的声音："拍个宣传片玩玩。"

虽说是休假，但戚瑶也不可能真的没工作，她这周早出晚归，背着单反相机和三脚架出行，录视频素材。

她还抽了一天时间出来去录了个综艺——好在不是户外真人秀，大半天就可以搞定。

忙碌的工作让生活充实起来，她没时间胡思乱想，但也不可避免地感到疲倦。幸好助理栗子放假回来了，她整个人轻松不少。

"栗子啊。"戚瑶坐在客厅的地毯上鼓捣着相机。

"怎么了？"年轻娇小的女孩儿正用水焯着牛肉，从厨房里探出头来。

戚瑶皱眉："你有空儿吗？帮我看看这个'SD卡（存储卡）无法读取'是什么意思啊？"

"马上。"栗子三两下把牛肉放进清水里，盖上盖子，洗了个手走过去。

"不知道啊，读卡器用不了吗？"

"嗯。"戚瑶抱膝坐着，后背靠着沙发背，"数据导不出来，我都换了好几个读卡器了，还是不行。"

栗子鼓捣了一会儿，也没成功，递还给她："我也不会，要不我帮你去问问？"

戚瑶呼出一口气："算了，我自己去。你接着忙去吧。"

她抱着相机和笔记本电脑起身，艰难地抽出一只手发微信。

1："在家吗？"

周漆回得很快："怎么了？"

1："相机出了点儿问题，我不太会弄。"

快乐小寸头："哦！在的在的，你直接敲门就行。"

周漆转头给喻嘉树发消息："哥！待会儿我'女神'要去，你好好招待一下她啊，千万千万不要甩脸子，算我求你！"

当然，喻嘉树没看消息，和戚瑶一样对接下来的不期而遇一无所知。

因为是见周漆，怎么着也算熟了，戚瑶连衣服都没换，穿着长袖长裤的宽松家居服，纯素颜，戴着副黑框眼镜，敲响了对面的门。

"砰砰砰——"她等了片刻，门内没动静。

双手被占满，腾不出手来发消息询问，她只又敲了一会儿。

白皙纤长的手指屈起，指关节叩着厚重的防盗门，在第四下的时候终于没了着落。

黑色的防盗门倏地被打开，楼道里的声控灯应声颤颤巍巍地亮起几盏。穿堂风从开着的窗户里吹进来，温柔地拂过来人的身上，她的鼻腔里顿时盈满清新的薄荷气味，眼前压下一片黑影。

男人简单地套了件T恤衫，发梢还在往下滴着水，在领口处洇开一小片深色水渍。他垂着眼擦头发，神情很淡。

"下次记得带钥匙。"他没抬眼，视线短暂地扫过门框，说着转身就要走。

戚瑶错愕地张了张嘴，出声快于大脑思考："可是我没有钥匙。"

喻嘉树侧身的动作一顿，他掀起薄薄的眼皮，缓慢地偏头看过去。

偌大的客厅里只有两个人，只剩下电视柜上的钟表指针在"嘀嗒嘀嗒"地走着，安静得过分。

"稍微等我一下。"戚瑶抱着相机和笔记本电脑，不知为何，有些拘谨地坐在沙发上，听见他简短地说。

她点点头，看男人转身往浴室走去。

他应该是刚洗完澡，敲门声太急，还没来得及收拾就出来开门，同样穿得随意，身姿修长挺拔，后颈搭着块白色毛巾，上半身的黑色T恤衫湿了一半，贴在脊背上，隐约能看见线条流畅的背肌，随着动作鼓动，有种蓬勃的张力，若隐若现的，很……

戚瑶匆忙移开视线。

喻嘉树大概擦了两下头发，换了件干净衣服出来。

柔软的面料浅浅下陷，他不远不近地在沙发上坐下，身体前倾，一只手肘撑在膝盖上，一只手向她伸来："我看看。"

戚瑶的鼻尖萦绕着一股香杉薄荷的味道，她一顿，攥紧手指，把相机递到他的手上，声音都放轻了："不知道为什么SD卡无法读取，拍的东西导不出来。"

长镜头分量不轻，单反相机沉甸甸地落在他的手上，他修长的手指轻松托住相机，小臂肌肉略微绷紧，肌肉线条流畅。

喻嘉树用长指在屏幕上点触，像是想到什么，忽然抬眼问她："能看吗？"

"啊？"戚瑶没反应过来，"什么？"

"没拍什么……"他神色微妙地顿了一下，"我不能看的东西吧？"

"没有！"她想了想，又补了一句，"都是正经东西！"

喻嘉树勾了勾嘴角，漫不经心地"嗯"了一声。

"应该是数据线不对，或者电脑接口电压不足。"喻嘉树简单地扫了两下，判断出问题，垂着眼伸手接过她的笔记本电脑，手指在触控板上滑动。

电脑屏幕亮起的一瞬间，两个人抬眼看到壁纸，不约而同地沉默了片刻。

戚瑶的壁纸是她随便设的，好巧不巧，就是之前粉丝做的"彩虹屁"合集。

这是她在超话里看到的，底图是奶黄色，上面有很多贴纸般的小人儿，是她从出道到现在饰演过的角色的剪影，有穿着校服的清纯学妹、天真又不食人间烟火的小师妹、娇憨可爱的王府嫡女，还有她上综艺时的表情包。

贴纸旁边配的是一些常见的"彩虹屁"文案，戚瑶只是觉得这张图片很有意义，从没细看过文字，谁知道，最中间一句赫然是——

"顾盼生辉戚小瑶！绝世美女戚小瑶！你完蛋了，往后的日子你就等着吧！我从来没有这么喜欢一个人过。我真的是觉得我这一生就是为了来保护你的！"

多么熟悉又陌生的文字……

一时间，偌大的客厅里落针可闻。

喻嘉树似笑非笑，一字一顿地问："正经东西？"

戚瑶："……"

两个人沉默着，在心里把快乐小寸头骂了一百遍，以致远在学校的周漆立刻就打了个喷嚏，引得全班同学侧目。

不知道喻嘉树鼓捣了什么，看起来很轻松，长指点了两下，几分钟之后，电脑屏幕上就显示"正在传输中"。

"好了。"他把笔记本电脑放到茶几上，"应该是数据线的问题。我待会儿重拿一根线给你，以后应该就没有问题了。"

"好。"她点点头，又犹豫着开口，"那我……先回去了？"

她这周准备素材很认真，确定有用的和稍微有点儿用的都录上了，这会儿传输进度条很缓慢。

喻嘉树扫了笔记本电脑一眼，手肘在膝盖上微微一撑，起身绕到吧台边，漫不经心地开口说道："待着吧。万一你拿回去的时候碰掉了，又得重来。"

"哦。"戚瑶坐回去。

"喝什么？"

她偏头看着喻嘉树长身站在吧台后面，头发半干，漆黑的碎发搭在额前，垂着眼，下颌线利落，薄薄的一层皮肉贴着颌骨，显得整个人锋利又冷淡。

咖啡机"嗡嗡"作响。

鬼迷心窍地，戚瑶说："Moonshine。"

空气寂静了两秒。

喻嘉树抬起眼皮看她，似笑非笑："没有。"明明是简单的两个字，戚瑶却从他的神情里看出了"那东西大概只有你有"的意思。

戚瑶："……"

他转身打开冰箱，往咖啡液里加冰块，随后拎了一瓶橘子汽水出来。玻璃瓶上还带着水雾，瓶底落在瓷质的茶几上发出清脆的声响。

男人半侧身，手指在瓶身上轻点两下，懒洋洋地拖着尾音："现在就只能委屈你一下了。"

戚瑶不知道为什么，感觉耳根有点儿烫，"哦"了一声，伸手接过

· 65 ·

瓶子，费力地拧开金属瓶盖。瓶盖的褶皱坚硬，增大摩擦力的同时也让她的手心红了一片，微微发疼。

戚瑶抿了一口汽水，熟悉的清甜味在口腔里弥漫开，甜而不腻，是夏天的味道。

一些不合时宜的感受飞快地涌上她的心头，仿佛碳酸汽水溢出瓶口的泡沫，猝不及防又来势汹汹。

气味是最能储存记忆的——

闻到桂花的香气，她会想起9月里背着书包走在学校旁的曲径上，居民楼的阿嬷从窗户里探出半个身子，晾着刚洗好的床单，热情地和她打招呼。

烘焙的香气总和在甜品店打工的那段记忆有关，浓郁的奶香气、滚烫的烤箱温度令人心生熨帖，好像能短暂地化开生活的冷和苦。

崭新的书本和油墨气味，会让她想起坐在教室倒数第二排靠窗位子上的时光。

少女看似认真地翻看着语文课本，心思和余光却不受控制地飘到篮球场上，追寻着7号球员的身影。

刚洗干净的校服衬衫被阳光暴晒，散发出温暖的香味。

柑橘、薄荷、香杉，一切类似顶级香水的组成成分，全都与他有关。

感受着那人在身旁坐下，戚瑶安静地垂眼，竟然奇迹般记起看他打篮球的那一天，是在高二的9月。秋风"哗啦啦"地从窗户灌进教室里，书页翻飞，恰好停在课外拓展那一页，黑色的油墨清晰地印着："此时相望不相闻，愿逐月华流照君。"

倏地，她的手里被塞进一卷白色的护指绷带，现实的触感将她从回忆里拉了出来。

崭新的、小小的一卷绷带躺在她的手心里，材料温柔亲肤。

戚瑶偏头看他。

喻嘉树挑了挑眉："女艺人的手不需要保护的吗？"他仰了仰下巴，微微俯身坐下，手肘搭在膝盖上，视线散漫地扫过绷带，"下次要自己开瓶盖，记得在手心上缠一圈。"

他声音平静，漫不经心，懒洋洋地拖着尾音，却在她的心里掀起波澜。

戚瑶蜷了蜷手指，手心微红的皮肤原本只是隐隐不适，此刻却无端地发起烫来。

高层窗外的风呼啸，栗子在厨房里炖牛肉的香气从没关严的门缝里传出来，秋天的萧瑟与温暖两相比较，才觉出温柔的可贵。

戚瑶弯起眼角，半开玩笑地打岔："要是我不想自己开呢？"

男人坐在茶几前，侧脸清俊，垂着眼，长指微动，检查她的文件是否已经全部传输完毕，眼都没抬，漫不经心地回了一句："那就敲门。"

戚瑶一顿，握着那卷绷带，不确定地问："嗯？"

他掀起眼皮看过去："我帮你开。"

愿逐月华流照君……今时今日，那个人好像就在月光下。

9月的最后一天，温度降到20℃。

路两旁的梧桐树被稍显凛冽的秋风一刮，落叶簌簌地打着旋儿落地，金黄的银杏叶在风中摇曳。

一辆黑色的保姆车在秋风中平稳地驶上主干道，低调而不失气度。

然而车内——

"怎么才告诉我你的'白月光'住你对门啊？！虽然我在拍戏没时间睡觉，但是有时间听八卦啊！他说啥？'我帮你开'？"

戚瑶坐在后座上，膝上摊着一沓资料，正垂着眼翻看，纤长羽睫颤了颤，随意地"嗯"了一声。

叶清蔓尖叫："天哪！这不就是在向你示爱吗？他主动提出帮你开瓶盖！他好爱你啊！"

戚瑶缓缓皱起眉："你偷偷去逛超话了？"不然她这一身从刀里嗑出雕花糖的本领是从哪里来的？

"怎么可能？网都没有。"叶清蔓撇嘴，"这是大家看有情人互动自带的敏感！他这句话跟表白有什么区别？不然人家吃饱了撑的啊。买得起你对面的房子，十有八九非富即贵吧，这样的人每天守在家里给你开瓶盖？"

那不过就是他一句随口的玩笑话罢了。戚瑶被她逗笑了："行，你说什么就是什么。我在面试路上，没空跟你掰扯。"

"什么面试？"叶清蔓拿着瓜子的手一顿，她惊掉了下巴，"天！是今天啊？那你这个时候还接我的电话？好了好了，我挂了，你认真准备啊。待会儿别太紧张。"

戚瑶挑挑眉："好。"

其实她不怎么紧张。叶清蔓总以为她把这件事看得很重，也许是她这些年想要的东西太少了。

戚瑶下车时只戴着口罩，拿着手机，把资料留在了车上。

临时抱佛脚只会越来越慌张，这是她从学生时代就了解的事情。能做的她都做了，不差这一会儿，尽人事听天命。

风行把第一次面试的时间排得紧凑，20分钟一个人，随机排序，可能上一个面试的人是某电视剧最佳男主角，下一个就是刚出道的网剧女配角。

当然，大牌还是有大牌的优待。虽然没有明说，但大牌艺人不用亲自到场，采用现场视频会议，或经纪人代为面试等方式都可以。

栗子跟着戚瑶穿过风行辉煌大气的大厅，跟着引导的工作人员上了八楼。

戚瑶近年在金碧辉煌的地方走惯了，没什么好奇的，安静地把脸藏在鸭舌帽和口罩下。倒是她身旁的小姑娘，一直忍不住好奇地张望着。

在签到处签下名字后，栗子凑到戚瑶身边，压低声音问道："瑶妹，那是赵敏老师吗？"

戚瑶闻言往1号休息室里瞥了一眼，透明的玻璃干净透亮。三十来岁的女人一身干练的白色西装，坐在单人沙发上，姿态与神情极其松弛。

"是。"她回答道。

赵敏显然也看见了戚瑶，视线在空中交会，女人举起手里的纸杯——红色唇印明显地留在杯口上——遥遥地敬了她一下。

戚瑶隔着玻璃颔首，走进了隔壁的休息室，取下鸭舌帽，撩了把头发。

"怎么她也亲自来了？按理说我们都不用到现场的，她这种地位的人也会为了一个代言这么费心吗？"栗子给戚瑶倒了杯水，压低声音疑惑着。

戚瑶面容平静，指尖在桌面上轻叩两下，抿了一口水："据说她准备从公司脱离出来单干，还想带点儿人走。"

栗子"哦"了一声："那就不奇怪了。这可是风行，全线的资源握在手里，是不一样。"

门没关严，墙角边的实习生压低声音聊八卦，声音从门缝里传了进来。

"一周了，我还没见过空降的那位副总，据说见过的没一个不夸他帅的，又年轻又厉害。"

"我知道，我知道，他好像是国内名校本科和常春藤硕士，去年刚毕业，不过是理工科。小徐上次上去送文件，回来时都被迷傻了。"

"那位一般在楼上不下来啊，我们这层次的又上不去，只能期待哪天在电梯里偶遇一下了。"

"偶遇有什么用，你们知道他姓什么吗？吃了熊心豹子胆也不敢做这种梦，言情小说看多了？"

"砰砰"两声，在角落里围着聊天儿的年轻女孩儿像受惊了一般，对视几眼，作鸟兽散。

"戚瑶老师，到您了。"工作人员躬身推开门。

会议室大而宽阔，四四方方，头顶白炽灯明亮，落地窗明净，C市中心地带一览无余。

三个西装革履的人坐在戚瑶对面。工作人员为她拉开椅子，做个了"请"的手势。

戚瑶坐下的时候，心情十分微妙。她大学还没毕业就签了公司，从此在各个剧组奔波，没来得及体会应届生面试时的感受，今天总算可以弥补点儿空白。虽然这和应届生面试并不完全一致——职业特殊性摆在这里，氛围更像是大家围成一桌聊聊天儿。

"戚老师。"坐在中间的短发女性点点头，接着旁边的屏幕上开始播放戚瑶的作品。

戚瑶也是第一次和别人一起看成品,坐在椅子上,神情认真。

十二楼,市场部办公室。

周漆拘谨地坐在沙发上,隔着一扇透明的玻璃看外面密集的工位,一眼望去,清一色的黑色头顶,所有人都在埋着头专心致志地工作。他再细看,其中有不少人头发已经不怎么黑了,依稀透出头皮底色。

他搓了搓手臂:"妈呀,风行这工作氛围够压抑的,我在外面走都不敢说话。"他要不是在附近吃饭,想顺便蹭某人下班的车,都不是很愿意进来。

话音未落,办公室的门被叩响,纯情大学生顿时噤若寒蝉。

"小喻总。"

来人穿西装包臀裙,留及腰大波浪鬈发,红唇明媚,蹬着一双8厘米的高跟鞋,大长腿健步如飞。

周漆吃惊地盯着那双细跟鞋,感觉现在的职场女性也太拼了。

"X-11系列的宣传片和海报图片已经做出来了。楼下的面试接近尾声,大概一个小时后就能出结果,文案版整理在这里,您要看一下吗?"

"放这儿吧。"喻嘉树没抬眼,长指轻点两下桌面。

秘书察言观色,把文件放在桌上,踩着高跟鞋快步退出去。

直到"嗒嗒嗒"的声音被关在门外,周漆的视线追了秘书一会儿,他才敢接着出声:"哥,你会不会在风行待一阵子,带个嫂子回来?"

喻嘉树:"嗯?"

"办公室恋情多酷啊。霸道总裁和娇羞小秘书,白天上司和下属,晚上……"

"精神病院出门左拐。"喻嘉树眼都懒得抬。

周漆噤声,坐在沙发上对手指,没一会儿就忍不住了:"对了。"他试探性地问道,"前两天瑶妹去家里,你没欺负她吧?"

喻嘉树很轻地挑起半边眉毛,吝啬地投去一眼:"你为什么觉得我会欺负她?"

"你不就这样吗?看谁不爽就不理,刚刚就这样对我。"周漆小声嘟哝着，蓦地不知道想到什么，大吃一惊，瞪大眼睛看着他，"你不会直接没给她开门吧？！"

喻嘉树都要被气笑了，视线在摊开的面试时间安排表上一扫而过，修长的手指交叉，往椅背上一靠，似笑非笑地道："你下去问问她？"

八楼。

会议室的灯光暗下来，只留下屏幕上的视频缓慢播放着，像徐徐拉开的舞台帷幔。

视频开篇是极其宏伟的C市中心。车水马龙，日升月落，玻璃大厦映出变幻的天色，画面以极快的速度飞掠，像极了纪录片或央视广告的开头。

紧接着，视野蓦地缩小，拉近到街景。路过的人纷纷杂杂，或行色匆匆，或优哉游哉。随着人群远去，屏幕中心缓缓浮现出几个大字——

"你做过的最勇敢的事是什么？"

掉了两颗门牙的小男孩儿手里握着根棒棒糖，抬头看了年轻的母亲一眼："我从不欺负班上的女同学。"

红领巾戴得规规矩矩的小女孩儿晃着马尾辫思考片刻，表情自豪："我通过竞选当上了班长。"

"我们都有想去的地方。"怀里抱着许多本厚厚练习册的高中女孩儿们对视一眼，不约而同地笑起来，"再远也想去的地方。"

提着电脑包，身穿蓝色衬衫的男人匆匆从地铁口步出，不知想到了什么，茫然的神色忽然平静下来，带着些怀念："我大学的时候搞过乐队演出，当鼓手，贼酷。"

在咖啡厅一角做汇报文稿的女人愣了好一会儿，温柔腼腆地笑笑："刚实习那会儿，在老板眼皮子底下翘班，顶着台风去看演唱会。"

公园边背着手遛弯儿的老大爷眯起眼，用方言慢吞吞地回答："我父亲去世的时候，我没有哭，说不读书了就不读了，打工养活一家人。"

老大爷边上坐着的老太太是他的老伴儿，伸手逗鸟，笑眯眯地看他一眼："最勇敢的事啊？当然就是不顾别人反对，嫁给他啦！"

…………

男女老少，从幼儿到老年人，形形色色的人快速地从视频中一闪而过，每个场景都可以让人浮想联翩。

所有人自认为勇敢的时刻在这一瞬间汇成一个人的一生。

道路的尽头是绚烂的光点，两旁的梧桐树随风飘摇，发出"簌簌"的声响，夹道欢迎缓慢走来的女孩儿。

戚瑶穿着条碎花裙，白色的帆布鞋踩在秋天的落叶上。她清瘦漂亮，从光芒中走来，面容沉静，在街头慢悠悠地晃荡着。

她经过围墙低矮的幼儿园，儿童嬉戏打闹的声音从院子里传来。

牙齿漏风的小男孩儿猛地冲出来，手指紧紧攥住衣角，面上却不露怯，挡在女孩儿面前，瞪着眼盯着欺负人的小孩儿，缺了两颗牙的面容看起来竟然有几分英俊。

"咔嚓——"

她用食指和拇指捏着手机晃荡，拍了张照片，从教室外的零食堆里顺了一支棒棒糖，拆开塞进嘴里，接着向前走。

一年级（2）班的教室在一楼，打开的玻璃窗里，娇小的女孩儿站在讲台上，手心全是汗，马尾辫紧张地晃动，咽了咽口水："大家好……"

她把手里的稿子攥得死紧，随着演讲的推进，轻飘飘的纸张终于免遭蹂躏，言语越发流畅，她逐渐自信起来。

"咔嚓——"一个转角，场景又变了。

高中的环境要紧张得多，走廊上肃穆无声，众多学子埋首奋笔疾书。

戚瑶放轻了脚步，站在明净的窗户外。窗边的女孩儿神情认真，握着笔的手指收紧，在日记本上一字一字地写下："三年后，我要去北京。"字迹娟秀，落笔无声却有力。

"咔嚓——"戚瑶一个转身，到了大学校园里。

晚课后仍在学校里晃悠的人不少，三三两两的少年站在路边理好吉他、贝斯与架子鼓的线，单腿支起，坐在圆凳上，拨下和弦。

他们神情腼腆，却也渐渐地能直视观众，夜色温柔，微风轻拂，引得无数人驻足。

"咔嚓——"戚瑶背着手一步一步地走,步子灵动又悠闲。

天空渐渐变暗,低饱和度的云沉甸甸地压在头顶。

秋天的雨来得很急,淅淅沥沥地坠在还未来得及掉落的梧桐叶上,顺着宽大的叶面下滑。

身穿碎花裙的女孩儿拐进便利店,门口的风铃随风"叮咚"作响。

雨滴在屋檐下连成线。一对头发花白的夫妇坐在长椅上,神色安宁,眼角眉梢都是恬静的笑意,面前一份关东煮的热气袅袅升起。

戚瑶坐在檐下,看穿着西装的年轻女孩儿从写字楼奔逃,在越来越大的雨势中奔向体育馆。

巨大的LED屏幕正实时转播着演唱会现场。舞台巨大,一束幽蓝的灯光打下,照耀在一袭长裙的女人身上。

"我也不是大无畏,我也不是不怕死。"

声音响起的那一刹那,场馆中万千观众的欢呼声几乎要震破屋顶,在城市中回响。女人安静地站在舞台中央,身影纤细,眉眼恬静平和,眼角眉梢都是笑意,开口令人惊艳,温柔的粤语混着磅礴的雨声遥遥传来。

"但是在浪漫热吻之前,如何险要,悬崖绝岭为你亦当是平地。"

戚瑶坐在落雨的屋檐下,隔着狂风暴雨听她唱歌,歌声有种满载厚度的奇特穿透力。

"旁人从不赞同,连情理也不容。仍全情投入,伤都不觉痛。"

女孩儿侧耳听着,垂眼翻看一路上拍下的照片——

挺身而出的小朋友,故作镇定的小女孩儿,埋首奋笔的高中生……无数人自认为最勇敢的瞬间。

"如穷追一个梦,谁人如何激进,亦不及我为你那么勇。"

半晌,她似是做了什么重要的决定,握着手机的手收紧,深呼一口气,拨出了电话。

镜头拉远,水珠从梧桐叶上滑落,雨滴在屋檐下连成线。

"嘟嘟"的声音响起的时候,杨千嬅正好唱到那一句:"沿途红灯再红,无人可挡我路,望着是万马千军都直冲。"

画面的最后,戚瑶站在阴雨天的屋檐下,裙摆和长发随风飘动,神情恬静淡然，一双眼清冷如冬日覆雪香杉。

她缓缓垂眼，声音很轻："喂？"

遥远的地方还有声音在应景地唱——

"我没有温柔，唯独有这点英勇。"

最后一句散在空气里，画面渐渐重归黑暗。

视频播放完，会议室里安静无声，落针可闻。

平心而论，这当然是一个很好的作品，无论是从命题的角度来讲，抑或是从视频本身。一以贯之的视角，完整的故事，恰到好处的留白……低饱和度的色彩让整个画面有一种高饱和色彩无法企及的温柔，像雨天在窗边做了个梦，引人遐思。

但是……

会议室的灯又亮了起来，将人重新拉回现实。

中间的短发女性HR斟酌着，率先开口："首先我们想请问的是，您为什么会采用这样的呈现方式？"她顿了顿，"要知道，这只是个简单的初面，大多数人是坐到这里来背稿子，阐述命题和产品之间的联系。"

戚瑶没怎么思索："我只是很喜欢这个题目，觉得如果不做好一些，自己会很失望。"

她语气温和，声音却笃定，不疾不徐，温和地拂过耳边，让人如沐春风。

但这毕竟是场甲方挑选代言人的面试。左边的男性较为尖锐，紧跟着开口："所以您只是单纯因为喜欢这个词语，并没有着重挖掘命题与风行新系列的关系？"

戚瑶看向他。

很多时候人们不得不承认，美貌的人是会得到优待的。四目相对，男人放在桌上交叠的双手微动了动，语气稍微缓和了些："我承认，这个一星期内制作出的作品无论是脚本、镜头还是剪辑都称得上优秀，但在这长达五分钟的视频里，我几乎没有看到任何与产品有关的东西，您如何解释这一点呢？"

戚瑶安静地听着，微微偏头，平静地接住问题："这也正是我想表达的。"

会议室静了片刻。

她扫了一眼面前的人,不疾不徐,不卑不亢地继续:"宣传片,一定要紧扣中心,句句不离产品,和广告或发布会视频的拍摄方法别无二致吗?"

她在翻阅风行往年产品的宣传片时就发现了,不管是他们的宣传短片还是文案,都是从企业文化的角度出发,与其说是在介绍产品,倒不如说是在极其生硬地灌输企业文化观念。

三个面试官一愣,接着对视一眼,眉眼间尽是疑惑,等待她的下文。

"纵观风行多年来的宣发,基本是从宏大的叙事角度出发,动辄上升至社会乃至国家层面,这固然有优点,但弊端则更为明显。"

戚瑶抿唇,视线落在桌面摆放的杂志上,"民族企业"四个字格外显眼。

"人人都知道你们是很好的国产品牌,是值得信任的老牌通信企业,有部分人群愿意为情怀买单,但并不代表所有人都吃这一套。

"宣传片的本意就是扩大知名度,在风行的名号已然尽人皆知的情况下,如何让产品与消费者需求产生共鸣,就是更新的命题。

"官博粉丝近40万,没有一个系列产品的宣传片转发量过百,没有一次因为宣传主题出圈,贵司真的没有反省过吗?"

HR的第一反应是皱眉。

明明是很尖刻的问题,任何一个人坐在被动的位置讲出这些话,都会让对方感到冒犯。但是戚瑶太平静了,吐字清晰,声音温和,神情认真,一双桃花眼里尽是细碎的光芒,让人感到无关立场的诚挚。

"风行X-11系列首次运用国内全自主研发生产的芯片,其中有敢为天下先的勇气。合作方晶帆首次突破技术壁垒,自研自产,将设计的操作系统与基带芯片投入生产环节,其中有不甘屈居人后,奋起直追的勇气。这类像高中政治大题答案的回答,当然很轻松就能说出口,甚至不需要背稿。"

戚瑶微微偏头,思忖两秒,复又开口,桃花眼里闪烁着细碎的光芒,像夏夜的星:"但是贵公司有没有想过,仅仅关注极高的价值层面,是失之偏颇的?"

她的声音极其有特点,温和中不失清越,娓娓道来,会让人短暂地丧失反驳的欲望,不由自主地继续听下去。

"国家、社会、民族精神……这些当然很重要,但是作为宣传片的主题,很难引起大部分消费者的共情。

"风行需要一个引子,一个从微小处落点,继而燃向广告、海报,乃至发布会的导火索。'多样'也好,'勇气'也罢——"她神色平静,极其认真地看着面前的人,平和的目光掠过对面人身后的白墙,仿佛在隔着单向玻璃对会议室外的人讲话,"不管是什么样的词语、什么样的命题,想要在人群中引起共鸣,真正做到从内心深处打动他人,就必须从每一个人的视角出发,而不是虚无缥缈的企业文化。"

秋日的风拂过树梢,在高楼大厦的窗边呼啸而过。戚瑶安静地坐在椅子上,目光沉静又笃定。

一片沉默里,喻嘉树听见她说——

"宏观叙事下的普通人,才是我们更应该关注的对象。"

此言一出,满室寂静。

会议室一旁透过玻璃观看这场面试的两个人也静默无言,只余风在窗外呼啸,落日时分的暖黄光芒,轻柔地落在她的身上。

普通人啊……

风雪中抱薪取暖的是普通人,荆棘中为自由开路的也是普通人。环卫工人、厨师、教师、医生、科研人员、文艺与自由工作者……千百个职业,无数个微小的细影汇成洪流,构成人类社会的所有。

再宏大的叙事也是由人构成的,就连风行如今的成绩,也是由无数人日夜不休地工作达成的,因此,他们既不可将虚无缥缈的企业精神浮于个人之上,也不可完全脱离个人视角,去讲述不存在的空中楼阁。

"说得真好。"周漆喃喃着。

喻嘉树将长指在腿侧轻叩两下,抬眼仔细打量戚瑶——

她穿着简单,既不过分正式,也不显得随意。米白色的针织长袖上衣,浅浅的V字领露出精致白皙的锁骨,长发柔软地披散,与那天她身穿家居服素颜去他家的时候有些不一样。

她在家里是温柔乖巧的女孩儿，为了小狗和无法导入的数据而发愁，在外却可以一针见血，不疾不徐地理性分析，单独撑起一整片天地。

仔细研读风行的历史，没有让她沉溺于从前的窠臼，她反而从中发现问题，并大胆地提出来。无论是用近乎完美的作品来交出答卷，还是毫不避讳地表达自己的观点，她都做得非常漂亮。

会议室内，三位 HR 面面相觑，一时竟然无言。

最右边那位女士一直没开口，思索片刻，眉眼间带着些笑意，近乎温柔地看向戚瑶："虽然有些冒昧，但我们需要确认的是，创意是您自己的吗？"

"是的。"戚瑶很安静地坐着，顿了两秒，补充道，"确切来说，整个作品都是我独立完成的。"

身穿蓝色西装的女士面露惊讶："包括剪辑？"

"包括拍摄和剪辑。"

这位 HR 露出类似惊喜的神情，犹豫了片刻，又接着说道："这只是个简单普通的 10 分钟初面，您这样做会不会成本过高？万一没通过，您不觉得过于浪费您的时间吗？"

戚瑶摇摇头："我不怕浪费。把时间花在自己想做的事情上，无论结果好坏，都不是浪费。"

玻璃的另一边，喻嘉树动作蓦然一滞，定定地看着她。

他眉眼轻扬，瞳孔漆黑，狭长的眼里闪动着细碎的光芒，若有所思。

"我不怕浪费。"她的声音轻柔平缓，再简单不过的一句话，却不知道为什么依然在他的耳边环绕。

她像包裹着坚硬糖芯的棉花糖，远看柔软细腻，内里是什么模样，却要触到才知。

"天哪……"周漆感动得恨不得以头抢地，热泪盈眶，"我的'女神'好厉害。看啊！这气质、这思想，太完美了吧！"

喻嘉树不知道在想什么，没搭话。

周漆含着热泪大力夸赞:"人家不是花瓶!是实心的!"

喻嘉树回过神来,很轻地挑眉,垂眼看了一眼时间,缓慢地转身,拎着外套往外走:"实心的是什么?保龄球瓶?"

周漆无语,满脸的敬佩和感叹还没换下去,依依不舍地看了里面坐着的人两眼,赶紧追上去:"哥,你之前是不是也说过一样的话?"他边追着前面人的脚步,边皱着眉思考。

"什么?"喻嘉树漫不经心地应道。

"就是说风行太注重公司价值,不把重点放到个人身上,太宏观、太虚浮了。"

到了下班的点,走廊上有不少员工跟喻嘉树打着招呼。喻嘉树一边颔首回应,一边散漫地回周漆:"是吗?记不清了。"

周漆:明明你是前几天才说的好吗?我不信你不记得了!

他呼出一口气,敢怒不敢言,跟着喻嘉树进了电梯,视线从反光的镜面上不经意一掠,发现喻嘉树嘴角微勾,眼尾上扬,一副心情很好的样子。虽然很淡,但喻嘉树确实在笑。

周漆有点儿摸不着头脑。

栗子拿着戚瑶的帽子和口罩,暗自打量她的神色,一边往前走,一边担心她太紧张,插科打诨地找点儿话来说:"瑶妹,刚才你面试的时候,清蔓给你发了好多消息。"

戚瑶落后栗子两步,还在想刚才的事。

HR 跟她说三天内出结果,她点头谢过,然后一出门就碰到赵敏。对方笑意盈盈地跟她打了招呼,悠然地进了会议室的门,似乎是排在她后面。

按分组来算,赵敏应该和她是同一个题。

初次面试人数少说有上百人,偏偏跟"金鹰女神"一个组,她也算是运气够好的。

"是吗?"戚瑶一边想,一边心不在焉地回复,"她说什么?"

栗子一顿,神情犹豫地一边伸手摁电梯按键,一边凑近戚瑶,小声说道:"清蔓姐说,你要是面试过了……"

左看右看,见走廊上此时只有寥寥几人,站得比较远,栗子才压低声音接着说:"她请你去 C 市最好的娱——乐——场——所——"

戚瑶猝不及防,差点儿被口水呛到,咳了两声。

什么东西?!

她耳边传来机械缓缓运作的声音,电梯门堪堪合拢,还留着一丝缝隙漏出光,复又缓慢打开。暖色的落日光线浅浅地洒进电梯,照亮了里面的两个人。其中一个张大嘴巴,目瞪口呆,短发都快跟着竖起来了;另一个身姿修长挺拔,单手拎着外套,神情微妙,似笑非笑地看着她——

喻嘉树。

第三章
见字如见人

一阵尴尬的沉默在四个人之间蔓延开来。

戚瑶：什么娱乐场所啊？我是个正经人！而且为什么偏偏碰到他？！

她尴尬得头皮发麻，几乎被钉在原地，无法动弹。她不动，栗子也不敢动。

直到电梯门又要缓缓关闭，喻嘉树才抬手用食指按下开门按钮。他依旧是那副似笑非笑的模样，语气散漫："不进来吗？"

"还是说，"他微妙地一顿，似有深意地望着她，"你有别的约？"

戚瑶沉默两秒，觉得自己比较适合坐下一趟，但也只是想想。她略略弯起嘴角，露出个有些勉强的笑，走了进去，迈步、转身一气呵成，全程目光落在脚尖上，一转身就迅速盯着前面，没给这俩人分一个眼神。

但很不巧的是，随着电梯门缓缓合拢，四个人目视前方的模样被映在擦得锃亮的门上——高高矮矮，男男女女，扎马尾辫的、寸头的、长发披散的、额前黑发散落着的四个脑袋，清一色的古怪神情一览无余。

戚瑶："……"

方形空间逼仄，安静得不像话，她盯着一层层缓慢下落的数字，决定先发制人:"你们怎么在这里?"

周漆早憋得难受,瞄了喻嘉树两眼。见那人垂着眼,漆黑的眼睫挡住眼中的情绪,神情很淡,看起来多半是不想理她,他赶忙开口:"我在周边吃饭,过来蹭车。哥他来这儿上——"

"上课。"喻嘉树蓦地出声打断周漆,漫不经心地截住话头。

周漆说到一半的词只好生生绕回喉咙口:"对,上课。"

他说完看了喻嘉树一眼,后者没事人似的,目光落在电梯门上。

他哥这是在干什么?快乐小寸头又有些摸不着头脑。

"嗯?"戚瑶抬眼,确实有点儿好奇了,"上什么课?"

"市场营销、项目运营,什么都上。"喻嘉树微微拖着尾音,却不让人觉得懒散,反倒有种自内而外的松弛感,目光平直地落在前方。

戚瑶站在他前面。

她不算矮,但男人的身形过于挺拔,两人还是有些身高差。

她闻声抬眼,两个人的目光不经意间在镜子里相撞——

他好看的眉眼如此清晰,瞳孔漆黑如曜石,目光仿佛不是落在镜子上,而是直勾勾地落在她的身上。

两人目光交会,戚瑶的心跳蓦然停了一拍。

电梯内逼仄,两个人距离很近,仿佛她一回头鼻尖就能擦到他的身上。香杉薄荷的气息被放大无数倍,萦绕在她鼻尖。

然后她听见他带了些笑意的声音从身后传来,尾音漫不经心地拖长,衬出大少爷的一身懒劲儿:"但都没有戚老师讲得好。"

他看她面试了!戚瑶立刻就意识到了这一点。

不知道为什么,刚才她坐在三个人面前都没有胆怯,这会儿却忽然有些心虚。

"哪里哪里。"她颇有些不自在地移开视线。

正逢电梯门开,一楼大厅的灯光和嘈杂声一同涌入。戚瑶垂眼从栗子手里接过口罩和帽子,前进一小步才回头冲他们挥挥手:"那我先走啦!"她的袖口有些长,堪堪挂在掌心,只露出如葱白般白嫩细长的五指,她的手指微微张开,在他们的眼前晃荡了两下。

栗子欲言又止,扫了他们俩一眼,跟着戚瑶出去了。

周漆看着戚瑶走远,她身材姣好,穿着米白色针织上衣和同色阔腿裤,显得人温柔又清瘦:"怎么随便穿也这么好看啊,这身衣服估计又要被收进穿搭合集里了。"

喻嘉树垂眼,按下关门键,电梯缓缓下降至B1层。

"哎,不对。"周漆反应过来,"我们不就住在对门吗?她为什么还要分开走啊,直接蹭个车不行吗?"

喻嘉树哂笑一声,指尖叩着栏杆:"你看人家想跟我们一起吗?"

戚瑶走出风行大门才反应过来,蓦然止住脚步。

栗子寸步不离地跟在她后面,差点儿撞上她的肩膀,捂着鼻子停下来。

"不对啊。"戚瑶转头,"我们的车不是在地下停车场吗?"

您终于反应过来了啊?栗子撇嘴看她:"对啊,刚才想叫你来着,你跑太快了。"

戚瑶将半张脸藏在口罩下,叹了口气。她们这会儿下去说不定又撞上他们,怪尴尬的,索性再等会儿。

醇厚温暖的香气从远处飘来,她转头瞅了会儿,慢悠悠地晃荡到街边的小贩处。

小车上的烘炒炉内热气滚滚,一颗颗饱满的板栗随着搅动上下翻飞,香甜诱人的气息飘得很远——秋天的气息。

戚瑶坐在车上,单手托着沉甸甸的纸袋,温暖熨帖的温度从手心里传来,甜香味散在整个车里。

她抬眼看着窗外沿路盛开的丹桂,歪头拍了一张。

黑色的车辆缓缓停在路口白线内等红灯,戚瑶倚在窗边,额角贴着冰凉的玻璃,看街边的孩童玩闹。

"栗子。"她忽然想起什么,"我这周有行程吗?"

栗子翻看着备忘录,迅速报告道:"周五有个杂志拍摄,周六和周日是真人秀综艺,下周一念姐带剧本过来给你选。"

车辆缓缓起步,戚瑶将视线从蹲着打板的男孩儿身上移开,浅浅地应了一声:"那明天去趟院里吧。"

栗子一顿，回头看着她说道："好。"

车里忽然安静下来。

戚瑶垂眼，在屏幕上打下几个字，思忖犹豫片刻，又删除，换成了分享一首歌。

喻嘉树刚走进家门，他的手机屏幕一闪，收到微博的消息提醒——"来看看附近可能认识的人吧"。

他没什么情绪地准备将消息滑掉，但周漆跟他说了句什么，他偏头去看，手指一触，再回头时已经点了进去。

微博的配图是三张照片，前两张分别是看起来就热腾腾的糖炒板栗纸袋，窗外的成排丹桂，仿佛隔着屏幕也可以感受到桂香混杂着香甜板栗的气味。

他望着那条熟悉的路和露出来的半截衣袖，顿了两秒。

那袖口略长，堪堪盖住手心，被沉甸甸的纸袋压住，露出一个可怜兮兮的边角——他刚刚才见过的，还在他面前晃荡的边角。

喻嘉树顿了片刻，点开第三张图片。

书籍的一页，被主人折了小小的角，他一眼看见那句话——

"勇敢是你还未开始就已知道自己会输，可你依然要去做，而且无论如何都要把它坚持到底。你很少能赢，但偶尔也会。"

男人侧脸清俊，鼻梁高挺，漆黑的眼睫垂下，让人看不清神情。他顿了好半晌，接着，长指在屏幕上微动。

他再刷新，主页关注列表的"0"倏地跳动，变成了"1"。

次日一早，全城降温。

戚瑶出门前没忍住又加了件衣服，裹着厚厚的外套，戴了顶毛线帽。

栗子在车上惊奇地看着她："不知道的还以为过冬了呢！"

"真的很冷。"戚瑶顶着妖风上车，赶紧关上车门，一屁股坐到座位上，"走吧。东西带了吗？"

"带了带了。"栗子回头看她，见她整个人缩在宽大的外套里，只露出一张小巧白皙的脸，漂亮得没边。

她们千算万算，没料到因为今天是国庆节假期，短短十几千米的路程堵了一上午。

戚瑶都睡醒一觉了，睁眼一看，周围的车辆纹丝不动，她们还被堵在高速路上。

她无奈，只好拨了个电话："喂？任阿姨。"

对面女声嘹亮，混杂着儿童嬉戏的声音，很是嘈杂："怎么啦瑶瑶？"

"我中午可能到不了，午饭别等我了。我们一起吃晚饭吧。"

任阿姨"哎哟"一声："但晚上有别的客人拜访啊！"

"任老师！任老师！"

戚瑶还没来得及说话，那边就有人大声疾呼，任丹丹赶紧张望，急着挂电话："那没事，反正都在食堂吃，一样的，就一起吧。我现在有点儿忙，得空儿了再给你打啊瑶瑶。"

接着电话就被挂断了。戚瑶叹了口气，还没把手机从耳边拿下来，铃声又猛然响起，刺激得她一个激灵。

"喂？"

"瑶啊，瑶啊，瑶啊！我的戏份拍完了，后面就等大部队拍完回横店了。国庆假期飞回来找你玩啊！"

戚瑶刚被声音震得还有点儿耳鸣，把手机拿远了点儿，很是冷漠："玩什么？娱乐场所？"

叶清蔓笑得很猖狂："这不开玩笑呢吗？哈哈哈！"

戚瑶想：你是开玩笑，可把我害惨了。

"哦，对了，你的面试怎么样？"

"不知道呢。"戚瑶偏头，看着前方的车辆缓缓动了起来，终于不再是原地等待，"说三天出结果。"

"嗯？"叶清蔓那边拿了登机牌，"应该用不着三天，我当时是一两天之后，项目负责人就加了经纪人的微信。"

"我现在反正先不想那么多，"戚瑶思忖片刻，"没有期望就没有失望。"

"这么通透呢！"叶清蔓夸她，"那你明天记得跟我出来玩啊。"

"行。"戚瑶应道。

汽车终于下了高速，城郊的小路没有这么堵，车速渐渐快，窗外，一间间水泥砌的小平房立在路边，景色逐渐荒芜萧条起来。

车辆最后在一栋较为显眼的建筑前停下。

这些年楼宇新翻修过，看着比从前气派多了，围栏上点缀着茂密的爬山虎，门口用黄铜色金属标着"C市儿童福利院"几个大字。

"来了啊。"门卫叔叔50多岁，老早就看见戚瑶的车，站在门卫室外笑眯眯地跟戚瑶打招呼。

"林叔。"戚瑶笑笑。

栗子绕到车后把东西搬下来。

林叔忙打开铁门走出来，接过栗子提的大口袋，一边带着她们往里走，一边瞅了一眼袋子里花花绿绿的东西，吃的用的，什么都有。他叹了口气，表情颇为感慨："瑶瑶是个念旧的人，年年来都带这么多东西。"

戚瑶弯起眼角，从袋子里拿出一盒茶叶，放到门卫室的桌子上："想着您年纪大了，还是少抽烟好，就换了茶叶。"

"好好好。"林叔眯起眼睛笑，帮着她们俩把东西提到了二楼最里面的一间办公室里。

福利院的一楼是食堂和活动室，二楼是教室，平常学龄前儿童在这儿接受学前教育，这会儿学校放假，除了高中住校的，全院的孩子基本在二楼，看书的看书，写作业的写作业。

戚瑶路过的时候，有几个十一二岁的大孩子眼尖，从窗户里瞥见她，立刻喊了出来："瑶瑶姐姐！！！"

戚瑶迅速竖起食指压在唇上，示意他们噤声。

隔壁小朋友们在睡午觉，她压低声音冲他们做口型：待会儿来找你们玩。

几个小崽子亮着眼睛点点头，又坐回去了，只是心不在焉，坐得歪七扭八的，在作业本上乱涂乱画。

她待会儿再来收拾他们。

戚瑶先推门进了办公室。

院长办公室装修简陋，朴素的白墙、水泥地，家具只有一张大桌子、书柜、小茶几和一张小沙发。

桌上什么都有，文件堆成摞，几组等着签字的家庭作业摆在一边，还有织了一半的毛衣，四根长针交错搭着。

"怎么回事，啊？"任丹丹坐在办公桌前训人，闻声拨冗扫了戚瑶一眼，示意她先坐着等，接着又板起脸，"学校老师说你上课不认真，坐在最后一排趴着睡觉，也不跟同学交流。现在回来还冲别人发脾气了？"

她面前是个男孩儿，十三四岁的模样，闷葫芦似的梗着脖子不说话。

戚瑶在唯一的一张小沙发上坐下，将手里的东西放在茶几上，抬眼看一站一坐的两个人。

任阿姨这两年肉眼可见地变老，身材逐渐走样，脸上的皱纹和鬓边的银丝也多了起来，此刻绷着一向亲切和蔼的脸，颇有几分"恨铁不成钢"的意味。

"说话！"任丹丹拍了一下桌子。

男孩儿将脖子梗得死硬，隐隐可见青筋，脸都涨红到耳根，坚持着沉默不语。

"不说是吧？行。"任丹丹在那摞文件里翻找他的档案，"我这就跟你们老师说，申请你全年住校，不读好书就别回来了。"

戚瑶看着男孩儿的身体猛然一僵，胸膛剧烈起伏，几个深呼吸之后还没压下去火，他干脆爆发出来，握紧拳头，吼着："我就是不想读书了！他们都说我是福利院出来的，是孤儿！孤儿读书有什么用？！"

他的声音还带着变声期的沙哑，厚重喑哑，却仿若在办公室里砸下一声惊雷。

话音落下之后，一片寂静。

任丹丹的动作僵了好半晌。难以置信、错愕、心疼、失望……种种情绪在她的脸上交错，她胸膛起伏着，半晌说不出话来。

"就为这个？"任丹丹的声音颤抖着，"就为这个啊，孙文博？"

"你去看看外面的孩子！"她胸口剧烈起伏着，伸手指着门外。

86

"唐氏综合征的宝宝躺在床上起不来，小胖纤维瘤全身肿胀，先天性心脏病翘首以盼手术的又何止一个两个？"任丹丹情绪饱满，眼角泛着晶莹的水光，"你只是个孤儿而已！你四肢健全，智力正常，有书读有学上，没亲爸亲妈又怎么了？你说你没亲爸亲妈我认，你说你没妈，想过我的感受吗？想过这里面所有阿姨的感受吗？"

"读书怎么没用啊？你读出去就好了啊，就可以离开这里了呀！以后有好大学好工作，谁管你是不是孤儿？"泪水断了线似的从细纹密布的眼角滑落下来，浓重的鼻音立刻裹上话语，听起来竟有几分悲凉。

孙文博依旧梗着脖子，垂在身侧的手紧紧握成拳，青筋浮现，鼻尖却微微发红，拼命咬住嘴唇。

办公室内顿时一片寂静。

两张纸巾从旁递到任丹丹眼前。戚瑶绕到办公桌后，将手轻轻地搭在男孩儿瘦弱单薄的肩膀上，揽着他微微一带，侧过身来，中断了一老一少两个人之间剑拔弩张的气氛。

她半蹲下来仰头望着他，感受着男孩儿的肩膀在她的手下微微颤动，平和地注视着他，弯起眼角笑笑："一年没见，小博长这么高了。"

孙文博被这么一夸，松开被咬得发白的嘴唇，低低地叫了一声："瑶瑶姐。"

戚瑶轻推着他的肩膀，把人带到小沙发旁坐下。她蹲在他面前翻找着购物袋里的东西："可口可乐还是百事可乐？"

"可口可乐。"

"喏。"戚瑶将饮料递给他，然后仰起脸望着他，"现在可以跟我说说学校里的情况吗？"

福利院的孩子一般是孤儿或残障儿童，有些孩子是出生就患有某种先天性疾病，比如纤维瘤、先天性心脏病等，只能在院内实施特殊治疗和特殊教育。

还有部分孩子身体健康，智力正常，会被送到附近的中、小学校就读。

福利院在城郊，周围没什么好学校，加之心理和生理各方面的障碍，院里出来读书的孩子少有成绩好的，大多数就在千米开外的社区中学读书。

孙文博就在社区中学读初中，学校里难免鱼龙混杂，什么人都有。

"他们就是不理我，说我是福利院来的，身上脏，说我带着病毒，会传染。"男孩儿将脑袋埋得低低的，手指紧紧攥着衣角，闷声道。

"嗯。"戚瑶点点头，好像没当回事儿，"是全班都这样说，还是个别几个人？"

"班上其中几个男生。"

戚瑶"嗯"了一声："抬头。"

孙文博眨了两下眼睛，睫毛颤抖着，缓缓抬起头，然后撞进一双平和温柔却仿佛有无穷力量的桃花眼里。

"你脏吗？"戚瑶看着他的眼睛。

孙文博呼吸一滞，下意识地想移开眼，目光却被她眼里的微光吸引，再难离开。

戚瑶没什么表情，接着问道："你有病吗？"

沉默在小小的办公室里蔓延，孙文博望着她，开口说道："不脏，我每天都认真洗澡、换衣服。"他喉咙口发苦，有些艰涩地吐字，"也没有病。"

"那不就对了？"戚瑶平静地说道，"你知道自己是什么样的人，不就好了吗？"

"中学里的人大多数是短暂的过客，甚至你生命里遇到的大部分的人也是。你的人生很长，你没必要为了简单的几句话耽误前程。"戚瑶仰头看他，神色极其认真，一字一字地轻声道，"你在福利院长大，那又怎样？你有任阿姨，有林叔，有二十来个护理的阿姨，还有我，我们都很爱你——很爱很爱你。"

秋日的风吹过窗沿，挂着的风铃"叮当"作响。大抵是午睡的小朋友们醒了，在走廊上玩闹，笑闹声冲淡了办公室里安静的氛围。

孙文博的眼睛红了，连着鼻尖一片都是红的，他攥着衣角，不再像个刺猬一样竖起全身防备的刺。

"瑶瑶姐初中也是在社区中学念的吗？"

"对啊！"戚瑶拎出一袋果冻，橘子味的，"我当年也被那么说过坏话，现在不一样在优秀校友墙上？"

"是真的，我看到你了。"孙文博忽然想起来，"你是演员，我们班好多女同学暑假在追你演的剧。"

"这样啊？"戚瑶笑笑，"那待会儿让你栗子姐姐带点儿照片来，我签几张，等你收假回去，送给你们班的女同学。"

孙文博应了声，过了一会儿才想起自己刚说过不回学校了："我……"

"嗯？"戚瑶费劲地拧着果冻的开口，指腹又磨红一片，蓦然想起上次那人给的那卷绷带，有些出神。

十二三岁的小孩儿正叛逆着，硬碰硬没有好下场，被温言软语一哄，气立刻就消了。孙文博抬眼看着戚瑶低头吸果冻，把到嘴边的拒绝的话又咽了回去，低低开口道："那我回去好好念书，跟瑶瑶姐姐一样考到北京去。"

戚瑶顿了两秒，纤长的手指在橙色的包装袋上抚弄一下，抬头望着他，很认真地说道："要去你想去的地方，不要跟着谁。"

孙文博似懂非懂地点点头，脸庞太过稚嫩，神情懵懂。

戚瑶呼出口气，觉得自己有些多此一举——小朋友懂什么呢？于是她垂眼，继续低头喝果冻。

蹲了十来分钟，腿有点儿麻了，她撑着茶几想站起来，忽然听见孙文博惊喜地喊了一声：

"周漆哥哥！"

"唉。"

熟悉的声音从戚瑶的身后传来，她心头微微一跳，撑在茶几上的手顿住了。

她不动不觉得，一动之后双腿跟灌了铅似的，麻得动不了。她深吸一口气，五指用力撑住茶几的边缘，一鼓作气地站了起来。

脚步声渐近，周漆只看见屋里还有个人，没细看，只逗着小孩儿，边走进来边问："还有个人不知道喊啊？"

男孩儿笑得更欢了，眼睛都眯成一条缝儿，显然很兴奋："喻哥哥！"

戚瑶两条腿都泛着酥酥麻麻的痒意，跟过电似的，站立不稳，闻言，她更是呼吸猛地一滞，一不留神就是一个趔趄。

"小心！"

周漆惊恐地想伸手去扶，却见她已经身体后仰，跌进一个怀抱中。

后背有触觉的时候，戚瑶连呼吸都忘掉了。那一瞬感官好像全部失灵，令人心惊的失重感与双腿的酸涩感通通消失，只剩下心脏"怦怦"跳动。

外套早在到室内之后就被她脱掉了，里面是一件薄薄的修身上衣，此刻她的后背贴在那人的胸膛上，几乎能感受到他的体温与心跳，是温热的、鲜活的、在她身后的。

她鼻间的香杉薄荷味被放大无数倍，熟悉又陌生。这间办公室好像蓦然被抽成真空，所有声音都忽远忽近的，她听不真切，唯有他和她仿若交叠的心跳声在雷鸣般炸响。

戚瑶缓缓回头，对上一双漆黑的眼。那双眼浮动着细碎的光芒，在咫尺之间清晰地映出她略显错愕的脸。

"怦怦——怦怦——"漫长的停滞之后，心跳声震耳欲聋。

她的视线一寸寸下移，所见是男人高挺的眉骨、漆黑的眼睫、干净利落的下颌线，以及薄薄一层皮肤包裹着的棱角分明的颌骨。

她又不受控制地看着他的眼睛，近乎愣怔地望着他眼里自己的影子，他眼中的光像明灭的星河。

空气顿时一片寂静。

"哎哟！"周漆又收回了伸出去的手，欲盖弥彰地放到脑袋上，装作是要挠头，像极了小学生，睁大了一双眼瞅着面前的人，脸上全是震惊。

戚瑶猛然反应过来，仓皇地移开视线，往前迈了一步："我刚才是腿麻了。"

话音未落，她却因为双腿灌了铅似的沉重感还没过，虚晃了一下。

喻嘉树没什么表情，甚至连身体都没动一下，只是伸出骨节分明的手，隔着衣服攥住她的手腕，帮人稳住身体。

"麻了就别乱动。"他平静地说道。

办公室里更静了。

她纤细的手腕被他握在手里,袖口下滑,露出一截雪白的皮肤,赏心悦目。连孙文博都意识到两个人之间的气氛非同一般,视线在二人之间来回扫,冷不丁地感叹了一句:"好像在演偶像剧。"

戚瑶:你一上课睡觉的小屁孩儿还看过偶像剧呢?

好在任阿姨赶忙去扶她,孙文博也起身,把她搀扶到小沙发上坐着。

两个人一左一右地坐在戚瑶旁边,对视一眼,又移开视线,之前的那场争吵就默不作声地翻篇儿了。

"来,坐。"任阿姨拿出两个小板凳摆在沙发旁边,倒了两杯水,乐呵呵地招呼着,"小喻怎么也来了啊?感觉你的工作很忙。"

戚瑶坐在沙发上,手腕还微微发着热,垂眼喝果冻,脑子里乱成一团。

什么情况?他们怎么会在这里,任阿姨还认识他们?

喻嘉树将视线扫过前方,很快移开,垂着眼看不清神情,闻言笑笑:"还好,最近不怎么忙了。"

周漆看了一眼戚瑶,似是没想到能遇到她,有些拘谨地补充道:"哥其实主要是去工厂看生产线的,结果太堵了,一时半会儿回不去,我就让他跟我一起过来看看。"

"哦,挺好的,我也挺久没见着你们了。"任丹丹笑着,打量周漆:"哎哟,周牛牛现在长成这样了,不错不错。"

戚瑶闻言,一口果冻没能咽下去,果肉颗粒卡在喉咙里,咳了好几声。她错愕地皱起眉,看会儿周漆,又看会儿任阿姨:"谁?周牛牛?"

周漆脸色爆红,"唉"了一声。

戚瑶感觉今天的离奇程度已经远远超过了她的想象,难以置信地打量着周漆,震惊地确认:"你是那个老是流鼻涕、睡不醒的周牛牛?"那个小学就140斤的周牛牛?

周漆恨不得把脸埋到地上去:"是我……"

喻嘉树笑了一声,气音在空气中飘散,漫不经心地开口:"这会儿臊了?高中找我打架的时候怎么不臊啊?"

91

戚瑶："你还找他打过架？"这还是她记忆里那个总是沉默不语的周牛牛吗？

戚瑶上初中之后就不怎么来院里了，因为她不喜欢这样的环境。

小朋友们被阿姨逗着，"咯咯"直笑，满室都是欢声笑语，却稍纵即逝。细细想，有身体缺陷或是心理障碍的孩子们被迫困在这一方狭小的天地里，从局外人的视角来看，总是令人难过，甚至怜悯的——尽管她不算真正意义上的局外人。

她记忆里为数不多来院里的日子，周牛牛总是安静地坐在角落里，不声不响地看着面前的书，不哭也不闹，乖巧极了。

他怎么……戚瑶沉默半晌，不说话了。

周漆手指紧握着杯子，说："我本来说今天来找任阿姨吃顿饭，没想到能遇见你，早知道我们就一起来了。"

任阿姨惊奇："哟，怎么，你们现在还联系上了？"

"没有。"周漆摆手，"前不久刚成邻居，住对门。瑶妹可能没认出我，我也没找到机会说。"

其实他是有机会的。戚瑶垂着眼想，他们见过那么多次面，烧烤摊、他家、她家还有风行。她仔细回忆起来，甚至有那么一两次，他的话都已经到了嘴边。

周漆哪里是没时间说呢？分明是不想说。他不愿意以幼时几面之缘这样的理由接近她，而是选择以粉丝和邻居的身份重新认识她。

没人规定人一定要恒久不变地是从前的模样，大方、坦率、真诚，周漆现在这样也很可爱。

和她对喻嘉树的心情一样——她不想只是高中同学，想堂堂正正、大大方方地站在他面前，告诉他：

你看，我跟从前大不一样了，有没有让你更关注我一些？

喻嘉树懒散地靠在椅背上，握着杯子的手泛出冷白的光泽，他心有所感似的抬眼看向她。

如果他知道她在想什么，会不会毫不犹豫地回答"有"？

任丹丹和周漆唠了点儿最近院里的趣事，逗得大家都发笑。

他们闲聊了几句后，办公室的气氛彻底轻松起来。

"喻哥哥带我去装玩具车！"孙文博早就忍不住了，终于寻着时间站起来，亮着眼睛喊。

喻嘉树哼笑一声："每天就想着玩具车啊？"

"才没有！"孙文博心虚，害怕喻嘉树来早了听见他跟任阿姨吵架，紧急寻找论据，"我刚刚还在跟瑶瑶姐说要像她一样，好好学习考到北京去呢！是吧，瑶瑶姐？"

小屁孩儿转过来的那一刻，戚瑶心里"咯噔"一下，硬着头皮攒出一个笑："是。"

喻嘉树扫了她一眼，似乎对这件事并不觉得稀奇，只是盯着小屁孩儿，不咸不淡地开口："是吗？"

他今天穿了件黑色卫衣，懒散地将长腿支在地上，若有似无地挡住了小孩儿的路。他那张脸其实很好看，眉眼俊秀，棱角分明，笑起来的时候张扬肆意，倦怠时耷拉着眉眼，就显出几分冷感。

孙文博被他看得更心虚了，眼睛一转。为了装到一半装不下去的玩具车，他竖起三根手指举到额边，庄严发誓："我保证我以后一定认真读书，好好学习。"

喻嘉树"嗯"了一声："问问你瑶瑶姐同意吗？"

小孩儿眼睛晶亮，转过头期待地望着她。

戚瑶一顿，看了眼喻嘉树："去吧。"

喻嘉树这才轻挑起眉，手肘在膝盖上一撑，散漫地站起来："走吧。"

孙文博欢天喜地地开门冲了出去。

走廊上，他边走边觉得不对劲：以前这人从来不关心这些，都是带着他拼完电路板就不管了。他左思右想，鼓起勇气，偷偷凑到喻嘉树的身边："哥哥，为什么要瑶瑶姐同意呀？"

喻嘉树没答，但不影响十几岁的初中小孩儿接着思考，孙文博觉得之前门口好像是有个人，打破砂锅问到底："你是不是听到我跟任阿姨吵架了呀？你什么时候来的啊？"

喻嘉树没说"是"也没说"不是"，顿了一会儿，眼前浮现出那个纤细的身影——侧脸白皙漂亮，脊背挺直，体态极好，没有架子地蹲在小朋友面前，平和又清醒。

她明明没有在舞台上，只是在生活中一个小小的场景中——甚至办公室还是简陋破旧的，却依旧仿似在聚光灯下一般，让人没有办法移开眼。

喻嘉树蹲下身看玩具车内置的电线，长指轻松拨动，漫不经心地回道："差不多你瑶瑶姐给你递可乐的时候吧。"

孙文博似信非信地"哦"了一声，跟着他蹲下来，莫名其妙地觉得他说话的时候……"瑶瑶姐"三个字顿了顿，咬在唇齿间，竟然有几分缱绻的意味。

戚瑶每年都来，其实没什么话好说，只不过是唠唠家常，讲讲从前的事。

等到栗子来敲办公室的门，说照片打印好了，她便起身出去了。

"这么多？"她翻着照片，有些惊讶。

"我怕万一不够，一趟凑齐最好。"栗子说。

"行吧。"戚瑶站在最近的空教室门口，拿着照片和笔，突然好像想起了什么，"你顺便去任阿姨书柜的第三排拿份文件来。"

栗子应声。

戚瑶推开门，习惯性地穿过狭窄的过道，坐在倒数第二排靠窗的位子上，拔开笔盖，一张一张地签起名字来。

她当艺人许多年，签名已成肌肉记忆。

签好略显潦草却依旧娟秀的两个字之后，金色的笔在名字下画出一条横杠，末端边角下拉，形成垂直的折线，接着笔尖轻抬，落下一条竖线收尾。名字加上昵称，也算是她签名的一个小特点——戚瑶，71。

她一边签名一边思考今天发生的事，大脑飞转。

原来周漆是从前院里的周牛牛，怪不得他说是她在社区中学的学弟。她当时没听清的那句话，现在想起来，应当是："我初中就认识你了。"

那喻嘉树呢？他为什么在这里？难道是因为他资助过周漆上大学，所以跟院里有一点点关系？

可是一般到18岁,院里收养的孩子就会自动和福利院脱离关系,独立出去了。

戚瑶左想右想,得不出个确切的结论,远远听见任丹丹喊"吃饭了",于是加紧把手上剩的这几张照片签完。

忽地,窗外走廊传来脚步声。

"哥哥好厉害!我去拿给他们看!"孙文博兴奋地喊着,举着刚安好的玩具车电路板,"噔噔噔"地就要跑走。

"等会儿。"喻嘉树伸手提溜着他的后衣领。

"怎么了?"

喻嘉树微微侧头,往教室里看了一眼。有的人脊背绷直,手指微动,正签名,装作没听见外面的动静。

他勾起嘴角,声音放大了点儿:"你瑶瑶姐是不是说,要给你签名照?"

戚瑶笔尖一顿,又在纸面上拉出一道未曾设想的弧线。

"对啊!我们班上好多女同学都喜欢她,她要送她们签名。"孙文博想了想,"哦,应该还有男同学。"

"是吗?"喻嘉树很轻地挑眉,漫不经心地伸手在窗台上轻叩两下。

"那你帮我问问——"他拖长尾音,显得有几分吊儿郎当。

"什么?"孙文博好奇,将戚瑶心里的疑问说出口。

"她的高中男同学能不能也要一张?"

话已至此,仿若往平地扔下一记惊雷,戚瑶再也不能装作没听见。签名早已在不经意间变成鬼画符,她睫毛轻颤两下,抬起眼看。

同样的位置,同样是隔着半扇窗户的一眼。他们目光相接的那一瞬,仿若时光倒流,光阴在二人之间飞速流动,变成她抓不住的从前。

一如高中时,她坐在倒数第二排靠窗的座位上,从写满笔记的书本上抬头,安静又隐秘地追寻那个偶尔路过的身影。

普通的校服白衬衫在他身上好看得像什么高级定制,少年人快要长开的肩背撑起漂亮的弧度,奔跑时白衬衫被风盈满,他下巴微仰,笑意散漫。

干净澄澈又肆意张扬的少年人啊……她无数次在梦里回望,带着清澈的爱意。他可望而不可即。

可是现在,少年已然长开,身姿挺拔却随意地站在窗外的走廊上,漫不经心地偏头,投来目光,半开玩笑地找她讨要一张签名照。

风铃在秋风里晃荡,撞在屋檐下,发出清脆的"叮当"声。

戚瑶此刻蓦然意识到,如今和从前不一样了——他眼里有她明晰的影子。

戚瑶的呼吸猛然一滞,她捏着笔抿唇,还没来得及说话,突兀的声响陡然打断略显旖旎的气氛。

"吃饭了!干吗呢?再晚点儿饭都凉了,你们回城里就太晚了。"任丹丹过来招呼人,敲了两下开着的教室门,发出"砰砰"的声响。

"来了。"

戚瑶垂眼,呼出一口气,快速收起照片和笔,匆匆从前门走出,没有再看他们。

孙文博跟着她的行动轨迹晃着脑袋,从左晃到右,十分疑惑:"哥哥,你干吗不自己跟她说?"

这样她都被吓跑了,他还自己跟她说呢?喻嘉树望着她纤细的背影,勾起嘴角,笑了一声,推搡小朋友的肩膀:"走吧。"

福利院的食堂还不错,任丹丹招呼着他们吃过饭,天色已暗,他们到了该回去的时候。

"文件已经签好放在任阿姨的桌上了,"栗子凑过来轻声问道,"但是刚刚小王打电话过来说他老婆要生了,看能不能让他先回去?"

小王是戚瑶的司机。

"让他去啊。"戚瑶看向她,"他有车吗?"

"没有,他说他打车。"栗子一边给小王回电话,一边应道。

这个时候哪里好打车——大过节的,又是偏远郊区。

"要不你让他直接开回去吧?我们俩可以打车,我们不急。"

"但也不怎么安全啊。"栗子皱着眉,"这都8点多了,这边很偏的。"

任丹丹听到她们说话,"哎哟"一声:"这有什么难的?你们不是跟周牛牛和小喻同路吗?顺路回去呗。小喻,你们的车能坐下吗?"

喻嘉树食指钩着车钥匙,撩起眼皮看戚瑶一眼:"可以。"

周漆从洗手间出来，就惊喜地得知"女神"即将和他同乘一辆车的消息。

"哎哟！今儿个能当'女神'的司机了。"

车是喻嘉树的，但有周漆同行的时候，一般是周漆开。周漆欢天喜地地伸手去拉驾驶室的车门，还在设想边开车边跟"女神"聊天儿的感觉，倏地发现有个人倚在一旁，长指捏着遥控器，"咔嗒"一声落下车锁——就是不想让周漆坐这儿的意思。

喻嘉树缓步走过去，拉开驾驶室的车门。

"好吧。"快乐小寸头绕到副驾驶室外，"哥给我当司机也不错。"他握住车门把手，还没拉开车门，被喻嘉树隔着车窗似笑非笑地看了一眼，有些捉摸不透，"不是，哥，你什么意思？"

喻嘉树懒得跟他掰扯，手指在方向盘上叩了两下："后边去。"

周漆："……"

戚瑶把签名照拿给孙文博之后，站在大门口跟任阿姨道别。

"工作别太累了，注意点儿身体。"任丹丹握着她的手，"如果你自己资金紧张的话，就不要给我们捐这么多钱，我们这里都够用的。"

"知道啦！"戚瑶抱了任阿姨一下，抬眼看见二楼一众小朋友趴在栏杆上跟她挥手道别。

她弯起眼角笑笑，也挥挥手："走啦，下次再来看你们。"

"瑶瑶姐再见！！！"

小朋友们不知人间疾苦，连说再见都是开开心心的，可对成年人来说，分别总是令人怅惘，哪怕它是生活的常态。

戚瑶面容平静地转身，心里却荡起一阵阵波澜。

她始终无法很轻松地接受别离，还是这种见一面少一面的别离。

门口安静地停着一辆黑色轿车，戚瑶心里揣着事情，下意识地要去拉后座的车门。

"咯咯！"她刚拉开一个门缝，就听见周漆大声咳嗽着，十分刻意。

她的手顿住——他们这是怎么坐的？还剩一个副驾驶座和一个后座，她总不能让栗子坐副驾驶座。

戚瑶有些疑惑，但还是往前一步，拉开了前面的门。

喻嘉树没说话，等戚瑶"咔嗒"一声扣上安全带之后，手指才在方向盘上轻点，点火，往前开走。

"那个……"车辆行驶出一段距离，栗子坐在后面，怯生生地开口，"能不能麻烦开稳一点儿？瑶妹晕车。"

很少有人知道，戚瑶的司机总是固定的那一两个，因为他们开车特别稳，一般情况下没有急刹车，起步停下都很平缓——戚瑶晕车。

她也不是随时都晕车，但是只要没休息好，就会胸闷不适，所以很少坐别人的车。

而驾驶位上的男人闻言从后视镜里看了栗子一眼，毫不意外地"嗯"了一声，平平淡淡的，好像早就知道。

栗子讶然地缩了回去，控制着表情，和周漆一样在心里默默惊讶。

周漆完全不知道这件事，在心底念叨，幸好哥没让自己开，他开车风驰电掣，不然中途还得下来换人。

不对……周漆微微偏头。

以他的视角，他只能看见喻嘉树搭在方向盘上的一双骨节分明的手，和平常一样，半点儿不露馅儿。

他怎么觉得喻嘉树像是早就知道呢？

车内静谧，车载音乐音量很低，舒缓得恰到好处，又不扰人。

不知是因为栗子提醒过，还是别的什么，喻嘉树开车尤其稳，低调奢华的宾利在夜色中平稳地飞驰向前，穿过荒凉的城郊。

城市的霓虹灯光一晃一晃地从车窗洒进来，在男人棱角分明的脸上一闪而过，更为他添了几分距离感。

戚瑶用余光看了他两眼，便偏头去看窗外飞驰的景色。灯光在高速运动中连成一条线，不知不觉间，她歪头陷入困倦的梦里。

她再醒来时，窗外霓虹灯光闪烁，呼啸的风声被车窗隔绝。

车载音乐还在继续，只是音量比她睡着前又低了两分，车内只有两个人。

戚瑶蒙了两秒，缓缓从纷乱的梦境中回神，伸手捏住从身上滑落的外套——黑色的，面料低调柔顺，内侧的暗纹在灯光下若隐若现。

熟悉的气味萦绕在她的鼻尖,像极了刚才那个梦。

"醒了?"她身旁的人低声问道,声音清越,尾音上扬,有几分独特的散漫。

她用细白的手指倏地攥住衣角,偏头去看。

喻嘉树依旧坐在驾驶位上,垂着眼,手机屏幕映亮他高挺的鼻梁,好看的侧脸被镀了一层白色的光芒。他没抬眼,长指在屏幕上滑动,回复着消息。

这语气太过平淡,让戚瑶想起从前和人演热恋爱侣时男主角的台词。她顿了两秒,"嗯"了一声。

"他们俩呢?"戚瑶往后看了一眼。

"你助理回家了,周漆回学校了。"

喻嘉树终于回复完工作消息,抬眼看她。

她的头发微乱,人还有点儿蒙蒙的。刚睡醒时,她身上那种钝意就更明显,温柔平和,眼底泛着些潋滟的水光。

喻嘉树顿了一瞬,问道:"做梦了?"

戚瑶愣怔片刻,张了张嘴,茫然的神色缓慢地变了,睫毛扑扇两下,有些忐忑地看着他:"我说梦话了?"

一张脸素净,右脸微红,是靠在车窗上压出来的印子,细白的手指不自觉地攥住衣角,她看起来很紧张,也乖得没边。

喻嘉树微不可察地挑起眉,"嗯"了一声。

戚瑶感觉世界都暗了几分,还是不死心地轻声追问:"我说什么了?"

喻嘉树长指微屈,轻叩着方向盘,漆黑的瞳孔盯着她,微眯起眼:"你喊我的名字。"

完了……戚瑶飞快地移开眼,盯着近在咫尺的小区门,开始思考迅速下车跑过去的可能性。

喻嘉树顺着她的目光看过去,心有所感似的,手指微微一抬,"咔嗒"一声落了车锁。

"……"

戚瑶转头,看见他依旧是那副似笑非笑的神情。他懒洋洋地拖着尾音:"梦到我什么了?"

她不能说,保持着沉默。

可喻嘉树单手搭在窗沿上,不说话,也不动,一双眼玩味地看着她,颇有几分优哉游哉的意味。

车内的温度似乎骤然升高,闷得人喘不上气,戚瑶飞快地移开视线,信口胡诌:"梦到你在运动会上跳高,衣服被杆子钩掉了。"

此言一出,车内越发安静。

喻嘉树那点儿笑意倏地僵住,渐渐散了,取而代之的是无语。

他当然记得这件事,相关的帖子当时还在他们学校贴吧登顶了很久。他到现在都记得那个帖子的标题——"啊啊啊,快来看腹肌啊啊啊",后面跟着一个红色的"爆"字,盖了八百多层。

高二的运动会,他懒得报名,被班主任驱赶着去跳高。

喻嘉树一想,跳高也不算累,轻轻松松地跃了几次,进了决赛圈。

杆子升到一米七的时候,只剩他和一个练篮球的体育生。

喻嘉树毕竟不是专业的,此时跨越式跳高显得困难,于是就准备换个方式,能过就过,不能过也尽力了,还能赶紧结束比赛去打游戏。

可是问题就出在这里。

戚瑶眼前清晰地浮起那一幕,少年额前的黑发微微汗湿,他下巴微仰,眯眼盯着横杠,活动着脖子,从场地边缘助跑——背越式。

在四周惊叹的呼声中,少年跃起,修长的身体在空中划过一道干净利落的曲线,从极高的横杆上空越过,竟然还显出几分游刃有余的感觉。

一片震耳欲聋的欢呼声在体育馆内回响,戚瑶站在角落里,看到他安全落地才敢呼吸。

校服 T 恤衫随重力下滑,喻嘉树摔在松软的垫子上,顺势借力往后一翻,利落地落在地上,好巧不巧——

他翻身下垫子的时候,衣摆被软垫边的拉链钩住了。

场馆内一片沉寂,他自己也顿住了。少年身姿挺拔,站在人群中央,T 恤衫下摆被撩起,堪堪挂在肋骨处,露出沟壑分明的腹肌,不夸张,但块块隆起,蓬勃鼓胀,肌肉线条极其流畅,向下隐入校裤中。

因为他一直在运动，还微微带着些汗意，腹肌在明亮的顶灯下面泛着些微水光。

观众安静了一秒之后，比刚才还要激烈的欢呼尖叫声在体育馆内环绕，分贝高到几乎要掀翻屋顶：

"帅死我了啊啊啊！"

"他竟然有腹肌！啊啊啊，我终于见过活的腹肌了！"

"拍了没？！"

戚瑶抿唇站在角落，视线左移右移，不知道该看还是不看，内心挣扎了片刻，视线终于落在了他的身上。

几个同班的男生勾肩搭背地起哄，吹着口哨："妈呀！什么时候背着我们练的啊，树？"

"不得了，你是故意的吧，是不是知道拿不了第一了，搞点儿花活给我们看看？"

"滚。"喻嘉树笑了一声。

衣角在拉链边缘的金属缝里，卡得很死，他拽了半天也扯不下来，最后微微俯身，咬住衣角往后一扯。

少年用牙齿咬着衣角，垂眼确认软垫的拉链没问题才缓缓松开牙。

衣摆倏地下落，遮住少年有训练痕迹的腹部肌肉和劲瘦的腰，然后他转身，开始下一轮比赛。

毫不意外，场内的比赛已经没什么人特别关注了。

十分钟后，各种角度的照片就在学校贴吧里出现了，大家聊得热火朝天，就算是没有参加运动会的高三学长学姐和没去看跳高的同学，也全都知道并欣赏了高清照片。

"啊啊啊，快来看腹肌啊啊啊啊"这个帖子之所以能在众多散帖中脱颖而出，不光是因为帖子里的照片极其高清，把人拍得特帅——

还因为有位匿名用户在楼中淡然地评论："这衣服也太不识抬举了，要是挂在杆子上就好了。"

喻嘉树背越那次，杆高一米七，衣摆要是挂在杆子上，跟他直接脱了上衣也没什么区别了。

楼中楼 1L："一进来就被匿老师绊倒了。"

2L:"哈哈哈,简直说出了我的心声!!!"

3L:"匿老师,这里是评论区,不是无人区。"

4L:"老班不在家,一个人寂寞!加我看高二(7)班行走的腹肌。"

…………

网络上嘛,大家什么话都敢说,所以后来这个帖子忽然不见了,大家也没多奇怪,以为它是在危险的边缘试探,最后被删了。

只有喻嘉树知道,帖子没了是他因为受不了班上一群神经病时不时拿着根杆子在面前晃悠,冷漠地盗了教导主任老邓的管理员账号,把帖子删了。

那个号老邓到现在还没能找回来。

…………

车里静默片刻。

意气风发的少年时代骤然被从记忆深处翻出来,久远得好像是上辈子的事,连回忆画面都被套上了时过境迁特有的滤镜。

夜晚的霓虹灯闪烁,远处街巷的大排档热闹,他们上次偶遇的烧烤铺子坐得满满当当,一片人间烟火气。

喻嘉树倏地笑了一声,气音在空气中飘散,让戚瑶的后颈不受控制地蹿上一阵酥麻感。

她偏头去看。

那人散漫地半倚在窗边,嘴角勾起的弧度像极了从前,张扬又肆意,他懒洋洋地拖着尾音:"怎么,还想看啊?"

"砰砰砰",门铃声混着敲门声连续不断地响起,扰人清梦。

戚瑶第二次被吵醒,闭着眼起身,坐在床上蒙了会儿,缓慢地走出来开门。

"11点了,我都坐了一班飞机了,你怎么还在睡?"叶清蔓用食指和拇指捏着墨镜往下扒拉,露出一双杏眼,狐疑地上下打量戚瑶,"黑眼圈这么重,熬夜追剧了?"

"没呢。"戚瑶打了个哈欠,转身让她进来,"失眠。"

叶清蔓拖着行李箱刚进门,德牧的叫声都快震破她的耳膜。它兴奋地冲上去抱她,热腾腾的爪子在她的长裤上扒拉,吐着舌头,不停地往上扑。

"好了好了,宝贝。"叶清蔓躬身把它抱起来,"差点儿划着我。"

她兴致勃勃地逗狗:"怎么长这么胖了?干妈把你养得真好。有没有想我,嗯?"

戚瑶拐进卫生间洗漱:"冰箱里还有面包和牛奶,如果你需要的话。"

"不要,中午想吃火锅。"

叶清蔓抱着狗倚在卫生间门口看她,仔细打量着:"我以为你休假休得多轻松呢,怎么看着比我还累?"

戚瑶顿了两秒,洗掉脸上的泡沫:"就是太闲了才累。乔念早上给我打电话,说风行那边有人联系她了。"

"真的啊?"叶清蔓惊喜地瞪大眼睛,"那就是过了呗?"

"不知道,也有可能是想聊聊其他东西。"戚瑶用洗脸巾按压着擦干脸上的水分,拿下洗脸巾,看着叶清蔓,"你知道吗?我跟赵敏在一个组。"

叶清蔓张了张嘴,欲言又止,最后吐出一句:"真倒霉。"

"没事,"两秒后,她灵机一动,清了清嗓子,绷着脸喊道,"你可是顾盼生辉戚小瑶!绝世美女戚小瑶!"她学着粉丝应援的样子,喊得大声且有节奏,一副欠揍样。

戚瑶无语,凶神恶煞般冲她挥舞拳头:"滚!"

叶清蔓笑了半天,好不容易才把腰直起来:"今天就在家里吃吧。"

两个人包得严实,戴着口罩和帽子,开车去超市买了大堆食材。

德牧今天格外兴奋,在路上一直撒丫子狂奔,叶清蔓拉都拉不住。

"慢点儿!儿子!老公?"她把几个称呼换了千百遍来喊,德牧都没有反应。

"怎么回事?"叶清蔓皱着眉,"半个月不见,它忘记自己叫什么了?"

戚瑶沉默片刻,不动声色地移开话题:"肥牛吃吗?那个麻辣牛肉可以多拿点儿。"

就算把脸遮得严严实实,女艺人的身材在人群中也是非常亮眼的,戚瑶站在冰柜前挑选食材,白色修身上衣,粉色阔腿裤,长发柔顺,清瘦漂亮。

"那个……你好。"

戚瑶闻声回过头去,看见一个大男孩儿红着脸,握着手机跟她搭话。

"包成这样都还能被要微信。"叶清蔓"啧"了两声,跟着戚瑶从地下停车场走进电梯,"有的人就是天生吸引力强。"

"拉倒吧。"戚瑶摁下十八层的按钮。

"对了。"叶清蔓忽然想起什么,压低声音,神神秘秘地说道,"你的'白月光'是不是住在你家对面?长啥样?待会儿上去带我看看。"

戚瑶无言片刻:"怎么带你看?钻他们家的猫眼?"

叶清蔓恨铁不成钢:"你去敲门啊!邀请他来吃火锅。"

话音未落,她们所处空间传来轻微的停滞感,精妙的机器缓缓运作,在一楼停下。她们默契地往后退了一步,停止了交谈。

电梯门开,德牧顿时吠起来,冲了上去。

"哟!来福,又碰到你了。"周漆提着一袋零食,很是惊奇。

德牧"汪汪"地叫着,敷衍地看了他一眼,就算是对他的回应了,接着狂摇尾巴,去咬后面那人的裤脚。

电梯内,叶清蔓沉默了好半晌,缓缓地转头盯着戚瑶,咬牙切齿地轻声道:"来——福?"

戚瑶:不是,你听我狡辩。

但她现在没什么解释的心情,满脑子都是昨晚那人坐在车里,漫不经心地笑着,问她是不是想看腹肌的模样。

"之后重心打算放在自研IP(网络互连协议)的授权业务上,尤其是高速通信接口和射频相关的IP,做技术许可。"喻嘉树打着电话,迈步走进电梯,视线从二人身上一扫而过,在戚瑶身上停顿了两秒。他没跟她说话,略微挑了挑眉,就算打招呼了。

"好巧。"戚瑶说,不自觉地收紧手指,攥住了帽子。幸好她还没有摘掉口罩,有最后的遮羞布。

叶清蔓看着这一幕,眯起帽檐下的眼睛,敏锐地察觉到涌动的暗流,脸藏在口罩下,无声地感叹了一句:好帅。男人很高,身姿挺拔。叶清蔓和戚瑶各站在电梯一角,从叶清蔓的角度看过去,能看见他高挺的鼻梁和眉骨,棱角分明,他散漫地微仰着下巴。

娱乐圈里不缺帅哥,但喻嘉树不一样。

他一看就是被优渥的家庭沃土与极强的自我意识塑造出的帅哥范本,不同于互联网上大多数的笨蛋帅哥,仿佛生下来就该是天之骄子,俊美的外貌只是他微不足道的附加项。

她从前还疑惑,戚瑶高中时的"白月光"说不定现在已经秃顶发福,为人夫甚至为人父,穿着朴素的格子衬衫为生活奔波,凭什么值得戚瑶惦记这么久?

现在她看到本人,隐隐约约能明白了。有一种人啊,就是惊鸿一瞥,你看过就不会忘,无论你离他多远,隔着多少年的时光,他也绝不会泯于人海,擦肩不识。

"帅哥范本"这会儿在打电话,因为在电梯里,顾及他人的感受,他很少出声,只是单音节地应着,漫不经心却又游刃有余——

"嗯,可以。"

电话那头的人说下周找个时间聊聊,他应声,然后挂掉了电话。

周漆一直半蹲着身子逗狗,也不算很专心,戚瑶看见他几次抬眼偷瞄叶清蔓,不知道是认出来了还是没有。

叶清蔓对此一无所知,还在自认为不动声色地用手肘捅戚瑶的腰,疯狂用眼神示意:火锅啊!请他吃火锅!

戚瑶目不斜视地装死。

后来电梯里又进了别的人,他们更不好说话了。

这栋楼其实统共没多少住户,戚瑶平时是一个人乘坐电梯,也不知道今天是什么良辰吉日,大家全挤在一起。

"你就这样!你——"叶清蔓一进门就气得说不出话来,用手指着戚瑶,"你你你!怎么不珍惜机会?!"

"我不是很想珍惜。"戚瑶很诚恳地看着她,"昨晚在梦里看了一晚上他的腹肌，今天没脸面对他，改天吧。"

叶清蔓："我以为你是个纯情的人，结果你背地里做春梦？"

"别说了。"戚瑶摆摆手。不然你以为我这个黑眼圈怎么来的？

戚瑶转身走进厨房搬出电磁炉，用水冲了冲锅，忽然想起什么："哎，你帮我跟栗子说，今天不用买菜了。如果她还没吃的话，让她上来一起吧。"

"行。"叶清蔓还在遗憾，吐出一口气，在茶几上找到她的手机，"密码是多少来着？"

戚瑶顿了两秒："1224。"水流冲过她的手背，从指缝中溜走，停不下也抓不住。

"崇洋媚外啊！"叶清蔓"啧"了一声，"这年头儿还有人这么喜欢平安夜的？"

戚瑶没说话，把底料挤进锅里，加水，等水煮沸。诱人的香气在空气中弥漫开来。

"栗子叫什么名字啊？"叶清蔓快把联系人翻完了也没看到人，震惊道，"你不是有强迫症吧？怎么每个人都是大名备注啊？"

"杨莉。"戚瑶从冰箱里拿出两瓶橘子汽水。

叶清蔓飞快地滑动着手指，看见一长串联系人，包括她认识的圈内人、导演甚至一些化妆师，全都是规规矩矩的名字。

"这么多人，你真的不会记错吗？"

戚瑶："你管我？"

"找到了，发了。"

叶清蔓正准备放下手机，不经意间瞥见一个未读消息倏地跳跃到最上方。这不是从以往的消息列表里顺位上移，而是全新的，凭空出现的联系人，像从被遗忘的角落里重新记起。

叶清蔓递给她手机："有人给你发消息。"

"哦。"戚瑶随手放在一边。

她饿了，等着浮着红色辣椒的锅底"咕嘟咕嘟"地滚开，好往里面下菜。

"你也不算那么有强迫症，还是有人没备注的。"叶清蔓馋得要流口水，豪爽地倒了一盘肥牛下去。

戚瑶握着筷子顿了两秒："嗯？"

"你不会自己都忘了吧？刚给你发消息的那人就没备注啊。"叶清蔓觉得有些好笑，拿开瓶器利落地打开橘子汽水的瓶盖。

空气中顿时涌动着清甜的气味，甚至把翻滚着的红汤锅底的味道都压了下去。戚瑶顿住没动。

没备注……这么多年以来，她所有的联络人里，只有一个人没有备注。他七八年前叫"木又寸"，其间的"中二"和张扬可见一斑；去旧金山读书那年他将昵称改掉了，一直到如今也没有再变过。

戚瑶的睫毛轻颤两下，指尖在屏幕上悬着，要落不落。

这算什么呢？她盯着亮起的屏幕，竟然觉出几分近乡情怯的感觉来。内心的欲望在疯狂叫嚣着"你快看一看啊"，仅存的理智却在劝诫她：别抱希望，有可能是别的什么你忘记改备注的人，这么多年，你还没有习惯吗？

乱七八糟的公众号推送、不知名的好友申请、忘记备注的人发来消息……什么都有可能。

戚瑶很轻地呼出一口气，连指尖点在屏幕上方都是极轻极轻的。

她滑动解开屏幕，消息页面倏地出现在眼前。

杨莉、乔念、叶清蔓、裴朗、任丹丹，还有几个正在交涉的圈内好友与导演，一水儿的全名背景板似的立在那里。一个黑色头像的账号后来居上，安静地跨越所有人，跨越近十年的光阴，停在未读消息的最上方。

S："签名照什么时候给我？"

毕业那年，大家纷纷转移阵地，从花里胡哨的 QQ 换到微信，把名片、二维码或者微信号发在群里，好像是某种长大的标志。

喻嘉树没发。但奇怪的是，所有人知道他的微信号，他的名片被推来推去，颇有几分口耳相传的意味。

人就是这样，惯会给自己留后路，哪怕与对方没什么交集，以后不联系了，也想留个联系方式备着，何况是被贴上红榜、被名校轮番打电

107

话争取的人物。

他整个暑假都处于好友申请从未停过的状态，有空的时候就顺手通过一下，不问人要姓名做备注，发消息也不一定回，没空时就等申请堆成一长串，可怜的小红点被敷衍地点掉，留下一群人慢慢过期。

戚瑶大概就是这个时候混进他的好友列表的。

他们班班长和喻嘉树一起参加过比赛，十分"不幸"地成为全班唯一加了喻嘉树好友的人，每天被各种女生软磨硬泡，烦得要命，最后不得已，干脆把喻嘉树的微信号发在了班群里，以绝后患。

戚瑶申请时还小心翼翼，看到申请通过后自动发出的消息，犹豫片刻，不知道怎么起头，既期待喻嘉树开启话题，又害怕他主动提起。他们之间实在是太陌生了，远远没到可以在朋友圈插科打诨的地步。

可她的担心是多余的。喻嘉树一个字都没说，仿佛她只是他在异国他乡的毕业旅行途中，等红绿灯间隙时顺手通过申请的一个陌生人，不需要聊天儿，更不需要知道姓名。

她的希冀渐渐散了，准备好的无数个版本的自我介绍像燃着的火星坠入海里，湮灭得无声无息。

他甚至没有开朋友圈，戚瑶每每点进去看到的总是一条线。后来同学聚会，同班女生聊起这件事，相互确认，才发现他的确从来不发动态。

戚瑶安静地坐在旁边，内心松了口气之余，又是暗暗地自嘲：她还没有这种特权，让喻嘉树为她单独设置一个屏蔽权限。

再后来，当初同行的人尽数分道扬镳，南北离散，再没有见过。

她就这么望了那根灰色的线许多年，它像横亘在他们之间的沟壑，深且长，天差地别，难以跨越。

直到现在，喻嘉树从浩繁的联系人中找到她，发送了他们成为好友这么多年来的第一条消息。

他没有故作寒暄，没有明知故问，甚至没有摊在明面上的惊奇，只是接着从前的话题，漫不经心地讨要一张无足轻重的签名照，像率先跨越了她以为永远无法填平的鸿沟，向她倾斜。

戚瑶连手都在微微颤抖，方才十足期盼的红汤火锅"咕嘟咕嘟"地翻滚着,香气却不再那么诱人,只有氤氲的水汽熏了眼睛。

"怎么了?"叶清蔓将筷子停在一块豆腐上,睁大眼睛,小心翼翼地问道,"没事吧?"

来福疯狂地立起身体,黑色的鼻子嗅闻着,想凑到桌上去。叶清蔓把它喝走,试探着关心:"被营销号造谣了?骂上热搜了?"

"没事。"戚瑶收回瞥向屏幕的视线,把手机倒扣在桌面上,拿起筷子夹出快要被煮得过熟的肥牛卷,"先吃饭。"

饭后消食,两个人一起玩《健身环大冒险》,兴致勃勃地换好了衣服,没玩两关就在瑜伽垫上瘫坐着,各自玩起了手机。

叶清蔓是因为惯常坚持不下去,三天打鱼,两天晒网,每次为戏减肥都可以怒发一百条朋友圈。

"古装剧对体重的要求真的不是一般高。"她坐在地上感叹,头向后靠在沙发上刷微博,忽然偏头,"不对啊?你怎么也半途而废?"

戚瑶将手肘撑在沙发垫上,看着屏幕上那条消息,心不在焉地说道:"吃太多了。"

"让我来猜猜。"叶清蔓瞄了一眼屏幕,"那个S不会是你的'白月光'吧?"

戚瑶:"很明显?"

叶清蔓"嘁"了一声,就差翻白眼:"你觉得呢?就算我当时没想到,看你这反应也猜了七七八八。"

"不光是因为这件事。"戚瑶坐起身来思考,"我是觉得,他没道理忽然想起来这是我。我既没给他发过消息,也没发过朋友圈,账号上没有任何相关信息,他怎么知道这个人是我?"

"所以你觉得是发生了什么事,让他知道了?"叶清蔓觉得有道理,帮着她想,"你最近给过什么人联系方式吗?生活里面,或者工作上呢?"

戚瑶坐在地上皱着眉思索,生活上没有,工作上……乔念刚刚给她打电话,说新艺人忽然出了点儿事,团队里忙不过来,让风行相关的项目负责人跟她直接沟通!

楼道里安静,厚重的黑色防盗门打开又合上,细微的脚步声惊醒了沉睡的声控灯，在大理石纹路的瓷砖上留下白光，映出纤细的身影。

戚瑶屈起手指，捏着一张照片敲响对面的门。

穿堂风猖狂，从楼梯间直灌而上，掀开衣摆，撩开衣领，凉意直往身体里钻。戚瑶没忍住缩了缩脖子。

一墙之隔的地方传来渐近的脚步声，轻缓懒散，不疾不徐，接着是精密锁芯的轻微转动声。"咔嗒"一声响，门被打开了。

也许是因为在家，喻嘉树穿得很随意，黑色连帽卫衣与灰色休闲裤，宽阔的肩膀将卫衣肩线完美撑起，身量极高，光是站在那里就压下一片阴影，看着很有安全感。

戚瑶的视线扫过他带着一层细绒的连帽卫衣，卫衣看着也很暖和。

"还以为要等多久呢。"喻嘉树挑眉看着她，后退一步，把门拉开，明晃晃让她进屋的意思。

戚瑶抿唇，拢着外套进去避风。

男人关门前抬起眼皮看了对面一眼。他脸上没什么表情，眼睛漆黑且目光锐利，让扒着门缝偷偷瞅着的人心头一跳。

叶清蔓抖了一抖：不是吧，这个眼神是怎么回事啊？怎么搞得我好像是偷窥的第三者啊？！

一回生二回熟，戚瑶自觉地走到客厅的沙发边坐下，看着角落里散落着的电子设备，忽地想起："周漆的相机，我忘记还了。"

"不急。"喻嘉树倒了杯水，"反正他上学也不用。"

戚瑶"哦"了一声，看着他走过来，手指不自觉地紧了又紧。

她当年送匿名信，也未见得是这种当面的情形，给从前喜欢的人送自己的签名照，比匿名写情书要志忑成千上万倍——尽管这是他主动要的。

喻嘉树抬眼，漫不经心地笑了一声："是准备揉成团给我吗？"

"嗯？"

他将视线往她的手里一扫："老同学限定？"

戚瑶这才反应过来，耳根发烫地把照片递给他。

喻嘉树长腿支着，姿态散漫地往沙发背上一靠，半点儿没有有客人在的自觉。他捏着那张薄薄的照片，抬起眼皮，下巴微仰，一身大少爷似的懒劲儿。

戚瑶忽然觉得,他好像只有工作的时候是冷淡锐利、锋芒毕露的,在家时也会露出像从前那样张扬肆意的姿态,插科打诨,时不时损人两句,那股少年气似乎从来没有从他身上消散过。

她心底忽然一阵酸胀,为她能看到他的另一面。酸涩的气泡水"咕嘟咕嘟"地冒着泡。

喻嘉树垂着眼盯着这张照片——一张写真,造型适宜、构图完美,金色的笔迹在右上角微微闪光,很漂亮。

"对了,我是不是面试出结果了?"

喻嘉树的指尖似乎不经意地在画中人的眼角上擦过,他最终还是没说话,捏着照片往下一扣,复而看向她,似笑非笑地问道:"我怎么会知道?我只是在风行实习的。"

"你上次说是上课的。"

"是吗?"喻嘉树略一偏头,不甚在乎的样子,"那就边上课边实习。"

他又逗她!戚瑶一瞬间咬紧了腮边的软肉:"别装!"

"哟!怎么,今天又不信了?"喻嘉树故作诧异地挑了挑眉,"上次不是深信不疑吗?吃火锅之后人变聪明了?"

他还嘲讽她吃火锅呢!戚瑶被他逗得说不出话,气性一上来,冲到脑门儿,手握成拳往沙发上捶了一下,一字一顿地喊他的名字:"喻嘉树!"

"唉。"他也就那么挺不要脸地应着,尾音拖得长长的,带着点儿笑意,在空气里微微颤动。

"是出结果了。"他看着人耳根都气红了,大发慈悲地收手,还勾着唇角,"每组进两个,还有三个直通最终面试的名额,猜猜你是哪个。"

直通最终面试,就是可以跳过竞争最为激烈的第二次面试,一般是面试官开会评定票数最高的人选,宁缺毋滥。

每组进两个人,第二次面试二十来个人,顺利通过的人数加上直通最终面试的三个,最后由公司高层组织的最终面试候选人有七八个。

戚瑶顿了会儿:"我要参加二面吧?"

偌大的客厅安静下来。

不是她妄自菲薄,而是她在某些方面一直以来运气就不算太好——

高考的时候她想要努力好好发挥,结果考最后一门时肚子疼得冷汗直冒,堪堪上了一本线。

大学时她生活困难,专业成绩年级第一,却被人从中作梗,综合素质测评分数被莫名其妙地少算一大截,与奖学金失之交臂。

除了戏路比较顺,拍的剧没有被压,都能顺利地一部接一部播出以外,她大概是真的没什么好运气的。

"另一个名额,我猜是赵敏老师。"戚瑶轻声道。

喻嘉树盯了她片刻,指尖在腿侧轻叩两下,修长的手指并拢,似乎是打了个响指,头小幅度往后一歪。

"对。"他看着她,"也不对。"

"嗯?"

半晌,喻嘉树似乎是叹了口气。

"本来不想说的。"他直起上半身,手臂撑在戚瑶身旁的沙发软垫上,身体倏地逼近戚瑶,漆黑的瞳孔直盯着她。

戚瑶今天只化了个底妆,还是因为要出门才化的,皮肤干净,白皙柔软,隐约透了几分红出来。凛冽的香杉薄荷气息扑面而来,她猝不及防,蓦地收紧手指,攥住沙发垫,直愣愣地回望他。

他要说什么?她难以控制地屏住呼吸,目光落在眼前的人身上。

他双眼清澈,和许多年前从她身旁经过时别无二致,瞳孔中映着餐厅与玄关零星的灯光,仿若星河倒影。

戚瑶还在愣神儿,喻嘉树又退了回去,将那张照片放在茶几上,压在修长骨感的指间:"刚才就想问了。"

他长臂一展,从身侧捞来一支黑笔,轻松地单手卸掉笔盖,笔尖在纸面上悬停片刻,似乎在思忖。

而后他落笔,在照片上她右眼眼尾下一厘米的地方点了一颗小痣:"这颗痣怎么不见了?"

空气霎时安静了。狂风静止,树梢停摇,穿堂风无声无息地灌满心肺,又被缓慢地挤出,带来一阵难言的酸涩,夹杂着数年光阴,后劲难抵。

半晌没听到回音,他偏头去看。

戚瑶坐在那里,睫毛不住地颤动,红了眼睛还浑然不知,只睁着一双泛着水雾的桃花眼,轻声问道:"你知道是我?"

其实深究起来,戚瑶和喻嘉树并不单单是高中同学的关系,但他们谁也没有提起。

一个以为他早忘了,另一个以为她不想提。

时光回溯,楼下的梧桐树绿了又黄,黄了又绿,轮转数十个春秋,回到一切的起点。

社区中学嘈杂不堪,学生有玩手机的,还有凑在一起打牌的,时不时骂出的脏话犹如人去世前在人间的最后一声怒吼。

戚瑶安静地坐在第三排靠窗的位子上,一动不动地写着作业。同桌的女孩儿嫌教室吵,去卫生间涂指甲油,等到上课铃响了,才带着一股廉价刺鼻的化学品气味姗姗来迟,小心翼翼地伸出五根手指,将鲜红的指甲几乎从老师面前晃过去,却没人理她。

"哎,你毕业之后打算干什么去啊?"同桌凑过去看她写卷子,好奇地问。

戚瑶本不想回答,老师在台上自顾自地讲课,声音本就不大,被这么一盖,几乎听不见了。

她在卷子一角即将沾到未干透的大红色指甲油时及时拽了一把,把卷子拉回正途,轻声回道:"读书。"她要念高中。

同桌女生"哧"了一声,眼中有几分轻蔑,还混杂着隐约的羡慕,挪开身子回到自己座位上。

"不就是成绩好点儿,可以去一中吗?"她不屑或是不甘地吹着自己的指甲,"到时候高中毕业还不是要出来找工作?"她其实想念高中,但成绩不够好,家里也没钱交择校费,还有个弟弟要养,只好毕业后就出去打工。

戚瑶垂着眼没说话,在课本上做笔记,等到下课才递给她一张卷子:"刚刚去办公室问题,语文老师让我带给你。"

"老师说你作文写得很有灵气，"戚瑶顿了两秒，"如果有机会的话，高中还想继续教你。"

同桌女生盯着指甲的动作僵了僵，过了好久，她眼眶微红地接过卷子，匆匆留下一句"谢谢"，从后门快步走了出去。

后面的课她也没再回来，不过接下来是自习课了，上不上都没什么影响。

戚瑶写完两张数学卷子，听到窗外传来隐约压抑的哭声，笔尖在纸上画了一道，再回神时，已经看不进去题了。她顿了片刻，将卷子收起来，拿出夹在语文书里的信纸。

少女侧脸恬静，嘴唇紧抿，神色认真，一字一字地落笔——

"你说，难道真的有人生下来，就注定要变成泥潭里的蝼蚁吗？"

信纸是白色的，她已经写了一半，上面点缀着粉色的小花，纸面柔软、细腻光滑，跟社区中学粗糙的打印纸截然不同，仿佛天壤之别——这当然不是她买的，是她的笔友S买的。

离千禧之交已经过去了十多年，现在还有笔友吗？

答案是有的。她上初一那年，为响应市教育局号召，城郊几所中学和市中心的学校结成所谓"一对一帮扶"关系，市中心的学校每年提供几个名额，让这些学校成绩较好的学生进入。

社区中学对接的就是一中——全市最好的公立学校。

当时这项活动宣传铺天盖地，几位校长的握手照登上晨报，还挂了横幅。上面的人如此重视，下面自然也不能松懈。

学生工作部的老师们一合计，干脆开展一届"书信送温暖"活动，就是由两个学校的学生相互写信，随机匹配，结成笔友。

每个人都必须参加，一时间班上议论纷纷。

戚瑶当时在复习文言文，闻言不知道写什么，索性就往上面抄了首诗。为了显得字数多一点儿，她特意抄了课本里最长的一首——《白雪歌送武判官归京》。

山回路转不见君，雪上空留马行处。

一个星期后，她收到了回信——非常不走心，一个简明扼要的问号占了两行，接着是仿佛自带语气的一句——

"把这儿当默写本呢？"

除此之外，一整张纸上再无其他笔迹。

戚瑶偷瞄了一眼同桌女生收到的回信。

同桌女生去信是看不懂的鬼画符，还沾上了一点儿未干透的指甲油，回信是规规矩矩长达两页纸的自我介绍，对方从姓名、班级、年级、上学期成绩排名，到爱好、喜欢的颜色、昵称，再到喜欢的书籍通通介绍了个遍，仿佛填写小学毕业的同学录。

他最喜欢的书竟然是《物理学的未来》。同桌嗤笑了一声，说："绰号是'书呆子'，我看也差不多。"

然后她把信纸往抽屉里随意一扔，下次拿出来时，信纸已经变成了一团废纸。

戚瑶回过头来，看自己这张回信。

字迹略显潦草，但落笔处隐见锋芒，横撇竖捺潇洒，力透纸背，是难得的清瘦漂亮。

虽然字少，但起码看起来像个能沟通的正常人。

活动一周举办一次，由学工部的老师周一送信，周五收信，两相交错。

戚瑶当初话很少，几乎只和同桌聊两句天儿。后来同桌也不再学习，跟着后排的同学逃课去玩，于是戚瑶就连这样一个可以说话的人也没有了。

越来越多的话被她写到了信纸上，一句、两句、三句……一周五天的事情她能写整整一页纸。

正是因为对面的人不甚在意，她才敢放肆地吐露心事，像是对自己的日记本，或者是一个永远不会相交的人。

"学校里的桂花开了，花坛边的桂花道是我最喜欢的地方。你喜欢桂花吗？

"奶奶生病了，我在学校里很担心。奶奶是这个世界上最爱我的人，希望她快快好起来。

"体育课跑 800 米，我后座老是剪别人头发的男生摔了一跤，趴在地上好像只猴子，好搞笑，但我又不敢笑。

"今天的数学卷子好难。对了，奶奶病好了，开心。"

喻嘉树收到越来越多的闲言碎语，每次拆信时粗略一瞥，都有几分无语——合着这姑娘把他当备忘录和日记本呢？

一句连一句，她都不需要人回复，偶尔一个对他的问句，大概也是因为不好意思，随口问一问。

他从数学草稿本上撕下一张纸，视线快速地掠过全篇娟秀的字迹，简明扼要地回了一句："不喜欢。"

就这么驴唇不对马嘴的对话，两个人竟然坚持了整整一年。

大多数时候，都是戚瑶在写，生活、学习，甚至连天气她都能找到两句可评价的。喻嘉树就随便看看，随便回回，直到有一天——

送来的信的墨迹被洇开一大片，纸张粗糙，沾水后又被晾干，变得凹凸不平。

喻嘉树拿出信纸的时候顿了两秒，视线扫过被水洇开的墨迹。

"树啊，你这小笔友还写着呢？"前桌的男生"哟"了两声，凑过去看了一眼，"我匹配的是个男的，我们早没话说了，在同一张纸上玩五子棋，一局要玩一个月。"

喻嘉树笑了一声："什么毛病？"

"说真的，感觉他们学校的人也不学习，风气差得很，"前桌男生玩着笔盖，嘟囔道，"也不知道这活动有什么用。"

"没。"喻嘉树微微挑眉，想起这女孩儿连哪道数学题错了都跟他说，还说没听懂，抄了遍题，让他试试。他以为题多难，扫了一眼，不到一分钟就做出来了，第二次她来信时纸上就画了个气鼓鼓的兔子。

少年垂着眼笑："还是挺可爱的。"

前桌男生撇撇嘴，转过头去了。

喻嘉树垂眼看新来的这封信。她的字迹依旧娟秀，一笔一画从不拖拉勾连，写得无比清晰。

第一句话是："你在一中上学，是不是去过市中心呀？"

喻嘉树心想：我不是去过市中心，我是住在市中心。

他接着往下看，那点儿揶揄的笑意渐渐散了。

她问："市中心是什么样的呀？漂亮吗？"

"一中呢？是不是不会有上课捣乱的男生往老师身上吐口香糖，偷偷剪掉女生的头发？

"我们学校的校服很丑，橘红色的，面料也差。上次我在路边看到有人路过，穿的是附中的校服，黑色西装和百褶裙，很漂亮。

"听说别的学校还有礼堂、多媒体教室和体育馆，一中也有吗？"

那女孩儿一点点地设想好学校的生活，像是刚开智的孩子，从零碎的信息里拼凑，用自己的幻想为画面上的东西涂上颜色，梦幻又漂亮。

她十分笨拙，笨拙到了可爱的地步，身上有种与这个世界格格不入的钝意，不谄媚，不急切，极其平和柔软。

喻嘉树一行行看下来，觉得自己似乎从来没发现过一中这么好——校服好看、食堂饭菜好吃、教学楼明亮、礼堂宏伟、操场宽阔。

老师都是名校毕业，注重学生情况，同学谦和有礼，不会不尊重老师，不会随意捉弄女孩儿。

他一行行地往下看，终于找到了她忽然开始设想的起点——

"老师说每年的初三毕业生都会有三个去一中读书的名额，但是要交五万块钱，我想想还是算啦！

"我同桌说她毕业后要去开美甲店，我去给她当个帮手也不错，至少可以自己赚钱了。"

不错个屁！喻嘉树冷淡地一拧眉毛，眼底带着些戾气，看着最后一行被洇开的墨迹，满腔冰冷的火又倏地灭了。

他开始以为是水杯倒了，现在才知道，大概是眼泪——这得多能哭？

他垂眼，长指微动，把这封信原样塞回信封里，放进抽屉，长腿伸直，起身走出教室，"砰砰"地叩响了校长办公室的门。

又一个周一，戚瑶仍然在为数学题烦恼，学工部的老师匆匆来了一趟，又走掉，像急着要去处理什么事情。

她收到信时，有些吃惊——信封被撑得鼓起，棱角分明，边角都泛着白，像是快要被撑破了。

他终于被她烦到塞了个炸弹进来？戚瑶诧异又谨慎地打开来看——

信封里是满满一沓照片，从一中校门口拍到教室里。

校门宏伟，金色的大字印在上面，随着那天的阳光而熠熠闪光。绿色的爬山虎葱郁，茂盛地坠在头顶。

进门之后是一条大道，两侧是高大的梧桐树，花坛里种着不知名的小花，整齐漂亮。

教学楼墙体呈白色，铺有红色砖块，窗户明净，在晴天下反光，映出耀眼的正午阳光。

讲台桌椅全都是崭新的，桌上堆满了各类书籍，上至天文下至地理，女生压在数学书下的言情小说露出一角。

升旗仪式上，全校学生安静地站在操场上，蓝白色短袖校服衬得人无比青春，比社区中学橘色和黑色相间的校服好看多了……

戚瑶一张张地翻看这些照片，一中几乎和她想象中的样子完美契合——一个教室明亮、操场宽广、适合认真读书的地方。

就是……她看着最后一张校服照里，人群中间那个肤色略黑的小胖子，心想，这个笔友怎么跟我想象的不太一样？

不都说见字如见人吗？那他的字不应该这么好看且有锋芒，应该再圆一点儿……

算了，她视线一转，回到色彩明艳的其他地方，一切一切都显得如此明媚可爱，和这里截然不同。

那当然是个很好的地方，可是要整整五万块钱。奶奶省吃俭用，一块钱掰成五份来花，攒下来的钱都拿去给院里的小朋友们买东西，她怎么好意思开口？奶奶养她已经很不容易了。

戚瑶自嘲地扯了扯嘴角，指腹动作轻微，在光滑的照片上摩挲。

静了好一会儿，她准备把照片塞回去。

上次跟她沟通的那位男老师不知什么时候站在了前门，讪讪地喊她的名字，让她出去聊一聊。

"老师开玩笑的，一对一帮扶是政府要求落实的，为的就是帮助我们这些贫苦孩子，怎么会收钱呢，对不对？"

这老师变脸来得太快，太过于猝不及防。戚瑶没说话，抿唇看向他的身后。

老校长一脸怒色，身边还站着几个西装革履的人，神情严肃，胸牌上印着"C市教育局"的字样。

她面前的老师一脸慌张，趁背对校长时给她使眼色。

戚瑶默然片刻，"嗯"了一声。

男老师松了口气，又听她接着道："可您上次说，就是因为是政府要求的，所以才要收钱打理关系，购买入学资格。"

走廊上的气氛瞬间低沉下来，老校长气得吹胡子瞪眼，挥手让她先进去。

没几天，他们班就换了老师，从此她再也没见过这位试图中饱私囊的老师。

穿堂风猛烈，夹杂着大声玩闹的声响，衬得少女的身影格外单薄。

戚瑶站在走廊上静默片刻，缓缓地走回座位。

她到后来都还记得——

那天的阳光格外好，桂花已经快要开过了，随风散了满地，香气和阳光一起从半开的窗户里透进来，洒在课桌上散落的照片上。

每张照片都那么漂亮，好像是一个个朦胧的梦境，缓慢地在空中飘浮着，从远处飘来，从可望而不可即，变成触手可及。

信封里的一张纸随微风飘落，打着旋儿地落到她眼前。

那人的字依旧苍劲有力，落笔处尽显锋芒。

他写着："礼堂太远了，懒得走。明年自己来看。"

气氛安静。

戚瑶的脑子"嗡嗡"直响，她不受控制地回忆起当初写信的场景。

十几岁的少女满怀心事地写——

她说后面的男生老是上课捣乱，很讨厌。

她说她今天第一次到市里去是为了买书，公交车晃得她有点儿头晕，必须坐在窗边才行。

她说这项活动因为到了初三，要终止了，可是她不想。

对面的人很直地问了一句"那你想怎么样"，把她气得要吐血，她翻过面来发现他留了学校的详细地址和邮编，独独没有姓名。他们阴错阳差地错过了最好的一次自我介绍的机会,后面无论何时再提起,都觉得奇怪。

于是就有了那次戚瑶问他叫什么,对方似是而非地回了一句:"你读过《橘颂》吗?"

她去市里那次,还小心翼翼地从书店里抱回一本《楚辞》,翻来覆去读过好多遍,也没看出个所以然,于是自顾自地给他取代号叫"S",还心想,这个代号跟这小胖子还挺配的,都很圆润。

谁知道……

"这颗痣怎么不见了?"十年后的今天,那人坐在沙发上,静静地问了这么一句。

戚瑶垂眼,盯着他在照片上落下的那一个小黑点儿,沉默了片刻。

"娱乐圈比较迷信,我老板也觉得这痣位置不好,一般都化妆遮掉。"这话她从前也说过。

喻嘉树扯了扯嘴角,懒洋洋地坐回去,脊背往后一靠,显出几分冷淡来:"那我之前怎么跟你说的?"

他有点儿生气。戚瑶隐约意识到了这一点,有些茫然地抬眼,看他那双和少年时期别无二致的眼。

光阴再次倒转,回到少女的笔尖下——

"你说,难道真的有人生下来,就注定要变成泥潭里的蝼蚁吗?"

15岁的戚瑶坐在老旧教室里的靠窗位子,被压抑的哭声触动,无波无澜地回顾她破落到今日的人生。

她一出生就成了弃婴,被丢在福利院门口,姓甚名谁、家住哪里,她完全不知。她的姓是抓字条抓到的,名是奶奶取的,意为美玉。可是她后来仔细一查,发现这个字不过是"像美玉的石头"而已。

再好的期盼也抵不过现实,多么像她的人生。

院里条件不算好,十多个孩子睡同一个房间的上下铺,有身体健全的,也有残障的孩子,半夜啼哭不已,此起彼伏,让人睡不好觉。戚瑶从小就很听话,赤着脚,踩着月光爬下床来,跟着任阿姨有样学样,哄着啼哭的小朋友。

她长到七八岁时,有一个家庭想要领养一个与去世的女儿同岁的小女孩儿，千挑万选，在福利院众多孩子里挑中了她。

多开心呀，她感觉自己要有一个家了。

她小心翼翼地坐上汽车，万分忐忑地踏进那个原本不属于她的房间，看粉色的窗帘随风摇曳，床头摆满了可爱的小熊和洋娃娃，拘谨又欢欣。

世界上最残酷的事情是什么？是给予别人最渴望的东西，然后又随意地剥夺。

后来没过多久，领养她的那对夫妻感情不和，平静离婚，把她又送了回去。

戚瑶那时候一个人站在福利院门口，看着汽车远去，一刻也没有停留，说不上自己是什么心情。

她难过吗？好像不。只是她觉得自己再也不会对任何事抱有期待了。

她觉得自己像铁门上老旧的斑斑锈迹，像蔫掉垂下的爬山虎枝干，像作业本上擦不干净的铅笔印，灰暗又沉默。

她一步步循规蹈矩地走，被院长奶奶领回家养着，被送去上学，对任何事情都降低了期待，一切好像都变得容易了起来——

上学嘛，在家附近的社区中学就好了，哪怕成绩再好，这里也就是她的顶点了。她读的书全是社会捐到福利院的，有新有旧，翻来覆去看了很多遍。

她写："如果不是你，我大概也不会这么坚定地要去读书，或许觉得就在城郊做个普通的打工妹也不错。"

写到这里，女孩儿嘲讽地笑笑。

"那对夫妻其实每天晚上都在深夜争吵，阿姨觉得女儿没了就是没了，叔叔觉得既然已经领养，就要对我负责。

"他们越吵越厉害，最后甚至和平离婚，所有人都觉得我没有了存在的必要，然后把我送回了福利院。

"你知道他们的理由是什么吗？他们只字不提自己随意决定的过错，反而跟奶奶说，是因为我右眼角下有颗泪痣，这样的人生来不祥，命不好，苦难从不度我。"

戚瑶当时站在角落里想：怎么会有这么过分的人啊？

纵然奶奶拿着扫把把他们赶了出去，后来又办了手续把她领回家去，这句话依然不可避免地扎进了她的心里，宛如一棵毒草，藤蔓带刺，还有可怕的倒钩，深深地扎入鲜活娇嫩的心脏。

每每她的生活有些不顺，这句话就会在某个深夜，从身体深处醒来，往她的心脏里猛扎，疼得她说不出话来。

戚瑶有时候会想：这也许是真的呢？是不是因为领养了我，那对夫妻才离婚的？是不是因为要供我上学，奶奶才身体越来越不好的？任阿姨每天为了工作跟家里人吵架，乃至于家庭分崩离析，最后搬进院里来住，是不是也是因为我啊？

巨大的恐慌和压力几乎像山一样压在她的身上，压得人喘不过气来。但她到现在为止，也什么都没有说。

窗外的哭声难以自抑，哽咽声把人从过去的回忆中拉了出来。

少女沉默着划掉刚才写的所有字。已经有人在哭了，她不想附和。对面那人已经给她提供了太多情绪价值，她不想什么事都麻烦他。

没有人有义务做谁的负能量垃圾桶。人的大多数情绪，都需要自己消化。

可是那些被划掉的、她准备独自承受的汹涌情绪，在下一次的信里收到了回应。

面额八角的邮票被贴得很工整，收件人是"七十一"，戚瑶拆开信看，字迹潇洒，第一行是一如既往简洁的两个字——

"扯淡。"

潦草却仍有笔锋，她都能想象到他漫不经心地落下这两个字时的模样。

"泪痣很漂亮，高敏感度是恩赐。"

男生画技拙劣，她勉强能看出他画了一只手，寥寥几笔，却硬是能看出骨节分明的模样来，他在右手中指内侧的指根处点了颗痣。

"算命的说这颗痣长这儿的人要早夭，但我现在还在给你写信。

"你有没有听过一句话，叫作'海压竹枝低复举，风吹山角晦还明'？"

他当时是怎么说的？

少年的字迹清晰地浮现在眼前，十年后的戚瑶睫毛一颤，感到光阴的洪流冲过身体，心脏酸涩地跳动。她轻声开口，仿佛和当时他的声音重叠在一起——

"如果运气不好，那就试试勇气。"

勇气啊……

这句话伴随着她学生时代所有的考试，伴随着她第一次站在镜头和舞台前，伴随着她出席红毯活动和颁奖典礼。

没有人天生运气好。

上天缄默，神佛悲悯，唯有自己能清醒地俯瞰一切。

"我当年跑了三条街才在老城区找到个算命的，还以为你说忘就忘了呢。"喻嘉树下巴微仰，把那点儿冷淡的模样收敛起来，眉眼一松，漫不经心地拉回正题。他正色看她，一字一顿地低声道，"你是那个直通最终面试的，知道吗？"

第四章
为你钟情

次日。

戚瑶做了一晚纷杂的梦，骤然醒来，还有点儿不清醒，睁着眼发了会儿呆。

窗帘遮光，室内昏暗，然而她捞起手机一看，已经快 11 点了，叶清蔓在旁边睡得死沉。

昨晚她心里揣着事，睡不着，叶清蔓和她躺着聊天儿到凌晨 3 点。她睡了之后叶清蔓还兴致勃勃地追剧，一时半会儿估计醒不来。

戚瑶小心翼翼地起床，在衣帽间里挑了身简单的衣服，略微打扮一下，就出门了。

"栗子，到时候她要是醒了，你帮她点一下外卖。"

栗子握着方向盘应声。小王在守着老婆坐月子，还没回来。

"哦，对了，给小王的红包发了吗？"

"发了发了，包得那么大，他可感谢你呢！"栗子将车驶进小巷，停在一家没有招牌的狭小的店门口。

"那就行。"

巷子颇窄，白墙黑瓦，地上铺着天青色的瓷砖，戚瑶下车，第一眼便望见蓝天下层叠的瓦砖屋檐角，颇有点儿江南水乡的意韵。

门口的侍者指引着栗子把车停到后院的停车场去，戚瑶则跟着指引进了店内。

这是一家很出名的私房菜，位置难订，就连戚瑶这种对吃的不太上心的人都知道。

他们穿过长廊，眼前豁然开朗，假山上的水流声潺潺，檀木香幽幽地在鼻间浮动。侍者推开包间的门，躬身把人引了进去。

"来啦？"女人坐在正对着门口的座位上，盈盈一笑，眉目间自有独特的风韵。

"敏姐！"戚瑶喊道。

"坐。"赵敏挥挥手让侍者下去，"我记得你比较喜欢清淡的菜，随意点了一些，你看够不够，不够再加。"

戚瑶看了一眼点菜单，的确都是些淡口的菜，笑了笑："难为敏姐还记得。"

"那是。我们当年拍那部剧，合作了那么久。"赵敏十指随意交叉着，将手肘撑在桌面上，颇为感慨地看着她，"当年你还是个排不上位的女三号，现在已经可以独当一面了，真的很不错啊。"

这话戚瑶不是不会接，是不想接。她能说什么呢？"谢谢您提点"太谄媚，"哪有哪有"太像场面话，她都不喜欢。她只是弯起眼角笑笑，没说话。

"还是这样，不喜欢这些弯弯绕绕。"赵敏感叹一声，真笑了，"行了，我也不跟你绕弯子了。风行的结果知道了吧？"

其实按理说结果应该还没出，她是因为跟喻嘉树沾点儿边才提前知道，赵敏靠的就是实打实的人情和资源。

"嗯。"戚瑶点点头。

"我看了你的片子，很不错，能做到这个份儿上，直通最终面试是应该的。但是这让我更想找你聊聊。

"你出道第二年那会儿我就很喜欢你。"赵敏正色道，"当时你没签公司，我还在老东家那儿拉了你好几次，你都没来。"

戚瑶抬眼，敏锐地注意到她用的是"老东家"。赵敏的经纪公司可以算是业内数一数二的传媒公司，资源一流，和她算是相互成就，之前戚瑶只是隐隐听到些风声，现在才确定赵敏大概是真的要解约了。

戚瑶思忖片刻，规规矩矩地道："裴朗是我的学长，又算是我走上这条路的领路人，我当时已经跟他沟通过了，的确不太好再去答应别人。"

"行。"赵敏慢悠悠地往茶杯里倒水，"知道你就这样，裴朗那个破公司到现在还比不上那时候我老东家的一根脚趾，你还不是死心眼儿？

"我只是觉得你很有灵气，非科班出身，但肯吃苦也用心，还年轻，没必要埋没在那儿接网剧资源，还要被新签的小艺人捆绑。"

戚瑶沉默不语。

"我年纪越来越大，不可能吃这碗青春饭一辈子，准备退居幕后。"赵敏抿了口茶，话语意味深长。

"上一次看到你身上的这些特质，还是在宋晴岚身上。"宋晴岚是去年刚拿了奖的金鹰女神，跟赵敏同一辈，是有史以来唯一一位拿过两次最受欢迎女演员奖项的女演员。

"不敢跟晴岚姐比。"戚瑶抿唇，没往下接。

赵敏也不急，气定神闲地说道："反正我意思给你透到了啊，'小花'里我最看好你，什么时候想跳槽了，随时欢迎。"

后续她们都没有再提这件事，岔开话题聊天儿。

赵敏在圈内地位高，在群像海报里永远在放大的中心位，但人没有架子，和戚瑶有说有笑，聊得还算愉快。

隔壁包间的氛围也还不错。

不同于戚瑶那间包间，这个包间较大，雕花实木圆桌旁围坐了六个人，四男两女。他们还没谈完事情，服务生有眼色地没有来打扰。

桌上摊开放着一式两份收购协议，黑色的签字笔落下，流畅地签完协议。

"那我就先走了。祝晶帆以后越来越顺利。"西装革履的男人神情疲惫，把收购协议收进包里，走到门口来和人握手，秘书紧跟着他。

"谢谢。"喻嘉树说，"有空儿再聚。"

男人忽然想起什么："小李啊，你和喻总是同学是吧？你们好好叙叙旧吧，不用跟着我了。"

饭桌旁另一个穿蓝色衬衫的男人"唉"了一声:"老板,你路上小心啊!"

穿着职业装的女性跟在穿西装的男人身后,带着微笑转身。包间的门开了又关,恢复沉寂。

"一听说是和晶帆谈收购,我就想说不定能碰见你了,就上赶着让老板带我来了。"李寻早饿得不行,让服务员盛了一大碗饭。

"老板问我为什么,我说我跟你是同学,他问我——"李寻清了清嗓子,学得惟妙惟肖,"'真的假的同学啊?别人都是"总"了,你怎么还在给我打工?'"

大白"嘿嘿"直乐:"我比你们大个七八岁,不还是在给他打工?"

"不能比,不能比。"李寻端起酒杯,"在学校的时候跟你参加同一个比赛,觉得差距好像也没有那么大。后来进入社会了才知道,你和我一起拿省奖的含金量都不一样。我是因为只有这个水平,你拿省奖是因为这个比赛最高只有省级。"

"陈年旧事了,"喻嘉树懒散地往椅背上一靠,一副不甚在意的模样,"不谈也罢。"

"行。"李寻喝完一杯酒,盯了他半晌,笑着感叹道,"怎么感觉这么多年,你一点儿都没有变?"

"要怎么变?"

"头发少了啊,有啤酒肚了啊,结婚了啊,生孩子了啊。"李寻竖着手指举例,"假设能活到一百岁,我们的人生进程也差不多过了四分之一了,总觉得应该进入下一个更成熟的阶段了。"

"怎么活不是自己定义的吗?"喻嘉树闲闲地抬眼,"要是过得开心,一百岁都是同一个样子也未必不可以。"

李寻咂摸出点儿他的态度,笑了:"说得是,怪不得我老婆以前喜欢你呢!"

"喀喀……"大白被茶水呛到,神色莫测,"这是可以说的吗?"

李寻乐了:"我们学校女生没喜欢过他才不正常,不是他就是另一个。"

他说这话的时候瞄了一眼坐在喻嘉树旁边的人。

她穿着蓝灰色西装外套，雪纺衬衫打底，露出修长的颈项和白皙的锁骨，闲散地坐着的时候脊背也是挺直的，黑色长发柔顺漂亮，发质极好。

喻嘉树顺着他的目光看了一眼，眼中带着些揶揄的笑意，半真半假地清了清嗓子。

燕啾本来正在玩手机，闻声抬眼看去，在脑子里飞快过了一遍刚才的对话。

"别。"她挥挥手，"你们自己玩，别带我，我只是个百万薪资聘请的法律顾问罢了。"

桌旁的人都笑起来。

喻嘉树突然像是想到了什么，略微有些诧异："你结婚了？"

"下周办婚宴，这不是蹭着项目的机会来给你送请柬吗？"李寻从包里拿出两份请柬，打开看了看名称，递给他其中一张。

信封是天青色的，镂空设计，里面装着新人的照片和请柬，很漂亮。

喻嘉树看了一眼，长指微动，把请柬妥帖地塞回去，垂着眼勾着点儿笑："拍得挺帅的。提前祝你新婚快乐啊！"他这意思就是不去了。

李寻"啧"了两声："行吧，我都跟我老婆说了你忙，可她硬是要让我问，说这是她对我唯一的要求。"

"真行啊！"大白捧腹。

喻嘉树勾着嘴角，屈起手指，压着请柬往前推，没说话。

"不过你不去会后悔的。"

"是吗？"喻嘉树不甚在意地随口问道。

"真的！"李寻努力咽下一口饭，神神秘秘地说道，"有女艺人要去呢，蓬荜生辉。"

"谁？"

"你应该不认识，我们班的同学。她高中时候安安静静的，不太爱说话，但现在很红，我来的一路上都看见商场大屏在放她拍的剧的海报。"

"咯。"大白也跟着半真半假地咳嗽了一声，神色越发微妙。

燕啾挑眉，敏锐地意识到了什么，又见大白冲她使眼色。

喻嘉树没理他们，微微挑眉，指尖在请柬上轻叩两下。半晌，他骨节分明的长指微动，指腹压着信封，把浅色的信封拿了回去："那我得去见识一下。"

"你怎么回去？"赵敏戴着口罩，站在门口问戚瑶。

"待会儿助理接，还有点儿事。"戚瑶站在门框边，"您先走吧。"

"行。"赵敏拎着包上车，拉开车门后又回过头看她一眼，"我之前说的，别忘了啊！"

"知道了。"

戚瑶挥挥手，看着黑色的轿车开出小巷，转身穿过长廊，边走边发消息。

1："班长，我这边弄完了，你在哪里？"

高中班长上周联系她，说要结婚了，他的未婚妻也是同校的高中同学，特别喜欢她，问她能不能赏个脸去参加婚宴。

戚瑶本来就不是端架子的人，何况从前和班长关系不错，又的确有空儿，就答应了。

好巧不巧，她看他说要来这里吃饭，就顺便约了。

对方回复道："我也刚好结束，你在长廊尽头那个小庭院里等我一下可以吗？"

戚瑶说"好"，收起手机，缓慢地穿过青石板路，走进八角亭里，寻了个位子，安静地坐着等待。

活水在脚下流淌，呼吸间尽是清新自然的气味。戚瑶望去，满目尽是古朴的棕、苍翠的绿以及洁净的白。

其实她大学本来是想去南方的沿海城市读的，可人生不如意事十之八九。

有一年北京沙尘暴，她从图书馆的窗户里探出头去看，漫天黄沙，遮天蔽日，大抵和温柔水乡也算是另一种意义上的殊途同归了。

戚瑶心绪起伏，漫无目的地随意看着，倏地，视线里撞进一个熟悉的人影。

男人侧身站在走廊拐角，宽松的白衬衫袖口被松松地挽起，露出一截瘦削的小臂，下巴微仰，正淡淡地跟身旁人说话。

他旁边有个女孩儿，很漂亮，戚瑶细看之下，发现那女孩儿的眉眼似曾相识。

戚瑶记性不算差，何况这场景实在太熟悉。

一瞬间，她好像回到了从前，无数次看见他们一起登上学校红榜，两张好看的照片高居榜首，挨得极近。

而她只能努力地在红榜边缘有个名字，看起来不痛不痒，无关紧要。

高中生啊，看到有点儿交集的两个人就可以靠想象力编出一整个故事的群体，何况人家是实打实的发小儿，一起回家、一起上学、帮带东西，八卦从高一传到高三，甚至有传言说他为了她和人打架。

他那么骄傲的一个人，十七八岁的时候，好像全世界都不放在眼里，却会为了别人打架。

现在他们站在一起，也很般配。

一阵潮水漫来，无声地覆盖住她的口鼻，温柔却不容拒绝，要将人缓慢地溺毙。

"瑶妹！"李寻气喘吁吁地从长廊小跑来，"不好意思啊，让你久等了。"

庭院内安静，这声呼喊十分明显，戚瑶没来得及转眼，看见喻嘉树微微偏头，侧眼看来。他瞳孔漆黑，和平时别无二致，还带着些谈话时的轻松和笑意，看起来生动极了。

二人遥遥相对。

戚瑶抿唇，尽量平静地移开视线，接过李寻递来的请柬，轻声说道："谢谢。"

"我刚好和以前的同学在这儿吃饭，不知道你认不认识？"多年未见，面前的人又是女演员，李寻大概有些紧张，找些话来聊。于是戚瑶从只言片语中知道，今天他们在这儿谈收购，那女孩儿是顶级律师事务所的律师，帮晶帆做尽职调查并拟收购协议。

和李寻简单寒暄了两句，在喻嘉树过来之前，戚瑶匆匆从后门走出，缩回自己最熟悉的环境里。

他们其实站得不近，说的话也是关乎工作的，是她太敏感。

暗色的车窗玻璃阻隔了视线，车门关上的那一瞬间，她抬眼看着远处的身影，想：他们很坦荡，是我不够坦荡。

戚瑶后来的几天被品牌活动和杂志拍摄堆满，她没再见过喻嘉树。

叶清蔓休整了一个星期，赶上大部队拍完山里的戏，飞了横店。

其间她们一起逛商场的照片还上了个热搜。

"在太古里碰到圈里最甜的姐妹了，两个人都好美啊！"

评论区里大多在说羡慕美女们的友情，营销号蹭着热度，发了些相关的消息。

娱乐圈瓜姐："某'小花'和敏姐争风行新系列代言，猜猜结果如何？"

1L："谁能跟敏姐争代言？我们一年没剧上，手里还是29个代言。"

2L："少操心美女们，管好你自己。"

3L："你都带#戚瑶叶清蔓逛街#的话题了，还让我们猜，是不是把人当傻子啊？下次干脆报她们俩的身份证号呗？"

4L："我猜叶清蔓吧？她上次不是拿了Y系列的，结果被前夫哥截和了，从此发愤图强决定甩前夫哥一巴掌？不是没可能，哈哈哈哈哈！"

…………

戚瑶顺手翻了一下微博，扫了两眼就退了出去，把手机扔在一边，翻着新送来的剧本。休息两三个月顶天了，怕是元旦不过就要进组，她这会儿先慢慢挑着剧本。

"还是你省心啊！"乔念坐在沙发上，倒了杯水，由衷感叹道，"现在的新艺人，一个个心比天高，要演技没演技，要背景没背景，开口就是要女二号，也不掂量掂量自己几斤几两。"

戚瑶挑眉，翻着剧本没说话，这些都是些明年年初开机的剧本——两部古装剧，一部都市剧，一部校园剧。

古装剧都是买的IP，原著小说是一女三男的大女主文。

"挑这俩你就铁定是女主角,指不定也是个大爆剧。"乔念说。

"哪儿有那么多大爆剧?"这类市场早已饱和,虽然观众爱看,但她不想落入窠臼。戚瑶说着,看了两眼剧本,放到一边。

"不要也行,这俩公司都不怎么好,扛不起大剧。"乔念看着她翻开另一本剧本,"这是张承明的本子,上星正剧,班子都是老戏骨和科班出身的演员。"

"看出来了。"戚瑶一目十行地快速扫过剧本,也能感觉到字里行间的风土人情,群像塑造得很好。

"能接正剧,对我们来说就是一个里程碑了,这可不是只看人气的。"

乔念回想她上部剧刚杀青那会儿:"当时你推了跟张导吃饭的约,我还以为合作多半要黄了,结果剧本还是送到公司里来了。"

"不一起吃饭就要黄的本子,不要也罢。"戚瑶看了一眼时间,已经接近婚宴开始的点。她把文件往旁边一放,起身往衣帽间走去,"你放这儿吧,我大概下周给答复。"

"行。"乔念看她要出门,快速把重要消息理了一遍,"最后那个本子是小制作,看一下就行了,公司这边比较倾向上星剧。最近公司在和三个品牌谈合作,一个彩妆,一个服装,还有个国产品牌的手机,我后面把资料整理了发给你。"

戚瑶换了条裙子,反手拉上拉链,漂亮的脊背一寸寸被遮掩住。

她顿了两秒:"手机那个先不着急,等着风行出结果。"

"行。"乔念看了一眼时间,"大概什么时候有定论?我跟品牌方打一下太极。"

"月底吧。"

戚瑶收拾完了,披着外套,挑了个包,开门出去。

上午10点左右,路上竟然还堵,栗子开车技术生疏,时不时急刹,在主干道上时停时走。戚瑶有点儿晕,探头望了一眼看不到尽头的车流:"这样吧,我下去慢慢走,也不太远了。"

"那瑶妹你慢点儿啊!"栗子有点儿愧疚,"早知道就让小王来了。"

"想什么呢你?人家陪老婆呢。"戚瑶拎着礼物袋子下车,没忍住想笑，绕到驾驶位旁揉了把栗子的脑袋，"自己小心点儿啊。"

栗子吐了吐舌头，"唉"了一声，缓缓开走。

其实距离还是有点儿远，导航在耳机里小声播报，此处离目的地还要步行 1500 米。

戚瑶的蓝牙耳机里放着歌，她穿过车辆的间隙，在街边慢慢地走着。

金黄的银杏叶被扫成堆，松松地堆在街角。红绿灯闪烁，她走到小路上时，身后传来两声短促的喇叭声。

戚瑶回头，黑色轿车缓缓停在她的身边。车窗降下，男人微微偏头，眉眼冷淡，瞳孔漆黑，指尖漫不经心地在方向盘上轻叩两下，发出极轻的声响。

"上来？"

戚瑶犹豫片刻，拉开副驾驶室的门。

喻嘉树刚从老头子家出来，心情委实不算太好，眉眼比平时更冷淡了几分，只是被他硬生生地压住了。

"怎么一个人？"他看着她坐进来，扣上安全带，长指按下按钮，车窗缓缓上升，留了条缝，足够有风吹进来，又不至于吹得人睁不开眼。

"车堵路上了，我怕来不及。"戚瑶回答，然后才觉得奇怪，"你知道我去哪儿？"

喻嘉树"哧"了一声，漫不经心地说道："有的人跑得太快了，没看到别人也给我发了请柬呗。"

这话阴阳怪气的，戚瑶装没听出来："哦。"

"'哦'是什么意思？"

"就是不知道你在说什么的意思。"

她还拒不承认了。喻嘉树笑了一声，没再纠结，视线扫过她放在腿上的袋子。

"礼物？"

"啊？"戚瑶顿了两秒，捏了捏白色的纸袋，发出"哗啦"的声音，"对。"

车辆缓缓减速，鹭岛主题公园的牌匾越来越近，挂在半空中，十分显眼。

"班长说他的未婚妻是我的粉丝，我就想着除了随份子之外，再送点儿东西。"

喻嘉树"啧"了一声，降下车窗，手肘搭在窗沿上，收回停车牌，慢悠悠地扶着方向盘往前开："你说，别人的待遇怎么就这么好？怎么我一张签名照都要了好几次，发微信还没人回？"

戚瑶：这人今天怎么回事？

她盯着停车场抬起的横杆，嘀咕道："你的是有泪痣的限定版。"

喻嘉树很轻地挑了挑眉，左手还搭在窗沿上没收回来，漫不经心地叩了叩："那是我自己点的。"

"回去就给你送好吧？一模一样的，少一样我都再给你签一张正儿八经的限定版。"

喻嘉树笑了一声，好像这会儿心情才好一点儿，把车倒进停车位里，懒洋洋地应道："行。"

鹭岛是城南郊区著名的主题公园，占地面积两万多平方米，休闲娱乐、蜜月度假、婚庆拍摄业务都有涉猎，户外婚礼场地较多。

戚瑶从窗户望去，已经可以看见露出尖角的欧式别墅，教堂宏伟，草坪开阔，音乐喷泉灵动唯美。

她今天出门时鬼迷心窍地挑了件白衬衫外套，宽松板型，她不动声色地抬眼看喻嘉树。

好巧不巧，他也穿着一件简单的白衬衫，logo 在日光下隐隐发着光，还和她是一个牌子的，看着像……情侣装。

戚瑶咬住舌尖，远远看见一众同班女生在别墅花园的拱门入口处聊天儿，拎着包打开门："我先进去，你等等再来。"

喻嘉树一抬眼皮，看着她纤细的身影飞快走远，避嫌似的落荒而逃。她真把他当司机呢？他颇为冷淡地略一挑眉，长指在方向盘上轻点两下，瞥向副驾驶座。

戚瑶走到门口，准备不动声色地溜进去，免掉尴尬的寒暄，却有个伴娘打扮的女生老远就把她认了出来。

"哎哟！瑶妹，你来啦！"那个女生目光越过人群，惊喜地喊道，连带着一群聊得畅快的人都回头来看。

那女生应该是从前的文艺委员刘萍萍，和戚瑶坐过前后桌。

戚瑶停住往人群后绕的步伐，弯起眼角笑笑："好久不见。"

她就光是站在那里，纯色修身长裙外搭一件宽松的衬衫外套，再简单不过的搭配，却好像比任何精心打扮的人都漂亮。

许多年未见的生疏加上气场上的隔阂，一时竟冷了场。

女艺人啊，多么遥不可及，站在人群中就和别人不一样。

几个关系较好的女生隐晦地对视了一眼。

戚瑶像没感觉到似的，目光大方地落在每个人的身上："那我先进去了。"

她安静地往前，把热闹抛在身后。

草坪婚礼在独栋别墅的户外花园举办，白色背景和鲜花丝带摆放得很好，婚礼即将开始。

戚瑶寻了个边缘的位子。她本身和高中同学不太熟，只是因为李寻才来送个礼物，估计也待不了多久。

没过多久，大家差不多入座了。主持人上台活跃气氛。

人不算多，百十来位宾客，也许是新人是高中同学的缘故，大半宾客是曾有过照面的老同学。

时不时有打量的目光和窃窃私语声传来，还有人举着手机偷偷拍照，对此戚瑶早就习惯了，没放在心上，视线平静地掠过所有人，垂眼看手机。

屏幕上提醒有一条新消息，她点开看。

S："现在可以进去了吗？"

戚瑶指尖顿了一下：不是吧，这人还没进来？他未免太听话了点儿。

消息记录上孤独地躺着他的两个问句，片刻后，他终于获得了回应。

l："可以。"

刘萍萍今天是伴娘，穿着一身白色的纱裙，坐到戚瑶旁边："那个，瑶妹。"

戚瑶抬眼："嗯？"

"她们想跟你合影，但是不太敢说，托我来问问你。"刘萍萍用下巴点了点前几排的位子，几个女生腼腆地笑笑，克制地挥手示意，看起来很可爱。

"都是新娘的同班同学。"

"好啊。"戚瑶把手机放在一旁，弯起眼角起身。几个女孩儿一溜烟儿地跑过来，对着镜头换姿势。

拍完，她们围成一圈看照片，忍不住絮絮叨叨：

"你真的太漂亮了，我都没想到我们居然会是校友，呜呜呜。"

"瑶妹你好美，在太阳底下会发光啊！"

"谢谢。"戚瑶被逗笑了，"你们也很漂亮呀！"

"我每天下班都在疯狂看剧，《野棠枝》太好看了，简直……"

"啊！"左边的女生不经意地抬眼，猛然截住话头。

她盯着入口处，拍了拍同伴的肩膀，却因为并肩看照片站得太近，拍在了戚瑶的肩头上，还浑然不觉："那是树吗？"

戚瑶睫毛一颤，抬眼去看。半个场地的人也偏头望去。

男人穿着简单的白衬衫和黑西裤，身姿颀长，踩着从树梢倾泻下来的斑驳光影，散漫地偏头跟伴郎说着话。

他明明衣着再单调不过，却轻松压过身着正装的伴郎一头。

他额前的碎发搭在凸起的眉骨上，下颌线干净利落，薄薄的一层皮肉包裹着锋利的颌骨，慵懒且冷淡。

搭在戚瑶肩膀上的手猛地收紧，攥住戚瑶单薄的肩膀，女孩儿压低声音说道："李寻还真把他请来了。"

"好帅，感觉他比顾恒还帅啊！"右边的女生低声道，"不愧是茵茵喜欢三年的人。"

戚瑶没什么反应，被簇拥着在中心看向他。

这种感觉很奇妙，从前都是学校里其他漂亮或开朗的女生被同学们起哄，插科打诨地开玩笑，被小姐妹们簇拥着上前搭话，而她则站在不起眼儿的角落里静静地看着这一切。

她们生动又鲜活，羞赧地抿唇跺脚，在鼓励下勇敢地迈步走向自己喜欢的人。

而她呢，遥遥投去一眼，移开视线，再回到自己破落灰暗的人生里。

她也想像别人那样光明正大地喜欢他，可是她不能。她青春期萌生的那一点点旖旎的想法，跟她本人一样不合时宜、无人问津。

轻微的痛感把人拉了回来，那姑娘做了延长甲，修得很尖，不小心戳到都疼，何况是这样不自觉地掐住戚瑶的肩。

喻嘉树已经走近了。

此刻太阳高度角趋近最大，白衬衫在明媚的阳光里，被绿茵茵的草坪一映，让人移不开眼。

他微微偏头，薄白的眼皮往上一抬，食指钩着一串钥匙，在戚瑶面前晃了晃。

戚瑶愣住。她身旁的女孩儿们呼吸都屏住了，没人说话。

修长骨感的手指伸到她眼前，金属链上只有两把钥匙和一只大耳狗，随着他的动作轻轻地在眼前晃荡，两相碰撞，发出清脆的声响。

喻嘉树偏头看她，还半轻不重地发出单音节词，散漫地应着伴郎的话，在半个场地人的注目下，对她勾了勾食指，漫不经心地开口说道："落我车上了。"

全场霎时一片寂静。

戚瑶顿了两秒，飞快地从他的手里接过钥匙，轻声道了句"谢谢"，转身往原来的位子走。

他怎么回事，不能晚点儿给她吗？

"什么情况……他们俩一起来的啊？"

"而且你发现了吗？他们俩都穿白衬衫，站在一起好像情侣装啊。"

"瑶妹穿的是G牌，树也是……这算是真的了吧？我的'戚顾相当'散了，但我怎么一点儿也不伤心？"

窃窃私语随着风飘到戚瑶的耳边，她垂着眼，快速穿过人群，回到位子上。

直到仪式开始时，她的耳根还在微微发热。

新人从铺满鲜花的小路上走来。前排的女生趁回头来看时偷偷瞥戚瑶，一方面是因为发现自己不小心掐了她而不好意思，另一方面是忍不住偷偷打量她和她旁边那人。

全场有一百来个座位，藤编的椅子上缀着鲜花，还空着十几个，这人坐哪儿不好，偏要坐她旁边。

戚瑶装作没感受到灼灼的目光，安静地偏头，看一对新人缓缓从远处走来，停在斑斓的花丛前。

今天大抵是新人精挑细选的好日子，天空碧蓝如洗，绿茵茵的草地看不到尽头，洁白的帷幕随风轻动，风温柔地扬起新娘的头纱。

他们背后的LED屏幕上播放着剪好的VCR，有他们恋爱的点滴和两情相悦的温暖。

新娘站在台上，握着话筒，简单讲了一下李寻追求她的故事，把穿着藏蓝色西装的新郎羞得直脸红，引得大家哈哈大笑。戚瑶也笑，等到婚礼背景音乐响起，那点儿笑意才渐渐沉寂下去。

戚瑶微微偏头，目光沉静地看着新郎和新娘交换戒指，神色太认真，甚至好像在透过他们，看别的什么人。

喻嘉树坐在她左侧，挺括的裤脚在她的余光里占据一小片黑色，她不敢侧眼。

然而那模样太清晰，少年仰起的下巴、带着淡淡笑意的眼从她的回忆里绵延到眼前，偶尔出现在梦里。

少女时代她看偶像剧，看浮夸的求婚和表白，看曲折隐晦的爱意，谁没有幻想过以后？

戚瑶从前读《包法利夫人》，对一段文字记忆尤深——

"她以为爱情应当骤然来临，电光闪闪，雷声隆隆，仿佛九霄云外的狂飙，吹过人世，颠覆生命，席卷意志，如同席卷落叶一般，把心整个带往深渊。"

可是不是的。

后来她看过那么多剧本，男女主角跨越光阴，跨越疾病，跨越生活中的一切困难甚至是生死，执着不休地相爱，可她只觉得虚浮。

戚瑶想，如果有一天，她能有幸和喜欢的人在一起，他们只要相对站着，不需要草地，不需要鲜花，甚至不需要宾客。金属质地的指环擦过无名指，套在她的指根的那一瞬间，就足够在她的心里掀起一场海啸。

她甚至连曲子都想好了……

"随便吃，随便玩啊！野营地晚上有烧烤，别墅里可以打麻将、唱歌，一楼是餐厅。"

掌声如潮水般涌来，台下欢乐的祝福声此起彼伏，李寻和新娘眼角眉梢都是甜蜜的笑意，招呼着人们。

戚瑶倏地回神，手指微蜷，收回视线起身想走，却被新娘小跑着过来拉住合影。被新娘软声哀求了两句，戚瑶就稀里糊涂地留下来吃饭了。

正午的日光太晒，大家进入一楼餐厅。

餐厅里是大理石瓷砖与欧式吊灯，装饰繁复不已，三四张圆桌上铺着雪白的桌布，摆着的食物却极其接地气——以川菜居多，涵盖四大菜系，满眼望去都是红艳艳的辣椒。

"不搞虚的，我们要吃就好好吃。"新娘陈茵茵换了条红裙子，吐了吐舌头，小声开玩笑道，"反正我吃西餐吃不饱，婚礼完了终于可以放开肚子吃了。"

大家随意落座，戚瑶被陈茵茵挽着，在最外侧一桌坐下。

桌旁一共七八个人，有李寻、陈茵茵、刘萍萍，还有刚才仪式前找戚瑶合照的那几个女生。

"嘉树！"李寻仰头喊着，招手示意人过去。

戚瑶克制地没去瞥喻嘉树，听陈茵茵说话。

"我们这是专门办的朋友场，没有长辈，也没有那么多规矩，随意就好。"陈茵茵挽住戚瑶的手臂，眼睛亮晶晶的，"我之前喜欢你的时候，一直只知道你是我的校友，并不清楚你是哪一级的，结果李寻说你是他的同班同学，可把我高兴坏了，这才开始同意他约我出去玩。"

一桌人都笑起来，起哄说着李寻没地位，折腾得人脸红了一片。

陈茵茵瞪他们一眼，眉眼弯弯地说道："反正瑶妹是我今天婚礼最大的惊喜。"

"不知道你喜欢什么，随便送点儿东西。"戚瑶弯起眼角，把礼物递出去，由衷夸赞道，"你今天很美。"

"你能来我就很开心了，别说还有礼物……"陈茵茵惊喜地接过礼物，视线掠过她身后，声音顿住。

轻微的"刺啦"一声，戚瑶身旁的椅子被拉开。随着一阵熟悉的风，有人在她身旁坐下。

他非常自然，懒散地往后一靠，长腿微分，手肘搭在座椅扶手上，骨节分明又修长的手指垂下，神情自若。

他堂而皇之，又理所当然——当然，或许只有他这么觉得。

李寻顿了两秒，收回拉身旁凳子的手，摸了摸鼻子。

整张桌子周围都静了一秒。

"来来，吃饭！"

成年人的一大本领，就是把八卦的心短暂地按下，又不动声色地提起其他话题。聊过了大学、工作、婚姻等等之后，刘萍萍把话题绕回他们身上。

"我们毕业后其实联系比较少，班长是怎么邀请到嘉树的啊？"

"我有他的微信啊！"李寻说，"不过平时不怎么聊天儿，是晶帆收购我们公司，我们有交集之后我才好意思叫他的，不然害怕他以为我只是想收份子钱。"

喻嘉树笑了一声："我现在是你的老板，你就这么说我？"

"不敢不敢。"李寻双手合十，做祈祷状，不断晃动，"老板饶命！"

"班长不是在宏图信息上班吗？晶帆这是要开始进军人工智能领域了？"

"我每天'996'，都要活不下去了，嘉树能不能把我收进去上班啊？"

"你本科毕业，没资格进，我帮我老板回答你了。"

"怎么还学历歧视啊？！"

氛围轻松，大家笑过一阵之后，另一个女生发问："那瑶妹和嘉树呢？"

那女孩儿小心翼翼，很有礼貌，像只是随便问问，但掩不掉眼里八卦的光芒，连带着对面一众人都抬起眼来，显得十分关心。

"感觉你们很熟。"

戚瑶端着杯子的手顿住，沉默了一会儿，她慢吞吞地道："其实也没有。"

是吧？他们阔别七八年，微信消息才发过两条，也不能算是特别熟。

她身边的人没什么反应，懒洋洋地"嗯"了一声，尾音拖长，接了句："也就是一起回家的关系。"

此言一出，连邻桌都静了。

他们一起……回家，那不就是已经……？

李寻把嘴巴张成"O"形，又迅速闭上，包了口空气在嘴里，眼睛瞪得像铜铃。

陈茵茵十分震惊，夹菜的手顿在半空中，一块排骨掉进碗里，轻微地溅起汤汁。

刘萍萍和几个女生的表情立刻就变了，她们在瞬息之间完成了无数个意味深长的眼神交换，脸上写着"果然如此"。

怎么会这样？

"不是，"戚瑶感觉头都大了，手指攥紧玻璃杯，"我们是邻居！"

没人说话。

像被短暂按过暂停键之后，大家开始继续动作，该喝水喝水，该吃饭吃饭。陈茵茵那块排骨又被她夹起来，只是气氛不一样了，显得极其刻意。

李寻扫了大家一眼，颇有点儿叮嘱的意味："没事，都是老同学，我们不会偷偷说出去的。"

"对，这是私人聚会场合，我们什么都没听到。"刘萍萍附和着。

戚瑶气得不行，头脑中乱作一团，无言以对，借着垂下来的桌布遮掩，伸手去推旁边人的腿。

细白的手指搭在黑色的西裤上，略显急切地推了两下，指腹轻柔地擦过布料，柔软细腻——她真急了。

喻嘉树笑了一声，垂着眼，不为所动，手指在桌面上叩两下，用只有他们两个人能听见的声音问道:"下次还避嫌吗?"

戚瑶倏地咬住腮边的软肉,感觉这人实在是太讨厌了。她噎了好几秒,看他懒散地坐着,还仰起下巴喝了口水,喉结缓慢地动了动,整个人确实没有要动的意思,才从牙缝里挤出几个字,非常小声地说道:"不了。"

"不什么了?"

戚瑶咬牙,愤愤道:"不避嫌了!"

明亮的灯光洒在她的脸上,那双眼睛显得更加柔和。她略微动作间,她的头发轻轻扫过他的肩头,他的鼻间萦绕着一股若有似无的暗香,挺好闻的。

"哦。"喻嘉树收回视线,闲闲地抬眼。

一桌人像晚自习看小说突然被班主任逮了个正着一样,立刻心虚地垂下眼去。

"哎哟!这菜真好吃。"

"是吧?我也觉得。"

戚瑶握着杯子抿了口水,等待喻嘉树还她清白,好半晌才听见这人不轻不重地清了一下嗓子,终于开口说道:"我们真的是邻居。"

桌边安静了一秒、两秒、三秒……

"真的。"他说完,再无后话。

戚瑶:就这?

饭后活动时间,陈茵茵拖着戚瑶上楼去唱歌。

大家多年未见,光靠场面话不能让气氛瞬间活跃起来,得要人插科打诨几句,才能重归短暂熟稔。

这一环节当然逃不开叙旧。

迷幻晃眼的灯光一打,人坐在沙发上,酒足饭饱之后闲适地一靠,搭着旁边人的手臂就开始絮絮叨叨地怀念过去。

"唉,瑶妹,可以问你们圈内的事吗?我实在是太好奇了——顾恒是真的有女朋友吗?这是可以说的吗?"

"可以问,"戚瑶说,"但我真不一定知道,比如刚才那个问题。"

"也是，我经常看访谈，说艺人也看营销号爆料，有的又不好当面问。"陈茵茵说，"我看过最离谱儿的，说瑶妹和叶清蔓是一对。"

"喀！"戚瑶本来在喝水，蓦地被呛了一下，扯了张纸巾，睁大眼看她们，"你们没信吧？"

"怎么可能？"大家觉得她惊恐的样子很好笑，笑成一团。

女生们歪七扭八地坐着，戚瑶就越过她们，看向另外一边的喻嘉树。

李寻和班上几个男生在低声跟他说话，他在桌角磕开酒瓶盖，缓缓地往玻璃杯里倾倒液体。

"你们下一季度是做 IP 授权吗？我都听到风声了，图像技术类会放出来吗？"

"上次开会，我老板还在说如果可以和晶帆合作就好了。"

"哪家？"他就那么闲闲地坐着，后背靠在靠垫上，长腿微分，随意地向外支着，半张脸隐在灯光下，只偶尔吝啬地露出全脸。

他大抵在谈工作，别人说着要敬他，他也只是握着酒杯往前一递，澄澈的液体在杯中晃荡，酒杯发出清脆的碰撞声，一触即分——好一副大少爷的懒劲儿。

戚瑶这才蓦然想起，他是货真价实的少爷。

她从前还在北京读书的时候，圈里的公子哥儿们隔三岔五地聚会，总爱找一些小演员或是电影学院的学生。

戚瑶"有幸"跟着叶清蔓见识过一次。管你帅的丑的胖的瘦的，人就那么轻佻地往沙发上一坐，勾勾手指，漂亮的女孩儿就巴巴地贴上去。

叶清蔓看不惯，翻了个白眼就带着戚瑶走，还被拦住戏谑了两句，惹得大小姐大发雷霆。

现在想来，那些她偶然在聚会上碰见的女孩儿，要么现在还不温不火，要么拿到好资源，爆红后又销声匿迹。

树倒猢狲散，就算树不倒，人家看你不爽了，也得散。

现在喻嘉树懒散地靠在那里，爱搭不理地往后仰着头，喉结在线条流畅的颈项上动了动，才有点儿少爷的感觉，好像生下来就该在这种纸醉金迷的地方泡着,天上地下就只他么一个人。

如果喻嘉树知道她在想什么,估计得敲锣喊声冤。天知道,他只是被不知道谁的歌声吵得头疼。

陈茵茵也收回目光,沉默半响,带着点儿绵软的笑意:"想我高中是真情实感地喜欢他。后来啊,知道这种人和我们普通人就是不一样,只是当时大家都在学校里,最大的差距不过是第一和倒数第一的距离。"

戚瑶看着她,觉出那笑里有几分怅然。

"我当初还给他写过情书,他拆都没拆,第二天规规矩矩地托人又带了回来。"陈茵茵笑着,"你说冷淡吧,人家给了反应;要说礼貌吧,又没办法感激。"

陈茵茵给他的情书……被送回去了?戚瑶的神情微妙地变了。

陈茵茵没补口红,这会儿唇色很淡,轻轻抿着唇。散去那瞬间的怅然之后,她偏头看了一眼李寻,眼神清亮:"但现在我也找到自己的幸福了。"

戚瑶看着李寻对上陈茵茵的目光,立刻就放下酒杯,看样子要走过来,有感而发,叹了一句"真好"。

她起身要给新婚夫妇的爱情让路,被陈茵茵拉着手臂,附耳说了最后一句悄悄话。

"哟!新郎就这么走了啊?"

"这是谁啊?你能不能别唱了,我耳朵都要聋了。"

"唉,能不能让瑶妹给我们唱一首啊?"

陈茵茵松开戚瑶的手臂,仰起脖子冲那头喊道:"你多大脸啊?也配让别人给你唱?"

那男的苦着脸求饶,朝她们的方向鞠了三个躬:"对不起,我只是随口一说,没有恶意!茵姐饶命,瑶妹饶命,嘉树饶命!"

关喻嘉树什么事?戚瑶没忍住笑,接过旁人递过来的话筒:"但我唱歌很一般。"

"能听你唱歌是天上掉馅儿饼好吗!我们哪儿敢嫌弃?!"

李寻坐了她本来的位子,沙发上的人挤得满满当当,除了另外一头几乎没空位。戚瑶顿了两秒,缓缓地越过人群往目的地走。

人影纷杂，玩色子的、玩真心话大冒险的、喝酒的都横在这一路上。有人低头玩手机，声音嘈杂，他听不见人喊他，腿伸得老长。
　　过道太狭隘，戚瑶过不去。好不容易生出来的勇气眼看就要被这点儿小挫折击碎，戚瑶抿唇，都准备去立麦台上了，忽然看见喻嘉树动了。
　　他依旧原样靠在软垫上，薄白的眼皮倦怠地一抬，长腿微动，懒散地抬腿踹了那人一脚，拖着尾音，漫不经心地道："让让。"

　　"瑶妹唱啥？我们帮你点……瑶妹？"
　　这回换戚瑶听不见其他人的声音了。她的耳朵里像灌了水，水流声冲刷着耳膜，把周围一切嘈杂的声音都隔开，只能看见他那双漆黑的眼。
　　她的心脏高高悬起，又重重落下，有种近乎失重的悸动感。
　　那种感觉类似于，你跋山涉水，披荆斩棘，茫然地去寻山，在望到青山轮廓的那一刻却筋疲力尽，然而下一秒，青山终于不经意地垂眼，发现了小小的人间羁旅客，沉默着向人移动——哪怕只有一点点。
　　戚瑶抿唇，尽量自然地在他身旁坐下。
　　喻嘉树懒懒地收回腿。
　　靠墙的长沙发中间没有格挡，边缘处又有点儿窄，他收回腿时，无可避免地碰到了她。
　　裙子很薄，被他隔着布料短暂触碰的一瞬，她的整片皮肤都像被火烧着了似的升温。戚瑶蜷了蜷手指，用尽全身力气克制着自己逃走的想法。
　　点歌台旁边的那人愣了片刻，忽然一拍脑袋，像是想起了什么。
　　"有首歌很应景！"他在屏幕上打下几个字，摁下置顶与切换键，屏幕上几个大字随着他的声音一起浮现，"让我们祝瑶妹——《下一站天后》！"
　　刘萍萍"唉"了一声，就要伸手去切歌："你是傻子吧？知不知道这歌什么意思啊？"
　　"没事。"戚瑶温和的嗓音仿佛带着电流，随着前奏里的钢琴音，一起在包间内回响,"就这首吧。"

不知是不是设备原因,她的尾音竟然微微发着颤。

前奏已经快播完,KTV特有的字幕变换着颜色缓缓逼近,戚瑶轻轻呼出一口气,一眼不敢错地盯着前方,轻声开口:

"站在大丸前,细心看看我的路。

"再下个车站,到天后,当然最好。"

粤语歌抒情悠扬,词曲绝妙,是她闭着眼睛都能完整唱出来的歌。

戚瑶其实不会说粤语,但对这首歌实在太熟悉,咬字发音竟然和原版一般无二。

她声音很轻,缓缓融入这首歌的氛围。

"在百德新街的爱侣,面上有种顾盼自豪。

"在台上任我唱,未必风光更好。

"人气不过肥皂泡。"

她声音温柔,咬字清晰,尾音拖长,把那点儿冷淡感冲淡了,像是在空气里浮动着缱绻的尘埃,很好听。

整个包间都静了下来。嘈杂的氛围不再,迷幻的灯光不知被谁碰了一下,变成柔和的白色,落在她的身上。

"即使有天开个唱,谁又要唱。

"他不可到现场,仍然仿似白活一场。"

屏幕上的视频是Twins多年后再次合体的演唱会现场版本。饱和度极高的蓝色灯光照耀在每个人的脸上,挥动的荧光棒映亮了观众眼中晶莹的泪光,还有她的泪光。

这首歌曾在她的MP3里播放过无数遍,在她还没有变得熠熠闪光之时,从她开始漫长又心酸的暗恋时光开始。

同从前的信件一样,这旋律几乎承载了她无数个深夜里决堤崩溃的情绪,是她晦暗的少女时代里唯一的寄托。

阿娇和阿Sa在十几岁的戚瑶耳边唱——最后变天后,变新娘,都是理想。

到现在,她终于可以借唱给别人的机会,偷偷当着所有人的面做梦。

前途近在咫尺，爱的人就在身边。

"几多爱歌给我唱，还是勉强。

"台前如何发亮，"戚瑶感到鼻尖发涩，心脏一阵阵地酸胀，像有一团湿海绵堵在胸口，"难及给最爱在耳边，低声温柔地唱。"

手贴住的那一小片皮肤微微发着热，温暖着她酸涩的心脏，才让她有勇气不颤着声，胸腔轻微起伏着，在漫长的副歌里缓缓降调，唱出最后一句：

"其实心里最大理想，跟他归家为他唱。"

伴奏音缓缓往下降，大屏幕上，摄像角度从近拉到远，拍摄结尾的全场大合唱，甚至连掌声和尖叫声都如此清晰，让人觉得好像真的看了一场演唱会。

场馆穹顶泛着幽幽的蓝光，数十年如一日的 Twins 在大屏幕上拥抱，眼角尽是泪意。

手指略微一蜷，喻嘉树偏头看她。

女孩儿身影单薄，脊背挺直，颈项修长，漆黑的眼睫微垂，桃花眼眼尾微红。

她哭什么？涌出来的话到了嘴边，又被他咽了回去。他没有权利去左右她的情绪，只是起身抽了张纸巾，递到她眼前。

包间静了好半响，一时没人出声。回过神来的时候，陈茵茵已经红着眼睛，泪流满面，被李寻轻柔地伸手擦掉。

刘萍萍吸着鼻子，小声道："这就是演员吗？怎么唱歌的情感也这么充沛？"

屏幕上自动播放下一首歌，略微欢快的调子冲淡了沉寂的气氛。

李寻笑着说："瑶妹这叫不好听？再也不信你的话了。"

靠着点歌台的那人这才意识到，这歌不是他想象的那个意思，尴尬地摸摸头："不好意思啊，瑶妹，但你唱得很好听。"

"没关系。"戚瑶说。

喻嘉树身体前倾，手肘搭在膝盖上，没再看她。

全场人都默契地忽略掉了她最后一句颤抖的尾音和说话时的鼻音，偶有好奇者投来一眼，被男人不动声色地挡住。

灯光迷幻绚烂，唯有照耀他时投下的阴影不变，安稳地把她圈在里面。

闹了一阵，大家提议去野营地烧烤。

李寻和几个男生架起投影仪，挑了部片子。女孩儿们三三两两地坐着，靠在白色的便携露营椅上小声聊天儿。

陈茵茵今天大概特别伤心，硬拉着戚瑶跟她喝酒，一部影片看完，喝趴了一桌人。

幕布上滚动着散场的英文字幕时，已是露重的夜晚。

"10点了，要散场了吗？"李寻半抱着陈茵茵，低声询问。

"不散！"陈茵茵攥住戚瑶的手臂，整张脸都是红的，说不清是醉的还是哭的。

"还不散？都喝成这样了，在地上滚了几圈了？"李寻把人架起来往外走，"再喝你待会儿该去爬电线杆了，知道不？"

"就不！"

李寻制止着陈茵茵的挣扎，回头看戚瑶。

刘萍萍被剩下两个清醒着的女生接走，剩戚瑶一个人还坐在原位。

"没事，你走吧。"戚瑶冲他挥挥手，"我让助理来接。"

她看着清醒，脸也不红，也没跟着她们说胡话，但李寻还是不放心，喊了一声："嘉树，你们是邻居是吧？顺路把她送回去成吗？我怕她和她助理两个女孩儿不是很安全。"

"行。"

喻嘉树扫了一眼，空酒瓶骨碌碌地在草坪上滚远了。

"真没事。"戚瑶说，掏出手机，"我这就喊栗子。"

喻嘉树没理她，垂下眼睫，扫了一眼地上的酒瓶。

一、二、三……她脚边就有五六个，她还挺能喝。

"喻嘉树。"

"嗯？"

"我的手机坏了。"

"是吗？"喻嘉树一边让工作人员从车里拿件外套来，一边漫不经心地应着。

"真的。"戚瑶把手机屏幕翻过来给他看,"解不开锁。"

喻嘉树扫了一眼手机,觉得自己的判断是准确的、中肯的、一针见血的。

他拎着外套的领子——依旧是同牌子的外套,黑色宽松板型,上次她在车里短暂盖过的那一件。深色的面料被他攥在手里,更突出了他的骨节分明。

他把外套搭在她的身上,漫不经心地问道:"你在拨号界面解锁?"

有的人就是天生做什么都显得随性洒脱,如此绅士的动作在他做来依旧像是理所当然的,不拖泥带水,没有寒暄与陌生,让人丝毫生不起冒犯之感。

只有不敢说出心事的胆小鬼,心跳沉默地漏了一拍。

熟悉的气息萦绕在她的鼻尖,属于异性的外套温暖宽阔,松松地披在她的肩上,她像忽然有了柔软的盔甲。

戚瑶收回手一看,迟钝地"哦"了一声,开始翻找栗子的电话。

外套因为她的动作往下滑,露出白皙的锁骨和胸口,喻嘉树扫了一眼,垂眼移开视线,把外套的袖子打结系在她的脖子上。

"行了。"他往下瞥,又看她在解锁页面拨号,扯了扯嘴角,手指微屈,轻松地抽走她的手机,"我送你回去。"

要说戚瑶喝醉了难搞,倒也不算。因为她既不像刘萍萍那样鬼哭狼嚎,也不像陈茵茵那样原地撒泼,甚至还很乖,安静地坐着,不说话的时候简直跟平时没什么区别。

但她一说话就挺要命——她就那么固执地坐着,坐在夜晚草地上的椅子上,仰起脸望着他:"我不想回去。"

她脸颊白净,碎发在耳边零散着,眼中映着细碎的光,声音也软。

喻嘉树看了她两秒,妥协似的偏头,伸手拉了把椅子过来,闲闲地在她对面坐下,长腿一支,背往后面一靠,散漫得不行,问道:"那你想干什么?"

多年前的同学短暂聚过一天之后,又纷纷散去。不断有人经过,不断有人道别,像电影镜头里纷杂的红绿灯路口的人影。

李寻抱着陈茵茵上了车,在远处跟喻嘉树挥手示意。

渐渐地,宽广的草地上只剩下喻嘉树和戚瑶两个人。

白日婚礼的布置被工作人员一点点地拆掉:漂亮的背景板、洁白的帷幔、满地开过之后略显颓色的鲜花……一点点地,像美梦破碎。

"喻嘉树。"

"嗯。"

"我唱歌好听吗?"

喻嘉树看着她,顿了两秒,没回答。

戚瑶好像也不在意他的回应,只是抬眼看着他。酒精让人感觉自己失重飘浮,女孩儿退去平日的敏感度,迟钝地以自己的感知为中心,絮絮叨叨,显出几分可爱来。

"这首歌我从前听过好多好多遍,那场演唱会差点儿就要去了。

"我衣服都选好了,后来导演忽然说女主角档期很紧,让所有人提前进组。"

她微皱着眉,带着点儿怀念的神色:"就差那么一点儿。我觉得这个世界上的好多事情,都是就差那么一点儿。"

她可能就差一点儿变天后、变新娘,最后这些都是理想。

喻嘉树开始觉得这姑娘没醉,她说话咬字清晰,思路顺畅又有逻辑,正想正经八百地回答她,却见戚瑶低头解开了外套的袖子,把外套扯下来。

暖意从身上退去的瞬间,她忍不住在秋风中打了个寒战,还是固执地拧起眉毛,把衣服往桌上一放:"我不要。"

喻嘉树缓缓挑起眉毛:"为什么?"

"你给别人穿过。"戚瑶半垂着眼说。

已经很多年没有想要脱口而出情绪化词语的欲望了,喻嘉树这个时候却也不合时宜地想再度说出那两个字:"扯淡。"

他看她在夜风的凉意中微微颤抖,扯了扯嘴角,手指松松地拎着衣领,扔到她腿上。

"这衣服就给你盖过。"

"真的?"戚瑶抿唇,手指攥住衣服边角,歪着头轻声问道,"没有

150

给那个女生穿过？"

她果然是喝醉了，都敢问出来了。

"哪个？"

喻嘉树略微偏头，在脑子里过了一遍今天见到的女生，没几个认识的。

"和你关系很好的那个。很漂亮，长头发，"戚瑶努力回想，然后比画着，声音越来越低，"很多年的那一个。"

"谁？"这回是真蒙了，喻嘉树略微蹙起眉回想，目光不经意移开，瞥到远处李寻和陈茵茵的结婚照，霎时，那天在亭台楼阁间匆匆离开的背影浮现在眼前。

他眉眼略微一松，倏地扯了扯嘴角："燕啾？"

"不是吧，戚瑶？"他越想越好笑，勾着嘴角往后一靠，看着她时眼里尽是戏谑。

他喊她的名字时也带着笑意，齿关略微一合，又送出舌尖，轻飘飘地落在空气里，听得人心脏发软。

"你是真不怕她老公揍我。"

戚瑶眨眨眼，把简单的一句话在脑子里过了好多遍，才迟钝地确认："她结婚了？"

喻嘉树不说话，留戚瑶一个人错愕："那之前他们传你跟她……"

"传什么你都信啊？"他挑眉，懒洋洋地拖着尾音，"他们从前还说我初恋对象是在小学呢，你信吗？"

戚瑶竟然认真想了一会儿，然后点头。

喻嘉树：算了，不跟醉鬼计较。

他看着她，瞳孔漆黑，不知道在想什么，倏地笑了一声："看出来了，你高中真的很认真。"

"什么？"

"是不是除了我，谁都不关注啊？"

那事当时在他们学校可是大新闻了，人家都嚣张到上礼堂表白了，这姑娘却真一点儿都不知道。

"燕啾是我的发小儿，跟我的另一个发小儿结婚了，年初办的婚礼。"他懒懒地说着，尾调轻扬，竟然在难得好脾气地解释。

五颜六色的果酒的后劲儿忽然烧上来，灼得戚瑶脸颊耳根都发烫，有种被戳破秘密的心虚感。

"也没有很关注你。"她移开视线，不自在地轻声道。

喻嘉树的声音懒散不正经，带着点儿笑意："行，一点儿也不关注我。"他拖着尾音，明摆着敷衍她。

戚瑶瞥了他一眼，迅速移开视线，脑袋往下垂，就差把脸埋到他的衣服里了。

香杉薄荷的气味凛冽，明明该让人清醒，却偏偏让她陷入更深的混沌中，从脸颊到耳根都泛起红晕，闷闷地憋出一句："我想回去了。"

"走吧。"喻嘉树笑了会儿，"嗯"了一声，长腿一支，散漫地站起来，"送大明星回家。"

一路上都很安静，戚瑶攥着汽水玻璃瓶，坐在副驾驶座上一言不发。

夜晚的高速公路车辆稀少，黑色轿车在道路上飞驰，穿过城市的霓虹光影。

戚瑶靠在车窗边，半合着眼，坠入纷乱的梦境中。

汽车缓缓停在楼下，喻嘉树偏头看了她两眼，下车绕到副驾驶座喊她："回去再睡。"

车门一打开，戚瑶的身体就跟着开门的方向往下坠，脑袋歪下去，被喻嘉树用手托住。

她是真的酒劲儿上来，意识不清醒了，差点儿栽到地上去都没什么反应，只是皱了下眉。她睫毛轻颤，下意识地伸出手压住他的手背，脸颊不自觉地在他的手上蹭了一下。柔软的、细腻的、滚烫的……莹白的皮肤在喻嘉树微凉的手心上轻轻蹭动，细白的手指搭在他的手背上，指尖所过之处可以摸到凸起的轮廓，线条明晰。

喻嘉树的喉结动了动，他垂下漆黑的眼睫，看不清神情。手指有条件反射似的痉挛反应，被他忍住了。

往日里大白和周漆喝醉，他都是把他们扔那儿不管。收拾醉鬼的经验，他一点儿都没有，何况戚瑶还是个女孩儿。

好在戚瑶歪着身子，觉得不舒服，缓缓地睁开眼。她仰起脸看他，愣愣地叫他："喻嘉树。"

她的脸颊连着眼眶微微发红，咬字很轻，声音在唇齿间，空气中仿佛都飘浮着缱绻的尘埃。

"嗯。"他应道，攥住她的手腕把人扶下来。

她好像很喜欢叫他的名字，一遍又一遍，不厌其烦。

"你知道今天陈茵茵跟我说什么了吗？"

她站都站不稳了，还关心别人说什么呢？馨香扑了满怀，他没搭腔。

"她觉得扔捧花很俗气，所以去掉了这个环节。"

戚瑶说话一顿一顿的，很轻，一手扶着喻嘉树的小臂下车，一手撑在车门边，脚步还有些踉跄。

"但是她说，她今天是新娘，说什么都灵。"戚瑶垂着头，留给喻嘉树一个漆黑的发顶。

"她说希望我以后心想事成，可是我怎么心想事成呢？"戚瑶攥住他的小臂，站在半开的车门和他之间抬起头来，细长的眉毛蹙起，好像很是困惑，"我也想关注你。可是毕业之后，我们就什么联系都没有了。"

她的脸很小，从喻嘉树的角度望过去，他可以看见她小巧的鼻尖，她漆黑纤长的眼睫轻轻颤动着，像漂亮的、沾水的蝴蝶羽翼。

"我遇不到你，没有你的消息，寄出的信全被退了回来，没有回音。

"唯一的交集，就是我偷偷加了你的微信。"

她颤抖着尾音，裹着他的外套，依然在凛冽张狂的秋日夜风里红了眼眶。

"可是这么多年，你一条朋友圈都不发。"戚瑶眼圈和鼻尖都很红，眼底破碎的水光要坠下来，声音里带了哭腔，"我做梦都没有素材。"

她的眼泪顺着眼尾往下坠，泪珠决堤似的，她红着眼睛看他，平日里温柔平静的桃花眼蕴满水光，看起来可怜极了。

喻嘉树抬眸看她，二人四目相对间，他的心脏蓦然像被人攥住似的，一抽一抽地疼。

良久，空气中传来一声若有似无的叹息。

153

初秋的风仍在呼啸,到了后半夜,从没关严的窗户缝里灌进来,一点点地把窗户推开,肆虐猖狂。

戚瑶头疼得厉害,意识模模糊糊的,喉咙发涩,坐起身来关窗喝水。

清凉的液体流过喉咙,干涩的感觉才被驱散一些,她撑着脑袋看了一眼手机,朦胧的意识却倏地回笼,把人定在原地。

深夜的朋友圈人烟稀少,刷到底也不过寥寥几条,因此,那个熟悉的黑色头像格外显眼。简短的两个字没头没脑的,于两个小时前孤零零地停在那里。

S:"发了。"

第二天的朋友圈很热闹。

喻嘉树那条动态下,聚集了无数个看戏爱好者。

快乐小寸头:"我看见了什么?"

快乐小寸头:"奶奶!你十年前加的微信好友发动态了!"

白瘦瘦:"有情况啊,啧啧啧。"

白瘦瘦:"这么晚还不睡,小心掉头发。"

快乐小寸头回复白瘦瘦:"少以小人之心度君子之发。"

白瘦瘦回复快乐小寸头:"少乱用成语,闲得没事干去把你们学校的大粪挑了。"

李寻:"是发给谁看的呢?"

陈茵茵:"谁呢?"

刘萍萍:"反正不是你们俩,洗洗睡吧。"

燕啾发了个吃惊的表情。

蒋惊寒:"劝删,我老婆评论你了,看你不爽。"

蒋唱晚:"劝你们都删了,对我的精神状态不好!"

喻嘉树勾了勾嘴角,对蒋惊寒回了个"滚",摁灭屏幕,不管了。

"小喻总。"门被敲了两下,被推开,秘书抱着文件站在门口,"喻总叫您。"

喻嘉树"嗯"了一声,穿过长廊摁电梯上楼。

收假第一天,气氛还松懈着,空气中浮动着困倦的意味。

这个点电梯里人少,只有两个站在角落里小声聊天儿的实习生,在看到他进来之后立刻噤声站好,大气儿都不敢出。

修长的食指摁亮电梯按钮,喻嘉树垂着眼想:我有这么吓人吗?

大概也只有她会真的相信他只是个实习生。

办公室宽敞,放着一张红色实木桌子,巨大的书柜占据了整面墙,几盆绿植尽职尽责地充当着背景,枝叶沉甸甸地垂着,被打理得很好。

喻重山年逾五十却不显年纪,举手投足间都是上位者的气场,坐在办公椅上,看到他来,摘下眼镜捏了捏鼻梁,往后一靠:"进度怎么样了?"

"按计划在走。"喻嘉树两指捏着文件往前送,往沙发上一坐,"目前没有问题,年底可以顺利发布。"

喻重山点点头,接过文件翻了两下,半晌抬眼看他,转了个话题:"宏图收购流程走完了?"

"哪儿有那么快?假期里签的协议,变更登记那边还没上班。"

这办公室的沙发是摆设,或者是从来没人想在这上面坐得舒服,后背挺硌人的,喻嘉树慢悠悠地站起来,懒散地捏着后颈倒了杯水:"您可换个沙发吧。"

喻重山端起茶杯,用杯盖刮着沫子,冷哼一声:"还以为你不打算跟我说话了呢。"

"哪能?"他垂着眼打开柜子,漫不经心地说道,"这不是还在您手下打工?"

话是熟稔的,却听不出有多亲昵。他们只要不提那件事,一切都好说。

喻嘉树熟门熟路地打开第四层小柜,各色茶叶罐整齐地一字排开,贴着小标签乃至生产日期予以区分。

他对茶叶不熟,只是有点儿困,随便拿了一罐出来提神。

"还挺会挑,刚送来的武夷山大红袍。"喻重山扫了他一眼,"周末回家吃饭。"

"再说。"喻嘉树拿开水把茶叶往杯子里一泡,爱茶的人看了谁不呼一句"暴殄天物"?

"什么再说?"喻重山冷脸,"国庆节摔门就走了,你阿姨在家里心情没好过,这会儿还闹脾气?"

茶叶被泡开,徐徐舒展,茶汤缓慢变色。

"没,约了人。"

"那下周。"喻重山的脸色缓和了点儿,他重新戴上眼镜,"系列代言人定下来没?你舅舅那边托人问了我好几次。"

"没。"喻嘉树晃着杯子抿了一口茶,"但你可以告诉他,他保的小情人被刷掉了。"

喻重山瞪他一眼,却也没说什么。

"上点儿心,这是你在风行的第一个项目,那么多双眼睛盯着。这个项目的成绩在一定程度上代表了你的工作能力,决定了你能不能服众,能不能坐上这个位置。"他拍了拍椅子扶手。

喻嘉树下巴微仰,喉结微动,想说的话随着醇香茶汤咽了下去。

总是这样,收假第一天,他不想吵架。

"你开心就好。"他一副无所谓的样子,把杯子一搁,转身走了。

喻嘉树没什么表情,穿过走廊下楼去,周身气压低,香杉薄荷的味道凛冽。

办公室窗户开着,他站旁边吹了会儿风。手机"叮咚"作响,他拿出来看。

大白来报新产品线的进度,发文件的时候顺带提了一提:"你在外面有人了。"

喻嘉树:"嗯?"

"朋友圈发给谁看的?从实招来。"

喻嘉树发了个句号

"别发句号,快说!不然我今天就上你家蹭饭吃,还要上你们家睡!"

喻嘉树扯了扯嘴角:"你被方倩赶出来了?"

他一猜就中,大白立刻发了无数个流泪猫猫头的表情包。

喻嘉树懒得回，点开朋友圈看了看。

这一看不得了——

周漆昨天晚上8点多发的："在学校宿舍楼下喂了一只猫猫，它好可爱。"配图里一只被拍得模糊得不能再模糊的小猫，在埋头吃猫条。

两个小时前，陈茵茵整理了婚礼现场的照片，单人照、情侣照与合照一起，拼了长图九宫格，文案是"Yes，I do（我愿意）"。

点赞栏里一长串好友，一个极短的昵称混了进去，神不知鬼不觉。

喻嘉树又拉回自己那条动态，看了半晌后，略一挑眉，切到对话框，骨节分明的长指，漫不经心地在屏幕上打字。

S："前后都点赞。"

S："就不赞我是吧？"他颇有几分兴师问罪的意思。

收到信息的戚瑶正在看剧本，黑笔在一行字下勾画，顺带写点儿批注，拿起手机来看……

她顿了两秒，感觉耳根又有点儿发烫。

不是，这人的微信好友这么多，他破天荒地发了条朋友圈，肯定很多看热闹的，他还会注意她有没有点赞啊？

戚瑶抿唇，想了半天，老老实实地打字。

1："忘了。"

1："现在去。"

她从黑色头像点进他的朋友圈，昨天半夜的一条文字动态孤零零地躺在那里，那条灰色横杠下移了一寸。

她看了他的朋友圈那么多年，骤然变化，竟然还有点儿陌生。

戚瑶说不上那一刻自己是什么心情，好像有无数种情绪从心脏旁呼啸而过，最后只留下一声很轻的喟叹，好像经年美梦忽然成真。

手指滑回来，她看到那人又发了一条消息，散漫又吊儿郎当的，立刻驱散了她那点儿低落的情绪。

S："挺好。"

1："嗯？"

S："给有的人发的，还要求着人看一看呢。"

瞧瞧这阴阳怪气的！

栗子给她修完今天要发的图，抬起眼一看，诧异道："天哪！瑶妹你是不是昨天吹风吹感冒了？怎么脸这么红？！"

"不是。"戚瑶连忙摆手，但栗子太紧张，已经翻箱倒柜去找感冒药了。戚瑶拦不住她，只好叫了两声就偃旗息鼓了。

"都让你不要喝酒了！这么晚回来还吹风，昨晚可冷了，穿得还少……"

戚瑶有心反驳栗子的絮絮叨叨，话在嘴边又说不出口，只能咬着牙，看了一眼沙发上搭着的黑色外套。

"不冷。"

"什么不冷？我今天早上来的时候，你还在低声说胡话呢。"栗子给她冲了一杯冲剂。

"真的？！"戚瑶睁大眼睛，缓慢地接过杯子。

"我说什么？"

栗子皱着眉想了一会儿："声音有点儿小了，我没听清。"

戚瑶"哦"了一声，垂着眼喝冲剂，褐色的液体带着些颗粒，微苦。她心里七上八下。

"反正我就记得一点点，"栗子犹豫了两秒，硬憋着自己的好奇心，"你喊那位的名字，还挺多遍。"

"那位"是哪位？戚瑶边喝边抬眼，看栗子抿唇抬起下巴，点了点对门的方向："或许你不该问我，应该问他。"

20多岁的纯情女孩儿挺不好意思的，说完快速地接过戚瑶手里的杯子，匆匆去厨房清洗，发出水声，徒留戚瑶一个人僵在原地，被突如其来的羞赧淹没，把脸埋到松软的沙发软垫上。

不是吧？她是真的有点儿断片儿，早上起来还略微有些头疼，唯一一点儿片段都是看他的朋友圈想起来的。昨晚还做了什么，她一概不知。

戚瑶把脸埋在松软的垫子上蹭了蹭，手指攥住软布，挣扎片刻，抿唇抬起头来。

她捞过手机打字，写写删删，最后自认为谨慎地发了一句："实在是不好意思，我昨晚是不是很打扰你啊？"

158

这话既有礼貌，也不至于太过于生分。正常人回一句"没有"，她赔个罪，此后他们默契地不再提，这事就算翻篇儿了。可是这人不。戚瑶眼睁睁看着他"正在输入中"两秒，发出几个冰冷的字："确实挺打扰的。"

这剧情怎么跟她想的不一样？

"想知道吗？"对面的人这样问了一句。实际上他也没等她回答，消息一句又一句地蹦出来，不疾不徐，优哉游哉地开始细数她昨晚的行径。

S："你问我你唱歌好不好听，我没说话，你就想冲上来打我。我很害怕。"

S："支使我去给你买汽水，还点名要橘子味的，说你是大明星，不敢去，而我只是个无人在意的普通人。"

S："拿到汽水之后你就哭了，用我的外套擦眼泪，一边擦一边抱怨说有别人的香水味。"

不是吧？怎么可能？戚瑶虽然不记得了，但不代表不知道自己喝多了是个什么德行！她细看了一下，他竟然还"我很害怕"？这人高中的时候翻墙被教导主任发现，都能坐在墙头淡定地打个招呼，然后手臂一撑，干脆利落地落在外面。他现在跟她说他很害怕？！

戚瑶呼吸急促，胸膛起伏，说不上是气的还是恼的，噼里啪啦地打字。

S："哦，还有。"

S："你硬要给我听一首歌。"

戚瑶打了一长串字，看到这条消息顿了两秒。她飞快地在脑子里回想了一下，她是个演员，没有出过歌，应该与她无关，于是又删掉打好的字，没好气地顺着他问。

1："什么？"

喻嘉树分享了一首歌。

戚瑶蓦然顿住，手指定在屏幕上，光标闪烁。

人们常说酒后吐真言，大抵就是人不管醉没醉，都敢借着酒意真假参半地做平时不敢做的事情。

现在戚瑶盯着屏幕,心脏异常酸涩,高高悬起,又重重落下——张国荣的《为你钟情》。这是她坐在草地上,偏头看别人交换戒指时,在漫无目的的想象中为自己婚礼现场配的背景音乐。

为你钟情,倾我至诚。
请你珍藏,这份情。
…………
对我讲一声"I do(我愿意),I do"。
愿意一世让我高兴。
…………

他还是听见了。

第五章
少女心事

国庆节假期过后的 10 月显然没了盼头，银杏叶远比秋日刚来的时候更加稀疏，随风在枝头打着旋儿。

清晨挤地铁上班的白领们木着一张脸，被工作重压着，还要露出礼貌又得体的笑容。

戚瑶也不例外。她神经紧绷，身心疲惫，戴着口罩又一次迈步进入风行的大门。

这次是最终面试。第二次面试的结果她不大清楚，她这两周忙着品牌活动和新代言的拍摄，几乎脚不沾地，连在车上都在看剧本。

人忙起来的时候是没有时间忐忑和焦虑的，她一丁点儿多余的想法都没有，跟着工作人员上八楼，恨不得闭着眼睛行走，再睡会儿。栗子时不时还得拉她一把。

长廊明净，环境安静，偶尔响起键盘的敲击声和极低的交谈声。

"这里。"工作人员推门引她进去。

戚瑶用力地掐了一下手心，让自己清醒一些，小幅度地鞠了个躬，表示感谢。

然而视线一转，她瞥到里面的人，身体顿了顿，瞬间就清醒了，还下意识地想退出去。

那位"实习生"支着长腿，懒懒地坐在主位上，漫不经心地转着笔，抬起眼皮看她——多么可怕的场景。

戚瑶：我现在跑还来得及吗？

也许是因为他在，两边的面试官都有些拘谨，不苟言笑地绷着脸，示意她坐下。

戚瑶顿了两秒，硬着头皮迈步，坐到喻嘉树对面。

他今天穿了一件黑衬衫，板型依旧不规矩。他散漫地坐着，薄白的眼皮略微耷拉着，倦意很重，好像没有穿卫衣来上这个调休的班，已经是他对风行最大的尊重。一眼看上去根本想不到，他会是在这种场合里坐主位的人。

戚瑶扫了他一眼就移开视线。

她不好再看，再看会想起他说他很害怕的样子——很违和，无法想象。

其实终面没什么幺蛾子，三个面试官，问她一些和产品、档期、行程规划相关的问题，背景调查透彻到她几乎不用开口。一般都是两边的面试官在问，中间那位不出声，没什么表情地靠在椅子上，静静地听着。

戚瑶刻意避开喻嘉树的视线，答得还算顺畅。

"好的，了解。"左边的面试官问完最后一个问题，心里已经有了个大概，流程化地问了一句："小喻总还有什么问题吗？"

这位一上午都坐在这儿看着，据说是喻总要求的。

面试官隐约听说昨晚晶帆通宵开了个会，他虽看起来困倦，但还是准时到场了。他大多数时候不说话，眉目冷淡，下颌线锋利，情绪不是很好。话少，但他每次开口必然一针见血，一点儿情面都不留。缺觉使他显得神色寡淡，他强行压下去，身上有种既谦卑又骄傲的气质，但有时候也会压不住，露出满身的锋芒。

有位小艺人没通过第二次面试，被上头的人塞到最终面试来，希望面试官通融通融。

面试官怎么说也是公司职员，拿钱办事，不敢说什么。喻嘉树就坐在那儿往后一靠，抬起眼看那漂亮女孩儿，似笑非笑地问道："你觉得我是做慈善的吗？"

别的他也没说，就那么一句话，足够让人面红耳赤。最后那个小艺人是红着眼睛跑出去的，他只是垂着眼说了一声："下一个。"

感觉此人以后会是个狠角色。左边的面试官想。

总之，一般让他开口的，都不是什么好事。

"行程无问题，价格合适，人好沟通。"左边的面试官自顾自地在纸上做着笔记，顿了两秒就想继续往下说，"没问题的话……"

"有。"喻嘉树靠在椅背上，修长的手指缓慢地转着笔，正向一圈，反向一圈。他抬起眼皮，淡淡地答了一句。

左边的面试官一顿，难掩诧异地抬眼，隐晦地跟右边那位对了个眼神——不会吧？

她看着戚瑶：难道这位也是走关系塞进来的？

室内安静下来，时间一分一秒地流逝着。

戚瑶不知道他们在想什么，只是觉得躲不开了，只好抬眼看着他，面上不显山不露水，其实她的心脏已经悬到了嗓子眼儿。

他千万别语出惊人，她祈祷着。

喻嘉树盯了她一会儿，好像听见了她的心声似的："戚老师这周末有时间吗？"

戚瑶一顿，秀气的眉头小幅度地一抬，有几分诧异："啊？"

喻嘉树没再问第二遍，又反着转了一圈笔，手指修长，骨节分明，手背上青筋凸起。

"有。"

"中午还是晚上？"

戚瑶想了想："晚上。"

"行。"喻嘉树长指微动，把圆珠笔摁到桌面上放着，"那记得约我。"

"……"

戚瑶最后走出去时，几乎是顶着旁边两个人隐秘又探究的眼神落荒而逃，没看见喻嘉树盯着她的背影，勾了勾嘴角。

就是她说请他吃饭赔罪而已，他不能公事公办吗？这人怎么这样？

不过戚瑶也没纠结太久，结束面试后继续赶档期，进行线下的品牌活动。

乔念已经把上次提到的两个代言拿了下来，"官宣"效果不错。至此，戚瑶手里握着 19 个代言，横跨美妆、服装、日用品领域，工作室已经做好了宣传图，就等代言数量突破 20 个之后放出去了。

等到戚瑶再次想起这件事来，已经是周日晚上了。

她手里的剧本被翻到最后一页，栗子问她晚上准备吃什么，她认真地想了一会儿，报了几个菜名，然后才瞥见电视柜上的日历和钟表——今天已经是这周的最后一天了。

"别做了。"戚瑶连忙摆手制止栗子，从沙发上站起来拿手机，拨了个电话。

"喂？"那边的人应道，声音轻浅，夹杂着轻微的电流声蹿到耳道里。

这是她第一次给他打电话。

戚瑶一边看时间，一边小声问道："那个，你吃饭了吗？"她的声音软软的，很轻，听起来有点儿心虚。

她听见他的声音变远，对那边的其他人说了句"等下"，"窸窸窣窣"了好一阵子才彻底安静下来。

"没呢。"喻嘉树站在走廊上，手肘搭在栏杆上，散漫地半弓着身子，看了一眼表，"不是有人说要请我吗？"

"那现在还来得及吗？我订餐厅，就是这个点可能也没什么好餐厅——"

喻嘉树笑了一声，勾着尾音，懒洋洋地打断她："可快点儿吧。"

"什么情况？"大白从会议室探了个头出来，看着他，很诧异，"要走啊？这会不开了？"

"挪到明天吧。"喻嘉树收起手机，回身收拾东西。

"嘿！本来是昨天的会，你说有约，要挪到今天，怎么这会儿又有约了？"大白看着他的动作，十分疑惑。

"昨天没约上呗。"周漆美滋滋地关上电脑，手并在唇边，小声跟大白透露，"昨天搁家里打一晚上游戏呢，心情应该不是很好，因为动不动就嘲讽我。"

周漆很委屈："我寻思我也不菜啊。"他正说着，被喻嘉树凉凉地扫了一眼，噤了声。

喻嘉树垂眼，长指在屏幕上点滑，往群里发了个大红包，一时间哀号叹息变成了惊喜欢呼。

"明天下班之后来家里找我。走了。"

这个点确实是订不到好餐厅的,没有正式且环境好的餐厅夜晚 8 点多还在等待客人,栗子打遍了电话也没辙。

"唯一一个隐蔽的位置,给你们收拾出来了啊!"老板系着围裙,乐呵呵地把能挡住人的布帘子拉上。

烧烤摊上人声鼎沸,木质小桌从店里摆到街边,热闹得紧。这帘子也只能遮住上边,底下空着,其他桌的客人如果稍微坐得不那么正,还是能毫无遮掩地看见里面的人。

"那个,就将就一下吧?"戚瑶有些不好意思地握着杯子。

她收紧手指,忐忑地盯着他,生怕喻嘉树蹦出一句"确实挺将就的",那她就无地自容了。

男人换了件卫衣,外搭深蓝色牛仔外套,把卫衣的帽子从领口拉出来,有种很潮的感觉。

其实他年纪本来就不大,许多人这会儿还在读书,只是他大多数时候泡在正式场合,总觉得像比旁人的阅历多了许多一般。

这会儿他正坐在蓝色塑料椅上,薄白的眼皮抬起,漆黑的瞳孔望着她,长腿在狭小的地方无处安放,略显憋屈地支着,一股大少爷纡尊降贵的意味。

戚瑶心里直打鼓:上次她看见他不就是在这儿吗?难道他不喜欢吃烧烤?

"只能庆幸今天是周日。"好半晌,喻嘉树说道。

"嗯?"

"没穿正装。"他支着腿,将椅子略微往后一挪,留了点儿可以活动的空间,站起身,"不然真挺将就的。"

戚瑶看着他走到面前,心里七上八下的:"那这是要干什么?"他不会要走吧?

男人站着,身量极高,自上而下地看着她,把背后亮堂的白炽灯挡住,投下一片阴影。

她仰起脸看他。

这个角度一般而言很不好，大多数人掌控不住，但她抬眼，看见的竟然是他轮廓分明的下颌，薄薄一层皮肉包裹住锋利的棱角，干脆又利落。他颈项线条流畅，喉结凸出，随着说话上下动着。

喻嘉树抬手，单手捏住她的椅背，略一用力，小臂肌肉轻绷，椅子带着人往后挪。鞋底在地上平移，戚瑶顿时攥住椅子边，脆弱的塑料片被捏在手里。

他小幅度地抬了抬下巴，点着对面的位子，漫不经心地低声道："里边去。"里面那个位子靠墙，被帘子和墙壁挡住，隐蔽性更好，如果旁人不特意探头就看不见坐着的人。

戚瑶顿了两秒，"哦"了一声，起身换到里面。

"你今晚本来有事吗？"她之前听见电话那头好像有好几个人在说话。

"还好，"喻嘉树握住易拉罐，食指钩着拉环往后一拉，轻微的泡沫从罐口溢出来，"小事。"

他把打开了的易拉罐递给戚瑶，顺手接过她递过来的纸，随意地擦了两下手，看着她说："反正肯定没有你忙。"

"我这周是挺忙的。"戚瑶小声说，"但我不也想起来了吗？及时补救。"她有点儿心虚，没敢看他，盯着小木桌，连脑袋都垂着，露出额前毛茸茸的碎发。

喻嘉树笑了一声："又没怪你。"

"哦，对了。"戚瑶看着他。女孩儿穿得很简单，粉、白配色，长发披散，穿着宽松的针织上衣，一字领露出精致的锁骨，松弛漂亮。

这事在她心里梗了很久——

"那天的面试，你没有给我开后门吧？"她试探性地问道。

虽然他们并没有说什么实质性的话，但难免会有人揣度他们之间的关系，进而导致一系列不可控的结果。

喻嘉树眉梢轻微一挑，看了她一眼："开了。"

"啊？"她瞪大眼睛，"真的？"

喻嘉树"嗯"了一声，捏着易拉罐，慢悠悠地说道："我说你是我的高中同学，他们说那还面试什么，代言直接落到你头上吧。"

"少逗我！你有这么大的权力还至于坐那儿都快睡着了吗？"

这回轮到喻嘉树诧异了:"这么明显?"

"眼睛都要闭上了,"戚瑶很轻地"喊"了一声,"跟你在语文课上打瞌睡的样子一模一样。"

喻嘉树:"你怎么知道我在语文课上打瞌睡?"

"张老师说的。"张老师是高中的语文老师,同时教他们两个班。

"她经常在我们班点名批评你,偏科大王。"

"什么绰号……"喻嘉树无言,偏头想了一会儿,"哦,想起来了。"

"什么?"

"她经常念的作文范本,是你的吧?"

戚瑶没想到他还记得这件事,张了张嘴,应了一声。这种陈年旧事蓦然被人提起,像久远的记忆突然复苏。学生时代微不足道的小事竟然还被他记得,她难免生出几分羞赧之感。

喻嘉树微眯了下眼,盯了她好一会儿,往后一靠:"还有来我们班送作业的,也是你吧?"

他颇有几分兴师问罪的意思。

戚瑶硬着头皮应道:"是。"

"真行。"喻嘉树扯了扯嘴角。

"你知道你每次一出去,我就要挨张老师骂吗?"

"啊?"

他看着她,没什么表情地模仿:"看看人家的字,再看看你的!明明都一样大,你写的是什么玩意儿?"

"扑哧。"原本昂扬的语句被他念得语调平平,尾音拖长,懒散又吊儿郎当,配上他冷淡的表情,戚瑶忍不住笑出声。

"你的字还好吧,我觉得挺好看的呀!"

喻嘉树略一抬眉,那点儿冷淡散了,明晃晃地挂着"你挺有眼光"。

"那可能是给你写得好看吧。"

"真挺好看的。"戚瑶小声反驳,"就是那种……潦草但是一看就很有锋芒,笔锋凌厉潇洒。"

喻嘉树笑了一声:"还挺会夸啊。

"但也没见你后面接着给我写。"

"我写了……"戚瑶一时没过脑,脱口而出,说到一半,又蓦然顿住。

喻嘉树也停了一秒,抬眼看着她。他用手肘抵着膝盖,坐在明亮的白炽灯下,整个人好像都在发光。瞳孔漆黑,映出她的模样。

四目相对的那一瞬间,戚瑶才后知后觉地意识到,他说的是互助交流的信件,而她说的是那封无人知晓的情书。

空气静默半晌,连着布帘外的喧嚣声都飘远了。

烤好的五花肉冒着热气,香味萦在鼻间,碳酸汽水"咕嘟咕嘟"地冒着气泡,一切场景都太熟悉,好像回到了一中校门口旁的小巷。

她趁他擦肩而过,悄悄塞入信封的那次,也是在小摊摆了一整条街的晚上。

高考前最后一个晚自习,一中校门口热闹非凡。十七八岁的人尚不知离别,或紧张或轻松,满心憧憬地想象着高考后的生活,全然不知往后会多么怀念这段曾以为永不结束的校园时光。

规规矩矩穿着校服的少女站在校门口,看他单肩挎着书包,带着点儿笑意跟同学道别,转身踏入小巷。

她就那么站着,靠着墙,沉默地等待他经过。

他们擦肩的瞬间好像很漫长,又好像很短暂。

少年校服上的薄荷香气随风萦绕在她的鼻间,巷口的樱花在昏黄的路灯灯光下飘落。

她连呼吸都屏住,一言不发地把所有的少女心事,轻轻塞进他书包的侧边。

信封从手里脱出的那一刻,她很轻地触碰到了他随风扬起来的校服。

白衬衫面料柔软,被风扬起,犹带体温,短暂地拥抱过她的指尖后,就一点儿也不留恋地远去,转瞬即逝。

他光是从她身边经过,一无所知,就足够在她狭小的世界里下一场暴雨。

现在他们在嘈杂的环境里沉默地对视着,仿佛有说不出的千言万语。

酒杯碰撞的声音清脆，炭火遇油"吱吱"作响。

喻嘉树"嗯"了一声："我知道你写了。"

你知道什么？你不知道。戚瑶移开视线，睫毛下压，垂着眼笑笑。

空气再度沉寂，喻嘉树好像还想说什么，刚开口，老板娘就端着他们桌的食物上来："来咯来咯！"

塑料布垫在桌面上，不锈钢盘子放在面前，五花肉、排骨、骨肉相连，还有烤好的土豆片和茄子之类，干辣椒面撒在上面，散发出诱人的香气。

老板娘又拿了两瓶饮料来，"哐当"一声放在桌上。

"送你们的啊！"她的目光意味深长地在两个人之间打量，她小声念叨着，"来了这么多次，终于带女孩儿了。"

喻嘉树道了声谢，带着点儿笑："是她带我来的。"

"哎哟，不得了啊！"老板娘喜笑颜开，"那你下次再带她来。"

戚瑶抿唇不说话，埋头吃东西。

这家店的烧烤是真的很不错，烟火气息浓，五花肉烤得恰到好处，不腻不柴。

戚瑶太久没有放纵过自己了。

比起安静的环境、精致的菜肴，她还是更喜欢接地气的食物，比如路边摊吃了可能会闹肚子的狼牙土豆、酱香饼、鸡蛋灌饼、炸鸡柳，比如一条街的大排档，只是这些年她迫于身材管理，渐渐戒了而已。

难得有这个机会，她吃得不算少。

把身边人的琐事聊了个遍，临了，戚瑶往身后的椅子上一靠："好撑。"

喻嘉树扫了她一眼，觉得好笑，手指在椅子扶手上轻叩两下："没人看着你，就使劲塞是吧？"

"吃饭就要吃开心嘛！"戚瑶撇了撇嘴，坐着缓了会儿。

"我去结账。"她扯了张纸巾起身，还警告他，"你别跟过来啊。"

喻嘉树就那么坐着，懒洋洋地"嗯"了一声，看着人出去。

他的视线落在桌上。

其实她吃得很少，多半是素菜，细心地把油撇开才入口，折腾一块排骨的时间都够周漆和大白吃完这一桌东西了。但她很认真，垂着头一点点地弄，丝毫不觉得麻烦，仔细又耐心，像只挑剔的小猫，很可爱。

喻嘉树坐着等了会儿，才起身慢悠悠地往柜台走。

戚瑶站在柜台前，滑着手机，举起来。

老板娘从繁忙的账务里抬头，见是她，连连摆手摇头，一迭声拒绝，本来要跟她说什么，看见她身后的人，忙举着手机招手："哎哟！小喻，你来，你来。"

戚瑶戴了口罩，一双桃花眼映着白色的灯光，晃出柔软的水波，有些错愕地偏头看他。

喻嘉树慢悠悠地垂眼调出付款码，拇指和中指捏着手机边框，轻轻地往前一递。

两部手机以同一个姿势摆在老板娘的面前，老板娘的机器利落地越过戚瑶的手，扫了喻嘉树的码，"嘀"的一声，发出收款成功的提示音。

戚瑶瞪大眼睛，满脸都是错愕："不是我请吗？"

老板娘给他们打单子，"喊"了一声："你是女孩子！他带你吃饭，怎么能让你请呢？我反正不收你的钱。"

"没办法。"喻嘉树伸手接过单子，很轻地挑了一下眉，看着她，"你只能等下次了。"

这都什么情况啊？

"早知道不来这家了。"戚瑶跟着他出店门，在他身后小声地絮絮叨叨。

喻嘉树放慢脚步，微微侧身看她，她看上去很是郁闷的样子。

"行了。"他略一仰头，拖着尾音，带着点儿笑意，"才一百来块钱。你下次请我，怎么也得搞点儿好的吧？"

戚瑶一想，也是，藏在口罩后面的脸颊鼓了一下："那好吧。"

喻嘉树的眼角都挂着笑意，他偏头回去，往江边走。

戚瑶顿了两秒，看了一眼身后的方向，又偏头来跟着他，小声提醒道："回去好像不是这个方向。"

喻嘉树没停，长腿悠悠迈步，"嗯"了一声："吃撑了，散散步。"

戚瑶心想：你吃得还没我多，撑什么？不过她确实有点儿撑，也不愿意放弃这个并行的机会。

他们并肩在人声鼎沸的小巷里行走，便利店和夜宵店一字排开，灯火通明，热闹非凡。

不时有人投来打量的目光,不是那种肆无忌惮地把她当作展览品,或是别的什么现实生活中见不到的人来探寻的目光,单纯是——

她垂着眼,听见便利店门口吃关东煮的两个女孩儿小声絮叨:

"妈呀,快看!帅哥美女。"

"他们好配啊!救命,像在电视剧里才能看到的那种。"

"哎哟!你小点儿声,别人都听见了。"

戚瑶不知道喻嘉树听见她们的话没有,心脏倏地悸动,悄悄抬眼看去。

男人在她前面半步,脚步放得很慢,街巷的路灯灯光昏黄,洒在他清俊的侧脸上。他的身后落下一片阴影,延伸到她的脚边,好像触手可及。

一种隐秘的欢欣从她的心底生起,不断膨胀,轻飘飘地浮在空中。

戚瑶抿唇,悄悄地放慢步伐,小心地凑近他,踩着他的影子,一步、两步、三步……

阴影洒在街边的台阶上,盖过飘落的银杏叶,忽长忽短,不断变换。她一步一步地走着,在后面玩得不亦乐乎。

他们穿过巷口,就到了江边,路渐宽。

秋风吹起粼粼波光,江面倒映着两岸通明的灯火,灯带连成一片,随风颤动,镜中花,水中月。

前面的人的脚步倏地停顿。戚瑶还在专心跟着,一个没收住,陡然撞上他的后背。一声很低的闷响后,她顿住。

清冽的香气萦绕在鼻间,她的鼻梁与眉骨抵住他的衣服,面料柔软,她能感知到他的骨骼与体温,不是擦肩,不是稍纵即逝,是真真切切的触碰。

"还要玩多久?"散漫的声音从她的头顶传来。

这人背后长了眼睛啊?戚瑶身体蓦然一僵,耳根顿时发红,埋着脸不想抬起来,脸皱成一团。

喻嘉树几乎可以感受到她小幅度地在背后蹭了一下,不由得想笑:"这衣服上有刺绣,你也不嫌扎得慌。"

"不扎。"其实有点儿。

戚瑶垂着眼往后退了一小步,脸颊通红,庆幸自己戴了口罩。

喻嘉树"啧"了一声,转过身来,懒洋洋地盯着她:"要跟在后面,还是走在旁边?"

戚瑶纤长的睫毛颤动,她抿唇,迈了一步到他身旁,垂着眼看见江面的灯火倒影。

10月中旬,农历十六,月圆夜。

宽阔的江面倒映着带有波光的月亮——她小时候读的故事里,猴子千方百计也捞不到的月亮。

街边有家老唱片店,黑胶唱片缓缓转动,播到"这是我一生中最勇敢的瞬间"。

远在世界尽头的你站在我面前。

譬如今晚月色很美之类的表达,对她而言都太不隐晦。

戚瑶只是站在栏杆边,回头对他说:"月亮。"她的声音很轻,沉在江里。

她沐浴在月色下,轮廓都被镀上一层柔软朦胧的白光。水波缓慢晃动,温柔地泛出细碎的光芒。

喻嘉树看着她,"嗯"了一声。

秋风凛冽,楼下的曲径又落了叶。

戚瑶关上门,后背贴住厚重的防盗门,侧耳听对面的门开合的声音,心脏像被一只无形的手攥住,既饱胀又酸涩。

手机倏地振动一瞬,她顿了半响,垂眼去看。

那人发送了一张照片——她站在灯火通明的岸边,仰头望着天。

风拂起她的长发,皎洁的月光照着她的侧脸,画面定格在她回头的那一瞬间。

S:"月亮。"

"怦怦——怦怦——"她心跳如擂鼓。

戚瑶盯着那张照片,感到近乎坠落的心悸和失重感。

真正的主角只是在右上角委屈又吝啬地被给予了一点儿镜头,露出莹白的一角。画面的正中是她的背影,连在一起看,怎么都让人觉得——好像她才是他的月亮。

嘈杂的机场大厅人影晃动,灯光映在瓷砖地上,被人群的影子切割成一块一块的碎片。

"瑶妹!瑶妹你好美!"

"信!瑶妹!"

"瑶妹,你看我的手机壳!是你!"

戚瑶戴着口罩,闻言凑近女生仔细看了一眼,看见小小的Q版人物拼图,笑了一声:"很好看。哪儿买的?我也想弄一个。"

"我……我下次送给你!"

"唉。"戚瑶蓦然停下脚步,伸手越过人群,拨开后面举着相机压住别人的人的手。

无数个手机摄像头随着她的动作转向。被她轻柔摸了头的那个女孩儿呆若木鸡地立在原地。

"别挤。"戚瑶盯着代拍说,接着往前走。

上午有个S市的品牌活动,她顺路到横店去探叶清蔓的班,刚下飞机,就有很多粉丝跟着她走。

"信!瑶妹!"

戚瑶怀里已经拿了一大摞信,走到保姆车边上了,听见粉丝喊,还是回身双手接过。

"拜拜。"她站在开着的车门外挥挥手,"路上小心。"

一时间,此起彼伏的应答声响起:

"知道了!你也是!"

"瑶妹拜拜!"

戚瑶笑着挥手上车。

车门关上,黑色保姆车缓缓驶离,视频也到此为止。

"哎呀妈呀!我们瑶妹可真是有礼貌。"周漆坐在沙发上"啧啧"感叹,"以前不怎么红的时候吧,就爱在机场跟粉丝闲聊,一点儿架子都没有,别人说什么她回什么。

"老粉她全都记得,有次有个姐姐怀孕,她特意记在心里,让那个姐姐别再来了，等孩子出生了还给包了个大红包。"周漆叹了一声，"能感受到，她是真的把粉丝当朋友的。"

没人理他，客厅一片安静。

喻嘉树站在吧台旁，垂着眼，长指敲击键盘，也不知道听到了没有。

大白刚给法务打完电话，坐在地板上，埋头鼓捣图纸，还不忘嘲讽一声："快乐小寸头日常自我感动罢了。"

"嘿！"周漆从沙发上跳起来，"不喊人网名是做人的基本礼貌，知不知道啊？"

"会都开完了，整整三个小时呢。别人都走了，你们不休息的吗？"

周漆疑惑着探头来看，大白在跟进新一期GPU（图形处理单元）的技术改进，他又绕到吧台边一看，喻嘉树倒是没什么晶帆的工作，只是连着风行的线上会议。

他仔细瞅了一眼，麦克风是关着的，随后才问道："是选代言人的高层会议吗？出结果了？"

喻嘉树只是挂着机，应老头子的要求走个过场，没在听，在分屏里敲另一个文档，闻言扫了会议一眼："没吧。"

"没……吧？"周漆"啧"了一声，"这就是小喻总的工作态度！我是你爹我也气死。"

喻嘉树抬起眼皮看他一眼，似笑非笑地勾起嘴角："想当我爹？"

"不……不是。"周漆连连摆手否认，心虚地趴在吧台上，"我哪儿敢啊？"

半晌，他又想起什么，直起身来："如果你当我爹的话，你们这项目能给我走后门吗？"

大白："哟嗬！大丈夫能屈能伸啊！"

周漆没空儿理大白，想了片刻，叹了口气："我真觉得我'女神'挺优秀的，就是阅历和地位差了点儿嘛！"顿了顿，他又说，"哎，不过对面是赵敏老师的话，我们也认。"

"我们还需要关注后期风险，坚决不和一丁点儿劣迹扯上关系。继续进行为期一周的深度背景调查，下周五实行投票……"

会议里还有人在说话，喻嘉树摘下耳机，往吧台边上一靠，手指松松地捏着耳机线玩:"你觉得她拿不到?"

"难啊!"周漆举起手机递给他,"你看看微博上什么样,都没人看好她。"

"不过你给开后门的话也许可以,可是你是包青天。"周漆说着,叹了口气,自顾自往吧台椅子上一坐,开始刷微博。

喻嘉树有一搭没一搭地绕着耳机线,打开手机看了一眼,那张照片还在对话框里挂着。

他垂着眼,漫不经心地道:"我觉得不用开后门。"

周漆压根儿没听见他说什么,光顾着看手机,不知道看到了什么,立刻从椅子上蹦起来:"哎呀妈呀!我'女神'的小号终于发文字微博了!"

"啥意思?"大白边改图边好奇,"以前都不发的吗?"

"是文字!自己手打的字!好久都没出现了。"

看大白还是疑惑,周漆解释道:"这个号是她出道前就一直用的私人号,经常写一些当下的感受什么的。

"后来人红是非多,好多人去扒她的小号,说她很爱立人设,还乱截图断章取义,被骂了好久,她就把之前的微博都锁了,从此以后只发一些日常图片了。"

"哎哟!"大白咂舌,"这些人吃饱了没事干吧?人家想说什么,想分享生活都要受到限制啊?"

"对啊!"周漆愤怒,说着就来气,对着空气一阵拳打脚踢,"关他们屁事!"

特别关注的提示音第二次响起。

"嗯?大号也发了?"周漆的嘴巴变成"O"形,他要乐开花了,"晚上开个直播?!哎呀妈呀,过年了过年了!投影仪的遥控器在这儿。嗯?我的平板电脑呢?!"

"我还是回去工作吧。"大白看他上蹿下跳,把资料和电脑都收进包里,"啧"了两声,"免得把报告写成瑶妹直播记录。"

"拜拜,路上小心点儿啊。"

周漆调试好投影仪,把平板电脑架好,将两个手机放在支架上,正襟危坐片刻,又偏头看着旁边的人,蜷着手指,小心翼翼地开口:"哥,那个，如果你不用手机的话——"

"要用。"喻嘉树冷漠地打断他，眉眼间有冷淡与不耐烦，大抵也是想起了上次直播时发生的"事故"。

"好的。"周漆悻悻地收回手，"我尽量把声音调小一点儿，不打扰你。"

喻嘉树把笔记本电脑一扣，往书房走。

房门一关，把声音隔绝在外，书房里安静得不像话。

敲下两行文字，喻嘉树思路一断，看着刚才写完的东西，竟然觉得陌生，再出神一会儿，他的思绪就不知道飞到哪里去了。

喻嘉树懒散地往后一靠，屈起手指，在桌面上轻叩两下。

这门……未免太隔音了，他一丁点儿声响都听不见。

半晌，他拿起手机，在应用页面翻来翻去，点开这个，打开那个，不知怎么就点开了微博。

首页自动刷新，十分钟之前，他唯一关注的人发了条仅粉丝可见的微博。

September Encounter（九月邂逅）："今夜月色很美，你的头发乱了，和月亮。"

配图是一轮月亮，还有昨天的她——他拍的。

喻嘉树顿了两秒，点进去。

他刷新评论，只见粉丝们纷纷狂喜，各种文案、亲密的昵称被刷到最上面。

"我终于等到这一天了！"

"宝贝，你真的好美好美！"

"瑶妹要一直开心！栗子这次拍照技术感觉有待改进啊。"

…………

挨到整点，直播开始，周漆美滋滋地开看。

两分钟后，工作了一天的手机闪出电量不足的提示，眼看就要没电关机了，他在客厅里乱窜，沙发上、抱枕下，遍寻不到充电器。急得团团转，他终于不得已前来打扰这位夜晚仍在加班、认真工作的小喻总。

周漆按下门把手，缓缓地推开门，怕惊扰他，连声音都放得很轻。

"哥，你的充电线搁哪儿了？"

此时房间里响起另一个声音，非常熟悉，甚至和客厅里的分毫不差。

几个设备略有延迟，但声音大体重叠在一起，温柔中带点儿冷淡："大家好久不见。

"播多久啊？一小会儿吧，等叶清蔓下戏就不播了。

"嗯，对，我现在在横店探她的班。"

周漆呆若木鸡地站了一会儿。

这……不是瑶妹的声音吗？！这人义正词严地躲进来，偷偷在里面看瑶妹的直播？！

书房里一片死寂，书桌后面的人顿了两秒，缓缓地抬起眼来。

喻嘉树摁灭屏幕，没什么表情地盯着周漆："有事？"

穿堂风灌进来，周漆没忍住打了个寒战，觉得喻嘉树的目光像被冻过一样冷，喻嘉树好像下一秒就要将自己灭口："没……没事……"

周漆哆哆嗦嗦地把门关上，机械地往外退："您……您继续……"

"砰"的一声，房门关上了，这人逃命似的跑回客厅，还"乒乒乓乓"地撞倒了一些东西，发出痛呼又惊恐地抑制住，好像怕惊扰什么洪水猛兽。

喻嘉树："……"

"最近还好呀，没有很辛苦。"戚瑶坐在车里，单手举着手机，凑近了看弹幕。

"瑶妹！新剧什么时候播？"

"'戚顾相当'！'戚顾相当'！'戚顾相当'！"

"瑶妹吃饭没有呀？"

"吃啦……今天怎么忽然想起来直播啊？"戚瑶偏头想了一下，"因为再不出现要被你们催傻了。"

已经入夜，天色极暗，为了不打扰剧组拍戏，她找了个远点儿的地方，车门半开着，路灯的灯光和月光落在她的身上，看起来柔和异常。

栗子在副驾驶座上帮她安放了支架。

"哎呀，这个……"她凑近看弹幕的ID（用户名），一字一顿地念道，"瑶妹的小狗……"

"美颜暴击啊啊啊！"

"瑶妹你一下凑这么近，我的心脏受不了！！"

"这都什么名字？"她笑了一声，"我今天刚好看到你的信啦！"

戚瑶往后挪了一点儿，露出上半身，对着镜头比了个爱心，弯起眼睛："祝你新婚快乐。"

"忌妒，羡慕，疯狂。我要说戚瑶是第一'甜妹'。"

"老婆你，我真的哭死，我现在马上去结个婚，你可以祝福我一下吗？"

"啊啊啊！瑶妹，我今天是下班第一个冲出去的！能不能也夸夸我？"

戚瑶笑得不行，一边逗乐子一边回应。

倏地，屏幕又是一卡。一行小字在评论栏飞快地闪过，一秒不到就被汹涌的评论挤了上去，但那ID实在太熟悉，戚瑶不动声色地一僵。

"XM芯片研发者－喻嘉树来啦！"

戚瑶抿唇，装作没看见，继续聊天儿。

"后置镜头下，我的脸是歪的，怎么办？"她一字一字地念着评论的问题。

"没关系啊，我的脸也是歪的。"戚瑶喝了口水，视线离开镜头，招招手，"我让栗子给你们切后置摄像头看看。"

栗子拿起手机，翻了个面，切换镜头。

戚瑶对着镜头晃晃手："看到了没？我的脸也是歪的吧？这肯定是手机的问题，不用担心啦。"

"她真的好好。"

"你管这叫歪啊？瑶妹你是不是对自己有什么误解啊？这是天仙下凡吧！"

"这也太温柔了吧！瑶妹我爱你！"

用后置摄像头直播，戚瑶看不到评论，栗子又切回镜头，小心翼翼地维持着镜头平稳，不知为何，就这么一会儿工夫，屏幕上明显带着

"戚顾相当"名字的粉丝又多了起来。

"他们是真的呜呜呜!"

"这还不公开吗?!公开吧,求你们了!!"

戚瑶没什么表情,也不知道是不是顾恒那边出了什么状况,就当没看到。

"瑶妹最近是有什么开心事吗?今天的月亮也很圆!"

戚瑶抬眼,弯起唇角:"是很开心啊。希望大家也开心。"

"新发的照片也真的好好看!!"

许是心情好,她对镜头"哧"了一声,装作很高傲的样子,仰头喝了口水:"那是我,能不好看吗?"

"像男友视角,嘿嘿!"

"我不管,这就是顾恒拍的!"

"@顾恒。你老婆直播,不来看吗?"

戚瑶:"咳咳!"不知道看到哪条弹幕,她一下子呛了两声。

"你们不要乱说。"戚瑶垂眼拧上瓶盖,再抬眼时,见屏幕被送礼物的特效卡了又卡,心里顿时生起一种不妙的预感。

果然,最上方涌动着一个个不间断的、花里胡哨的动画特效,一下子把关于顾恒的言论全都顶了上去——

"XM芯片研发者-喻嘉树送给主播@戚瑶一艘游艇!

"XM芯片研发者-喻嘉树送给主播@戚瑶一辆法拉利!

"XM芯片研发者-喻嘉树送给主播@戚瑶一座梦幻城堡!"

XM芯片研发者-喻嘉树使用了特权,全屏幕喊话:"瑶瑶果冻跟我一起喊!神仙颜值戚小瑶!人间理想戚小瑶!温柔体贴戚小瑶!治愈微笑戚小瑶!不可替代戚小瑶!深得我心戚小瑶!星辰皓月戚小瑶!一见钟情戚小瑶!宝藏女孩儿戚小瑶!努力去见戚小瑶!"

XM芯片研发者-喻嘉树使用了特权,全屏幕喊话:"你可以错过黄昏的末班车!你可以错过流星雨!你可以错过4月的樱花!你可以错过精彩的电影!你可以错过奇妙的时光!你可以错过很多很多,但千万不要错过宝藏女孩儿戚小瑶!"

戚瑶的表情一言难尽,连栗子都沉默了一瞬,空气中仿佛有动画片里的乌鸦在半空中飞过,"嘎嘎"地叫。

"笑死我了,这位'瑶瑶果冻'在干什么?"

"瑶妹被吓到了,那个表情,哈哈!"

"实名上网还这么勇啊?"

弹幕嘻嘻哈哈,立刻把男友视角与顾恒的话题揭过去了。

顿了好半天,戚瑶才缓过来,正色道:"那个,大家一定要注意账号安全,千万小心,不要被盗号。"想了一会儿,她又语重心长地叮嘱着,"也不要给别人使用,否则你们也不知道别人会拿来干什么,是不是……"

她手边的手机屏幕一闪,发出"叮咚"的提示音。

戚瑶略一垂头,面容解锁极其灵敏,新消息就直白地显示出来。

S:"没被盗号。"

S:"是本人。"

戚瑶只扫了手机一眼,就蓦地把手机倒扣过来,盯着镜头假装看弹幕,心脏"怦怦"直跳。

她又想到这个人可能就在屏幕前看她的一举一动,又倏地移开视线,盯着栗子,简直连视线都不知道往哪儿落。

这人怎么这样?

她无意识地拧开刚拧上的瓶盖,又喝了口水。

栗子在前面回头,晃了晃手机,对她做口型:乔念姐给我打电话。

戚瑶微微点了一下头,垂眼看弹幕。

就这一会儿工夫,热度不断攀升,直播间人气越来越高。

"戚顾相当"的粉丝几乎刷了屏,满眼都是与顾恒相关的评论。

无缘无故人气暴涨,不是什么好征兆。戚瑶脸色没变,心却是微微一沉:"对的,综艺明天上,请大家去看,这期真的很好玩。"

"'戚顾相当'竟然真的是真的,啊啊啊!"

"来看看嫂子。"

"瑶妹回应一下不?是不是要官宣?"

乔念那边看到情况不对,立刻就找人压话题热度。

奈何这部剧的路人盘实在太大,从暑假到现在,戚顾二人饰演的情侣都在角色情侣榜上第一名，相关周边等发展得如火如荼，一时半会儿压不下去。

密密麻麻的相关弹幕把原本的粉丝评论挤在人潮里。

这不是什么正式直播，只是随心起的一个头，真出了什么情况，艺人说出什么话，都不好控制。

戚瑶随便找了个"网络不好"的借口，正好乔念那边登录她的微博号，把她挤掉线之后，直播就停了。

"什么情况？"接过栗子递来的手机，戚瑶一边听着乔念的电话，一边点开微博热搜。

"顾恒被狗仔曝光恋情了，狗仔拍到他多次进出你们小区。"乔念语气焦躁，"我现在正在联系他们，他的经纪人的电话打不通，发消息也不回。"

"顾恒恋情"的词条在热搜榜第一挂着，后面还跟了个红色的"爆"。

接着再往下，"戚瑶直播""戚顾相当""顾恒戚瑶"几个相关词条的热度正飞速往上蹿。

"你也是运气背，正好赶上这个点直播，路人都忍不住进来看两眼。"乔念那边将键盘敲得"啪啪"作响。

"澄清一下吧。"戚瑶皱着眉，迅速在脑子里过了一遍跟她同小区的女艺人，"不是我。"

"我当然知道不是你！问题是我们现在怎么处理这件事？是就着这件事接着炒，还是立马澄清，撇开关系？"

戚瑶在微信里给顾恒发了两条消息，等了半天，没有回应，打电话他也关机。

乔念沉声道："我个人偏向于不表态。现在广场上一片祥和，大家都在尊重和祝福，超话粉丝翻了一倍。下场解释，你可能会流失一批粉丝，还可能被说玩不起。下部剧11月就上了，你能不能扛住还不好说。而且澄清也是要时机的，不可能当头说一嘴，未免有点儿太刻意了。"

好奇怪，这种时候她联系不上顾恒。戚瑶冷静地思考了一会儿，大脑飞速转动："裘朗那边怎么说？"

"老板的态度你是知道的。"乔念无奈地叹了口气。裴朗一直很看好顾恒,从顾恒出道起,就把他当作待爆小生里的第一名,为了戚瑶和他合作,裴朗花的力气不少,自然不肯轻易解绑。

"别管他。"戚瑶思忖片刻,有条不紊地吩咐道,"你去联系那家记者,问到顾恒在小区里进出的确切日期,然后去调我的行程。"

"可是你这个月确实在家啊!"

"但我也挺忙的,不可能每次都恰巧和他撞上,把我不在家的日子都筛出来,剩下的我自己想办法。"

乔念"呃"了半天:"真要这样吗?其实也可以不回应的,过几天网友就忘了,还会以为你们是真的。"

"这次的红利够你努力拍戏大半年了,顾恒最近很受大导喜爱,资源很好的。"电话对面的乔念犹豫地劝道。

"是,他人也不错,我在剧组跟他大部分相处的时间很愉快,但也只到这里了。"戚瑶不为所动,思路清晰,态度坚决,飞快地往外吐着字,"他有女朋友,乔念。剧已经拍完快两年了,我们私底下几乎没联系过。这小区里住的女艺人不止我一个,多次来过夜不可能是巧合。

"剧里怎么样是剧里的事,不能扯到真人,我不想吃这份红利,也不想为谁挡刀子。我只对我的粉丝负责,是就是,不是就不是,坦诚一点儿。"

乔念沉默了半晌:"行吧,我现在去做。"

戚瑶"嗯"了一声,挂断电话,抬眼喊栗子:"顾恒今年跟哪些人合作过啊?"

栗子快速检索着新闻,一个一个给她报名字,报到第三个,戚瑶说行了,她大概知道了。

叶清蔓刚下戏,穿着一身雍容华贵的宫廷服饰过来喊戚瑶:"去帮我看看回放呗!这场戏我不怎么有把握。"

"行。"戚瑶戴着口罩和帽子下车,提着两大袋热奶茶,让栗子和叶清蔓的助理去给剧组人员分一下。

看了一会儿回放,戚瑶给出两个建议,叶清蔓觉得有道理,又补了两个镜头。

导演是以前和戚瑶合作过的，瞅了戚瑶一会儿，喊她："过来，好久没看见你了啊。刚好有个客串镜头，懒得找人了，你顺便帮我拍一下呗？"

戚瑶笑了一声："行，王导。"

叶清蔓刚准备下班，就听她被支使走了："唉，不是，王导你连探班的都不放过啊？"

"她演如烟，你的好姐妹！"如烟是个讨喜的角色，戏份不多，但很重要。

叶清蔓"哦"了一声，找了把椅子坐下，摸出手机等着看："那可以。"

这场戏拍得很快，如烟只是个客串角色，并且不需要人配合。

化妆的时候戚瑶看了两遍剧本，背了台词，到场就直接开演。

她几乎条条是一遍过，一个小时就拍得差不多了，叶清蔓鼓着掌跟她一起去卸妆。

叶清蔓刚才抓紧时间在网上冲浪，该看到的都看到了，只是碍于有外人在，没直接问。

"这么晚了，你就别回去了呗？"叶清蔓说。

戚瑶看了眼时间，接着又闭上眼任化妆师给她卸眼妆："嗯。"

"瑶妹，乔念姐的电话。"栗子接通电话，把手机递过去。

"喂？"

乔念翻着文件："给了狗仔一笔钱，那边同意报具体日期。我看了一下，顾恒这个月一共被拍到六次，基本是过夜，你有三天不在，还有三天在家里。"

戚瑶"嗯"了一声："你报一下那三天的日期，我回想一下。"

"10月2号、10月6号和昨天。"

叶清蔓在旁边皱眉："10月2号不是我在你家吗？我们还逛街来着。"

"对，这个还上了热搜，广场上应该能搜到图。"

"行。"乔念边记边应，"剩下的呢？"

"10月6号，高中同学婚礼，回去得挺晚的，我有和新娘的合照。"

"问题不是你白天在干什么，"乔念说，"是晚上。他那天是收工了去的，晚上8点多。"

"晚上8点多我也还在城郊那个婚庆园啊，再晚的话……"戚瑶顿了顿。

再晚就是喻嘉树送她回家，她还喝多了。还有昨天，她也是和他在一起。

思忖片刻，戚瑶对着电话那头的人说："就这样吧，先发声明澄清，有备无患。反正外界要的是个明确表态。"

乔念应得爽快："行，我晚点儿发。"

"乔念，"戚瑶沉声喊，她不能再了解乔念，"现在就发。"

那头的人一时没说话。

乔念的算盘打得多好啊，戚瑶垂着眼想，先给个缓兵之计，既能安抚她，又能顺势再炒一遍热度，等到风声过去了，再不痛不痒地发个声明。这两年乔念跟裴朗，利益至上的思维越发明显，绝不肯放过一丝可压榨利益的机会。

两分钟后，等化妆师退出去，栗子带上门，守在门口，戚瑶才往椅背上一靠，不容置喙地开口说道："当初炒作是裴朗的决定，初期大部分营业是你们操作的。我只答应你们在剧播期间配合工作，不包括播完之后两个月的售后。

"这种炒作有多危险你们不可能不知道吧？真情侣还可能塌了闹掰呢，何况我根本就跟顾恒不熟。"戚瑶深吸一口气，看了眼时间，"下部剧下周就要上了，我们也该解绑了吧？我这辈子就揪着这一个剧的热度过活吗？"她的声音是惯常的轻柔温和，但是吐字极其干脆利落，丝毫不拖泥带水。

那边的声音遥远且朦胧，带着轻微的回音，乔念应该是开着免提，这会儿支支吾吾，欲言又止。

能猜到对面还有谁，戚瑶直接喊道："裴朗，我现在还在风行的背调期，任何负面舆论都可能导致前面的努力功亏一篑，这个代言你是不想要了是吗？"

叶清蔓在边上刷微博，凉凉地"补刀"："顾恒也就当朋友还行，跟我圈子里那些只会享乐的人一个德行。到时候真有什么事也好，你就把瑶妹放到我们公司来，免得在你们那儿跟十八线小艺人撕那点儿破资源。"她说话从来口无遮拦，张口闭口带着优越感，偏生又让人惹不起。

裘朗脸色铁青，后槽牙咬合一瞬，看了乔念一眼。

"行。现在就发。"乔念说道。

挂了电话，戚瑶后仰脑袋，靠在椅背上，叹了口气。

"什么情况？"叶清蔓的手指在屏幕上滑动着，她问道，"我看这风向也还行啊，怎么忽然就到了必须解绑的地步？"

顿了两秒，戚瑶就着这个瘫倒的姿势偏头看她："原来你也不知道呢？那刚才帮我说话这么来劲儿？"

叶清蔓蹙眉看戚瑶一眼，似乎是觉得她莫名其妙，想也不想地答道："你做什么我都支持啊！"

叶清蔓太理所当然了，就是这种理所当然的真挚，猝不及防地让人心脏一软。

"你是我见过的最清醒的人。"叶清蔓补充着，"要做一件事，必然有你自己的理由。"

静了会儿，戚瑶转回头，盯着天花板，心绪浮动："你有没有跟顾恒搭过戏？"

叶清蔓想了一会儿："年初有个综艺吧。"

"那你记得他有个助理吗？女孩儿，平时老戴口罩。"

叶清蔓眯着眼睛回想："嗯……你一说，我好像有点儿印象。但谁没事去记这个啊？"

戚瑶将双手搭在额前，挡住半明不暗的亮光："那应该是他的女朋友。"

"嗯？"叶清蔓瞪大眼睛，诧异地张开嘴，再次试图在脑海里勾勒女孩儿的形象。

那女孩儿实在没什么存在感——不算高，在娱乐圈里也不算瘦，大部分时间沉默地跟在男人身后，背着大包，像无声的背景板。叶清蔓再努力回忆，也只能想起这个剪影了，对方长什么样、叫什么名字、声音如何，她一概不知。

半晌，叶清蔓微微起身拉了把板凳，动作像学生时代热衷于听八卦的同学，神情却不浮躁，略为复杂地问道："你怎么知道？"

戚瑶垂着眼回想。

其实有很多时刻他们是能让人感知到爱意的——比如女孩儿无名指上的戒指，比如他指根的那一圈白印，比如她踮脚帮他整理领口，连手指滑过的弧度都显得温柔。

《野棠枝》拍摄的时候是年末。横店的冬天很冷，偶尔下雪，他们穿得单薄，那女孩儿随身揣着暖宝宝和热水袋，保温杯里的水永远是最适宜的温度，温热又不烫。

他们拍戏，她就站在角落里看着，穿着黑衣服，戴着黑口罩，露出的双手被冻得发红，渔夫帽盖住额头，只露出一双很亮的眼睛。

戚瑶曾不经意间瞥见过，那双眼的模样至今还能清晰地浮现在她眼前。

戚瑶很难说那是什么样的情绪，那女孩儿像是看着所爱之人奔赴他的前程，比任何人都希望他能够走得更远、更好，但又难以抑制地想，他们会不会越走越远。

那女孩儿年少时爱的人倏地变成了千千万万个女孩儿的梦中人，身边簇拥着越来越多的人，交际方式花里胡哨，层出不穷。颈项、手指、发梢……他的每一寸都被聚光灯照耀，成为背景和壁纸。这些都不再只属于她。

游移、忐忑、不安……各种情绪在不见天日的阴暗处发酵。在某些他们看起来形影不离，实际上却背道而驰的时刻，她有没有后悔过，戚瑶不知道。

但戚瑶不想在别人的伤口上炒作谋利，也不想为谁挡刀，有就是有，没有就是没有。在这嘈杂繁复的世上，她永远相信，真诚才是最大的本领。

叶清蔓沉默着，没有问她为什么能如此共情，因为她们都心知肚明——

整个漫长的青春里，戚瑶都在和那个女孩儿一样地看着一个人。

而戚瑶甚至站在更远的地方，远到连接近他的机会都没有。

戚瑶在叶清蔓家住了一晚，醒来的时候主人已经早起化妆去了，留下两份早餐。

沿海城市降温很快，秋风一吹，比C市还要萧瑟，戚瑶冷得瑟瑟发抖，裹着围巾上飞机。从今天起她就要开始配5月拍的那部古装剧的音了，到年末差不多正好全部配完，紧接着开始新的工作。

秋天不是旺季，商务舱空荡荡的，十分安静。

戚瑶半仰在椅子上看台词本，提前酝酿着情绪。

窗板未拉，天气挺好，绵密蓬松的云朵从远处飘过，天空碧蓝如洗。

轰鸣声"嗡嗡"的，充当机械的白噪声背景，催人疲倦。

戚瑶前一晚心事重重，跟着经纪团队处理舆论状况，本就没睡好。渐渐地，拿着台词本的手略微一垂，她闭着眼，陷入纷乱的梦境中。

这样晴朗的天气在C市不常见，但凡有了就是值得上个热搜的程度，但在北京很寻常，太阳高挂在空中，蒸发掉了空气里大部分的水分，让她时常处于缺水的状态。

也许是昨晚故事没讲完的缘故，她又梦到了从前在咖啡店打工的时候。

戚瑶大学修的是中文，大二之后课就不多了。

那时候《盛夏》刚拍完，还没有播，她被裴朗喊着去各个小剧组当排不上位的女三号、女四号、女五号。

其他时间，她就在离学校两条街的咖啡店里做兼职。

老板跟她同学校，本来听说是不确定具体时间的兼职，不想要她，后来不知道是被她打动了还是为什么，隔了两天，又打电话让她去上班。

戚瑶很感激老板，每天上班也很认真，学做咖啡和烘焙，很有天赋，泡在浓郁的香气里，技术突飞猛进。

有一天，她正在后厨做布朗尼，将巧克力和黄油隔水加热，放在一边冷却，鸡蛋打散加入细砂糖，打蛋器轻微震动，搅拌着金黄的蛋液，连带着她的手也发麻。

"嗡嗡"的响声里，戚瑶听见同事喊她，洗了手出去看。

"哎哟！瑶妹，我肚子有点儿疼，你帮我守一下收银台行不行？"

"好。"戚瑶应道，趁机重新拢了一把快要滑落的头发，将皮筋绷在手指两边，往柔顺的长发上套。

玻璃门倏地被推开，门上挂的风铃清脆作响，提示店员来了新客人。

白色的皮筋在纤细的手指上略一缠绕，莫名其妙地打了结。

听着他们谈论数学建模比赛与电子设计竞赛国奖，脚步声越来越近，戚瑶垂眼蹙眉，食指用力一绷。

"啊——"她发出一声低低的惊呼。

小小的一根绳子蓦然脱手，颇有弹性地在空中蹦跶两下，跳跃着到了柜台外。

柜台前站着几个男生，大学生打扮，有两个下意识地伸手，想帮她接一把，却都没捞到。

小皮筋在空中划出一道抛物线，最后落在……

戚瑶的视线跟着它落下，触及那人时，视线倏地一凝。

"咔嗒"，细微的声音在空气里响起，是装饰物和手机屏幕相撞的声音。

站在人群中央的那个人，骨节分明的手松松地握着手机，另一只手正在摘耳机，横着播放游戏直播的手机屏幕上陡然出现一条小皮筋——纯白色的，挂着一个很小的兔子挂坠。

喻嘉树摘耳机的动作只顿了一秒，接着修长骨感的手指就着耳机线绕了一圈，另一只手的食指钩住皮筋。他反手把手机屏幕摁灭，把手机拎在手上。

戚瑶心跳如擂鼓，看着他漫不经心地投来一眼，伸手递出那根皮筋，垂眼在菜单上扫了一圈，带着倦意和冷淡。

"一杯美式，谢谢。"

"哦，好的。"

她很小心地伸手接过皮筋，指尖却还是不可避免地擦过他带着凉意的掌心。

他还是可望而不可即。

"谢谢。"戚瑶抿唇，轻声说。

是他啊……她垂眼点单，神思却恍惚一瞬。

北京到处都是人，大学城尤甚。从前读高中的时候，戚瑶觉得一中很大，却拐个弯上厕所都能碰见想遇见的人。她从来没有如此清晰地意识

188

到,在茫茫人海中,想要跟一个毫无交集的人遇见是一件多么困难的事。

她的学校和T大隔着两条街,两年来,他们从未见过,除了这一次。

等到一行人纷纷点单结束后,戚瑶耳边的轰鸣声都还没有停止。

她近乎机械地按照单子上的饮品做着,咖啡机"滴滴答答"地吐出醇香泛苦的液体,她的余光忍不住地往他身上落。

他跟同伴找了个大桌,在窗边。

那天的天也很晴,阳光毫不吝啬地透过明净的玻璃窗,洒在他的身上,连他的轮廓都蒙上一层朦胧的光影。

几个人面对面坐着,笔记本电脑和文件摆满一桌,戚瑶端着托盘走到桌子旁边时,几乎找不到可以放下杯子的地方。

坐在最边上的男生注意到这点,伸手清理了桌面,戚瑶一杯一杯地放下饮品,听见他们的谈话。

其中一人抱怨着学校里的研讨室约不到,实验室需要等审批,但项目截止日期在即,连一个可以通宵工作的地方都找不到。

旁人随声抱怨附和着,他却一直没说话,长指在键盘上敲击,时不时握着笔对着图纸改画,薄白的眼皮垂下,认真又专注。

戚瑶抿唇,收起托盘,背过身。

他对喜欢的事都很认真,那模样很好看,她一直都知道的。

同事上厕所回来,对她说了两句感谢的话,戚瑶就转身进了后厨。

黄油和巧克力被加热熔化后又冷却,蛋液被打到合适的程度,做布朗尼需要的材料都准备好了,她却心不在焉,有些静不下来。

她抬眼,就那么看着他。隔着一层玻璃,他的侧脸好似被蒙上一层模糊的滤镜,混着金色的阳光,像一个斑驳的幻梦。

半晌,她拿出手机,给老板打了个电话。

飞机缓缓往下降,轰鸣声变大,气压变化,戚瑶的耳朵里像骤然灌了水,轻微耳鸣。

梦境骤然而止,纤长的羽睫轻颤,戚瑶睁开眼,视线没有目的地落在前方,思绪浮动。

顿了一会儿,她垂下眼睫,缓慢地起身,捡起滑落在地上的台词本，翻开的那页，正是女主角的经年深情，终于表露的那一场戏。

娟秀的字迹在旁边写着——

> 暗恋是一场声势浩大的雨，
> 冷锋呼啸过境，
> 却只淋湿了她一个人。
> 那些没有人知道的事，就到这里了。

C市中心，十八楼。

客厅里传来游戏音效，卡通人物在电视屏幕上闪动，特效五彩斑斓，花里胡哨。

周末休假，上学的和上班的人都难得清闲。

喻嘉树两腿分开，懒散地靠在沙发上，修长的手指握着游戏手柄，时不时推两下，操纵着游戏人物。

周漆很紧张地盯着屏幕，死死地扣着手柄，用力到手背都泛出青筋，全身紧绷，不自觉地跟着游戏人物一起东歪西倒，就这样还拼了命地分心，忐忑地开口："唉，哥。"

"嗯？"喻嘉树闲闲地搭一句腔。变幻的光影落在脸上，他姿态散漫，下巴微微仰起，下颌线绷得利落，显得漫不经心又游刃有余。

"就是你说，我'女神'这……啊啊啊！这人怎么逮着我打啊啊啊啊？"

周漆一通手忙脚乱的神操作之后，大猩猩终于在屏幕上苟活下来，蹲着喻嘉树操纵的马里奥，像他的小弟。周漆松了口气，接着问道："我'女神'否认恋情这事，虽然闹得挺大，但应该不会影响风行的背调吧？"

自从发现喻嘉树偷偷在书房里看戚瑶直播以后，周漆就摸不准他到底是个什么态度，说话都小心翼翼的。

喻嘉树没什么表情，手上的动作不停，一套连招送走了个对手后，才缓缓地挑眉看他："能有什么影响？"

周漆噎了噎，语塞地侧眼，莫名其妙地觉得他平静的神情里带着点儿愉悦。

昨晚的声明公告发了之后,"戚瑶工作室否认恋情"的词条难以避免地上了热搜。

"戚顾相当"的超话里本来无数粉丝喜极而泣,物料花絮还有剪辑的视频、合成的海报被反复拿出来回味,谁知道他们没能高兴太久。

戚瑶的回应一出,广场上顿时混乱一片。

"艺人下场回应和当红搭档的恋情,内娱我是第一次见。戚瑶是不想要这么一大批粉丝了吗?"

"我一个没看剧的人都知道'戚顾相当'有多火,怎么一往演员本人上扯,戚瑶就开始否认了?难道有什么内幕吗?"

"细思恐极,如果不是去找瑶妹,那顾恒是去找谁?"

粉丝们有相信的,有不信的,但总体是遏制住了"恋情说",舆论风向一变,往顾恒本身身上带去了。

于是不少顾恒的粉丝说话并不好听。

"这会儿才发声明?"

"对此我想说,你清醒一点儿,没人觉得你会是我们真嫂子的,不用这么上赶着。"

"长得不咋好看,天天出来。"

"可是大家都能看出来营业期最积极的人是谁吧?"

"你要是说戚瑶没啥综艺感,甚至说她太滴水不漏,我都承认。你说她丑?"

…………

这事看着大,但大家仔细一想,的确又不是戚瑶的问题。

"互联网上每天都在上演各类风云,有点儿舆论波动不是很正常吗?"喻嘉树漫不经心地推着摇杆,"她又没问题。"

"没影响就好。"周漆长长地舒了一口气,咂巴两下嘴,好奇地问道,"那这男的来这儿干啥啊?小编也想知道呢。"

喻嘉树不知想到什么,没说话,盯着屏幕,拇指在摇杆上拨弄,很轻地挑起半边眉梢:"送死的别跟着我。"

"哎哟!"周漆蓦然回过神来,已经被人揍得只剩一丝血量,角色跳跃着倒地，没两下就被击出场外。周漆愤怒地把手柄往沙发上一扔，"又是他！这人怎么这样啊！哥！你要帮我报仇啊哥！就是他，就是他，那个皮卡丘！"

喻嘉树眼也不抬，闲闲地说了声"行"，在大猩猩灰下去的身体上跳跃两下："待会儿下去帮我办件事。"

一局《任天堂明星大乱斗》打到尾声，玩家 S 的积分排名一直都在第一。周漆看着他操纵角色灵活地在地图上穿梭，释放技能，忙不迭地点头，做什么都可以。

"砰砰"，敲门声响起。

周漆依依不舍地从沙发上起身，去开门。大白提着大包小包东西进来。

"妈呀，你这是干啥呢？你要搬家啊？"周漆诧异。

"屁。"大白把大袋子放到厨房里，"我老婆包的饺子和抄手，还烤了蛋糕什么的，放在冰箱里，给你们带点儿来。"

喻嘉树抬起眼皮看了一眼。

"她天天嚷嚷着怕你们没吃的。"大白把小袋子扔到茶几上。

"天哪！倩姐也太好了，简直是我的再生父母！"周漆感激涕零，立刻就去翻了块蛋糕出来吃。

"我呢？我这个搬运工就不提啊？"

"哪能呢？"周漆殷勤地凑上来做样子，帮他捏肩捶背，没捏两下，又探头对着小袋子好奇，"这又是啥？"

"去去去，都按我脑袋上了。"大白挥开他的手。

"我跟树大学时候拍的一些照片，方倩打扫卫生翻到的，说拿过来放你这儿。"

画面缓缓停滞，屏幕上跳出游戏积分结算页面，玩家 S 的积分全场最高，毫无疑问是唯一的胜者。

喻嘉树把手柄往旁边一搁，漫不经心地扫了袋子一眼："放我这儿干什么？"

"谁知道呢？"大白撇了撇嘴，显出几分委屈，"我也不敢问。"

周漆一边笑，一边伸手去翻。

真是照片，规规整整地放在一本相册里，有多人的社团合照、喻嘉树作为项目负责人的国奖获奖照片、单人优秀学生演讲照，偶尔还有项目实践的场景。

"这个电子设计竞赛是你们一起参加的吗？"周漆看到其中一张照片。

"对啊，那时候我研究生都要毕业了，竟然跟着他参加这比赛，好歹还拿了个真国奖回来。"大白跟着他扫了一眼照片，手托着下巴，乐和地回忆道，"最后一年，奖学金拿了一等，给你嫂子买了个戒指。"

"哟嗬！真不得了……嗯？"周漆顿了顿，把相册捧起来，对着光，凑近看，"这不是瑶妹吗？"

将修长的手指扣在颈后，松松地捏了两下，喻嘉树轻微转动脑袋，懒散地活动着脖子，闻言投去一眼。

"啥就瑶妹啊？"大白"哧"了一声，很是不屑，"你每天就是瑶妹瑶妹，我看你是个瑶妹脑袋。我们这儿读书呢，有人家啥事？"

周漆把那张照片抽出来，凑到眼前，仔细看了片刻，跳起来递给他们："真的！自己看！我都是多少年的'瑶瑶果冻'了，这绝对是！不是瑶妹，我倒立绕小区一百圈！"

沙发上的男人略一抬眼，上身前倾，手肘抵在膝盖上，屈起指节敲了敲桌面，意思是"我看看"。

大白也凑过来："哪儿呢？"

映入他们眼帘的是一张木质大桌，方方正正，边上三个人埋头苦干，查阅资料、设计方案，桌面上纸张散落，被阳光一晒，略微过曝，"电压控制LC振荡器""集成运放测试仪"等大字隐约可见。

喻嘉树扫了一眼照片，几乎立刻想起，那是大三参加全国大学生电子设计竞赛的时候。

大型比赛的时间多有重合，又临近期末，学校图书馆人满为患，研讨室约不到，用实验室要走层层审批，他们赶项目进度，要在一周内做完五套历年真题，根本来不及。

偏巧又值旅游旺季，酒店房间一间难求。

他们白天就在各种咖啡厅里游荡，晚上运气好，能找个彻夜开门的清吧，实在不行就去网吧里包个单间，好不狼狈。

"后来我们是怎么解决的呢?"大白皱着眉回想,"感觉只痛苦了一两天,后来就回归正常了。"

照片是随手拍的,构图不大好,右上角露出咖啡厅柜台,有个纤细的身影安静地蜷在那里。

喻嘉树垂眼看着。

她很白,侧脸恬静漂亮,身形单薄地坐在柜台里,两只手托住下巴,眼睛微合,像困倦到极点,忍不住打起瞌睡来。

天气晴朗,阳光洒在她的身上,她皮肤莹白,脊背挺直,整个人像是在发光。

他们是怎么解决的呢?

喻嘉树盯了照片片刻,心绪浮动,感到心脏蓦地被人攥住。

那是一种很难用言语表明的感受,像是他独自穿行过漫长又无趣的夜晚丛林,到了终点很久以后才蓦然发现,原来有个人曾不声不响地提着灯笼,在自己的能力范围里陪他同行。

喻嘉树垂着眼,轻声回答:"这家咖啡店通宵营业了一周。"且只有一个店员。

客厅里顿时一片沉默。大白和周漆对视一眼,脸上全都是错愕。

如尘埃般浮动的思绪里,喻嘉树盯着那个小小的身影,蓦地回忆起——当时他们半开玩笑,说这回是天注定要拿奖了,毕竟一切困难都如此轻松地迎刃而解了。

可是不是的,就算是喻嘉树,人生里也没有那么多顺遂的事。

是那个喜欢他的女孩儿,安静地缩在角落里陪他们熬夜的女孩儿,曾无声地在他的人生里,点亮过一盏灯。

第六章
壁炉篝火

机械运作声缓缓停下,电梯门打开。

刚配完音下班,戚瑶抱着台词本和保温杯,跟在栗子后面走出电梯。

反反复复代入情绪,戚瑶还挺累的,嗓子干涩。

"别跟啦,早点儿回去吃饭吧!"戚瑶挥挥手,跟来送她下班的粉丝道别,钻进保姆车,忽然像是看到了什么,又探出头去,"唉,我这里有草莓软糖,给你们。"

在一片开心的惊呼声中,戚瑶也笑了笑:"走啦,拜拜!"

车门被工作人员关上,保姆车缓缓起步开走。直到道路两侧全是飞驰的风景,不再有招手的粉丝,戚瑶才泄力地往椅背上一靠。一松懈下来,瘫倒在座椅上,她才感到肩颈酸痛、四肢无力,疲惫得很。

戚瑶打开手机看了一眼,喻嘉树给她发了条微信:"什么时候回来?"

戚瑶顿了两秒,不知道他要干什么,还是老老实实地回道:"在路上了,大概一个小时到家。"

那头的人没再回。

实在太累了,连玩手机的力气都没有,戚瑶把手机放在中控台上,接过栗子递来的毯子，靠着窗沿眯眼小憩："到了再叫我。"

栗子说"好"。

秋分早已过去，昼渐短，夜渐长。

6点一过，天色就已经有些沉闷，车辆在暮色中缓缓行驶，轻微颠簸和吵闹。

梦飘飘忽忽的，支离破碎。戚瑶一会儿梦到她被顾恒的粉丝吊起来抽打，一会儿梦到顾恒满脸焦急地站在家门口找她。甚至还有刚才发微信的那人出场——他站在门口，没什么表情，眉眼沉着，还挺不耐烦的，抬手把顾恒揍了一顿。

这都什么乱七八糟的？总之，都不是什么好事。

纷乱破碎的梦境不能让人好好休息，戚瑶反而更加疲惫，连带着精神都恍惚起来。像陷入深潭一般，下坠感陡然袭来，她猛然惊醒，睁开双眼，心脏仍然"怦怦"直跳。

栗子察觉到后座上的动静，猝不及防，慌慌张张地收起手机，抬眼看着前面。

车内安静，副驾驶座上的人装作无事地正襟危坐。

戚瑶缓了一会儿，视线一扫——她放在前面的手机不见了。

她叹了口气，握住柔软的毛毯一角：小朋友是真的藏不住心事，太容易露出马脚了。

"怎么了？"她垂着眼问。

"没……没事。"栗子看着前面，结结巴巴的。

戚瑶缓慢地把浅蓝色的毯子叠好，细白的手指抚上松软的毯子表面，将毯子搁在旁边："你不说我自己看了啊。"

"乔念姐不让你看手机。"栗子很固执，攥着她的手机，有点儿拒不交出的意思。

"我不看有什么用？"能猜到大约是坏事，戚瑶伸出手，手指轻动两下，倒是冷静得可以，"我不看事情就会变好吗？就不挨骂了？"她刚睡醒，声音略哑，尾音上扬，平和温柔得紧，明明嗓子都难受得不得了，还在好声好气地哄栗子。

栗子沉默半晌，看着戚瑶沉静的眼睛，抿唇递出了手机。

从顾恒被拍到，到今天的一系列词条，不过一两天，舆论风向就大变样。现在不就是这样吗？这个"后真相"时代。

戚瑶登录的是微博小号，首页依旧不断地蹦出新消息，评论、私信，几乎毫不停歇，可以推知大号是何等光景。

戚瑶没什么表情地点开搜索栏，第一位的词条是#顾恒出轨#。

她心头微微一跳，顿了半响，抿唇点进去。

最热门的一条微博是一位 ID 叫"小李睡不醒"的用户发的。长文加长图九宫格，开篇即是"大家好，我是和顾恒爱情长跑七年的女友"，足够抓人眼球。

文字部分从相恋故事写起，她写他们高中坐同桌，约好考同一所大学，写他们曾在无数个晚自习后十指相扣，恩爱又甜蜜。直到顾恒进入娱乐圈，她跟在他身边做助理，一切开始有变化。

"以前的时候，我敏感又脆弱，时常问他，是不是人都会变的。他很笃定地牵着我的手说，也许别人会，但他不会。

"现在我才知道，连这句话也是骗人的。

"五年前，我有自己的生活，有自己的工作，是他说，他时常在各个剧组奔波，无依无靠，无人照料，想让我跟他一起，我才辞掉稳定的工作，陪他在各个剧组里流转。

"但后来，被抛弃的人是我。

"他要走上这条路，我可以忍。我可以充当他身边的透明人，可以不声不响地在大众面前装作我们只是工作关系，但我无法忍受的是我的退让，变成他在外肆无忌惮逍遥的理由。

"也无法容忍某位女演员在知晓我们的关系的情况下，依然选择与他交往。

"夜不归宿，他骗我是工作原因；不回消息，他说因为他太忙；想让我回去上班，他却支支吾吾说不出个合理的理由来，实在太可笑了。

"顾恒，你是个男人，哪怕你堂堂正正地告诉我一句，'我不喜欢你了，我想要分手'，我都可以大方接受，下次在电视屏幕上看到你，依然会希望你好。

"可是你没有。你贱极了，既想要艳遇，又想要不用付工资且无微不至的助理，天底下哪里有这么好的事情？

"在别人的房间里回我的消息，接我的电话，再胡编乱造一个听起来都可笑的理由糊弄我，你和某位二字女艺人真的不会愧疚吗？

"如果不是看到爆料，我这辈子都会被蒙在鼓里。在你们眼里，普通人就不是人吗？普通人就可以随随便便被抛弃吗？"

…………

越看心越沉，戚瑶滑动着手指，将页面拉到底部。

图片从两个人高中的合照、大学牵手等亲密动作的照片，再到顾恒说有工作不回了的消息记录，到女生屡打不接的通话记录，真得不能再真。

戚瑶垂着眼，一时之间不知道该说什么。

平心而论，这篇文章写得极好，第一人称，叙事清晰，条理分明，代入感极强。

结尾一连串的反问句，几乎要让人生出与她共情后同样的失望与悲痛。

除了某些有故意甩锅意图的用词以外，这几乎能算得上是完美的稿子。

网友的反应也没有辜负她。

戚瑶简单地扫了一眼，这条微博有十几万转发量，热门第一，评论达到三十几万。博主还抽空儿回复了一些评论，但对某些问题避而不谈。

"天哪！真的看不出他是这种人，长得人模狗样的，在各种采访里说自己是单身，营造好男友人设，热衷于炒作的时候，真的不会心痛吗？"

小李睡不醒回复："知人知面不知心。"

"博主也够糊涂的，自己的工作为什么不要，要陪着男人啊？现代女性能不能支棱起来啊？"

小李睡不醒回复："你说得很对。我现在也在后悔，并想以这种方式告诉大家，一定要万事以自己为重。"

"只有我一个人在意二字女艺人是谁吗？是昨天刚声明没在谈的那

位吗?"

这条评论点赞和回复的数量极多,被顶到热评第二,可是这位博主偏偏没有回复,极其刺眼,让人心生猜测。

"妈呀,怪不得不要红利也要立刻澄清呢,原来是心虚啊!"

"妥妥明知故犯。"

"你们从哪个字看见她说是瑶妹了?"

"不信谣不传谣!单凭一张嘴就能给无辜的女艺人定罪吗?没有证据的事我们不信!瑶妹努力工作中,请勿碰瓷!"

"@小李睡不醒,博主能说清楚吗?到底是谁,这对我们来说很重要。"

"造谣全凭一张嘴?这人说女演员知道你们就信?女方不一定知道自己是第三者,但这男的一定知道自己出轨。最该骂的不是这个男的吗?"

戚瑶没再往下翻,切了回去,再看首页,#顾恒出轨#依旧是火爆话题,只不过热搜第二名变成了她的名字。

#顾恒出轨#和#戚瑶#连在一起,让她怎么看都闹心。

栗子心惊胆战地看着戚瑶看手机,小脸煞白,忐忑得不行,在公司的乔念更是。

经纪团队几乎立刻赶回公司开会,电话接打不停。

"她很聪明,在这个时间点发有极高的热度,但毫无疑问会误伤我们。她含混不清,拒不回复,这对我们来说太要命了。现在全网都以为他出轨的对象是戚瑶,给我们扣上脏帽子,不澄清的话,这辈子都摘不下来了!"

造谣容易,辟谣难。

乔念简直焦头烂额,裘朗脸色铁青:"现在立刻给我联系顾恒那边!那天的行程对比图呢?立刻发出去,联系博主本人。"

车速缓缓放慢,自动摇杆抬起,汽车开进了停车场里。

戚瑶一股气堵在胸口,竟然有点儿想笑,看了下微博。

已经有不少群众把这个消息联系到她身上,礼貌点儿的在评论区询问,想要一个答复,部分网友就没有这么友好了。

"笑死,昨天还夸你清醒,是有事业心的女艺人,原来是为了避嫌啊!"

叶清蔓刚下戏,立刻拨了个电话过去,劈头盖脸就是一顿输出:"这女的是不是脑子有什么问题啊?她的男朋友出轨谁她不知道吗?模棱两可装什么呢?亏你昨天还替她多想呢,人家根本不在意,非要往你身上泼脏水,就差那一点儿热度是不是啊?"

戚瑶没说话,等车停稳后躬身下了车,深吸一口气,声音很轻:"行了。"

"这男的到底是去找谁?老娘非把她扒出来不可!"

戚瑶抿唇,刚想说什么,一偏头,看到远处有个光点闪了一下。

地下停车场这会儿安静,人少,他们的车库相对靠里,相机快门声和闪光灯都极为明显。

"干吗呢?"栗子也发现了不对,两步冲过去,"干吗呢?!啊?!"

小王从车上下来,飞快地跑过去,把扛着相机想跑的人压住。栗子则死死抱住另一个人的手臂,不让他走,大喊着保安。

那男人戴着口罩和帽子,把相机转过去:"你们干吗呢?我这儿拍着呢啊!我是正经人,就是路过,随便拍两张,怎么了?啊?"

"你是什么路人?你是狗仔,别以为我不知道!"小王用手臂压住那人,用力到颈项上的青筋都冒了出来。

"你是谁啊?大哥?"那男人露出来的脸发红,他把相机对准戚瑶,拒不承认地吼着,"来人啊!这是谁啊?艺人欺负路人了……"

栗子气得都要喘不匀了,恨不得上去挠他两下:"说什么呢你?"

"干吗呢?干吗呢?"有保安远远地跑来,"什么情况?你是什么人?"

那男人的脸色登时一变。这个小区安保很严,他好不容易跟在一大家子人里混进来,这事严重点儿说就是擅闯民宅,被发现后可能会被送到派出所去。

"我如果被抓了,刚才那段视频就会被发出去。"那男人露出的一双眼细长,他死死地盯着戚瑶,"女艺人耍大牌,砸路人相机,不是什么好新闻吧?多一事不如少一事,是不是?"

戚瑶没什么表情地盯着他，桃花眼没有弧度，虹膜偏深棕，鸭舌帽挡住微弱的光线，让人看不清眼中的情绪。

男人露出一个不友善的笑，继续道："你猜这个当口，大家会信一位'当红'女艺人，还是会信手无缚鸡之力的普通人？"

他这话太一语双关、意味深长了——他在威胁她。好脾气如栗子都气得暴跳如雷，死死地瞪着他，恨不得冲上去咬他两口："你说什么呢？！"

保安越来越近，脚步声越来越大，影子在水泥地上晃动。

戚瑶顿了片刻，桃花眼盯着他，缓缓呼出一口气："放了他吧。"

"啊？"栗子错愕地跺脚，"瑶妹！就这样放过他也太容易了吧？下次不是直接要冲到家里去拍了？"

戚瑶已经背过身去，纤细的身影显得无比单薄，轻声重复了一遍："放了。"

小王胸膛起伏着，手背绷出青筋，拎着男人胸前的衣服，把人提起来，又狠狠地扔在地上："滚！"

栗子气得一张脸通红，瞪了另一个男人一眼，不情不愿地放开他，还要转头跟保安解释是误会。

几分钟后，两个人嬉皮笑脸，勾肩搭背地走了，谈笑声被放大无数倍，在地下车库里回响。

戚瑶一直没说话，脸隐在口罩后面，看不见神情。

小王陪她们一起上楼，还特意多按了几个楼层，有上有下，来回几次后才到十八楼。

多悲哀。戚瑶想。

"叮咚"一声，门开了。戚瑶率先跨出电梯，栗子在后边跟小王道谢。

戚瑶压着帽檐，视野被压缩，只能看见一小段路，本来奔着家门去的脚步，在扫到对面半开的门时顿住了。

她的视线里先出现的是一双长腿，灰色的休闲裤，裤腿松松地垂坠着。顿了片刻，她缓缓抬眼。

男人身姿颀长，斜斜地倚在门口，挺拔又随意，一只手绕着耳机线玩，瞳孔漆黑，望着她。

好半晌，他问道："堵车吗？"

"嗯？"戚瑶反应了一会儿，轻轻摇头，"不堵。"

喻嘉树略微一抬眉梢："那怎么这么晚？"

戚瑶张了张嘴，迟钝地消化着这句话："你在等我吗？"

不然呢？一句话到了嘴边，但他看着她时明时暗的那一双桃花眼，愣怔又迟钝，像那个皮筋上的小兔子。顿了两秒，他又把话咽了回去。

他刚往前走了两步，戚瑶就应激似的往后退："你别过来。"

喻嘉树停在原地，抬起眼皮，就那么看着她。

空气沉寂片刻。戚瑶抿住藏在口罩下的嘴唇，收紧手指，看了一眼楼道中央开着的窗，声音中带着点儿鼻音，小声解释道："我怕万一有人在拍。"

其实说出来她自己也觉得不大可能。小区的安保人员能让狗仔混进停车场已经是极少的纰漏，何况被人查到她住的楼层，跟着她拍摄。

但是那一瞬间，她就是下意识地觉得不能把他扯进来。他光风霁月、清清白白，任何真假难分的桃色新闻都不应该和他扯上关系。他值得所有最好的。

时间一分一秒地流逝，秋风从未关严的楼道窗户里呼啸而来，受峡谷效应，更显萧瑟。

结合她格外迟钝的反应和情绪，他大概能猜到发生了什么，低笑了一声，眉眼沉下来，带了些不屑的睥睨，两步上前，高大挺拔的身体把声控灯的光挡在后面，压下一片黑影。

他蓦地凑近她，看她那双好似蒙着水雾的桃花眼，接着伸手把她拽离风口。

风口离家门口其实只有一步距离。

戚瑶站在里面，三面是墙壁，唯一来风的方向被男人挡住了，严丝合缝，小小空间像一座温暖的城堡，屋顶覆着一层厚厚的雪，室内晃动着暖橙色的火光，壁炉里的篝火"噼里啪啦"作响。

不知道哪家在做什么菜，浓郁诱人的香气飘来，声控灯的光混杂着对门的玄关灯光，明亮异常。

喻嘉树垂眼看着她,眉眼难得带了点儿冷淡的戾气,漫不经心的,低声哄了一句:"怕个屁。"

其实说哄也不太准确,他就那么站着,眉眼冷淡又不耐烦,只是在视线落到她身上时稍柔和一点儿。但他的声音是低的,尾音微微拖长,落在空气里,竟然有几分缱绻的意味。

戚瑶心尖一颤,定定地望着他。

他的一双眼偏狭长,瞳孔漆黑,目光在空中交会,她的心脏短暂地漏跳了一拍,然后飞速跳动起来。

好奇怪,戚瑶想,这个人在她这里,永远有一种能让人变开心的能力。好像不管在什么样的情况下,只要他看她一眼,对她说两句不着调的话,她都会觉得,没有什么大不了的事情。

电梯门缓缓合上,连带着目瞪口呆不知所措的两个人一起下沉。

直到别的住户摁下按钮,电梯在其他楼层再度打开门,两个人才反应过来,面面相觑。

"什么情况?"小王张了张嘴。

栗子摇摇头,一脸不好说:"不知道。我还是把你送出门再上去吧。"

磨蹭了十多分钟,估摸着他们应该差不多了,栗子才慢吞吞地上楼,解开指纹锁,开门进去。

客厅里的两个人竟然丝毫没有察觉栗子的到来。

"想玩哪个?"喻嘉树插好线,坐回来,松松地握着手柄,摁着按钮。

屏幕上出现几行白色的像素字体,选择框下移,随着他的动作发出"嘀嘀"的游戏音效。

"还真有啊!"虽有几分心不在焉,但戚瑶确实有些惊奇。

上次她找周漆借相机,周漆随便提了一嘴红白机,她都快忘了,没想到他们还记得。

喻嘉树哼笑一声:"别小看它,没比你年轻几岁。"

"真的?"戚瑶诧异,本来兴趣不高,被他吊起了胃口,凑到前面去观察了一会儿,"这不会是你小时候玩的那一部吧?"

203

小小的机器被摆在茶几上，红色和白色的塑料原件完好无损，干净极了，连划痕都没有，说是新的她都信。

戚瑶半信半疑地回头："别是又蒙我的吧？"

喻嘉树挑眉："我没事干啊，天天蒙你？"

"不好说。"戚瑶撇撇嘴，坐回去。

最近降温，她在客厅里铺了地毯，毛茸茸的，现在两个人靠着沙发垫，并肩坐在地毯上。

"你逗我的还少吗？"

他拿来福逗她，反复提来福的上一个名字，说他是实习生，面试时让她约他吃饭。

喻嘉树压了压眉梢，转念一想，也是，笑了一声："不知道为什么，感觉你特别好逗。"

戚瑶顿了两秒：这人在说什么？

喻嘉树看了她一眼，勾着嘴角，手肘往沙发垫上一搭，还假模假样地道了个歉："不好意思啊。"惯常冷淡散漫的语调不正经地扬起，一听就吊儿郎当的。

戚瑶：他怎么这么烦人？

"不过这回没骗你。"喻嘉树另一只手搭在屈起的膝盖上，指尖轻点两下，"真是我小学那会儿玩的那个。"

"那怎么这么新？"

好多年没碰英文，好在还能看懂，戚瑶问着，却没有看他，视线专注地落在屏幕上。

喻嘉树看着她，漫不经心地说："高中拆开研究过，干脆就换了个外壳。"

戚瑶"哦"了一声，眼睛一眨不眨地盯着屏幕——

《超级马里奥》《魂斗罗》《冒险岛》《松鼠大作战》……随着图标下移，久远的回忆碎片被拼凑起来。

福利院是没有红白机的，镇上只有一家文具店有，破破烂烂的街机摆在门口，屏幕花花绿绿的，吸引了一群附近中学的学生围观。

戚瑶也去看过，站在人群外，好奇地从缝隙里踮脚张望。

文具店老板算是镇上比较富有的,他瘦得像只猴子的儿子也就拥有了全班第一台红白机,是国产小霸王的。

小猴热情地邀请大家轮流去他家玩游戏,戚瑶也在受邀之列。但院里不允许小孩儿周末无故外出,她最后就没能去成。那时候她还安慰奶奶和任阿姨,说没关系,她也没有很想玩。可是小孩子嘛,想要什么就会一直想,任阿姨说她每天晚上做梦都跟握着个手柄似的。

现在想起来,戚瑶忍不住想笑。

出了会儿神,她偏头,看见喻嘉树将手松松地撑在颌骨处,挑眉盯着她。

戚瑶顿了两秒:"你看什么?"

"看你要一个人傻笑多久。"他懒懒地说道。

戚瑶抿唇,不自在地偏回头去,摁下手柄上的确认键,进入游戏界面:"就玩这个吧。"

喻嘉树缓慢地收回视线,扫了一眼屏幕,《超级马里奥兄弟》的logo很显眼。

他笑了一声:"需不需要我让你一只手?"

怎么,他怕她拖后腿?

"我不菜的好吧!不要看不起我!"戚瑶咬牙愤愤道。

"是吗?"他的声音都带着笑意,尾音懒散地拖长,率先锁定了那个绿色的小人儿,"那让我看看,你有多厉害。"

2D游戏的画面极其简单,蓝天白云,两个像素小人儿在红色砖块上跑动、爬上绿色的水管、捡金币、踩巡逻的侍卫。

他好像确实什么游戏都玩得很好,不疾不徐,游刃有余,偏偏永远只比她快那么半步,还时不时扔下一些戏谑的话来激她。

戚瑶那点儿压着的情绪全都散了,她没时间关注其他的,全身心地投入紧张刺激的游戏中。

欢快的背景音和金币散落或通关的声音时不时响起,混着他懒散的哼笑声,在客厅中弥散开。

栗子在厨房关上门洗菜,都能从只言片语中感受到外面欢乐的气氛,心情不由自主地也变好了。

手机铃声响起,她擦干手,接起来:"喂?乔念姐。"

那头很吵,乔念像在嘈杂的环境里忙得脚不沾地,终于寻了个空儿似的,压低声音问她:"瑶妹现在在干吗呢?打电话也不接。"

不等栗子说话,她又道:"负面舆论我们正努力压着,行程图放出去之后声音小多了,虽然不可能立马就达到澄清的目的,你还是让她别担心,也别太在意舆论评价,必要的时候就把她的手机收了,让她吃完饭早点儿睡觉——"

"乔念姐。"栗子没忍住,打断她,探出头看了一眼客厅里专心打游戏的两个人。

戚瑶脊背挺直,盘腿坐在地上,背影纤细,两只手握住手柄,跟旁边人商量:"你去踩他呗?"

喻嘉树闲闲地操纵着人物,利落地揍了NPC(非玩家控制角色),还问了一句:"为什么?"

"我想去捡金币。"戚瑶说,神情温和,连声音都软软的。

男人就垂下头笑,颈项轻颤,唇角勾起的弧度漫不经心,又透着几分不明显的纵容,足以勾走任何人的心神。

栗子把头收回来,心情有些复杂,对着电话那边的人说:"她现在状态挺好的,没在担心这件事。"

"嗯?"乔念有些意外,听团队那边传来呼声,只来得及说了一句"没事就好",就匆匆挂了电话。

挂断电话,栗子站在门口,听他们对话。

他们逗来逗去,围绕着马里奥和路易基、金币和水管,好像全世界只有这些值得关心,平常又可爱。

栗子脸上不自觉地带了点儿轻松的笑意,摇摇头,继续做饭去了。

夜幕彻底降临的时候,《超级马里奥兄弟》也就通关了。通关特效欢乐且可爱,背景音听得人开心,却又有些怅惘。

戚瑶站在门口,看喻嘉树出去,一时有些不知道该说什么:说"慢走"吧,可人就住在对门,指不定出来扔个垃圾又碰上了;说"晚安"吧……好像又早了那么一点儿。

喻嘉树看着她站在门口,被玄关的灯照耀着,素净又柔软,他倏地笑了一声。

他嗓音低沉,每次这样漫不经心地笑一声,都会让人生出些痞坏的感觉。果然,他说话也不正经:"怎么,舍不得啊?"

"哪有?"戚瑶说。

声控灯在头顶亮起。

喻嘉树看了她一眼,半边眉梢小幅度地一挑,长腿收住,作势又要进去:"换个游戏玩也不是不行。"

戚瑶登时耳热,握住门把手将门往外一推,门缝变窄,从缝隙里露出一张漂亮的脸,扔下一句:"快走吧!拜拜。"

门"砰"的一声关上了。喻嘉树顿了片刻,半晌,笑着"啧"了一声。

戚瑶的心跳"怦怦"的,她坐在餐桌旁搓了搓脸。

栗子去收拾客厅的东西,把他们放到地毯上的靠垫拿起来摆好,在茶几上看见一个东西。

"嗯?瑶妹,这是你的吗?"她拎着个优盘递过去。

戚瑶伸手接过优盘,看了一会儿。优盘小而方正,银黑配色,上面刻有流云纹路,底部刻着一个大写字母S。

她刚在这人面前摔门,不好意思立刻追出去,拿出手机给他发微信。

1:"你的优盘是不是落这儿了?"

对面的人过了会儿才回:"给你的。"

他给她?戚瑶疑惑地蹙起眉,不知道他葫芦里卖的什么药。

正好栗子做好了老鸭汤,用软布包住陶瓷碗边沿,从厨房里端出来,戚瑶暂且将优盘搁在一旁,起身去帮她接过来。

酸萝卜混着切成块的老鸭肉,散发着诱人的香味。

不知道是不是太累,戚瑶竟然觉得很饿,盛了一大碗饭,坐在餐桌旁夹了块萝卜。

她一静下来,心思就难免往困扰她的事情上飘。

"现在情况怎么样?"戚瑶问。

栗子也坐下来吃饭。

"乔念姐刚给我打过电话，说在压了，行程对比图放出去之后声音小了很多，但博主那边还是联系不上。"

"可能不是联系不上，只是不想被联系上。"戚瑶神情淡淡地回，"行程图不是只有三天的吗？他们信？"

栗子刚看完工作室声明下的评论："大多数信了，觉得一半时间你都不在家，他大概率不会是来找你的。"但是也有少部分网友持反对态度，说万一是两人共筑爱巢，男方独自在家里等待，也不是没可能。

栗子没敢说，戚瑶喝了口汤，自己打开手机看了一眼。

工作室微博下有几条热门的反对评论。

"还有呢？不还有三天的吗？小情侣热恋中独守空巢都能乐半个月呢，独自待三个晚上怎么了？"

"不在场证明还是不完全版的？这也太没说服力了，能证明你们俩没在一起吗？路人看了都沉默。"

"不想听这些借口，麻烦直接道歉好吗？"

她退出去看了一眼，她的名字依旧挂在热搜上，话题变成了#顾恒戚瑶#。

戚瑶摁灭屏幕，觉得他们说得其实有道理。尽管这脏水来得莫名其妙，但是单从证据来说，并未完全撇清嫌疑的行程轨迹的确显得太过单薄。这是她当时为应付恋情准备的，并不太精细，对这样全网关注的事件显然不够看。

负面新闻带来的刻板印象极其可怕，除非在黄金时期就能将绯闻彻底掐灭，否则恐怕她往后都会背上这个名号。

多讽刺，这些明明与她无关。

那一瞬间，戚瑶想起了大学时期蹭过一节法学院的课，老教授在讲台上抑扬顿挫地讲，举证责任倒置。在特殊情况下，为保护受害者，证明行为和损害之间有或没有因果关系的责任，会倒置给加害方。

可是生活不是法典。证明她清白的责任并不会因为一方的消失转移，依旧像一座大山般压在她的身上，攥住她的心脏，压住她的喉咙，让她喘不过气来。

戚瑶垂着眼，盯着碗底，颜色浅淡的汤映出头顶的灯。

她需要自证。她要证明自己的确和顾恒毫无关系，除了行程不合，她在六天内和顾恒毫无交集以外，就是找出顾恒到底是来找谁的。

可是她怎么找呢？

手机铃声再度响起，戚瑶脑袋突突地疼，接起叶清蔓的电话。

"我托朋友问了一下，你们这小区跟顾恒有交集的女艺人不少啊。"那头，纸页被翻得"哗啦哗啦"的，叶清蔓像在翻什么文件。

"他这两年资源太好了。"戚瑶起身离开餐桌，进了书房，坐着揉揉眉心，"你说。"

叶清蔓能拿到相关的名单，戚瑶并不意外。叶清蔓是货真价实的大小姐，人脉不是她或者裴朗这种半路出家的人可以比的——这个楼盘大抵都是她朋友家里的。

叶清蔓大致扫了一眼："只能查到艺人本人是业主的，什么用助理的名买房的、经纪人房产，那个不行。"

戚瑶应了一声，垂着眼，把优盘插进电脑侧边。

"年龄差不多，名字是俩字且单身的女艺人有凌曦、贺露、夏忆。"

"应该不是凌曦，我们月初还一起在横店拍 vlog（视频日志）。"戚瑶听着，心下快速过了一遍三个名字，这三个都是多多少少和她有交集，且关系还不错的女演员。

"也不是贺露，她这个月都没在家。夏忆在北京吧？"

"那是谁？"叶清蔓骂了一句，"后面的我都不认识了啊，根本没办法判断。"

戚瑶顿了两秒："有没有那种女三、女四号？"

"嗯……马上。"叶清蔓问了旁边的人两句，"有俩，但一个没跟顾恒合作过，合作过的那个叫——"

"叶悦。"

隔着电磁波传输产生的轻微的时间差，两个人的声音合在一起，异口同声，分秒不差。

书房里安静片刻，戚瑶心里的一块大石头骤然落地，她微闭起眼，长舒了一口气。

叶清蔓顿了两秒，很诧异："你知道？"

戚瑶垂着眼,视线落在电脑屏幕上,俯瞰视角的视频正无声地播放着。

"本来是猜的。"

《野棠枝》拍摄于近两年前的冬天,后续宣发时期,接受记者采访的时候,她和顾恒在镜头前交流过"理想型"这类避不开的话题。

"当时他说喜欢那种清纯柔软类型的,一般都是'白月光'的角色。"他说得太明显了,连记者都以为他是在为炒作埋线,只有戚瑶知道,他说的是真的。所以之前恋情的舆论一开始,她在车上问的时候,栗子报了贺露和夏忆的名字,她立刻就想起,明艳或飒爽类型的女主角身边,总会有一个安静温柔的女配角。

"本来?"叶清蔓蹙着眉重复,从戚瑶的话里觉出些不同寻常的意味,"那现在是……?"

戚瑶没说话,盯着电脑屏幕怔怔地出神。

喻嘉树的优盘命名也是S,文件夹里安静地躺着三个文件——

一个是她刚打开看过的视频。

小区便利店门外的监控视频里,男人戴着口罩和鸭舌帽,站在阴影处等待。穿家居服的女孩儿从便利店里出来,扑进他的怀里,给了他一个拥抱。他们的侧脸不能再分明,是顾恒和叶悦。

怎么说呢?局外人看到这段视频的时候,心绪难言。画中人的欢欣都不似作伪,从紧握的十指里,也可以窥见甜蜜与恩爱。但是这事太复杂了,涉及道德、忠诚还有精明与算计,不是戚瑶这个无辜被牵扯进来的人可以左右的。

然而让戚瑶怔住的不是这段视频。

叶清蔓还在电话那头絮絮叨叨,说真不认识这人是谁:"刚搜了一下微博,她也就一百来万粉丝,两部网剧女二号,跟顾恒、夏忆搭的那部刚杀青。还真是事不关己高高挂起啊!她一个小时前还发了自拍。怪不得那睡不醒的小李不说清楚呢!对方只是个小演员,这事的热度不会这么高。"

对面的叶清蔓还在絮絮叨叨地说着话,可戚瑶一个字都没听进去,握着手机的手微松,听筒从耳边滑落,视线随着光标移动,睫毛轻颤。

210

电话里的声音，连带周围的环境音都好像潮汐般退去。

文件夹里还有那张她意外入镜的老照片。年代久远，电子版早已找不到，这是被人用手机重新翻拍的相片。老照片微微泛黄的边角被相框妥帖地压住，覆上一层用以妥善保护的玻璃，安静地立在隔壁的茶几上。

北京的深秋寂寥广阔，碧空如洗，许多年前的阳光同时落在他们的身上。

20岁的喻嘉树站在国赛的获奖台上，站在所有代表队中央，拎着国奖证书，漫不经心地看向镜头，闲散、冷淡又不可一世。

那副样子蓦然和他方才在楼梯口对她说话的模样重叠——

在领奖台上都不露出谦卑姿态的人，微微躬身，视线与她平齐，瞳孔漆黑，没头没脑地对她说："不要这么善良，知道吗？那么久的喜欢，要说给他知道。"

…………

这么多年，时过境迁，那盏能短暂照亮人生的灯，这次是他递给她的。

"其实我自己是信的。戚瑶这边感觉好真诚啊，否认恋情的时候那么快，不就是想给粉丝一个交代吗？当时谁知道会出来这件事情啊？"

"她人其实不错的，没绯闻也没啥幺蛾子，之前跟她合作过的几个导演都疯狂夸她。"

"知人知面不知心，谁知道他们私下是什么样。"

"戚瑶那个小破公司这次竟然给力了一点儿，条理什么都还挺清晰，就是证据不太够啊。"

"戚瑶应该是真的跟这件事没关系。我大学同学在那三天中的一天结婚，合照里有她。新娘说是戚瑶的高中同学，而且那天闹到挺晚的，12点多才结束。"

"所以人家只是没有在工作，但是有自己的社交的。那么问题来了，博主为什么不否认？既不承认也不否认，模棱两可是啥意思？"

"互联网真的没有记忆，还有一天人家在跟叶清蔓逛街，还上了热搜，叶清蔓本人也说了那天是在戚瑶家住的。"

"美女好倒霉，摊上这些破事，还要自证。"

"你们去看上次热搜上那个搞科研的帅哥的微博！他发照片了！里面是不是有瑶妹？"

"哪个哪个？求指路！"

"我看了，就是瑶妹！而且你们发现了吗？他的照片是有实时水印的，展示了是哪一天拍的，有瑶妹的那两张刚好是行程图里没有补的那两天！"

"他最后一张照片里那个地方，明显就是和戚瑶小号发的照片里的是一个地方啊！所以那天这两个人是在一起的吧？！"

"啊啊啊！怎么又是参加婚礼又是一起散步啊？这人好帅啊！"

"这是可以说的吗？虽然这些照片都不逾矩，甚至两个人还站得很远，怎么感觉比那什么'戚顾相当'般配多了？"

"你们看戚瑶直播的录屏。这帅哥不止一次狂刷礼物了，还是实名！救命！这是在追吧？"

"竟然真的是本人！我以为是那种开玩笑的'AAA建材王哥'啥的……这种又帅又聪明又有钱还大胆追爱的，不甩顾恒五百条街？"

"他们俩是什么关系？结合楼上说的，高中同学是吗？好配啊啊啊！还在这个时间点发照片，很难说不是别有用心啊！"

"我斗胆想象一下，是老婆被泼脏水，正牌男友不爽宣示主权吗？"

……………

无数条评论从戚瑶的眼前飘过，好坏都有，其实网友的评论早已不能在她的心里掀起什么波澜，某些字眼却奇迹般让人心悸。

戚瑶抿唇，纤细的指尖在屏幕上悬停，犹豫片刻，还是点开了带着她名字的热搜，甫一打开，她看见一条热门微博悬在顶上。

因为颜值和学历意外受人关注的人，微博干干净净，连发照片都简洁明了，文案是系统自带的"发表图片"四个字，图片却在微博上掀起轩然大波。

他发的微博只有四张图——

第一张是李寻婚礼的照片。

陈茵茵花大价钱聘请了全程跟拍的婚礼拍摄师，连花絮照片的构图都挑不出差错。长得好看的人总是格外惹人注意，好像镜头都在喻嘉树和戚瑶身上多停了两秒。并排的白色座椅上，隔着半臂的距离，戚瑶面容沉静，眉眼里带了点儿恬静的笑意，望着台上的新人。她身旁的男人懒懒地靠在椅背上，目光平直地望向前方，双腿交叠，西装裤笔挺，额前碎发搭在眉骨上，瞳孔漆黑，下颌线锋利，冷淡又散漫。

照片右下角显示的时间是10月2日。

第二张是他拍摄的晚间露天电影。

白色的野营桌上摆放着酒瓶，彩色星星灯不间断地闪烁，电影幕布在夜色中亮着光，屏幕上的黑白画面放映着 It's a Wonderful Life（《生活多美好》），女主角对男主角说："我对你的爱至死不渝。"

下一张照片镜头拉远，画面的正中是男人的侧脸，高挺的鼻梁与眉骨优越到极点，挂着点儿笑意，偏头与旁边人说着话。顺着他的视线望过去，能看到女孩儿纤细的背影偶然入镜，长发被风扬起，温柔地拂过镜头一角，露出沉静的侧脸。

好像是拍摄这张照片的人认为这个场景太值得成诗，轻微转动手腕，把他们框在了同一幅画里，美到像是电影画面。

戚瑶抿唇，指尖轻点，鬼使神差地存下了这张图。

她滑到最后一张照片，画面中没有人出现，却也足够引人遐思——江面波光粼粼，一轮圆月高挂，两岸万家灯火绵延。

10月14日22时37分，他拍了月亮。

心脏像被一只手攥住，让人有些喘不过气来，戚瑶没有再看任何或打趣或怀疑的言论，只是盯着这几张照片发呆。

要说他多么逾矩，也不算。所有露脸的照片都是以他自己为中心，仿佛身旁的人只是不经意被附带的，却又确确实实，明显地具有存在感。

风口浪尖的人总是要多加小心，涉及男女关系的地方更是谨小慎微到极点。就是因为不想把他扯进来，所以她没有就私人行程进行澄清。但他好像一点儿都不怕，堂而皇之，毫不在意似的，用自己的方式帮她补足了缺漏。

他做得恰到好处，又让人无法忽视，宛如一盏真正明亮的灯。

充斥着流言蜚语的互联网世界里，一家之言并不能磨灭网友的热情，事情依旧在发酵。

戚瑶不想做什么大善人。她的善意仅仅给予值得它的人，对不值得的人，她没有那份以德报怨的心。

她拿到便利店的视频后就发给了乔念，连同叶清蔓的电话录音和地下停车场的监控视频一起，让他们自己看着办。

盛屿虽然在资源方面挺拉胯的，但在这种紧要关头不会掉以轻心。

应付品牌方、危机公关、控制舆论，裴朗忙了一夜，多次联系顾恒和原博主无果后，也来了脾气："直接发吧，真是给他们脸了。"

公关团队梳理证据，检查文案措辞，准备好通稿。

次日下午，广场上再次大变样。

被补全的行程已经具有足够的说服力，视频作为强有力的证据被工作室放出，再加上工作室起诉几个浑水摸鱼的营销号的记录，如同往熊熊大火里浇了一桶沸腾的油。

"顾恒、叶悦""小李睡不醒""戚瑶，惨"等各种话题上了热搜榜，热度久久不退。

"盛屿连这种证据都能找出来，好牛！"

"这女的谁啊？压根儿没见过。"

"之前戚瑶那么真诚地否认恋情，还被人说是心虚？"

…………

一时间，各类账号放出戚瑶和顾恒从前的采访和直播，从细微处寻找可以大做文章的细枝末节——

她在直播里没有接受顾恒的二搭邀请，从不识好歹变成了清醒独立，采访时不动声色地转移话题，从没有眼色变成了慧眼如炬……

戚瑶的名字几乎在热搜上挂了一整天，后缀词变了又变，一会儿是"惨"，一会儿是"人间清醒"，一会儿是"事业心"。还有个异军突起的话题叫作"戚瑶，高中同学"，排在热搜末尾，短暂待了一会儿之后就销声匿迹，却奇迹般拥有了一批粉丝。

总之，当下的一切都在往好的方向发展。戚瑶洗掉了负面标签，顺利和顾恒"解绑"，路人的好感度与粉丝量"噌噌"上涨。

连栗子都悄悄地感叹：还以为瑶妹昨天是真的怕了呢，结果是第一时间就反应过来，让电话那头的叶清蔓开了录音，再调出停车场的监控视频，最后真相大白。

沉着、冷静、机敏，这是戚瑶的特质。她永远像羊群中最温顺无害的那只绵羊，连皮毛都要比其他的更加洁白绵密一些，但内里是无人能及的坚硬与强大。

戚瑶当然不知道这些事。她不爱关注舆论，此刻正盯着手机屏幕发呆。微信页面上显示着两条消息，十分钟前发来的。

S："会打麻将吗？"

S："三缺一。"

她当然会，应该没有不会打麻将的 C 市人吧。

喻嘉树看对面的人输入了近十分钟，才犹犹豫豫地回复："他们厉害吗？"

1："我会不会输很多呀？"

她昨天打游戏时的自信呢？喻嘉树都能想到她跃跃欲试，又有些纠结的表情，没忍住，头小幅度往后一仰，笑了一声。

S："很菜。"

S："门口等你。"

他一边回消息，一边起身，敲打桌旁坐着的另外两个人："待会儿装笨点儿。"

燕啾坐在座位上玩手机，抬眼看了他一眼："要多笨？"

"一看啾啾这辈子就没当过笨人，可能有点儿难。"大白拿起一张麻将牌，极其做作，嗲声嗲气地学："哥哥，这个是一条还是一筒呀？我不认识。"

"你那是智力障碍吧？"周漆扔了个抱枕过去，"啾啾和瑶妹那么聪明，闭着眼睛都能打清一色。"

"可以。"燕啾笑了一声，对此感到很满意，对周漆竖了个大拇指。

"反正让着她点儿。"喻嘉树走到玄关处，摁下门把手，反手往后掩门,往楼梯口走去,漫不经心地留下一句,"输了给你们报销。"

客厅安静片刻,三个人心照不宣地对了对眼神。大白和周漆一脸难以言喻的表情,连连摇头,燕啾很轻地"啧"了一声,给微信对面的人发消息,说有的人最近都快冒"粉红泡泡"了。

对面的人大言不惭地回:"能有我冒得多吗?"

楼梯间安静,穿堂风稍减。喻嘉树倚在光洁的大理石瓷砖墙上,看戚瑶拉开门出来。

她依旧穿得很简单,宽松的纯色卫衣外套,内搭是白色,配一条深色短裙,露出一双笔直纤细的腿。许是因为上午在配音,她将头发随意地扎了个丸子头,细碎的鬓发散在耳边,显得脸更小了。

戚瑶反手拉上门,抿唇看着他。

两个人都没有动,好像有什么言语,要在融入大众的娱乐氛围之前讲完。

"你那个视频,"戚瑶迟疑着开口,"怎么想到的呀?"

喻嘉树将手指在腿侧漫不经心地叩了叩:"那天下去买东西,刚好看见了。"

可他不是那种会留心这些事情的人,与他擦肩的人无数,大多是难以让他挂怀的过客,戚瑶有些狐疑。

"你认识他吗?"

"不认识。"他懒懒地一挑眉,应得很快,"出轨男有什么好认识的?"他的尾音轻飘飘地上扬,落在空气里,有点儿不屑的意味。

"那你怎么会有印象?"

"就是有印象。"喻嘉树很敷衍。

他这就有点儿无理取闹了。她抿唇,不再说话。

喻嘉树本来倚在墙壁上,单手插兜,这会儿缓缓地把身体重心移回来,站直了:"我有好几个文件呢,你就问他啊?"

"没。"戚瑶说,"其他的我不知道怎么说。"

"能怎么说?我都把我们的合照放在茶几上了。"

戚瑶感到一阵脸热:"那也不算正儿八经的合照,我就是……误入的。"她的声音很小,又轻又缓,难为情似的,柔软又羞赧。

包括他微博上的那几张合照，他们都是意外同框。高中不在一个班，他们连在毕业照上都不能并肩。

喻嘉树盯了她一会儿，哼笑一声："行，那什么时候跟我拍张正儿八经的呗？"

戚瑶握着手机的手指蜷了蜷，她一时没说话。

"干吗啊？还打不打了？"大白的声音从门里传来，"要不给你们搬俩凳子出去？站着讲话多累啊！"

戚瑶的睫毛颤了两下，她移开视线，盯着瓷砖往前迈步，有点儿不好意思："走吧。"

男人略微一歪身子，挡住她前进的路。

戚瑶抬眼，看见他垂着眼看她，不让她进去。他盯了她一会儿，才又开口说道："上次拍的照片，你的粉丝说技术还有待提高。"他的声音低且沉，尾音散漫地拖着，显出几分调侃来。

戚瑶大脑死机，把这句话在脑子过了两三遍，才迟钝地品出这是什么意思——他在说，那天晚上散步的时候他拍的、被她偷偷用来发微博的照片。

耳根几乎立刻就烧起来，戚瑶有点儿震惊，又有点儿无措，瞪大了眼睛："你关注了我的小号？！"

喻嘉树不答，垂着眼看了她一会儿，瞳孔漆黑，泛着细碎的光芒，亮如曜石。他长指微动，把手机滑到相机页面，随意地递过去。

他的眼里带着点儿漫不经心的笑意，语气一如既往地散漫，他问她："怎么拍会比较好看？教教我呗，戚老师。"

最后照片也不是戚瑶拍的。她不太会自拍，要拍合照也没办法把手伸得老长，还是让栗子抱着拍立得出来救场。

喻嘉树捏着拍立得相纸，垂眼看了一会儿，似乎很是满意，挑眉看她，晃了两下照片："给我？"

"给你，给你。"戚瑶抿了抿唇。她推开门迈进客厅的时候，脸还是红的，徒劳地理了理鬓发，妄图遮住泛着粉色的耳根。

落地窗透出明亮的天色，偌大的平层客厅里已经有三个人了——周漆、大白,还有上次见过的那个女生。

大白打了个哈欠:"可算进来了,再不来我都要睡着了。"

"不是三缺一吗?"戚瑶问道。

"周漆小朋友要赶作业,没空儿打。"大白说,还幸灾乐祸地做了个鬼脸,惹来大学生的愤怒,一阵鸡飞狗跳。

戚瑶"哦"了一声,投去一个同情的眼神,看见桌边的女生站了起来。

那人穿得很休闲随意,但脊背挺直,颈项修长,眉眼中自带一股冷淡与骄傲,气场极强,伸出手冲戚瑶笑笑:"你好,我叫燕啾。"

握手是非常职场性的行为,在这个简单的麻将局里显得有些太正式,但对方神色认真,漂亮的眉眼里带着笑意,似乎是在庄重地认识她这个人。

"你好。"戚瑶弯起眼角,习惯性地微微鞠躬,纤细的手和对方在空中碰了一下,犹豫了两秒,说,"我从前就认识你。"

"是吗?"燕啾略略挑眉,眯起眼睛笑,视线掠过她身后。

男人似乎心情挺好,下巴微仰,眉眼松弛,连动作都透着一股懒散的愉悦劲儿。听到她们说话,他分了个眼神过去,眉梢淡淡一挑,意思是"好自为之"。

啧,恋爱中的男人,没救了。

燕啾本来只是来送个资料——她全权负责晶帆和宏图的收购流程,这会儿流程走完了,她送文件来让他看,这人签完字不知道想到什么,硬要让她留下来打这局麻将。

其实原因不难猜。站在她面前的人很漂亮,比镜头前、电视上还要漂亮,不骄不躁,浑身上下一股平和温柔的感觉,跟那天傍晚吃饭,在庭院里偶遇时的模样不大一样。那时这人背影很仓皇,称得上是落荒而逃,在暮色中显得寥落,大约是生了些误会。

这么多年,从高中开始就总有人误会她和喻嘉树的关系,他们都习惯了,不喜欢解释,清者自清。但喻嘉树第一次想让她解释,她也乐得自在。

燕啾收回视线,用下巴点了点戚瑶身后的人:"因为他吗?"

思忖片刻,戚瑶摇摇头,桃花眼专注而真挚,面容恬静地看着她:

"其实不算。你本身也很优秀呀。学校不是挺爱贴红榜的吗？我经常看见你的。毕业那年学校还在门口挂了横幅，说你被 P 大法律系录取了，我觉得特别酷。"戚瑶说话不疾不徐，连声音都是柔软的。她好真诚，好像说出的所有话都是发自内心的。

燕啾顿了两秒，轻抬下巴，有些诧异。

喻嘉树从她们身旁绕过去，拉开一把椅子，指尖在椅背上叩了叩。

"等半天了，来来来，打！"大白撸袖子，摁下麻将机的按钮，洗麻将牌的声音在机器内部响起。

人多，往日清静的客厅显得嘈杂，一片喧嚣中，戚瑶看见喻嘉树抬起眼皮，漫不经心地冲她抬了抬下巴，让她坐他刚拉开的那个椅子。

修长的手指微屈，男人扣上她旁边的椅子的椅背，重新拉开椅子入座。

如果说有什么快速拉近人与人之间关系的休闲活动，大概就是麻将或者桌游一类的互动游戏，就算不认识的人聚在一起，也能在游戏过程中时不时聊两句，逐渐熟悉起来。

"啾啾跟树是发小儿吗？"

"对。"燕啾摸了牌，随意地说，"小时候住一个家属院里。"

"怪不得，当年我们学院还有不少人误会你们俩在谈恋爱。"大白回想着，笑了一声，"后来才知道你的男朋友是别的学院的。"

"哎，碰碰碰！"大白起身把牌拿到面前，打出一张，又闲不住，克制地问道："那瑶妹和树是以前就认识吗？"

戚瑶看了旁边的人一眼，喻嘉树懒散地在椅背上靠着，手肘撑在桌沿，修长骨感的手指握着牌，看样子是不准备开口。看他没什么不能说且不想说的意思，戚瑶才简单地讲了一下那个巧合的两校书信活动。

"所以你们是从初一开始就有信件交流啦？"大白第一次听说这件事，睁大眼睛问。

"对。"戚瑶点头。

"我说呢！"大白恍然大悟，扔出一张二条，"怪不得你第一次来家里，他就知道你不喜欢烟味，把我关在书房里不让我出去……"

"砰"，骨节分明的长指推下三张牌，一模一样的三张二条躺在桌上，发出清脆的声响。喻嘉树抬起眼皮摸了张牌，闲闲地扔下一个"杠"。

大白：这人怎么打个麻将都这么跩啊？

"怎么你就杠我了？不是上一把才说放过我的吗？"已婚男人勤俭节约，想着钱就这么溜走了，简直悲痛欲绝。

"少说点儿不该说的话。"燕啾抬起眼皮，通透地补了一句。

戚瑶装耳聋，抿唇，等喻嘉树打出牌后好去摸新的。

她心不在焉，没敢抬眼看他，也没留心他打出的那张是什么牌，象征性地胡乱扫了一眼，就要起身去摸牌。

"喀喀。"

燕啾觉得自己今天就不该顺口答应陪他们打麻将，清了两下嗓子，抱臂往椅子背上一靠，假意问："打的啥啊？我没注意看。"

大白："不是六筒吗？"

"嗯？"戚瑶收回手，看了眼牌，弯起眼角，"六筒，我和了呀！"

"哟哟哟！杠上炮了！杠上炮了！"大白高兴地鼓了两下掌，乐得合不拢嘴，"嘿嘿，你小子也有今天。"

喻嘉树抬起眼皮，瞥了戚瑶一眼，漫不经心地哼笑了一声，低眉夸她："运气挺好。"

燕啾抱着臂看他们互动，挑起半边眉梢。这放水放得也太明显了，好像不是他扫了两眼牌面，判断出来她就差这一张似的。

这桌旁一个人哄着另一个人玩，还有一个人傻乐，燕啾受不了了，刚好她的手机铃响了，周漆也写完论文出来，她就招手喊周漆来替。

一桌人又打了两把，戚瑶的牌运出奇地好，用来算钱的扑克牌都攒了厚厚一沓，大白"啧"了两声，感叹道："不得了啊瑶妹，这是要否极泰来了啊。"

"那肯定的！尘埃落定了。"周漆憋老久了，终于有机会说话，"噼里啪啦"倒豆子似的，"我们瑶妹以后会越来越好的。这简直就是无妄之灾好吧？之前都要气死我了。"

大白坐在对面点头："我老婆也说，这都是什么事？我们都没信呢！"

其实在戚瑶这里，这件不太愉快的事在有了解决方案的那一刻就算是翻篇儿了，身边人知道她的性子，都不会再提。毕竟人不能永远活在负面评论里，她只想尽力维护住自己应得的利益，对别人或狼狈或栽跟头的现状不感兴趣。可大白用的是"我们"，这个词范围太广，包含着一种说不清道不明的意味。他就好像在理所当然地告诉她——总会有人无条件地信任你。

戚瑶的心脏猝不及防地一软，她睫毛轻颤，下意识地抬眼向旁边的人看去。

男人侧脸清俊，鼻梁高挺，若有所感似的稍一偏头，两个人的目光在空中对上，她的心跳倏地漏了一拍。

丝毫没有感知到涌动的暗流，周漆还在愤愤不平："怎么会有这种人啊？自己出轨拉别人挡刀，屁都不放一个！"

"那个睡不醒的小李在跟你道歉呢，说没有故意诬蔑你的意思，谁信啊？"

心跳声被掩在周漆聒噪的话语声中。戚瑶顿了两秒，睫毛轻颤，抿唇移开视线。

周漆依旧没察觉丝毫异样："不过幸好澄清了。哥让我下去要监控视频的时候，我都没反应过来。"

"嗯？"

"你还不知道啊？"周漆来了劲儿，"那天我和他下去买水，就说他怎么一直盯着人家看，还忽然问我你和顾恒是不是真的谈过恋爱，原来他那个时候就认出顾恒来了！"

戚瑶一顿，握着麻将牌的手指不自觉地收紧。

真是他认出来的？他明明一点儿也不关心娱乐圈的事，在这件事出来之前更是和顾恒毫无交集，怎么会如此敏锐？

还有……戚瑶抿唇，不知道他为什么要问她和顾恒是不是真的谈过。

"周牛牛。"喻嘉树不咸不淡地抬起眼，懒散地往后一仰，没什么情绪地喊了一声。

"嗯？怎么了？"周漆疑惑。

这小孩儿还没懂呢。大白在桌子下面踹了他一脚，欲盖弥彰地咳嗽，用手捂着嘴，压低声音："少说点儿不该说的。"

周漆更疑惑了，拧起眉毛："这有什么不该说的？哥还躲在书房里偷偷看瑶妹的直播呢！认识顾恒也不奇怪啊。"

大白："……"

戚瑶："……"

桌边静了片刻，半晌，喻嘉树缓慢地抬起眼皮，扯了扯嘴角，似笑非笑的："挺好，你挺会说的。"

麻将局最后以周漆大输特输告终。喻嘉树跟脑子里有个计算机似的，清一色、龙七对，手上的动作像针对周漆一样，专门和小毛头的牌，偏偏人看着又是云淡风轻，漫不经心的，好像根本没把刚才的事放在心上。

周漆也不好意思问，输得蔫头耷脑的，生无可恋，不说话了。

大白因为"迷途知返"，侥幸逃过一劫。

人类的悲欢并不相通。一时间，客厅里萦绕着大白数钱时爽朗豪迈的笑声，还有周漆的假哭声，嘈杂不已。

燕啾处理完工作等人来接，站在吧台旁往杯子里倒水，看戚瑶侧身坐在沙发上，安慰输得裤衩子都不剩的快乐小寸头，偏头轻声说："她挺不错的。"

哪是什么吃醋了要解释呢，人家根本从头到尾都没把她当情敌看。

喻嘉树接过杯子，绕到燕啾身后，从冰箱里拿了瓶汽水出来，没说话，眉梢很轻地一抬，意思是"我知道"。

燕啾感慨一瞬："我喜欢真诚的人。"

不难看出来这姑娘喜欢喻嘉树，但也大大方方的，不使小性子，独立又清醒。她能在娱乐圈这个大染缸里独善其身，不容易。

"可以。"燕啾放下杯子，戏谑着，"这门亲事我准了。"

"还需要你准吗？"喻嘉树懒洋洋地关上冰箱门，嗤笑一声，握着汽水瓶往客厅走。

"我平时不菜的。"周漆哭丧着脸。

两个人凑在一起嘀嘀咕咕，从这个扯到那个，话题横跨娱乐圈与日常生活，丝毫没有注意到有人站在背后。喻嘉树把燕啾送走之后，拎着瓶汽水站在沙发旁边,垂眼看了他们半天,还不轻不重地清了一下嗓子,都没人注意到他。

"我知道我知道,他那个剧不好看!"

"啊?真的吗?"戚瑶吃惊,"但是他的演技应该还可以吧?"

"感觉还行,反正我看着不出戏。他不是还在叶清蔓那部剧里面当男二号吗?哦,对了!"周漆忽然想起来,"那天在电梯里碰到你的时候,旁边那个是不是清蔓姐?"

"买火锅食材那天吗?对的,那只狗也是她的。"戚瑶用手托着下巴,笑了一声,"我还在他们那部剧里客串了个角色呢。"

"天哪!真的假的,我又可以看你了……"

喻嘉树又清了一下嗓子,玻璃瓶上的水雾都变成水滴了,顺着他的指尖往下滴。

"你看了吗?小李给你道歉的那条微博又上热搜了!"

"没看。"戚瑶说,"不想看。"

"就是,别看!这种人也太过分了,仗着自己是普通人,有群众基础,就不停地作妖。要我说,就应该封杀顾恒!他长得好看吗?我一直都觉得他很普通,还没我哥好看啊!还被夸得天花乱坠,他们都什么……"

周漆说着,听到了手机的提示音,去看消息。点开消息框的瞬间,他放大瞳孔,倒吸一口凉气,一句话卡在嗓子眼儿里,最后三个字百转千回,尾音被绕来绕去地拖长——

"眼神啊……"

对面正是他觉得比顾恒还好看的人,消息十分言简意赅。

S:"进去写作业。"

"'哥'向你转账 10000 元。"

他多犹豫一秒,都是对 10000 块钱的不尊重!

"我进去写论文了。"周漆立刻闭了嘴,干脆利落地起身,一句话还没说完,就目不斜视地径直走进了书房。

戚瑶看着他同手同脚,急切却又略显快乐的背影,觉得有点儿奇怪——他不是写完了才出来的吗?

喻嘉树摁灭屏幕,收了手机,屈腿在沙发上坐下,把汽水递给她。

汽水是橘子味的，玻璃瓶上的水雾被纸巾擦干净，连瓶盖都是拧开的。

戚瑶抿唇，手指不自觉地蜷缩两下，伸手接过。

"玩游戏吗？"喻嘉树说着，却已经把手柄递给她，"方倩待会儿来做饭，留下来？"他太自然了，好像她早就成了这家里的一分子。

推托说要回去了的话卡在嗓子眼儿里，戚瑶还是咽了下去，接过手柄："好。"

他们换了个游戏，依旧是双人的，画质远比红白机游戏清晰得多，戚瑶操纵着路易基在鬼屋里走来走去，用吸尘器吸走冒出来的小鬼，有些好奇。

"燕啾是在当律师吗？"

喻嘉树早把这游戏通关了一次，这会儿操纵角色跟在她的角色身后闲闲地晃悠，装作不知道线索在哪儿的样子，"嗯"了一声："在英国硕士毕业回来就进顶尖律所了。"

"真好。"戚瑶认真地在走廊上寻找通关钥匙，看喻嘉树一直围着一根杆子打转，跑过去跟他一起。

"我之前收到个剧本，就是和这方面有关的，感觉当律师很酷呀。"

"还好吧，她好像经常出差，通宵准备资料什么的。"喻嘉树往后一靠，不甚在意地盯着屏幕，忽然笑了一声，"你跟着我转什么？"

戚瑶"啊"了一声，瞪大眼睛："我以为这里有线索。"

路易基停在柱子前，不动了，看起来呆呆的。

她怕他不懂，用另一只手比画着，解释道："就是那种……要两个人一起触发某个特定情节，才会启动机关什么的。"

他把市面上的游戏基本玩了个遍，怎么可能不懂？喻嘉树唇角的弧度更大了些，他觉得这姑娘也是真有点儿呆。

"行，那你转着。"他懒洋洋地拖着尾音，"再转三圈，我去把宝箱钥匙给公主殿下拿回来。"

戚瑶抿唇不动了。

画面中戴绿色帽子的路易基"啪"的一下撞上柱子，跌坐在地上，然后又被她操纵着起来，似乎犹豫了一会儿，慢吞吞地开始转起圈来，老是要被绊倒。正好第三圈，在她绕过柱子的时候，另一个角色举着手电筒，穿过阴暗的长廊，手里握着一把发光的铜质钥匙，准确无误地停在她面前，像骑白马的王子，像征服恶龙的勇士，像她的救世主。

"还需要什么吗，公主殿下？"喻嘉树带着点儿漫不经心的笑意，在她的耳边低声说道，"骑士永远为你待命。"

第七章
影影绰绰的温柔

"这是什么公主与骑士的设定啊？！你甜死我算了！"

视频通话里，叶清蔓双手捂着脸，食指和中指分开，一脸陶醉，耳根都红了，激动得止不住地蹦出一连串脏话："这男人是不是进修过什么课程啊？怎么玩个游戏都说得这么那个啥啊？救命！"

戚瑶被她说得面红耳赤，放下笔，捂着耳朵："好了好了，你别说了，说正事。"

叶清蔓又发了会儿疯，在镜头前尖叫着扭动了一会儿，才冷静下来，很是疑惑："我们俩还有正事？难道你的恋情不是头等大事吗？"

戚瑶："选剧本的事！"

"哦，对。"叶清蔓反应过来，意味深长地盯了她一会儿，"啧"了两声，配上摇头的动作，把戚瑶看得浑身不自在，才缓缓开始思考。

"你在纠结什么来着？张承明的正剧，和那个谁……不知道是谁的小网剧，是吗？"

戚瑶垂眼看着手里的剧本，黑色的笔迹勾画了一路，"嗯"了一声："编导是新人，还是你的学妹，写的东西……很有灵气。"

其实戚瑶本来不应该纠结的。能从线上平台进入电视荧幕，走上

"上星"的道路的机会，任何演网剧出身的演员都不会放弃。毫无疑问，这是个值得用来划分事业版图的分界线。

"你知道我的建议是什么。"叶清蔓开始嗑瓜子，"好本子难遇，我没看你那个剧本，但总不会比张承明的更好。两个差不多的情况下，我当然觉得是选择稳妥的那条路，何况张导还在等你，你总不好驳他的面子吧？"

"我知道，但是……"

戚瑶顿了片刻，看着她读剧本时的勾画和批注良久，叹了口气："我再考虑考虑吧。"

她是真的挺喜欢这个网剧的故事的，而且导演特意托人找了关系，只把本子递给了她一个人。她让栗子去查了查，发现这个剧组班底简直可以称得上简陋，大有那种她不来，整个组都濒临倒闭的感觉。如果这样，那就真的是可惜了好本子。

算了……戚瑶吐出一口气，决定缓一缓再做选择。

"哦，对了，风行的结果到底什么时候出啊？这不都月底了吗？"

"不知道。"戚瑶顿了两秒，摇摇头，"我没问他。"

叶清蔓皱眉："你这出会不会影响背景调查啊？他们好严格，一点儿乱七八糟的花边消息都不能有。"

戚瑶沉默片刻，耸了耸肩，弯起唇角："这也不是我能控制的。而且，有赵敏老师和这么多厉害的人在呢，本来也不一定能落到我的头上。"

叶清蔓看了她一会儿，没揭穿她的故作轻松，随便扯了两句，戚瑶都心不在焉的样子，没过五分钟，这次通话就断了。

戚瑶趴在书桌上，盯着桌面上的装饰物发了会儿呆。

这是在迪士尼买的水晶球，晶莹透亮，粉墙蓝顶的梦幻城堡覆了雪，细细碎碎的金箔闪着光，公主和王子站在城堡门口，笑得灿烂。

"骑士永远为你待命。"

…………

戚瑶忙起身，甩了甩脑袋，把这句一直萦绕在她耳边的话从脑海里扔出去，抿唇思忖了一会儿，点开微博，大致看了一下与风行新代言相关的词条。

不光是叶清蔓有这个担忧，部分网友也对此很关注。

"内部消息，戚瑶进了风行最终面试，还是直通的。"

"她业务能力挺牛的，但还是好可惜，这出闹这么大，风行不可能要她了。"

"光是恋情还好，主要是这次的事吧，虽说澄清了，但现在谁提到她，不是想起这些关键词？品牌方怎么可能要这种艺人当重点产品的代言人？"

"你们讨论得好正经，好像她没有爆出这件事就能拿到代言一样。一个是花边新闻缠身的小艺人，一个是收视率刚创新高，粉丝基础稳定的知名女演员，对比不要太强烈，要是你们会选哪个？"

戚瑶翻了两页评论就退了出去，"咕嘟咕嘟"地灌了一杯水。

不合时宜的事情、不合时宜的人，可能让她整个前期准备都付诸东流。可是她有什么办法呢？现实如此。

戚瑶不再想这件事，拆了头发去洗澡。

热水蒸腾出雾气，蒙住了镜面，戚瑶关掉水龙头，给柔顺的黑发抹上精油，把头发吹到半干。

她洗完澡，坐在客厅里，把上次看了一半的电影翻出来，边涂身体乳边接着看。

电影台词伴随着时断时续的奇怪"吱吱"声。她一开始以为那是电影音效，后来觉得实在太突兀，且断断续续的，像就在耳边似的，拿起遥控器摁了暂停键。

那奇怪的声音也跟着停了一瞬，紧接着继续响起。

戚瑶吓了一跳，拿着手机小心翼翼地往声源处去，一步又一步，从客厅到厨房门口，声音越来越大，像小动物的叫声。

戚瑶全身起了鸡皮疙瘩，不敢进去，站在厨房门口观望，也不敢开灯，怕打草惊蛇，只能借着手机屏幕微弱的光探头探脑，终于在流理台下发现了端倪。

那个生物小小的，尾巴很长，身上有毛，爪子是白色——老鼠！！！

戚瑶吓得叫了一声，猛然一跳，肩膀碰到厨房灯光的开关，整个空间倏地亮堂起来。那东西受了惊吓似的，叫得更大声了些，以迅雷不及掩耳之势从她的脚边蹿过去，快得起了残影。

戚瑶被吓得一动都不敢动，浑身的汗毛都爹起来，鸡皮疙瘩起了一身，贴在墙上小口呼吸着，颤抖着举起手机来。

1："救命！！！"

发完消息之后她就捏着手机害怕地打量周围，不知道它蹿到哪里去了，没再看见它。

贴着墙过了一分钟，戚瑶把呼吸调节平稳，稍微平静下来，摁亮手机屏幕一看，才发现已经快要凌晨1点了。她犹豫了片刻，正想点进对话框撤回消息，却发现对面的人几乎是秒回。

S："开门。"

门把手被缓慢下压，精密的锁芯转动，黑色的防盗门被打开。她把门拉开一条缝，露出一张素净的脸。

男人垂眼瞧着她，上下打量她两眼，确认她没什么问题后，才眉眼略松，问道："怎么了？"

"有老鼠。"戚瑶还是害怕，指了指里面，一点儿都不敢往前挪，后退一步让他进来。

"哪儿呢？"喻嘉树问道。

"刚刚在厨房里，我发现它的时候不小心叫了一声，它就从我脚边蹿过去了，好像往书房那边跑了。"

喻嘉树在厨房里转了一圈，单手拎了扫把和撮箕，戚瑶就紧紧地跟在他身后，一步都不敢离开，边跟边说。她实在是害怕，连声音都有点儿抖，喻嘉树也没逗她，"嗯"了一声，让她在外面等，在书房走了一圈也没看见。

"你确定在这里？"

"我站在外面看的，只能看到它进了走廊，具体去了哪个房间不知道。"戚瑶一步不离地跟在他的身后，要不是不合适，估计能跳到他的背上。

她是真怕。以前福利院的环境不算好，每逢夜深，阴暗潮湿处总有老鼠,肥硕又油光发亮,到现在她都害怕。

喻嘉树"嗯"了一声,垂下漆黑的眼睫,垂着眼听了一会儿,长腿一迈,转身进了左边第一个房间。

戚瑶生怕老鼠从什么地方蹿出来,只好紧紧跟着他。

这是她的卧室,宽敞而灯光柔和,蓝、白配色的大床,被褥洁净柔软,阳台边有个门,连着隔壁的房间,打通了做衣帽间——很浓的生活气息。

书桌上摆着几本书,床头柜上放着香薰蜡烛,毛茸茸的白色地毯铺在床前,阳台的玻璃门关着,挡着风,纱质的窗帘隐住一半的夜色和灯光。

戚瑶本来正战战兢兢地跟在他的身后,倏地视线一扫,发现了一些不太妙的端倪。她呼吸一滞,在害怕与尴尬的情绪中纠结了两秒,还是悄悄地从他的身后挪开,小心翼翼地移到床边,尽量不动声色地把放在床头的贴身衣物塞到被子里。

她刚捏起内衣的边角,床边就传来一声熟悉的"吱"声。

她全身的血液凝固了似的。不知道是不是幻觉,她几乎可以感知到它身上的皮毛扫过脚踝的皮肤,整个人打了个寒战。她想也没想,双臂一合,抓住最近的物体就蹦了上去!

她八爪鱼似的手脚并用,紧紧地箍住不知道是什么的东西,眼睛死死地闭着,脸皱成一团,还有心情分神想:幸好忍住了没叫出声来,不然好丢脸。

然后没两秒,她抱住的这个东西动了。一阵"窸窸窣窣"的响动之后,这个东西又停了。

惊人的死寂蔓延开来。

好半晌,戚瑶屏住呼吸,颤颤巍巍地抬手,轻轻地摸了一下这个"东西"——嗯,带体温的,还能隔着一层皮肤感受到他的心跳。

她双腿蓦然一松,就要滑下去,还是喻嘉树伸手托了一下她的腿弯,才稳住她的身体。空气都沉默了,连那小动物都知道气氛不妙,惊恐地噤了声。

柔软的触感覆在他的脊背上,细白的手臂环住他的脖子,喻嘉树微挑起眉，垂眼，看她指尖微动，在他身前小心翼翼地试探。

"还不下来？"他问道。

那只手一顿，纤细的指尖抖了两下，接着难以抑制地蜷紧，他都可以想象到她羞赧到耳根泛红的样子。

喻嘉树勾了勾唇，拖着尾音，懒洋洋地说道："下次背着你抓豚鼠，要加钱的。"

戚瑶沉默两秒，睁开眼睛，缓慢地从他的背上滑下来。

他比她高一个头，在他不弯腰，她也没有因为受到惊吓而弹跳力惊人的情况下，她很难直接滑到地面上。而且戚瑶蜷了蜷脚趾——拖鞋不知道什么时候被踹掉了，她只能踩到床上去，视线勉强与他的平齐。

带着馨香的黑发从他的耳边擦过，女孩儿柔软的身体从他的后背和肩膀擦过，带来一种很奇妙的触感。

戚瑶站在床上，因为动作而上撩的米白色睡衣缓缓下滑，在完全滑下去之前，让人得以窥见一截细白的腰。她的腰线条流畅，皮肤白皙细腻，随着呼吸轻微起伏，隐约可见浅浅的腰窝，仿佛纤细到一只手就可以握住。

柔软如面团的触感仍在他的脊背上留存，喻嘉树呼吸停了一秒，喉结在修长的颈项上动了动。

房间里并没有开大灯，只有角落里的小夜灯泛出昏黄柔和的光。

没有人说话，只有衣物擦过的声音和绵长交错的呼吸声，气氛登时暧昧起来。

屋里的气氛让人耳根发红。戚瑶匆忙把手从他的肩膀上拿下来，不自在地移开话题："豚鼠是什么？它不是老鼠吗？"

喻嘉树闻声，视线上移，盯了她一会儿，瞳孔漆黑，不知道在想什么，半晌才说道："嗯？你刚才说什么？"

敢情这人也没在听是吧？

她抿唇，指了指撮箕里的东西："豚鼠？"

喻嘉树顿了两秒，"嗯"了一声，垂眼，拿手机给物业的人打电话："应该是谁家养的宠物鼠。"

不知道为什么，戚瑶觉得他的声音有点儿哑，大概是自己的错觉。

戚瑶从缝隙里看了一眼,白色的小豚鼠称得上可爱,看起来挺无害的。

应该是今天栗子出去扔垃圾时门没有关严,它悄悄溜进来,直到夜晚安静的时候才被发现。

喻嘉树偏头,不再看她,用修长的手指握住手机,简单报了情况,物业的工作人员表示 20 分钟内会上来取走豚鼠。

戚瑶还站在床上,趁他打电话的时候蹲下来,顺势把那点儿面料塞到被子里,还小心谨慎地披了披被角。

"下次直接打电话。"喻嘉树结束通话,抬起眼皮看她。

"万一我没看到消息怎么办?"

"没看到就没看到嘛……"戚瑶坐在床上,轻声道,竟然像是在安慰他,"本来这个点就该睡觉了,是我不该打扰你。"

她刚洗完澡,头发半干,安静地坐在床边仰起脸看他,桃花眼清澈明亮,连声音都是软的,轻柔地在房间里响起:"但是那时候太害怕了,脑袋一抽,没想什么,下意识地就给你发消息了。"

下意识……喻嘉树品着这几个字,呼吸倏地一滞。

她究竟知不知道这话有多暧昧?这就好比讲他是她毫不犹豫选择的紧急联系人,是能准确背出手机号码的另一方,是小朋友摔跤后擦着眼泪起来,张开双臂要抱的第一个人。

他望着她的眼睛,连心脏都猝不及防地一软。

也许是半晌没听到回应,戚瑶有些疑惑地抬眼,纤细的颈项和锁骨的皮肤一起在昏黄的夜灯下泛出凝脂般的光泽,像上好的美玉,温润而漂亮。

喻嘉树没说话,看了她一会儿,眼前蓦然不受控制地浮现出方才她想要藏起来的东西——蕾丝布料洁白轻薄,在夜灯的照耀下显出近乎纯洁的暧昧。

柔软的触感仿佛又回到皮肤上。喻嘉树克制地移开视线,往后仰头,下颌线绷出锋利的弧线,沉沉地呼出一口气。

他盯着天花板上一闪而过的幽幽亮光,想:她真是乖死了。

夜深了,连汽车鸣笛都陷入短暂的休息中,戚瑶却翻来覆去睡不着,不知道为什么,一直觉得热。

也许是被子太厚了,明天得换一床,她想。

又是毫无睡意的半小时过去,戚瑶干脆坐起来,到吧台边上"咕嘟咕嘟"地灌了杯水,还是口干舌燥。

她点开手机,点进黑色头像的对话框,看到那句言简意赅的"开门",又连忙退出去。

她翻来翻去,不知道骚扰谁,只好给叶清蔓发消息。

1:"他就是那种穿衣显瘦脱衣有肉的类型吧!"

1:"他背我简直不费吹灰之力。"

1:"好像单手就能把我拎起来。"

1:"怎么办?睡不着。"

五分钟后——

1:"我现在还能回忆起他背肌鼓动的感觉。"

1:"宽阔的、温暖的、有张力的。"

又五分钟后——

1:"怎么办啊?我现在满脑子都是这种感觉。"

第二天,早起出妆的叶清蔓:"知道的是你不小心被他背了一会儿,不知道的以为你们有更深入的交流了。"

半个小时后,叶清蔓收到了她的回复。

1:"你怎么知道?"

1:"我做梦了。"

叶清蔓:"戚瑶你完了!梦到什么了?快说给我听听!"

没管对面的人继续发来的一连串问号,戚瑶猛地把手机扣在身旁,翻身把脸埋进枕头里。

眼前一片黑,又浮现起那个模糊的梦——她好不容易睡着了,竟然做了那种梦。

就是这张床,就是这身衣服,男人灼热的气息扑在她的耳边,手沿着米白色的睡衣向上探,柔软的床铺连续下陷。

戚瑶猛地坐起来,脸红到脖子根,脑子里一团糨糊。她想,肯定

233

是因为昨天他来之前她看的那部电影有点儿类似的画面。嗯，一定是这样的。

做好心理建设之后，戚瑶换了身衣服出门，刚好碰见周漆出来。

"瑶妹，早。"周漆摁了电梯按钮，打了个哈欠。

"早。"戚瑶不动声色地张望了一会儿，看他身后的确没人，才自如地问道，"你今天有课吗？"

"没有。"看样子周漆困得神志不清的，"我哥不知道怎么了，昨晚游戏打到一半就出门了，留我一个人被队友骂。我觉得他肯定是有情况，出去约会了！他回来的时候虽然也没什么表情，但总感觉心情很好，走位都带着愉悦，带我躺赢都没说什么，今天大早上还起来洗澡。"

"这个天，洗冷水澡！"周漆难以置信地摇摇头，"我害怕他以后晚上会带人回来，决定不打扰他，先回学校住两天。"

戚瑶："……"

周漆丝毫没有意识到有什么不对，又打了个哈欠，含混地问道："你呢，配音吗？"

"不是，"戚瑶摇摇头，"有个约。"

周漆"哦"了一声，两秒后，倏地瞳孔震颤，眯起的眼睛立刻就睁开了，不动声色地从电梯镜面中打量她——她今天不是随性的那种好看，是明显打扮过的好看！

危机感顿时从心底滋生。

等到电梯门开后，周漆跟她一同出去，在小区门口道别。挥完手之后，他假意往前迈步，没走两步就立刻蹿到电线杆后张望，然后看见戚瑶进了街对面的咖啡厅。

"完了！完了！"

手机消息提示音一连串地响起，快乐小寸头连发数十条语音消息，条条长达60秒，试图突破软件的极限。

喻嘉树从项目报告上抬眼，象征性地点开语音消息，听了第一条的前三秒，眼睑懒懒地耷拉着，长指一点，停了播放，继续办正事。

周漆顽强地打来了电话，心烦意乱，病急乱投医："哥！我的'女神'要去约会了！哥！我该怎么办？！快开解开解我！"

喻嘉树顿了一秒，手里的笔正向转了一圈，反向转了一圈，眼皮冷淡地一抬："嗯？"

咖啡厅里，暖橙色的壁灯洒下朦胧的光，背景音乐舒缓而轻松。

这里并非宽敞的快餐咖啡店，依街巷而建，深而窄，几乎没什么人。茂盛的盆栽绿植与复古的低矮砖墙把圆桌和座椅分割成单间，走廊尽头的座位三面靠墙，隐秘而安静。

戚瑶裹着外套进来，在侍者指引下看见坐在最里面包裹严实的人。

男人看见她，张了张嘴，手指略显无措地比画着："要去找个餐厅吗？有包间，比较方便——"

"有什么话就在这儿说吧。"戚瑶坐下来，打断他，"我待会儿还有安排。"

她的声音依旧轻柔，语气却疏离。

顾恒沉默了一会儿，摘了口罩："我是来跟你道歉的，瑶妹。"

戚瑶没说话，点了杯冰美式，试图消除熬夜带来的水肿，点单完毕后才抬眼看他。

顾恒的神情很是憔悴，他短短几天瘦了一大圈，下巴上有冒出来的细小胡楂儿，整个人没了以前那种精气神，声音喑哑，低声说道："这件事确实是我不对，没有处理好个人的感情问题，给你带来了麻烦。我贪恋热度，没有第一时间澄清，甚至没有勇气面对后续发酵起来的舆论，才导致你们遇到困境。"

"这件事不应该把你牵扯进来，这并非我本意，是我实在……"他顿了顿，才接着道，"太懦弱了。"

戚瑶就那么坐着，静静地听他说话。末了，她没说什么表态的话，只是抬起眼看他，平静又淡然，清醒得不像是被牵扯进去的无辜当事人："你要是真想道歉，大可不必在这个关头跑到我家门口来，还不打招呼，不容人拒绝。"

顾恒一僵。

戚瑶连声音都是轻缓的，她抱臂看了他一会儿，呼出一口气："说吧，你想怎么样？"

顾恒沉默半晌，嘴唇开合，极其难为情似的吐字："我不想怎么样，只是要退圈了，想请求你……"

"我还没有做好有姐夫的准备！！"周漆匆匆地在小区门口打转，在男人身边絮絮叨叨，"我现在的心情好奇怪，既欣慰又抵触，万一她遇到那种当面一套背后一套的人怎么办啊？"

喻嘉树略眯起眼，单手捏了捏后颈："你怎么知道她是去约会？"

"我还能不知道吗？她穿得可漂亮了！平时见我们就上衣、裤子随便一搭，虽然也很好看吧，但没有那种精心打扮的感觉。她今天还戴了项链和耳环呢，妆也很漂亮，啊啊啊！"

喻嘉树略一挑眉，仰起下巴，没说话，抬脚往低调的店里走。

"哥！你干什么？！"周漆大为震惊，脑子转得飞快，"你……你不会要为了我去偷看他们吧？别这样，你愿下来听我发牢骚我已经很受宠若惊了，不值得，万一真的耽误了我'女神'的爱情怎么办？"

"买杯咖啡而已。"喻嘉树推开门，没什么情绪地这样说，声音也很淡。

可是你看着好像要去捉奸啊……周漆只能在心里想想，万分疑惑都被压了下去，在喻嘉树后面思索了一会儿，觉得不跟白不跟，一咬牙一跺脚，跟了上去："等等我，等等我。"

这家咖啡店很特别，开在街巷里，没有招牌。

周漆跟在喻嘉树身后："哥，我们这样是不是不太好？"

喻嘉树"嗯"了一声，垂眼点了两杯饮品："那你把伸进去的头收回来。"

周漆站直，眼睛还不死心地往里瞅："我这不是……好奇吗？"

现磨的咖啡还没做好，里面的人就走了出来。

先出来的是个男人，身形高而挺拔，戴着口罩和帽子，帽檐低垂着，看不清脸，但周漆能从细微的动作中感受到他情绪不高。

周漆暗自目送那人远去之后，握着手中那杯咖色纸杯盛着的饮品："是他吗？感觉好眼熟啊……怎么感觉他不是很开心？"什么人，跟我"女神"约会还不开心？

周漆愤愤,豪气地抿了一口饮料,被烫了嘴,表情扭曲了一会儿:"怎么是热牛奶?"

喻嘉树没说话,倚着柜台,神情冷淡地斜斜看人一眼,大有"爱喝不喝"的架势。

得,现在他们更有捉奸的感觉了,喻嘉树的角色是愤怒的"原配"。这个念头倏地又冒出来,周漆咳了两下,悻悻地收了声,眼观鼻,鼻观心地低头喝牛奶。

大约十分钟后,戚瑶从里面走了出来。她半垂着眼戴口罩,头低着,漆黑的睫毛轻颤,并没有注意到他们。

喻嘉树一向对别人的穿着打扮缺乏感知,但也能意识到,她今天是真漂亮——不收着的漂亮。她穿着及膝连衣裙,下摆微松,上半身修身,勾勒出窄细的腰,一双腿笔直而纤细,锁骨上缀着条珍珠项链,显得人更加温润精致,走在路上都晃人眼。

戚瑶就那么走了过去,快到门口的时候被邻近桌的男生伸手拦住。男生略显局促,耳根发红,磕磕巴巴地要微信。

喻嘉树就那么倚着吧台看着,手指在台面上敲了两下,看她礼貌地摆手拒绝,刚走出门,之前那个包裹严实的男人去而复返,在门口跟她讲话。

玻璃门偏暗色,整洁明净,可以清晰地看见屋檐下的两个人。

"是这样的,瑶妹。"

戚瑶也没想到顾恒还没走,或是说走了之后又回来了:"怎么了?"

他们站在屋檐下。

"虽然我们因为这件事闹得很不愉快,但是我还是想说……"顾恒抿了抿唇,开口,"去年那会儿,我说,想要留在剧组陪你过年,是真心的。"

他垂下头盯着地面,又抬起头看她:"我当时对你说的每一句话,都是真心的,包括在采访,或者在很多访谈和见面会里谈到的喜欢的类型。

"炒作最开始其实不是裘朗提出来的,是我建议的。我知道脚踏两只船不对,但那个时候我其实已经提过一次分手了,只是没分掉,所以我没跟你谈过这件事。"

戚瑶没什么情绪，安静地站着听他说话，桃花眼里甚至没有一丝波澜。

身后的玻璃门打开，发出响动，带出一阵轻微的风，戚瑶往前站了站，给那人让路，恍惚间闻到一缕很淡的香杉薄荷的气味。

成年人将好感表达得如此体面，会给自己留好退步的余地，顾恒说喜欢她，左不过一句"当初对你说的话是真的"。

"所以，我想问……"顾恒顿了好半晌，才低声问道，"如果当初我是单身状态，我们之间有可能吗？"

空气安静了两秒，戚瑶还没来得及说话，听见耳边有人叫她："戚瑶。"

他的声音很低，尾音微拖，显出几分冷淡的不耐烦来。

喻嘉树站在她身后，黑色卫衣显得人肩宽腰窄，他逆着光，投下一片阴影，一直延伸到她脚边。

他微眯狭长的双眼，往后略一仰头，视线冷淡地扫过她身后的那人，没什么情绪地沉声叫她："过来。"

周末的上午，街巷偶有行人经过。

两个人长久地对视，安静与沉寂在空气中弥漫开。

许久，戚瑶的睫毛颤了颤，她偏头低声对顾恒说了几句话。片刻后她回身走到喻嘉树的身前，长眉微蹙，有些疑惑："你怎么在这里？"

我还想问你呢。喻嘉树抬起眼皮，看那人缓慢地走远，又闲散地垂下眼睫，神色冷淡："陪周漆买咖啡。"

正在喝牛奶的小寸头呛了两下，眼睛瞪得像铜铃，顿了两秒后连连点头："嗯嗯，对，我害怕，没来过，不敢自己点单。"

真的吗？你不是那种大庭广众之下摔了跤，都会装作自己是故意表演出来的的人吗？戚瑶迟疑了一会儿，"哦"了一声："小朋友少喝点儿咖啡，热牛奶还不错。"

周漆：得，夫唱妇随。

"我是21岁，不是11岁，你们俩也就比我大三四岁，至于这么严格吗？"他手心发汗地搓了搓裤缝，小心翼翼地旁敲侧击，"那个，瑶妹啊，你今天的约会结束了吗？"

戚瑶张了张嘴，不知道怎么，看了喻嘉树一眼："应该还没有。"这意思是还有下一个？

绿、白配色的公交车从巷口驶过，发出轻微的尾气声和鸣笛声，喻嘉树略一偏头，扬眉冷声对旁边的人说："你回学校的车到了。"声音里还有点儿微妙的不爽感。

周漆一口气还没吐出去，又提上来："这车一个小时一班，我先走了啊。"他边说边给喻嘉树使眼色，满脸写着"哥，帮我打听一下！求求您"。

喻嘉树神色淡然，爱搭不理地看他一眼，意思是"走你的路去"。

戚瑶挥手跟周漆道别，两个人站在屋檐下看他一路狂奔，隔着老远就疯狂挥手，试图引起司机的注意。他好歹是赶上了，上车前还站在台阶上跟他们遥遥挥手，捧着那杯热牛奶小心翼翼地上了车。

两个人都没说话，空气沉寂半晌，戚瑶偏头看他："你中午有空儿吗？"

喻嘉树看她，说话简洁明了："怎么？"他神情淡漠，爱搭不理，大有一副"说了才好决定我有没有空儿"的意思。

"上次不是说请你吃饭来着？"戚瑶轻声道，"本来早上想问你，忽然有点儿事就忘了。"

喻嘉树略一挑眉，漆黑的瞳孔盯着她，没说话。

戚瑶犹豫片刻，又接着道："没空儿的话，也没关系。我改天提前跟你说——"她的声音越来越小，很沮丧似的。

喻嘉树看了她一会儿，食指钩着车钥匙晃荡，打断她："所以是因为要约我，才穿的这条裙子？"

"啊？"戚瑶张了张嘴，一时没反应过来。

今天录音棚检修，确实没什么工作，她就想着把剩下的那顿饭请了。她醒得太早，无所事事，索性开始打扮，还没等问他就接到顾恒的电话，说在她小区门口，有话要跟她说。

她抿唇，低头看了一眼裙子——这是她最近最喜欢的一条，叶清蔓

239

也说很适合她，应该没什么差错吧？

戚瑶"嗯"了一声，有些忐忑："对。怎么了？"

喻嘉树眯起眼，看了她片刻："真的？"

她蹙眉，有些不解："骗你干什么？"

喻嘉树略显冷淡的眉眼一松，仰了仰下巴，懒声道："那你连起来说一遍。"

戚瑶很想问一句说什么，但看他这副模样，估计她问了，他转头就得走，只好万分疑惑地在心里复盘他们的对话。

"我接下来打算约你，"戚瑶抿了抿唇，声音不自在地放轻，"这条裙子……也是因为你穿的。"

这话，像什么解冻的魔咒。喻嘉树看了她片刻，心情似乎愉悦很多，下巴微敛，笑了一声，道："有空儿。今天很漂亮。"

有空儿就有空儿，他干吗忽然夸她？戚瑶感觉自己的脸又烧起来了，慢吞吞地跟着他走下停车场，驾轻就熟地开门进副驾驶室，动作行云流水，都没顾上纠结。

"这个是周漆买的吗？"座位侧边塞着个蓝白色的折叠小毯子，毛茸茸的，跟低调的黑色内饰极其不搭，戚瑶发问。

喻嘉树正按照她发的餐厅地址点导航，扫了一眼："就不能是我买的吗？"

"你买这个干吗？"戚瑶疑惑。

喻嘉树把手机往中控台上一搁，右手在方向盘上打转，视线落在前面，漫不经心地答："给车上睡觉的人盖。"

戚瑶"哦"了一声，没再说话。

这个配色让她联想到她最喜欢的三丽鸥角色，不知怎么，轻微的低落情绪从心底弥漫开——他这么熟练吗？还给别人买毯子？

盯着细小柔软的绒毛顿了好一会儿，车辆都行驶在大路上，戚瑶才装作不经意似的问道："经常有人在这里睡觉吗？"

她声音很轻，喻嘉树车窗没关严，留了条缝儿，风从狭窄的缝隙里灌进来，他没太听清，单手关了窗，才问："什么？"

戚瑶顿住了，没有再问一遍的勇气。有些话就是这样的，时机不

240

对,她就觉得不想再说出口。

她张了张嘴,信口胡诌,把小寸头卖了:"周漆说你晚上要带人回家。"

"是啊。"喻嘉树仿佛没当回事似的,随口应了,随着绿灯闪烁,变换成红灯,缓缓停车。

戚瑶心里"咯噔"一下,还没来得及有反应,就听见他又跟了一句:"不是经常晚上送你吗?"

他的声音很低,轻飘飘地落在空气里,尾音微拖,浑不在意似的漫不经心,却让人心跳加速。

"哦。"戚瑶偏开头看窗外,伸手摁下窗户,秋风温柔地吹拂着她的发梢,散去些许燥热。

喻嘉树也开了窗,左臂懒懒地搭在窗沿上,修长骨感的手指在窗沿上敲了敲,慢半拍似的想起了她之前的问句。

"戚瑶。"喻嘉树偏头喊她,一字一顿,尾音微微拖长。

"嗯?"

他略一扬眉,声音里带了点儿好笑:"你不会以为是我给别人买的吧?"

戚瑶顿了顿才出声:"啊?"

"说太直白了你会害羞,说含糊点儿你又听不明白。"喻嘉树勾着唇角,笑了一声,"你让我怎么办?"

她的心跳声"怦怦"。阳光从敞开的窗户中倾泻进来,给他的侧脸镀了一层浅浅的金边,具有冷漠感的眉眼被柔化,带了点儿漫不经心的戏谑笑意。

他的声音也散漫:"在这儿睡着过的人只有你。给你买的。"

戚瑶选的地方在二环路边上。

C市地处平原,新科技园向南发展,城中心虽繁华,但部分地段惯常老旧。居民楼矮小,青砖久远,街边种着梧桐和银杏树,给小小的、具有烟火气息的店面投下一片随风摇曳的阴影。巷口藏在层叠的小店中间,边上缀满了茂密的爬山虎。

"想着你吃过的餐厅应该也不少,不想太正式和商务,就带你来这儿了。"戚瑶走在前面,伸手撩开深青色的布帘,偏头对他说。

大隐隐于市,这家开在市中心的家常菜馆有种平静淡然的感觉。门后是个院子,角落里有两块地,分得整整齐齐,小葱和不知名的绿叶菜生得整齐。一只白色的小猫安静又餍足地趴在地上晒太阳,有人进来了也懒得抬起眼皮看一眼。院子里甚至还有口井,灰白色的砖块砌成圆形,让人联想到影视剧里那些有井水与井水镇西瓜的安然夏日。

"可惜现在是秋天,不然你能吃到井水冰的西瓜的。"戚瑶好像知道他在想什么一样,弯起眼角,跨过石阶,越过木质的门槛,招手让他进去。

她眼角带笑,眼中闪烁着细碎的光芒,很生动。

"你常来吗?"喻嘉树坐下,看她熟练地从柜台边上抽出菜单,冲后厨里喊了一声,得到隐隐的回音。

"你记得我之前跟你写信的时候,提过我的同桌吗?"戚瑶把菜单递给他。

"按你喜欢的点就行。"喻嘉树垂眼扫了一眼,长指松松地扣住素净的纸质菜单一角,按在桌上递回给她,略眯起眼想了一会儿,"爱涂美甲的那个?"

戚瑶诧异:"你记性是真好,我就提过那么一两次吧,这都记得?"

喻嘉树顿了片刻,似乎笑了一声,懒洋洋地扬眉:"我是想不记得啊,但你那张纸递到我这儿来的时候,还湿得能拧出水来。"

这人在嘲讽她哭得厉害呢!戚瑶无语,不想理他,勾了几个菜,把菜单递到前台去:"这家店就是她的。"

"没开美甲店啊?"

"开了,但倒闭了。"戚瑶怕被人听见,凑近了些,压低声音道,"因为技术太差了,还只会做纯色,客户投诉她……"

戚瑶的皮肤很白,睫毛很长,黑色的,随着动作扑扇扑扇。

她给他讲着故事呢,喻嘉树往后一靠,垂眼盯着她,一句也没听进去。

末了,他"哦"了一声,懒洋洋地发问:"那你以后去哪儿打工?"

戚瑶：这人没事吧？她正费尽口舌地跟他讲杨柔跟客户房东大战八百回合的故事呢，他竟然还在想美甲店倒闭了之后她去哪里打工！

戚瑶直起身子，往后一坐，真不想理他了。

"谁说我坏话了？"未见其人，先闻其声。有个女孩儿系着围裙，手里抓着一把菜，从门口跨进来，边理着菜叶，边连珠炮似的吐字，"要是别人在这儿说我不堪回首的前尘往事，我早就把那人赶出去了。"

"我就跟他说过。"戚瑶立刻澄清，"因为以前也跟他提过你。"

"谁啊？我看……"杨柔抬眼，视线落到她的身旁，风风火火的动作忽然停了下来。两秒后，她低骂一声，一不留神，手上一用力，把柔软新鲜的菜叶子抓烂了，十分浮夸地瞪大眼睛，视线在两个人之间来回转悠，"你的男朋友？！"

"不……"戚瑶都还没说完，杨柔就"噔噔噔"地跑到她面前，绕着他们转了一圈，打量的目光飞快地掠过喻嘉树，赞许地点头，"挑男人的水平见长啊，瑶妹，是比那个什么恒看起来顺眼一点儿。"

戚瑶：这要怎么说？一句"不是"卡在喉咙里，她偏头去看喻嘉树。

那人就那么优哉游哉地坐着，半点儿反应都没有，甚至还很轻地挑起半边眉毛，大言不惭地应了："应该的。"

戚瑶："……"

杨柔笑得不行，顺着打趣了两句，紧了紧围裙的腰带，转身进了厨房，让他们等着，说今天要亲自给他们做一桌子菜。

"她做菜很好吃。"戚瑶说，"别看这里很不起眼儿，但平时电话预约的人都要排满。"

喻嘉树"嗯"了一声："知道了，沾了你的光才能吃上，是吧？"他的声音懒散，轻飘飘地落在空气里，挺欠的。

戚瑶今天被他逗多了，忍无可忍，顺着一应："对！所以你得感谢我。"她声音轻柔，吐字却干脆利落，冷淡中带有一股子赌气的劲儿，显得特别生动。

喻嘉树挑起半边眉梢，长指屈起，在桌面上很轻地叩了两下，半晌，笑了一声："挺行啊。"小姑娘长本事了，会顶回来了。

"感谢你。"喻嘉树说。

虽然是感谢的话,但他拖着尾音,咬字漫不经心,也许是因为带着笑意,显得有几分敷衍。

小白猫灵巧地跃过门槛,姿态懒散优雅地迈步进来,在他们的桌下打转。戚瑶伸手去摸它,捞了根猫条过来,蹲下拆开喂它。

"你得说'谢谢瑶瑶姐姐'。"她字正腔圆,掷地有声——这就有点儿得寸进尺了。

她半晌没听到回音,小幅度地侧身,看见喻嘉树将手肘搭在扶手上,懒散地靠在椅背上,偏着头,似笑非笑地看着她。

戚瑶立刻就清醒了:她刚才都说了什么?她让喻嘉树叫她姐姐!

且不论她比他小,就这个颐指气使的语气,也挺不适合对这位大少爷说话的。他不会想着要怎么收拾她吧?啊啊啊,怎么办啊?!

戚瑶飞快地移开视线,盯着小猫咪,轻轻握着它粉色的肉爪子,绞尽脑汁地圆场:"听见了吗?小白,你得叫一声,说'谢谢瑶瑶姐姐'。"

她一边找补着,一边想要站起来,盯着地板不敢看他,也没留神头顶。

"我刚刚在跟它说话呢……"眼看着她的脑袋就要磕上桌沿,一只骨节分明的手伸了过来,分毫不差地抵在尖锐的桌角和她的脑袋之间。

喻嘉树将手落在她的发顶上,漫不经心地在她耳边道:"小心点儿。"

戚瑶顿住,被他触摸的地方,头顶连着后颈,过电似的蹿上一阵酥麻感。

喻嘉树的声音低低的,夹杂着些许戏谑,他哼笑一声,带了点儿气音,一字一顿地喊她:"瑶瑶姐姐。"

"'百年好合'来咯!

"来,这是鲜榨的石榴汁,特意没有去籽,名叫'早生贵子'。

"这道菜呢,是我刚研发的新品,放入了何首乌和鸡肉炖汤,决定取名为'执子之手,与子偕老'。"

杨柔让人上了最后一道菜,坐在他们对面,一脸兴奋地问:"怎么样，这个创意不错吧？"

戚瑶看着这一桌子可以直接拉去婚宴的大吉大利祝福菜品，无语了好半天。

"别的客人来，你也这样吗？"

"哪样？"杨柔问。

"这样——"戚瑶伸出食指，点了点桌上的菜，尤其是那道何首乌炖鸡，沉默了一会儿，"乱给新品取名字。"

"怎么可能？我只对你们两个这样。"杨柔笑了起来，眼睛弯弯的，露出大白牙，很是灿烂。片刻后似是想到了什么，她又敛住神情，正色道，"毕业那年，我去问了语文老师。"

空气因为忽然跳转的话题沉寂了两秒。

"她说，她并没有说过我的作文写得很有灵气。"杨柔看着戚瑶，轻声问道，"所以是你这么觉得的，对不对？"

多少年前的陈年旧事了，没想到杨柔竟然还记得，甚至还去求证过，戚瑶好半晌才抿了抿唇，点了点头。

"我就知道。"杨柔顿了一会儿，垂眼笑起来，"虽然我很少说，但我真的很感谢你。

"如果不是你，我也不会下定决心要好好考高中，也不会因为文案写得太好而让餐厅爆红，现在指不定就真的在哪儿做碌碌无为的人，永远不知道自己想要什么。

"感谢你激励我往前走，才能遇到对的人，做自己想做的事。

"好了，不说这些了。"她挑眉，带着笑意看了他们一眼，"今天这顿给你们清场免单，不用太感谢我。"

杨柔的视线在两个人之间打转，意味深长，她留下一桌"份子菜"，弯身抱着小白猫出门去了。

里厅很安静，院子里的榕树上有鸟儿在"叽叽喳喳"地叫。

直到这顿饭吃了一半，那些话语还在戚瑶的耳边萦绕。

其实她并没有做什么，只是在力所能及的范围内说了些实话，却在某些让人做出选择的时刻，无知无觉地改变了一个人的人生轨迹，微弱、轻缓却重要。

她顺着这个思路仔细一想,她的人生何尝不是因为另一个人而改变的呢?

因为他,她得以坚定去好高中的信心;因为他,她加倍努力地学习,想要追上他的步伐。

高中、大学乃至演艺事业,都不过是她想让自己变得更优秀的道路而已,只是为了有那么一天,哪怕毫无交集,她也可以离他更近一点儿。

戚瑶缓缓地抬眼。

男人此刻坐在她身边,脊背挺拔却随意,鼻梁和眉骨高挺,下颌线绷得利落,颈项修长,连握筷子的姿势都显得好看,像一场许多年前她不敢奢望的梦。

倏地,她旁边的人喉结微动,懒懒地出声,拉回她的思绪:"看了我十分钟了。"

喻嘉树抬起眼皮看她,眉眼里带了点儿笑,语气漫不经心,一双眼漆黑如曜石,仿佛看穿了她所有的情绪。他插科打诨般哄她:"再看收费了啊!"

戚瑶顿了须臾,才被从漫无目地发散的思绪里拉出来。

她扭头,轻轻地"喊"了一声。

喻嘉树笑了一声,下巴微仰,倏地想起什么,用指尖敲了敲桌面,侧脸看她,语气郑重得仿佛要问什么正经的问题。

"我好看,还是那什么张恒、李恒的好看?"

戚瑶懒得纠正他人家叫顾恒,估计纠正了他也记不住,只是有些诧异:"人家包成那样,你就站在外面看了一眼,就认出来了?"

看喻嘉树略一扬眉,一副"我又不是瞎子"的模样,戚瑶顿了顿,莫名其妙地觉得心虚,接着轻声解释道:"我没想跟他一起,是他忽然打电话来说在小区门口,想见一见我。"

喻嘉树不轻不重地"嗯"了一声,意思是"继续"。他往椅背上一靠,懒散又漫不经心,一身少爷似的懒劲儿,跩死了。

"他跟我道歉,说这件事是他不对,他已经跟他的前女友沟通并反省过了,问我能不能公开表态说我原谅他们了。"

喻嘉树挑眉："你答应了？"

戚瑶摇头："我拒绝了。"她的神情和声音都很淡，"这件事本来就跟我毫无关系，是他们三个人之间的闹剧。我没有资格替谁原谅他，他该道歉的对象也不是我。

"至于他们害我被骂了这么多天这件事，"她说到这里，顿了顿，"我也不想原谅。"她吐字短促，干脆利落，难得显出几分赌气般的稚气来。

喻嘉树看了她一会儿，笑了一声："挺好的，你想怎么样就怎么样。你可是绕着柱子转一转，就有人把珍宝双手奉上的公主殿下。"

戚瑶：这人怎么这么烦人啊？

"所以，"喻嘉树将长指抵在下颌上，挑起眉梢，旧事重提，"他好看，还是我好看？"

他怎么还在纠结这事？戚瑶张了张嘴，不用思考的答案到了嘴边，盯着他的眼睛，却耳根发红，说不出来。片刻后，她移开视线，小声道："人家之前好歹也是知名艺人。"这意思就是顾恒很帅了。

喻嘉树"唓"了一声，薄白的眼皮懒懒地耷拉着，将手肘从桌上放下来，散漫地往后一靠，淡淡道："行，我是小胖子。"

刚才杨柔问她，他是不是就是那个从前给她写信的，在照片里站中心位的小胖子，他那时没什么反应，戚瑶就以为他没听到，原来他是搁这儿等着呢！

"好心给你拍照片，还把我认成小胖子。"他没什么情绪，懒懒地说着，语气颇有几分被伤透后心灰意冷的感觉，"就这样吧。"

喻嘉树说着，拿起手机滑了两下，垂着眼开始看消息。其实他也没看进去，满屏的工作消息还有乱七八糟的好友消息被右侧带斜杠的喇叭标记阻挡，云烟似的，甚至不过眼。

空气沉寂了片刻。

就在喻嘉树以为自己逗得太过了，动了动喉结，刚准备开口的时候，消息栏出现了一个红点，玉桂狗头像的好友的消息倏地蹦到最上面。

1："你好看。"

喻嘉树的指尖悬在屏幕上，顿住。

戚瑶轻软的声音在他的耳边响起,她难为情似的小声地补了一句:"你最好看。"

他的心脏毫无预兆地重重跳动了一下。半晌,空气里响起一声轻缓的哼笑,声音低而沉,尾音落在戚瑶的耳道里。

喻嘉树勾了勾唇角,抬眼看见女孩儿红透的耳根。

饭后坐在院子里晒着太阳聊天儿,看杨柔择了会儿菜,二人就起身准备走了。

"我发现你特别讨小动物喜欢。"戚瑶看着在他脚边蜷着的小白猫,感叹了一声。小猫还用爪子扒拉着他的裤腿,不让他走。

"是吗?"喻嘉树随口应着,抬起眼皮,往她的脑袋上扣遮阳帽,"我把车开过来,还是你跟我一起去?"

"一起吧。"宽大的帽檐遮住视线,戚瑶略抬下巴才能看清他的脸,"吃撑了,多走走。"

"行。"喻嘉树笑了一声,看她抬着下巴戴口罩,下半张脸暴露在阳光里,比小猫晒太阳的时候看着还要慵懒餍足,没忍住屈起手指,帮她撩开耳边的碎发。

骨节分明的长指微凉,若有似无地擦过戚瑶的耳郭。她的呼吸顿了一瞬,戴口罩的动作停住。那一瞬间,仿佛所有的感官神经都聚集到了她的耳边,被他触碰的地方在无声地灼烧着。

"还没小白吃得多,瑶瑶姐姐。"喻嘉树顿了两秒,收回手,这样说。

"让你叫一声,没让你一直叫。"戚瑶埋头戴口罩,跟杨柔摆摆手,跟在他身后出门去,小声道。

"那叫什么?"喻嘉树优哉游哉地迈步,侧身问她,"跟着粉丝叫瑶妹,跟着周漆喊'女神',还是跟着那什么恒,叫戚老师?"

戚瑶:又来了又来了,这人过不去了是吧?

"你怎么知道他叫我'戚老师'?"戚瑶眯起眼,十分敏锐,"你看我的直播了?"

喻嘉树顿了两秒,往前走:"猜的。"

"不可能！"戚瑶加快步伐追上他，"你绝对看了！周漆说你在书房偷偷看我的直播，是不是真的？"

喻嘉树不说话，长腿迈得越发快了。

"又不是什么丢人的事，承认了又怎么样啊？你还给我刷礼物，还刷那些粉丝夸我的文案……"

她跟个小跟班似的。喻嘉树被她不依不饶的追问吵到了，竟然难得生出些无言的情绪来，步子一停，转身，垂眼，整个人站在她面前。

"是。"声音低且沉，他干脆利落地承认了。

他这么一说，戚瑶反而停了片刻，胸膛起伏着，张了张嘴，没话说了。

喻嘉树挑眉，意思是"怎么不继续了"。

戚瑶不作声。

喻嘉树笑了一声，垂眼看着她："边跑边问，不嫌累？"

瞧瞧这优越感，他腿长了不起啊？

"谁让你走那么快的？"她小声埋怨道，移开视线，目光不经意地扫过周围，隔着一条老旧的街与防护栏，望见了绿色的操场草地。

市中心就这点儿大，街巷交错着，条条大路通罗马，他们怎么连从杨柔的小院里往最近的停车场走，都会路过一中？

她遥遥望去，学校的观礼台宏伟，五星红旗在旗杆上飘扬。教学楼方正大气，印着校徽、校训，窗明几净。阳光洒在跑道上，仿佛连吹来的风都洋溢着朝气。

喻嘉树抬眼，顺着她的目光望去。

"去看看？"他提议。

戚瑶很多年没有来过这里了。

刚毕业的两三年，大家还对同学聚会和回校看老师具有热情，再后来，受生活磋磨，再路过时只剩下感慨。

少年人的世界里非黑即白、一腔热忱，可是后来呢？

戚瑶和喻嘉树并肩走在学校外的小路上，透过栏杆，看三两学生在树荫下聊天儿，她的思绪漫无目的地飘远：真的会有人可以完完全全、

249

毫不偏移地成为自己学生时代设想里，最想成为的那种人吗？

戚瑶偏头问他："你读高中的时候，有没有想过自己以后要成为一个什么样的人？"

"没有。"喻嘉树都没思考，干脆地回了。

"真的？"戚瑶有几分诧异，"为什么？我以为你们那种顶尖的好学生，都会有一个很清晰的目标和人生规划。"

喻嘉树似乎被她的措辞逗笑了，挑起半边眉梢，一副饶有兴致的模样："比如？"

"比如当科学家什么的。"戚瑶一时也想不到，随口举例，"在某年做成什么事，完成什么项目，有什么特别远大的抱负。"

小巷逼仄，时不时有电瓶车从他们的身旁经过，喻嘉树伸手把她往里带了一点儿，想了一会儿："我没有，也许是因为我还不够顶尖。"他眉眼懒散，调侃着她用语，漫不经心地吐字，"我只是觉得，人可以有理想，但不要给自己的人生设限。"

戚瑶一字一顿地重复着："不要给自己的人生设限？"

"条条大路通罗马，人在每个阶段想要的东西都不一样。"窄巷在前方并入十字路口，红灯闪烁，略显拥堵。喻嘉树停下步伐，侧身看她。

"比如你小时候想当老师，中学时候想当作家，大学专业却选择了理工科，想要成为一个对社会有贡献的人。

"能坚持下去当然更好，但如果你因为喜欢生活中的烟火气，想要饭后遛狗、雨天散步，成为一个普通的人也没什么不好。

"将从前的愿望和现在的愿望做比较，只是无休止的内耗罢了。顺从当下，没什么丢人的。"

他的声音很淡，尾音漫不经心地拖着，显出几分随性和散漫来。

明明是关于人生的选择，到他这里好像不过一桩小事而已。

"所以你现在的愿望是什么？"戚瑶顺着问，"就……不用特别大的，此时此刻也可以。"

路口信号灯变换，摩托车从巷边冲过来，喻嘉树偏头扫了一眼，眉眼略沉，伸手把她往自己的身前拉。飞速从他们身后蹿过的摩托车扬起一阵风，她的裙摆在空中画出一道弧线，长发扬起，又缓缓回落。

戚瑶猝不及防地撞进他的怀里，鼻间尽是凛冽又熟悉的香杉薄荷气味。

她屏住呼吸，时间仿佛都静止了，嘈杂的环境一瞬间远了，只有胸腔里跳动的心脏"怦怦"作响。

他们仿佛有默契般顿住，谁都没有退开。他的手臂环住她的肩膀，她的双手略显无措地攥紧他腰侧的卫衣面料，鼻尖抵住他的胸膛。她在震耳欲聋的心跳声中难以抑制地想：原来他的怀抱是这样的，坚硬、温热。

"想知道吗？"他倏地低低开口。

戚瑶的睫毛颤了颤，她缓缓抬眼，对上他漆黑的瞳孔投来的视线，看见他修长的颈项上喉结微动。

低低的声音在她的耳边响起："这就是我刚才的愿望。"这个意外却又顺理成章的拥抱。

她的心脏高高悬起，又重重落下。

晚霞在天边泛出温柔又梦幻的粉紫色，小摊贩们吆喝着，放学的高中生们叽叽喳喳地凑作一团，空气中弥漫着糖炒栗子与烤红薯的香气，柔软又熨帖。

视线越过他的肩膀，她看到她从前偷偷塞情书的小巷被霞光铺满，他的身后是承载了他们三年光阴的校园。好像这么多年过去，什么都没有改变。这世界仍然只有一些影影绰绰的温柔，人还是原来的人，河还是原来的河。

这世上真的有完全符合自己学生时代期待的人吗？有的，戚瑶望着他的眼睛想，他永远永远，都是她最期待的模样。

星光降落

栖遥 著

下册

第八章
冬夜回信

周六。

南山别墅区,层叠的屋檐掩在茂盛的树荫中,独栋的建筑附带户外花园,每户人家之间相距甚远。

车窗被降下,一只骨节分明的手伸出来,腕骨撑在窗沿上,随意地递出门禁卡,腕上的表随动作泛出银白色的金属光泽。

车载蓝牙连着电话,对面的环境音嘈杂,男声时大时小:"树啊,下周我过生日,回国第一年过生日,今儿个来玩呗!"

登记人员双手递回门禁卡,提醒车里的人车牌号登记过,可以直接驶入。

喻嘉树顿了两秒,道了声谢,收回卡。这地儿他一年来不了两次,他总是忘记跟这儿的人是一家人。

汽车缓缓起步,喻嘉树懒洋洋地回应电话那头的人:"怎么,下周生日,让我今天去玩?多大面子,你得办七天?"

对面的人是他的发小儿,初高中一起读的,一路玩到现在,关系挺不错,闻言笑了一声:"这不是听寒哥说你有情况,先打听打听档期呗,怕你到时候没时间。"

"担心我不如担心他。"喻嘉树"哧"了一声,"谁是老婆奴?"

那边的人一阵笑:"拨冗来呗,求求你了,都多久没见了?我25岁大寿,不得预热一下场子?"

"再说吧。"喻嘉树把车驶进车库,漫不经心地随口应着,"等我跟老头子吃完饭。"

对面的人愣了两秒,快速改了口:"要是你心情实在不好,不来也行。反正我每年见你的机会肯定比你见你爸多,不急不急。"

喻嘉树顿了一下,笑他变脸太快,干脆利落地挂了电话,关好车门,进了屋子里。

路过花园时,喻嘉树瞥见花都谢了,留下一堆枯枝,被人清理了一半,手套和尖尖的剪刀还留在原地。

他摁了指纹进门。

周六,家政阿姨休息,一楼客厅里电视机的光忽明忽暗,却不见人。

厨房里传来响声,片刻后,一个女人探出头来看,犹豫了两秒,解下围裙,热情地迎上前:"嘉树回来了。"

她站在玄关处看他弯身,时而问他吃过饭了没有,时而问他最近生活怎么样,热情得过分,几乎到了局促的地步。

喻嘉树直起身来,看她一眼,淡淡道:"没必要。"简单的一句话,毫不留情地戳破了她强行营造的亲和氛围。

田莺顿了两秒,神情微僵,手臂垂下去,敛起那点儿自己挂着都觉得尴尬的笑容,不再试图扮演慈母的角色。她表情一敛,安安静静地站着就显出漂亮来——身段纤细窈窕,眉眼明艳,三十来岁,有成熟的风韵。尽管她比他大不了多少,但确确实实是喻重山户口本上的妻子。

喻嘉树不甚在意地垂眼,向前迈长腿,揉了揉后颈,往沙发上一坐,问道:"我爸呢?"

"临时出去,说要开个会,午饭前应该能回来。"田莺往脖子上套围裙,问他,"还是没什么想吃的?"

喻嘉树支着长腿,漫不经心地"嗯"了一声,脊背陷在松软的沙发靠垫里,点开微信看了看,没有新消息,指尖在对话框上悬停两秒,还是退出去,横放手机屏幕打游戏。

等开场动画的间隙里,他抬眼看了一眼田莺。

女人站在厨房门口,双手绕到背后系围裙,动作娴熟。从十指不沾阳春水,到能全天待家里照顾孩子,在阿姨偶尔休假时还能做满桌子菜,田莺可谓在阔太太这一领域中进步飞速。

嫁给喻重山之前,她也是站在聚光灯下与镜头前的人,穿着漂亮的礼服登上领奖台,言笑晏晏地举起奖杯,对所有人致谢,虽然虚假,但好歹是为了自己而活。

豪门嘛,听着光鲜亮丽,实则好比围城,总会有人不惜一切代价,前赴后继地想要挤进来,田莺已经不知道是第几个了。

或许是田莺和某人相似的职业让他多想了一些,他竟然破天荒地开了口。

为什么有的人愿意从泥潭里撇尽淤泥,干干净净地站在台上;有的人愿意抛下一切,飞蛾扑火?

"值得吗?"女人听见他问了一句。

田莺错愕地回头,看见他散漫地坐在沙发里,垂眼玩着游戏,长指在屏幕上轻点,不甚在意的模样,问题也没头没脑的。但他们都懂。

空气安静片刻。

"从选择你爸那天起,我就知道,我一辈子就只能乖乖被拘在家里,做没有野心的全职太太了。"田莺背对着他,神情很淡,缓慢地系好围裙腰后的绳子,声音很轻,"平静安稳,没什么值不值的。"

"哦,对了,"她迅速敛起冷淡的神情,变成那副温柔贤淑的模样,问他,"待会儿妹妹回来,你能陪妹妹玩会儿吗?之前妹妹一直吵着要哥哥。"

喻嘉树没说话,动了动喉结,拎着手机上楼去了。

他没拒绝,就是能了。田莺嫁来这几年,摸清楚了他的脾性。他看着冷淡又浑不在意的,因为家庭矛盾和隔阂,一年回家不到两次,其实比他爸重情多了。

良久,一声轻缓的叹息声散在空气里。田莺摇摇头,进厨房去做菜。

喻嘉树的指尖停在对话框上。屏幕上显示出对面的人的卡通头像——蓝白色的大耳狗。

消息记录还停留在前几天吃饭，戚瑶坐在他旁边，脸颊发红地夸他好看的那次。

他好看，她还不给他发消息？

喻嘉树盯着对话框的背景，顿了一会儿，打了几个字又删除。

他打开相册翻了翻，竟然乏善可陈，不知道要发什么。来的路上他怎么没想起拍点儿小猫小狗什么的？好歹有个话题。

抱完就跑啊，这姑娘，真一条消息都不给他发。

半晌，喻嘉树哂了一声，往后一靠，接着打游戏了。

他不算温柔，技能放得精准又凌厉，带得那头组队的小寸头直接起飞，偏生对面又不是善茬儿，阴阳怪气的，弄得周漆站着不动，光在对话框里放嘴炮了。

双方一句接一句地忿起来了，那边的人脏话不断，怪烦的。喻嘉树眉眼沉着，冷淡又不耐烦，开语音蹦了俩字："闭嘴。"

接着没过两秒，对方的"水晶"破了。

周漆连连咂舌，狂发十多条微信夸喻嘉树厉害，带人躺赢，很不得了。

消息提示音不间断地响起，红点蹦出来，喻嘉树扫了两眼，把手机一扔，烦躁地向后一靠——怎么打游戏都不能缓解？

他用手指撑着下颌，思考了一会儿，又伸手拿起手机。

快乐小寸头："哥，你真的好厉害啊！"

快乐小寸头："我有个不情之请，这赛季能把我带上王者吗？"

快乐小寸头："求求你了！哥！你让我做什么我都愿意！"

快乐小寸头："绝对上刀山、下火海、下油锅都不眨眼！"

S："嗯。"

S："应该怎么跟女孩儿聊天儿？"

这人完全无视周漆的拍马屁，另起了一个新话题，还是诡异的新话题。

周漆的眉毛拧成"八"字，他缓缓打出一个问号。

S:"帮朋友问的。"

拉倒吧,你哪儿来的这么纯情的朋友?大少爷身边要不就是情场老手,要不就是洁身自好的已婚男人。你说的是你那些结婚了还不知道怎么跟老婆聊天儿的朋友吗?周漆忍了一忍,没拆穿喻嘉树:"这我也不知道啊!我也没处过对象。这样吧,我去帮你问问我室友。"

过了几分钟,周漆带着经验回来了:"他说,他们已经进入甜蜜稳定期了,每天啥都能聊,吃饭、睡觉什么的都会说几句。还有分享欲很重要,看到什么好看的、好玩的都会分享给对方。"

喻嘉树回了个"哦",还评论了一句:"感觉他们挺闲的。"

周漆:不是谁都有你这么忙的好不好?

觉得别人太闲的少爷哂了一声,转头在对话框里敲下一句:"吃饭了吗?"

十分钟过去,对面的人没回。

半空中浮现出一个小人儿,寸头模样,言之凿凿地喊:"喻嘉树,你完了!你被这姑娘拿捏了!"

喻嘉树"啧"了一声,拿捏就拿捏吧。

他把手机倒扣着放在桌上,起身准备去找本书看,分散一下注意力。

书柜被收拾得很整齐。虽然读初中时他就不常来了,但三楼基本是他的天地,他的书房和喻重山的是分开的,满墙的书柜里摆满了各种各样昂贵的专业书籍。

喻嘉树屈指抽了本书出来,抬眼望见书柜顶上收纳着一个盒子。

高三毕业后,说什么都拗不过喻重山,他搬回来住了小半个月。那是他读大学乃至去旧金山读书前最后一次住在这里。

高中他没扔掉的东西,大多数放在这里了。纸盒陈旧,虽有人打理还是积了些灰,经年的信件放在里面,他许多年没有再看过。

半响,喻嘉树仰头,伸手把纸盒抽了出来。

戚瑶这两天忙得焦头烂额,根本没时间看消息。

她昨天刚拍完一个真人秀综艺,在场地上跑圈,进行各种游戏,累得不行，又坐凌晨的飞机回来和新剧团队一起宣发，接受正式采访。

新剧是偏向职场类的都市爱情剧，她饰演的角色是烘焙师，这是一个男主角从学生时代开始暗恋她，最后终成眷属的故事。

两个小时的采访拍摄过去后，戚瑶疲惫到要晕倒，脑袋都昏昏沉沉的。

乔念在台下等她，情绪显然不算很好，跟着她走过后台到化妆间，压低声音问道："你刚才在台上接受采访，怎么没按台本来？"

"台本很没脑子。"等栗子帮忙解开腰带，戚瑶换下外裙，嗓音略哑，"主持人问什么都一问三不知，要么就是'端水'，一听就是假的。又不是什么不能说的事情，何必呢？"

"可你也不好直接说你高中是普通人……"还是什么仰望星光的普通人，一听就暗恋别人，小心营销号大做文章。乔念话说了一半，咽回去了。跟她接下来要说的事一比，这都是小事了。

"你说你要接那个学生的本子，是怎么回事？"

戚瑶前两天赶工把配音搞定了，工作周期排得紧，嗓子不是特别舒服，非必要不想多说话，裹上外套，不轻不重地回答："就是字面意思。"

"不是吧你？放着张导的本子不要，去接一个没背景、没投资的小制作网剧？"乔念又要抓狂了。

一个剧本而已。戚瑶垂着眼，想起男人瞳孔漆黑，漫不经心却又游刃有余的模样。她做自己想做的事情，选择能触动自己的本子，有什么错呢？

条条大路通罗马，珍惜当下。这是那个傍晚，喻嘉树以一种极其轻松的姿态教会她的道理——想做什么，就去做好了。

时至今日，戚瑶终于越来越明显地感知到，她与乔念乃至裘朗之间的思维差异。

"但凡你认真看我的消息，就不会有今天的问题。"

栗子开门，戚瑶戴上白色的针织毛线帽，出门去。

"张导那边我会沟通，我的戏份延到2月中旬。这部剧新年伊始立刻开拍，赶赶工，一个半月足够了。"

乔念瞠目结舌："张导同意了？"

电视塔外有粉丝在守着等候，她们的谈话中止。等到戚瑶一一鞠躬谢过粉丝，抱了满怀的礼物上车，汽车驶出一段距离，她才接着道："同意了。"

尽管她谈得很艰辛，张导开出的条件也不算好。

"乔念。"戚瑶垂着眼看手机，没什么情绪，"既然你们要拿我的资源去扶新人，相应地，是不是也该给我一些自由选择的空间？"

副驾驶座上的女人神情一僵，半晌，妥协似的吐出口气："行吧，你能解决当然最好。我会跟老板说，在这种小事上不必再干涉你。"

"小王，到前面地铁口把我放下来就行，我回公司一趟。"

等到乔念下了车，戚瑶才松了一口气，疲倦地捏了捏鼻梁。

喻嘉树中午11点发的消息，她下午4点才看到。

S："吃饭了吗？"

戚瑶感觉怪怪的——这类寒暄式的问话，好像跟这人一点儿也不搭。

除此之外，还有一个视频，不长，只有十几秒。戚瑶点开视频。

奶乖奶乖的小女孩儿，四五岁的模样，眼睫毛很长，扑扇扑扇的，脸上还有点儿婴儿肥，从侧面可以看见明显鼓起的弧度。她正抱着平板电脑在看剧。

拿着手机的人出声，漫不经心地喊她："喻秋秋，你干吗呢？"声音低且沉，尾音拖着，戚瑶光听着就能想象出他散漫中又带点儿戏谑的模样。

小女孩儿回过头来看他一眼，神情懵懂，奶声奶气地回应："看漂亮姐姐。"

小女孩儿太可爱了，白白胖胖的，五官清秀，声音甜甜的，像瓷娃娃似的，戚瑶感觉心都要化了，不自觉带了点儿笑容。

喻嘉树哼笑一声，懒洋洋地问："哪个漂亮姐姐？"

喻秋秋回过头去，等了一会儿，片头曲跳过去之后，见女主角的脸出现在镜头前，急急忙忙用手指着，回过头来："这个漂亮姐姐！"

镜头稍微一偏，露出平板电脑屏幕上的画面。喻嘉树带着点儿懒散的笑意问:"你喜欢她啊?"

"喜欢。"喻秋秋点头,眼角弯起来,笑容灿烂得像个小太阳,说悄悄话似的轻声说,"我好喜欢她。"

"行。"那人还是带着笑,把手机移开,也许是拿近了,声音倏地大了起来,近在耳边似的。

隐隐约约地,小女孩儿稚嫩的声音响起,她似乎是喊了一声"哥哥",然后问他是不是也喜欢瑶瑶姐姐。

那人吊儿郎当地"嗯"了一声,都没犹豫,声音一如既往地散漫:"喜欢啊。"

漫不经心的嗓音低沉又富有磁性,透过耳机,带着轻微的电流声,传到她的耳道里——

"喜欢死了。"他说。

戚瑶的耳朵一瞬间麻了,连带着半边身子都麻了。她感觉自己好像半身不遂不能动弹了似的,脸上发烫,耳根一阵阵发热。

还好……还好她只戴了一只耳机,不然现在整个人都僵硬了。

这个视频他都不看一遍就发出来了吗?他也不检查检查自己说的话,哄小朋友的话就这么被发出来,让听者浮想联翩。

戚瑶缓了好一会儿才回神,怕栗子回头看见她脸这么红,又要去给她冲感冒冲剂,用毯子挡住脸,才开始回他的消息。

这个时候她就顾不上他的问句奇怪不奇怪了。

1:"还没吃。"

1:"刚下班。"

卖惨时,她还附带了一个小猫咪流泪的可怜表情包。

对面的人几乎秒回:"还有多久到家?"

1:"一个多小时吧。"

S:"到了先过来。"

两秒后,那边的人也没问为什么,说"好",还附带一个猫咪动图。猫咪脑袋圆圆的,耳朵轻轻抖了一下,然后点头,漆黑的眼睛睁大,清澈又明亮,乖得不行。

"不是吧,他看着手机在笑!"灯光绚烂的包间里,喻嘉树的发小儿江旬震惊了，眼睛瞪得像铜铃，"刚才不还黑着个脸吗？哪次跟他爸相处之后不是那样，好像谁欠他钱似的，现在就高兴了？"

旁边的一个男人隐在灯光下，只露出明晰凌厉的下颌线，哂笑一声："都跟你说了他有情况。再过两分钟，他就该起来说要走了。"

"不可能。"江旬摇头，摆摆手，"我的兄弟我清楚。一年多没见了，今天我们怎么也得不醉不归。"

蒋惊寒挑眉，哼笑一声："你试试。"

都没到两分钟，喻嘉树收起手机，在膝盖上一撑，站起身，单手拎着外套，长腿迈开，象征性地道了个别："走了。"

江旬回头去看，见蒋惊寒挑起眉，略一抬下巴，意思是"我说什么来着"。

"唉，回来，回来。"江旬收回视线，连忙两步上前揽住喻嘉树的肩膀，把人带到吧台处，"才坐几分钟就要走啊？一年多没见了吧，不得好好跟我叙叙旧？"

"叙什么旧？"喻嘉树单手插兜，懒散地瞥他一眼，很不留情面，"讲讲你被发配出国，让我们给你送钱的事？"

蒋惊寒没个正行地靠在沙发里，闻言笑了一声，补充道："还送衣服。冬天去的，硬让我们送羽绒服，到了才发现人家那儿是夏天。"

"滚滚滚！给你们能的。"江旬不爽地"哧"了一声，拎出瓶酒，熟练地在桌沿上磕掉瓶盖，开始问八卦，"你什么情况？给我讲讲。我反正是听说了。刚才我妈跟你阿姨一起上插花课，我妈都发微信问我呢，说田莺说你们中午又不是很愉快，还说你有喜欢的人了。"

"老生常谈了，你听了耳朵都起茧。"喻嘉树垂着眼道。他在南山吃饭，不愉快是常事。

他在楼上打两局游戏的工夫，喻秋秋就从钢琴班下课，小短腿"噔噔噔"地跑上楼去，一边喊"哥哥"，一边晃悠着她在路边新买的隐形笔，非常高兴地炫耀。

喻嘉树其实跟田莺生的女儿不亲，他们的年龄差摆在那里，他又不常来。但不知道怎么，这个小粉团子就是特别喜欢他。

"哥哥！你看这个神奇的笔！"她在桌上翻翻找找，找出一张废纸，还反复确认是不是他不要的,然后趴在地上开始写。

"起来,"喻嘉树很轻地拽了把她的小辫子,"地上凉。"

喻秋秋三两下爬起来,把纸递到他面前,两眼都在放光:"你刚刚看到我写字了是不是?但是现在什么都没有!"

她一副想要装得很神秘,但又憋不住所以急切分享的模样,让喻嘉树忍不住想笑。

这玩意儿早在他上学的时候就有了,他现在还得装不知道。他挑起半边眉梢,扫了一眼那张纸,敷衍似的,懒洋洋地捧场:"哇。"他的声音都是平的,连语调都没有,毫不掩饰敷衍。

小粉团子毫不在意地把笔转过来,推开按钮用另一端的灯去照纸张,很是兴奋:"看!"

灯光照耀下,白纸上显现出浅色的笔迹。

喻嘉树抬眼盯着那一团鬼画符,扯了扯唇角:"你管这叫字?"

"我还没有学写字。一年级才学。"喻秋秋有点儿不好意思,"嘿嘿"地笑着,竖起小小的食指,指着笔迹跟他解释,"这个火柴人是哥哥,边上有很多星星在发光,意思就是哥哥好帅!"

"行。"喻嘉树弯起唇角,笑了一声,揉了把她的脑袋,"体会到了。"

后来喻秋秋又开着笔上的小灯在桌面上照来照去,献宝似的爱不释手,一会儿又惊呼,自己玩累了就抱着平板电脑开始看剧,直到田莺喊他们下去吃饭。

饭桌旁的氛围不大好。

单纯吃饭还行,但喻重山总是爱旧事重提,说投资晶帆也有一年多了,喻嘉树也该收收心回来,留在公司就别走了。

"顺便,你也差不多到年龄了,我让你田阿姨帮你物色的那几个,有空儿可以见一见。"

喻嘉树一开始心不在焉,没搭理他,装没听见,后来听他越说越起劲儿,那股压下去的烦躁又涌上来,往后一靠:"不用你操心。"

喻嘉树的声音很淡,神情慵懒且冷淡,带着一股子拒人于千里之外的倦意,饭桌旁一时间安静片刻,连小粉团子都不作声。

"各方面都是。"他没察觉气氛变化似的接着道,"公司挺好的。"

顿了两秒，盯着映出头顶灯光的白色瓷碗边，他垂着眼，接着道："我喜欢的人也挺好的。"

他没管桌旁的人是什么表情，薄白的眼皮漫不经心地垂着，眼睫漆黑。他往后挪了挪椅子，起身："还有事，先走了。"

包间里的空气寂静了一秒。

江旬瞪大眼睛："你这么杠，你爸不得把你留下好好打听打听？"

喻嘉树抬起眼皮看了江旬一眼："你以为他是谁？"有的人只是惯常喜欢以上位者姿态，站在制高点上指点别人的人生罢了。

江旬咂咂嘴，思考了一会儿："或者打一顿。不过他应该早习惯了，管不了你……"

"管他的，你们俩这矛盾又不是一天两天了，从高中就开始了，我不关心。"江旬捶了一把喻嘉树的肩膀，"我只在意你小子闷声干大事！哪儿来的大美女把你迷住了？快从实招来。"

"改天有空儿再说。"喻嘉树就着昏暗的灯光看了眼表，侧脸清俊，漫不经心地迈步，"赶着回去给大美女做生活管家。"

江旬："……"

蒋惊寒嗤笑一声，懒洋洋地在后面重复喻嘉树昨天的话："谁是老婆奴？"

被嘲讽的人还没说话，江旬就眼看着蒋惊寒接了个电话，也拎着外套起身了，还慢悠悠地叫前面那人："等我。"

"家里那位下班了。"他拍了拍江旬的肩，"走了。"

江旬："你们不是吧？这是不是有点儿太过分了啊？！"

一个半小时的车程后，戚瑶到家时刚好是5点30分。

对面的门直接开着，喻嘉树坐在沙发上打游戏，垂着头，额前黑发散落，鼻梁高挺，后颈冷白，棘突明显。

这么简单的动作，他就光是坐在那儿都很好看。

戚瑶站在门口看了会儿，刚想开口，就听见他懒洋洋地道："外面不冷吗？"

喻嘉树摁熄屏幕，站起来看她，下巴略微一抬，往吧台一点："菜都要冷了,进来。"

戚瑶这才抬脚,看见餐厅里满桌熟悉的菜,甚至连奇怪的菜名小卡片都在,诧异地道:"你去杨柔那儿了?"

"回来的时候刚好路过,就顺路打包了点儿。"才不顺路,他从城东绕到城西,还被蒋惊寒嘲笑了两句。不过好在他比她快就是了。

喻嘉树随意地拎出个袋子,是单独装的小份:"你助理吃了没?"

"没呢,她还在想晚上做什么饭。我现在拿过去吧,让她别做了。"戚瑶说。

"我去吧。"喻嘉树伸手拉开椅子,用食指钩着袋子,"你先吃。"

戚瑶"啊"了一声,说"好"。

她中午没来得及吃饭,在车上吃了点儿饼干垫肚子,晕车有点儿严重,本来没什么胃口,但好在杨柔做的饭惯常能勾人食欲,她竟然有点儿饿了的感觉。

喻嘉树去对门把打包的小份饭给栗子,又回来,拉开椅子坐着,想起了什么:"她让我转达你,说没有找到你的手链。"

"哦,好吧。"戚瑶应道。

"丢了?"他问。

戚瑶喝了口汤:"上次跟你出去的时候戴了条手链,是品牌方定制的,只有一条,回来就找不到了。"

"我想着可能是掉在栗子那儿了,就让栗子帮我找找。"她小口小口地喝汤暖胃,然后才开始盛饭,"你不吃吗?"

"吃过了。"喻嘉树捏着手机玩,瞳孔漆黑,看了她一眼,"那东西很重要吗?"

他吃过了还打包……不会是专门为她打包回来的吧?戚瑶顿了须臾,握着筷子的手指紧了紧,才慢半拍地回想他问了什么。

"其实还好。那是代言人的定制款,丢了得麻烦品牌方再做一条,上上下下报备,挺折磨人的。"

喻嘉树靠在椅背上看她,没说话。戚瑶有些狐疑:"难道你知道掉哪儿了?"

"只是猜。"他懒声道,"是不是你抱我那会儿掉的。"

戚瑶：我什么时候抱你了？那是意外好吗？你不要说得这么暧昧好不好？！

喻嘉树好像半点儿没察觉到这话的歧义，又接着道："或者你追我那会儿。"

这人别是故意的吧？她懒得管他，埋下头轻声回应："也许吧。反正也找不到了。"

喻嘉树还没说话，手机铃声响起。他扫了一眼来电显示，起身到吧台边接，身姿随意又挺拔，时不时低低地"嗯"两声。

戚瑶专心吃饭，偶尔听到他那边飘来一两句："你跟她说吧。"

她快吃完的时候，喻嘉树也接完电话了，挥挥手让她到沙发上去，自己躬身收拾起来。

汤汤水水的摆了一桌，戚瑶想帮忙，被他三两句哄开，只好半跪在沙发上，手肘撑在沙发背上，托着腮看大少爷收拾餐桌："没看出来，你还挺居家。"

"你是不是对我有什么误解？"喻嘉树把塑料袋和盒子扔进垃圾桶，躬身折颈，漆黑的眼睫垂着，显出几分漫不经心的随性来，"我会的东西还多着呢。"

戚瑶好奇："比如？"她一直觉得他是那种十指不沾阳春水的人。

喻嘉树把碗摞起来，长指上沾了点儿汤汁，不太方便，走了两步到她身前，让她帮他把袖子挽起来。

"会洗碗。"

戚瑶伸出手，轻轻挽起他的袖口，缓缓往上推，露出一截瘦削但有力的小臂。她纤细的指尖不可避免地擦过皮肤，触到薄薄皮肉下紧绷的肌肉。

她的视线落在他的手上——手背上的青筋微凸，手指修长，骨节分明，此刻微微张开，指尖泛着冷白的光泽，还有些微水光。

不可言说的梦境片段倏地浮现在眼前，戚瑶触电似的收回手，咽了咽口水，按下脑子里不合时宜的想法，"哦"了一声："还有呢？"

喻嘉树没察觉到她的异常，垂眼想了一会儿："煮面条。"

她坐回沙发上，半真半假地夸奖："哇，真厉害呢！"

喻嘉树似乎笑了一声,转身去厨房洗碗。

戚瑶不知道他是单纯来请她吃这顿饭,还是还有什么话要说,一时待着没走,顺手抓了个沙发上的娃娃抱着,倚在门口看他。

男人身姿颀长,袖口挽起,侧脸清俊,连开水龙头的动作都显得好看,还真……挺居家的。

在喻嘉树开口打趣她之前,他放在吧台上的手机又响了。

"有人给你打电话。"戚瑶看他不方便,将手机拿到了他身边。

喻嘉树擦干净一根手指,就着她的手点了接通。

对面是个男人,在那头超大嗓门儿地吼:"回我消息!"

那人说完这句之后,电话就被挂断了。还有这种催人回消息的方式?

喻嘉树似乎对这人的奇葩操作习以为常,扯了扯嘴角,没什么情绪地叫她:"你帮我看吧。"

"啊?"戚瑶愣了愣,迟疑地道,"我吗?"

喻嘉树"嗯"了一声,毫不在意地低声给她报了锁屏密码。

男人正拿着碗,垂着眼睫过最后一遍水,看样子确实很忙。戚瑶抿了抿唇,慢吞吞地点开了他的手机。桌面很干净,没有乱七八糟的应用,连壁纸都是纯色的,跟人一样简洁明了。

微信显示有新消息,她点开绿色的图标。

或许是他之前没有退出来,她刚点进去,看到的就是他和她的对话框。

映入她眼帘的是一张背景图。在看清图片的瞬间,戚瑶呼吸一滞,心跳蓦然漏了一拍。

那天在门口,他吊儿郎当地突发奇想,说要拍一张正儿八经的合照。

戚瑶其实跟很多人拍过合照,面对镜头总是大大方方,笑容灿烂温柔,那天却被他逗得甚至连多看照片两眼的勇气都没有。

时至今日,她才知道那张照片长什么样——背景图上,两个人站得很近,身高差和体形差都明显。拍立得相纸特有的色彩好像给画面中的人蒙上一层复古的滤镜。女孩儿很白,巴掌脸,眼角弯起,露出一贯温和的笑容看向镜头。男人没有看镜头。他身姿颀长挺拔,肩宽腰窄,眉眼间的冷漠感散开,略微偏头,微垂着漆黑的眼睫——他在看她。

戚瑶的心跳"怦怦"的,呼吸紧了紧,她近乎慌乱地移开视线,手指一滑,退出对话框,装作没看见她是他的置顶联系人,尽量目不斜视地寻找着被淹没到下面的消息。

"江旬让你周末一定得去他的生日聚会。"她努力绷着声音,用优秀的台词功底毫不露馅儿地播报。

喻嘉树漫不经心地"嗯"了一声,说回他个"行",伸手去扯纸巾的时候,抬起眼皮看她一眼,顿了一会儿,很轻地挑起眉:"你的脸怎么这么红?"

戚瑶不说话。纸巾盒在她的身后,这人伸出手臂,像是把她圈在怀里。

喻嘉树也不扯纸巾了,就着这个姿势垂眼,似笑非笑地问道:"我的手机上应该没什么不能看的东西吧?"

戚瑶抿了抿唇,抬眼看他一眼,又迅速垂下眼去,欲言又止。

喻嘉树也不动,就这么看着她。

动作暧昧,男人靠得很近,轻微的气息扫过她的脸颊,屈起的手臂和宽阔的胸膛近在眼前,让她无法逃脱。

气氛僵持着,让人呼吸都发紧,戚瑶终于受不住似的小声道:"有。"

喻嘉树下颌一收,挑起半边眉梢,意思是"说来听听"。

他的手机一向干净得很,乱七八糟的东西统统没有,江旬上次突击检查他的网盘,看了之后都说了声"牛"。他才不信有什么可以让这姑娘脸红的。

戚瑶的睫毛颤了两下,眼睛忽闪忽闪的,她咽了咽口水,艰难地吐字:"为什么我的备注是……始乱终弃小猫咪?"

话音刚落,空气静了两秒。

喻嘉树:"……"

他下午给她改的,忘记了。他微僵了一瞬,神情肉眼可见地微妙起来。

戚瑶：她都不想说了，是他逼的。

她抿唇，耳根泛红，略微弯身灵巧又快速地从他的臂弯中钻出去，抱着玩偶回到沙发上，好像回到什么安全地带似的。她隔着吧台看他，停顿了片刻，转移话题："所以你今天找我到底有什么事？"

喻嘉树垂着眼，终于成功地扯了张纸巾出来，靠在吧台边，一根一根地擦干净手指。要是按往常，他得挺欠地回一句"没事就不能找你吗"，或者"请你吃饭还需要理由啊"，但他现在不是很有心情。

"大概十分钟后你会接到一个电话。"喻嘉树没看她，反复用纸巾擦着手，然后将纸巾揉成团扔进垃圾桶，不知道是不是光线原因，耳根覆着一层薄红，"到时候你就知道了。"

戚瑶点头，"哦"了一声，然后再无后话。

两个人一站一坐，在这个宽敞却又觉得狭小的空间里，各自情绪微妙。

尴尬的气氛一点点地蔓延。

一静下来，戚瑶的脑子里就是那几个备注的大字，什么"始乱终弃"，什么"小猫咪"，他看着挺正常的，一天脑袋里都在想什么？

戚瑶无意识地攥着怀里小熊的衣服纽扣，都快把背带扯掉了，终于受不了这气氛似的，开始寻找话题："今天那个视频里的是你妹妹吗？"

半晌才回神似的，喻嘉树从冰箱里拿了瓶汽水出来，"嗯"了一声："不是同一个妈生的妹妹。"

戚瑶"哦"了一声，没有去触及敏感话题："她长得好可爱，叫喻秋秋？"

"小名秋秋，因为是在秋天出生的。"想了一会儿，喻嘉树又把汽水放回冰箱里，在柜子上拎了瓶常温的，缓缓向沙发走过来，"大名我忘了。"

戚瑶：真有你的。

"那你的小名叫什么？"她忽然来了兴趣，"喻冬冬？"

喻嘉树把开了盖的汽水递到她的手上，顿了两秒，实在没撑住，笑了一声，眼里是明晃晃的戏谑："你对'ABB'式的名字上瘾？"

白胖胖、周牛牛、喻秋秋……多可爱。

· 268 ·

对他的嘲讽感到不爽，戚瑶撇了撇嘴，一时嘴快："总比你那种奇怪的成语加上小动物的备注方式好。"

喻嘉树躬身的动作滞了一滞，他顿在原地。

空气又静了，惊人般地死寂。戚瑶的头皮都发麻，她差点儿把小熊玩偶背带裤的纽扣拽下来。

不是，你听我解释……我不是故意的！

喻嘉树只顿了一秒，接着往沙发上一坐，懒散地向后靠，垂眼看不清神情，长指握着手机鼓捣："行，我马上把周漆改成咋咋呼呼小黄牛，把大白改成黑框眼镜大白熊，你就不是独一无二的了。"

"别。"戚瑶张了张嘴，不知道被他哪个词触动了，睫毛颤动，犹豫片刻，轻声道，"你把我前面那个成语改了，我就不追究你了。"

她还追究他……喻嘉树笑了一声："改成什么？"

戚瑶也不知道，思忖须臾，没说话。这种东西怎么好自己说？讲出来跟她自夸似的，她很不好意思的。

喻嘉树盯了她一会儿，慢悠悠地回忆："顾盼生辉，绝世美女？还是神仙颜值，人间理想？"

"别说了！"

响起的手机铃声宛如救星，打断了他念成语的声音。

屏幕上显示的是个陌生来电。

联想到他之前没头没脑的话，戚瑶抬眼看了他一眼，沙发上的那人仍带着未散去的笑意，显出几分吊儿郎当。他轻抬下巴，示意她接起来。

"喂？您好。"她接电话的时候也很乖，眼睫低垂着，脊背挺直，神情认真，时不时地"嗯"两声，好像电话那头的人就在眼前，她要面对面地回应。

客厅安静，通话声隐隐约约地传来。喻嘉树就那么坐着，听她温柔地应着。几句之后，她难以控制地睁大桃花眼，下意识地看了他一眼。

他神色恢复平静，敛起那点儿戏谑又不正经的笑意，变成了一种更深意味的表情，盯了她一会儿，起身去书房拎了个袋子，附带一份文件。

挂了电话，戚瑶愣愣地坐在那里，睁大桃花眼，微微张开浅色的唇。她盯了他片刻，难以置信似的，好半天才错愕道："我拿到风行的代言了。"

说话时，她还把手机紧紧攥在手里，悬在身前，忘了放下，真的很像一只错愕而睁大圆圆眼睛的小猫咪。

喻嘉树垂眼掩住笑意："嗯。"他把文件推到她面前，代言合同的字样和风行的 logo 印在首页，在她的眼前晃动，"我知道。"

"真的是我？"戚瑶扫了一眼，还沉浸在对面温柔的女声告诉她，她成功成为风行 X-11 系列代言人的时刻，恍惚到了难以置信的地步。她蹙起眉，再三确认。

"我前段时间的风评……"她顿了顿，似乎是在找一个合适的词语，却没有什么确切的词语可以用来形容那场无妄之灾，"不太好。"

那可是风行，因为艺人脱口而出不太恰当的言语就会立刻解约，把名誉看得比什么都重要的风行。

喻嘉树对她的言语不置可否，只是略一挑眉，用漆黑的瞳孔盯着她。好半晌，他才妥协似的坐正了。

"戚瑶小姐。"他交叉着长指，身体前倾，将手肘搭在膝盖上，以一种极其正式的姿态同她讲话，声音笃定，神情平静，好像要说什么根本不需要质疑的事情，"我们觉得你是一个极其具有创新与创造能力的新人，你参加的两场面试得分都尤其高，应对危机事件快速而高效，反应能力和决断都很值得青睐。

"几百位面试者里，只有你完全依靠自己，既能静下心来去了解一个完全陌生的品牌，又能不落窠臼，真诚且用心地提出自己的想法。

"你可能不知道，按照惯常方式进行的艺人形象调查，你的路人缘与形象评分都远远领先其他人，甚至在内部面试官的打分里，真诚度和业务能力远超第二名。

"就像你最终面试时说的那句。"喻嘉树把笔递到她面前，眉眼间带了点儿笑意，瞳孔漆黑，"我们觉得你完全值得。风行相信，你具有无限的可能性。"

"宝贝,你真的太棒了!那可是风行的代言,多少人想要的香饽饽啊!别说钱了,你的业务能力、知名度简直要提升一大截啊!"

叶清蔓在那边兴奋到跺脚,努力控制着自己的情绪,还是忍不住叫起来:"你太厉害了!呜呜呜,我都想放鞭炮庆祝一下了啊啊啊!"

戚瑶自己也笑,听她发出各种奇怪的声音,垂眼回裴朗的消息。

风行通知她时,也一并通知了她的公司。乔念彼时正在教训某个不愿意接女四号的小艺人,气得肝火正旺,收到消息后短暂地开心了半个小时,在团队群里发了好几个大红包,转头看到不争气又心比天高的新艺人时更气了。

裴朗都难得跟戚瑶通了个电话,说果然没有看错她之类冠冕堂皇的话,然后给她发了个超大的红包。她毫不客气地领了:"谢谢老板。"

对面的人回:"不客气。你是公司的功臣。这周六有空儿出来吃饭吗?怕你年后就要进组了。"

戚瑶问:"是要庆祝一下吗?团队里有人不太方便。"栗子的妈妈这两天生病了,戚瑶让栗子回家好好照顾,乔念也在带新人试镜,应该聚不到一起。

对话框上显示"正在输入中",片刻后——

裴朗:"不是,就我们两个人。"

戚瑶指尖顿住,一种奇怪的感觉涌上心头。她在某些方面的直觉一向很准,思忖片刻后,随便找了个理由,拒绝了。

裴朗没再说什么,只让她对后续的拍摄和活动流程都认真一些,颇有种资本家发号施令的感觉。

"怎么说呢?你有风行代言了,四舍五入就是我有了。"叶清蔓还在托着腮做梦,"不敢想象,你的广告会在综艺节目开头播放,商场挂着你的大幅海报,还会有立牌。

"啊啊啊!你要变成大明星啦!"

"行了,"戚瑶被她逗笑了,"少做梦,接一个代言就变大明星了?"

"这不是喜欢畅想未来吗?迟早的事嘛!"叶清蔓撩了把头发,忽然想到什么,"不过他为什么不亲自跟你说?都面对面了,还要等人给你打电话。"

戚瑶垂眼，从袋子里摸出一个纸盒："我也问他了。"

塑封袋包住外壳，她轻缓地将袋子从边角撕开，拿出新手机。合同里有规定，作为代言人，她在公开场合和社交平台都得用代言产品，风行那边先拿了一个给她试用。

"他怎么说？"叶清蔓好奇。

"他说……"

戚瑶垂眼给手机开机，眼前浮现的画面却是喻嘉树漫不经心地坐在那儿，抬眼看她。男人清俊的侧脸被落日镀上一层浅浅的金边，惯常冷感的眉眼松弛下来，瞳孔漆黑，下颌线锋利，神情却被软化。

他看了她一会儿，几乎可以称得上是郑重地低低开口道："因为我不想让你认为，是我偷偷给你开了后门，或是走了其他什么就近的渠道。这完全是你自己做到的。

"你是这世界上，最真诚又勇敢的公主殿下。"

落地窗外是大片大片的晚霞，粉紫色的云朵铺在天边。

心跳声"怦怦"，汽车的鸣笛声忽远忽近，听不真切，戚瑶愣怔着，听见他神色认真地喊她："戚瑶，不管是在别人那里，还是在我这里，"喻嘉树抬眼看她，狭长的眼中闪烁着细碎的星光，一字一顿地轻声道，"你都胜过所有人。"

风行的新品发布会定在年末，代言人选拔结果暂时还没有对外公布，营销号半真半假地发布了一些消息，没有掀起很大波澜。

倒是赵敏消息灵通，当晚就在微信上给戚瑶道了贺，语气真挚平实，一点儿也不摆架子。

赵敏："对了。之前说的事，你考虑得怎么样了？"

思忖片刻，戚瑶先感谢了赵敏的祝福，接着礼貌又客套地表示还没有想好，放下手机却思绪飘飞。

明年她的合约就到期了。其实仔细想想，裘朗对她不算差，从她20岁那年一起拍剧以来，两个人的轨迹就几乎是绑在一起的。从前他又当导演又当编剧，几乎是一个人撑起整个剧组的工作，到建立公司、签艺人、找资源，一点点慢慢成长。只是不知道从什么时候开始，他身

272

上具有学生气息的衬衫和卫衣被换成了规整的西装，他整日泡在和投资商的饭局上，再也不是那个露天坐在监视器后，三言两语简单却一针见血地指导新人，令全网惊艳的新锐导演了。

人很难放弃从平凡时一起走来的人。虽然现在公司越来越商业化，目的和手段都不再纯粹，戚瑶的确也还没有想过真的离开，但人得给自己留后路。

戚瑶呼出口气，看了眼日程表，下楼打车。

栗子请假了，很不方便，她又不想连着三天点外卖，准备去超市买点儿食材，自己简单做点儿东西。

在路上的时候她收到了乔念的消息："D牌那个手链是真丢了吗？对接的人员说限量款重做很麻烦，审批文件多，可能赶不上你后天走红毯。"字里行间都透着"要不你再找找"的意味，戚瑶只好回复个"好"，临时转向，让出租车司机开到一中附近。

1："两个小时后没找到，就是真找不到了。"

1："及时上报还能做快一点儿，或者你让他们拿条普通款备着。"

她一边打字，一边付了钱推门下车。

街巷不算宽，出租车下客暂时停在白线车位旁边，距离太近，戚瑶怕蹭到旁边的车，连开车门的时候都小心翼翼。

戚瑶刚关上门，转身瞥见那辆停在身旁的车有点儿眼熟。

两秒后，车窗缓缓降下，露出一张她不久前才见过的脸。

戚瑶："你在这儿干吗？"

喻嘉树用食指钩着车钥匙，显然觉得她这问题有点儿傻，略一挑眉："散步？"

戚瑶顿了两秒，反应过来："你是来帮我找手链的？"

没说是，也没说不是，喻嘉树从车上下来，"咔嗒"一声按下车锁，淡淡答道："闲着没事干，过来看看。"

他换了件黑色外套，人很高，背对着路灯，逆着暖橙色的光，站在面前压下一小片阴影。见面前的人半晌没动，喻嘉树垂眼看她："怎么，感动傻了？"

戚瑶吸吸鼻子："没。就是早知道你要过来，我就不自己来了，浪费我20块打车钱。"

行,她已经可以理直气壮地使唤他了。

夜晚的学校很安静。低年级的学生8点钟就下晚自习了,只有高三学子此刻还在明亮的教室里埋头苦读。二人远远望去,能看见教学楼里偶尔晃动的人影。

他们沿着小路走,青砖路面上干干净净,连枯黄的落叶都被尽职尽责的保洁阿姨扫作一堆,找得到手链才怪。

戚瑶很轻地叹了口气。

"吃饭的时候还在吗?"喻嘉树问。

"我记得是在的。"戚瑶无意识地踩着同一列砖,脚尖轻点,回想着,"要说丢,应该就是丢在路上了。"

喻嘉树略眯起眼回想了一会儿,往里面走了两步。他摸出手机,点开手电筒,对着栏杆里晃了晃。

操场边缘没有灯,植被茂密,树影漆黑,青砖地面被微弱的灯光照亮一小片,"窸窸窣窣"的一阵响动惊走了一只小猫咪。

"你觉得会掉在里面吗?"戚瑶跟着他探头,把自己的手机摸出来鼓捣了半天。她不熟悉新手机,也没在快捷方式里找到手电筒。

"那个……"戚瑶喊他,"你们手机的手电筒在哪里呀?"

喻嘉树偏过头去,略一挑眉:"把我当售后小哥是吧?"话是这么说,他还是微微躬身迁就她的身高,就着她的手点了两下,把手电筒还有几个常用工具给她拉到快捷栏上。

两个人站在栏杆前,在夜色里凑得很近。

手机的屏幕光变换,映亮他的脸,戚瑶抬眼都可以看清他漆黑低垂的睫毛,眉骨和鼻梁高挺,极其立体的面部轮廓近在眼前。香杉薄荷的气味凛冽又沁人心脾,被秋风传送着,萦绕在她的鼻间。

戚瑶一怔,缓慢地眨了眨眼,思绪在秋夜的风里翻飞。

从什么时候开始,从前她觉得遥不可及的气味、只能在梦里出现的声音,开始无声无息地侵袭她的生活?他们并肩的回忆已经多到数不清,像是上天慷慨的馈赠。

"你……"戚瑶斟酌着开口。

"嗯？"喻嘉树三两下给她设置好手机，抬起眼皮看她。

他离她好近……这个男人的视线一落在她的身上，四目相对，戚瑶就有点儿忘词。

"你……"她顿了两秒，舌头打结似的，移开视线，"觉不觉得，我们很像准备进去偷东西的？"

喻嘉树："……"

俩人都穿着黑色衣服，在夜色下于栏杆处张望。戚瑶扯了扯嘴角，知道自己在胡扯，不欲多说，打哈哈过去，亮着灯在靠近路边的地方照了一圈。

喻嘉树也不说话，垂眼看了会儿她的发顶，不甚在意地晃了晃手机。

"哎！"无心插柳柳成荫。戚瑶偶然扫了一眼，指着他刚照亮的那一块砖，"那儿是不是有个东西在闪？"

喻嘉树回神，偏移角度扫了一眼，"嗯"了一声："看到了。"

两颗脑袋凑近了，他们眯起眼从栏杆缝里看了片刻，确认那就是她丢失的手链。也许是她走路的时候搭扣松了，它顺着惯性坠到里面去了，还能留在这里也是神奇。

"所以我们现在要怎么把它拿出来？"戚瑶直起身，抿唇望着他。

"走正门啊。"喻嘉树想也不想，揉了揉后颈，答道，"你不会想让我从栏杆里钻进去吧？"

这倒也没有。戚瑶沉默了片刻，字斟句酌地道："有没有一种可能，学校工作日不让进？"

他忘了，恍惚还以为自己仍在穿校服的学生时代，学校想进就进，想出就出。然而光阴流转，学校还是那个学校，他们却都已经是外人了。

喻嘉树顿了片刻："那等周末？"一中对外来参观人员不算严格，他们做好登记后就能进。

戚瑶蹙眉："可是我后天就要用，等不到周末。"

喻嘉树思考了两秒："那就等待会儿高三学生下课，让他们帮忙递一下。"

戚瑶又沉默了片刻:"高三学生一般不会在晚自习后逛操场的。"高中生半夜三更黑灯瞎火地逛操场,一般不会太单纯,他们俩如果到时候把人吓着了,不太好。

空气静默了一秒,喻嘉树看着她,眯起眼,十分快速地抓住了重点:"你怎么知道?"他微敛下巴,挑起半边眉梢,明晃晃地挂着"难道你跟别人逛过"的表情。

戚瑶:"没吃过猪肉,还没见过猪跑啊?"

喻嘉树略眯起眼,看了她一会儿,像在判断这话的真实性:"所以,到底有没有?"

他们对视片刻。两秒后,戚瑶率先败下阵来,不自在地移开视线:"是有人邀请过,但我没去。"她也不知道自己在心虚什么,飞快地说。

喻嘉树"嗯"了一声,下巴一仰,状似无意地打听:"谁啊?我认识吗?"

戚瑶支支吾吾了一会儿,才轻声道:"应该……认识……吧。"

"吧?"喻嘉树敏锐地复述着她迟疑上扬的尾音,没什么表情,神色寡淡,瞳孔漆黑。

戚瑶噎了一噎,纠结半晌:"那我告诉你,你不要生气。"

喻嘉树漫不经心地"嗯"了一声,听不出来有多大诚意,但好歹是个保证,戚瑶稍微放下心,轻声开始讲。

"就是你们班那个黑黑的小胖子,我不知道他的名字。"她一边讲,一边打量喻嘉树的神色,慢吞吞地说道,"我一开始不是把他认成你了吗?就……开学的时候,当面递了封信给他。"

说到这儿,感觉气压明显低了一些,似乎都能听到他从鼻腔里很轻地笑了一声,戚瑶就想停了。

喻嘉树抬起眼皮,"嗯"了一声,语气无甚波澜:"继续。"

戚瑶硬着头皮往下说:"当时他没接,我就以为你不想跟我认识,所以后来就没有再写。"

小胖子何止是没接,好像情商不怎么高,戳在那儿瞪大眼睛,很夸张地说"同学,现在已经不流行一见钟情了",引得路过的人驻足起哄。

喻嘉树大概也知道那人是什么德行,下巴一敛,低低地"哧"了一声。

戚瑶以为他是在笑她，忙不迭地找补了一下："不过后来停电那天，在礼堂我就知道我认错了。"

"嗯。"喻嘉树沉沉地呼出口气，喉结动了动，"然后呢？"

"然后就是……到高二的时候，他有一天路过我们班，就……问我要不要放学一起去逛操场。"

戚瑶高中不大起眼儿的原因大概就是她那时候太瘦了。社区中学的饭菜算不上好吃，她又胃口极小，不长个子。到了高中，她也是永远站在第一、第二排的身高。

后来不知怎么，也许是青春期开始发育，高二下学期她往上蹿了一截，长到一米六五，也稍微有了点儿肉，逐渐显出了漂亮的五官。

尽管她大部分时间是一个人在座位上看书、写字，不怎么爱说话，但安静归安静，逐渐显露的美貌却会引起人的注意——尤其她在小胖子眼中还是"一开学就跟我表白过的女同学"。小胖子有天晚上就拦住她，咽了咽口水，问她想不想跟他一起去逛操场。

听到这儿，喻嘉树稍微动了动，小幅度地轻转了一下脖子，身体重心往左腿移，倚在栏杆边，眼皮懒懒地耷拉着，神色懒散且冷淡——十分不爽。

"我没答应。"戚瑶忙诚实地道，"真的没有。"

喻嘉树说了声"我知道"，垂眼看了她一会儿。

她脸小而白净，忐忑的心情都要从那双会说话的眼睛里溢出来，乖得不行，让人心脏都发软。

那点儿郁气蓦地一散，顿了两秒，喻嘉树偏头，很轻地笑了一声，扯回正题："所以，手链怎么拿？"

戚瑶刚松的一口气又提起来，她抬眼看看他，复垂下眼睫，一副欲言又止的模样。

喻嘉树敏锐地意识到，也许她是想到了什么办法，悠闲地站直身体，懒声道："说。"

戚瑶埋着头看两个人对着的鞋尖，声音很轻："我高中看见过你翻墙。"

敢情这姑娘就在这儿等他是吧？空气安静了好几秒，喻嘉树问道："什么时候看到的？"

戚瑶依旧埋着头，小声道："就……高一、高二、高三，都看见过。"

喻嘉树："你别是教导主任派去检查的吧？"

戚瑶抬头看他一眼，桃花眼里映着路灯的光，像细碎的星星落在湖面。她咽了咽口水，犹豫着没说话。

喻嘉树将下巴往后一仰，眼睑微合，喉结动了动——行，她还真是。

戚瑶忙道："但我没有举报过你。"

"怪不得。"喻嘉树沉默着，回神似的说了一句。戚瑶有些疑惑地看着他。

喻嘉树没什么表情地继续道："难怪每次大家一起翻墙，只有我没被举报，其他人每个周一都站在升旗台上念检讨。"他微妙地顿了顿，"后来他们都传，我是老邓流落在外的私生子。"

戚瑶不知道还有这件事，抿唇看了他两眼，又把脑袋埋了下去，像个小鹌鹑，声音也闷闷的："那你还帮不帮我捡手链？"

喻嘉树顿了两秒，盯着她漆黑的发顶，笑了一声："帮啊！怎么不帮？不得报答一下公主殿下的不杀之恩啊？"

话音未落，带着清冽薄荷味的外套兜头罩来，戚瑶忙抬手接住。衣料落下，她的眼前短暂地落下一片黑色，犹带着温度擦过裸露的皮肤。愣怔间，她看见喻嘉树将手掌搭在半身高的石台上，干脆利落地一撑——他的袖口撩起，露出一截瘦削的小臂，肌肉线条绷紧，极其流畅有力，冷白的皮肤上隐隐浮现出青筋。

接着，他的一系列动作十分流畅——他的背部肌肉因为发力而绷紧鼓动，双腿微蜷跃起，轻松到了围墙石台顶部，手臂向后一撑，动作行云流水般一气呵成，甚至快得让人来不及看清，人就干脆利落地、稳稳地落在栏杆另一边了。

这哪儿能看出这人已经毕业很多年了？没有成百上千次的经验积累，他都不可能这么熟练。

喻嘉树懒散地垂眼，仿佛刚才不是在翻墙，只是跨过了一级低低的台阶。他漫不经心地拍了两下手上的灰，躬身捡起那条手链——链条极细，镶着碎钻，在灯光下闪烁着细碎的光芒，此前挂在她清瘦白皙的腕子上显得略松，却意外有种松弛的美，很漂亮，也很称她。

他下颌微敛，垂着眼，顿了两秒，将手链揣进兜里，不费吹灰之力，又轻松地跃上了石台。

他屈膝蹲着，看样子准备下来，倏地想起什么，抬起眼皮盯了她片刻，偏头，往身后看了一眼。

围墙上视野很开阔，他能看见路灯灯光照耀下的校园。教学楼明亮的灯火像银河，模糊地闪烁着。

操场上和教学楼窗外的日落都很漂亮。一般在黄昏时，广播站会播放前一天学生们点的歌曲，多为慢节奏的流行音乐，周杰伦与五月天是"常客"。

男生们抱着篮球从教室里冲出来，不吃晚饭而抢场地，在球场上挥洒汗水。女孩儿们就三三两两地一圈一圈绕着操场跑道在霞光下散步、谈天说地。

学生时代的回忆幕布被揭开，像一帧帧不断放映的电影画面。

顿了两秒，喻嘉树稍一卸力，坐在墙头上，长腿支着，居高临下，却又神情认真地看着她："戚十一。"

"嗯？"戚瑶仰头看他，明显因为这个熟悉又陌生的称呼愣怔片刻。

女孩儿的脸庞素净而精致，桃花眼温柔，眼中被路灯洒下一层暖黄色的灯光，潋滟的水光比碎钻更加明亮。

喻嘉树瞳孔漆黑，低声发问："你最喜欢学校哪里？"

顿了好半响，戚瑶微微蹙起秀气的眉毛，似乎是不知道他为什么这么问，但还是认真地想着。良久，她答道："操场西南角的那片空地。"

喻嘉树记得那片空地——篮球场和教学楼的中间，宽敞而明亮。角落里，榕树和梧桐枝繁叶茂，绿叶如盖，每到夏天会在长椅上落下斑驳的树影，是很漂亮的地方。

他垂眼望着她，良久，低低地"嗯"了一声："知道了。"

他知道……什么了？戚瑶依旧很困惑，缓慢地眨了眨眼，看他轻松地从围墙上落下来,眉眼沉静地向她伸出手。

她的骨架很小,腕骨清瘦,皮肤白皙,细腻如凝脂。他垂眼帮她戴上手链,长指轻擦过她的手背,扣上搭扣的那一瞬间,他缓慢又珍重,甚至像在戴别的什么东西。

后来他们都没说话,并肩在朦胧的夜色中穿过街巷,踩着月光回到车上。

手机一直响,喻嘉树拿出来看了两眼,眉梢很轻地一挑。

"我再确认一下。"他的声音无甚波澜,被手机的屏幕光映亮的神情也淡。

"是因为你当面把信给了王晨,他自作多情,不问清楚就拒绝了,所以那封信才没有从邮箱里送到我的手上,对吧?"

戚瑶正在扣安全带,"啊"了一声,盯着他反应了两秒,才隐隐约约记起那个小胖子好像叫王晨,抿了抿唇:"对。"

喻嘉树冷嗤一声,垂着眼皮,长指微动,在不断蹦出新消息的页面上打字。

那边的人急吼吼地催他上号,想被带飞,喊了半天也没见人回,百无聊赖地一直刷屏。

王晨:"树儿!用你的小号带我上段呗!"

王晨:"我想上星耀,然后就可以去带妹子了!"

王晨:"我最近网恋的那个妹子可漂亮了,那五官美得跟女艺人似的。"

王晨:"你说我命里是不是有点儿女艺人桃花的?"

王晨:"上学的时候还有女孩儿一开学就跟我表白,把我整害羞了。"

王晨:"当时不懂珍惜,后来才发现人家成演员了。唉,世事难料,追悔莫及啊!"

王晨:"你人呢?"

王晨:"还打不打?求求你了。"

两秒后,对话框顶部终于显示对方正在输入。

喻嘉树的回复简洁且冰冷。

S："打个屁。"

S："滚。"

王晨："……"

喻嘉树没抬眼，却平白让人感觉那股不爽的郁气又回来了，长指在手机屏幕上敲了两下。

"他还约你逛操场，是吧？"

"嗯。"

喻嘉树冷淡地"哧"了一声，最后点了两下屏幕，把手机往中控台上一扔，骨节分明的手抚上方向盘，徒留对面的人十分困惑，把这辈子做的坏事都想了一遍，硬是不知道哪里惹到他了。

王晨："不是，哥，你怎么回事？"

问号被鲜明的红色感叹号阻隔了，明晃晃的字冰冷地停在那里——消息已发出，但被对方拒收了。

王晨："……"

戚瑶对喻嘉树的所作所为一概不知，把行程表整理出来之后，抓紧最后的假期在家休息了两天。

独处对她而言向来不是问题，她基本是坐在沙发上读剧本和看书的，只是三餐有点儿难解决。那天晚上她想去买食材，但没成功——回来时太晚就忘了，后来也不想出门。

家里能做的东西少得可怜——水煮青菜和鸡胸肉，吃了两顿，戚瑶感觉自己立刻就要剃发为尼了。

好巧不巧，对门的人请了钟点工阿姨。

有一次她下楼拿快递，发现对门的人不知有意无意地开了条门缝儿。

自从她那回闻到饭香之后，每次或浓郁或清淡的香味，仿佛都能隔着两道门传过来。

回家之后，戚瑶对着煮好的青菜沉默半晌，有点儿食不下咽。对门一个人吃饭，还要请阿姨，好浪费啊……

后来实在馋得不行，戚瑶给自己做了足够的心理建设，开始尝试去蹭饭。

其实一开始她不好意思，还装模作样地在临近饭点的时候拿着手机过去问这问那，直到可以顺理成章地留下。

喻嘉树一开始还认真帮她弄，没两次之后也懂了，抬起眼皮看她，眉梢一挑，满眼写着"你确定你是生活在 21 世纪的人吧"和"是不是把我当傻子"。

戚瑶就装傻充愣，发挥自己的演技，疑惑地看着他，蹙起秀气的眉毛，看起来困惑极了。

永远也叫不醒装睡的人，喻嘉树盯了她一会儿，没辙了。他"啧"了一声，妥协似的伸手接过手机，边垂着眼帮她更新系统，边惯性似的漫不经心地说两句："国内的黑马半导体公司老板帮你修手机啊？"

瞧瞧，他这名头给自己叠的。

"怎么了？"戚瑶继续扮演无辜且无知的角色，凑近了些，睁大桃花眼，真诚地反问道，"不行吗？"

她的声音温和，掩不住那点儿雀跃和得意，他都可以感受到她狐狸似的狡黠。

喻嘉树顿了两秒，将手肘撑在膝盖上，抬眼看她。

他们距离太近了，男人瞳孔漆黑，眉梢挑起，直把人看得心虚。戚瑶努力不让自己露怯，下意识地屏住呼吸，硬撑着没往后退。

"怦怦——怦怦——"不知是谁的心跳开始加速。

良久，空气中都开始浮动着暧昧的气氛，喻嘉树似乎笑了一声，说"行啊"，下巴微抬，慢悠悠地吐字："我乐意。"

他说话时带起的微弱气流很轻地擦过她的脸颊。她大脑死机一瞬，连呼吸都要停止。

还没从这三个字掀起的浪潮中缓过来，她又见喻嘉树学着她的模样，微微躬身，往前凑了点儿。那张棱角分明的脸逼近她，惯常冷淡的眉眼带了点儿促狭，一错不错地望着她，他缓缓开口道："但是——戚小瑶。"他咬字清晰，带着点儿懒洋洋的笑意，拖着尾音，"你最近是不是——有点儿恃宠而骄？"

戚瑶蓦地咬住舌尖，一瞬间呼吸都停止了，心跳漏了一拍，灼热的温度从耳根泛起来。

喊名字就喊名字,他喊她"戚小瑶"做什么?身体不自觉地后仰,深呼吸两次后,她移开视线,匆匆起身:"阿姨喊我们吃饭了!"

喻嘉树就那么坐着,脊背往后一靠,盯着她慌不择路的背影,笑着"啧"了一声。

戚瑶走到餐桌边,阿姨刚好端着最后一道菜出来,薄薄的鱼片混着大块的酸菜,香得不行。

"来,来。"阿姨边摘手套边热情地招呼她,"小喻说你对身材的要求比较高,所以做的都是少油少盐的菜,鱼肉不长胖的,多吃点儿。"

戚瑶先弯起眼角应了,然后才觉得不对,握住筷子的手顿住——喻嘉树怎么知道她要过来蹭饭?

她明明是 11 点 30 分才来的,那个时候阿姨已经在片鱼肉了。

戚瑶疑惑地抬眼,看那人垂着眼慢吞吞地晃过来,在她旁边坐下。

"你知道我要过来吃饭?"

"不知道啊。"喻嘉树眼皮都不抬,握住筷子,"我又不是先知。"他理直气壮,语气闲闲的,好像她问了什么很傻的问题。

"好吧。"戚瑶说。

这时,阿姨快步从厨房出来,边摘围裙边关门,扬声道:"既然妹妹来了,不用传香味出去,我就关门了,小喻。马上 12 月了,大降温,受不得凉的,门开着容易感冒……"

阿姨还在絮絮叨叨冬季保暖的重要性,桌边的两个人却都没在听。

戚瑶在脑子里过了一遍阿姨的前半句话,把"妹妹来了"和"开门传香味"联系在一起,确定自己就是那个"妹妹"。她缓慢地转头看他,很轻地挑起半边眉毛,一字一顿地反问道:"你不是什么,喻冬冬?"

喻嘉树:"……"

周二上午,戚瑶给风行拍摄代言海报。

化妆师贴合品牌定位,考量戚瑶的外形,给她做了既不过分知性,也不显得太温柔的造型——白色绸缎面料的吊带长裙微微泛着珠光,露出修长的颈项和纤细单薄的肩背,妆容很淡,突出精致的五官。

细白纤长的手指把玩着与裙子同色的新机，戚瑶在聚光灯下脊背挺直地坐着，轻轻抬一下眼皮，下巴抬起，不笑的时候有种冷淡倨傲的漂亮。栗子将其形容为"我行我素且说一不二的女强人"造型，在摄影棚边跟着拍了很多花絮，为以后的日常图片做储备。

喻嘉树也借着盯项目的理由来看了两眼。

他站在显示器前看她在镜头前光芒万丈、神色认真地垂眼，生出了些和叶清蔓一样的想法——这行很称她。

明珠就算蒙了尘，终有一天会有风将灰尘吹散，解放它璀璨的光辉。

当天晚上，风行以一张高清海报宣布新代言人，在各大社交媒体上引起激烈的讨论。

  风行中国V："海压竹枝低复举，风吹山角晦还明。#风行X-11系列#全球代言人@戚瑶 邀您见证12月31日14:30，风行X-11系列新品发布！"

这结果出乎大多数人的意料，人们顿时哗然。

戚瑶毕竟太年轻了。虽说《野棠枝》进入了"上星"流程，但毕竟仍未在电视频道上播放，她的基本盘不够大，粉丝群体大多是年轻人，与产品所定位的消费群体有一定的出入。

除了祝福与期待以外，网上出现较多的就是"风行自降地位""还以为会有多高端，结果还不是个网剧演员"等言论。众多博主纷纷出动，将戚瑶与此前网络上呼声最高、已知参与了风行面试的艺人进行比较，相关词条热度不断攀升——尤其是赵敏和戚瑶的对比。

幸而乔念提前给戚瑶的后援会和大粉透了点儿风声，当条微博24小时内转发量达十万，评论都是"期待风行X11系列，期待代言人戚瑶"。

不管怎么样，官博下的场面还是很好看的，但其他地方就不受控制了。

直到第二天，戚瑶换了套简单大方的造型拍摄广告与宣传片的时候，部分词条都还挂在热搜榜上。好在她早就习惯了这种情况，不看也不在意。屏蔽外界干扰，专注自身，是一种很难完全拥有的能力。

栗子依旧尽职尽责地拍摄着花絮，存点儿资料给粉丝们分享。不过这套造型还没有公布，她谨慎地问工作人员："请问这可以发吗？"

"不泄露产品的花絮可以对外发布，不过不太建议。后天就发官宣视频了，可以等过了再发。"

栗子说"好"，有礼貌地道谢，没看见工作人员转身翻了个白眼，跟旁边的人窃窃私语："小演员就是小演员，天上掉馅儿饼她捡到了，不偷偷藏着，还好意思拿出来炫耀。"

"行了你。"旁边的人推了她一把，"我感觉人家还可以，镜头表现力挺强的。人家是凭能力得到的代言，老板都没说什么，你瞎给你们敏姐抱什么不平？"

"谁知道她是用什么手段拿到的？听八楼的人说，她跟小喻总是高中同学。"那人声音小，说到半截没继续下去，但好像还是气不过，转头在手机屏幕上打字，不知道发了些什么。

广告片后接宣传视频，拍了整整一天，他们连午餐都是在棚外的房间里解决的。拍摄结束后天已经快黑了，戚瑶跟着摄影师绕到显示器后，粗略看了一下片段——整体还不错。

"基本没有废片，你抓镜头的能力还有贴合产品的表现力都很强，剪出来应该会很棒。"摄影师夸赞道。

"谢谢。"戚瑶弯起眼角。要合影、要签名的人这时候都上前来，她好脾气地挨个儿拍了照、签了名，要离开的时候，给在场的工作人员鞠了躬。

在更衣室换衣服的时候接到了喻嘉树的电话，戚瑶一边摁了免提把手机放在桌上，一边把外套裹上。

"喂？"清越的声音夹杂着轻微电流声传来，"拍完了吗？"

戚瑶"嗯"了一声，让栗子把礼服挂在横杆上，才坐在单人沙发上答道："结束了。"

"怎么样？"

"还可以。"戚瑶说,"挺顺利的,造型我也很喜欢。"

那边的人"嗯"了一声,接着沉默了一会儿。

戚瑶握着手机坐在松软的沙发上,眨了眨眼。听筒贴住她的耳郭,有种挤压感。一时没有人说话。两个人的呼吸声隔着空气与距离,略有延迟地在彼此耳中起伏着,绵长交错,格外清晰。

戚瑶莫名其妙地有种预感,好像他这通电话其实并不是为了问她今天的拍摄如何,而是有什么别的含义。她隐约还能听见他那边越来越远的嘈杂声响,他像是从灯红酒绿的嘈杂环境中脱身,寻了个安静的地儿跟她讲话。

伴着零碎的风声,喻嘉树倏地开口:"今天我发小儿过生日。"

他的声音低且沉,没有像往常那样懒洋洋地拖着尾音,好像不再是那种漫不经心又游刃有余,什么都不放在眼里的语气。

戚瑶顿了两秒,先是敏锐地察觉到了这一点,然后才迟钝地回想他这句话,不明所以地"啊"了一声。

她记得那个人,是那个打电话来让喻嘉树回消息的朋友。

栗子收拾好了东西,在门口等戚瑶。戚瑶犹豫了一会儿,给她比了个手势,让她先去车上。

等到栗子反手带上门,房间安静下来,戚瑶才小声问道:"怎么了?"

那边的人又不开口了。

他怎么感觉怪怪的?戚瑶迟疑着问:"你喝酒了?"

这次他倒是回得很快,声音很轻:"一点儿。"

戚瑶皱眉,想起他前两天略有点儿咳嗽:"感冒了还喝酒?"

喻嘉树忽地笑了一声:"只有一点点。"

"那你快进去吧,降温了,外面凉。"

"不想进去。"喻嘉树站在屋檐下,敛起神情,淡淡道。

江旬的新酒吧开在市中心一条浅浅的巷子尽头。不知道什么时候已经入了冬,天色渐黑,风凛冽而萧瑟,路边的小贩还没有出摊儿,往日繁华热闹的巷口此刻显得寂寥异常。

那边的人顿了片刻,有轻微"窸窸窣窣"的声音,应该是她的袖口摩擦柔软厚实的大衣的声音,他仿佛隔着手机屏幕都能感受到温暖。

接着女孩儿用轻软的声音,温柔中带了点儿困惑地问他怎么了。

喻嘉树抬起眼皮,望着巷口萧瑟而无形的风——枯叶打着旋儿被卷到他脚边,无端让他想起那段勇敢、真诚又大方的采访,想起温柔的桃花眼里蕴藏的无穷力量,想起那封陈年信件字面下的隐喻。

"戚瑶。"良久,他似乎叹了口气,垂着眼看那张单薄的纸,声音里夹杂着说不清道不明的情绪,一字一顿地道,"你的信,我看到了。"

戚瑶到燕啾发的地址时,夜色已经彻底降临。

车窗外的天幕黑而沉,甚至显出几分深沉的蓝色。

车门被缓缓拉开,戚瑶的睫毛颤了颤,她躬身迈步下车,呼吸间带起的轻微的白雾在空气里一闪即逝,如云烟般弥散。

栗子在后面急急忙忙地给她递围巾,戚瑶却好像无知无觉地站在巷口,恍若未闻。

小贩们陆陆续续地出摊儿,戴着厚重的帽子和手套,卖烤红薯的三轮车行驶到路口,老板下车,摁亮简陋木板旁边的灯泡,暖橙色的灯光照亮方寸天地。

灯芯亮起的微弱声响忽地拉回戚瑶的神志。她抬脚,一步一步地向前走。

旧式制作爆米花的黑色圆筒被摆在地上,老大爷一边摇着摇杆,一边跟旁边卖糖炒板栗的阿姨说话。阿姨正往臃肿的棉服上套袖套,端起大锅,给炉子开了火,用方言爽利大方地回应着。

接着"吧嗒"一声响,沿路的路灯陆续亮起,原本寒冷萧瑟的城市一角被点亮,随着她的步伐点点闪烁,像绵延在街巷里的银河。

男人站在巷子尽头的屋檐下,身姿颀长挺拔,颈项却微弯,垂着眼一错不错地盯着面前循环了不知道多少遍的视频,仿佛凛冬覆雪的松。

一墙之隔的嘈杂喧闹仿佛跟他全然无关,世界变成了可有可无的陪衬。

手机屏幕倔强地亮着,反复播放着这段简单到极点,却又不知道被他看了多少遍的视频——

主持人挂着礼貌的笑容问身旁的人："你出演了这么多令男主角念念不忘的'白月光'角色，是不是学生时代也如此受人喜欢？"

画面中央，眉眼清澈的女孩儿顿了两秒，似乎想到了什么，弯起眼睛，缓慢地摇了摇头。

"不是的。"她说，"我在学生时代非常普通，甚至可能比你们很多人还要不起眼儿。"她声音很轻，带着点儿冷淡，吐字却清晰，话语被她咬在唇齿间，带了些回忆的缱绻意味。

安静、平凡、不合群，这是她少女时代挥之不去的底色。

戚瑶的神色带了点儿怀念，她却还是笑着："我只是一个离我的星星十万里远，只能窥得一角光亮的普通人。"

"怎么会呢？"主持人明显愣怔一瞬，大概是在惊讶与好奇中徘徊，接着往下问道，"那你有做过什么最让你记忆深刻的事情吗？"

"有啊！"戚瑶笑起来，片刻后又敛住，轻声道，"我给他写过一封信。"

敛眉想了想，她又补充道："其实我给他写过很多信，但这封最特殊。"

"特殊在哪里？"主持人笑着八卦，"是情书吗？"

戚瑶唇角的弧度慢慢消减，唇线平直地抿住，睫毛颤了颤，握着话筒的手指攥紧。良久，她才道："特殊在于……那是一封他永远不会知道的情书。"

学生时代的喻嘉树从来不缺情书——十七八岁的少年，家境优渥、相貌出众，待人有距离感，但从不高高在上，篮球赛夺冠、竞赛拿奖、红榜常客……颁奖台上永远有那个挺拔又随意的身影。

当他站在那里，漫不经心地垂睫，听到自己的名字才在一片欢呼声中抬起下巴，露出凌厉又分明的下颌线时，没有人会否认，他是当之无愧的天之骄子。

放学路上、篮球场上、午休后的课桌抽屉里总有各色各样的字条或信封，女生们字迹娟秀，或直白或含蓄地表达心意，他早已见怪不怪，稀松平常得像是人要喝水一般。

但是他从未收到过那样的情书——薄薄一页，寥寥几行，娟秀的字迹一笔一画,力透纸背,仿佛那人每一次落笔都在经受一场无人知晓的海啸。

祝福,全是祝福。

旁的人写信,总是或多或少地会提到自己,写"我是某某班的某某某,关注你很久了",或是"也许你不知道,我们曾在什么地方遇见过"。

但她没有,那封信半句无关她自己。她祝他国际赛事顺利,祝他高考顺利,祝他如愿去自己想去的地方。

这么多年,他从来只知道她很真诚地祝他有个最美好的未来,却无从得知那些掩在拙劣表面下的晦涩爱意。

金榜题名,前程似锦……她把所有高中生对于未来展望的最好的词语都用在了他的身上。

然而他用泛着蓝色的劣质隐形笔手电一照,信上才显出少女隐藏在心底最深处的秘密——

信上这样写着:

今年生日不能再借着节日的理由偷偷给你送苹果了……也许以后再也没有机会了。

但是没关系,说完这句,我会尽力告诉自己不要再挂念你。

喻嘉树,18岁生日快乐。

我会永远在你看不见的地方祝你岁岁平安、得偿所愿。

落款是"71,于2015年夏"。

光阴顷刻流转,洁白素净的信纸边角泛了黄,从不抱希望的文字斑驳地显露于人前,窥见天光。

七年后,在跟一中一墙之隔的巷子里,从前安静又内敛的女孩儿站在他面前,她的身后是绵延成线、不断闪烁的万家灯火,冬夜凛冽的风仿佛都为她停止。

戚瑶站在那里,身影单薄得几乎要碎掉。她鼻尖泛红,略显无措地从他手里的信件上移开视线,感到一阵滔天的巨浪缓慢地淹过身体。

他看到了……不见天日的秘密一朝被戳破，她生出一种近乎羞赧的退却念头。

风从他们之间穿过，吹散他们呼吸间的热气与白烟，两个人四目相对。

良久，戚瑶缓慢地眨了眨眼。她喉咙干涩，尽力勉强地弯起嘴角，故作轻松地轻声开口："其实我也没有一直在等你……"

话堪堪到了这里，她的心脏像猛地被人攥住一般，她倏地停顿。

男人站在屋檐下，暖色的灯光斑驳地落在他的脸上，他敛起惯常冷淡散漫的神情，眉眼间尽是庄重还有些不易察觉的酸涩，沉默地望着她。

戚瑶不太熟悉这个神情，很少有人对她做过，但此刻她奇迹般顿悟了——是心疼，像是看到精美花瓶破碎后再被拼凑的痕迹，看到美人背后的狰狞疤痕，看到带着绿色血液的玫瑰花枝。

复杂又破碎的东西被他轻易地修好，戚瑶在那一眼中看到了珍视。

戚瑶临场发挥，尽力让自己不要那么狼狈的话语被抛到九霄云外，她红着眼眶，张了张嘴，声音在寒风中显得颤抖——

"可我喜欢不上别人。"

我没有一直在等你，只是我喜欢不上别人。

戚瑶蹙着眉尖，眼尾红了一片，眼底泛着水光，尾音颤抖着："你知道吗？喻嘉树，没有人像你。"

无论是年少时为素未谋面的人跑了三条街的赤诚，还是永远对人泾渭分明、不拖泥带水的干脆，都没有人像他。

高中时，戚瑶站在角落里，看他受人簇拥，熠熠生辉，以为他们之间永远不会有交集的时候，侥幸又不舍地想：也许毕业就好了。

等到真的毕业，她偶然进入看起来光鲜亮丽、受人追捧的行业，在鱼龙混杂的环境中反而更加觉出他的可贵——他身上永远有一种少年人的赤诚和热忱，并不会随着岁月被磨灭，十年前如此，十年后亦是。

此时此刻，戚瑶站在他面前，某种情绪如决堤的浪潮，终于红着眼眶与鼻尖开口："你一直不知道我喜欢你。"

激艳的水光汇聚成珠，大滴大滴地往下落。她带着令人心颤的哭腔，尾音在寒风中颤抖，哽咽着说出那句在心中埋藏了许久的话。

"可是这么多年，我一直、一直都……"

话未说完，空气中传来一声低低的叹息，轻且缓，夹杂着风声，仿佛让人听见饱含在其中无尽的怅惘。

喻嘉树喉结轻动，一把攥住她纤细的手腕，稍一用力——

熟悉的香杉薄荷气味前所未有地浓烈，她落入一个温热宽阔的怀抱，话音戛然而止。

男人垂着眼，把人紧紧地抱在怀里。一只手自下而上地揽住她单薄的肩膀，一只手五指张开，安抚性地落在她的脑后。

香杉薄荷的气味如此之近，萦绕在她的鼻间。温热的体温安抚着她仿佛被攥住的心脏，男人宽阔而坚实的怀抱严丝合缝地将她包围。

他抱得这样紧，仿佛鲜活的心脏隔着两层皮肉与她的同频共振，以此来感受她经年无望的痛苦。

喻嘉树的声音有些许哑，仿佛说话间都带着意难平的郁气，他微微侧身，薄唇在女孩儿光洁的额头上安抚似的触碰一瞬，低声道："我知道了。"

女孩儿柔软的发丝抚过他的指尖，留下一阵暗香。喻嘉树的心脏像被人攥住一般，一抽一抽地疼。

那天他去城西给她打包东西，朋友问他打算怎么办，他其实也不大知道。

她从未告诉过他这些细节，好像喜欢他只是她一个人的事情，他这个故事里的主人公永远都不必知晓。

酒酿多年都会变珍贵，何况是这世上纯粹又真诚的爱意。

那天蒋惊寒问他时，他还觉得一份感情积攒太久，已然变成了他无法轻易对待的珍宝，贸然回应总会让人觉得轻慢。

但他现在不想等了。

有个女孩儿用尽所有希望他好，却又尽力不打扰他，站在远处看他越行越远，他迟一秒回应她都是在践踏真心。

良久，感到怀里人的肩膀不再微微颤动，喻嘉树垂睫，呼出一口沉沉的气，退开，躬身专注地盯着她的眼睛，缓缓开口："也许你觉得这么多年没能喜欢上别人是一种遗憾。但是戚瑶，你大概不知道——有的人活了二十多年，从来没有体会过侥幸的感觉。"说到这儿，他呼出一口气，顿了片刻，低声道，"现在我体会到了。"

指腹擦过她眼角的泪痕，喻嘉树垂睫看着她，一字一字认真地说："我没有你想的那么好，有些时候我也很自私。比如此刻我在庆幸，这封信我还留着，更庆幸的是你没有喜欢上别人。"

空气寂静片刻。

戚瑶纤长的睫毛上沾了水，轻轻颤抖着，她抬眼看他。她的脸小而精致，眼尾、鼻尖都是红的，脸颊边的泪痕微微闪着光，有一种令人心脏疼挛的脆弱感。

"戚瑶。"漆黑的眼睫垂下，喻嘉树看着她，近乎庄重地开口，"我此刻，非常非常感谢你的喜欢。"

那封信被他很轻地捏在手里，像是无人知晓的珍宝。

男人像那天一样站在来风处，留给她的是怀抱的温暖和安稳，还有空气中弥漫的浓郁甜香。

好像过了很久，又好像不过瞬间，戚瑶听见他叫她——

"戚十一。"

喻嘉树垂眼，敛起惯常冷淡散漫的神情，细碎的光影在瞳孔里闪烁，像是银河的倒影。他低声问她："十年后回信，会不会太晚？"

周围的一切似乎都飘远了，小贩的叫卖声忽远忽近，世界好像只剩下他们两个，在冬夜的人间烟火和屋檐下相对站着。

戚瑶听见胸腔内"怦怦"加速的心跳声，耳边的风声几乎震耳欲聋。

良久，她弯起发红的眼睛，轻声道："不晚啊。"

她在少女时代的暗恋终于得以窥见天光。

十年、二十年、三十年……如果你有回信的话，什么时候都不算晚。

第九章
事事有回应

树影摇晃,街巷灯光昏黄,人间烟火气飘飘忽忽地再次落在大愿得成的凡人身上。

两个人并肩坐在长椅上,皎洁的月光洒在身边,平静而美好,他们好像跟远处的喧闹没有关系。

"所以你是怎么发现的?"鼻间尽是甜香,戚瑶咬了一口烤红薯,小声问道。

她以为这封信他早扔了,就算没扔,七八年过去,早不知道放在哪里,遗落在哪次搬家时也是情有可原。遑论他从久远的地方翻出信来,再大动干戈地去买支小朋友才会用的劣质隐形笔。

"你的字没怎么变。"喻嘉树知道她在想什么,懒散地偏头,看着她小口小口地咬烤红薯,说话时还有热乎的白雾,像只小仓鼠。他很轻地笑了一声,语气闲闲地道:"我还不至于连一个人的字都认不出来。"

喻嘉树确实记性好,几近过目不忘又思维敏捷的特质让他在念书或科研上显得比别人轻松很多。

戚瑶这封信递得太好,悄无声息,等到阿姨清理东西,从他的书包里翻出信时,高考已经结束近一个月了。

那天正好是几个人在南山玩,吵吵嚷嚷地打游戏,他听见阿姨喊他，走到门口，接过信，拆开来看。

他很难说清当时是什么样的感受，大概是复杂里带着点儿无措。信上的言辞太恳切了，真诚到就算她什么也没有讲，他也能隐约感知到一些与其他人不同的东西。

好在这是一封无法回应，也不用他回应的信件。17岁的喻嘉树站在原地，顿了好半晌，末了呼出一口沉沉的气，跟处理从前的无数封信件一样把它放到纸箱里了。

那时候他还不知道，他随手搁置的一封信，对她而言是一整个漫长的青春。

从回忆中抽身，喻嘉树垂睫淡淡道："偶然看到了采访，刚好要开车过来，路过南山就想着去看看。"好巧不巧，喻秋秋的笔到处乱扔，就在桌上。

一切好像都那么顺理成章，只是晚了许多年，但至少他没有再错过。

"所以你就知道，"戚瑶抿唇，手指被烤红薯的牛皮纸袋温暖着，"我说的人是你？"

喻嘉树挑眉："不是我还能是谁？"他一副理所当然的样子。

戚瑶：好吧，你开心就好。她埋头吃烤红薯，不说话了。

其实用隐形笔偷偷写这种话，她当时也觉得挺傻的。但是没办法，她害怕喻嘉树会认出她的字迹。少女的心思总是细腻又敏感，现实的重压之下，她难免顾忌太多——

他们原本就只是萍水相逢，短暂相交一瞬，甚至他可能都不知道她长什么样子，她贸然告白，总会显得唐突。

她不想很随便地讲出很郑重的话。原本她是真的没打算留下痕迹，只是祝福就够了。可是人毕竟有私心，她再怎么说不想要他知道，却也总想要给自己留个念想。

就像她9月在便利店遇到他的那天，男人回身，礼貌又疏离地问她是哪位。那个时候，戚瑶盯着他的背影想：以后还是不要再痴心妄想了。

大道理她都懂，可是后来她看到喻嘉树在楼下等她。

她就那么站在那里，看他身姿挺拔，侧脸被镀上一层金光，又忍不住想：如果真的没有以后，她会不会后悔啊？

好在许多年前她想对他说的话,他都收到了,像是散落在遥远宇宙里的念想,反复回响,终于有了回应。

不过……戚瑶垂着眼咬软糯香甜的红薯,想:所以……他们现在是什么关系呢?

他只是说了喜欢,也没有问她要不要当他的女朋友。

女朋友……戚瑶光是想到这个词,耳根就烧了起来。

她要不要问一下?

她正想着,身后倏地传来响动。

"我以为你偷偷跑了呢!"江旬站在门口扯着嗓子喊。

他们隔得有点儿远,灯光太暗,树影重叠,江旬只能看见喻嘉树的背影,倒也没过去,喊了两句,让喻嘉树快进来,又转身进酒吧里了。

思绪被打断,戚瑶收回视线,老实地道:"要不你去吧?"他的朋友过生日,她在外面缠着他,不太好。

喻嘉树没什么反应,淡淡地应道:"不想去。"

"为什么?"戚瑶眨眨眼睛,想起之前在电话里他也说不想进去。

喻嘉树半晌没说话,垂着眼睫,清俊的侧脸在昏黄的路灯灯光的照耀下竟然显出几分难得的落寞来。

良久,戚瑶听见他低声开口:"他们都有人陪,只有我是一个人。"

他好可怜的样子。烤红薯顿时有点儿食之无味,戚瑶连动作都放慢了。她思考了好一会儿,犹豫着,小声道:"要不我陪你进去坐坐,然后晚点儿一起回去?"她补充道,"反正你碰了酒,不能开车,不如同路。"

"可以吗?"喻嘉树偏头看她,"你会不会不自在?"

"应该不会。"戚瑶摇头,轻声道,"但是我不能回去得太晚,明天还有活动。"

"好。"他应道。

酒吧里不算吵。江旬过生日加上酒吧开业,请的都是熟人,没什么乱七八糟的,不然喻嘉树也不会让戚瑶进来。

"哟!树啊,这是回家睡了一觉,来接着续场子的?"吧台边上有个男人调侃道,转眼看到他身边的人,神情一愣,没控制住,低声骂了一句。

他凑过去揽住喻嘉树的肩膀:"你女朋友?"没等喻嘉树说话,他又自顾自地摇头否认,"没听说你谈恋爱了,那就是碰巧遇上了。大美女啊!"

那人说着,清了两下嗓子,转身就想要去搭讪:"那个……"

戚瑶正有点儿好奇地打量周遭环境。她很少来这种地方,正兴致勃勃地看楼上的 DJ 打碟,隐约听见面前好像有个人说话,两个字后话音就戛然而止了。

戚瑶偏头,看见喻嘉树微微侧身,抬起眼皮,没什么表情地抬手拎住那个人的衣服后领,附耳说了句什么。

声音嘈杂,她听不清,只能看到面前的那个人瞬间变了脸色,自动退开离她三米远,好像她身上有什么结界。

戚瑶:"你跟他说什么了?"

酒吧中人还不少,三三两两地聚在一起。

活动进行到一半,喝多的已经开始有点儿发疯的预兆,喻嘉树回身,手悬空搭在她的肩膀上,把人往身边带。

"他问你是不是我的女朋友。"

时不时有人经过,挤压着本就不宽敞的空间,喻嘉树收紧手臂,揽住她的肩膀。

男人的手臂有力地环着她的肩,明明这个动作在这场景下显得十分正常,只是为了让她不被挤到,但他做起来,就像是漫不经心地圈下领地,以绝对占有的姿态宣告主权。

心跳漏了一拍,戚瑶顿了两秒,手指不自在地蜷缩了一下:"那你说什么?"

喻嘉树还没来得及回答,有人端着酒杯过来,已经喝得醉醺醺的,瞥到这边,举起酒杯跟喻嘉树打招呼:"好久不见啊树……"

话没说完,那人脚下一个趔趄,眼看着满满一杯酒,连带着一个大男人就要往戚瑶身上栽下来。

喻嘉树微微皱眉,抬起手臂,掌心搭在她的后脑上,将她往他的怀里一摁——

戚瑶身体倏地前倾,眉骨和鼻尖都抵在他的胸膛上,都能听见他沉沉的心跳声。

这是今天第二次了……她视线被挡住，连呼吸间都全是他的气息，顿时心跳如擂鼓。

戚瑶整个人埋在他的怀里，手臂抬起又放下，无措地攥紧了他侧边的衣服。

那个人跟跄了两步，胡乱地伸手扶住吧台，勉强稳住身体。酒洒了一地，一片狼藉，那个人忙道歉："对不起……对不起啊！"

喻嘉树没搭腔，扫了他一眼，垂眼看戚瑶有没有事，接着就着这个姿势，手臂环过她纤细的颈项，长指并拢悬在她面前，挡住她的下半张脸，带着人走了。

戚瑶看着他的手，眨了眨眼睛。她今天没戴口罩，他应该是在帮她挡脸。

她一边被他带着走，一边抬眼偷偷瞄了一眼喻嘉树的神色。

他神情寡淡，眼皮倦怠地垂着，在昏暗的灯光下显出几分生人勿近的冷淡来。

他眉眼冷淡，不笑的时候，眼睛偏狭长，双眼皮薄白，眼角略微向下，薄唇抿着，冷淡感格外明显，一时也没再有人上来打扰他们。

这份冷淡感一直持续到他们走到二楼的卡座旁。

这地儿是江旬自己设计的，巧思挺多，楼上比楼下安静不少。他们嫌吵的几个人都在上面，宽敞又清静。

"也不知道他在外面干什么，这天不得冻死。今天他一来就情绪不对，心不在焉的。"江旬背对门站着，手往桌沿上一磕，开了瓶酒，很疑惑，"他怕不是表白被拒了吧，这么伤心？"

"在外面干什么？"蒋惊寒抬起眼皮看了他一眼，顿了两秒，朝他身后抬了抬下巴，漫不经心地道，"卖惨呗。"喻嘉树还能干什么？

戚瑶刚上来，没听见这段话，等到喻嘉树把挡着她下半张脸的手放了下去，她才往里瞅了一眼。沙发上坐着几个人，有男有女，零零散散地聊着天儿，看样子就是朋友。

她也没觉得有很多对情侣，怎么就只有他是一个人了？她有点儿纳闷儿。

方才在门口喊喻嘉树的那个人回过头来，眼睛登时睁大了："什么情况?"江旬看会儿喻嘉树,又看会儿戚瑶,视线在他们之间来回移动,目瞪口呆,"这是……?"

他嗓门儿大,又是主角,一时间,全场的人都抬起眼来。

气氛安静片刻,两秒后,有人吹起口哨,轻佻且八卦。

"什么啊?树有女朋友了?"

"不是说除了寒哥不带人的吗?早知道我也带了。"

起哄声顿时此起彼伏。

戚瑶抿唇,没说话。她还是有一点点不自在,这里都是他的朋友,她除了燕啾谁也不认识。但是她能感知到这些人都没恶意,就随性地开着玩笑,偶有几个认出她来的,也只是短暂地诧异了一会儿,接着被打趣的人逗笑。

环境使然,女艺人在他们这圈子里也不稀奇。

"今天是不是不该江旬买单,该你买啊?"

"可不是吗?把我们晾在这儿,半路溜出去接女孩儿,离谱儿啊。"

"行了。"喻嘉树笑了一声,往前走了两步,垂眼帮戚瑶拉了把椅子,漫不经心地道,"别吓着她。"

"这哪儿能吓着呢?人家是女演员啊!"江旬背着手走过去,跟老干部似的垂眼,"你真不介绍一下?"

"江旬,我的发小儿。"喻嘉树简短地说了一声,抬眼看着她,"脑子不太好使,尽量少接触。"

江旬:"滚!"

戚瑶没忍住笑:"你好,我叫戚瑶。"

"看人家多温柔!"江旬瞪了他一眼,拎着一瓶酒和杯子坐到戚瑶旁边,热络地套着近乎,"我知道你,我之前还看过你的电视剧来着。"

"是吗?"戚瑶顺着问,跟着江旬东拉西扯,竟然也聊起来了。

这些人的关系都不错,仔细一看,戚瑶对他们多多少少都有点儿印象——他们属于那种她称不上认识,但绝对在教室、操场或者学校的其他地方打过无数个照面的普通同学,一见面脑中就能隐隐约约浮现出那人从前的模样。

戚瑶是新面孔,被江旬拉着很快融入人群中。他们聊了几句之后,话题转回这场的中心。

"你们现在是……"有个女孩儿眼睛亮亮的,视线在戚瑶跟喻嘉树之间来回转,"在谈吗?"说完怕自己冒昧,她又连忙补了一句,"我是好人!四舍五入我也算他的妹妹,不会出去乱说的!"

喻嘉树坐着,单腿往外支,冷不丁地拆台:"你这四舍五入得有点儿多吧?"

"要你管!"那女孩儿瞪他一眼,接着又转头,期冀地看着戚瑶,眼睛里闪着光,就差把"漂亮姐姐"和"新嫂子"写在脸上了。

戚瑶顿了两秒。说实话,她自己也被问蒙了——她也不知道他们有没有在谈。她说在谈吧,又没有谁明确提出来,说没在谈吧……感觉又不太像。

戚瑶抿唇,沉默了一会儿,偷偷侧脸瞥了一眼旁边坐着的那人。

江旬耸肩摊开双手,看着喻嘉树:"不是吧?在没在谈都不知道啊?"他的脸上就差明晃晃挂着"你也太菜了吧,别人都还不承认你""无名无分的小喽啰一个"。

喻嘉树倒是没看他,很轻地挑了一下眉,抬起薄白的眼皮,漆黑的瞳孔望着戚瑶。

灯光昏暗,人影纷杂,他们在一片嘈杂中对视。戚瑶的心脏"怦怦"直跳,手指不自觉地蜷了蜷。

她不知道他会说什么,有点儿期待,又有点儿忐忑,好像一段将悬未悬的关系,就等待他一句话之后落地。许是气氛太微妙,空气变得黏稠,连角落里的几个人都凑过来听。

半晌,男人移开视线,低头笑了一声,唇角弯起,漫不经心地答道:"没呢。"尾音在空气中弥散。

没呢……戚瑶的心脏倏地往下沉了一下。

场面顿时很安静,周围的人面面相觑。大家都是人精,一时间心里有无数个念头闪过,不知道是否提了什么尴尬话题,正想着找别的由头揭过,又听见喻嘉树接了一句:"还在追。"

方才在楼下,戚瑶问他跟那男人说了什么。也没什么,他只是轻飘飘地甩了个反问句而已:"不然是你的?"

299

但他跟她肯定不能这样说——他没正式问呢，怕进展太快，她会觉得他太轻浮，不好。

这不，她自己都拿不准。

男人抬眼，脊背往后一靠，下颌微仰，偏头看着戚瑶，"啧"了一声："看来还没有追到。"

众人又安静了一秒，接着起哄声此起彼伏。

"这么勇啊你？"

"你小子也有今天！乐死我了。跟你说啊瑶妹，千万别这么快答应他，吊他个一年半载的。"

"一年半载太轻松了吧！这不得三年五载？这人读书的时候多招人啊！"

她的心脏高高悬起，又重重落下，泛起一种近乎失重的悸动感。

什么啊？他根本都没问过她，现在来说还没追到！戚瑶在一片喧闹中红了耳根，匆匆移开视线，走到另一边跟燕啾、蒋唱晚玩牌去了。

喻嘉树看着她的背影，弯起唇角，很轻地"啧"了一声。

快 10 点的时候，江旬在桌旁打牌打烦了，把所有人喊着去玩游戏。

"真心话大冒险？"燕啾扯了扯嘴角，"你是小学生吗？"

"我是寿星，我说什么就是什么。"江旬很欠地做了个鬼脸，引得众人翻白眼，但还是规规矩矩地坐成一圈。

蒋唱晚一边挪过来，一边说："下次我过生日，我要让你学狗叫。"

"好主意。"江旬让服务生拿了副新牌来，麻利地抽掉大王、小王，利落地洗着牌，"我命令你现在学一个。"

蒋唱晚："滚。"

"王晨说你把他拉黑了？"有人开口发问。

喻嘉树坐在戚瑶旁边，懒散地往后一靠，可有可无地答道："看着他烦。"

戚瑶抿唇，心脏重重地跳了一下。

"来来来。"江旬扫了一眼场上的人，把牌往桌面上一摊，"八个人，一人抽两张，两张花色一样的接受惩罚，花色不一样且点数大的提出

300

惩罚。"

戚瑶抬手随便摸了两张。喻嘉树用指尖摁住边上的两张，压着挪了过来。他翻开看了一眼，挺好，花色不一样。他没什么表情，又把牌压回去。

"谁？谁是两张花色一样的？"江旬亮了牌，一张黑桃Q，一张方块K，点数大得不行，一看就是那个提出惩罚的人。

在座的都知道，摊上他没好事，纷纷看了一眼自己的牌，然后松了口气。

"没人吧？"蒋唱晚说，"你别想祸害别人。"

漆黑反光的大理石桌面上安静地出现一只纤细的手，戚瑶推着两张牌，轻轻开口："我。"

喻嘉树沉默了片刻——她的运气是真有点儿差。

52张牌，第一轮有无数种可能性，她偏偏抽到两张红桃。

连江旬都有点儿蒙。他连每个人的惩罚方式都想好了：让喻嘉树去楼下台上唱歌，让蒋唱晚学狗叫……除了燕啾今天有人撑腰，他不敢冒犯，就算蒋惊寒待会儿不回来，单燕啾一个人，他也不敢造次，但起码也可以问点儿好玩的问题。

偏偏是戚瑶，一看就很乖很单纯，也跟他不太熟，又是朋友在追的人。

啧，这局面不好搞。江旬大脑飞速转动，心想：要不想个简单的惩罚就算过了。

"那瑶妹想要真心话还是大冒险？"

蒋唱晚正兴致勃勃地看着，忽然感觉有只手从桌下伸过来，抽走了她手里的牌。她努力克制自己没有叫出声，只是瞪大眼睛盯着喻嘉树。后者神色自若，略一垂睫，借着昏暗的灯光和桌面的遮挡，骨节修长的手指微动，又飞速地把牌给她递了回来。

"等一下。"喻嘉树开口，悠闲地坐直身体，抬手把牌往桌面上一摊，两张黑桃规规矩矩地躺在那里。

蒋唱晚：这人怎么偷梁换柱啊？

她再垂眼一看，这下心脏都要不跳了！

"嘿！你小子，还藏着掖着是吧。"江旬来了劲儿，背着手绕了一圈，检查每个人的牌，"还有谁偷藏的？"

蒋唱晚把牌捏在手里，不说话。

江旬停在她身边，"啧"了一声："给我看看，不然我跟你哥说你耍赖。"

"说就说，我又不怕他。"蒋唱晚说。

"是吗？"江旬说，"那天在太古里一楼碰到你和一个男生在一起，你哥应该挺有兴趣的。"

熟悉的起哄声和口哨声响起。燕啾往后一靠，饶有兴趣地挑了挑眉。

蒋唱晚在心里骂了喻嘉树一百遍，恶狠狠地瞪了他一眼，无语地把牌扔到桌上："行了没？"她被喻嘉树换走了一张黑桃之后，赫然剩下两张方块，就这么倒霉！

"好，就你们仨。"江旬在他们三个之间来回转，脸上的笑容要压不住了，先解决最简单的，让蒋唱晚学狗叫。

"我还没选真心话还是大冒险！万一我选真心话呢？"

江旬不屑："真心话也是让你真心地学一声狗叫。快点儿吧，你算幸运的了，不是重头戏，没什么人期待你。"

睚眦必报的小人，这群男人没一个好东西。蒋唱晚在心里骂了两句，象征性地"汪"了两声就算过了。

接着轮到"重头戏"。江旬嘴上不住地"啧"着，来回在他们俩身旁踱步。

全场人开启"吃瓜"状态。燕啾挂着点儿笑，手肘撑在桌上，托着下颔看戏，事不关己高高挂起，蒋唱晚开始嗑瓜子。

"你们俩，真心话还是大冒险？"江旬笑得很狂。

喻嘉树凉凉地扫了他一眼，往后一靠，指尖在桌面上叩了两下，偏头看戚瑶，意思就是要她决定了。

"哟哟哟！已经开始无条件听话了。"

"哎呀妈呀！甜死我了！"对面的两个男人大概喝上头了，浮夸地出声，被喻嘉树偏头扫了一眼后才讪讪地噤声。

戚瑶这会儿还有点儿疑惑，不知道怎么就由一个倒霉蛋变成三个倒霉蛋了。

"是不是三个人的惩罚要一样啊？"她从前在剧组等夜戏，被剧组的人拖着玩过，隐隐约约记得一点儿。

"Bingo（答对了）！"江旬打了个响指，没想到她看着这么乖，实际还挺上道。

"那就真心话吧。"戚瑶说。

"行。"江旬今天打定了主意要搞事情，转身让服务生拿了两张纸来，"都是一个学校的，是吧？大家都相互认识，交际圈也大致相同。来，写一下，你们俩的初恋分别是谁？"

一时间，起哄声更大了。女艺人啊，这么漂亮的一个人，初恋如果是他们身边的人的话，简直太劲爆了。

还有喻嘉树。虽然他是好像没谈过，但那么多女孩儿跟他表白过，他们也不知道他到底有没有对其中某一个心动过。

"真缺德，看着人家俩就快要在一起了，搞这一出，免不了吵一架吧。"对面戴着黑框眼镜的男人"啧"了一声。

他旁边穿蓝色衣服的男人起哄："王晨是不是到处吹牛，说瑶妹高中给他递过情书？赌不赌？"

戴黑框眼镜的男人"嘁"了一声："不赌。正常人谁看得上他？"

穿蓝衣服的男人转念一想："说得也是。"于是他坐回去看对面二人落笔写字。

一分钟后，江旬嘚瑟地笑着，收了字条，还贱贱地"哟"了一声，扫了一眼字条。接着，他脸上的笑容顿了一秒。

不确定，他再看一眼。

众人眼看着他脸上的笑容就这么收了起来，他又跟不认识字似的看了好半天。

"什么情况？"蓝衣男问。

戴黑框眼镜的男人："别是和你喜欢的人重了吧？"

江旬没理其他人，沉默了好半天，看着面前的两个人。

"你们俩发誓，"他把纸扣过来，表情很微妙，"这是真的。"

戚瑶眨了眨眼睛，有点儿疑惑，还是乖乖顺着他接话："我发誓。"

喻嘉树没说话，手肘往后支在椅背上，闲闲地看他一眼，满脸写着"你值得我骗吗？"。

安静片刻，江旬骂了一声，把纸折了两下，揣兜里去了："下一局！"

"什么啊？"蒋唱晚不服，"怎么不跟我们说啊？这不合适吧。"

"你们不会想知道的。尤其是你。"江旬扫了她一眼，表情微妙中带着点儿不爽，宛如便秘，更像是没看到好戏，反而吃了一把"狗粮"一样，噎得很难受。

不管他们怎么劝，江旬还是守口如瓶，不耐烦得很。接着又来了几局，有被问私密问题的，有被要求下去搭讪的，有被问感情生活的，总体没有再出什么波澜，氛围还算轻松。

牌被摆在中央，离戚瑶的位置有点儿远，她需要起身去抽，有点儿麻烦，后来都是喻嘉树拿的时候顺便帮她抽两张。就这样，戚瑶竟然也奇迹般没有再中招。

倒是喻嘉树，连答了两回无关痛痒的真心话，还被诓着喝了两瓶酒。

戚瑶对酒不熟悉，瓶子上的也不是英文，灯光模糊，看不清度数，稍微有点儿担心，但看他面不改色的，举止也正常，就也没多话。

陪着江旬把游戏玩到尾声，喻嘉树摸出手机看了眼时间，屏幕的白光映亮他的眉眼。快 11 点了，他把牌往中间一推："不玩了。"

"已经够给你面子了。"没管江旬的挽留与呼唤，喻嘉树起身拎起外套，垂眼看着戚瑶，稍一偏头，漫不经心地道："回家。"

戚瑶愣怔两秒，"哦"了一声，收拾好东西起来，跟着他往外走。

他身上的酒气明显比她刚来时浓重许多，一边下楼，戚瑶一边小声地问他："你醉了吗？"他喝了整整两瓶酒，看样子度数还不低。

喻嘉树淡淡地答："还好。"但他确实有点儿头晕。

江旬目前跟初恋女朋友正处于分分合合的状态，见不得别人恩爱，又是牌场老手，别人看不出来喻嘉树换牌，江旬一定能看出来，倒也没拆穿，就是带着吃了"狗粮"的怨气，狂灌了喻嘉树两瓶酒。

他们走到楼下出了门，风一吹，他清醒了许多。

戚瑶给栗子打电话，让栗子把车开过来。等待的时候，戚瑶瞥见了熟悉的身影。

同样纤细的身影在寒风中格外显眼，只是旁边还有个男人揽着她的腰，看上去举止很亲密。

而燕啾看起来不是很愿意亲近他的样子，在推拒。

戚瑶犹豫了两秒，抬脚想去看看，刚迈出两步，喻嘉树抬起眼皮，顺着她的视线望过去，没什么表情地伸手拽住她的大衣后领，把人拉了回来。

戚瑶一时没留意，向后栽到他身上。喻嘉树手臂向下，揽住她的腰，带着人往车上走。

"人家小两口儿回家，你凑什么热闹？"他语气闲闲地道。

"我怎么知道？"戚瑶蹙眉，整个人凭着惯性都要靠到他的臂弯里了，小幅度地挣扎了两下，"那看着一个陌生男人抱着一个女孩儿，她还不怎么情愿的样子，不得担心一下呀？"

她说完，空气就安静了两秒。不知她忽然意识到了什么，动作顿住，喻嘉树也很轻地挑了一下眉毛。

嗯……小两口儿，女方正在挣扎……他们现在不也这样吗？

"说不定人家只是在打情骂俏罢了。"喻嘉树说。

好一个打情骂俏。耳根一下子又烧起来，她也不挣扎了，就这么顺从且沉默地到了车前。

车上有人。虽然栗子和小王眼观鼻鼻观心，立志就算他们俩在后面跳舞也绝不会回头看一眼，两个人还是没有说话。

这酒后劲儿大。

车子行驶到半路，戚瑶瞥了一眼，喻嘉树半合着眼，靠着车窗窗沿。

在酒精的作用下，冷白的颈项也微微泛起红，下颌线绷紧，轮廓明晰，喉结凸出，在线条修长的颈项上轻动。

只看了一眼，戚瑶就移开视线，让栗子把平常用的小毯子递过来，尽量轻轻地给他盖上。收回手的时候，她倏地想起：喻嘉树给她买的专属小毯子，她还没能用上呢。

他们一路无言。

到了楼下，喻嘉树看样子还是不大清醒，戚瑶喊了他两声，他也没出声。

在栗子的帮助下，戚瑶半扶着他开了单元门，摁了电梯，站在电梯里叮嘱栗子，有点儿晚了，早点儿回去，路上小心。栗子应了声"好"。

电梯门缓缓合上，小而密闭的空间里只有他们两个人。

· 305 ·

从明净的电梯镜子里，她可以看见男人身姿挺拔，颌骨微抬，一只手横在她的腰上，两个人站得很近。

戚瑶的一只手还环住他的腰，男人的腰很瘦，她仿佛隔着一层外套都能感受到他薄薄一层皮肉下坚硬紧绷的肌肉。

腹肌……她知道他的腹肌长什么样，块块隆起，沟壑分明，不过分夸张，恰到好处。

戚瑶的呼吸滞了一滞。指尖仿佛被灼伤般，她蜷缩两下手指，不动声色地悄悄往后退了一些。柔软的触感若有似无地滑过他的侧腰，男人很轻地抬了抬眼皮，戚瑶没注意。

她移开视线，盯着屏幕上不断跳跃的楼层数字，不再看镜子里无比亲密的两个人。这样看去，他们很像是一对甜蜜爱侣。

可是他刚刚说，他们并没有在谈恋爱。

还有……戚瑶垂着眼想，江旬不愿意公开喻嘉树的初恋，大抵也是不想让他们太难堪。

寂静而狭小的空间里，只能听见两个人的呼吸声。

时间好像被拉得很长，屏幕上每一次箭头的闪动都显得无比漫长又难挨。

仿佛过了一个世纪那么久，她终于熬到电梯门开。

声控灯闻声亮起，洒下一片明亮的灯光。戚瑶半扶着他走到他家门口，犹豫两秒，手指向下轻轻触到他的手。

他的手很好看，骨节分明，手指修长，手背上青筋微凸，除了刚碰到时蜷缩了一下以外，很安静地任她抓着。

戚瑶小心翼翼地覆上去，柔软细腻的手心贴住男人的手背，用他的指腹触碰门锁——

门锁没反应。

戚瑶蹙眉又试了一次，门锁还是没反应。

她放开喻嘉树的手，自己在屏幕上点触，又尝试按了几下密码的按键，都没有任何动静，既没有指纹验证成功的"嘀"声，也没有密码不匹配的警示，甚至连灯光都没有亮起，像一块废铁——门锁没电了，屋漏偏逢连夜雨。

· 306 ·

戚瑶叹了口气，只能寄希望于喻嘉树出门时带了钥匙，不然他只能去她家睡了。

她垂眼，开始搜寻钥匙，外套口袋、卫衣口袋里都没有。

她蹙起细长秀气的眉毛，身体轻微前倾，一只手还扶着他的腰，纤细的指尖在他的身上摸索，若有似无地隔着一层面料柔软地擦过。喻嘉树不知道什么时候抬起眼皮，站直了身体。

楼梯间里太过安静，声控灯"唰"的一下灭了，灯光骤无。

戚瑶的手僵了一瞬间，她隐隐约约听见喻嘉树叫了她一声，抬眼却又只看见男人在昏暗光线下的下颌剪影，线条锋利而明晰。

幻听？她顿了两秒，又垂下眼，认真地寻找着钥匙。

她的指尖在温暖的布料中搜寻，就要触到冰冷而棱角分明的钥匙一角，喻嘉树又叫了她一声："戚十一。"

他的声音极低，甚至没有惊动声控灯，带着沉沉的气音，哑得不像话。

戚瑶抬眼，从这个角度望过去，刚好可以看见男人的脖子。他微仰着头，下颌绷紧，喉结明显，在修长的颈项上动着。

"谁教你这么摸男人的兜的？"他问道。

戚瑶愣了两秒，掌心隔着薄薄一层面料与他的皮肤相触，此刻却倏地像被滚烫的火苗灼了一下。接着她迅速地反应过来，有些慌乱地想抽出手来。

她纤细柔软的指尖毫无章法地在他的裤兜里擦过，喻嘉树闭了闭眼，倏地伸手攥住了她细白的手腕。

二人动作静止，呼吸声在黑暗中浮动。

他们的指尖还贴着，热意顺着相触的皮肤升上来，戚瑶听见他呼出一口沉沉的气，低声道："再摸出事了啊。"

折磨人许久的防盗门被打开，又迅速关上。

关门的动静再次惊醒了沉睡的声控灯，照亮的却只是空荡荡的楼梯间，暧昧浮动的黑暗变成了室内的那一片。

戚瑶猝不及防地被他拉进来，后背抵住坚硬且冰冷的防盗门。男人横着手臂，把她困在他的怀抱里，垂眼看她。

瞳孔漆黑，在黑夜里亮得不像话。

他们对视了好一会儿，戚瑶不自在地移开视线，抿了抿唇，轻声问道："你没醉？"

喻嘉树只是看着她。

刚才的酒确实劲儿有点儿大，但他也没到醉的地步。一开始他意识昏沉，吹了吹夜晚的冷风就清醒不少，看着她忙前忙后，颇为关心他的样子，没好意思且不舍得摊开说自己醒了，只是不动声色地把重量从她身上移开。

如果不是被摸得有点儿受不了，他大概也不会让她意识到这件事，她只用安心地扮演一个照顾醉酒者的角色。

喻嘉树没答，只是垂眼看着她，另起了一个话题："你在纸上写的是谁？"

纸上、初恋，他在问那个他们在酒吧里都默契地撇开不提的话题。

戚瑶沉默了片刻，也没答，睫毛颤了颤，反问道："你呢？"

她的答案太显而易见。

他们大抵心知肚明。

十六七岁的少年，心动一瞬，就是心动一辈子。

气氛安静，夜色在窗外朦胧，风声时远时近。

喻嘉树低头看了她一会儿。

许久，他略一垂睫，像在思索，轻声开口道："我长这么大确实没喜欢过谁，也没有明确体会过心动的感觉，或者说是别的什么。"

他声音很淡，却很认真，同他不久之前在冬夜里问她的模样一样，沉静却庄重。

有预感这不会是随心的话，戚瑶顿了两秒，抬眼望着他。

喻嘉树接着道："好像一切对我而言都很顺利。读书、工作，方方面面逢山开路、遇水架桥，没有什么过不去的坎儿。"

"如果硬要让我说有什么困惑的事情的话，"他躬身，望着她的眼睛，顿了半响，妥协似的低声道，"那就是，那个女孩儿怎么不继续给我写信了。"

她明明善良又坚强，聪明又敏锐，生于苦难却不被磨灭，出淤泥而不染，真诚地拨云见日。

其实他后来也给她寄过信，只不过查无此人的信件在三个月后被盖上邮戳退回。

后来喻重山做企业家资助，秘书抱着一份厚厚的名单文件时，他一眼就看见了和她同一个福利院的小孩儿，两寸照片上的脸胖乎乎的，看起来有种朴实真诚的憨气。

诸事缠身的大老板哪有时间细看，只不过图个社会责任感的名头，随便挑了几个，旁人的人生就这么被定下了。

很遗憾，那个叫周漆的小孩儿显然没有这么好运。

喻嘉树当时靠在走廊边，心想：是不是他们院的风水不大好，他们没有好运的命？

秘书抱着文件跟他打招呼，然后从他身旁经过。

像是什么命运的抉择，眼看着职业装的女人快要消失在楼梯拐角时，喻嘉树呼出一口沉沉的气，站直身体，开了口。

这就算是他被她身上那股劲儿打动，能回馈的最后一件事吧。

至于这小孩儿硬要学电子信息，每个假期都缠着前台的工作人员，说想要进晶帆实习，那都是后话了。

"如果硬要说什么让我遗憾的事情的话，"喻嘉树静了片刻，"也是你。"

他从前看书很杂，看到一段话：会不会有这样一种爱情，即使毫无希望，一个人也可以将它长久地保持在心中；即使生活每天吹它，也始终无法把它吹灭？

喻嘉树认为没有，直到现在，那个真诚又善良的女孩儿就站在他的面前。

"说没在谈是因为，我觉得不能太轻浮。"喻嘉树垂眼看着她，"起码要等你在别人问时，可以理直气壮地回答'是的，我们在谈恋爱，而且是他追的我'。"

他声音很轻，也很平静，却无端在她心里掀起一场滔天的海啸。

不知从何而来的酸涩感盈满胸腔，戚瑶的心脏仿佛倏地被人攥住一般。

男人垂眼低颈，从外套兜里摸出一张纸，缓缓展开——方才在嘈杂的灯红酒绿之处，他一笔一画写下的，赫然是她的名字。

同从前一样潇洒有力的字迹落在她眼前，好像在说，那没有回音的十年，不仅仅是她一个人的遗憾。

她的初恋和他的初恋之间，隔了好多好多年。

鼻尖发酸，戚瑶垂睫遮掩，睫毛颤了两下。

"戚瑶。"

没给她低头的机会，喻嘉树微微躬身看着她，瞳孔漆黑，带了点儿笑意，用近乎哄人的语调低声道："给个机会。"他的眼睛里有细碎的星光，他低声问她，"谈恋爱吧，嗯？"

心脏高高悬起，又重重落下。戚瑶感到一种难以言喻的情感，仿若光阴的洪流冲过身体，轻而易举地消弭了那段没有回响的过去。

她的男孩儿实在太好，十年前会为了素不相识的人跑遍老城区三条街，十年后会为了她敏感又脆弱的自尊心，硬要做那个先开口的人。

风声渐渐停了，只剩安静的氛围在他们周围浮动。

好像过了很久很久。戚瑶睫毛轻颤，带着鼻音，轻声回应："好啊。"

飘浮着的尘埃同尚未落实的关系，随着她的应答声一同落地。

喻嘉树弯起唇角，看了她一会儿，笑了起来。他伸手扯了张纸巾，叠了两下，很轻地摁到她的眼下，半真半假地嘲她是小哭包。

戚瑶懒得理他，很没出息地吸了吸鼻子："我还以为，你要等到给我写了回信才问我。"

喻嘉树很轻地挑起半边眉毛："你想吗？"他说着，竟然转身要去拿笔。

他现在写，哪儿能写出什么好东西来？戚瑶拽住他的袖子，抿唇，轻声道："先欠着，也不是不行。"

喻嘉树顿了两秒，倏地笑了一声："实习期是吧？到时候写得不好，转头就把我踹了。"

他声音清越，漫不经心地拖着尾音，低笑时，尾音在空气中弥散。

戚瑶耳根一红，想到他刚才还装醉，任她一路辛苦地把他扶回来，恶狠狠地瞪他一眼："对！你最好小心点儿，惹我不高兴就没好果子吃。"

她的鼻尖和眼眶还红着，身高差的原因，她看他得略微抬起下巴，桃花眼里还有水光，在昏暗的灯光下闪动，根本凶不起来，似娇似嗔。

她太乖了，像在撒娇。

那股燥意顿时又涌上来，喻嘉树喉结动了两下，就着居高临下把人圈在怀里的姿势，用漆黑的瞳孔看着她，好半晌，低声喊她："戚十一。"他的声音低且略哑，富有磁性，一字一字地落在她的耳道里。

"嗯？"

喻嘉树低声道："我想亲你。"

戚瑶的呼吸顿时一滞，她蒙了，一时脑子里有无数个念头闪过，装出来的强硬立刻瓦解，结结巴巴地开口："你……你怎么还带预……"告的。

最后两个字无措地被淹没了，男人俯身，唇瓣落在她的唇上。

戚瑶连呼吸都屏住了，感到他的气息轻轻地扫在脸庞上。

他们唇瓣相触，鼻尖相抵，柔软地、温热地呼吸交缠。

他只是试探性地在她的唇瓣上停留了一秒，接着开始缓慢地向里。香杉薄荷的气味前所未有地放大，甚至萦绕在她的气息中，几乎快要和她融合在一起。从舌尖触碰的地方开始，戚瑶全身发烫，意识在空中飘浮，细白的手指紧张而无措地攥住他腰侧的衣服面料。

喻嘉树不算温柔地吻她，克制住侵略性。

她在接吻这件事上毫无经验，只能后背抵住墙壁承受着，呼吸急促、胸膛起伏。她感觉身体轻飘飘的，快要站不住，交缠的舌尖被吻到轻微发麻，她喘不过气来。

他怎么这么会亲？这真的是他的初恋吗？她攥着他的衣角，无意识地出神。

倏地，她的唇瓣上传来一阵轻微的疼——喻嘉树咬了她的下唇一口，稍稍退开，垂下漆黑的睫毛，手在纤细的腰肢上惩罚似的紧了紧，低声道："专心点儿。"

不再刻意克制侵略性的吻又落下来。

戚瑶仿佛被拉扯着坠入冬夜覆雪的香杉林，脸颊因为缺氧而泛起红，眼尾更甚，到最后他退开的时候，她的呼吸已经乱得不像话了。

玄关旁明净的镜子模糊地映出两个人的身影，仅有皎洁的月光落下，他们的剪影近乎交叠，暧昧至极。

戚瑶小口呼吸着，胸膛起伏，鼻尖还抵着他的。倏地想到什么，她蹙起细长的眉尖，有些疑惑："实习期可以亲我吗？"

"嗯。"喻嘉树漫不经心地笑了一声，半真半假地夸她，"好问题。"

"先赊账。"他垂眼看她，没忍住似的，又在她的嘴角亲了一下，"转正了再还。"

戚瑶顿了两秒，迟钝地"哦"了一声，看样子还没反应过来，有点儿呆愣愣的。喻嘉树刚想笑她，倏地，门锁传来转动的声音。

戚瑶一惊，下意识地把人推开，攥住他的小臂，睁大眼睛："怎么办？"

喻嘉树："……"

"嗯？好端端的，锁怎么坏了？"周漆在外面鼓捣了半天，又是按指纹又是输密码的，蹲下来研究了一会儿门锁都没反应，只好敲门。

"哥！你在家吗？我没带钥匙，帮我开开门呗！！"他扬声喊。

半天没人应。

他掏出手机看了一眼，11点30分了，喻嘉树应该在家啊，难道在洗澡？

"哥！"周漆又拍了拍门，声音大得仿佛楼下都能听见，开始傻了吧唧地模仿"雪姨"，"你开门啊！我知道你在家！你有本事偷人，你有本事开门啊！"

这回门里"窸窸窣窣"的有了点儿动静。

一分钟后，喻嘉树开了门。室内很暗，楼梯间的声控灯亮起，照亮男人的脸。他的眼形狭长，薄白的眼皮耷拉着，神色懒散且冷淡，眉宇间有隐约的不耐烦。

"有事？"他问，连声音仿佛都压着冷淡的火。

这句话把周漆问蒙了。小寸头先是后退了一步，仰头看门牌号，确认自己没有走错，才又移回视线，张了张嘴，迟疑道："我今天想回家住。"实在太不确定，周漆还小心翼翼地问了一句，"可以吗？"

周围安静了几秒。

喻嘉树没什么表情地盯了他片刻，垂下握住把手的手，往里走了，还顺手"啪"的一声，干脆利落地打开了客厅的灯，光亮顿时铺满宽敞的客厅。

好怪，这人一个人在家都不开灯的吗？周漆百思不得其解，不懂喻嘉树今天怎么忽然吃错药了，小心翼翼地进来换鞋，边换边看男人走进卧室，反手关上了门。

男人心，海底针，周漆搞不懂，摇摇头，也回房间了。

喻嘉树回房间之后神情也没有好多少。他站在门口，反手锁上门，眉毛很轻地一挑，问拘谨地坐在床边的人："我见不得人？"

戚瑶："不是。"

"那是你在外面还有个男朋友？"

"也不是。"她抿唇，小声道。

喻嘉树往她面前一站，居高临下地望着她，颇有几分兴师问罪的意思："那为什么你躲人躲得跟偷情似的？"

戚瑶自知理亏，抿了抿唇，垂着眼找借口："你不开灯，太黑了，我们又刚刚确定关系，还在实习期，你就突然亲我……"她越说声音越小，很不好意思似的。

喻嘉树挑起半边眉毛：她怪他太急了是吧？

"行。"男人下巴微敛，抱臂垂眼看她，"没忍住，我的问题。"

她倒也不是这个意思。戚瑶抿了抿唇，想了片刻，老实地道："我就是觉得他还是个小孩儿，又是我的粉丝，会不会不太好？"

周漆挺呆的，每天就傻乐，也不如别人眼睛亮，不像大白和方倩一眼就能看出他们之间的关系。戚瑶感觉他们得缓缓再告诉这小孩儿，循序渐进。

喻嘉树垂着眼，"嗯"了一声。他倒也不是真生气，当然知道这小孩儿死心眼儿，从周漆坚持要读电子信息专业，每天有空儿就去纠缠晶帆前台的工作人员，还有坚持喜欢戚瑶这么多年就能看出来。但他还是有点儿不爽：得想个办法让周漆搬出去。

· 313 ·

喻嘉树"啧"了一声，垂眼看着她，在心里设想了无数种合理又不让人怀疑的方案，一时没说话。

戚瑶看他没什么表情，也不出声，以为他还在生气。她犹豫了两秒，仰头，伸出手，指尖一点点地沿着男人的裤缝往上，钩住他的手指。

女孩儿的手指又细又白，柔软细腻，轻轻钩住他的手指，还要命似的晃了晃。

她眨了两下眼，轻声喊他："别生气了呗，男朋友？"

"小喻总，您看发布会方案的场馆和时间安排合适吗？

"我们大体是这样想的，大概一个半小时的全方位新品介绍，半个小时的代言人互动，半个小时的媒体提问。小喻总有什么建议呢？

"小喻总？"

一迭声的呼唤把喻嘉树拉回神。

耳边轻缓温柔的声音散去，他静了两秒，不动声色地抬眼，飞快地扫了一遍会议室屏幕上的内容。

"基本没问题。"他将手肘抵在扶手上，往椅背上一靠，"提前两天做主持人彩排看效果，把台本背熟，邀请函和名单拟好了发到我的邮箱里。喻总年底在国外开会，有什么事直接报告给我。"三言两语把剩下的准备工作交代完，喻嘉树拎着外套懒散地站起来，漫不经心地道，"散会。"

"怎么感觉他今天心不在焉的，散会还这么急？"眼看着挺拔顾长的身影远去，会议室里逐渐嘈杂起来。

最末位的年轻职员边收拾东西，边跟旁边的人小声说："是不是谈恋爱啦？"

"不好说。"旁边人压低了声音，小声八卦，"我朋友的朋友的妈妈，是老板娘的插花课老师，据说隐隐约约听到点儿什么风声，可能在介绍吧。"

"你们说，他昨天发的那条微博没头没脑的，网传是回应戚瑶的，真的假的？"

"妈呀！你还关注他的微博啊？你真是对他爱得深沉。"

"他来之前我就关注了。"

"那一看就是假的啊，网友乱说吧，听风就是雨，有什么是他们不敢说的？"

"但也太巧了点儿啊，他上次发的日常照片还有她的影子。平时他都是转发公司微博，那是第一次发照片。"

"你八卦死了，反正老板的儿媳妇也不会是你。"

"我知道！我就问问怎么啦？"

…………

实际上，戚瑶也是第二天才知道这件事。

人红了之后就什么小事都会在热搜上出现，有的是自发的，有的是品牌方或者剧方的宣传手段，好像他们的生活全是透明的，活在大众眼前一样。只要不是什么负面的、惊动公司的热搜，戚瑶一般都不会故意去看，除非有人特意给她发。

次日下午，她刚读完剧本，落下笔记最后一个字，叶清蔓在对话框里甩来一张截图。

戚瑶点开来看。

热搜很正常，按她的人气，没有大事发生时，一般就在娱乐热搜榜上第二、第三名。截图中的话题叫作#戚瑶高中曾用隐形笔表白#，左上角的时间显示夜晚八点零几分，大概率是昨晚的事了。

指尖顿了两秒，戚瑶很是不解，不知道叶清蔓想表达什么，还没来得及问，对面的人就发来一连串的消息。

叶清蔓："你们这是什么情况？"

叶清蔓："昨晚看到了，但是太困了，没来得及好好审问你。"

叶清蔓："你们这样跟官宣有什么区别？"

叶清蔓："他到底有没有男德？还没谈呢，怎么上赶着污你清白？"

戚瑶蹙眉，又点开那张图仔细看了一下，这才发现，列表中似乎紧挨着两个前后关联的词条。

热搜第一后面跟着个"爆"，话题叫作#故事主人公回应#。

#戚瑶高中曾用隐形笔表白##故事主人公回应#，两个话题一前一

后，像在讲述什么未完的故事。

戚瑶的呼吸滞了一瞬，指尖悬在屏幕上。

良久，她抿唇，没管叶清蔓轰炸似的消息，切到微博先看了一下昨晚那个有关她的热搜。那大约是剧方放出的采访视频的一小段，她谈到她的学生时代——恰好是喻嘉树看的那一段。

评论无非是说什么"原来女艺人也是慢慢长开的""红气养人""高中时也一样暗恋别人吗？""感觉离我的生活近了好多"这样的话。

一切都很正常，直到戚瑶点开昨晚第一的热搜。

最热的一条依旧是那个人——ID简单明了，头像一片黑，简洁又深沉，像一片别人无法参透的海。

没头没脑、简简单单的四个字，没有带任何话题，却足以送一个普通人登顶热搜。

XM芯片研发者 - 喻嘉树："我看到了。"

戚瑶的心脏倏地重重一跳，指尖无意识地悬在空中，许久没有动弹。

"我看到了。"

多么简单的一句话。

这条微博的评论和转发量都"噌噌"上涨，评论区里猜测不断，有单纯不解的他的粉丝，有往这件事上靠的"吃瓜群众"，有觉得他在蹭热度的……

但戚瑶看不进去那些评论。她顿了两秒，大片大片的文字机械式地过眼，如云烟般弥散，没有进入大脑，眼前只有那几个简单明了的字——我看到了。

她的男朋友站在风口浪尖之上，以一种绝对坦荡的姿态，用只有他们两个人知道的方式做了回应，好像在说：在喻嘉树这里，戚瑶永远事事有回应。

戚瑶顿了好半天，思绪纷飞，甚至还接了个剧组通知开机时间的电话后，才想起回复叶清蔓已经"99+"的消息。

1："我也有件事想跟你说。"

1："昨晚失眠，忘记了。"

1："那个……"

1："我们谈了。"

叶清蔓："……"

叶清蔓："这种大事你都能忍住不告诉我？！"

叶清蔓："你翅膀硬了，不需要我这个好朋友了是吧？"

叶清蔓："可是孩子不能没有干妈啊！我忍辱负重一下。"

叶清蔓："孩子叫什么想好了吗？幼儿园在哪儿读？"

这回简单而朴实的文字入眼了，戚瑶一下没忍住，顺着她的消息想了下去，耳根顿时红起来，晃了晃脑袋，抿唇打字："少发点儿疯。"

刚好另一个人的消息蹦了出来，救她于被叶清蔓逼问的水火之中。

S："到了。"

S："楼下等你。"

戚瑶一顿，眨了眨眼，回了个"好"，接着按键盘："不跟你说了，我要跟我的男朋友去看电影了，拜拜！"

叶清蔓："……"

这人见色忘义是吧！

戚瑶收拾完毕，出了大门，看见一辆低调而又大气的黑色轿车停在路边。车窗半降，露出男人清秀的侧脸。

喻嘉树将手搭在方向盘上，许是听到声响，抬起眼皮看去。他似乎笑了一声，眉梢轻微一挑，冲她偏了偏头，懒洋洋地开口道："来接驾了。"

幼稚……戚瑶轻轻"嘁"了一声，眨了两下眼睛，隔着半扇窗户跟他对视两秒，又移开视线，拉开车门。

车里的氛围很安静，隔绝呼啸的风声和嘈杂的人声，一时没有人说话。

虽然刚刚跟叶清蔓聊天儿时，戚瑶一口一个"男朋友"叫得很欢，但真见到了他却好像有点儿不自在，蜷了蜷规规矩矩地放在大腿上的手。

昨晚氛围到了，他们话也说了，甚至亲都亲了，今天白天再见到他，她却好像还是有点儿不确定：她这就……有男朋友了？

戚瑶盯着前风挡玻璃，眨了眨眼。

"是你微信发给我的那个地址吗？"喻嘉树似乎没察觉到她的心思，垂着眼问道。

戚瑶"嗯"了一声，还是没看他，盯着前方，看那只被主人牵着过马路的小狗。

圈内某个好朋友主演的电影首映礼，朋友邀请了她，但她因为临时有事，没去成。朋友又送了她两张票，说一定要支持一下，戚瑶就想着约他一起去了。

"你是不是忘了什么东西？"喻嘉树随意地把手机搁在中控台上，随口发问。

戚瑶垂眼检查了一下，否认道："没啊！"

喻嘉树挑了挑眉，抬起眼皮。这姑娘规规矩矩地坐在副驾驶座上，双手并拢，放在大腿上，脊背比平时挺得还直，目视前方，看起来拘谨得很，不知道的还以为她坐警车呢。

车内安静，甚至过了近一分钟车子还没有发动。戚瑶缓慢地眨了两下眼睛，终于有些疑惑地偏头看他。

驾驶位上的人单手支在窗沿上，指节屈起，松松地搭在额角上，漆黑的瞳孔回望她。

几秒后，像发现了什么好玩的东西，他倏地带了点儿笑意："戚十一，你是不是有点儿紧张？"

她扭过脸："没有啊！"

喻嘉树挑眉，又看了她一会儿，接着毫无诚意地"嗯"了一声，细听还有点儿促狭的笑意。

"咔嗒"一声，是他解开安全带的声音。

戚瑶还没来得及偏头，就感觉到男人倾身，高大的身躯从她的侧边压下，清俊的眉眼就到了她的眼前。

"你……"她脊背绷直，向后贴住椅背，下意识地开口，却又不知道接什么，心脏"怦怦"直跳。

男人没出声。

他的眼形偏狭长,双眼皮薄而白,鼻梁与眉骨高挺,骨相实在太优越,加上天生高贵而散漫的气质,他漫不经心地投来一眼,就足够让她沦陷。

直到骨节分明的手拽住副驾驶座的安全带,再"咔嗒"一声,干脆利落地在她的腿边扣上,喻嘉树这才抬眼,看着她,重复道:"我?"他微微抬起眉梢,仿佛错愕而又像煞有介事地问她:我怎么了?

空气静默片刻。

"系安全带而已,"话里带了点儿促狭的笑意,喻嘉树弯起唇角,"你该不会以为我要亲你吧?"

他虽然这样问着,视线却不受控制地随着话语下落到她的唇上,顿了两秒。

女孩儿的唇小巧,唇瓣却饱满,看起来粉嫩且柔软,像沾了雨露的樱花花瓣——或许不只是看起来。

喻嘉树顿了半晌,喉结微动,目光克制地上移,抬起漆黑的眼睫,望着她的眼睛。

他们四目相对,靠得很近,鼻尖差一点儿就抵住,连彼此呼吸时带起的轻微气流都能感知到,痒且撩人。

两个人都顿了片刻,静默的空气里,仿佛有什么东西被"噼里啪啦"地点燃了。昨晚那个黑暗里潮湿的吻仿佛再次浮现,湿润的触感与让人腿软的心悸感再次袭来,戚瑶无意识地攥紧了衣摆。

男人凸出的喉结动了一下,幅度明显。然后他呼出一口沉沉的气,退回驾驶位上——他不能亲,待会儿又要把她吓着了。

喻嘉树垂着眼扣上安全带,开始开车。

戚瑶终于缓慢地松开攥紧了的手指,稍一偏头,望着窗外,小口小口地呼吸着。

她当然知道那个吻为什么没有落下来。喻嘉树这人,只是某些时刻看着有点儿痞,有股子超越普通男生的洒脱和散漫劲儿,其实从来就没有不尊重过她。

他因为觉得自己没有正式问过她,所以宁愿在别人面前说在追,也不说他们已经在一起。昨晚她胡扯找借口时提到一嘴,说是不是有点儿太急了,他也就放在心上,真退回那一步,想跟她慢慢来了。

可是她没觉得很急。戚瑶抿了抿唇,在想怎么跟他说,想来想去,既不好意思直接说"我昨天骗你的,你可以亲我",也不舍得就这么让他们退回那一步,纠结得不行,最后叹了口气。

喻嘉树这会儿缓过来了,从后视镜里看她一眼,挑了挑眉:"怎么?"

"就是觉得我们谈恋爱好像小学生。"戚瑶说。

"我小学可没谈过恋爱。"喻嘉树很敏锐地澄清道,过了两秒,又补充道,"初中和高中也没有。"

戚瑶:"……"

行了,她知道了!

周五的晚场电影,人不算多。

也许是在车上磨蹭了一会儿,他们到达时电影刚好开场,场内的灯已经熄了,正好方便戚瑶走进去。她找到座位,摘了帽子。

其实这部电影还不错,她的朋友扮演有反转情节的女二号,角色设定和演技都惊艳,但不知道为什么,戚瑶有点儿无法专心——也许是喻嘉树坐在她旁边的缘故。

她稍稍侧眼看他,男人的侧脸在昏暗闪烁的灯光下轮廓分明,他下颌微敛,似乎很认真。

戚瑶的视线又移回屏幕上,她想:还是好好看吧,万一朋友问她要影评怎么办。

但天不遂人愿。

不知道是不是之前的话的缘故,她此刻的自制力很像放学后写作业的小学生,几分钟后,注意力又不受控制地落在了前排人的身上——那似乎是对小情侣。

屏幕上场景切换,光亮了些,也映亮了他们。

戚瑶不动声色地观望,看两颗脑袋凑在一起,时不时咬耳朵,小声讨论着剧情。他们略微分开时,从两个人的缝隙里,戚瑶看见了他们牵着的手。

戚瑶沉默了一会儿之后，没忍住，又垂眼去瞥座椅之间的扶手。男人的手正松松地搭在那里，长指舒展，骨节分明，偶尔亮一些时，她能看见他的手背上微微凸起的血管——看起来很好牵。

戚瑶抿唇，悄悄把手搭在了扶手上，她的手指白皙而纤细，距离他的手不到五厘米。

她等了一分钟，他没反应。他是没看见吗？她微微蹙眉，又尽量不动声色地往他那边凑了凑，指尖一点点地在黑色的扶手上缓慢挪动，最后停在他的手边。

她几乎要碰到他的手了，已经能够隔着那几乎可以忽略不计的距离感知到他的温度。然而时间一分一秒地过去，这人还是没反应。

没意思……戚瑶有点儿生气了，细长的眉略略蹙起，手腕微抬，刚想往回抽，他忽然动了。

男人倏地抬起手腕，长指微屈，以一种不容拒绝的姿态覆上她的手背，接着腕骨轻抬，指尖转到她手心的那一侧，分开五指，扣了进去——十指相扣，严丝合缝。

两只手完全贴合的那一瞬间，戚瑶的心脏"怦怦"直跳，快要从胸腔里蹦出来。

她愣愣地盯着两个人交握的手——刚才发生了什么？

他的一系列动作行云流水，他宛如盯上猎物许久的狼，面上还冷静至极，食指指尖在她的手背上轻点两下，示意她把因为无措而没有扣下去的手指落下。

戚瑶指尖微颤，落在他的手背上。

这才是真正的十指相扣，紧密、温热、带着悸动，她仿佛能从交缠处感知到他的脉搏，他们仿佛密不可分。

心跳还没有恢复正常频率，戚瑶感到男人欺身靠近自己。

喻嘉树散漫地俯身在她的耳边低声道："下次不用认真看的电影，早点儿告诉我，我就不用等这么久。"

电影结束后，灯还未亮起，人已陆续退场，可最后一排的两个人都没有动。

女孩儿戴着口罩，但依旧可以从眉眼里看出她的漂亮，她身旁的男人穿着黑色外套，坐姿挺拔又随意，稍一偏头，露出清俊而略显冷感的侧脸。俊男靓女的组合，无论走到哪里都引人注目。

职业原因，戚瑶在公共场合一般注意避开人群，尽量不从人潮中穿过，喻嘉树也就陪她一起坐着。

他骨节分明的手还牵着她的手，后半场都没有松开。

等到目送前面那对小情侣牵着手离开，戚瑶才抿了抿唇，手指轻微动了动，偏头看他："你刚才看见了，怎么不牵我？"她有点儿兴师问罪的意思。

喻嘉树下颌微敛，漫不经心地垂睫，指尖在她的手背上轻轻叩了两下，倏地笑了一声："看你挺可爱的。"

这是真的，这姑娘好像看得很认真，桃花眼睁得圆圆的，他也就没好意思打扰她，免得戚瑶嘲笑他满脑子不正经的念头。

电影到了一半的时候，她把手搁上去了。他忍了好半天才没拽过她的手来牵上去，谁知道她还一点点地挪，也不知道有意无意，若有似无地蹭着他的手指，还挺勾人的。

戚瑶听完，舒了口气，又有点儿惆怅，蹙着眉，真情实感地纳闷儿："看来我的演技还是太好了。"她都让他真以为那是不经意间的动作了。

她这是在愁还是暗地里自夸？

"下次可以不这么好。"喻嘉树散漫地拖着尾音，晃了晃手，"吓得你男朋友都没敢牵你。"

戚瑶不高兴："怎么就吓了？你自己的胆子小。"

顿了一秒，喻嘉树挑眉，一字一顿地重复了一遍："我胆子小？"

他还想说什么，看保洁阿姨进来清理就收了声。

两个人起身往外慢慢走，影子在路灯的灯光中交叠，不再是一前一后或疏离并肩，很近，牵着手，肩膀抵在一起。

他们一路到了小区停车场，摁电梯上去。喻嘉树看着前方，不知道在想什么。

"哦，对了。"戚瑶想起什么，偏头看他，"我下午接了个电话，有关工作安排的。"说到这儿，她停了停，喻嘉树垂眼看她，略一挑眉，意思是"继续"。

戚瑶顿了两秒，小心翼翼地道："我可能……要提前进组。"

演员这行，大部分工作档期是跟着剧组走，以月份分割。再简单的现代剧起码也要拍两个月，集数多的古装剧更甚，《野棠枝》拍了近四个半月，她半年不着家都是常事。

刚谈恋爱就要跟他分开好一阵，戚瑶其实有点儿不好意思，偷偷抬眼瞄着他的神色。

叶清蔓的前男友就以叶清蔓太忙为理由，闹了好几次，弄得大小姐还推了几个工作在家陪他。戚瑶虽没谈过恋爱，但依旧认为这种事情需要及时沟通。

喻嘉树倒没什么反应，只是问道："什么时候？"

"下周二吧……应该。"戚瑶看了一眼日期，"我明天还得回公司问问。"

喻嘉树垂眼看她，逆着光，看不清神色，半响，"嗯"了一声，没说话，懒懒地转回脸，正逢电梯门开，长腿一迈，出去了。

"你生气了吗？"戚瑶抿唇跟在他后面，试探性地问道。

"我生什么气？"喻嘉树没回头，垂着眼，长指点了两下，检查门锁通电情况。他声音和语调都正常，但因为看不到神情，戚瑶不好判断。

"就是……我可能一个月都回不来，除了风行发布会那天。"她有些神情忐忑，似乎有点儿不安。

喻嘉树开门的动作一顿，他好像终于意识到了她在想什么，回身，略眯起眼看着她，反问道："你以为我会怎么做？"

戚瑶一时没反应过来，瞪大眼睛，没回答。

喻嘉树挑眉，列举道："不高兴、发脾气、不让你去？"

他正对着她，反手开了门，往后退一步，长指拎住她的袖口，把人拽了进去。

门一下关上，他们又回到了熟悉而安静的环境里。黑暗里，戚瑶听见几个物体落在柜子上的声音，还滚了两下，像是什么有轻微重量的金属。

喻嘉树收回手，垂眼看着她："这是你的工作，戚瑶。我没什么好生气的。"

他一边说，一边伸手绕到她的身后，不动声色地反锁了门，才又接着道："如果我只是你的朋友，看到你遇到这样的男人……"

顿了两秒，喻嘉树似乎在想合适的词，最后还是没有成功，薄唇微掀，冷淡地吐字："我会让他滚。"

他的声音很淡，漫不经心的，却又透着一股干脆利落与是非分明。

戚瑶的心脏重重地一跳，她问道："为什么？"

"就算是谈恋爱，两个人也是两个独立的个体，应当有自己的生活。"喻嘉树漫不经心地垂着眼，目光在黑夜里闪烁。

"没有人有权利要求对方为他放弃什么。如果有，那不是恋爱，那是绑架。"他的语气平静且随意，好像他只是随口一说，却在她心里掀起了一场海啸。

心脏像被人攥了一下，戚瑶沉默了一会儿，无法表达她此刻的心悸。

从小的生活环境与经历导致她一直比旁人更加敏感，对于在意的人，生怕自己会让他有一点儿不高兴。说白了，她在自己喜欢的人面前多多少少会有点儿讨好。但她最喜欢的人坦坦荡荡地告诉她：不必为此担心。

"戚十一，"喻嘉树叫她，漫不经心地道，"你大可以去赴你的风光前程。"

"我努努力，"顿了两秒，他似乎笑了一声，"尽量不拖你的后腿。"

戚瑶的呼吸猛地一滞，心脏高高悬起，又重重落下。

那天傍晚，在学校边的小巷里，她在心里想：这个人大概永远会是她最期待的模样，到现在为止从来没有出过错。

喻嘉树永远是最好的。

顿了两秒，戚瑶倏地伸手，柔软的手臂环住他的脖子，靠着墙壁踮起脚尖，把他稍稍往下拉，轻声道："那我也告诉你一件事。"

喻嘉树猝不及防，微微低头："嗯？"

戚瑶看着他，眨了两下眼睛，轻声道："我好喜欢你。"温柔的嗓音很轻地落在空气里，房间里登时安静下来，唯有绵长的呼吸声交错着。

戚瑶感到面前的人动作倏地顿住，明显僵了一瞬。

几秒后，他抬起薄白的眼皮，就着这个姿势俯身，单手扣住她的腰，脊背微弓，仿佛一瞬间就反客为主，极具侵略性。

喻嘉树的瞳孔漆黑，他垂眼看着她："再说一遍。"

戚瑶抿了抿唇，耳根几乎红透了，不自觉地收紧圈着他颈项的手臂，小声道："我好喜欢——"

话音未落，她腰上的手臂一紧，面前的人欺身而下。

她的呼吸骤然一滞。

他们靠得极近，呼吸间带起温热的气息，轻柔地洒在彼此的脸上，唇瓣几乎快要相触。

戚瑶错愕地睁大眼睛，望着他近在咫尺的脸。

和她一错不错地对视着，喻嘉树用长指抚着她的脸，指腹轻压，盖住她的眼睛。

纤长的睫毛在男人的掌心中颤动，落下一片暧昧的阴影。

他们要接吻吗？她心跳加速，心脏似乎快要从胸腔里蹦出来，高高悬起，却始终未落下。

他不动。

戚瑶的视线被挡着，她看不清他的神色，只能感受到男人近在咫尺的气息，良久，她有些许困惑和迟疑，轻轻蹙起了眉。

喻嘉树能读懂，她的意思是：你怎么不亲我？

在她看不见的地方，男人的瞳孔黑得像深潭，神情却还自若。

"我的胆子比较小。"戚瑶听见他说，声音低而沉，略哑，像在耳边烧了一把火，"不敢。"

她在电影院随口说的一句话被他记到现在，还被他拿来折磨她。戚瑶的细眉蹙得更紧，心里天人交战。

黑暗中气息浮动，空气在升温。将悬未悬的关系，等她的回应来决定是落地还是继续飘浮。

他非要她开口，呼吸交错的分秒都难挨。

好半响，戚瑶跂了跂脚，做出一个主动且迎合的姿态，唇瓣仿若不经意地擦过他的侧脸，凑近他耳边，小声开口道："允许你提前转正了。"

她的意思是：你可以亲我了。

男人方才自若的神情僵住了，空气里仿佛有什么东西被无声地点燃了。黑暗中，触感被无限放大，越来越近的气息仿佛融为一体。

他们鼻尖相抵，唇瓣相触，唇齿缓慢分开，柔软的触感从口腔中蔓延。

不知过了多久，直到屈起细白的手指，在他的颈后挠了挠，戚瑶才轻喘着，往后退开一点儿，小声道："喘不上气了。"

她的脸颊和耳根都红了，睫毛还轻轻颤着。

喻嘉树垂眼看她，胸腔起伏着，低低地"嗯"了一声。

他们的额头与鼻尖还抵着，是一种极其亲密的姿态。男人的长指在她的腰上摩挲，一下又一下，所到之处一片滚烫，痒且酥麻，戚瑶往后躲了躲，喻嘉树的手臂有力地环住她，他很轻地挑了挑眉，眼睛在月光下泛着淡淡的光，像一片深沉的海。

"你马上就要出门了，你的男朋友连腰都摸不得？"他低声问。这人刚才还信誓旦旦地说不会用这件事来说她的，现在又用来撒娇。

戚瑶抿了抿唇，等价交换："那你给我摸摸腹肌。"

喻嘉树顿了一秒，倏地笑了："还惦记着呢？"

"行啊。"他说，略一仰头，还带着笑，连胸腔都有细微的震动。他覆住她的手，带着她触上腹部。

他的腹部坚硬、紧致，戚瑶仿佛隔着衣服都能感觉到滚烫。她指尖一抖，想要往回缩，却被他不容分说地压回去、贴住。

喻嘉树挑眉看她，眉眼间是明晃晃的戏谑，就差把"不是自己要摸的吗？怎么还往回缩"挂在脸上了。

这触感实在太鲜明，戚瑶不自在地移开视线，转移话题："待会儿周漆回来了怎么办？"他们又在门口这样那样，不太好吧？

"提醒我了。"顿了几秒，喻嘉树把手从她的腰上撤下来，依依不舍似的，还垂眼钩了钩她的连衣裙的腰带，"我去洗个手。"

飙升的多巴胺让人在别的事情上反应迟钝，一片黑暗中，戚瑶望着他的眼睛，困惑了两秒："嗯？"

眨了两下眼睛，她倏地反应过来什么，往前迈了两步，去看他开门时放在玄关柜子上的东西——几个小小的柱状物品散落在柜面上，微微反射出冷光。

戚瑶沉默了一会儿，好半天才说道："喻嘉树，你真的很缺德。"

被骂的那人不轻不重地"嗯"了一声，仿佛不痛不痒，刚洗过而微凉的手指覆上她的手背，带着她从卫衣的下摆探进去。

她的手背是凉的，手心是滚烫的，耳根和脸颊都一片灼热。

昏昏沉沉间，戚瑶听见他漫不经心地说："缺就缺吧。"

入夜，万籁俱寂。

快乐小寸头在学校写完论文，哼着歌回家，美滋滋地把手放在门锁上，想晚上起码要打十把游戏。

五秒钟过去了，防盗门一动不动。

"嗯？"门锁又没反应？

不应该啊，他昨天才换的电池。周漆皱着眉躬身检查，手指往金属门锁下方一摸——空的！塑料壳底下，本该放电池的地方空无一物！

"怎么有人连电池都偷啊？还要不要脸啊？"周漆格外愤怒，气得面目狰狞，在楼梯间走来走去。

倏地，他视线一转，在门口干净的大理石瓷砖上发现一个信封。

周漆捡起来看，信封里面装有一把钥匙和一张字条。

字条用的是从文件上撕下来的小半张纸，边缘极不整齐，好像只是随手一扯，很潦草，很敷衍，字迹周漆却熟悉——

"旁边的楼九楼A户，该有的东西都有。"

这是什么意思？他哥这就给他准备了新房子？

第十章
梦见过

12月初，戚瑶进组。

这部剧是现代都市剧，偏女性群像，事业线多，写实却又具有艺术性，能够看出女性的职场困境与成长，是她很喜欢的本子。

剧组在沿海城市拍摄，距离C市大概两个小时飞机的时间。

导演叫小满，是叶清蔓的学妹，毕业于首都一等一的艺术学府的编导专业，写东西很有灵气，但好像不大爱说话，只是站在一边，开机仪式后跟戚瑶聊了两句，说实在太感谢戚瑶了。

"能不感谢吗？"乔念今天还拨冗来到现场陪戚瑶，在一边玩手机，阴阳怪气道，"片酬几乎没有，投资是你去谈来的，还扰乱了你的行程，让你提前进组。不知道的还以为这是你进军导演圈的作品呢。"

乔念坐得远，声音不大不小，小满应该没听到。

戚瑶不动声色地关上了门，说："没关系。但是可能需要注意的是，我25号前后三天想放个假，所以这几天的戏可能得帮我排得紧凑一点儿。"

小满说"好"，往前走了两步，又转身回来，顿了两秒，平静地开口："其实你的经纪人说得挺对的。"她神情很淡，完全不像刚从学校毕业的学生，带着一股搞艺术的人特有的、一眼就能看出的特立独行，浑不在意别人尖酸刻薄的指责，"我觉得你完全可以把这部剧当成你的作品，有什么想法都可以和我及时沟通。如果获奖，我第一个感谢的人会是你。"

戚瑶顿了两秒，先道歉，再礼貌地道了谢。

虽然这部剧偏向于欧美市场的节奏和剧集，是 12 集上下的小短剧，以案件为单元串在一起，几乎处于国内市场的空白，戚瑶倒也没抱希望于它真的能拿什么奖，只是单纯喜欢而已。

她看着小满的背影，良久，回身推开门。

"下次有什么话最好憋在心里，实在憋不住就背后说，别搞得你好像大牌艺人的经纪人似的，我受不起。"戚瑶一边看今天的场次，一边淡淡地道。

乔念噎了一会儿，神情讪讪地说"好"。

一整天的戏，剧组从正午拍到半夜。

下了夜戏之后，戚瑶卸完妆，站在酒店阳台边上，犹豫片刻，给喻嘉树拨了个电话。

她走时，这人开车送她到机场。

其实从他提前了半小时出发这件事，戚瑶应该就能觉出一些端倪的，但她当时没想那么多，以为他只是比较喜欢什么事都在掌控之中，不出差错而已。

他们在车上亲了好一会儿，最后戚瑶受不了，躲开之后将脸埋在他颈侧时，才发现他打的是这个主意。

亲亲狂魔，她在心里暗想。

那边的"亲亲狂魔"接得不算快，刚接通时还有关门的声音。

"下班了？"他的声音很低，还略微有点儿哑，大概是开会开的。喻重山这半个月不在公司，他应当也不大轻松。

"嗯。"戚瑶看着远处海浪一点点地卷上沙滩，轻声应道，"应我男朋友的要求，每天说晚安。"

喻嘉树笑了一声："还挺听男朋友的话。"

"那是。"戚瑶也忍不住笑，"你不会还在开会吧？"

喻嘉树没答，只一边模棱两可地说"快散了"，一边对秘书的方案做手势，用指尖敲了敲第三版，意思是选这个。

秘书一边应，一边把文件收起来，面上看着波澜不惊，其实心里的海都快把人淹了——这人刚开着会呢！

A组方案刚过，他就没什么表情地坐在首位，漫不经心地靠着椅背，结束之后，一针见血地提出弊病，极其平静，却毫不留情。

本来大家以为喻总不在，可以稍微放松一下，毕竟这位小喻总比在座的任何人都要年轻，却没想到小喻总平时看着挺好相处的，一进入工作状态，竟是个不好相与的硬茬儿。一时间人心惶惶。

直到他接到了一个电话，秘书坐在他旁边，眼尖，一眼瞄见备注——11。

喻嘉树垂睫看了一眼手机，抬手打断了最后一组的收尾部分："不好意思，家里人来电。"他起身说道，"你们的意思我大致了解了，晚点儿结果会出来，今天辛苦了，早点儿散吧。"

然后他就拎着外套转身，往办公室走了，刚才还木着一张脸，现在就眉眼都松弛下来了！

秘书眼观鼻，鼻观心，装作没听见"男朋友"几个字，还有对面若隐若现的女孩儿的声音，无声地退了出去。

啊啊啊！他的八卦之魂熊熊燃烧！

喻嘉树当然不知道秘书的心理活动。他向后靠在椅背上，揉了揉眉心，听她讲今天的事，时不时弯着唇角逗她两句，直到电话那头传来一个男声。

"姐姐，这么晚还不睡吗？"那边的人这样说。

通话暂停片刻。

喻嘉树很轻地挑了挑眉，扫了一眼腕上的表。

戚瑶似乎也被吓了一跳，愣了两秒，说就要睡了，然后想往回走。

"是不是我打扰你了啊，姐姐？"那个男声道，"你不用避开我，应该走的是我。晚上海边风大，你披着这件衣服吧。"

"不……"戚瑶的话说到半截就停了，对面传来衣物摩擦的声音，还有渐渐远去的脚步声——她应当是披上了那件衣服。

喻嘉树下巴微抬，往后一靠，手指在桌面上有一下没一下地轻叩着。

"你在外面?"他问道,声音平淡且正常,好像没听见那个男声似的,没什么情绪。

戚瑶抿了抿唇,"嗯"了一声:"剧组在的酒店有那种小院子,我的房间朝庭院,想让你听一下海浪声来着,就到这层楼的公共阳台来了。"

"确实冷,多穿点儿衣服。"喻嘉树边说边发消息,似乎完全不在意这件事。戚瑶单手拎着那件衣服,走回房间,慢吞吞地"哦"了一声。

"那就这样吧,你早点儿休息。"

"嗯,晚安。"

第二天一早,小群里。

江旬:"好无聊,有人出来玩吗?"

江旬:"@蒋惊寒 @燕啾 @蒋唱晚。"

燕啾:"别@喻嘉树。"

江旬:"差点儿就发出来了,咋了?"

燕啾甩出来一张截图——

啾咪:"确认一下信息。"她发给喻嘉树一份风险规避合同。

S:"嗯?"

S:"你怎么知道我有女朋友了?"

江旬:"……"

这一开个头,群里的人纷纷开始抨击喻嘉树。

蒋唱晚:"我还以为他只有对我才这样!"附图是一张消息记录截图——

蒋唱晚:"在南山不?急!"

蒋唱晚:"或者你把田莺阿姨的联系方式给我。"

蒋唱晚:"我前两天说要给我妈送花,忘了,快救救我!"

蒋唱晚:"人呢?"

S:"不在。"

S:"在陪女朋友吃饭。"

S:"很忙。"

紧接着，群里又扔出来一张截图——

蒋惊寒：“上号。”

S：“没手。”

随后喻嘉树发的图片里，赫然有两只在月色下十指相扣的手。

江旬：“你竟然没拉黑他？”

蒋惊寒：“拉了，专门放出来截图的，现在又拉回去了。”

群里的人又吵吵嚷嚷了一会儿，定了个吃饭的地方。最后大家觉得虽然这人道德上有点儿缺陷，但好歹是发小儿，不能孤立他，还是通知了他。

江旬：“别担心，他的女朋友在A市，他现在是留守男友。”

江旬：“@树出来吃饭，我们勉强同意陪你一下。”

喻嘉树许久没有回复。

两个小时后，喻嘉树发送了当天的第一条消息，是一个在A市的定位。

S：“忙。”

江旬：“你没有女朋友活不了是吧？”

片场。

寒风凛冽，但由于这场戏的时间是春天，镜头前的人都穿得单薄，避开镜头贴在衣服里的几个暖宝宝也好像杯水车薪。

"来，我们再保一条。"小满坐在显示器后，握着对讲机下达命令。

"她很严格，对吧？"搭戏的男演员趁回身的几步路跟戚瑶搭话，齿关有些打战，却还是坚持跟戚瑶说话。

戚瑶垂着眼站回原位，不咸不淡地回道：“严格是好事。”她声音很轻，表情很淡，极其具有距离感。

虽说这是大女主剧，多多少少也会涉及一点儿感情线，这个男大学生模样的演员就是她戏里的搭档，也是昨晚路过硬要给她披衣服的那个。

戚瑶今天刚来就把衣服还给他了，并礼貌示意以后都不用了。他好像也没什么反应，只是乐呵呵地接过衣服，还问她能不能通过他的微信

332

好友申请。

他真是大学生，年纪小、话多且密，看着很真诚，有什么情绪都摆在脸上。合作几天，戚瑶已经知道了他家住哪里、家里有几口人、参演这部剧是为什么。

"三、二、一，action（开始）！"

戚瑶牵住男大学生的手，一晃一晃地往前走。几句台词后，小满喊"cut（停）"。

场记跑到小满身边，附耳说了几句话。她脸上露出诧异的神情，顿了好一会儿，回身告诉大家休息20分钟，然后起身往里走。

栗子赶忙跑上来，给戚瑶裹上羽绒服。男大学生叫温川，从旁边递了个暖手宝过去，热络地问道："姐姐，你怎么不回我消息呀？"

戚瑶沉默了一会儿，没伸手。还是栗子识趣，把保温杯塞到她的手里，才避免了这场尴尬。戚瑶喝了口水，往车上走，敷衍地回答："可能没看见吧。"

温川还想说什么，被栗子礼貌地拦在车外。

戚瑶在沙发上坐了一会儿，过了一遍接下来的台词，又听见车门开了。她头也不抬，有几分冷淡："都说了我不……"

她抬眼一看，剩下半句话停在喉咙里。

男人穿黑色外套，漫不经心地倚在门口，瞳孔漆黑，双眼微微弯起，散掉了那点儿锋利的冷感。

她顿了好一会儿，诧异道："你怎么来了？"

"出差路过，顺便就来看看。"喻嘉树半倚在门口，看着她，略一挑眉，顺着她之前那句话问下去，"你不怎么？"

"没什么。"戚瑶说，拽着他的袖子把人扯进来，"外面冷不冷啊？"

她抱怨了两句，却不难听出语气里的惊喜和雀跃。怕自己嘴角的弧度抑不住，她忙前忙后，去把小太阳开大了点儿，握着他的手慢慢烤。

"真是顺便路过？"戚瑶不是很信。

喻嘉树面不改色地"嗯"了一声："公事，得待个两三天。"

"好吧。"戚瑶说。那点儿疑惑被他要待两三天的消息驱散了，她难以抑制地弯起嘴角。

戚瑶听见外面有人在喊她，于是起身，嘴里还不忘念叨："外面太冷了，而且人多眼杂的，你就在里面待着，等我中午下班带你去吃饭。"她犹豫了一会儿，接着说，"你想出去的话也行，把我这条围巾裹上。这是我今天最后一场戏，很快的。"

喻嘉树听着她嘱咐，倏地笑了一声："知道了。快去吧，你像个小老太太。"

戚瑶瞪他一眼，哪里还有方才冷淡的样子，生动极了，转身出门去。

喻嘉树低头笑了一声，伸手揉了揉后颈，小幅度转着活动了一圈脖子，目光落在通告单上——

温川。

他在这个名字上扫了一眼，嘴角扯了扯，散漫地起身，拉开了车门。

这场是略显亲密的戏。

其实整部剧不注重感情线，节奏紧凑，线索串联全部剧情，感情线也只是线索的一部分，但是无可避免的是，这场戏需要牵手和拥抱。

戚瑶本来不该对这些有什么异样的心理，因为她是演员，这些就是她的工作。但是瞥到片场边站着的人时，她还是心跳倏地漏了一拍，接着不自在地转过脸去。

花了近三个深呼吸的时间，她才成功地抛开杂念，在温川抱上来的时候滴水不漏地背出台词。

但是温川卡了。不知道是因为紧张还是因为别的什么，他总在伸手环住戚瑶之后张嘴就忘词，一次两次倒还正常，但来来回回十多次，次次如此，戚瑶甚至还在镜头拍不到的地方小声提醒他，他依旧说不出来。拍到最后，戚瑶纤细的手指被冻得通红，她还在尽力调整体态，让自己不要因为寒冷而习惯性地耸肩。

小满没什么表情，把剧本往桌上一扔，整个人靠在椅背上："你到底背过台词没有？"

"满导，我真的背过。"温川看起来很无措，站在镜头前飞快地背了一遍台词，吐字还算流畅，情感也饱满。

"那到底怎么回事?"

"我也不知道。"温川看了一眼戚瑶,"可能……跟瑶瑶姐搭戏,我有点儿太紧张了。"

戚瑶对上他那紧张中带着羞怯的一眼时,有点儿蒙。

预算原因,加上小满的人脉不广,整个剧组都偏年轻,不少人是大三、大四或刚毕业的学生,此刻片场响起此起彼伏的嘘声:

"谁不知道你喜欢瑶姐?你这跟直接表白有什么区别?"

"打光打得我手都酸了,本来想揍你一顿的,现在原谅你了,毕竟情有可原。没出息的玩意儿!"

"这么冷,快点儿!你脑子被驴踢了吧,不知道这是瑶妹跟我们一起受罪吗?"

…………

戚瑶站在人群中央,看起来平静淡然,没什么表情,其实有点儿无措地侧脸,瞄了一眼旁边。

那人坐在片场旁,黑衣灰裤,姿态松弛而散漫,单手撑着下颌,眯了眯眼。

半响,喻嘉树没什么表情地用长指在桌面上叩了两下。接着,他低颈垂睫,拨了个电话。

小满拍了两下手掌,现场嘈杂的人们顿时噤声。她说重来一遍,原本调笑的人就敛起神情,各自归位了。

好奇怪,戚瑶想。

明明小满是个身材纤细的女孩儿,没什么表情,连声音都很轻,偏生把这群人吃得死死的。

"你不要紧张。"戚瑶抛开杂念,看着温川,温和地说,"就把我当成你最熟悉的人就好了。"

温川愣了两秒,点点头。

两遍之后,竟然如戚瑶所愿,温川正常发挥,把不算短的台词流畅地说完了,连神情也没得挑。

小满看了遍回放,起身挥了挥手:"过了。"

现场顿时爆发出一阵压抑着的欢呼声:"放饭了,放饭了!"

"妈呀！今天是什么饭，怎么比前两天的盒饭高级多了？"

"你能看见底下的标不？这不是那家据说很难订的私房菜吗？说天王老子来了都得提前一个星期预订的那种。"

"真的假的？现场排队都得排好久，怎么可能给全剧组装盒饭，别是只是用了个包装袋吧？"

"你看这样子像吗？发饭的工作人员还穿着那家私房菜馆的衣服啊！是什么大人物来了吗？我去黑板那边看看。"

剧组习惯，如果有人请吃饭、请喝奶茶或其他什么的，会在片场入口的小黑板上写上，以便大家知道，也算另一种意义上的记情。

剧组多的是人探班，大大小小的关系网，人情来往都正常。戚瑶听到这里不感兴趣，没有再凑热闹，裹着羽绒服上了车。

下午的戏场次偏晚，她可以回去休息一会儿。

等她的人不知道什么时候也上了车，散漫地坐在位子上，长指有一下没一下地钩着耳机线玩，闻声懒散地抬眼，看着她上来。

栗子察言观色，上车就规规矩矩地坐好，给小王使了个眼色，意思是"那位来了，又没我们什么事了"。

"第一次来剧组，感觉怎么样？"戚瑶还处于一种隐秘的欢欣状态，边喝水边问。

喻嘉树偏头看她。

女孩儿的脸都被冻红了，纤细的指关节由红转白，焐着热水袋也能看出来僵硬，扭瓶盖都显得有些不听使唤，但她像没察觉到似的，偏头看他，眼睛很亮。

他的视线在她手上顿了两秒，接着上移，两个人四目相对。

没来由地，喻嘉树觉得她像幼儿园放学时兴致勃勃地冲出去，告诉家长今天拿了几朵小红花的小朋友。半晌，他没忍住，抬起下巴笑了一声。

戚瑶不知道他在想什么，蹙着眉看他一眼，才听他带着点儿笑，漫不经心地低声道："没注意，光看你了。"

刚撇下去的嘴角又停住，戚瑶眨了两下眼睛，顿了片刻才"喊"了一声，若无其事地转头看窗外，却根本抑制不住唇角的弧度。

喻嘉树的眉眼间也带着点儿笑意，他微微倾身，松松地攥住她纤细的手腕，把她的手带过来，在掌心焐了焐，轻轻揉着她的指关节。

他垂着眼睫，神情很淡，专注而认真，跟他平时工作的模样很像，好像这是什么至关重要的事，她是什么珍贵到无价的珍宝。

热意从他轻揉的地方传来，戚瑶抿唇，盯着他的发顶，蜷了两下指尖，没说话。

栗子时不时从后视镜里偷看二人一眼，觉得小情侣就是小情侣，就算没什么动作，只是对视一眼，空气中都弥漫着"粉红泡泡"——

她从前不也试过帮瑶妹焐手，怎么没见瑶妹脸红呢？

到了酒店，开了空调，戚瑶才将手从喻嘉树兜里拿出来。

路上两个人一直牵着手——在他外套的兜里。在别人看不见的地方，在能够完全隔绝严寒的狭小天地里，他们一直十指相扣。

刚拉上窗帘，倏地想到什么，戚瑶回头，看着他："你骗人。"

"你跟一个女孩儿说话，来来回回地说了好久。"戚瑶道，半晌又气势汹汹地补了一句，"我都看见了！"

她这是在回应他那句"光顾着看你了"。

喻嘉树一顿，似是回想了一会儿，接着很轻地挑起半边眉毛："这你都能看见？职业素养不够啊，戚小瑶。"

"我是休息的时候看的。"戚瑶说。

"是吗？"喻嘉树两步走到她面前，垂睫看着她，攥着她的手指玩，摸了一会儿，神色自若地道，"我怎么觉得你抱别的男人的时候也在看我？"

这可算戳到戚瑶的痛处了。作为一个爱岗敬业的女演员，她已经尽力克制了，眼神却总是止不住地往他那边瞟，好在这场戏她饰演的本就是貌合神离的女方，一时也没人发现。

但他还是影响她工作了，她竟然还被他发现了！

戚瑶顿时有种被抓包的羞赧，有点儿恼羞成怒，想把手从他的手里抽出来："你看错了！"

喻嘉树不为所动，依旧紧握住她的手，甚至还故技重施，手腕一转，修长的手指挤进她的指缝，强行和她十指相扣。

他拖长尾音"哦"了一声,懒洋洋地回应,明显一副"我不信但是不跟你计较"的模样,听起来欠欠的:"也许吧。"

戚瑶抿唇,恼得不行,换了只手捶他。女孩儿手握成拳,往他肩膀上来了一下,不痛不痒,像小猫挠。喻嘉树终于没绷住,笑了一声:"行了。"

"那是我的秘书。"喻嘉树顺手在她的脸上捏了一把,"其实也不算我的秘书,我爸留的。我出门着急,好多资料在公司里,只能叫她一起来。"

顿了两秒,不知道出于什么目的,他还垂着眼补了一句:"已婚。"

"哦。"戚瑶应了一声。其实她也不是真计较,听他解释两句就行了。

不过她倒是很疑惑:"你出门这么急干什么?"

空气顿时寂静。喻嘉树顿了两秒,没答,开始转移话题:"你是不是要换衣服?"

"哦,对。"戚瑶没察觉丝毫端倪,好糊弄得很,一下子就被转移注意力了。

她背过身,把厚重的黑色羽绒服外套脱下来,喊他:"你帮我拉一下裙子的拉链。"

裙子是春秋款的及膝裙,修身且薄。戚瑶把颈后的头发撩起,露出一截白到发光的后颈。

中央空调缓缓地吹出热气,室温渐渐升了上来,驱散寒意。

喻嘉树垂睫,长指微动,握住拉链,缓缓往下拉。

戚瑶垂着眼,漫无目的地在想待会儿换什么衣服。

"我们午饭是出去吃,还是就在酒店里吃?"她背对着他问。出去吃她就得穿得厚点儿,留在这里的话就可以换随意且居家的衣服,舒适很多。

其实她私心不想往外跑,毕竟下午还有戏,但喻嘉树又在这里待两天,好像赶一点儿也不是什么大问题。

盯着阳台轻微飘动的纱质窗帘,她兀自出了好一会儿神,才发现背后的人久久没有动静。

戚瑶有些疑惑地偏头去看，瞥见一双漆黑的眼。

喻嘉树垂睫，视线从敞开了一半的裙子上移开。

女孩儿光洁的后背裸露在空气中。她的肩背极薄，肩胛骨微微凸起，随着呼吸轻微起伏，宛如一双颤动的蝴蝶羽翼。白皙细腻的皮肤包裹着脊椎骨，他的视线寸寸下移，看到女孩儿纤细的腰和明显的脊柱窝，浅浅的腰窝随着她转身的动作显露出来，前方的起伏若隐若现。

喻嘉树移开视线，盯着她的眼睛。

"胆子挺大，戚十一。"他瞳孔漆黑，似笑非笑地沉沉开口，"里头就这么一件，敢让我给你解拉链。"

"……"

被喻嘉树抵在门上的时候，戚瑶也不知道事情为什么会发展成这样。她不就是裙子里没有穿打底衫，并且忘记了这件事，坦坦荡荡地让他帮她解拉链了吗？罪不至此吧？怎么就变成"以为他不会动她了"呢？

她的背被抵住，男人将手扣在她的腰上，长指在浅浅的腰窝上摩挲，带来一阵痒意。戚瑶抿唇，努力忍住，让自己不要躲开。

忍耐间，她倏地听见喻嘉树开了口。

"今天那个小毛头，"他垂睫看着她，眯了眯眼，平静地继续说道，"就是昨天晚上那个叫姐姐的？"

她还以为他没听见呢，毕竟他昨天一点儿反应都没有。

戚瑶被他紧紧地抵在门上，不自在地移开视线，轻轻地"嗯"了一声。

喻嘉树没什么表情，修长的食指绕了两圈她的鬓发，漫不经心地问道："他加你的微信了？"

"嗯。"戚瑶抿唇道，睫毛颤了两下，踮起脚尖，努力伸手去够手机，"想着是同组同事才加的，我可是一条都没回过。"

她点开对话框，证明清白似的把手机翻过来给他看。

喻嘉树对温川其实不大感兴趣，粗略扫了一眼，看见了规规矩矩的"尘曲－温川"备注，还有对方自言自语似的大片消息。

他倏地瞥到什么，顿了顿，略眯着眼开始念："瑶瑶姐，天气预报说明天要降温,你多穿点儿呀。不过不穿也没事,我会多带两件衣服的。"他念到末尾,戚瑶感觉自己已经能清晰地听到他的轻嗤声,顿时头皮都发麻,想拿开手机,却被他扣住手腕不能动。

喻嘉树垂着漆黑的眼睫,继续念,语气平静无波。

"睡不着怎么办呀?姐姐,你有什么治疗失眠的好办法吗?

"晚安,瑶瑶姐。祝你有个好梦。

"早上好!我起来开工了。姐姐有什么想吃的早餐吗?"

…………

戚瑶其实没怎么细看过消息,光听他念这几句,都已经开始浑身起鸡皮疙瘩。

喻嘉树扯了扯嘴角,单手把手机从她的手里抽出来,干脆利落地往床上一扔,视线一转,落到她身上。

"挺能招人啊,戚十一。"他淡淡道,神情寡淡,瞳孔漆黑,看不清情绪。

缓慢地眨了两下眼,戚瑶顿住,一时不知道要说什么。

她没谈过恋爱,对这种突发情况总显得局促,一方面觉得好像得否认,另一方面又觉得他说得好像也没错。

犹犹豫豫间,她试探性地"嗯"了一声——他这是在夸她吧?

"你还'嗯'?"喻嘉树挑起半边眉毛,几乎要被她气笑了,抬手在她的腰上挠了几下。

"痒。"戚瑶猛地一缩,往他的怀里躲。

虽然戚瑶被挠得有点儿想笑,但对情绪的感知一向很敏锐,抬眼盯了他一会儿,笃定道:"你根本就没有生气。"她抬手环住他的颈项,眨眨眼,又思忖了片刻,"或者不是因为这件事而生气。"

喻嘉树是什么人啊——从小被捧着长大的少爷,要什么有什么,虽然待人平和没架子,从不高高在上,但毋庸置疑的是很少有人能入他的眼,遑论被抬到"具有威胁"的位置。温川还远远不够格。

"所以你为什么不开心?"戚瑶踮脚往他身前凑了凑。

喻嘉树顿了两秒,垂着眼,神情自若地道:"我没有不开心。"

他平静得称得上是坦荡,跟真的似的。

"真的？"戚瑶微眯了眯眼，跟审视似的确认，"没有因为我抱了那小孩儿十多次而不开心？"

她腰上的手明显地僵了一瞬，接着又松开。

顿了好一会儿，喻嘉树若无其事地开口道："没有。"

"那是你的工作，我能理解。"他语气平静地道，神情也很淡，看起来仿佛浑不在意。

戚瑶看了他一会儿，拖着长长的尾调，"哦"了一声。

"好吧。"她说，缓慢地把环住他脖子的手臂收回来，"我还说，你要是因为那小孩儿抱我而吃醋，我可以补偿补偿你。

"现在看来，是我多虑了。"戚瑶一边说，一边推开他，想去衣柜旁边找衣服，"我的男朋友简直深明大义。"

她刚迈出两步，倏地被人攥住手腕，一阵向后的力将她往后拉——

香杉薄荷的气息盈满鼻腔，戚瑶猝不及防，回身跌进刚离开的怀抱，温暖、坚实、熟悉而又紧密。

喻嘉树用双手环住她纤细的腰，垂着眼看她："准备怎么补偿？"

戚瑶眨眨眼，下巴抵在他的胸膛上，反应了半晌，粉色缓慢地从耳根爬上来，好一会儿才道："亲你一下？"

喻嘉树挑眉，没什么情绪地重复："亲我一下？"

他明明神情和声音都很淡，却莫名其妙地让人觉得他浑身上下都在叫嚣着：就这？

他跩得要命。

热气灌满房间，已经不能再温暖了，戚瑶的脸红了个透，她顿了好半天，声若蚊蚋般说道："就……别的也可以。"

她背后的拉链被拉开了一半，男人的手搭在她浅浅的腰窝处，再往前伸，就能触到裸露的腰。

空气安静好半响。

喻嘉树倏地仰起下巴，低笑一声："行。"

他垂睫后退半步，漆黑的瞳孔直直地望着她，敛起神情，呼出一口沉沉的气，妥协似的开口："那你哄哄我。"他声音低沉，透着一丝无奈，拖着尾音落到她的耳道里，"我要酸死了。"

酒店楼下。

"哎,你上去干吗呀?"栗子正坐在庭院里吃关东煮,眼看着温川就要上楼去,连忙拦住,"你的房间是在一楼吧?"

"对啊。"温川说,好像对她的问题感到很奇怪,晃了晃手里的奶茶,"我上去找瑶瑶姐。"

"别!"栗子瞪大眼睛,一个箭步冲到楼梯口,猛地拦住他,支支吾吾半天,才道,"她现在应该不是很方便。"

"怎么了?"温川皱眉,看起来有点儿急,"是上午太冷,身体不舒服了吗?刚好我带了药,你让我上去看看。"

说完他就推开栗子,不容分说地往上走。

"哎!"栗子实在拗不过他,想追上去,却又在踏上第一级台阶时顿住。

好半响,她收回脚,在原地烦躁地跺了跺:"这人真烦!"

"管他的,我才不上去打扰他们。"栗子看着越走越远的背影,无语到极点,对着温川的背影挥了下拳头,"正好让大帅哥好好教训一下你。"

室内昏暗,窗帘掩盖住冬日正盛的日光,光线朦胧。空调徐徐地吐出热风,扇叶开合,发出轻微的嗡鸣声,还夹杂着些许的其他声音——轻而微小的嘤咛声,时有时无,仿佛是尽力忍耐的结果。

女孩儿的下唇被咬得泛白,细白的手指攀住男人的小臂,用力到指关节都泛着白。

喻嘉树一手横过她的侧腰,抵在门上,把人圈在怀里。肌肉线条流畅的小臂上青筋浮起,被她无意识地掐出印子,却像察觉不到似的,毫不在意。

气息连带热意扑在她的耳畔,带来一阵酥麻,戚瑶呼吸急促,有些受不住地往后缩,仿佛四肢百骸都被烧得滚烫,没了力气。

她推他,细眉蹙着,五指张开撑在他的肩膀上,总是无力地垂下,又费力地抬起来,一双桃花眼泛着潋滟的水光,雾蒙蒙的,看起来可怜极了。

酒店的隔音不算好，门后倏地传来响动，越来越近。

戚瑶一把抓住他的手，身子向后仰，抵住门，近乎无措地轻声道："有人。"

她唇上还泛着水光，眼睛一眨一眨，脸颊泛红，神情略显迟钝，乖死了。

喻嘉树抬眼，压着一股劲，漫不经心地"嗯"了一声，没再动。

戚瑶得以喘了口气，呼出一口长长的气，刚松懈一点儿，随着敲门声和说话声响起，神经又蓦然紧绷起来。

"瑶瑶姐，你在吗？"熟悉的男声隔着一道门响在耳边，神思恍惚间，几秒过去，她才慢半拍地反应过来——是温川。

戚瑶的心跳停了一拍，她下意识地看了喻嘉树一眼。

男人很轻地挑起半边眉梢，漆黑的瞳孔直直望着她，带着一股子不好糊弄的冷淡劲儿。

得，她刚牺牲自己顺下去的毛，又炸起来了。

戚瑶别无他法，只好硬着头皮答应："在。"

温川的声音从门口传来："我听栗子说你可能身体有点儿不舒服，刚好我房间里有感冒药，就给你带点儿上来。"

喻嘉树的指尖在她的腰上一圈又一圈地打转，若有似无的，触感很轻却痒，且折磨人。

"不用了，谢谢。"戚瑶说。

"姐姐是不想见到我吗？"温川犹豫了片刻，站在房门外，这样问道。

半晌没听到回应，他有点儿无措地等了一会儿，听到里面隐约传来一点儿声响，但是没有人说话，以为是戚瑶在生他的气，于是沉默片刻，轻声解释道："是我今天状态太差了，导致在寒风里那场戏拖了这么久，你可能还会着凉，生我的气也是应该的。"他沉默了一会儿，吐出一口气，"不好意思啊，姐姐，是我的问题。我实在太紧张了，因为我大学的时候就非常喜欢你……能够有机会跟你搭戏，虽然是我找小满求来的，但我也很感激。我读书的时候就看了很多你的作品，反复回看，甚至还剪辑……"

温川兀自说了好一会儿才回神，发现里面依旧没有回音。他敲了敲门，试探道："瑶瑶姐，我能进去吗？"

这次有回应了——"砰"一声清脆又细微的响声，像屈起的指关节叩上门。戚瑶的声音很轻，听起来像她没有力气，艰难地从齿缝里挤出来的一样："别……"也不知道她是在回应谁。

室内传来一阵轻微的响动。隔着门，温川分辨不出来，感觉像是衣物摩擦的声音，细微而短促，绵延不断。

"姐姐，你不舒服吗？"温川有点儿急，在门口团团转，又敲了敲门，"需要我帮忙吗？"

过了好一会儿，房间内，喻嘉树俯下身吻了吻她的唇角，扯了张纸巾，漫不经心地擦着手，低声问道："你不舒服吗，瑶瑶姐姐？"

室内一片昏暗，急促的呼吸声许久之后才平息下来。

裙摆缓缓下滑，戚瑶将手靠后，张开纤细的五指，扣在门框上稳住身体，腿还好软。

眼看着喻嘉树伸手要扶她，戚瑶瞪了他一眼，伸手撑在他的肩膀上，一把将人推到门后面去了。

男人一顿，接着站在门后慢条斯理地扯纸巾，很轻地"啧"了一声。

戚瑶深呼吸两次，低头整理好衣服，缓了两秒之后才打开房门。

相较室内更寒冷的风灌入，外面的男孩儿也停下焦灼的踱步。

两个人四目相对，顿了两秒，戚瑶轻声开口道："不好意思，刚刚有点儿忙。"她的声音莫名其妙地有点儿哑。

"没事就好。"温川看样子舒了一口气，两秒后又看着她，有些迟疑地道，"不过你的脸好红，真的没有不舒服吗？"

"真的没有。"戚瑶略有些不自在地移开视线，"可能是空调温度太高了。"

为了转移话题，她回想了一下温川在门外说的话。虽然只听到了一些，但不妨碍她拼凑出这小孩儿的全部意思。

戚瑶看着他，说道："我没有生你的气。"她的声音略微有点儿哑，但她很认真。

温川一愣,又听见她继续平静地说:"但是我希望你以后在演技道路上可以再精进一些,毕竟由于自己的失误导致反复重拍,不管是对跟你搭戏的演员,还是对剧组人员来说,都不能算是一件好事。"

"好的,我知道了。谢谢瑶瑶姐。"温川说。

戚瑶"嗯"了一声,看样子就要关门:"还有什么事吗?没有的话我就……"

"有。"温川说。戚瑶停住动作,有些疑惑地望着他。

手里的奶茶还有温度,他却不想递出去了。温川望着她的脸,刚刚她说的话还在耳畔萦绕,他倏地就觉得她离他好远。

"瑶瑶姐会觉得,我这样很打扰你吗?"温川顿了顿,脸开始涨红,"我是真的很喜欢你,不知道你愿不愿意,给我一个机会……"

倏地,他的话语顿住——

半开的房门缝隙里,若有似无地露出一个男人的侧脸。那人很高,身姿颀长而挺拔,姿态散漫,刚从洗手间里出来,额前的黑发理得利落,薄白的眼皮冷淡地垂着,下颌线被阴影切割得干净而利落,表情漫不经心。

似是察觉到他的目光,那人也抬起眼皮,没什么情绪地投来一眼,瞳孔漆黑,带着一股冷淡劲儿,不到一秒后就移开了视线,意兴阑珊的模样。

这让他有种感觉:好像他都不够格让那人多看一眼。

温川霎时噎住,把剩下的话忘了个干净。

戚瑶倒没察觉,只以为是他年纪小,脸皮薄,说到一半不好意思再说下去。她看了他一会儿,思忖片刻,道:"老实说,有一点儿。"

这样会很打扰你吗?——会。

这是再明确不过的拒绝,只不过戚瑶顾及成年人的情面,把这个肯定句柔化再柔化。温川虽说还是学生,但不至于连这样委婉的拒绝都听不懂。

没来由地,他想到今天片场黑板上,"请吃饭"的那一栏里简简单单、没头没脑的四个字——戚瑶家属。

原来是这个家属。

沉默良久,温川把奶茶背到身后去:"好,我知道了。"

"拒绝人还挺有一套。"房门关上后,喻嘉树漫不经心地开口,"这么干脆?"

"跟你学的。"戚瑶随口接道,走到窗边,把窗帘拉开,光亮顿时倾泻进来。她抬眼一看,这人竟然还在擦手。

"你有完没完?"她恼得很,抿唇拍了他一下。

喻嘉树顿了一会儿,很轻地挑起半边眉梢:"这是我刚刚洗了手的水。"他把湿漉漉的纸巾揉成团,用指尖捻了一下,懒散地扔进垃圾桶,才回身,优哉游哉地问她,"你以为是什么?"

戚瑶感觉自己的脸又烧起来,迅速转身,避而不答,看了一眼表:"1点了,我们到底吃什么?"

这话题转移得够生硬。喻嘉树很轻地笑了一声,也不逗她了,往沙发上一坐,看了眼手机:"我点了淮扬菜,马上就到了。"

后来喻嘉树陪着她吃了顿饭,又出门去了,据说是有约。戚瑶也不知道他具体是出什么差,但是好像很忙的样子。

她也忙,吃完饭收拾收拾,去片场做造型、上班——又是一个大夜戏。

喻嘉树出差这两三天的时间,满打满算,两个人相处的时间不过就是第一天中午,其余都是对着手机零零碎碎地聊着天儿,上一条和下一条之间隔着的时间以小时计。

喻嘉树回 C 市那天,戚瑶也是满戏,根本抽不出时间去送他,只能在别的演员 NG(重拍)场次的空隙里给他发微信。

1:"你到了吗?"

十几分钟后,喻嘉树回:"刚到机场。"

戚瑶看了一眼手机,指尖在屏幕上顿了顿,犹豫着没有再回。

"瑶妹,你的脸色怎么这么差啊?"栗子担忧地问道。

"是吗?"戚瑶放下手机,就着她递过来的镜子看了一眼,"是不是今天的粉底太白了?"

栗子想说不是。连着两个大夜戏,从午夜到凌晨,冬天的风能刮到骨子里去,她在旁边打瞌睡都要受不了了,何况反复在镜头前调整状态的戚瑶?

这两天戚瑶的脸色都不大好。

还没等栗子将担心说出口,导演又在喊,戚瑶放下热水袋就起身了。她的身影在寒风中显得异常纤细,单薄到好像一吹就会飘走。

栗子看着她的背影,叹了口气,开始搜索祛寒补身体的食谱——虫草蒸老鸭、海带猪骨汤……可惜瑶妹不吃海带。栗子一边翻食谱一边往备忘录里记。

还没来得及有机会做,她就听片场中间传来一阵惊呼。

人群簇拥着向中间跑去,单薄的身影毫无预兆地向后一仰,没有意识地倒在旁边的人的怀里。

梦境纷杂,仿佛这辈子有过深刻印象的地方,她都飘浮着梦了一遍。

梦里一会儿是院里昏暗杂乱的角落,一会儿是挂着碎花窗帘的陌生房间,一会儿是老旧小区里潮湿的楼梯间……

天旋地转之后,戚瑶倏地惊醒。眼皮沉重得像生了锈,她花费了许多力气才缓缓睁开。

入眼是白得像纸的天花板,简单的方块拼成一整片,裸露的白炽灯管发出刺眼的光亮。满鼻腔的消毒水味和右手手背冰凉的触感,让戚瑶后知后觉地意识到自己可能在医院。

指尖轻微地动了动,冰凉的液体从手背被缓缓推进血管,仿佛连带着她的半边身子都僵了。

她眯着眼,恍惚地想了一下,自己应该是晕在片场了。

她蹙着眉喊了两声"栗子",周围安静,没听到回应。戚瑶费力地坐起来,右手不敢用力,生怕针管里回血,单手支着身体去拿柜子上的手机。

她头晕眼花,只觉眼前的世界都在旋转。她强忍着想吐的感觉,看了一眼时间,指尖却触到通话记录。

屏幕显示临近中午的时候，她给喻嘉树拨了个电话。

她说了什么呢？她想不起来了。

意识还飘着，她躺回床上去，盯着天花板发呆。

高烧让人神志模糊，又要坠进无休止的纷乱梦境时，戚瑶听见病房门被推开，费力地睁眼去看。

喻嘉树拎着鸡汤上来的第一眼，就看见戚瑶躺在床上，偏头看他，几秒后，她睫毛颤了颤，眼眶立刻就红了一大圈，鼻尖也红了。

人小小的，躺在蓝白色条纹的病床中间，仿佛占了不到一半的面积。

他顿了两秒，站到床前，伸手去焐那只因为输液而冰冷的手。

戚瑶好像迟钝地反应了很久，此刻就不怕回血了，反手扣住他的手，在男人的手背上小心翼翼地触碰了一下。

温热的、真实的……她纤长的睫毛颤动一下，眼泪就那么掉下来了，情绪来得毫无预兆，却来势汹汹。

戚瑶牵着他的手，缓慢地眨了眨眼，带着鼻音开口："我从前也梦见过这一幕。"她仰起脸，眼中泛出粼粼波光，轻声道，"就在病房里，和你。"

高三那年的冬天很冷。C市在南方，不下雪却阴冷。骤然下降的气温让人呼吸时，鼻腔都在发痛，好像吸进了一腔带冰碴儿的水，风也是带着刺骨寒意的，能扎到人骨头里。

身体不好的老年人很难熬过这样的冬天，奶奶也不例外。

福利院到家里那一截路很窄，冬天时而供电不足，路灯会熄。隔壁的爷爷时常爱捡一些矿泉水瓶和纸板堆在楼梯口，某个从院里回来的夜里，奶奶没留神踩到塑料瓶，从楼梯上跌下去，就再也没能成功站起来。

从前奶奶一直怀抱着不知道哪里来的迷信想法，说老年人一旦进了医院就很难再出来，戚瑶一直不信，可是后来不得不信。

腿摔伤之后，奶奶在医院住了一个月，精神一天比一天差。虽然她总是笑眯眯地握着戚瑶的手，但戚瑶能感觉到，她在离自己越来越远。

那时候任阿姨在院里忙得抽不开身，大点儿的孩子在学校读书，小点儿的在院里出不来，只剩戚瑶一个被奶奶领回家去的孩子可以照顾奶奶。

她只字不提自己高三的忙碌，每天学校、医院两头跑，写作业到凌晨，睡三个小时，不到5点起来熬鸡汤，守着开着小火的灶台背书，因为太困而往下栽，被滚烫的砂锅烫出的红印至今还留在耳后。

有一天她实在太困了，恍惚间，梦里梦外都是月考出成绩，她往下滑了一百多名，站在红榜前时惶然又无措，紧紧捏住衣角，抬眼看见年级前十名的照片。

太远了……戚瑶站在那里，想，他们实在太远了。

她倏地从梦中惊醒时已经天光大亮，上课都快要迟到，遑论做饭。戚瑶别无他法，只能匆匆忙忙地跑去学校，午休时先用手机点了外卖，再到医院陪床。

要怎么说人的崩溃呢？是出生即被抛弃吗？是被送离福利院后，又被沉默地送回去吗？都不是的，这些只是安静的悲伤而已，像潜伏在骨头里的疼，仅仅在阴雨的瞬间发作，绵长却能挨。

真正的崩溃是一瞬间的情绪决堤。

她强撑着在病房内说好话，哄完瘦弱憔悴的老人之后，痛经到说不出话来，捂着小腹沿着门下滑，蹲在墙根，在泪眼蒙眬时接到了外卖员的电话。

对面的人说医院人太多，没法儿送上楼，把外卖放在马路对面的花坛上了。

她痛得意识快要模糊，头顶的白炽灯仿佛变成了正午的太阳，她小声问："能送进来吗？"她很不舒服，走不过去。

对面的大抵是个中年男人，不耐烦地说："医院都是不舒服的人，怎么就你娇贵，几步路都走不了？"

她抿唇，还想说什么，对面的人已经挂了电话。

在"嘟嘟"声前响在她的耳畔的还有他的一句抱怨，他说她真矫情，耽误他送下一单，声音极其刺耳，暴躁又不耐烦，语气中的厌恶仿佛兜头罩来。

现在想来，她其实并非不能理解他，任何一个职业的人都有自己的

349

艰辛与困苦,她没有必要去苛责什么。

可是那一刻的戚瑶真的很绝望:数日以来的担忧思虑、缺乏睡眠的疲倦、对未来的惶然与无望仿佛都是加剧小腹绞痛的帮凶,陌生人轻飘飘的一句指责足以成为压死骆驼的最后一根稻草。

她矫情吗?她娇贵吗?她不过就是提出了请求而已,何以至此呢?

小腹阵阵剧痛,好像连同她的神志也被搅个了天翻地覆。

身影单薄的少女蹲在病房外,蜷在墙根下,抱着膝盖无声地掉眼泪。

那一瞬间,戚瑶把脸埋在臂弯里,想起了很多事。她想起多舛的命运、无端的指责;想起无数个难以入眠的深夜;想起红榜上隔在他们中间望不见尽头的名字;想起刚才奶奶握着她的手,粗糙又干燥的一层皮肉包裹住嶙峋的骨,袖口下滑时,露出淡色的老人斑。

奶奶说:"以后我不在了,不要给我买墓地,也不要在忌日来看我,我不喜欢。在生日吧,我们皆大欢喜。"

她第一次感到死亡直逼眼前的无措,大脑里一片空白,只能徒劳地用力回握住奶奶的手,勉强挤出一个笑,说:"不会的,奶奶一定会长命百岁的。"

老人也笑,眼角皱纹弯起来,说:"好啊,奶奶要陪瑶瑶长到很大很大。"

一老一少一坐一站,凑得很近,都弯起眼角,双手交握,这一幕单拎出来好像是什么美好的团圆画面。只有她们知道,不是的。死亡面前,言语是最无力的,笃定又美好的话语只不过是一句大家都心照不宣的谎话。

少女就那么蹲在那里,单薄又伶仃,因为顾及一墙之隔的老人,连流泪都是无声的,下唇被咬得泛白,痛到指尖死死地掐住掌心。

长廊尽头的窗户没关,穿堂风猖狂地灌进来,好像要硬生生地把人摧折。

太冷了……那一年的冬天,是无论何时戚瑶再次想起来也依旧会觉得冷的。

"但是,很奇怪的是……"好多年后,戚瑶坐在病床上,眼眶和鼻尖都红着，蹙眉困惑地道，"当我抬起头时，那份鸡汤就放在旁边。"

冰冷的、没有人的连排金属座椅上放着一个袋子，它规规矩矩地待在靠左的座位正中间，包装妥善完整，连小票都完好无损地贴在外面。

少女愣怔片刻，缓慢地眨了两下眼。溢出的水珠从眼角掉下来，迅疾而又饱满，在脸颊上留下一点点泪痕，视线变得清晰。她松开用力到指关节都泛白的手指，小心翼翼地伸手去触碰袋子。

纸和包装袋摩擦，发出轻微的声响，小票上白纸黑字写的是她的名字——这是她的那份，被人拿进来了。

戚瑶愣愣地抬眼去看——

对面病房的女人正卷着午睡的毯子，斜对面的护工在给半瘫的男人擦洗身体，保洁阿姨在用抹布擦栏杆。好像人人都很忙，都不是这个短暂的善意的给予者。

她困惑地偏头，视线漫无目的地下落，望见走廊尽头的身影。

半人高的绿植立在墙角，尚且葱郁，斑驳的灯光下，清俊的侧脸一晃而过。

她还没来得及看清，再一眨眼，高而挺拔的身影消失在转角，徒留枝叶轻微晃动，再难寻找。

空气静默良久。

病房内响起一声很轻的叹息："我到现在也不知道，是不是那个时候我太难过了，所以选择性地把记忆模糊掉，甚至凭空捏造了一个人出来。"戚瑶抿了抿唇，垂睫，几秒后，又抬起来，自嘲似的扯开嘴角笑笑，"但很奇怪，这么多年，我一直觉得……那是你。"

戚瑶安静地望着他。

这个念头从那时候的少女心里生出，便再难磨灭。后来她时常也想：仅凭一个模糊不清的侧影，她凭什么认定那就是他呢？

"后来我想，虽然我喜欢你，但也不能真的把你塑造成我的救世主，把所有事情都往你身上推，这样对我们都不好。"

女孩儿垂眼，纤长的睫毛颤了颤："所以后来我就想，可能那只是我痛得受不了时，捏造的一个梦。"

病房里安静了许久。

他进来之后开了暖气，带了个蓝白色的暖手宝，放在她的右手手心里，血液循环加快，她不再僵冷。

好半晌，喻嘉树垂着眼，长指微动，按下保温盒的搭扣。

清淡鲜香的气味在空气中弥散开，戚瑶以为他不会再就这个话题开口时，听见他问："是12月吗？"

那一瞬间，仿佛连空气都静止了，半空中飘浮着的细小尘埃都停下来，等着她回答。

戚瑶缓慢地眨了眨眼，消化着这句话，过了好几秒才迟钝地反应过来，接着心跳猛地漏了一拍。

她倏地抬眼，有些无措地望着他，张了张嘴，颇有点儿语无伦次，试探般轻声问道："真的是你？"

栗子熬的鸡汤很香，喻嘉树先是垂着眼用手在瓷碗侧边试了试温度，用勺子搅了两下，将汤递到她的嘴边，才轻声开口："如果是二楼的话。"他垂眼看她，用漆黑的眼睫掩住神情，低声道，"那的确是我。"

那是很多年前的事了。

喻嘉树出现在那里纯属巧合。按理说，他这样家境的人，很少会去人满为患的公立医院，遑论好几人共用一间的普通病房。

但偏偏那个时候，他就是在。

喻嘉树垂着眼往她嘴边一勺一勺地递汤，动作轻缓却细致，神情很淡，简单明了地解释："我妈再嫁，对方是个建筑工程师，家境不算殷实，就是普通人。"

普通人生老病死的一类事，自然在普通医院。

叶梵在跟喻重山离婚的第三年再嫁，次年就怀了新的宝宝。那年喻嘉树17岁，一个人在从前的家属院住着，没有回过南山一次——或许那在他心里，根本就称不上"回"。能被称之为家的地方才谈得上回，南山区区一栋金砖雕砌起来的屋子，还没那个资格。

叶梵产后没有请护工，被邻床的老人咳嗽声吵得睡不着，被病房走廊上时不时传来的各种声响吵得神经衰弱，也没有抱怨过。

喻嘉树偶尔去看她，问了邻居家的爷爷奶奶，买了点儿坐月子的补品，到病房里，人坐下，把东西放下就安静了。

他好像没什么话可以说——是从什么时候开始，他跟叶梵无话可说了呢？

他尚且记得从前一家人在公园里放风筝，跨年夜时在江边放烟火，现在风水轮转，原本圆满的一家三口分崩离析，各自有了新的家庭，那些记忆里模糊却美好的回忆，好像转瞬就成了上辈子的事情了。

现在他一进来，那个文质彬彬的中年男人就肉眼可见地局促起来，或从叶梵手里接过孩子，或停下削苹果的手，在裤缝边不自在地摩挲两下，面上还要挂着礼貌的笑容，寻找一些一眼就能看穿的借口走出门去，给他们留下独处的空间与机会。

这些尴尬又沉默的瞬间，无疑在昭示着，他才是那个彻头彻尾的外来人。

但喻嘉树面上不显，在男人冲他打招呼时颔首示意，在小朋友冲他眨眼睛的时候也能笑两声，依旧神情自若，不显狼狈，只不过这一切好像都是虚浮的，没落到他身上。

叶梵一般会招手让他坐到床边去，握着他的手询问近况，时不时搭两句腔，带着温柔的笑意点评两句，说她的儿子真优秀。

17岁的男生有很强的自尊心，一句"那你怎么不要我"硬生生地卡在喉咙口，混着说不清道不明的情绪，一齐往下咽。

整整三年，他没有一次问出口，更不会在这个对于别人家庭来说大喜的日子不合时宜地提出来。

何况他知道答案——

叶梵从来不是什么被折了翼、困在笼里、中看不中用的金丝雀。她身上有股旁人难以比拟的韧劲儿，在风行千禧年初创时，做出的贡献不输任何人。

她出身微末却精明干练、雷厉风行，以小见大，说风行如今发展到此有她一半功劳也毫不为过。

但现代社会的女性难免面对各种世俗枷锁，什么嫁了人、生了孩子，就该在家洗衣做饭、照顾孩子。

男方的大男子主义在公司有起色之后尽显，婆家各类亲戚逢年过节议论纷纷，说她怀着孕还在外面抛头露面，好像他们喻家养不起一个孕妇似的。

多次难以调和的争吵之后，叶梵妥协，回归家庭，一待就是十多年，直到她实在难以忍受，选择离开。

从某种意义上来说，喻嘉树也是她的枷锁，从前是让她被迫从事业中回归家庭的枷锁，现在是拖累她奔向新生活的阻碍。

所以他尽量不自讨没趣。

浮于表面、点到为止的聊天儿结束，他神情自若地跟一家三口道别，身形依旧挺拔，只是无法忘记关上病房门前的那一眼。

一男一女一站一坐，新生儿被父亲抱在怀中，受母亲无限怜爱——那才是真正平等又圆满的一家人。

17岁的喻嘉树站在病房外，一时没动，神情很淡，目光平直地下落，不知道在想什么。

病房的隔音不算好，他能听见身后低低的交谈声。

男人说他长得很好，优秀又有礼貌，气场强到让自己有些不知所措，以后一定会很能干。

叶梵笑着轻声附和了两句，况且她前夫也不会允许他不能干的，然后话题一转，到了他那个新生的弟弟身上。

夫妻俩小声交谈，说他们的孩子以后不求大富大贵，只要能健健康康地长大，平安开心就好。

平安开心，听起来多么简单又朴实的愿望。可是就是这么简单又朴实的愿望，却从来都没有人祝福过他。

他们只说他要很优秀，要很有能力，他从懂事起就被寄予了他从来就不想要的厚望。没有哪怕一个人问过他开不开心。

也许世界上本就没有那种第一次当就能很完美的父母，任何事都需要试错，包括婚姻和家庭——也许他就是那个试错品。

喻嘉树扯了扯嘴角，轻仰起下颌，呼出一口沉沉的气，抬脚想往外走时，瞥见对面第三间病房外的身影。

身影纤细而单薄的少女蜷在墙根处，身形小得像一只羸弱的小兽。她埋着头，一手捂在小腹上，攥住手机的那只手，纤细的手指都泛白。

她带着哭腔小声询问着——应当是没有结果,因为喻嘉树看见她僵了片刻,头垂得更低了,手臂慢慢下滑,几秒后,肩膀难以抑制地轻微抖动起来,像是在流泪。

他只顿了一秒,接着就没什么情绪地走过了。

事实上,他从来不是什么喜欢大发善心的人。人的善意是有限的,当自己深陷泥淖之中时,很难再分出精力来帮助旁人。

快要走过那间病房的时候,他听见一声低低的叫喊。那是位老人的声音,有几分担忧地上扬着尾调,嗓音是老年人特有的慈祥,喊道:"瑶瑶啊!"

那女孩顿了两秒,应了一声,尾音还在颤,故作轻松地说:"唉,我在外面写作业呢,奶奶,写完就进去。"

他走到医院大门时,这句明显带着鼻音的声音还在他耳边回响。

喻嘉树站在寥落的阔叶林旁边,望着门口大路上的车水马龙。

出租车和拉客的三轮车挤成一片,卖馒头和包子的小贩吆喝着,蒸笼一打开,腾腾热气涌出来,半空中是袅袅的白烟。

他的身前和身后,好像是两个截然不同的世界。

有出租车司机刚载完客人,顺路驶到他身前,问他走不走。

他离开另一个幸福家庭,回到自己孤身一人状态的欲望如此强烈,以至于他不想再回头看这个地方一眼。

17岁的喻嘉树站在那里,沉默良久。

好像过了很久,又好像没有,时间似乎被无限拉长。他很轻地叹了口气,闭了闭眼,迈出的脚步转了个向,往回走了。

医院走廊上的一个擦肩、没有打过的照面、各自不留神的一瞥、那碗在寒风中被吹掉滚烫热气却依旧触手生温的鸡汤——在他们都不知道的时刻,他们在人生中某些难挨的瞬间竟然奇迹般相交,像是命中注定。

很奇怪,不管是17岁的喻嘉树还是25岁的喻嘉树,好像永远都会对她心软。

病中的人娇气,他甚至还没有细说,只是简单提了两句,戚瑶就红了眼眶,不声不响地往下掉眼泪。

他也不知道她在伤心什么,是因为那个身影不是梦,还是因为他随口提到的原因。他耐着性子哄了好半天,她好歹是不哭了,乖乖喝汤。

"你弟弟多大了?"喝完最后一口汤,她忽然这样问。

喻嘉树把碗收起来,闻言眯眼想了想:"应该七八岁吧,记不清了。怎么了?"

"好吧。"戚瑶躺下去,轻声念叨,"我还说如果跟孙文博他们差不多大,应该就是认识我的。我最招这种小朋友喜欢了,等你带我回家,可不把他忌妒死?"

话音刚落,空气安静了两秒。

戚瑶猛地收了声,意识到自己竟然顺嘴就说了"带我回家"这句话,好像这是什么板上钉钉的事。

喻嘉树倒没多大反应,似乎觉得这是理所当然,只是反应了两秒,倏地被逗乐了,垂眼笑了一声,漫不经心地偏头看她,懒懒开口道:"忌妒我有这么漂亮的女朋友,是吗?"

"对啊!"戚瑶也看他,尽量装得很理直气壮,眨了眨眼,轻声反问,"难道不漂亮吗?"

乌黑柔顺的发丝铺在枕上,越发衬得一张脸白皙素净,一双桃花眼清澈温和,安静地注视着眼前的人。

喻嘉树没说话,很轻地挑了挑眉,抽出湿巾擦了擦手,然后俯下身来吻她的唇角,长指从她的脸颊边掠过,拨弄了两下小巧的耳垂。

"漂亮死了。"他在她的耳边低声道,"简直是直男杀手,那便宜弟弟要恨死我了。"

"我在生病,你不要亲我。"戚瑶说,然后把头偏到另一边去,留下发红的耳根,白皙的皮肤上显出一抹粉色。

喻嘉树就那么看着,没忍住,低低笑了一声,不逗她了。

吃完饭后,戚瑶受不住,睡了一觉。她大概还烧着,梦里也不安稳,没输液的那只手牵着他,他轻微动一动都会引得她蹙眉。没办法,喻嘉树只有坐在她身边,一边牵着她一边戴着耳机开会。

他这个时候本来应该在公司。

接到戚瑶的电话时，喻嘉树刚落地。

飞行模式刚一关闭，他就接到喻重山的电话，问他怎么忽然决定要投资新项目。

他上了大白的车，关门往公司开，懒得细说，只说没用家里的钱。对面的人声音蓦然一沉，似乎就要发脾气，"嘟嘟"的提示音响起，他拿下来扫了一眼，简短地说了两句后就挂了。

指尖滑动，他接起新的来电："喂？"

他以为她是来问有没有平安落地，谁知道等了半天，也没听见她开口。

尾调上扬，喻嘉树喊了她一声，好半天，那边才传来声响。

女孩儿的声音很轻、很小，问他有没有上飞机。

喻嘉树顿了两秒，不答，只是反问道："怎么了？"

戚瑶那时候应该是烧得有点儿迷糊，就着栗子的手，把脑袋凑过去，小声问："如果你还没有走的话，能不能过来陪我？"

女孩儿的声音轻得好像下一秒就要飘散，她似乎在做什么激烈的心理斗争，好半晌，才很怕打扰他似的解释道——

今天是奶奶的忌日，她不能去看奶奶，但也不想一个人待着。

她的声音太轻了，尾音不自觉地往下落，他隔着手机都能听出她的忐忑和犹豫。

她太怕打扰别人了，连请求都是建立在他没有走的前提下。

喻嘉树没回答，只让她把电话给栗子，对着大白做了个手势。

一分钟后，黑色的车辆在最近的路口掉头，驶回机场。

两个小时后，晶帆原定的季度汇报会转为线上，此刻，视频通话里实时显示着两个画面。

晶帆会议室照样坐满了人，因为首位是空的，季度汇报完后的讨论阶段，员工们难免显出几分七嘴八舌来。

大白站着，翻了两页资料："志江这两年风头还可以，市场占有率逐渐升高，虽然跟风行不能比吧，但是势头好。"

"所以他们什么意思？想预订XM980做独家垄断是吗？真舍得开价，打定主意跟风行杠到底吧。"

"这肯定不行啊，之前都说了，我们收购宏图和搞定技术许可，有一方面也是因为不做垄断。"

"现在想想，我们的设计生产模式实在太明智了，从芯片设计、制造、封装到测试，全产业链拉通，目前国内还没哪家企业可以比。小而美说的就是我们吧？"

"去你的！你还挺会自夸啊，这主意也不是你的功劳吧。"

"行了行了，拉回正题。志江那边托人问能不能聊一聊，到底怎么回？"

众人的视线纷纷转回屏幕上。

画面中的男人神情很淡，单手撑着下颌，眼皮倦懒地耷拉着，目光甚至没有落在屏幕上，望着镜头照不到的一旁。

听到人喊，他才转移视线，漫不经心地在键盘上打字。对话框里出现俩字："不接。"

大白凑到屏幕前看了一眼，才转身跟大家播报："树说不同意。"

会议室中沉默了一秒，有人困惑地开口："不是，他不同意我大概能猜到，因为他不想靠垄断赚钱嘛，但是为什么他不能说话，是最近失声了吗？"

"今儿还一个字没听他说过呢。"有人附和道："是我们季度汇报让您失望了吗，老板？"

屏幕里，喻嘉树很轻地挑了挑眉，抬起眼皮，一副冷淡的模样，竟然看着下一秒就要关闭通话。

会议室里顿时一片笑声。

"笑死，你嘴好欠，小心老板月底回来扣你奖金啊！"

"怎么说也三个月没看到我们小喻总了，怪想念的。"

"拉倒吧你……"

猝不及防地，尚未来得及关闭的通话中倏地响起一道轻缓的女声。会议室里还吵着，只有站得离屏幕近的大白听见了。

他心头一跳，刚想去关掉通话，就听见那人压低声音问了一句："醒了？"

顿时，整个会议室都安静了，所有人目瞪口呆，面面相觑。另一头的两个人还浑然不知他们的对话被人听到了。

喻嘉树单手摘了耳机，倾身摸了一下她的额头，不算烫了，垂着眼低声问道："我吵到你了？"

戚瑶任他摸，脑袋陷在枕头里，小幅度地摇摇头。过了会儿，她又抿了抿唇，小声道："你没牵我了。"

刚才单手不好打字，他看她睡熟了，就慢慢地把手抽出来，谁知道这样她也醒了。

病房里安静了两秒。

女孩儿一张脸素净而白皙，眼神清澈，柔软的发丝铺在耳边，乖得不行。

喻嘉树垂眼看着她，倏地笑了一声："嗯，我的问题。"

"不过，"他还带着点儿笑意，拖长尾音，戏谑道，"戚十一，你怎么这么黏人的？"

戚瑶抿唇移开视线，不说话。

喻嘉树弯起唇角，看了她一会儿，才把视线转回屏幕上，看着另一边画面里数张目瞪口呆的脸，顿了两秒。接着他很轻地挑了挑眉，没什么情绪，没管在对话框里疯狂刷八卦言论的无聊男人们，干脆利落地退出了通话。

戚瑶大抵是清醒了许多，短暂醒来一瞬的记忆也模模糊糊地被她忆起。

她只能忆起自己迷迷糊糊地被烧醒，就着栗子的手跟喻嘉树讲话，好像是在问他有没有上飞机。

他是怎么回的呢？她没印象了。

戚瑶顿了两秒，抿唇问他："你今天落地了吗？"

喻嘉树正把电脑往床头柜上放，闻言没什么反应，放好之后才回身看着她，说："没啊，天气原因，航班取消了。"他漫不经心地拖着尾音，看着她继续道，"你的运气太好了，戚瑶。"

第十一章
光风霁月

戚瑶大概是受凉加上劳累过度，心情也不大好，病来如山倒。

晕倒不是小事，被送医院之后紧急做了一系列检查，再三确定没什么大问题之后，等到退烧，再观察两天，她也就出院了。

其实她只是看着纤细瘦弱，体质并不算差，从前大冬天拍落水戏，栗子追在她身后让她吃感冒药，然后洗个澡，裹紧被子睡一觉，起来就又活蹦乱跳的。

不生病的人一病起来就不得了，甚至惊动了裴朗，每天一个电话问她怎么样了，还问她要不要把这个工作推了。戚瑶想了想，还是没答应。

小满和剧组的几个工作人员都来看过她，意思是让她休息几天。

"可是进度怎么办？"戚瑶坐在床上问。

原本就是因为预算不够，部分场地和设备留不了那么久，剧组才提前开机的，如果因为她生病又延缓进度，那这个项目大概率会夭折。

"这个你就不用担心了。"小满说，有意无意地看了两眼她旁边坐着的人，又转回视线，"有新的品牌方在谈投资，后续拍摄计划可能都会再做调整。"

"哦，好。"

这件事让戚瑶一直纳闷儿到回家。

"怎么回事呢?"她趴在沙发背上,"怎么就有新的投资了呢?我当时可是跑了好几次饭局都没谈成。

"你要说有什么大变动,也没有呀,主演还是我呀,也没什么大咖加进来。"她将下巴搁在手臂上,看喻嘉树站在吧台边,闷闷不乐地念叨,"难道小满是什么隐藏富豪,和家里闹掰了,这会儿家里又愿意投资了?"

喻嘉树垂眼看了几遍冲剂的说明书,确认了她最近不能吃的东西,然后用温水冲了一包,给她递过去。

"不是没可能。"他顺着她说。

戚瑶还是疑惑,蹙着眉抿了一口药,温的,边喝边叹气:"才上了一个星期班,又回来了。"

"这么爱工作啊?"喻嘉树看她一眼,见她蔫头耷脑的,没忍住,笑了一声,懒散地坐下时把沙发上的游戏手柄捞起来,顺口道,"休假不好吗?别让你的男朋友独守空房。"

"喀喀!"戚瑶不知道想到了什么,咳了两声,手指捂住嘴,脸都因为猝不及防的咳嗽而发红。她埋头咳了一会儿,瞥了他一眼,又迅速移开视线。

喻嘉树顿了一秒,扯了两张纸巾给她,缓缓挑起半边眉毛。

"就……"好半晌,戚瑶小口把冲剂喝完,抿了抿唇,眼神飘忽地小声道,"我的病还没完全好,是不是不太适合过于亲密?"

她说到最后,声音越来越小,脸颊还隐隐发红,就是没往那方面想的人,也得被她带着想歪。

喻嘉树的眉毛挑得更高了,他尾调上扬,重复道:"过于'亲密'?"他一字一顿,咬字很清晰,慢悠悠地显出戏谑的意思。

戚瑶想得很简单:他说独守空房嘛,那她肯定就要留宿陪他。他们都是成年人,又在谈恋爱,那躺在一张床上多多少少会做点儿什么。

现在看他这模样,她大概知道是自己想偏了,攥着玻璃杯,无所适从地将杯子匆匆塞到他的手里:"没什么!"

但喻嘉树也不是会放过逗她的机会的人,单手拎着杯子晃了晃,偏头望着她,慢悠悠地道:"没关系,又不是一定要正儿八经地做什么。"

他拖着尾音,漫不经心的,听起来有点儿蔫坏:"比如上次那样——"

戚瑶听不下去他说浑话,登时起身去捂他的嘴。

她本来是穿着袜子坐在沙发上的,这会儿情急之下,起身在沙发软垫上踩了一下,就扑到他的身上去了,膝盖屈起,抵在他的大腿旁,因为半跪着,整个人略高出他一截。

喻嘉树生怕她摔倒,下意识地伸手去扶了一把,揽住她的腰。

女孩儿身上特有的馨香扑了个满怀,柔软的手心抵在他的唇上,喻嘉树顿了两秒,抬起眼皮看她,她的脸微红,嘴唇不自在地抿着,在四目相对时缓慢地眨了两下眼。

喻嘉树顿了片刻,神情自若,顺手把杯子往茶几上一放,另一只手也环住她的腰,稍一用力,就着这个姿势,把人抱到前面来。

"欸……"戚瑶猝不及防地松开捂着他下半张脸的手,五指在空中略显无措地抓了抓,最后落在他的肩膀上。

腰上的手一松,她坐到了喻嘉树的腿上,和他面对面,双手还搭在他的肩膀上。

戚瑶看着他,眨了眨眼。

"忍儿天了。"喻嘉树略抬起下巴,看着她,低声道,"过来,给男朋友亲一下。"

病房里人来人往,一会儿是栗子进去看情况,一会儿是剧组别的人员去看望戚瑶,一坐就是几个小时,他连牵手的机会都找不到。何况她还生着病,他连生起歪心思都会觉得有点儿罪恶,但是忍不住。

戚瑶坐在他身上接完了这个温柔又黏糊的吻,把脸埋在他的颈侧,倏地开窍了似的,直起身来,看着他,问道:"不会是你吧?"

喻嘉树看上去心不在焉的,一手搭在她的腰上,漆黑的瞳孔直直地看向她,问了句:"什么?"

"就是那个新的投资商!"戚瑶越想越觉得对——这人最近在风行帮他爸坐镇公司,哪儿有什么差要出?大概率他一开始就是哄骗她的。

后来她倒是隐隐约约看见过几次他和小满说话,当时没往这方面上想,现在想来多半就是在谈投资的事。

戚瑶为了方便审问他,往后挪了挪,让他从实招来。

喻嘉树顿了两秒,眼皮又耷拉下去,一副意兴阑珊的模样:"不是。"

戚瑶眯了眯眼,又往后挪了挪,手指挑着他的下巴,让他抬起头来:"那你说,骗人是小狗。"

空气沉寂片刻。

喻嘉树顿了两秒,都要开口了,又漫不经心地压下眼睫,看她一副很确信的样子,又觉得没必要骗她。

"好吧,"他松了口,妥协道,"被你猜中了。"

果然是他。虽然得到了确切的回答,戚瑶一时半刻却没有很开心,甚至还有点儿遗憾——他就这么不想当小狗吗?小狗那么可爱。

半晌后,戚瑶抿唇甩掉这个想法,开始蹙着眉发愁。

她又把脸埋到他的颈窝里,想了想,闷声道:"你不要对我这么好。"

喻嘉树挑了挑眉,觉得这姑娘有时候挺爱说傻话:"我不对你好,对谁好?楼下老太太啊?"

莫名其妙地又被他逗笑了,戚瑶缓了会儿才轻声道:"就是……你可以投钱,但不要为了我投。"

投资这种东西,最重要的就是回报。别的公司又不是傻子,小满花了许多时间与精力都拉不到投资不是没有道理的。这部剧的确不符合国内市场的主流审美,不苏、不甜、不爽,还没有知名艺人,甚至连个成熟的团队都没有,投资风险高得不得了。

或许这部剧有那么1%的概率会回本,但是整体而言太得不偿失了。

喻嘉树能看出来,戚瑶是在认认真真地跟他讲道理,说希望他清醒又理智地注意商业回报,还挺会说的。

喻嘉树边听边伸手揉了揉她的腰,力度不算重,恰到好处。戚瑶一顿,敏感地往后缩了一下,有点儿不高兴地伸出食指戳了戳他的锁骨:"你有没有在听?"

"有啊。"喻嘉树漫不经心地回答,手从她的腰沿着脊椎骨缓慢地往上移,引起一阵轻微的战栗,"我是考量过的。"

"嗯?"戚瑶有点儿诧异,指尖接着似有若无地戳他,"考量过什么?说来听听。"

他一时没回答,瞳孔漆黑,认真地看了她一会儿。

良久,直到空气中都浮动着因长久对视而产生的暧昧气氛,喻嘉树才揉了揉她的后颈,再往上探,轻轻压着后脑勺儿把人带下来,与她额头相触,鼻尖相抵,轻声道:"你在哪儿,哪儿就是我的潜力股。"

我永远无条件地相信你。

不知道这一切是怎么发生的。他说完那句话之后,戚瑶的心脏猛地跳了一下,像是被触动了什么心底最柔软的地方,她连呼吸中都带着清冽的雪杉香气,直至气息变得滚烫。

男人漆黑如墨的瞳孔近在咫尺,仿佛轻易将人蛊惑,吻也温柔而绵长,好像要拉人下坠。她再回过神来时,又是陌生的欢愉。

戚瑶的脊背抵住软软的沙发靠背,手攥住他的小臂,头向后仰,拉出漂亮的弧度。热意从接触的地方生起来,传到四肢百骸,像小溪蜿蜒而又汩汩不绝,愈演愈烈。

她下意识地咬住下唇,盯住日光在天花板上斑驳的投影,尽力在倾泻的洪流中保持安静。

片刻后,浑身无力,连指尖都抬不起来的戚瑶裹着毯子靠在沙发上看他收拾,小声道:"我感觉我又发烧了。"

喻嘉树头也不回,笑了一声:"你确定?"这话硬生生让人听出来几分戏谑的意思。

戚瑶不说话了。她就那么靠着沙发靠背,看他慢条斯理地收拾一片狼藉,把纸巾扔进垃圾桶里。

戚瑶顿时脸颊发烫,不再看他,盯着天花板出神,倏地想到什么,小声疑惑地道:"不会以后我的每部剧你都要投资吧?"

喻嘉树一顿,也问:"不会以后你的每部剧都这么穷吧?"

戚瑶:"应该不会。"

"那就行。"喻嘉树绕到吧台边去洗了个手,懒散地答道,"再多你男朋友就养不起了。"

他明明没什么表情,却硬生生地让人感觉他好像松了口气。没忍住,戚瑶笑了会儿,又生出了新的疑惑,缩在毯子里,抿唇小声问道:"你为什么每次结束都不抱我?"

她从前看剧本或者是小说,亲密戏结束后,男女主角都难免温存一会儿。她在社交平台也偶尔刷到,说这是爱的表现,可这仅有的几次,他总是很快就退开了。虽说她没什么经验,但偶尔也会觉得疑惑。

喻嘉树顿了一秒,接着挑眉看她:"你想吗?"

戚瑶眨眨眼,还没来得及回答,就听他慢悠悠地开口:"可以抱,但是会硌着你。"

戚瑶反应了两秒,然后忽地闭嘴,往下滑了点儿,把脸埋到毯子里去了,像只小鹌鹑,或者遇事就把头埋进沙子里的鸵鸟,喻嘉树看着就想笑,弯起唇角。

好半晌,没听到外面有声音,戚瑶又缓缓动了一下,把毯子稍微往下扯,露出一双湿漉漉的眼睛。

二人四目相对。

冬日晴天的阳光从落地窗向里洒下,投射出明暗的分割线。细小的尘埃在空气中浮动,缱绻又温柔。

女孩儿的眉眼在日光下显得更加清秀漂亮,桃花眼里蕴起的都是安静温和的光彩,让人看一眼就心软。

喻嘉树盯着她看了一会儿,神情变了,不再是那种吊儿郎当又漫不经心的模样。

他倏地垂睫问道:"所以,你高中怎么不继续给我写信了?"

信件被递错人只是一个乌龙的开始。

学生时代灿烂又漫长,十六七岁的人怀揣着一腔热血与真心,尚未遭生活的锤打,这是人生中极其珍贵的片段。

如果一切事情都顺利地转动,他们在校园里还有无数次擦肩、无数次共享黄昏的机会,不必硬生生地蹉跎到现在。

坐着的女孩儿缓慢地敛起神情,安静了好半晌。她垂下眼睫,掩住眼底的情绪。

他能够很明显地感知到她周身的气压变低了，她不再是活泼而灵动的模样，好像猝不及防被问到了什么心底最深的秘密。

良久，她才睫毛颤了颤，弯起唇角笑笑，轻声道："因为你太耀眼了。"

戚瑶安静地注视着空气中浮动的尘埃。

喻嘉树长身站在光影落下的地方，侧脸在发着光。

"你就那么站在那里，好像就不是我能接触的人。"

戚瑶看着他，好像在隔着光影看许多年前的那个人——那个永远站在最盛大的光里的人。

她当然知道她这么多年的一切遗憾都源于她的怯懦，可是到现在为止，她也没办法苛责自己。

十五六岁的戚瑶没有众多亲朋好友无条件地支持，没有在红毯上与镜头前磨炼出的勇气，没有他明目张胆的偏爱，有的只是福利院里那些数着月光难眠的夜晚、放学后昏暗无光的小巷、总是紧抿住的唇还有无措时攥住的衣角。

记忆里的那个女孩儿太单薄了，守着自己的一方小天地，以一种防备而又不愿意和解的姿态面对这个世界，好像稍有风吹草动就会把她惊到碎掉。

很多年后，戚瑶偶尔也会想：如果那个炎热的夏日午后，电停得更久一些，久到她有足够的勇气把话说开，他们是不是就会有不一样的后来？

可是现实摆在这里，许多年的分离与隔阂不会因为她一句"假如我"或是一个假设的梦境而改变。

停电的午后只是偶然，恒久不变的是她太胆怯。

戚瑶勉强地扯了扯嘴角，片刻后，许是意识到这样并不好看，唇角的弧度又消减下去，垂睫沉默不语。

气氛一时安静下来。方才还生动灵巧的人转瞬就陷入低落的情绪中，用漆黑的发顶来逃避对视。

喻嘉树仿佛知道她在想什么，低睫注视着她，思忖片刻，长指抚上她的脸，稍一用力，让她略微仰起头，低声哄道："没关系。"

他认真地看着人时，会散去身上原本那些漫不经心的冷淡与散漫，显得郑重又真诚："我觉得人在成长里要学会的一件很重要的事情，就是不要美化未选择的路。"

不要美化未选择的路。

戚瑶的睫毛颤了颤，她在心里反复默念这几个字，良久才抬眼看他。

记忆里那个人少年时代的轮廓与她眼前他的模样重叠，一般无二。

他专注地看着她，轻声开口："你有没有想过，你这么聪明、漂亮、可爱——"顿了几秒，喻嘉树注视着她，认真道，"当时的你所做出的选择，可能就是能力范围内最好的决定？"

胸腔饱胀而酸涩，戚瑶连呼吸都快停掉。

他毫不吝啬地把所有用来形容少女的美好词语都用在她身上，好像十五六岁的戚瑶并不是什么平凡胆小到不敢上前和他说一句"你好"的人，而是清醒又独立的，果决且拥有坦然面对生活的能力。

而她的确如此。

"不必去抱怨从前的自己做了什么，或是没做什么，你永远都是那个时候最好的你。"

已近日落，温柔的暮色毫不吝啬地落在他的身上，给分明的侧脸轮廓镀上一层浅浅的金光，漆黑的瞳孔里，似乎有星光在闪烁。

戚瑶抿唇，望着他，良久："嗯。"

解铃还须系铃人，能让自己彻底和过去和解的人除了她自己，就是这一切的源头，那颗她从前可望而不可即的星星。

时间好像过了很久，又好像没有。客厅落满日落的光，一站一坐的人或垂眸，或仰头，安静地对视着，美到像是色调明亮的电影画面。

一场简短却有力的对话之后，喻嘉树顺口逗了她两句，又恢复平日里那种插科打诨的轻松状态。

怎么也算是大病初愈，戚瑶不能吃辛辣的或者没什么营养的食物，喻嘉树本来想把阿姨喊回来做饭，但被她拒绝了。

戚瑶觉得太晚了，临到饭点才喊阿姨不大好，于是支使喻嘉树去给她煮面条。

喻嘉树能说什么呢？他只能说"好"。

一顿晚饭吃得安静，戚瑶边吃边想，自己晚上还要不要回对门，抬眼却发现他好像心不在焉。

这种状态一直持续到喻嘉树洗完碗，戚瑶站在门框边，试探性地问："我今晚住在哪里？"

水声"哗啦"，不知道是没听清，还是没留神，喻嘉树弯身把碗放进碗柜里，没有应答。

戚瑶微微蹙眉，喊了他一声，后者才抬眉回眸来看，神情自若地问："怎么了？"

戚瑶蹙着眉，很困惑地问："你在想什么？"

喻嘉树顿了两秒，把碗柜关上，起身盯了她一会儿，长腿一迈，走到她面前，才开口："你有没有那种给别人讲道理的时候头头是道，但是轮到自己身上就不管用了的经历？"

"有啊。"戚瑶有点儿莫名其妙，还是顺着他道，"这不是很正常吗？"

在别人的事上永远洞若观火，清醒理智，井井有条，道理一条又一条，轮到自己身上时，不过是一句"道理我都懂"，后面再跟一句"可是"，人都难免。

"是吗？"

喻嘉树若有所思地垂眼。戚瑶看到他的模样，更疑惑了，抱臂倚在门框旁："所以你在困惑什么？"

喻嘉树呼出一口沉沉的气，半晌，妥协道："就是今天下午的事。"

"嗯？"

他很认真地开口："我在想，我从前为什么那么帅？"

这句话落下后，空气都安静了。

不知道说什么，戚瑶沉默地看着他，发现他好像是真情实感地在纳闷儿和发愁，一时不知道该吐槽哪件事。她真的很想回一句"那你慢慢想着吧"，但说不出来这种话，只能发出单音节词，尾音上扬，来表示自己无穷的疑惑："啊？"

戚瑶将眉头拧成麻花状。

"或者换种说法。"男人似乎没察觉她的疑惑，只是垂着眼思忖着，兀自继续道，"我在想，有没有什么办法能让我回到过去，告诉17岁的喻嘉树——你不要这么张扬。"

戚瑶反应了两秒之后，眉头渐渐舒展开，缓慢地眨了眨眼。

她大概知道他在想什么了。

喻嘉树抬眼看着她，很轻地叹了口气，低声道："你未来的女朋友都不敢靠近你了，白白错过她的这么多年，后悔死了。"

一时间，一种难以言喻的情绪漫上她的心头。

之前对他语出惊人的诧异还在心头留存着，他又倏地来这么一个转折，戚瑶一时反应不过来，细眉轻轻蹙着，唇也紧抿，似哭似笑。

"你有毛病吧？"怎么会有人真情实感地纳闷儿，说自己当年太引人注目了？

她将手握成拳，往他肩膀上很轻地捶了一下，像是被他逗笑了，桃花眼里却又泛出一点儿泪光，映着明亮的灯光，晃出柔软的粼粼水波。

她怎么又哭了？喻嘉树妥协地叹了一口气，伸手很轻地帮她擦掉眼泪——都说了不想跟她说了。

"小哭包。"喻嘉树看她。

好半晌，他倏地问道："你有没有以前的照片？"

"我高中不好看。"戚瑶吸了吸鼻子，声音里带了点儿鼻音，伸手比画着，"小小的，黄黄的。"

"我想看。"喻嘉树微微弯身，低颈迁就她的身高，认真地注视着她，"你好看，你最好看，天下第一好看。"

戚瑶又被他这一本正经地说出幼稚话的模样逗笑了，把那点儿眼泪憋回去，吐槽他："现在小学生都不兴说天下第一了。"

话是这样说，但她还是感到心脏有什么地方被轻柔地触动了，酸酸胀胀的，好像刚开了盖的汽水，"咕嘟咕嘟"地往上冒泡。

戚瑶开门出去的时候，听见客厅里的人又补充了一句："如果你有什么要抱着睡的玩偶，一起拿过来。"

她回头："嗯？"

喻嘉树懒懒地站在那儿，看着她，慢吞吞又直白地说："今晚住我这儿。"

心脏忽上忽下地快速跳动着，戚瑶从柜子里拿出相册，脑子里的念头纷乱。

也许他只是看她病才刚好，住在同一间屋子方便照顾人。也许她只是单纯睡个觉，什么都不会发生，她不要想多了……

可是万一会呢？

戚瑶站在自己家的客厅，脑子里一团乱，乱七八糟的念头层出不穷，抱着本相册，有点儿手忙脚乱，很是无措地站着，硬是没能往前走一步。

她要带睡衣吧？她想着，又进了卧室，打开衣柜翻找。

将常穿的奶白色长袖长裤睡衣叠好拿在手里，戚瑶又顿了一会儿——这套会不会太纯了？

犹豫片刻，她将手里的衣服又放回去，继续在衣柜里翻找。

这个呢？上衣的扣眼儿有点儿紧，不行不行。

那个呢？吊带裙会不会显得太刻意了？

大脑里的两个小人儿在不停地吵架，不相上下。磨蹭比较了好半天，甚至还打电话问了一下叶清蔓，戚瑶才怀着满心忐忑，带着要用的东西走出客厅。

自家大门刚一打开，她看见对面的门也缓缓打开了。

那人好像准备出来，听到声音，抬眼看来。

两个人就那么站在自己家门口，诡异又沉默地对视了一会儿。

喻嘉树扫了她两眼："我以为你又晕在家里了。"

"倒也没有。"她抿唇，慢吞吞地抱着衣服和相册跨出门，刚要反手关上门——

电梯传来声响，像是机器齿轮停止运作，一声微妙的响动之后，电梯门开了，熟悉的声音响起："妹妹你坐船头——哥哥在岸上走——"

一个人摇头晃脑地哼着歌出来，抬眼不经意地一瞥，在原地顿了两秒，惊奇地道："你们干啥呢？"他甚至在他们中间走了一圈，好奇地道,"在楼道里开会吗?"

两个人的神情和动作都凝固了,空气中是死一般的寂静。

周漆丝毫没察觉到不对,惊喜地挑起眉毛:"好久没看到你了,瑶妹!"他两步走到她面前,上下打量她几眼,有点儿急切,又有点儿担忧,"我看大粉在群里说你这两天生病了啊!《尘曲》是不是停拍了?

"你要照顾好自己呀!工作不能太累了,身体最重要……"

大脑短路了似的,顿了好半晌,戚瑶才迟钝地反应过来他说了什么,还没来得及回答,喻嘉树吐出一口沉沉的气,神情冷淡地往门框上一靠,压下眉尾,低声开口:"你怎么又来了?"

周漆疑惑地转过身去,忽然想起什么似的,一拍脑袋说:"哦,对了,哥!有件事忘记跟你说了。我这几天在学校赶开题报告,都要忙晕了。"

喻嘉树就那么站着,看他在书包里翻翻找找,从里侧小包里翻出个信封,原封不动地递过来,还很真诚地说:"哥,你以后如果要给谁交钥匙,最好当面给,放在门口太不安全了。幸亏我发现了,给你收起来了,不然小心你的新房子被偷!

"不过你啥时候买了新房子?我都不知道。你准备搬走了吗?"

喻嘉树:"……"

"虽然我还有点儿舍不得,但还是尊重你吧。"周漆一边说,一边往里走——过程很艰难,因为喻嘉树就那么站在门口,一动不动。

这俩人今天真奇怪,一个抱着东西在门口站着,一个啥也不干,就在门口站着。周漆挠了挠头,奋力地从喻嘉树身边极窄的缝隙里挤了进去,完全没看见身旁人黑掉的脸。

走了几步,他又回过头喊:"哦,对了,哥!我告诉你,还有一件事!"

"什么?"喻嘉树强压着火,声音短促,冷淡又不耐烦。

"最近小区里有人偷门锁的电池!我在业主群里问了一下,他们都说还没遇到这种情况,但是会多多注意的。我们也要注意一下,这人怎么可着我们家偷呢?"

喻嘉树闭了闭眼,呼出一口沉沉的气。

"砰！"防盗门从外面被关上了，留下发蒙的小寸头茫然地闭上了嘴。

走廊里安静了片刻。

人算不如天算，戚瑶看着自己臂弯里整理出来的东西，无言片刻，轻声道："那，我回去了？"

喻嘉树看了她一会儿，呼出一口气，"嗯"了一声："那你有什么不舒服的就叫我。"

"好。"戚瑶说。

因为不确定周漆会不会突然出来搞突袭，两个人也就没敢多待。戚瑶看了他一眼，回家去了。

洗漱完毕后，她躺上床，盯着天花板发呆。

有阵子没在家住了，还有点儿陌生，戚瑶盘算着，明天得叫上栗子一起打扫打扫客厅的卫生。

又漫无目的地发了会儿呆，她抱着玉桂狗玩偶翻了个身，抬眼看见床头柜上放着的衣服——那是她刚刚精挑细选出来的睡衣，还是没派上用场。

一股郁闷的感觉油然而生。

如果今天她没有对这件事产生这么大期待，当它被打断的时候，她就不会有这么大的反应，甚至感到失落。

但偏偏就是这样了，她认真挑了衣服，还问了人，结果还没成功。

戚瑶闷闷不乐地叹了口气，摁亮手机屏幕，随便翻了翻，不经意看到那个熟悉的黑色头像竟然又在朋友圈那一栏里出现。

她点开来看。

S："希望有的人有一双善于发现蛛丝马迹的眼睛。"

底下第一条评论——

快乐小寸头："啥意思？"

看来有的人没有。她没忍住，觉得好笑，趴在床上给喻嘉树发微信——一个小猫咪歪头的表情包，然后问他在干什么。

那边的人几乎是秒回了一张照片。

戚瑶点开来看。照片看样子像是随手拍的,他换了件黑色的长袖,修长的颈项露了一半,分明的喉结出现在右上角,还挂着点儿没擦干净的水珠。

他大约是刚洗完澡,发梢还湿着,水珠下滑,洇湿了一点点衣领,隐约透出坚实的轮廓,看上去……很性感。

戚瑶顿了两秒,喉咙紧了一下。

过了两分钟,大概是收拾好了,他又打字回。

S:"洗澡。"

S:"刚刚手上有水。"

l:"哦。"

骨节修长的手指点了两下,喻嘉树随意地擦了把头发,把手机放在桌面上,漫不经心地低睫,看她要说什么。

半晌,对面的人也回了一张照片——跟他的照片差不多的角度。

照片里,女孩儿平举纤细的手臂,露出一截纤长白皙的颈项,锁骨精致又小巧,有两个浅浅的窝,细腻光滑的皮肤在暖色灯光下泛出温润的光泽,看上去很好摸。

更要命的是,她好像换了件睡衣,这不是之前他见过的那一件,也是长袖,但更加修身,显出一截不盈一握的腰肢。脖子上环了两根细细的带子,从锁骨往上绕,交叉着向下没入略低的领口,锁骨下的皮肤就在眼前,起伏若隐若现,白得要发光了。

喻嘉树顿了一秒,动了动喉结。半晌,他呼出一口沉沉的气,退出大图,打字。

S:"别激我。"

l:"什么?"

S:"我现在就把周漆拎出去扔了。"

l:"别别别!"

戚瑶连忙打字阻止他,整个人趴在床上,耳根发红:"我们这两天找个机会跟周漆说吧。"

良久,喻嘉树从那张图片上移开视线,深呼吸两下,说"行"。他巴不得。

戚瑶趴在床上，盯着和他的对话框，觉得自己从来没有这么无聊过。

在剧组的时候还好，她时时刻刻被工作缠身，可是一生起病来就变得缠人。

她生病那几天在医院，喻嘉树一直陪着她，比栗子在的时间还要长，晚上就睡在她身边窄窄的陪护床上，一米八七的个子，长腿委屈得不行。

连着几天，戚瑶一伸手就可以牵到他的手，还可以趁没人的时候抱他一下。

到现在她的病好了，他们反而各回各家，想干什么都不行了。

想着想着，戚瑶又郁闷起来：从前没谈恋爱的时候，她怎么没觉得自己有这么黏人呢？

她想了想，打字问他："你是不是真的觉得我很黏人？"

S："你这还叫黏人？"

S："我恨不得你每天黏在我背上。"

1："说正经的！"

喻嘉树寻思：我这就是正经的啊。但他还是顺着她往下问："怎么说？"

戚瑶顿了好久，在床上翻了个身，仰躺着，抿唇，纤细的手指在屏幕上轻点，打字："我现在好想牵你的手，还想抱你。"

"……"

"还有点儿想亲亲。"

几句话发出去，戚瑶的脸已经红透了，她翻了个身，把脸埋到被子里，猛地蹭了蹭，好羞耻……

手机被扔在旁边，好半晌都没有动静，直到戚瑶耳根的红都快褪去，脸要从被子里出来时，手机才响了两声——喻嘉树回了。

她拿起来看。

S："不用过两天。"

S："我刚跟他说了，明天就搬。"

屏幕上方仍然显示"对方正在输入中"，戚瑶坐起来，抿唇等着他的下文。

S:"还有,以后这些东西不要在睡前发。"

1:"为什么?"

对话框显示"对方正在输入中"片刻后,对面的人直接发了条语音消息过来。

语音消息不长,三四秒钟,戚瑶抿了抿唇,点开来听。

他的声音在房间里响起,透过手机扬声器带上了一种富有颗粒感的磁性,还有轻微的气音。喻嘉树似乎叹了口气,有几分无奈地拖着尾音低声道:"因为我不想整晚失眠。"

12月中旬,风行新品发布会彻底筹备完毕。

场馆选在C市最大的国家级会展中心,巨幅宣传海报到处都是,商场LED屏循环播放广告。商场内部门店、人流量极大的街头甚至社交软件开屏广告,宣传信息处处可见,以极其高调的姿态拉开了X-11系列序幕。

发布会当天。

发布会下午2点30分正式开始,戚瑶上午9点就开始做妆发造型。家里来了一群人,造型师和化妆师都带着东西,客厅里稍显拥挤。

"品牌方这条裙子的尺码不对啊,三条没有一条尺码是对的,什么情况?"乔念挑着衣架上的裙子,皱眉出去打电话。

戚瑶回头看了一眼。

她只是最近才开始陆陆续续接触高奢品牌,也就是个品牌大使,还是最末的那种,怪不得什么。她比画了一下,这裙子好像勉强也能穿,问题能解决最好,实在不行她就只有忍忍。

"先化妆吧。"她说。

化妆师应了,熟练地拿着工具上来,开始在戚瑶的脸上涂抹。

戚瑶闭着眼,在心里默念台本。虽然她收到的流程环节台本里只有采访提问的部分,并没有介绍产品的,但基本的职业素养要有,她又把新品的参数信息背了一遍,以防媒体提问。背到芯片这一块的时候,正化到眼妆，戚瑶察觉到熟悉的动作，睫毛颤了一下，倏地睁开眼。她安静地看着镜子里的那张脸，抿了抿唇，轻声道："不遮了。"

化妆师拿着粉扑的手顿住，她看着戚瑶右眼下那颗极浅的泪痣，迟疑道："啊？可是今天裴总应该也会去，会不会……？"

"不管他。"戚瑶看了一眼镜子里的自己，缓慢地眨了眨眼，轻声却笃定地道，"以后都不遮了。"

"好。"化妆师应道。

乔念在阳台上打完电话，对方表示会在一个小时内将礼服送来，并保证是合适的尺寸，还恭恭敬敬地道了歉。

几乎没被这么对待过，她倒还有些无措，张了张嘴，跟对方道谢。

挂了电话，乔念站在原地，看着坐在梳妆台前的人，一时间感慨万千。

戚瑶一开始就不是走的什么"人间富贵花"的路子，资源都是自己去试戏得来的，她是稳扎稳打地一点点爬上来的。

鱼龙混杂的演艺圈里真真假假、钩心斗角，台上身后是不为人知的交易、一千张面具，在浑水里走一遭，人心也变得混浊，只有偶尔看到真正清澈明朗的人，才好像能从混浊的世界里被拉出来。

乔念舒了一口气，低头看团队发来的消息。

这一行的人靠风声吃饭，大大小小的舆情经纪团队都会关注，只是大多数没能闹起来的，他们置之不理而已。

前段时间戚瑶生病晕在片场，有的营销号为博好感，通篇讲她敬业；有的营销号断章取义，说她耍大牌，虽然没掀起什么大波浪，但不代表完全没有波澜。

乔念点开团队发来的链接，是某社交平台的长截图。乔念心头又是一跳，飞快地往下看。

"利益不相关，楼主只是听朋友讲的，雷点太多有点儿受不了，随便吐槽，不明说了，你们随便看看。

"两字'小花'，最近拿了个大代言，还老是在热搜上待着，自我炒作，真的看烦了。

"事情是这样的,楼主的朋友 A 在小花代言的公司上班,是普通打工人,不是领导层,在茶水间的时候听见面试官聊天儿,说'小花'跟公司老板的儿子多多少少有点儿关系。

"因为这位最近也在他们公司,好像是被大老板要求去的,暂时称之为小老板。据说小老板和'小花'是高中同学。朋友当时也没觉得有什么,毕竟人际关系嘛,复杂得很,直到后来,她刷微博发现这位小老板的私人微博里屡屡出现'小花'的影子,事情开始不对劲了。

"先是内部评选的稀有名额被'小花'拿到了——这里就不说里面有多少大咖了——我们先姑且算是她运气好或者业务能力强。更离谱儿的是,背景调查里所有候选人都清清白白,只有她爆出绯闻,在热搜上待了好几天,竟然还没有被踢出最后评选!

"不仅没有,小老板甚至还隐晦地发了条微博,把两个人的同框照放了出来,我真的惊掉下巴!你们可以这么明目张胆的吗?你们要秀好歹等风头过了吧?不要以为互联网上真没人知道谁是谁好吗?

"这位'小花'实在太幸运了,不仅有人帮澄清,还能跳过第二次面试,把乱七八糟的新闻按下去,好像没发生过一样!

"最终面试在会议室里待了不到 20 分钟就出来,最后还能碾压众多大咖,轻轻松松将大饼收入囊中,谁懂我的震惊啊!谁看了不说一句好手段?踩着男人步步高升——而且听朋友说小老板人还很帅,赚大了!"

…………

接着是几张楼主和朋友的微信消息截图。

朋友:"我真的笑死,这'小花'怎么勾引到我们小老板的?逐帧修图的吧?谁请她谁倒霉。"

朋友:"这合照,不是我自大,你看看,还没我漂亮。"

图片被打了码,看不清,只能看到楼主的回复:"真的啊!"

长图拉到最后,图上显示的日期比较早,是 11 月底的。也许是当时风行还没有官宣,楼里的网友只是在猜,没猜出个结果就沉了下去,直到最近又被不怀好意的人翻出来。

乔念去微博搜索了一下,扫了一眼就判断出这应该是谁授意发的,现在各个营销号都陆陆续续在发，甚至还统一了话题。

"破案了，两字'小花'是戚瑶，代言是风行，就是今天下午开发布会的那个。小老板应该是这个，私人微博东西很少，看不出什么。"

"这帅哥的微博认证不是晶帆吗？听都没听过的小公司，不知道哪里来的，跟风行有什么关系？"

"XM芯片不是一搜就出来了吗？稍微关注点儿半导体或者科创板的人都知道吧？股票涨得很好，很有潜力的公司啊。"

"网上看了一下，这位是晶帆的法人代表，最大投资方是风行，也就是喻重山呗。你们不会觉得这个姓很常见吧？"

"妈呀，他们俩的照片好好看，好有电影感，感觉放在那儿就是偶像剧。"

"好看有啥用？"

"这帖子好奇怪。为啥人家不能在谈恋爱？就非得把人想得那么不堪。"

…………

除此之外，网友还根据打码的头像和合照色块找到了传说中"楼主朋友"的社交账号。好巧不巧，那张合照她还在公众平台发过。

"今天和#戚瑶#小姐姐合照啦！本人超级超级美，我站在她旁边，好自卑呜呜呜。"

乔念点开照片一看，都要立刻深吸一口气，才忍住没有心梗——这明显就是恶意修图，把人的轮廓往外拉，视觉上胖了起码十斤。戚瑶虽然不是那种天生的冷白皮，但通过后期防晒加上饮食调理，基本到了能到的最白的程度，但在这张照片上，明显比这位"楼主朋友"黑了两个度，一时间，对比十分明显。

乔念简直无语了，深吸一口气，捏了捏眉心，转过身去给裘朗打电话。

这事现在风头还不大，估计刚被翻出来，还没发酵到上热搜的程度。团队平时可以对此暂且置之不理，但下午是关键时刻，对方的行为看起来又不像是无意，还是把它扼杀在摇篮里比较好。

戚瑶对这一切浑然不知，也没时间看手机，化完妆做头发，等到一系列繁复琐碎的工作结束，新的礼服也送到了——纯黑色吊带长裙，绸缎面料，样式大气又不落俗套，左侧的开衩一直到大腿根，设计很令人惊艳。她能听到栗子在旁边倒吸一口凉气的声音，裙子的确是好看。

"怎么是黑色的啊？"乔念刚跟裴朗报备完，转身一看，顿时一个头三个大，又要拿起手机拨电话，焦躁地道，"不是说了要浅色系吗？"

这倒不是她矫情，为了贴合个人和品牌形象，到目前为止，戚瑶一直都是清纯温柔的扮相，再加上之前的造型已经和主办方确认过，不好更改。

戚瑶扫了一眼钟表，指针即将指向正上方，已经临近 12 点，让品牌方再送一次也来不及了。

"算了。"她比画了一下，尺码倒是合适，看了一眼表，摆摆手拦住乔念，"就这样吧。"

乔念也看了一眼时间，呼出一口长长的气，脸色不虞地道："行吧。"

"换衣服吧。"戚瑶招手喊栗子，叫化妆师留下，"待会儿可能得换个口红色号。"

会展中心是建在 C 市的国家级建筑，据说投资高达 30 多亿元，占地面积极广。会展中心六层楼，玻璃穹顶与幕墙结合，恢宏大气，在日光下熠熠生辉。

戚瑶下车时不早不晚，刚好 2 点。她躬身从保姆车里出来时，连续不断的快门声响起，闪光灯晃动。

"发布会规模挺大的，除了管理层和同行大佬以外有三百来人，大概有五十个是粉丝，一百个科技领域自媒体，五十个'发烧友'名额，剩下的应该是普通媒体。"乔念一边走一边快速跟她汇报。

"因为风行一直特立独行，发布会有互动环节，且不安排托儿，纯现场发挥，如果到时候他们提问了什么不好回答的问题，装傻带过就行。"在媒体簇拥下进入会展中心大门，乔念在镜头环伺下压低声音嘱咐戚瑶。

她倒是从不担心戚瑶会在公开场合乱说话，或者像别家艺人一样，直接发火甩脸色,给媒体难堪——戚瑶一向很有分寸。

只是事情紧急,在车上扫了一眼热搜,那个话题的热度似乎没能压下去,乔念又补充了一句:"我和裘总都在现场,有什么问题不用担心,在台上稳住就行。毕竟这是全网直播。"

戚瑶抬眼看了乔念一眼,神色自若地很快移开了视线,让目光平直地落在前方,轻声应道:"知道了。"

她将八厘米的黑色绑带细高跟鞋踩得迅疾而轻盈,裙摆在身后随风晃荡,动作间露出白皙纤细的长腿。

她们到了电梯口,身后跟着的人进不来,安保人员伸手阻挡艺人团队以外的人,一时间门口人头攒动,拥挤异常。

戚瑶在电梯中央站定,回身。纤长的睫毛颤动,她神情淡淡地抬眼,不经意间瞥见不远处的身影,动作顿住。

正是一天中日光最盛的时候,玻璃大门打开,倾泻出斑驳的光影。纷杂的人影都向两旁散开,留出一条宽敞明亮的路。

男人穿着正装,步子迈得不算小,整个人高大而挺拔,在他面前的人影纷纷散开。他周身气场极强,裁剪得当的黑色西装勾勒出宽肩窄腰,同色领带打得规整,一丝不苟,长腿包裹在西装裤下,连裤腿都显得笔挺,随着步伐轻微晃动。

他带着扑面而来的压迫感,不是什么靠背景音乐和剪辑硬堆起来的氛围感,也不是刻意伪装出来的气场,而是天生的压迫感,带着一种浑然天成的气质,散漫又随意。

他正漫不经心地偏头跟身旁的人说话,额前黑发散落,鼻梁与眉骨高挺,下颌线清晰而锋利,衬衫领口外的一截颈项线条流畅,喉结凸出分明,轻动了一下。然后他散漫地垂睫,回过头来。

隔着三五米的距离,两个人的视线在空中交会。

一瞬间,他们周围的喧闹声好像都飘远了,乱七八糟的说话声和快门声一起消失,闪光灯再不能晃住他们的眼。

两个人在人群中对视。

喻嘉树漆黑的瞳孔直勾勾地望着她,几秒后,他似乎很轻地挑了挑眉。

好像过了很久，又好像没有，直到安保人员从旁伸出手，询问他是否要坐同班电梯上楼，喻嘉树才缓慢地从她身上移开视线。

他很轻地弯了弯唇角，微微敛起下颌，右手轻轻一抬，示意"女士优先"。

电梯门缓缓合上，隔绝了媒体连续不断的闪光灯，留下一组他们在人群簇拥下，穿着西装与礼服对视的神图。

电梯门彻底合拢的那一瞬间，静谧又狭窄的空间中响起轻微的机器嗡鸣声，还有别的什么。

"怦怦——怦怦——"久违地，戚瑶听见心脏在胸腔内快速跳动的声音。

这是她第一次亲眼看他穿西装，远比想象中或新闻上刊载的照片中来得更撩人。

不是学生时代尚且带着少年气的稚嫩成人礼，也不是杂志封面上意气风发的毕业致辞，彻底完成某种深沉的蜕变之后，男人活生生地站在她面前。

他挺拔却随意，散漫又高贵，带着无与伦比的气场与难以言喻的悸动感，从人群里径直地向她走来，宛如她做了许多年的梦。

心脏还在胸腔内"怦怦"地跳动，戚瑶很轻地闭了闭眼，长舒出一口气。

尽管知道这人昨晚还在微信上跟她聊天儿、说晚安，但当目光越过人海，和他隔空相对的时候，她仍然控制不住自己，像十几岁的小姑娘一样对他一见钟情般心悸。

西装这种东西，适合的人穿起来，杀伤力不是一般的高。

心头生起的巨浪足以淹没正在喷发的火山。戚瑶不合时宜地想起了从前和顾恒一起出席活动，他的粉丝用来形容他西装造型的话——脸在江山在。

现在看来，顾恒的"江山"也不过如此。

胸腔内的空气被一口气压到底，再吸入新的空气，戚瑶睁开眼。

电梯内很安静，栗子依旧眼观鼻、鼻观心地不说话。

乔念就没有那么沉默了。她好歹也是在娱乐圈里摸爬滚打这么多年的人,一双眼睛看人还是准的,更别说这种暗流涌动的气氛。

就算她来之前没有看过营销号八卦报道,联系时间与地点,看到戚瑶倏地顿住的动作、栗子安静的样子还有那人的模样,应该也不难确认那人的身份。

"刚才家里人太多,没找到时间问。"她站在戚瑶身后,看着戚瑶,蹙眉抱臂开口道,"你谈恋爱了?"

从纷乱的思绪里被拉出来,顿了片刻,戚瑶仰起脸,"嗯"了一声:"前两天忘记跟你说了,谈了。"她很坦然。

空气静默片刻。她坦荡至此,乔念反倒有些不知道怎么继续往下问,停了两秒之后说:"认真的?"

右上角屏幕上的数字跳动后停下,机械收住向上的趋势,给人带来一阵失重感。

电梯开门的轻微声响里,戚瑶神色自若地提起裙摆往外走,留下一句很轻的:"不能再认真了。"

场馆内,灯光打得很亮,直播的摄像机横在半空中调试,宽敞的场地里摆满了铺着白色绸布的座椅,规整分明。

舞台极宽,背后整块 LED 屏幕正循环播放着宣传片与产品宣传视频,人们陆陆续续地从入口进入,在工作人员的指引下找到座位。

戚瑶在第一排中央落座,脊背靠着椅背,凝神看了一会儿视频。

循环播放的视频大概有五个,有与企业精神相关的,有与产品设计灵感及其材质挑选相关的,有与管理层采访相关的,甚至还有她初面时做的那个视频——她很久没再看过了。

她扛着相机在外面录素材、熬夜剪辑时的感受仿佛还在昨天,转眼她已经坐在台下,等待发布会后半部分的上台互动了。

许是因为她做的视频色彩滤镜和叙事方式都和其他几个视频不同,耳边偶尔飘来一两句感叹与赞赏,戚瑶都听在耳朵里。

她倏地生出些感触,大抵就是不会有白走的路,人生里走过的每一步都算数。

十几分钟后,座位差不多已全部坐满,大屏幕上由宣传视频变成一分钟倒计时，数字不断闪动，场内也逐渐安静下来。

直播的镜头在场地中央移动，摇臂下压，从俯瞰变成特写，戚瑶对此感到很熟悉。许许多多颁奖典礼上，摄像头的移动都会让大家在心里绷着一根弦，如果他们正说着话，身边人忽然开始调整角度，坐直身体，多半就是摄像机的镜头过来了。

叶清蔓甚至还总结出一套"如何在直播镜头下保持最美"的精华教程，并且毫不吝啬地传授给了戚瑶——舌尖在口腔内抵住上颚，让侧脸下颌线更加清晰，脊背挺直，肩膀放松，手臂自然交叠在膝盖上，既能保持美观的体态，又不至于太过紧绷。毕竟在靠脸吃饭的行业里，就算戚瑶这种平时体态就很好的人，在镜头前也需要多多注意。

摄像机从她眼前移过，她的目光直直地落在前方，她看着正在闪动的倒计时数字，倏地，余光里出现一抹黑色——深沉的，如曜石般的黑色。

轻微的响动之后，一阵香杉薄荷的气息萦绕在她的鼻间，清新又凛冽。

男人懒散地坐在她身旁的位子上，她都要屏住呼吸才不至于在镜头前露出异样。

很奇怪，虽然他们开始谈恋爱不算久，但她好歹克服了容易对他心动的毛病，起码不会一见到他就脸红心跳，今天却频频打破常规——也许是对他们第一次在大庭广众之下，一同公开露面的紧张与无措。

大概是摄像机在前，喻嘉树也没有跟她说话，只是安静地坐着。

她用余光看去，见男人双腿交叠，西装裤腿笔挺，脊背懒散地靠在椅背上，神情很淡，看上去漫不经心又游刃有余。

此时的直播弹幕中——

"这男的是谁？好帅啊！哪里来的帅哥？！"

"这是普通人吗？不可能吧？是不是哪家新签的演员啊？"

"你以为这是颁奖典礼呢？这场就戚瑶一个圈内人，哪里来的别的演员？还坐在第一排，做梦呢吧？"

"虽然不知道是谁，但是不妨碍我看帅哥美女。这两个人同框看起来好配啊！连衣服都是一个颜色的，黑裙、黑西装，气场好足，脑补一万字联姻文了。"

"前面的笑死我了,没看到这俩都不带眼神交流的吗?难道是冷艳女艺人和她不熟的豪门老公先婚后爱?"

"有那味了,先婚后爱的话现在应当属于刚联姻,还没爱的阶段。"

"今早上班的时候看了会儿营销号,说他们俩有点儿什么,现在看来完全不像啊!"

"不像不代表没有,不然你以为她配坐在这儿?在公众面前避嫌罢了。"

"瑶妹今天的造型有突破,我好惊艳!"

"戚瑶今天的造型好漂亮啊!这大红唇、黑长发、黑裙,有高贵冷艳的千金的味了。"

…………

屏幕上的倒计时从三跳到一,再跳到零,大屏幕切换为新品系列大图海报,发布会正式开始。

前半场比较专业,主持人在台上从新品系列的各个方面进行阐述:芯片、操作系统、游戏性能、像素、传感器、色彩及用材,还有全系列不同产品的比对以及和市场上其他品牌手机的电池续航对比。

戚瑶看得还挺认真,毕竟这是她第一次参加这种科技类的大型活动,对手上用了小半个月的手机依旧感到新奇。

尤其是主持人讲到芯片部分——

"风行 X-11 系列搭载的 XM-9521 芯片,是国内首款全自主研发并投产制作的半导体芯片,采用全球先进的 7 纳米工艺,采用自主指令系统,较之前一代性能大大提升。"

主持人举起话筒,手指并拢往前一伸,示意第一排坐着的人,扬起声音,一字一顿地继续道:"同时,我们的合作方晶帆,也是目前全国唯一一家集芯片设计、材料、工艺、半导体制造与芯片封测等半导体产业关键环节为一体,实现了半导体技术全面自主可控的企业。"

不知是气氛烘托到了,还是在座的业内人士都知道这句话的含金量,观众席上自发响起如潮的掌声,绵长、响亮、经久不绝。

戚瑶也抬起手臂轻拍两下手。她终于可以趁这个机会偏头,名正言顺地去看身旁的人。

喻嘉树面色沉静地坐着，脊背靠在椅背上，挺拔又随性，被提及也只是微微颔首。

他抬起眼皮，扫了一眼移到眼前的镜头，又漫不经心地移开视线，神色自若，举手投足间丝毫不显得局促，还透着一股冷淡且跩的劲儿。

无论什么时候，他身上这种任何事情都在掌握之下的游刃有余感都特别吸引人，一如当年站在学校礼堂的舞台上。

在他们都看不到的地方，弹幕顿时厚了一层，密密麻麻地堆叠着：

"这一眼撩到我了，啊啊啊！"

"他们四目相对的时候我呼吸骤停了，谁懂，家人们？这就是帅哥的魔力。"

"这是高智商帅哥的魔力。年纪轻轻，西装革履地坐在风行台下的第一排啊！这一身气质就不是那种笨蛋帅哥能比的好吗？"

"前面的，你还是低估他了。人家不仅挨着女艺人坐第一排，还一眼也不带看的，待会儿还要上台说话呢。"

"再补充，人家不仅是风行的座上宾，还是风行的少爷。"

"@风行喻重山，您还缺儿媳妇吗？！"

…………

主持人正在台上讲，一个又一个的专业术语往外蹦，戚瑶这会儿就听不进去了。许是知道镜头一时半会儿不会切来，她一直控制不住自己，忍不住偷偷去瞥旁边的人。

这个什么都会、什么都很厉害的人，是她的男朋友，戚瑶想，很奇妙，仿似浮生一场梦。

又是一眼，她被喻嘉树偏头逮个正着。他还带了点儿不易察觉的笑意，略显戏谑地对她挑了挑眉。

戚瑶耳根一红，迅速移开视线。

两秒后，第一排桌前的矿泉水瓶倏地倒了。

男人略一摆手，阻止了工作人员要上来扶正水瓶的步伐，微微倾身，长臂一展，凑近了她。

矿泉水瓶摆在两个人的中间，他不可避免地向她凑近。鼻息间香杉薄荷的气味忽然放大，清澈而凛冽。戚瑶本来就难以自抑地放轻了呼吸，一秒后，戚瑶呼吸骤然一滞。

她感到什么东西擦过指尖，修长、微凉，接着，她的食指被人钩了钩。很熟悉的触感，骨节分明，修长骨感，泛着凉意——喻嘉树的手。

这人趁倾身的工夫，在摄像机和别人都看不到的地方钩了钩她的手指！

戚瑶心跳"怦怦"，偏偏又不敢做大动作，只能尽力维持表情的平静，装作无事发生，感受着手心的痒意。

喻嘉树若无其事地握住倒在桌面上的矿泉水瓶，把它缓慢地扶起来，另一只手在她的手心里很轻地点画着，好像在写字。

戚瑶竭力忍受想要蜷缩手指的冲动，还要分心去辨认他的笔画。滚烫的触感仿佛随着他的一笔一画从她的手心升腾，传遍全身。她小时候玩写大字都没这么煎熬过。

片刻后，男人神情自若地直起身，脊背重新懒散地靠上椅背，又是一副冷淡平静的模样。

只有戚瑶一个人蜷着手，耳根与脸颊都发烫。

没有第三个人知道，在摄像机与人群的簇拥中，他刚刚装作不经意地倾身，在她的手心里写的是——

"回家再看。"

你现在别急着看你的男朋友，回家再慢慢看。

发布会前段进行到尾声，产品基本全方位介绍完毕，后半部分就是互动阶段。

乔念在会展中心大门口等待。面前驶来一辆黑色的商务车，车门打开，西装革履的男人走下来。

"怎么样了？"裴朗简短地问道。

"不太能压得下去。"乔念蹙眉，焦头烂额地跟着他往里走，"目前主要风向有两个，一个是说她'照骗'，直播开始之后基本就没什么水花，自己沉下去了，出造型图之后还有出圈的趋势。"

"还有一个就是……"乔念伸手摁电梯，"敏感话题，网友本来就容易多想，澄清当然是可以，但是公信力不一定有。最难办的就是……"乔念极其难得地吞吞吐吐起来。

裴朗扫了她一眼："说。"

"他们真的在谈。"

裴朗顿了一秒，神色不明地扫了她一眼，又偏回头看着前方，大步往前走。

两个人重新进入会场内时，发布会已经进入下半场。

同一开始的产品介绍不同，现在气氛明显活跃了许多，尤其是当戚瑶站在台上，做完自我介绍，单手捂住裙子的领口鞠躬的时候，场馆内一片欢呼喝彩声。

黑色绸缎礼服裙衬得人皮肤极白，腰肢纤细，不盈一握，她偶尔偏头注视提问的主持人时，裙摆随动作小幅度晃动，露出纤细而笔直的长腿，细高跟鞋的绑带在莹白的脚踝上缠绕，像绕着白玫瑰生长的荆棘，没入阴影之中。

"瑶妹最近有新剧播出是吗？也在我们网络上掀起了非常高的热度啊，很温柔的甜品烘焙师。"

戚瑶点头，双手握着话筒，略微偏头对着镜头笑了笑，弯起桃花眼："是的。"

"啊啊啊！这个笑！"

"慕名来看的，就这还'照骗'？"

…………

寒暄了几句后，主持人渐渐把话题引向产品："我们听说啊，瑶妹上周的 vlog 就是用我们风行的 X-11 机型拍摄的，是吧？"

戚瑶顺着他的话题点头，轻声细语地应了两句。两个人在台上一来一回，缓缓道来，没有刻意营造出来的浮夸表演，语气舒缓，偶尔逗乐，让人感到很舒适。

喻嘉树懒懒地靠着，就着明亮的灯光看她。

他很难说清那是一种什么样的感受。像是他很久以前在路边看到一个小小的玩具小兔子，它孤单地躺在地上，白色的绒毛沾上灰尘。路过的人好像看不到它的漂亮，看不到它耷拉下去的耳朵与湿漉漉的黑色眼睛。

他偶然路过，跟它对上视线，被纯粹的真挚和善良吸引。

等了许久之后，他把它捡起来，带回家洗干净，放在露台上让它晒太阳。

后来这只兔子玩偶成了全世界最漂亮的兔子玩偶，人人都知晓并夸赞它的美丽。

他坐在台下，看她在最明亮的地方熠熠闪光，看她站在最盛大的光里，一颦一笑都引人注目。

只有他们知道，只有目光不经意在人群中对上的两个人知道——她永远是他的兔子。

互动进行到一半，喻嘉树旁边的空座位上忽然来了人。

他一向对别人不感兴趣，盯着台上跟主持人一起看摄像头自拍的人，眼神都懒得分给别人一个，直到旁边的人喊他。

闻声，喻嘉树缓慢地抬起眼皮，稍一偏脸，对上男人的视线。

"您还记得我吗？"裴朗看着他，问道。

这不是裴朗第一次见喻嘉树。从前他给盛屿拉投资，大大小小的饭局去过不少，听闻风行集团有进军娱乐圈的意思，曾托田莺的关系见过喻重山一面，还没能约出来，是登门拜访。

他提着礼物上门的时候，南山那家人刚吃完饭，阿姨开了门，喻重山不算有架子地跟他打了个招呼，让他上楼去书房等待。

上楼前，他瞥见坐在沙发上的那人漆黑的发顶——额前的黑发散落着，人窝在沙发里，姿态随意，看起来很年轻，正横着手机打游戏，露出一截冷白的颈项。

在商业场上一向杀伐果断的喻重山软下语气来絮絮叨叨，说毕业之后那家小公司就可以关了，舍不得就转手，总之别再在那个小玩具上面浪费心思，收收心回家来。

裴朗没能听见那人的回答。

彼时裴朗以为是喻家这位少爷不大成器，爱玩又不收心，同众多豪门老生常谈的话题一样，只是在心里略一留痕，并不大注意，一段简短的插曲就到此为止。

后来裴朗再见喻嘉树时，喻嘉树就是新闻报刊上和财经报道上经常会出现的人物了，和他绑在一起的词语却奇迹般不是风行。

那时裴朗才知道，这位和别的少爷不同——国内名校本科加上斯坦福硕士，大三领着一群人创立公司，本科毕业就有国家级专利在手，硕士导师是行业大牛，说是业界泰斗也毫不为过。

喻重山嘴里那个"小玩具"，是近两年半导体行业杀出来的最大黑马。

彼时裴朗还笑，说别人家这个"小玩具"的定义跟我们普通人就是不太相同。但他也只是笑笑，茶余饭后当新闻看一看，从来没有想过自己或是戚瑶能跟这样的人攀上关系。

此时此刻，男人抬起眼皮，没什么情绪地看着他，瞳孔漆黑，很轻地挑了挑眉。

裴朗顿了顿，也不绕圈子了，直言道："是这样的，您知道现在网上在说什么吗？有关您和她的。"他指了指台上的那个人。戚瑶正在跟抽取的粉丝互动，弯起眼睛笑，伸手去抽主持人手里的卡片，看起来漂亮得不食人间烟火。

顺着他的视线望去，喻嘉树略抬了抬下颌，指尖漫不经心地在腿侧敲了敲，神情很淡。

"说你们之间的关系……"裴朗顿了顿，措辞还算委婉地继续道，"不太正当。"

也许是知道这话不好听，裴朗也没等他回应，接着往下说："这种舆论对您可能没什么实质影响，但我们这行重视风声和名声，这种花边新闻传下去，对她以后的发展可能不太好。"

见这人还是不说话，裴朗思忖片刻，继续道："我们瑶妹虽然平时话少，也很安静，却是一个很有主见的人，可能不太符合您的圈子里对于'乖巧'的定义，不适合带在身边。我跟她认识也有五六年了，算是一路从微末时走来的，我的话她应该会听。"

裴朗顿了顿，神色自若地道："但我不太想插手她的个人感情，以免她将来怪我。"

如果说前面的话还算得上是情有可原，这句话可就意味深长了。喻嘉树眉梢略微一抬，在心里跟着旁边的人念了一遍"我们瑶妹"，忽然意味不明地笑了一声。

"所以？"喻嘉树没什么情绪地反问，神情倦怠且慵懒，漫不经心地抬眼，目光平平地落在前方，并没有看旁边的人。

见人终于有了反应，裘朗也收回视线，不再铺陈，直言道："所以，我觉得您是不是可以考虑一下，不要再继续下去了？戚瑶是很漂亮，但圈子里有的是更漂亮的女孩儿，以您这样的身份地位，您没必要在一棵树上吊死，我们承受不起。"

话音落下，他未听见回音。

喻嘉树讥诮地扯了扯嘴角，半晌没说话。他觉得荒谬——对方这席话明显就是建立在觉得他和戚瑶之间的关系不正当的前提下，觉得金钱和权势之下不可能有真挚的感情。

喻嘉树从小就对这些事司空见惯，不像戚瑶那样遇事把人往好了想，但也不会先入为主，把人想得太坏。他委实没想到，一个被戚瑶称为"有灵气的导演""有知遇之恩的学长"的人会这样恶意揣测她，站在一个"为她好"的角度，自以为是地揣度整件事的全貌，自私又恶劣。

喻嘉树无声地扯了扯嘴角，讥诮又冷淡。接着，他略一偏头，漆黑的瞳孔直勾勾地盯着裘朗，很轻地挑了挑眉。

他绕回第一个话题，漫不经心地答道："不好意思啊。"他的眼尾线条在此刻显得锋利而凉薄，他扯了扯嘴角，拖着尾音轻声问道，"您哪位？"

没管裘朗僵住的神情，喻嘉树神情自若地起身，在主持人的报幕声中和观众的掌声中上台。

按流程，这是最后一个环节——自由提问。

喻重山不在，点名要他来发言，他也没办法说什么。毕竟当时他们说得明明白白——喻重山出资晶帆，他来风行跟一个项目。

许是情绪委实不算好，尽管他没什么表情，戚瑶依旧敏锐地感觉到了他的低气压。

犹豫片刻，她将没握话筒的那只手背到身后，屈起食指，轻轻地在空气中勾了勾。纤细的食指在空中晃荡，在他上台经过她身后的那一瞬间，她学着他的样子，借着裙摆遮挡，轻轻地钩了一下他的手指。

轻柔的感觉一触即逝。喻嘉树顿了一秒，垂在腿侧的长指蜷了蜷，又很快松开，看了她一眼。

后者站在光影里，冲他眨了眨眼睛。

她还真是有样学样。喻嘉树没忍住，敛起下颌，很轻地弯了弯唇角。那股无名火倏地就散了，胸腔被什么柔软的东西填满，他平静下来。

他单手握着话筒，做了个简单的自我介绍——真的很简单，寥寥几个字，就报了个名字。话音未落，观众席上传来一阵欢呼，声音大到让他都顿了一秒。

不知道粉丝区哪个女孩儿大声吼了一句："你好帅！"声音冲破空气，直直地传遍整个场馆。

"谢谢。"他笑了一下。

全场人都笑起来，气氛轻松了很多。

"相信大家经过前半场的发布会介绍以及和我们代言人瑶妹的互动，都对本次的新品有了更深的了解。"主持人说，"接下来是我们风行的惯例，自由提问时间。"

"不限人群，不限问题，只有一个要求——"主持人竖起食指，开玩笑道，"出去之后记得告诉大家，我们是真的不会安排托儿。"

大家又笑起来，不少人举手示意，场下工作人员依次递过话筒。其中有问电池续航比较的，有问跟别家产品对比的，有问价格设置问题的……总之都是些专业问题，没戚瑶什么事。她就规规矩矩地站在一旁，偏头听喻嘉树四两拨千斤地回答。

他听人说话时很认真，就那么站着，身姿颀长，挺拔又随意，漆黑的瞳孔望着对方，等对方说完后"嗯"一声，略一思忖，迅速给出简单明了的解答，从不怯场，也不局促。

场下有人问完对学生党推荐的机型之后，又犹豫着追问了一句："那个……您有女朋友吗？"一句话说得吞吞吐吐，结结巴巴，那女孩儿脸红了个透,却又忍不住八卦心似的,期冀地望着他。

喻嘉树挑了挑眉,等场内一阵此起彼伏的起哄声过后,才简短地答道:"不好意思啊,私生活问题不在今天讨论范围之内。"

他的声音清越,尾音竟然还带了点儿笑,轻微的气音通过话筒扩散,撩得人心痒。

"他笑了啊!看见了吗姐妹们?这笑也太宠溺了吧!"

"这帅哥真是360°无死角,纯人格魅力我都会喜欢的那种。"

"帅得我腿软,我妈路过问我怎么脸红得跟个猴屁股一样!"

"早上看爆料的时候还在想:这人是谁。现在觉得,他当妹夫也不是不可以。"

"他本来是没笑的,你们注意到没有,是瑶妹忽然瞪大了眼睛,他才一下子笑出来的。"

"我看到了!瑶妹一下子眼睛瞪得好圆!感觉又惊恐又期待哈哈哈。"

…………

时间一分一秒地流逝,提问进程过半,或许团队在入场资质上都做了足够的筛选,没出什么幺蛾子。

直到场下话筒递到粉丝区一个戴着口罩与鸭舌帽的男人身上。

乔念站在会场边缘,看到这男人站起来,眼皮猛地一跳,心头生出不好的预感。

破天荒地,这男人站起来竟然不慌不忙地调整姿势,先做了个自我介绍,大有握着话筒就不撒手的意思:"各位好,我是自媒体人王卓,今天有些问题想问戚老师。"

场内顿时安静下来,连戚瑶的心脏都猛地跳了一下。

王卓,人称"王大锤",圈内臭名昭著的狗仔。

王卓在的这个区域是粉丝区,按理是分给经纪团队做资格审查、名额发放的地方。不少女孩儿还举着戚瑶的灯牌,此刻诧异极了,呆若木鸡。

顿了片刻,戚瑶眨了眨眼,单手抬起话筒,没什么情绪地道:"您说。"

此刻的直播画面中，弹幕乱成一团。

"乔念你在干什么？这种人你放进会场里？"

"盛屿甚至不把最好的艺人的事情放在心上？"

……………

男人用口罩将自己的下半张脸捂得很严实，只露出一双小眼睛："第一个问题，请问您前几天在新剧组疑似耍大牌，撂挑子不拍了，可以问问是什么情况吗？"

场内一片寂静。

喻嘉树神色很淡，垂睫做了个手势，第一排工作人员紧急拨通电话，领着安保人员进来，在后门处候着，生怕出现什么意外，如果出现就立刻把人架走。

负责人在后台对着对讲机吩咐，随时准备掐断直播画面，切广告进来。

台上，戚瑶顿了两秒，举起话筒，自若地道："不好意思，这是品牌发布会，不谈论与产品及甲方无关的话题，如果您有对我个人的问题，建议下来跟我的工作室约档期。"

片刻后，她又补了一句，一字一顿地道："但我不一定接受。"她神情平静地说，"这是您应得的。"

"好强硬……"

"我的鸡皮疙瘩起来了……是因为瑶妹今天的造型吗？我觉得她一下子成长了好多……"

"主要是气势，她现在看着很平静，但就是让人感觉说话看人有那种'你算哪根葱'的气势！"

场内顿时更安静了，落针可闻。

连准备上台打圆场的主持人都顿了两秒，偏头看了眼另一侧的人。

喻嘉树依旧在台上站着，神情很淡，漆黑的眼睫遮住了眼中的情绪。他看了一眼戚瑶，片刻后，不易察觉地对中间握着话筒的男人晃了晃食指。

主持人会意，放下准备举起话筒接话的手，缓慢地从台侧退了下去。

场下站着的男人明显愣怔片刻,似乎没想到会有人不逆来顺受,当场对着他发难。他当狗仔这么多年,每个艺人多多少少有点儿料在他的手里捏着,谁不是向来把他供着?

就算艺人心底恨他恨得要死,遇到他,面上还是要笑着喊一声"卓哥",毕竟指不定什么时候就碰上事了,何况是在这种人山人海、全网直播的大场面?

戚瑶明明没什么表情,甚至还温柔纤细地站在那儿,偏偏就是让人觉得,她看他的眼神像在看一只老鼠。

王卓面子上下不来,扫了一眼背后的安保人员,咬牙切齿地勉强笑了一声:"行,那我们说说和风行相关的事情。首先恭喜您啊,过五关斩六将从众多竞选者中脱颖而出,拿到这个代言。"

料到接下来不会是什么好话,戚瑶平静地听着,没给反应。

男人眯起小眼睛,话锋一转:"但是您最近是不是很忙?或者贵公司是不是无暇顾及您啊?舆论都不处理,也不回应。据风行的内部员工爆料,您这个代言是通过一些不大正常的手段确定下来的。"

戚瑶蹙了蹙眉,没能理解他的意思。

"或者说,"王卓别有深意地停顿了片刻,目光在台上的两个人中间扫来扫去,暗示意味十足,才继续道,"是通过一些不正当的关系确定下来的。您对此做何解释呢?"

此言一出,全场寂静。

他话里的恶意太明显,就算没关注网上的舆论的人也能听出来这是个什么意思。

一时间场内观众互相对视,瞠目结舌,场外舆论哗然。

"保安愣着干什么啊?拉走啊!"

"勤勤恳恳、兢兢业业的女艺人在台上被问这样的问题,没有人管吗?"

"这不仅是对一个女艺人的恶意,这是对所有女性的恶意。凭什么女性做什么都要依附于男人?为什么不能是她自己达成的?"

台上,戚瑶顿住,将这句话反复在脑海里过了好几遍之后,她握着话筒的手开始微微发抖——她不爱生气,但不代表她没脾气。

戚瑶不动声色地做了个深呼吸，扯了扯嘴角，扬起一个礼貌的微笑，刚拿起话筒就被王卓打断。

许是看她今天格外爱硬碰硬，不似从前那样温和，又一直都知道她是个冷静性子，不像叶清蔓，就算火烧到头上也不会愤怒失态地说出什么出格的话，讨不到什么好，王卓很快转移视线，盯着台上的男人："或者说，这位小喻总，您有什么看法呢？"

各种各样的讨论冲上社交平台，关注度迅速上升。后台一众人提心吊胆，导播看着疯狂上涨的数据，单手举着对讲机犹豫不决。

"真的不切吗？"有人问。

"小喻总那个手势，是不切吧……"

"可是都发展成这样了，再下去可能就不受控制了。"

"但是小喻总做事肯定有理由的啊，你们难道不相信他？"

"算了，"良久，导播咬牙放下对讲机，低声道，"信他一回。"

导播站起来吩咐工作人员："关注舆论风向，及时清理弹幕和评论，避免言论过激，二次传播……"

后台的人迅速忙碌起来。

不像网友那么群情激奋，也不像后台的人那么手忙脚乱，台上被点名要求回答的人显得格外风轻云淡。

他只是挑了挑眉，单手举着话筒，漆黑的瞳孔直勾勾地望着王大锤，漫不经心地道："好问题。"

他的声音也很淡，没什么情绪，表情平静无波。

"工作人员先请我们的代言人下去休息吧。"他偏头看着戚瑶，轻声道："辛苦了。"

戚瑶顿在原地，胸口还在轻微地起伏着，看着他。

他瞳孔漆黑，面容沉静，光是和她四目相对，就让她平静下来。

良久，戚瑶跟着工作人员走下台，没什么情绪地越过裴朗，坐到原本喻嘉树的那个位子上去，没有分一眼到旁边。

偌大的台上只剩一个人，他的身姿颀长又挺拔，像冬日覆雪，却依旧深青的香杉树。喻嘉树就那么站在台正中央，微仰起下颌，神情平静自若，眼尾的弧度锋利又冷淡，越过人海，扫了站在粉丝区第一排的男人一眼——极其冷漠又不带情绪的一眼，好像男人是什么路边的脏东西，多看一眼都会觉得晦气。

良久，他轻飘飘地移开视线，打了个响指。他身后的大屏幕上画面一闪，原本的风行新品大幅海报消失不见，取而代之的是一个视频，硕大的播放键在中央浮现。

"风行的规矩，大家都知道，不看地位，不看人，只看想法和创意。"喻嘉树垂睫，没什么情绪地淡淡道，"那我们来看看各位面试者的创意。"

背后的大屏幕上，上百位面试者的面试经过被压缩成一个20分钟左右的视频，节奏紧凑，快速而有秩序地播放着。

视频对候选人做了简单的处理，除了戚瑶是全脸出镜以外，其余候选人都被截取了面部以下的部分，但对于知名艺人来说，穿着打扮加上声音特征，并不难猜。

这是观众第一次直面艺人的面试，个个坐在位子上，目不转睛，逐渐沉入氛围中去。

风行第一次面试其实只有三个词语：多样、勇气和平凡。看似普通实际却抽象的三个词语，要灵巧地结合到品牌上去，还要有创意而不落俗套，对艺人们来说显得有些困难。

视频显示，有80%的面试者是坐到面试官对面，背稿子似的开始阐述自己抽中的这个词和产品之间的联系。其中甚至不乏一些当红的艺人背过稿子依旧磕磕巴巴，语气之僵硬和死板程度无异于是在照本宣科地答高中政治大题。

观众光是坐在观众席上听了剪辑的10分钟，耳朵都快起茧，何况是在会议室里坐一整天，还要保持微笑的面试官？

有15%的面试者显然有所准备，在阐述题目与产品联系的同时，能够沿袭风行惯例，给出合适的营销方案，甚至有优秀者会就自身经验提供一套完整的方案，已经很能得面试官青睐。

这些人中就有粉丝们心心念念的赵敏。作为知名艺人，赵敏接触的代言自然不少，她结合品牌和自身为风行的产品发布流程提供了很多有用的建议，在今天的会场布置中有所体现，在面试官打分过程中也获得了不错的分数。但是她没能拿到直通最终面试的资格。

场内坐着的每一个人心里或多或少有点儿疑惑，直到画面一转，镜头对上戚瑶的脸。

"这个视频是自己剪的吗？"面试官问道。

屏幕上快速闪过那个带着冷色调的视频——几乎所有人都在发布会开场时看过甚至夸赞过。

然后他们听见戚瑶回答："是的，从想法、脚本、拍摄到剪辑都是我独立完成的。"

场内响起一片倒吸凉气的声音。

女孩儿安静地坐在对面，在面试官提问时微微偏头，凝神倾听，等别人说完后垂下漆黑的睫毛，略一思忖便有条理地开口，娓娓道来，声音轻柔而坚定，吐字清晰，光是听着就让人感到舒适，所有人都能从她身上看到一种别人没有的谦卑与坚韧。

然而更触动人内心的，是她说的话。

"这个视频与产品之间有什么内在联系？"

画面中的女孩儿认真地注视着面前的人，一一阐述自己的想法：

"纵观风行多年来的宣发，基本是从宏大的叙事角度出发，动辄上升至社会乃至国家层面，这固然有优点，但弊端则更为明显……

"宣传片的本意就是扩大知名度，在风行的名号已然尽人皆知的情况下，如何让产品与消费者需求产生共鸣，就是更新的命题……

"但是贵公司有没有想过，仅仅关注极高的价值层面，是失之偏颇的？"

女孩儿不疾不徐地开口，以一种绝对真诚的态度，十分敏锐，且毫不避讳地指出国内科技领域领头羊的弊端，偏偏让人生不出抵触心理，不由自主地想继续往下听。

"国家、社会、民族精神……这些当然很重要，但是作为宣传片的主题，很难引起大部分消费者的共情。

"风行需要一个引子，一个从微小处落点，继而燃向广告、海报，乃至发布会的导火索。'多样'也好，'勇气'也罢——

"不管是什么样的词语、什么样的命题，想要在人群中引起共鸣，真正做到从内心深处打动他人，就必须从每一个人的视角出发，而不是虚无缥缈的企业文化。"

她的目光不经意地掠过镜头，好像她隔着屏幕跟在座的所有人对视。

无数双眼睛注视着这个漂亮，却又不只是漂亮的女孩儿，听见她轻声却笃定地说道："宏观叙事下的普通人，才是我们更应该关注的对象。"

视频到此停止，屏幕上一片漆黑。

然而很长一段时间，全场都鸦雀无声。

视频的最后，是一双极其清澈的桃花眼，温和安静，却能让人从中感受到无穷的力量。

心脏仿佛还在那一眼中震颤，全身的血液还在因为这段话而沸腾，所有人都定在原地。几秒后，零碎而微小的掌声从角落中传来，以一种不容拒绝、势如破竹之势蔓延至整个场馆，磅礴热烈，如海水涨潮般，经久不息。

直播间的人数仍在上涨。

"不知道为什么，我有点儿热泪盈眶，高中毕业之后就很多年没再有过这种感受了。"

"我能从她身上感到一种其他人没有的温柔，温柔却坚定，柔软却坚韧。她是真的很值得。"

直播间外，带着戚瑶名字的热搜下也开始涌现出大量发言。

小桃吃不胖："不知道说什么，有幸见过瑶妹一面，是在凌晨的便利店。我那时就很喜欢她，一下遇到偶像有点儿情不自禁，耽误了她的时间，拉着她絮絮叨叨地说了好一会儿话。

"现在想起来，她那天应该是刚杀青，坐过凌晨的飞机，肉眼可见很疲惫，但是她没有一点儿不耐烦，很认真地听我讲，还给我递纸巾，连纸巾都是香的。

"我从前也追过其他艺人，但他们总是戴着墨镜，带着保安，看起来高高在上，只有瑶妹站在我面前的时候，我会觉得她只是我一位不常见到的朋友。

"后来她偶尔路过便利店的时候,看到我在上班,都会给我买点儿东西送来,说我小小年纪,兼职上夜班很辛苦。

"可是她明明没有比我大几岁,大学时期也在咖啡店打工赚学费。她从来不觉得自己苦,只会心疼别人。

"遇到她那天之前,我只是一个普通的粉丝,指不定什么时候就不喜欢她了,遇到她那天之后,我就知道,我会永远喜欢她、相信她,永远支持她。"

…………

幸福一家人38580275:"我认识这个女娃子呀!当时只觉得她很漂亮,没想到是艺人。

"她人很好的,其他的我们年纪大了,也不懂。我只记得有一次凌晨接到她的单,车出了点儿问题,半路走不动了,她没抱怨,也没有发脾气,只是安安静静地说等我。

"三更半夜,这个小女娃子在外面等了我半个小时,回来的时候还给我买了瓶水。我把她送到之后她还嘱咐我开车慢一点儿,太累了就休息,不要疲劳驾驶。

"喏,看吧,这是她给我打的五星好评,评价是'师傅很不错'。现在的人生活都不容易,不给差评就不错了,哪里还有专门给你好评的人呀?我反正相信她是个好人。"

努力考上一中:"坐标西南山区。大家可能不知道,我们学校的很多桌椅、书籍是瑶瑶姐姐捐的。

"她大三的时候在这里支教过。我们那几年条件很差,泥土地,来支教的老师没有地方住,在村委会办公室打地铺,很多蚊子,她都从来没有抱怨过。

"后来她火了,依旧每年都给我们寄东西,过年的时候还跟我们视频通话,说新年祝福。捐赠也不让我们在桌椅上刻名字,什么'戚瑶捐赠'之类的通通都不要。

"我们学校没有不喜欢她的人,都想很努力地考到大城市去,做跟她一样的人。"

…………

孙孙孙文博大帅哥："瑶瑶姐姐每年都来福利院看我们，还带很多东西，每年都捐钱。我不知道她捐了多少，但是阿姨每次都会让她不用捐这么多，说院里够用。

"她真的特别好！其他的话我一下夸不出来，等我再好好读两年书，再来向所有人夸她。"

…………

不同坐标、不同年龄段，无数普通人的话语被顶上来，在这个恶意的话题下，千千万万个碎片汇成了一个戚瑶——一个真诚、勇敢而善良的戚瑶。

喻嘉树站在台上，神情很淡，目光掠过乌泱泱的人群，似乎看进所有人的心里。

他轻缓又平静地开口："我一直觉得，这个社会赋予女性的太少，要求女性的又太多。"在一片寂静中，他接着说道，"你们对于一个女艺人攀附权贵来获取资源的揣测，本质上是出于对女性的刻板印象与凝视。"

"为什么女性一定要依附于男性？"他很平静，语气没什么波澜，平直而轻飘飘地反问，声音却振聋发聩，"为什么一定要把男性摆在资源所有者的位置？为什么优秀的女艺人不能凭借自身的能力去获得想要的东西？"

平静的反问一字一字地落在每个人的耳朵里，难以抑制地掀起一阵巨浪，发人深省，甚至有年纪小点儿的女孩儿偷偷红了眼眶。

"没有走后门，没有靠关系，更没有不正当的关系。"他一字一顿地道，"风行向来行得端坐得正，光风霁月，堂堂正正。"

"道听途说、添油加醋、恶意揣测。"喻嘉树的目光扫过在第一排坐着的西装革履、脸色铁青的人，他意有所指地顿了两秒，继续道，"你们对我的百般注解和揣测，并不构成万分之一的我，却是一览无遗的你们。"

最后，喻嘉树站在台中央，堂堂正正地开口："我们的代言人真诚、善良又勇敢。"

满室寂静。

· 400 ·

人山人海里,喻嘉树寻到她的眼睛,轻声开口:"如果要说配的话。"

心脏狂跳,戚瑶看见那个与当年一般无二的人如青松般立在台上,漆黑的瞳孔只望向她。他漫不经心地低头,拖着尾音,轻声道:"那也应该是我配不上她。"

第十二章
烟火与星光

"我真的要哭了。说得太好了,两个人都是。"

"他真的……刚刚那么冷淡不可一世,说那句话的时候又让我觉得他庄重又认真,是非常真心的。我莫名其妙地好想哭啊。"

"一直没听说戚瑶的学历水平,刚刚去搜了一下,还是'双一流'。从她说话的措辞能看出来,她是有内涵的。喜欢这种安安静静认真演戏的女演员,以后会持续关注的。"

"风行的格局打开了。本来是随便看看的,这次是必买无疑了。"

"很好的品牌,很好的代言人。"

"只有我一个人觉得这话很暧昧吗?……那么优秀的一个人,站在台上对着所有人说'是我配不上她'。我的妈,超级无敌心动啊!!"

"他们真的不是在谈吗?这跟公开告白有什么区别啊?"

"我收回之前说他们像先婚后爱、不熟夫妻的话,这明明就是爱对方都爱死了好吗?"

…………

发布会结束后。

王大锤当着所有人的面被保安架走,一路上收到的全是鄙夷的目光和厌恶的眼神。

在人群陆续离场之前，戚瑶穿过后台，提前从 VIP 通道离开。

通道的门关上之前，她回头看了一眼。

喻嘉树刚从台上下来，跟导播说着话，目光却落下去，不经意地对上她的视线。

两个人的视线在空中交会。这一眼，将无关人士自动隔开，空气中飘浮着一种难以言喻的氛围，沉静而暗流涌动，像一片磅礴的海。

良久，戚瑶抿了抿唇，转身离开。他应该还有事要处理，她也有事要处理。

下了电梯，上车，栗子开了暖气，戚瑶摸出手机给裘朗和乔念发消息："公司见。"

"怎么回事？"裘朗坐在会议室首位，脸色很差，额角的青筋时不时跳动。

"是我的问题。"乔念闭了闭眼，"那段时间太忙了，没有挨个儿审查，扫了一眼预约者的 ID 和身份证件，以为没问题就报上去了。"

"以为没问题？"裘朗盯着她，高声重复她的话，"就几十个人，审一下很困难吗？！"

乔念也来了火，忍无可忍似的，把手上的文件往桌上一摔："你以为我为什么没时间审？啊？还不是你签的小艺人生活一塌糊涂，为了恋情和资源要死要活的，硬让我去问啊？什么歪瓜裂枣、扶不上墙的烂泥都签，你给我找的事还少吗？！"

两个人在会议室中对峙，呼吸因为愤怒而略显粗重，气氛一时剑拔弩张。

戚瑶刚推门进来，就看到这样的场景。她扫了两眼，没什么表情地伸手拉开椅子，在离门口最近的一个位子上坐下。

"吵架呢？"她轻飘飘地问。

两个人都不说话。裘朗深呼吸两下，伸手捏了捏眉心，坐回位子上。乔念转身，迅速调整情绪。

良久，乔念看着戚瑶，轻声开口："对不起啊瑶妹，这次的确是我的原因。太忙了，导致了这种失误。"

戚瑶看了她一会儿，"嗯"了一声："你一直都忙，我知道的。"

这话听起来像原谅，乔念心里却一直有种说不上来的不好的预感——戚瑶看起来太平静了，没有发脾气，没有大吵大闹，甚至连愤怒地斥责两句都没有，只是安安静静地坐在那里，甚至清醒而理智地进行对话。

她看着戚瑶的脸，心里的不安越发浓重。

"你去把合同拿过来。"裴朗垂着眼吩咐道，"刚好今天在这儿方便盖章，就签了，不用再跑了。"

"好。"乔念长舒一口气，按下心里的不安，刚要转身出门，就听戚瑶喊住她。

她回头，看见戚瑶还是坐在那儿，没什么情绪地喊她："坐下吧。"

会议室里一片安静，安静得近乎诡异——他们都知道那是什么合同。

良久，裴朗坐直了身体，出声打破沉寂，问道："你什么意思？"

戚瑶看了他一会儿。良久，她似乎很轻地叹了口气，叫他："裴朗，你们不会真的以为我还要续约吧？"

终于来了……这句话说出来的时候，乔念倏地想，终于还是来了。

这些年，她不是没有体会到自己和戚瑶观念上的差异——在对话的某个瞬间里、在选择剧本的分歧上、在摸索未来发展道路的行动中。以小见大，细微处选择的不同体现的是价值观的大相径庭，是两方的分道扬镳。

像悬在头顶的剑终于有一天落了下来，她竟然有几分如释重负的感觉。

良久，乔念呼出一口长长的气，拉开椅子，坐了下来。

裴朗抽了抽嘴角，沉默了片刻，接着问道："是因为今天的事吗？今天的事我可以向你保证，以后绝对不会再发生。"

戚瑶看着他，不说话。那神情太沉静，眼睛清亮，仿佛能一眼看进人心里。

不知从何而来的恐慌笼罩住他，裴朗补充道："乔念跟你一个人也可以，其余的艺人我重新找人带。公司也不要你的资源了，不会再有捆绑进组的条款，可以吗？"

戚瑶看着他，缓缓摇头："不可以。"

"那股份再给你多——"

"我不接受。"她轻声说，"任何条款都不接受。"

又是一片沉默，三个人各怀心思地坐在那里，心情复杂，思绪翻飞。

好半晌过去。

"我们认识多久了?"裴朗靠在椅背上,看着她,似乎在回想,轻声开口,"六年应该有了吧?"

戚瑶没说话,他就看着她,陷入回忆之中:"我现在还记得,第一次见到你,你在学校门口的花坛边上蹲着哭,蜷成很小一个。"

"后来进了组,虽然我不常夸你,但你的表现对于一个新人来说真的很好。"想了想,他又补充道,"比叶清蔓好多了。"

他说到这里,两个人都没忍住,笑了一下,很勉强的笑,短促如昙花一现。

戚瑶很轻地弯起唇角:"别踩一捧一,她很记仇。"

"说就说吧。反正我也很多年没见过她了。"裴朗也笑了一下,只不过弧度很淡,转瞬即逝,像有什么更难过的事情压在心头。

"然后就是你跟着我到处跑组,在横店当群演,当女四五六七八号,闲暇时还要去咖啡店打工。"

"你怎么知道我在咖啡店打工?"戚瑶安静地问。她并没有告诉过裴朗这件事,不想让他因此给她开后门,遇到要上班而没空儿的时间,统一都说的是学业很忙。

沉默了一会儿,裴朗说:"那个老板是我的朋友。"

戚瑶"嗯"了一声,看起来并不意外,轻声却笃定地道:"所以他后来忽然又打电话来让我去上班,是因为你。"

"是。"裴朗闭了闭眼。

"我从前很喜欢你。"当他睁开眼时,戚瑶听见他这样说。

"我觉得这个女孩儿坚韧又温柔,能吃苦,以后一定会有个很好的未来。"

戚瑶没应他这句话,只是有几分嘲讽地扯了扯嘴角:"那现在呢?现在你依旧这么认为吗?"他依旧觉得,她可以单靠自己,就有个很好的未来吗?

裴朗沉默良久。

"对不起。"裴朗说。他闭了闭眼,呼出一口长长的气,像是把胸腔内的空气都挤尽了才沉声道:"是我的问题。"

"所以别想跟我打感情牌了，裴朗。"戚瑶同样没有接受他这句道歉，只是垂睫掩住眼底的情绪，神情平静地说道，"如果是从前那个人跟我说这些，我可能还会听一听，但你现在这样，你觉得值得我听吗？"

男人坐在桌后，依旧西装革履，依旧不动声色，仿佛天塌下来也会是这副模样。这已经不是那个会熬夜跟她改本子、坐在监视器后三言两句点拨新人、因为一场未曾预料却恰到好处的大雨而欢呼的人了。他无声无息地退去了青涩与真诚，在她不知道的时候，缓缓融入了浊流一般的名利场里。

"我不想说什么难听的话，毕竟这么多年的情分在这里。"戚瑶看见他的肩膀缓慢地往下塌，还是一字一顿地轻声道，"我们好聚好散吧，裴朗。"

她其实从来都不是什么优柔寡断的人，任何事情能容忍，大抵是因为没有触及底线。她的底线清晰而坚实，浮在那里，一旦触碰，就绝无可回转的余地。

就在她垂眼收拾好东西，起身准备往外走时，裴朗依旧没有说话。乔念抱了她一下，在她耳边叹了口气，欲言又止，最后只说："希望你以后能更好。"

戚瑶说"谢谢"。推门要迈出去时，她终于听见身后的人开了口。

"是他告诉你的吗？"裴朗问。

顿了不到一秒之后，戚瑶感到一种深深的无力。那是一种很难用言语表明的感觉，她觉得自己大概是对这个人彻底失望了。

喻嘉树会告诉她什么呢？是裴朗那样先入为主，又恶意地揣测她吗？还是说他会告诉她裴朗其实是个这样的人？

"不是，他从来不会跟我说这些。"戚瑶很轻地开口，"你这样的人，他大概是看不上的。"

戚瑶回到车上的时候，栗子买了两个烤红薯给她们俩垫肚子。

"其实还有糖炒板栗，我想你应该也是爱吃的。"栗子自己咬了一口烤红薯，说道。

"那怎么没买？"戚瑶问，翻了翻手机，各个平台的消息好像都要把通知栏挤爆了。

栗子吐了吐舌头："不知道，莫名其妙的，可能会让我有种吃掉同类的愧疚感吧。"

戚瑶看了她一眼，笑了一声："好冷的笑话。"

"那你还不是笑了？"栗子也乐呵呵的。

"行了，开车吧。"戚瑶说，靠着窗翻了翻微信，指尖悬在屏幕上，最后略过裴朗和乔念，给赵敏发了条消息。

对方回得很快，好像也在关注舆论一样，说合同已经准备好了，明天送到她家去，还发了个文档，说这是她的经纪人的简历，让她提前了解一下，如果不满意可以随时换。

戚瑶点开看了一眼，看到"曾带过的艺人"一栏里有两个知名女艺人的名字就退了出去——她哪敢不满意？

回了两条消息之后，她又切出去看微博。

热搜上，不同的词语排列组合，千奇百怪地挂在那里，稍微正常一点儿的就是"最好的戚瑶""风行代言人戚瑶""戚瑶黑裙造型"……最奇怪的是那什么——"戚瑶和她的豪门老公"，缺德的是，词条后还显示"你的三个好友也在关注这个话题"。

消息不断蹦出来，还有"啊啊啊"的文字。不用说，叶清蔓肯定是那三个好友分之一，还有两个是谁？戚瑶没忍住，也点进去看了一眼。

"这图真的神了。点击大图查看'人山人海中，我只看得见你'的宿命感。"

她不得不承认，某些粉丝是真的很会修图。

会展中心一楼的那几张照片，纷乱的人影被做了模糊处理，整张高清大图被修成饱和度很低的颜色，两个穿黑色衣服的人影显得十分突出。两个人一个纤细，一个挺拔，穿着礼服长裙与黑色西装，隔着几米距离在人群中互相对视着。

"我不信有谁看了今天发布会会不觉得这俩人般配。这真的是宿命感啊，一点儿也不夸张。"

"我直接大喊一声'你就是我唯一的妹夫！'"

"我写了文,来玩,在他们俩的超话里,你们快去看!"
他们俩还有超话?戚瑶半信半疑,存了图之后又去搜超话。
从那条评论点进博主的主页,她看到了一条有很多赞和转发的长图,博主说存下来之后要先镜像,再翻转。
戚瑶蹙着眉,一步一步按照博主说的做,图片恢复正常,文字映入眼帘的一瞬间,她仿佛被烫了手似的。
这都是什么啊?!"咔嗒"一声,手机猛地被摁黑屏,戚瑶偏头看向窗外,努力删除掉大脑里那几个直白又暧昧的词。
"瑶妹,风行官博发通告了。"栗子边吃烤红薯边玩手机,含混不清地说话,转过头来看着她,一下顿住,狐疑道,"你的脸怎么这么红?"
"没事,"戚瑶说,并预判了栗子想说的话,抢先一步开口,"没感冒。"
栗子:她慌什么?
虽然困惑着,栗子还是应:"哦,那就好。"
缓了两秒,戚瑶问栗子:"风行发什么了?"
"喏。"栗子侧身把手机给她递过去,让她看,"官博发了开除员工的公告,还有帖子转发超过五百,构成诽谤罪的警告。"
戚瑶扫了一眼手机屏幕,是很正式的通告,措辞严谨,处分明确,以儆效尤。
她最后"嗯"了一声,没说什么,把手机递给栗子。

"你回去吧,我自己在家就行了。"戚瑶拎着包在楼道里对栗子说。
"可是已经到门口了呀,这两大包东西我就帮你放进去嘛!"栗子说。
"不用。"戚瑶很快地拒绝她,挥挥手,"我自己可以,你回去吧,再见。"
"……"
栗子今天总是很疑惑,还是乖乖地去摁电梯:"好吧。"
看着人走后,戚瑶摁了密码锁,进了门——只不过是对面的门。
"快来帮我拎东西,喻冬冬!"她裹着羽绒服在门口喊。
喻嘉树其实早就在玄关处等着了,只是没出去,这会儿听到她的话,动作一顿,挑了挑眉,看着她:"你再喊?"他大有一副"这名儿是你叫的吗"的意思。

408

英雄也不逞这一时口舌之快，戚瑶眨了眨眼，识相地改口："可以帮我拎一下东西吗，小喻总？"

这回听着顺耳点儿了，但也没有那么顺。

喻嘉树帮她把袋子拎进屋放着，回身，眯着眼靠在墙边问她："就叫你男朋友这？"

戚瑶刚刚在车上玩手机，没来得及换衣服，羽绒服里还是那条礼服裙子，灌风，冷得不行，赶紧进门，然后回身把门关上了。

"那你想听什么？"她问道。

喻嘉树看了她一会儿，觉得这姑娘一点儿也不上道，"啧"了一声，漫不经心地道："行，对着一只狗都能叫老公，叫你男朋友'小喻总'。"

他转身往客厅走，一边调地暖一边说："没意思。"

戚瑶一时语塞，有点儿想笑，又有点儿害羞。纠结间，她在车上看的东西倏地又浮现在眼前，整个人顿时跟被定住了似的，没动。

半晌没听到回应，喻嘉树放下遥控器，回头看她，见她跟鹌鹑似的缩在墙角站着，脸红了个透。

有这么热吗？他想了想，又把地暖温度往下调了点儿。

"你是不是要换衣服？"喻嘉树问。

"嗯。"戚瑶慢吞吞地应，"你能帮我解吗？不能的话我就自己来了。"

喻嘉树："你是不是对我有什么误解？"解个裙子，他有什么不行的？

看她还不动，就站在那儿不知道在想什么，喻嘉树有点儿不理解了，叫她："过来。"

戚瑶这才一点点地、慢吞吞地往他那儿挪，小心翼翼地把羽绒服脱了，露出光裸白皙的锁骨和脊背。她单手把长发半撩起来，露出单薄的蝴蝶骨，随着动作微微起伏。

"就是背后那个绑带、交叉绑的，拆了就好。"她轻声说道。

身后人莫名其妙地顿了两秒，然后"嗯"了一声。

他指尖微凉，不经意擦过脊背的那一刻，戚瑶很轻地抖了一下。

感到身后的人动作又顿住了，戚瑶闭了闭眼，耳根又红了一点儿。她也不想，但是身体的非条件反射很难控制。

戚瑶将目光落在前面，在心里念经，试图驱散一些不好却一直浮现在她眼前的东西。

什么领带绑手腕、撕裙子……你不要想歪，不要想歪，不要想歪。

感到长指完全贴住她的脊背，微凉的触感一寸寸向下探，她又倏地颤了一下。然后她听见身后的人低声道："你说得对。"低沉的声音落在空气里，仿佛灼烧着人的神经，喻嘉树一字一顿地继续道，"我的确忍不了。"

绑带倏地被解开，腰被托住，男人揽着她微微侧身，从身后吻上来。吻很轻，他先是蜻蜓点水地碰了碰，察觉到她的回应，才开始变凶，呼吸交错，灼得人灵魂都发烫。

不知道地暖温度到底是被调低了还是调高了，好像空气都沸腾了。

他的手在绑带周围游移，要探不探，若即若离，撩得人心痒。他垂着眼问她："能碰吗？"

顿了两秒，戚瑶费力地转身，闷闷地"嗯"了一声，绯红色从耳根一路往上爬，连脸颊都微微发红，感受着微凉的触感。

两个人还在亲，额头碰着额头，唇贴唇，灼热感从相触的地方烧起来，凉也变滚烫。

吻结束的时候，好像被什么东西硌着，戚瑶调整着呼吸，克制着自己不要乱动，睫毛轻轻颤了颤，抬眼，轻声问了句："有吗？"

喻嘉树也看她，瞳孔漆黑，像要引人下坠。片刻后，他没说话，回身拉开抽屉，又很快回来。有东西被他松松地夹在指间，发出轻微声响。

"这里还是去里面？"戚瑶听见他问。

"腿软了，走不动。"她老实地回答。

喻嘉树笑了一声，偏头吻她耳朵后面的皮肤，揽着她的腰往沙发边走："那下次抱你进去。"

沙发柔软地下陷，灰色运动裤的系带被纤细的手指攥住，然后缓慢扯开。

喻嘉树单膝跪上沙发。

"窸窸窣窣"的动作间，戚瑶倏地感到身侧有什么湿润的东西在轻轻流动。她蒙了两秒，然后抓住他的上衣，有些茫然。

喻嘉树顿了一秒，扫了两眼，手往后绕，从她身后的衣服兜里摸出一袋牛奶，包装被压破了，液体正在淅淅沥沥地往下滴——周漆的牛奶。

长臂一展，将牛奶扔到垃圾桶里，他才垂睫，居高临下地看着她，又欺身压下去，宽肩窄腰遮住日光，落下一片阴影。

…………

开始时，日光尚且耀眼。后来，西沉的太阳从窗帘缝隙里透出明亮光彩，影子逐渐拉长，直至完全黑暗。

最后戚瑶的嗓子都有点儿哑，她被他揽着腰托起来，抱着去洗了澡。她在热水里缓了好半天，总算有了点儿力气，倏地想起没拿衣服。

刚关了水准备喊人，她就听见门口有人问："洗完了吗？"

戚瑶张了张嘴，"啊"了一声。

浴室的门能隐隐约约映出些影子，男人屈起手指轻轻叩了叩门："拿衣服。"

戚瑶把门开了条缝儿，将纤细白皙的手臂伸出去，手臂上还挂了点儿没擦干净的水珠。

喻嘉树垂眼瞧着，把衣服递到她的手上："想你应该也懒得去对面拿了。先穿我的？"

"嗯。"小声应了，戚瑶收回攥着他的白色T恤衫的手，关上门，想：说就说吧！这人怎么还钩她的手指的？

他顺着她的小臂一路滑下去，长指落到末尾，钩了钩她的小指……烦人！

她出来之后，喻嘉树也洗完了，应该是在另一个浴室洗的，换了件黑色T恤衫，擦着头发，水珠从发尾往下滑，洇湿了一小片衣领，衣领贴在颈侧。

戚瑶发现他好像总是没有在颈后垫毛巾的习惯，第一次来他家看到他的时候也是这样。

"你这样晚上睡觉的时候，衣服还是湿的。"

喻嘉树反应了两秒，才道："不会，我一般睡得晚。"有时候是工作，有时候是被周漆拉着玩游戏，他从旧金山回来之后，生物钟一直不太规律。

"熬夜对肾不好。"戚瑶蹙着眉，下意识地接道。

顿了几秒，喻嘉树看着她，挑了挑眉，问道："是吗？"

· 411 ·

虽然他没有明说，但戚瑶还是从他的脸上读出了明晃晃的——我肾好不好你不知道吗？

她噎了噎，不想理他，抿唇转移话题："哎，你怎么跟周漆说的？"

说归说，喻嘉树还是挺听话地把发尾擦干了："我说，我跟他的'女神'谈恋爱了。"

"啊？"戚瑶瞪大了眼睛，有点儿不敢相信，"就这样啊？他信了？"

喻嘉树沉默两秒，把毛巾放回浴室里，出来才说："肯定啊。我是什么人，他不知道吗？"

其实不是的，但喻嘉树不想说——

当时那小寸头正在打游戏，听他说完之后，有点儿诧异地看了一眼时间，抬起头道："哥，你没告诉我你大半夜还要梦游啊！"

喻嘉树扯了扯嘴角，重复了一遍这是真的，并且勒令周漆第二天就搬出去。

周漆看了他好久，好像开始有点儿信了，说"好吧"。喻嘉树转身回房间，却听见周漆在身后压低了声音发微信："白胖胖，我哥好像精神有点儿不对了，你明天能来看看吗？我一个人住在这儿害怕。"

喻嘉树不管他怎么想，总之他还是走了，这不就得了？

喻嘉树垂睫把这段记忆删除，然后抬起眼，显得十分坦然又理直气壮："他还说，除了我，也没有谁能配得上他的'女神'了。"

真的吗？她不是很信。

"那好吧。"最后她说。

喻嘉树也没继续往下编，摸了摸后颈，弯身从衣柜里拎出一件干净T恤衫。

戚瑶就坐在床边看着他。

他的房间很干净，色调黑白分明，简约大气，一点儿不乱。地暖没关，热意自下而上，比开空调舒服一点儿。

每到冬天，空气阴冷又干燥，戚瑶的鼻子就会有点儿不舒服，空调会加剧这种情况，但是又冷，她不得不开空调。她时常在家里坐着就会打两个喷嚏，引得栗子无比紧张。

她伸腿出去，用脚尖碰了一下地面，有点儿遗憾地感叹道："早知道就让乔念也找一套装了地暖的房子了。"

她十分自然地说完,直到喻嘉树回头看了她一眼,才倏地反应过来:哦,乔念已经不是她的经纪人了。她说不清那是一种什么感受,好像心里倏地空了一块。

回忆和分别总是有这种能力,能不断美化人,湮灭那人的缺点,不断放大经年的情谊与相处的长久。

沉默片刻,戚瑶张了张嘴,很轻地笑了一下:"叫习惯了,一时半会儿改不过来。"

喻嘉树看了她一会儿,说:"没关系。"然后他稍一侧身,加快了手上的动作。

戚瑶看着他背对着她换衣服,长臂交叉攥住衣摆,漫不经心地往上一撩,露出瘦削的腰。

他半侧着身子,能让人看清轮廓分明的腹肌,人鱼线清晰,顺着小腹向下一直延伸到裤边,消失不见。

懒散地往头上套T恤衫时,他略微绷紧腰,背脊鼓动,肌肉线条流畅而漂亮,动作显得迅速而有力,跟方才一模一样。

黑色T恤衫的下摆落下去之前,戚瑶看清他肩胛骨附近的红印,顿时呼吸一滞,又莫名其妙地红了脸——或深或浅的指甲印……她掐的。

喻嘉树换完衣服,把之前那件放在浴室里,出来又看见一只鹌鹑——纤细的身影坐在床边缩着,抱着膝盖,脸搁在手臂上,依旧有点儿红。

顿了两秒,他已经有点儿熟悉这种情况了,很轻地挑了挑眉:"我还说安慰你一下,现在看起来已经不用了?"

戚瑶抿了抿唇:"我的自我调节能力比较强。"

喻嘉树倏地笑了一声,她身侧的床垫软软地下陷,他坐上来,说道:"那我还是得安慰一下,不能让你一直自我调节。你想啊……"

戚瑶等了两秒,发现没有下文,偏头看着他。

万能的开头句式说到一半,喻嘉树顿住了。

他也看着她,沉默片刻。他确实想不出那俩人有什么好的,尤其是那个学长。但他不是那种喜欢在背后说人坏话的人,虽说不是道德标兵,但觉得那样做挺掉价儿,而且跟他们相处这么久的人又不是他。

局外人当然可以轻轻松松地讲大道理，毕竟事不关己，高高挂起，各人自扫门前雪，受情绪旋涡拉扯的人又不是自己。

"你想啊，"他最后垂睫，看着她，"你要是搬去了有地暖的房子，不就不能跟你的男朋友住对门了？"

戚瑶眨了眨眼，想：好像有点儿道理。

喻嘉树看她实在乖得不行，忍住亲她的冲动，移开视线，懒散地出声："你那小丑狗也不能大清早冲进来拽我的裤腿。"

还没感动完呢就听到这话，戚瑶顿时有点儿无语："人家明明不丑，也有名字好吗？亏它还那么喜欢你呢！"

"我要它喜欢干什么？"喻嘉树散漫地晃回视线，看她掩唇打了个小小的哈欠，略微起身，长臂一展，去摁灯的开关，漫不经心地道，"你喜欢我就行了。"

这句话响在她的头顶。

男人微微倾身，手臂越过她的头顶，胸膛轻轻抵住她的额头，温热又坚实。恍惚间，她仿佛能隔着一层薄薄的面料，听到他一下又一下规律而有力的心跳声。

"咔嗒"一声，灯灭了。黑暗中，一切都在缓慢又静谧地浮动着，香杉薄荷的气味混着沐浴液的清香，充满了整个空间。

"睡吗？"戚瑶听见喻嘉树在她的头顶问，心跳"怦怦"，到点就困的瞌睡感忽然没了。

戚瑶呼吸微紧，轻轻"嗯"了一声。然后两个人都安安静静地躺在床上，隔着几厘米的距离，呼吸声轻浅地浮动着。

这里跟她的房间不一样，床很大，被褥和枕头松软，还有他身上的味道——香杉薄荷，清冽又好闻。

她的瞌睡彻底没了。

热源就在她的手边，仿佛隔着空气都能灼人，她的呼吸一点点地变快。

盯着从窗帘缝隙里泄进来的微光，戚瑶屈起手指，轻轻攥住一截床单，听见自己轻声问了一句："哪种睡？"

空气沉默两秒，无声地沸腾起来。男人沉甸甸的身体从旁边压过来,他在她耳边道:"这种?"

松软的被子被掀起一角,片刻后滑落到一边,柔软的床垫下陷,随着动作轻微起伏。

实在是太热了,良久,一只纤细的手臂挣扎着从被窝里伸出来,绷着指尖去摸遥控器,半路无力地坠下好几次,晃晃荡荡,好半天才寻到目标。她胡乱又毫无章法地摁了好几下遥控器,终于将地暖温度调低,没到一秒手腕又被攥住,带了回去。

冬日夜长而昼短。

二人的颈项覆满薄汗,室内异常温暖。

动静一直持续到天蒙蒙亮,窗外本就不多的鸣禽都偃旗息鼓,没能比过去。

对后来的事,戚瑶已经没什么记忆,只模模糊糊地感到被他抱去洗了澡,换了件衣服,他的怀抱坚实而温暖,然后她就不记得了。

都说人如果疲惫至极,就会进入深度睡眠。但她没有,她梦到了奶奶。

C市在南方,有亚热带常绿阔叶林,9月中旬的时候,一切都还葱郁,后山也是。

后山不算高,一两千米,在离城区30千米的地方。半山腰上有座寺庙,叫大慈寺,香火很旺,逢年过节的时候,人潮拥挤,游人如织。

奶奶没有买墓地,是树葬,在游人不允许进入的后院里,靠走廊的第三棵柳树下,飞扬的檐角能够为她遮风挡雨。

戚瑶很喜欢那里,干净、清幽,晨起时能听到诵经的声音。

她梦到自己一路向前走,站在后院门口,看到奶奶坐在柳树下,戴着老花镜看她的作文。

"瑶瑶写得真好。"老人乐呵呵地说。

戚瑶站在高高的门槛外,不敢踏入后院,一如当年站在新家门口时的惶然和生涩。

奶奶走后这么多年,她从未梦到过奶奶,以致她太过清醒,瞬间就意识到这是一场梦。

她太想念奶奶了,生怕踏入门内会使这来之不易的梦境破碎。

半晌，老人放下试卷，缓慢地将老花镜摘下来，目光直直地看向她，招了招手："瑶瑶啊，你再不来，奶奶就要走啦！"

戚瑶不知道自己是什么心情，一步一步地往里挪，直到那双粗糙又布满皱纹的手时隔多年再一次握住她的。

"太清醒了，不好。"老人看着她，喃喃道。

她的眼泪不受控制地从眼尾掉了下来。

奶奶从前也经常这样说她。好多个她睡不着的深夜里，奶奶坐在她的床边，一下一下地拍着她的手臂，慢悠悠地讲大道理，说她要保持真诚和善良，要对自己喜欢的事情充满热忱，也要学会放轻松和开心，要学会为自己着想，不要总是那么理智又清醒。

这些话，后来她记了很多年。

"我现在已经开心很多了，奶奶。"戚瑶这样说。

奶奶一下又一下地拍着她的手背，弯起眼睛，笑眯眯地道："我知道呀。"

"从前不让你在冬天来看我，就是怕你会伤心。"老人摸了摸她的手背，粗糙的感觉从她的皮肤上擦过，却异常坚实和温暖，好像是她永恒的后盾。

"你啊，一直心思细腻，又敏感，很多事情憋在心里，不会跟别人说，奶奶最担心的就是你啦！"老人看了她好一会儿，依旧慈祥地笑着，轻声说道，"现在看起来，你好像有人陪了，是不是不会再那么伤心了呀，瑶瑶？

"要好好生活啊。不要节食，伤身体。多多运动，冬天穿得厚一点儿，不要老是让奶奶担心……"

絮絮叨叨的声音逐渐远去，藤椅上的身影渐渐虚化，像光一样变得透明，最后消失不见，只余嫩绿而柔软的柳条在风中晃动。

她流着泪醒来的时候，眼前一片漆黑，不知道是几点。

意识还处于半梦半醒之间，香杉薄荷的气味萦绕在鼻间，她下意识地往身旁那人的怀里钻。

一阵"窸窸窣窣"的响声后，男人从很浅的睡眠中醒来，下意识地伸手揽住她，听到一两声很轻的抽泣，顿了两秒，在她的耳边低低地问："怎么了？"

有力的双臂紧紧地环住她的腰，带着无与伦比的熨帖和安全感。她没说话，靠在他的怀里。

良久，水珠洇湿了一小片衣服，戚瑶把脸埋在他颈侧，带着鼻音轻声道："今年过年，你陪我去看奶奶吧。她说允许我冬天去看她了，还说谢谢你的鸡汤。"

沉默良久，喻嘉树把她环得更紧了，低头吻她的发顶，应道："好。"

戚瑶向来不记梦。就算那些话她记得再清晰，早上清醒之后也会尽数忘掉，然后她会告诉自己，不要再抱不切实际的幻想了，梦永远只是梦。

但这次她知道，会有人帮她记得。

再次醒来的时候早已日上三竿，戚瑶全身发软，缓慢地睁开眼睛。

窗帘依旧有一条没完全合上的缝隙，在天花板上露出一点儿日光，明晃晃的，让人视线模糊。

很久没睡到这么晚了，还迷糊着，她神志不清地坐起来，缓了会儿，意识才缓慢回笼。

"醒了？"身旁忽然有人问。

戚瑶被吓了一跳，半眯着的眼睛倏地睁开，一下子就清醒了。

"不知道的以为我们俩是一夜情呢。"电脑摆在一边，他坐着，靠在床头，似笑非笑地看着她，慢悠悠地开口。

戚瑶顿了两秒，偏开头小声道："我还没习惯。"一个人睡太久了，她从来没想过身边还会有个男人。

喻嘉树漫不经心地"嗯"了一声，没什么表情："不习惯，但是你整晚抱着我的胳膊不撒手。"

戚瑶侧身一看，这才注意到，他的右臂搭在枕头上，袖口露出来的一截皮肤被压得发红，他只能用另一只手摸触控板。

怎会如此？

戚瑶大概是还蒙着，脑子不如平时灵敏，还没来得及回答，又听他拖着尾音，懒洋洋地道："先是掐，然后是枕，压了大半夜，早上又抱着不撒手。"他很轻地叹了口气，看起来有几分无奈，垂睫低声道，"我这条胳膊承受了太多。"

她沉默了两秒，看他的胳膊确实垂在那儿一动不动，看样子像是麻得动不了，也就忍了他的调侃，凑过去帮他按了两下："对不起，以后不敢了。"

"那可不行。"喻嘉树扫了一眼，看她趴在床上，并拢纤细的手指，一下又一下地帮他揉着，酸涩胀麻的感觉逐渐缓解。

"这只手以后都是你的了。"他漫不经心地道。

心尖颤了一下，戚瑶抬眼看了一眼。

他瞳孔漆黑，专注地注视着她。

她目光再往下移，看他的下半张脸——一层薄薄的皮肉包裹住棱角分明的颌骨，下颌线都绷紧了，眉梢时不时蹙一下，看起来应该不好受。

"算了吧。"戚瑶自认为懂事地回想了一下，"叶清蔓之前给我发过那种购物车里的奇怪东西，其中有一个就是男友枕头。

"是双人枕，长的，但是另一边脑袋下面的位置有个孔，你可以把手伸进去，我也不会直接压着你。"

这回换喻嘉树沉默了——那是什么奇怪的东西？

好半天，他才开口："不用。"

"怎么不用？"戚瑶蹙眉起身，探身去摸手机，眼看着就要下单，"你看你都动不了了，多辛苦呀，一直这样也不是个办法……"

购物软件还没打开，那人将"麻了"的右手伸过去，利落地把手机抽走。

"骗你的。"喻嘉树面无表情地看着她，坦白道，"没那么麻，就是想让你帮我揉一下而已。"

这人什么毛病？反应了两秒，戚瑶接过手机才道："那你以后直说，我又不是不帮你。"

"行。"喻嘉树也应道。

戚瑶还趴着，不知道到底是揉还是不揉，手伸到一半，进也不是，退也不是，抬眼看着他。

喻嘉树也看她，垂着漆黑的眼睫，低声开口道："不麻，但是是真的被你压得有点儿酸。帮我揉一下呗，宝贝？"

戚瑶现在对这个称呼有点儿过敏，昨晚他翻来覆去地把浑话和称呼换了又换，最后在她耳边喊的就是这个。她耳根发红，不看他，垂着眼，有一搭没一搭地揉着。

他的小臂肌肉线条流畅，瘦削而肌理分明，偶尔绷紧时可以看见微凸的青筋，若隐若现，一路延伸到手背——应该确实很好抱。

他应该也没有冤枉她。

昨晚到后来，她迷迷糊糊的，发生的事都有点儿记不清了，只记得他最后抱她去清理了一下，换了件衣服，然后她好像做了个梦，是什么呢？她不大记得了，只能模糊忆起自己似乎醒了片刻，然后还跟他说了两句话。

她刚想开口问，放在旁边的手机屏幕一闪，戚瑶犹豫了一秒，伸出一根食指，先滑开锁屏看。

她的工作邮箱收到了一封邮件——和盛屿闹掰之后，她把邮箱和各个平台的账号都改了密码，收回自己手里。

她最近有什么工作吗？她快速地在脑子里想了一遍，还是疑惑地点开邮箱来看。

那是一封很正式的邮件，或者说是一封邀请函，称呼齐全，礼数周到，结尾顺颂时祺，甚至还有对方的标志，红色与金色的搭配，大气而磅礴，十分熟悉。

戚瑶呼吸一滞——发件人那一栏显示的赫然是C市一中。

百十来个字在她的眼前飘浮着，费了好大力气才进入大脑。

顿了好半天，戚瑶抬起眼，看着他，张了张嘴，略显迟钝地陈述道："学校邀请我去做校庆演讲了。"

"嗯？"喻嘉树挑了挑眉，尾音上扬，看起来好像很惊讶，"真的？"

戚瑶顿了两秒，眯眼，反问他："你是不是早就知道了？"

"我的演技这么差吗？"喻嘉树笑了一声，没继续装。

"眉毛扬得老高，太假了。"戚瑶吐槽。

419

"行，感谢大明星提点。"喻嘉树用指尖点了点她的手机屏幕，把邮件往下拉，"大明星要是拨冗看一看名单，也不会给我这个拙劣地展示演技的机会了。"

还真有个附件，戚瑶点开来看，是完备的校庆流程和拟定邀请的人员名单——不太多，七八个。她和喻嘉树都在名单第一排，好巧不巧，还是并列着的。

戚瑶看了那个名单好一会儿，感到心脏又在缓慢地变得酸胀和悬浮。

这个和喻嘉树出现在同一张名单上的机会，她等了许多年。

良久，她扫了一眼时间，问道："你去吗？"

喻嘉树就显得没那么在意了。他去演讲的次数太多了，学校校庆逢三、逢五、逢十就给他发邮件，稀松平常，他实在算不上很期待，何况那天他还有个会。

"你去我就去。"他最后还是这样说。

"那我们去吧。"戚瑶小声提议道，"是 12 月 24 日。"

这个日子好像很特殊，喻嘉树垂睫看了她一眼。女孩儿微微仰头，一双眼睛清澈又漆黑，眨了两下，看起来那么一点儿期待。

"好。"思忖片刻，似乎想到什么，喻嘉树垂睫应了。

戚瑶眨了眨眼，看起来很开心，弯起眼睛，凑上去亲了他一口。

喻嘉树不动声色地收回被她的柔软身体压住的手臂，低声警告道："亲归亲，别乱蹭啊。"本来她穿得就少，宽大的 T 恤衫就遮了个腿根，领口有点儿大，她还趴着，纤细柔软的手指在他的小臂上轻轻按着，有意无意地顺着他的小臂往上摸，若有似无地撩人。

戚瑶顿了两秒，支起上半身，眼神飘忽了一会儿，晃晃荡荡地往他盖了点儿被子的地方落，眨了眨眼睛，轻声道："哦。"

喻嘉树眯了眯眼，忽然反应过来，伸手把电脑一扣，攥住手腕把人拖过来："戚十一，你故意的是吧？"

校庆那天，天很晴。柔软洁白的云朵铺在天边，绵软而蓬松，抬眼看去，头顶碧空如洗，阳光温柔地洒下。

一中一向很会挑日子，每逢运动会、艺术节等大型活动，必定是难得一见的晴天。

那天戚瑶有工作。工作结束之后，她匆匆往学校赶，一边在车上换衣服，一边发消息问："开始了吗？进行到哪里了？"

过了几分钟，对面人回她："老邓刚讲完话，你不会想听的。"

连消息都透着一股漫不经心又懒散的劲儿，无言的感觉快要溢出屏幕，戚瑶没忍住，笑了出来。

他从前就不爱听老邓讲话，周一惯例国旗下演讲，老邓站在升旗台上通报上周情况，他都站最后一排，把手机塞到袖口里，垂睫低颈打游戏，还真是一点儿没变。

戚瑶回想了一会儿，弯起眼睛，抬眼看了一眼窗外。

四五点钟，正是人流高峰，街道上车水马龙，交通信号灯在阳光下闪烁，窗外景色过得很慢。她细长的眉毛又轻轻蹙起来。

1："有点儿堵车。"

1："怎么办呀？我会不会赶不上看你的演讲？"

坐在礼堂第一排光明正大玩手机的人顿了两秒，垂眼打下两个字："不会。"

然后他戳了戳旁边的人："待会儿跟我换下顺序。"

蒋惊寒脸都懒得转，盯着前面："凭什么？我是倒数第二，比你高贵一点儿。"

"你又没有老婆等着看。"喻嘉树轻飘飘地说。

"我怎么没有？"蒋惊寒反驳，再一转脸，看见旁边的人正埋头看资料，把厚厚的一沓案卷放在腿上，跟她从前上课看小说似的，塞在小木桌底下。

余光看到他转过头来，燕啾还竖起一根食指，冷漠地道："你们俩自己吵啊，别烦我。"

"行吧。"蒋惊寒回过头，屈尊答应了。老夫老妻是这样的，无所谓，他也有点儿累。

"帮你布置，还给你让路，你多少欠我点儿东西啊。"蒋惊寒垂眼给后台工作人员发消息，拖着尾音，漫不经心地道。

"欠你什么？"喻嘉树扯了扯嘴角，"我以前帮你的还少吗？"

"有吗？"蒋惊寒回想了一下，"我只记得你给我添堵了。"

喻嘉树："滚。"

"行吧，那就扯平了。我也不欠你了。"蒋惊寒最后说。

又顿了会儿，他盯着前面，低声道："恭喜你啊，大龄男青年终于找到了好对象。"

喻嘉树没跟他饶，听着老邓抑扬顿挫地介绍学校近年来的成就，神情很淡，没什么情绪地"嗯"了一声："谢谢。"

戚瑶戴着口罩从后门偷偷溜进来的时候，正好听到主持人报幕。

据说当时一中修建礼堂花了很大一笔资金。礼堂足以容纳上千人，极其低调却又奢华的酒红色座椅阶梯式铺开，像一层一层的海浪，呈扇形半包着舞台。

穹顶点缀着红色丝绒幕布，数十盏顶灯从上方洒下灯光，映亮了一方舞台，也映亮了站在演讲台前的那个人。

戚瑶看着他缓慢地走上台，黑色西装穿得规整，酒红色领带系得利落，挺拔又洒脱，人随便往那儿一站，就引来一阵压抑的欢呼声。

人头攒动，掌声雷动。

喻嘉树缓慢地站定，抬眼，视线扫过乌泱泱的人群，落在后门处的身影上，两个人的目光在空中交会。

好像过了很久，又好像没有，时间似乎被无限拉长。

后门边的学生许是认出了她，惊喜地压低声音确认。窃窃私语声传来时，戚瑶倏地想起：他们第一次见面，也是在这里。

燥热的七八月份、意外停电的夏日午后、礼堂靠后门的最后一排、没能顺利解出的数学题、指根的痣，还有一瓶被遗落的橘子汽水。

人群中，他们遥遥相望。

那一刹那，戚瑶还想起了很多事情，想起了她人生中无数个勇敢的瞬间，想起了她站在人生的岔路口时，所有的选择。

她曾看到一个观点，说人的一生是由无数个选择组成的——

一个人在哪儿读小学，在哪儿读高中，去哪个大学，留学、升学或者工作，公司A还是公司B……每一个选择都会导向一条联系紧密，却又完全不同的道路。

一个人做出选择的那天,也许是晴空万里的夏日,也许是阴雨连绵的秋天,只有人的记忆中被轻飘飘地一笔带过,无论后来会造成什么样的结局,当时的人都只觉得那仅仅是一个普通的午后。

好在不管她怎么选择,他们都走到这里了。别人说条条大路通罗马,她受他的影响做出的选择,好像是条条大路都通向他。

她恍惚回神,台上人简短的讲话已经快到了尾声,学生会负责通知校庆嘉宾的学妹脖子上挂着工牌,有些害羞地过来喊她。

"学姐您好,请问您准备好了吗?已经到最后一位了。"那个妹妹怯生生地问道。

戚瑶看了她一眼,后者抿了抿唇,手指捏住校服衣角,移开视线,又迅速移回来,明显有些紧张。

顿了两秒,戚瑶很轻地笑了一下:"好了。"

许是身份加持,或是别的什么,她登上台的那一瞬间,欢呼声比之前任何一次都要大。

十六七岁的高中生好奇心正旺,对什么事情都抱有难以企及的热情,直到戚瑶站定好一会儿,掌声才平息下来。

她站在台上,神色平静地环顾四周。

乌泱泱的人,蓝白色的校服整齐划一,包裹住无数个不同又鲜活的灵魂。

刘海儿不能过眉,长发的女孩儿把头发高高束起,马尾辫搭在厚校服上轻轻晃动;短发的女孩儿将鬓发别到耳后,安静地望着她,面容稚嫩。

每一双眼里都满是纯粹的期盼,亮得几乎能发光。

看了好一会儿,戚瑶垂睫,扫了一眼手里的稿子——白纸黑字、段落明晰、语句得当,堪称演讲稿的优秀模板与范本。

半晌,她抬起眼,伸手压住麦克风,轻声开口:"大家好,我是演员戚瑶。"

又是一片欢呼,声音大到她又不得不停下来等声音停歇。

喻嘉树坐在第一排,懒散地靠着椅背,看她很轻地笑了一下,抿了抿唇,等待欢呼声过,接着往下说:"很高兴今天能在这里见到大家。"

温柔中带着平静的声音通过音箱在礼堂内回荡。

"但是,说实话,"台上的人停顿了片刻,轻声继续道,"我从来没有想过,有一天能收到来自学校的邮件。"

流畅连贯的言语缓缓地在耳边响起,喻嘉树挑了挑眉,略微有些诧异——这不是稿子上的内容。

戚瑶也不知道自己是怎么想的。那篇稿子她写了两天,作为公众人物,在公开场合的发言当然都需要注意。况且她很重视这件事,生怕自己做得不好,于是把千字出头儿的演讲稿改了三版,字斟句酌,一点儿也不马虎,每天晚上都伏案修改,为此还引起了某人的不满。

但他还是帮她一点点地磨,看她一句话一句话地确认没有什么纰漏。

论述完整、情感连贯、升华价值,就连喻嘉树这种见惯了这种场合的人,都不得不承认那是一篇很好的稿子。

但是她并没有用那篇稿子。站在台上的那一瞬间,她看着下面稚嫩又青涩的面孔,倏地觉得那些东西都太浮于表面了,大道理华而不实,飘在空中。

十六七岁的人坦荡又真诚,他们要的可能不是那些虚无缥缈的老生常谈。

纤细的身影立在那里,面容沉静,不骄不躁地轻声开口:"我坦荡地承认,跟许多爱做梦的人一样,坐在大大小小的颁奖典礼台下时,我也幻想过登上那样星光熠熠的舞台,幻想过颁奖嘉宾高声喊出我的名字,然后我一路鞠躬上台,讲自己准备好的获奖感言。"

礼堂一片安静,所有人的目光都聚焦在她的身上。

面对一群少年人的感觉和在虚与委蛇、故作姿态的名利场上完全不同,顿了顿,戚瑶继续道:"但我独独没有想过能登上这个舞台。不是因为它不好,相反,是因为我太喜欢这里了。"

她的目光安静地掠过每一个人的脸,她认真又庄重,声音轻缓,让人不由自主地沉静下来,听她接着往下说。

"和现在的你们一样,我也曾经在晚自习的走廊上背书,在黄昏的操场上散步，在夏日午后，唤醒午休的广播响起时，缓慢地从睡梦中转醒，顶着大太阳去小卖部买一支雪糕。

"这些回忆都太过清晰，以至于虽然我许多年没有再刻意回想，但画面依旧会在我踏进校园的那一刻在眼前循环播放。

"一中是一所非常好的学校，教学设施完善、老师耐心、同学友善，培养出了无数个方才你们看到的，在各行各业闪光的优秀校友。他们大多数在学生时代就很优秀，是班上同学和老师喜欢的学生，是学生会或各大活动里的风云人物，是年级里名字如雷贯耳的某某某，甚至是红榜上常年不掉的'学神'。"

戚瑶很轻地笑了一下，眼角温柔地弯起，轻声道："只有我不是。"

"我整个高中都非常安静又普通，普通到什么程度呢？"戚瑶很轻地弯起眼角，似乎是在回想，"从前不太熟悉的同学见到现在的我，会不经意地提起他从前的班上好像有个女生和我同名。

"我相貌平平，成绩中规中矩，上课不从主动举手发言，从不主动报名参加运动会，更别说学生会、社团活动与艺术节，所有能铸就好人缘儿的地方都没有我。

"我唯一喜欢做的事情，就是坐在座位上写作业或者看书，我内敛而敏感，小心翼翼，存在感几乎为零。"

短暂地停顿之后，她敛起神情，显得有几分认真，继续道："但我今天依旧站在这里。尽管我高中平凡、安静、不善社交、令人过眼即忘，我今天依旧站在这里。"

礼堂里一片安静，所有人都注视着她，听见她缓慢地说道："所以我想告诉大家的是：一个时间段里的你，并不是全部的你。

"如果你现在就人缘儿良好，一呼百应，是学校里的风云人物，那当然很好。但是，如果你跟从前的我一样普通、平凡、敏感，甚至在某些事情上有些胆怯和自卑，也不要害怕。

"从前有人告诉过我，高敏感度是恩赐。这意味着你具有高度的共情能力，对事物有更深入的了解，这些恰恰是你的迷人之处，更是生活赠予你的天赋。所以千万不要为过于细腻的情感而感到沮丧，因为有它们，你将永远不会变得粗鄙和麻木，不会向世界妥协，最后才能成长为你想要的样子。"

戚瑶认真地道:"我没有什么可以传授给大家的,只能告诉这些跟从前的我有同样苦恼的女孩儿——无论那些负面情绪的来源是家庭、成绩、自我要求,抑或是外貌焦虑,都没有关系。"戚瑶站在台上,平缓地环顾四周,目光掠过一个个青涩而认真的脸庞,一字一顿地认真开口,"因为你们要相信,终有一天——你会熠熠闪光,美梦成真。"

尾音干脆利落,通过音箱落在空气里,在礼堂里回荡。

漫长的沉默之后,掌声雷动,经久不息。

喻嘉树的身后是无数人的低声夸赞与感叹,在如潮的掌声中,他坐在台下看她。

她的侧脸在明亮的灯光下清晰又美丽,一双桃花眼沉静而漂亮,她像站在最盛大的光里,天生就是万众瞩目的人,温柔、坚定而有力量。

他倏地懂了什么叫宿命感——如果从前是她站在那里,他在台下看她,他也一样会喜欢她,逃无可逃,避无可避,永远如此。

在一片掌声中,戚瑶鞠躬,下了台。

她是最后一位嘉宾,讲完后,主持人再一收尾,整个活动差不多也该结束了。

喻嘉树提前出去,在外面等她。

冬日晴天,太阳落山后,天色擦黑儿,细看时有细碎的星星闪烁,路灯朦朦胧胧。

喻嘉树站在礼堂后门,看她还没走过来就被高中小男生缠住合影。几个半大小子把她围在中间,一口一个"瑶瑶姐姐"地叫,这个拍了换那个,他看着都嫌烦,偏偏戚瑶还笑得很灿烂。

十分钟后,他终于受不了了。

戚瑶刚对着镜头比完一个剪刀手,敛起神情,感到头顶上落下一个东西——柔软的、温暖的,带着熟悉的清冽香气。

她的眼前伸过一只手,把围巾绕了两圈,遮住她下半张脸。

喻嘉树就着揽住她脖子的姿势把人往外带,漫不经心地道:"不好意思啊,再拍收费了。"

他读书的时候就是站队伍最后一排的身高，更别说毕业后还蹿了点儿，这会儿人立在一群男高中生里，越发衬得他们像小孩儿——中间那个男生原本看起来还挺帅的，现在看也就那样了。

戚瑶被他带着走，回头看了两眼，被他捏着下巴转回头，有点儿纳闷儿，又有点儿欣慰，觉得自己当年的眼光还是挺好的。

男孩儿们蒙了两秒，觉得有点儿突然。

许是门口太黑了，他人又高，换了大衣外套，他们一时半会儿也没认出他来，愣愣地问了一句："你是她的经纪人吗？"

戚瑶感觉搭在她脖子上的手瞬间收紧了点儿，喻嘉树略一仰头，下颌线冷淡地绷紧。

"我看起来很像你的经纪人？"他问道。

"不像不像。"戚瑶赶紧安慰他，伸出手拍了拍他的胸膛，很轻地抚了两下。

喻嘉树这才"哧"了一声，没理他们，继续往前走。

不知道这群小男生怎么回事，交流了几句，中间那个长得还可以的男生犹豫片刻，喊住他们："收多少啊？我想再跟瑶瑶姐姐拍一张。"

戚瑶顿住脚步，想着老这么拉扯也不是个事，刚想回身说那就再拍一张就行了，又听他补充了一句："能跟我一起比个心吗？两个人手臂环起来的那种。"

戚瑶顿时停住动作，瞄了一眼旁边的人。

忍无可忍，无须再忍，喻嘉树挑了挑眉，回身看他，扯了一下嘴角，漫不经心地问道："你出多少？"

那男孩儿蒙了两秒钟，试探道："100块钱？"

喻嘉树没什么情绪地"嗯"了一声："我出10倍，你放过她。"

空气都沉寂了两秒。

眼看着那群小孩儿都蒙了，这人还真要摸手机出来转账，她连忙开口打圆场，说自己还有急事，下次有机会再拍，这才把小男生打发了。

两个人并肩走在礼堂后门的那条小路上，仍有绿意的梧桐树叶在两旁摇晃，"窸窸窣窣"，在地上落下斑驳的树影。

"干吗对人家这么凶？"戚瑶有点儿想笑。

喻嘉树还是没什么表情，半晌没说话，过了会儿才问道："你是不是很喜欢弟弟？"

"何出此言？"她很疑惑，"你不能因为我招弟弟喜欢，就随便揣测我吧？"

她还好意思提，一会儿一个，一会儿一个，刚才还直接一群了。喻嘉树嗤笑一声，没说话。

戚瑶想笑，回神看他揽着她往小路尽头走，好像不是学校大门的方向，有点儿疑惑："我们这是去哪儿？"

"别管。"喻嘉树简短地说，"跟着你的经纪人走就是了。"

这人吃起醋来也太凶了吧！她噎了一会儿，只能在他的臂弯下被他带着走，思考着要怎么说话才能顺了他的毛。

她好半天也没想出办法来，倒是他先开口了："你就是这样喜欢我的，戚瑶？"

她又怎么了？

"口口声声说喜欢我，看我生气了也不哄我是吧？是不是心里净想着你的弟弟们了？"喻嘉树抬起眼皮看她一眼，"最喜欢哪个？只愿意出100块钱合照，还要比心的那个？"

"我不喜欢弟弟。"她说，"我喜欢哥哥。"

"所以？"喻嘉树挑眉。

她就这么被他揽着，半边身子靠在他的臂弯里，丝毫没有考虑过他要带自己去哪里。戚瑶顿了两秒，小声道："我喜欢你。"

喻嘉树脚步顿了一下，垂眼看她。

她又不好意思了，整个人缩在他的臂弯里，脑袋贴住他的胸膛和肩膀，留一个发顶给他。

他不用看都知道，她肯定又把自己说脸红了。

喻嘉树弯了一下唇角，声音还是绷着："哦。"

这人怎么回事？她轻轻抬眼，只看见他清晰又分明的下颌线，薄薄一层皮肉包裹住棱角分明的颌骨，令他看起来利落又冷淡。

完了，他不好哄。

戚瑶思忖片刻，犹豫地张了张嘴，轻声叫了一声："哥哥？"

428

旁边的人瞬间就停了。

戚瑶哽了一下，忐忑地跟着他停住，不敢说话。

树影随风摇晃，传来"窸窸窣窣"的声音。路灯暖橙色的灯光从头顶洒下，落了一片斑驳的光影。

万籁寂静中，呼吸声和心跳一同浮动。

良久，沉沉的声音从她的头顶上传来："你最好今晚也这么叫。"

两个人各怀心思，都不说话了，从无人的梧桐小径一路走，直到走到尽头，看见朦胧的灯火，戚瑶才又出声："你不会是想跟我一起逛操场吧？"

"不行吗？"喻嘉树说，"只准高中生逛啊？"

"可以，可以。"大少爷都发话了，她还能怎么说？她就算肚子饿了也只能忍着。

戚瑶憋屈地跟着他走，没注意喻嘉树的手什么时候往下，改为环住她的腰。他的手臂搭在她的腰上，长指微屈，轻轻扣在腰侧——很亲密的姿势，又不像吻那么亲密，带着一种恋人之间的熨帖，类似于拥抱，肢体接触能给人带来无穷的安全感。

操场空旷，依旧没有灯，她抬眼向远处望，能看见对面的居民楼一户一户地亮起灯光，仿佛能隔着两条街的距离感受到温柔的人间烟火气息。

这不是寒冷而独自一人的冬天，是由烤红薯、糖炒板栗、围巾大衣和男朋友构成的冬天。

戚瑶正出神，不知道喻嘉树什么时候松开了她，在身旁叫她："戚十一。"

"嗯？"

远处的灯火万家里，无数个准时的钟表上，时针一跃，跳动至 7 点。

"抬头。"他低声道。

她下意识地仰起脸的那一瞬间，漆黑的夜空中骤然升腾起无数朵初绽的烟火。

心脏倏地一颤，她清晰地看见绚烂的烟花从地平线上跃起，穿破夜空，在冬天的夜幕上盛开，灿烂、辉煌、盛大。

穿破空气的声音在不远处响起，一束又一束的火花迅速上涌，升至半空中，绚烂地绽开，在空中留下美丽的瞬间，接着细碎又灿烂地下落，一簇接着一簇，映亮半个夜空。盛大的烟火几乎映亮了整个校园，让夜空都沦为他这份礼物的背景。

高三教学楼中传来一阵惊呼，十七八岁的少年纷纷探头来看，远处居民楼也有散步回家的阿姨打开窗，招手呼唤家人来看。

一片惊喜的嘈杂声中，戚瑶站在原地，怔怔地仰头望着，漆黑的瞳孔中映着绚烂的烟花，脸上的光影不断变幻。

她说不出话来，震惊又错愕，胸腔中充塞着某些难言的心脏的酸涩与饱胀感。

盛大又绚烂的烟火映亮她的眼睛，像无数的星光落入她的眼中。

她倏地想起不知何时何日的某一封信。

她说在地理课上学到人文风俗，某国夏日的烟火大会好像很漂亮，不知道以后能不能有机会去看。

读信的人没有回答，只是寥寥几笔，在纸上勾勒出三五朵绽放的烟火，被她小心翼翼地折起来，放进日记本里。

经年之后，纸面上的烟火成了真，从白纸上跃起，声势浩大地绽放在她面前——在这个冬天。

"这是17岁的喻嘉树送给你的。

"他说，谢谢你的喜欢。"

男人站在她面前，身姿挺拔，瞳孔漆黑，眉眼俊朗，与当年一般无二，神情认真地低声道："这是25岁的喻嘉树还给你的，虽然有点儿晚，但还是到了。"

他略微低颈垂睫，长指并拢，拿着一个信封递过去："他说，他永远爱你。"

信封很轻、很薄，不像有纸的模样。

就着烟火绽放时变幻的光，她鼻尖酸涩，缓慢地拆开信封看——里面没有字，也没有纸。

从空荡荡的信封里掉出一枚戒指，指环小巧，上面被切割过的钻石发出恒久闪耀的光芒，安静地躺在她的手心里。

戚瑶听见他说："不用戴，我只是想不到比这个更好的回信了。"

他向来是话少的，行动大于言语——

带着眼泪的信件换来一沓厚厚的照片，一句抱怨换来他在老城区跑过三条街，上课时漫无目的的畅想换来一场冬夜烟火……

她念念不忘许多年的信件在南山的纸盒里蒙了尘，经年之后，回信终于来临。

到现在，已经是第十年。

她胸腔发涩，连呼吸都要被堵住，睫毛颤了颤，抬眼望去。

他的身后是操场与教学楼连接处的一片空地，路灯灯光昏黄朦胧，映出半空中细微的尘埃，一切都如此熟悉。

25 岁的戚瑶站在这里，倏地感到光阴的洪流冲过身体。

她想起那年的 12 月 24 日，西南平原难得下雪。

15 岁的戚瑶站在细细碎碎的雪中，在昏黄的路灯灯光映照下渺小如尘埃，鼻尖被冻得发红，小心翼翼地捧着一个苹果，看教室中倒数第二排靠窗的侧影，青涩又惶然，踌躇不敢上前。

十年后的今天，那个人站在这里，为她准备了一场盛大的告白。

眼泪不受控制地从眼尾滑落，戚瑶攥着那枚坚硬而小巧的戒指，目光被眼泪模糊，恍恍惚惚地想：大慈寺的神佛好像终于圆了她这桩尘世的愿。

她等这一刻，实在等得太久了。

"本来想用学校礼堂，那样显得正式一点儿，又是我们第一次见面的地方。"

喻嘉树伸手擦掉她的眼泪，眼尾略微下压，退去了平日的冷淡和散漫，显得格外专注而郑重。

"但是老邓不允许。"他顿了两秒，弯起唇角笑了一下，"说会让小朋友们浮想联翩。"

戚瑶吸了吸鼻子，第一次觉得老邓这人不好："他真讨厌。"

喻嘉树唇角的弧度更大了，他笑了一声，顺着她说："我也觉得。但是老邓说，如果要拍婚纱照，礼堂可以借给我们。"

"张老师还说,"他安静地看着她,轻声道,"很高兴看到这么多年过去,你的言语和文字一样能打动人。她以教过你为荣。"

戚瑶声音黏黏的:"我看她拉着你说了好久,只有这个吗?"

喻嘉树沉默了两秒,如实道:"她还说,如果以后我们有孩子了,不允许我教他写字。"

顿了片刻,戚瑶眨眨眼,倏地笑出了声。她伸手抱他,还挂着泪的眼睛弯起,水光潋滟,生动又漂亮。

耳边的声音逐渐嘈杂,戚瑶在他的怀里侧脸,看见一众熟悉的人站在树荫下望着这一切。

叶清蔓举着相机帮他们记录下这一幕,另一只手捂着嘴,脸上的妆都哭花了,说不出话来。戚瑶去帮她擦眼泪的时候,才听见她抽抽噎噎地在耳边小声说:"祝贺你美梦成真。"

心脏倏地一软,戚瑶伸手抱她,偏头看见李寻和陈茵茵也在。陈茵茵挽住李寻的手臂,笑得灿烂,轻声跟了一句:"那我祝贺你,心想事成。"

下课铃响,广播发出轻微的电流声响,短暂地停顿一秒之后,开始播放晚间的歌曲。不知是谁点的歌,略显沙哑的男声低低地唱:"你要静候,再静候……一心只等葡萄熟透。"

一群人说笑着缓慢往外走的时候,戚瑶落在后面,回头再望了一眼。她仿佛看到十五六岁的戚瑶站在教室外的走廊上,规规矩矩地穿着校服,抿着唇,安静地望着他们,望着那个永远挺拔如冬日香杉的背影——那是她漫长又晦涩的少女时代里唯一的光。

烟火盛大,人影幢幢。

25岁的戚瑶隔着虚空遥遥地与她对视,伸手牵起那只骨节分明的手,略一动作,十指紧紧相扣。

没关系,她告诉17岁的她——不要害怕,现在,光落下来了。

第十三章
催眠术

人的一生由无数个美丽的瞬间组成,其中包括被喜欢的人告白的惊喜瞬间,也包括平淡却美满的时刻。

毕业之后,大家各奔东西,难得一见。

借着校庆和烟火告白的名头,倒还凑了一小堆人来,大家顺理成章地决定聚一聚。

叶清蔓自来熟,最主要的可能还是饿得慌,跟他们一起去了。

几个人谈天说地,侃八卦加上吃饭,一顿热热闹闹的火锅结束已近10点,一群人才散了,各回各家。

走之前,叶清蔓借去卫生间的理由跟戚瑶说了会儿话。

她拨冗从剧组跑过来见证这一刻,还没找到机会跟戚瑶聊天儿。大抵是好朋友之间的话题,两个人站着,东拉西扯地小声聊了半个小时。

聊天儿结束后,叶清蔓坐助理的车回去,戚瑶慢吞吞地戴好口罩,走到门口。

喻嘉树站在车旁等了半个多小时,也没什么不耐烦的意思。

"回去了吗?"他把车钥匙松松地捏在手里,偏头问戚瑶。

戚瑶摁亮手机看了一眼时间,"嗯"了一声:"有点儿晚了。"

临近午夜,城市节日氛围很浓。市中心的标志性建筑都换上了节日装扮,巨大的冷杉树上挂着各种各样的装饰品,彩色飘带、彩蛋与礼物在夜风中轻晃,从窗外掠过。

戚瑶吃饱了之后就犯困,再加上昨天折腾到很晚,她眼睫垂下,看样子就要睡过去。

喻嘉树从后视镜里扫了她一眼,喊她:"别急着睡。"

戚瑶不听,闭着眼偏头,颇具反骨地找了个舒服的姿势,才问道:"为什么?"

"就半个小时,你这会儿睡了,晚上回去又失眠。"喻嘉树将长指搭在方向盘上,目光落在前面,一副不能再了解她的模样。

戚瑶想了一下,觉得他说得很对,但有时候就是反骨长出来了,不想听,闭着眼说:"不会的。"

喻嘉树偏头扫了她一眼,略一挑眉,没什么反应,说了声"行"。

然后一片黑暗中,戚瑶就感到一阵向前的惯性,车轻轻颠了一下,停下来。接着"咔嗒"一声响,驾驶位上的人解开了安全带。

戚瑶睁开眼,困惑地道:"你干吗?"

喻嘉树下车,关上车门前看了她一眼,漫不经心地道:"买点儿东西。"

都快 11 点了,大半夜的,他买什么东西?

她更疑惑了,隔着车窗,看他走进了路边灯牌闪烁的 24 小时便利店。

车就停在路边,便利店灯光明亮,落地玻璃被擦得锃亮,可以一眼望见里面的情形。

其实没有落地玻璃也无所谓,因为喻嘉树根本没有往里面走,只是在门口货架旁站定,扫了一眼,散漫地抬手从架子上拿东西——方方的小盒子,五颜六色的,一层透明的薄膜覆着分明的边角。

戚瑶意识到那是什么之后,呼吸顿时停顿了一秒,眼看着他往柜台前走,放下手里的东西——一盒、两盒、三盒……这也太夸张了吧!

眼看着人神色自若地拎着袋子出来,她赶紧又偏头装睡。

喻嘉树慢条斯理地坐上车,随手把袋子往中控台上一放,手肘搭在窗沿上,偏头看了她一会儿,闲闲地出声:"耳朵这么红,不会又在做什么不能说的梦吧？"

被识破了，总是这该死的耳朵，她从前怎么没发现它这么容易红呢？一个成熟的女艺人，怎么可以总是没有办法在他面前控制耳朵？

在心里默默想着，戚瑶缓慢地睁开眼，坐直了身体，慢吞吞地道："怎么可能？"

她欲盖弥彰地找借口，并拢手指在脸侧扇了两下，小声道："暖风开得太热了。"

"行。"喻嘉树偏回脸，笑了一声，伸手调低了点儿暖风的温度。

接着他略微倾身，长臂一展，从后座上把她的毯子拿过来，放到她的腿上，才拧钥匙发动车，懒懒地道："睡吧。"

车辆平稳地驶上大路，夜景在窗外向后退，他漫不经心地拖着尾音，懒懒地补了一句："养精蓄锐。"

这个词是这样用的吗？张老师不让他教小孩儿，的确是有点儿原因的。

沉默了一会儿，戚瑶攥着小毯子，老实地道："不睡了。"

她盯着风挡玻璃外的车流，没看见那人很轻地弯了一下唇角，偏头思考了半晌，犹豫着小声控诉道："你不能老是这样。"

"哪样？"他问道。

"昨天你说是你的生日，我就忍了。今早栗子给我遮锁骨上的印子的时候，我都没说什么。但你不能总是这么……"戚瑶顿了顿，才继续道，"没有节制，这样对身体不好。"

喻嘉树顿了两秒，依旧没什么反应，漫不经心地反问道："对我的身体，还是对你的身体？"

戚瑶噎了一下——她的本意当然是他的身体！她除了累点儿又不会损失什么。

但她仔细想想，好像每次到最后吃不消的都是她，这人一副心情很好的模样，一点儿事都没有，奇了怪了。

她蹙着眉，继续讲道理："当然是你的。"

"虽然吧，我能理解做这种事的快乐，"她说到这儿，声音越来越小，顿了好半天才接着道，"但是你也要注意身体，过了今天你就不是

25 岁了，多多少少要克制一点儿……"

喻嘉树没什么表情，听她一句一句东拉西扯，等她说完之后，才问了一声："谁跟你说的？"

戚瑶心头一跳，闭了嘴，眨了眨眼，装傻："什么？"

"谁跟你说的这个观点——"喻嘉树轻声重复了一遍，降下车窗，出示 ID 卡，驶进地下停车场，没什么情绪地往下接，"男人过了 25 岁就不行了？"

戚瑶彻底闭嘴了，一颗心悬着，七上八下地晃啊晃。

叶清蔓说的！刚刚在火锅店外面聊天儿，叶清蔓先吸着鼻子祝贺了她，说晚点儿一定给她发个大红包，然后好像想到了什么，又开始八卦那天那个电话，追问她最后成功了没有。

戚瑶本来不想说，但叶清蔓一直磨，于是她就含含糊糊地说成功了——她也不算骗人，虽然问睡衣那天没成，但后来也成功了。

这下叶清蔓可高兴坏了，问东问西，刨根问底，被戚瑶不好意思地糊弄过去，又忽然后知后觉地问戚瑶那个 1224 的锁屏密码是不是喻嘉树的生日。

戚瑶说是啊，于是叶清蔓就掰着指头算了一下，说："哎呀，那他不是马上就过 25 岁啦？"

戚瑶又一脸的莫名其妙："是啊，怎么了？"

接着，叶清蔓看了她一会儿，叹了口气，说："早知道你找个弟弟多好，男人过了 25 岁就不太行了。"

戚瑶当时眼睛就瞪大了，半信半疑。

许是看她的表情太微妙，叶清蔓又连忙安慰她，说没关系，她的男朋友看起来很厉害，应该不在这个范围里。

这个安慰比起前面的笃定，对她稳固信心的作用简直杯水车薪。

戚瑶一路上都心不在焉的，脑袋里时不时就冒出叶清蔓那句掷地有声的话，跟仙侠剧里绕耳不绝的魔音似的，一直萦绕在她的耳畔。

戚瑶倒不是担心什么，就是担心他的身体，准备就这个话题旁敲侧击地提醒一下，还被他一眼看穿了……他怎么一下就猜到这是有人告诉她的？

"真没人。"戚瑶决定继续装傻充愣，眨了眨眼，解开安全带，"你在说什么？"

喻嘉树偏头看她。

她演得很真实，细长秀气的眉毛微微蹙起，看起来困惑极了，纳闷儿地问道："什么过了 25 岁就不行了？"

气氛安静了两秒。

喻嘉树看着她，很轻地挑了挑眉，轻飘飘地问了一句："是吗？"

戚瑶屏息，又无辜地眨了眨眼，良久才看见他垂睫侧身，似乎不准备纠缠了，拉开车门，说："走吧。"

一颗忐忑的心终于放了下来，戚瑶轻轻呼出一口气，三两下把小毯子叠好，放好的时候，他也绕到这一侧，帮她打开车门。

两个人一路无言，直到电梯门开，到了十八楼。

戚瑶倏地想起什么，说："我先回去一趟，拿点儿衣服过来。"她这两天忙，没时间，一直没有正式搬东西。

她刚开始两头儿来回跑，虽说近，但出门进门的依旧麻烦，后来喻嘉树直接给她把所有的日常用品都置办了一套新的，她就很少再回对门了，但是有时候需要拿衣服就没有办法了。

"什么衣服？"喻嘉树偏头看她。

"睡衣。"戚瑶说，指了一下自己家的门，"我想换一套。"

"先穿我的。"喻嘉树简短地说，垂眼开了门，"明天我帮你拿。"

"可是……"

戚瑶还想说什么，犹豫着张了张嘴，看他推开门，没什么表情地沉声吐出两个字："过来。"

他的声音和神情都很淡，但她感觉他周身气压有点儿低。

戚瑶顿了两秒，心头生起一点儿危机感，犹豫片刻才小心翼翼地往门口挪，步子迈得很小。

但也就那么一点儿路，她刚一走到门口，就被人攥住手腕拽了进去。

"砰"的一声，门关上了，人也被紧紧抵住，背后是他的手。骨节分明的手五指张开，抵在她的脊背和坚硬冰冷的门中间，让她不至于被硌着，却又因此而让他离她更近了一些，整个人都要压在她身上了。

他们出门前没拉开窗帘，连月色也透不进来，黑暗中呼吸声交错浮动，空气无声地沸腾着。

戚瑶的心脏"怦怦"直跳，她听见他在她的耳边低声道："怎么办？还有半个小时，我就不是25岁了。"

他的声音很低，说话时带起的气息轻轻拂过她的耳侧，带来一阵痒意。

戚瑶没忍住偏头躲开，脑袋往另一侧缩，又被他用另一只手抚着脸带回来，被迫感受着撩人的气息。

喻嘉树瞳孔漆黑，映出点点的光。他挑了挑眉，看着她，低声问道："这就是你喜欢弟弟的理由吗？"

一片黑暗中，空气沉寂两秒。

这句话落下的时候，戚瑶有点儿茫然：什么？怎么了？跟弟弟又有什么关系了？

好半响，她终于迟钝地反应过来，一颗心"怦怦"直跳，还是不明白他到底是怎么把今天晚上的两个毫不相关的话题联系在一起的。

她整个人往门上抵，下意识地想退，小声重复："我不喜欢弟……"

话还没说完，轻抚在她脸颊上的手微动，长指轻轻捏住她的下巴，他吻上来。

喻嘉树比她高很多，接吻时得低颈垂睫，人压下来的时候显得格外有压迫感，吻得却不轻不重，甚至比平时还温柔。

二人唇舌交缠的时间格外长。

他长指微屈，带着凉意捏住她的下巴，慢条斯理、不慌不忙，像在缓慢地折磨人。他们鼻尖相抵，唇舌勾缠，温热的气息交错着。

空气灼热，连浮动的尘埃都缓下来，无声地沸腾着。

好半响，一吻毕了，他退开，戚瑶呼吸发紧，腿都有点儿软，靠他的身体才支撑着站稳。

她看见喻嘉树低颈，就着微弱的光线扫了一眼腕表上的时针，然后回身，食指钩着个袋子，递到她面前。

便利店的塑料袋发出轻微的摩擦声，戚瑶眨了眨眼，听见他说：

"挑一盒。"

沉默两秒，戚瑶蜷了蜷手指，抿着唇，没动，看见他略一挑眉，把手机屏幕摁亮了，拎着递到她面前来。

随光线而改变的屏幕亮度很低，映亮她的眉眼。

屏幕上，时间显示夜晚 11 点 36 分。

戚瑶没懂，眨了眨眼，又看了一会儿，发现他不知道什么时候换了壁纸，她竟然不知道。

锁屏上的图片是简单的黑白色调，赫然是那次夜晚露天电影时，无意拍下的两个人的背影，他的侧脸清晰又好看，视线落在她的身上。

"重点错了。"看她的神情就知道她没理解，喻嘉树挑了一下眉，不紧不慢地开口道，"我指的是，时间有点儿紧迫。"

"……"

塑料袋发出"窸窸窣窣"的轻微声响，接着落在柜面上。

不知道两个人是怎么从没开灯的玄关一路到卧室的。

软软陷进被子里的时候，戚瑶的手里还攥着那盒东西，是她讨价还价无果后，硬着头皮摸黑儿拿的。

皎洁莹白的月色被阻隔在厚重的深色窗帘外，无法倾泻进来。

一切平静的房间内，唯一晃动的东西显得格外明显，像载着她的船，被风吹浪打，晃晃荡荡地在海上漂泊。

…………

直至天缓缓变亮，楼下逐渐车水马龙，汽车的鸣笛声遥遥传来。

窗帘只拉了一层，是不遮光的纱帘，朦胧的日光透进来，照亮床上的一个"被子山丘"。

原本早睡早起、绝不熬夜的人还窝在床上。

喻嘉树刚开门进来，看见"被子山丘"连忙一阵动，"窸窸窣窣"的，她把原本露在外面的纤细手臂也收了回去，整个人都埋在被子里，不露一点儿，简直对他避如蛇蝎。

他顿了两秒，被她逗乐了，挑了挑眉，缓慢地走进去，伸手捏了捏后颈，站在床边看她，没说话，也没动。

许是她许久没听到动静，"被子山丘"缓缓动了一下，从下面伸出一只手，攥住边角往上撩，小心翼翼地露出一双眼睛来。

瞟到旁边有人，戚瑶眉头一皱，手臂迅速下落，又缩回去了，还用力地把被角往里掖，窝成一团，一副拒绝沟通的姿态。

喻嘉树想笑，确实也没忍住，很不厚道地笑了一声，然后用带着点儿笑意的声音开口："请问公主殿下，准备什么时候起来吃早饭？"

尾音懒洋洋地拖着，他不像在喊公主，只像少爷在纡尊降贵地哄小朋友。

房间里安静了两秒之后，闷闷的声音从被子里面传来："不吃。"

"你出去。"声音齆齆的，又短促，她像恨不得踹他一脚。喻嘉树弯唇笑了一声，等了两秒，慢悠悠地问："真不吃？"

"不。"她咨啬极了，只吐出一个字，果断又决绝，是真气着了。

喻嘉树轻轻一挑眉梢，看了她一会儿："行。"接着他很轻地拽了拽被子，尾音往上扬，轻声道，"那我也睡个回笼觉？"

顿了两秒，像是终于思忖出来哪个更不好之后，戚瑶从被子里钻出来，半跪在床上，蹙着眉看他。

"你怎么这么讨厌？"她问道。

"对不起。"喻嘉树应了，流畅又迅速，但语气很随意，吐字也漫不经心的，看不出半点儿不好意思的样子，甚至还带着一股贱劲儿。

"是我的错。"他接着说。

戚瑶无语地看着他散漫地垂睫，弯身把拖鞋给她拿过来，道："穿上。"

她冬天在家里爱穿珊瑚绒袜子，很厚的一双，毛茸茸的，所以她养成了不喜欢穿拖鞋的坏毛病，偶尔还光着脚在地上踩，仗着有地暖为所欲为。

"烦死你了。"戚瑶一边说，一边下床，刚站定，感觉腿都在轻微打战，蹙眉，泄愤似的抖了抖被子，三两下理好。

喻嘉树没什么反应，只是看看她，说："你真棒。"

戚瑶："嗯？"

"生气了还知道理被子，夸一下。"他慢悠悠地说道。

这人是不是有病啊，哄小朋友呢？

戚瑶一下子有点儿无语，又有点儿想笑，气消了大半，手握成拳，往他的肩膀上捶了一下，被他弯着唇角反手攥住手，牵了出去。

两个人来回拉扯着到了客厅。

"你都下过楼啦？"戚瑶看着桌上的早饭问道。

喻嘉树"嗯"了一声，站在吧台边给她倒热好的牛奶。

戚瑶拿了块三明治，坐下的动作异常艰难，五指张开撑住桌面，细眉蹙起，神情有些痛苦。

她腿酸——像在家里躺了一个暑假，开学第一天的体育课，被要求跑完3000米和做100个深蹲，第二天起床时的那种酸，动作大一点儿就十分费力。

戚瑶难受得脸都皱起来，抬眼一看，这人站得很直，家居服垂坠着，配上神色很淡的侧脸，薄白的眼皮懒懒耷拉着，好一副闲适又餍足的样子！

她连坐下都困难，他竟然还能早起下楼，一点儿事都没有！

戚瑶顿时心头火起，喊他："喻冬冬！"

"嗯？"

"你下次再这样，我就不喜欢你了。"这是赤裸裸的威胁。

喻嘉树闻言，稍一侧身，抬起眼皮看她一眼，两秒后，又没什么表情地垂下眼去，把牛奶盒盖上，不为所动地开口道："哦。"

戚瑶愣了一会儿：没用？他不在意？

顿了两秒，戚瑶咽下火腿鸡蛋三明治，蹙着眉，一字一顿地重复道："我不喜欢你了！"

喻嘉树又"哦"了一声，端着牛奶走过去，把牛奶放在她旁边，神情很淡："无所谓，我有办法。"

戚瑶喝了一口牛奶，很疑惑："你有什么办法？"

他不答，只是把大号的牛奶盒子放回厨房里，转移话题："你什么时候搬过来？"

他们总得找个两个人都有空儿的时间，一起商量布置家里。

平层面积很大，就算他们住在对门，来来回回也不方便。周漆搬走之后，除了主卧之外，家里还剩五个房间，他只用一个当书房就可以了。

"就这两天吧。"戚瑶想了想，说道，"这两天比较有空儿。"

喻嘉树"嗯"了一声，站在边上看她："你要一个衣帽间，一个独立的房间，还有两个用来干什么？"

戚瑶一边吃一边想，一时半刻也想不到："装个影音室什么的吧，你等我今晚想想。"

"好。"喻嘉树应道。

"不对啊。"戚瑶喝完最后一口牛奶，倏地反应过来，"我为什么要一个独立的房间？"她搬过来不就是为了和他一起住的吗？难道两个人住在一套房子里，还要做同居室友啊？

喻嘉树垂睫，长指微屈，扯了张纸，轻轻地摁到她的嘴角上，漫不经心地道："让你有个小天地，不会被我骚扰。"

他说得轻轻松松，稀松平常，戚瑶却愣了两秒，眨了眨眼睛站在那儿，任他给她擦嘴角，看起来呆呆的。

喻嘉树看着她，倏地笑了一声，将纸巾往手心一揉，长指屈起并拢，捏了捏她的脸，带点儿吊儿郎当的戏谑："被我弄哭的时候还能进去待着。"

"……"

顿了两秒，没理他那意味深长的话，戚瑶看他："你是不是怕我有时候不自在？"

就算是再亲密的人之间，偶尔也需要一些独立空间。生活完全被他人侵占并不是一件好事，特别是她这种孤身一人生活了太久，连第二天起来时身旁有人都不习惯的人，更需要花很长的时间去适应两个人的生活。

没说是，也没说不是，喻嘉树用指尖在她的脸上轻轻戳了两下，淡淡地道："我只是挺喜欢你的房间的。"

他不正面回应，那多半就是了，戚瑶想。她还是有点儿为他的细心和周到发愣，完全不知道他在想什么。

他垂着眼看她，在想这个姿势有点儿奇怪。

他站在她面前，略微低头，用手捏着她的脸颊，把她的嘴巴捏得微微分开，露出一截舌尖。

她也不反抗，就那么看着他，弄得他像欺负小学妹的恶霸学长。

两秒后，恶霸没忍住，凑过去亲她。戚瑶连忙推他："不允许。"

"为什么？"喻嘉树稍稍退开，手却没拿开，鼻尖还抵住她的，低声问道。

他垂眼时，漆黑的睫毛在她脸上轻扫，连同说话时的温热气息一起拂在脸上，痒得不行。

轻微地咽了咽口水，戚瑶狠下心把人推远，坚守立场道："因为我不喜欢你了。"

刚才她说要不喜欢他了，他都没什么反应，根本就不在意她是不是真的喜欢他！戚瑶越想越生气，绕过他，把盘子拿到厨房里去洗，洗的时候也没人进来哄她。

好啊！果然男人都这样，得到了就不懂得珍惜！戚瑶愤愤地洗完盘子，把盘子放进碗柜里，回身看见他斜斜地倚在门口，手上攥着个东西，问她："你确定？"

"对。"戚瑶边说边走，看了他一眼，侧身想从他身边挤过去，却被人攥着手腕带回来，借着惯性栽进他的怀里，一头撞上坚硬的胸膛，又被一只手揉了两下额头。

"别逼我啊。"男人的声音懒洋洋地在她的头顶响起，"我这办法对你的脑子不太好。"

"什么东西？"她明显不信，神情里又带着点儿好奇和不解，蹙着眉抬头看他。

"闭眼。"喻嘉树垂睫看着她，瞳孔漆黑，漫不经心地说道。

"我不……"她话还没说完，眼前就覆来一只手，骨节分明的手指不容拒绝地搭在她的眼皮上。

她的眼前顿时一片漆黑。

"你要干什么？"戚瑶有点儿慌了。

看不到东西，人就容易胡思乱想，她睫毛一颤一颤的，在心里想：他不会是会什么巫术吧？她的男朋友是个……巫师？

"现在把脑袋清空。"她听见喻嘉树说。

沉默了两秒,她还是规规矩矩地照做了,大脑里一片空白……男朋友身上的香杉薄荷味真好闻。

过了一会儿,喻嘉树说道:"现在想着我。"

嗯?她刚刚就在想他了。戚瑶顿了两秒,很听话地开始在脑子里描画他的模样——高挺的鼻梁和眉骨、偏狭长的眼、薄白的眼皮、薄唇、锋利的下颌线……

过了好几秒,喻嘉树把挡在她眼前的手拿开,长指略微一抖,在她眼前放下个绳状物体,末端用透明胶带缠了两圈,固定好末端的重物,此刻因为重力,还有他手指的微动,垂摆在她眼前有规律地左右晃动。

"看着它。"他说。

骤然见光,戚瑶还眯了眯眼,过了一会儿才看清在她眼前来回晃的赫然是一根数据线,数据线连着的充电器被透明胶带固定住,在她面前有规律地左右晃动了近两分钟,还伴随着他洗脑似的没有波澜的声音:"你喜欢我……你喜欢我……你喜欢我。"

沉默半晌,戚瑶深呼吸两下,还是压不下去那股无语劲儿,看着他,认真地问道:"喻嘉树,你是不是有病啊?"

被骂的人不说话,神情很淡,跟没听到似的,神色自若地收回手,将白色的数据线在修长的手指上绕了两圈。明明很无厘头的动作,竟然硬生生被他做出来几分潇洒的意味。戚瑶蹙着眉,感到很震惊。

"怎么样?"喻嘉树这才抬起眼皮,挑眉看着她,慢悠悠地吐字,"你现在喜不喜欢我?"

戚瑶沉默了,也看着他。

两个人站在门框处,门框很窄,他们被迫挨得很近。

四目相对好半晌,他瞳孔漆黑,直勾勾地盯着她,眉眼清俊,极其撩人。

良久,戚瑶逐渐心跳加快,才受不住似的移开视线,妥协道:"喜欢,喜欢。"她的语气不能再敷衍了。

喻嘉树挑了挑眉,低低笑了声,依旧环着她不让走,盯着她,漫不经心地道:"那你亲你的男朋友一下,张嘴那种。"

戚瑶顿了两秒,耳根缓慢变红,回头,看见他瞳孔漆黑,直勾勾地盯着她，缓慢吐字："别逼我再用这招儿啊！"

戚瑶："……"

周漆一直觉得自己搬走前，他哥都很奇怪。

本来他哥是不打算住在这里的，说这个房子一开始就是为他准备的，搬来搬去很麻烦，是周漆软磨硬泡，给他哥留了个主卧，让他哥偶尔熬夜工作的时候下班路程可以近一点儿。后来不知怎么，这里就成了他哥的常住居所了，他哥每天都在。

他哥半夜三更在客厅里不开灯，喊开门要等半天，他好心提醒注意偷门锁电池的小偷儿，换来他哥冷淡的关门。还有他哥大晚上出门，片刻后回来洗冷水澡……

这些都已经足够怪了，更别说他哥忽然勒令他搬走，理由还是跟他的"女神"谈恋爱了！

周漆每每在学校赶开题报告，想起这件事的时候都会觉得神奇。他知道瑶妹是很完美，别人对她动心是应该的，但是吧，没想到他哥也会有这种症状。

他们俩都没什么交集，唯一的交集就是他吧？

他哥资助他上大学，而她从前跟他同院，两个人八竿子都打不着。他从来没看瑶妹和他哥一起出现过，他们哪里来的关系？

看来人还是需要排解压力，不然容易臆想和说胡话。周漆摇摇头，叹了口气，觉得他哥也是个可怜人。

这样的认知一直持续到年底。

他第一次正儿八经地知道他哥没有说假话，就是那周的周末。据大白说，他一搬走，喻嘉树就大动干戈地动了好几个房间，比如把他原来的房间改成了游戏室，巨大的LED屏和许多限量版的游戏卡带排成一列，整齐地码在柜子上。走廊上靠阳台那个卧室被改成了影音室，沙发松软，小冰箱里放着冰饮和零食，好不惬意。

据说他哥还装了衣帽间并重装了客房。虽然也不知道喻嘉树一个大男人要衣帽间干什么，但小寸头还是十分不爽——他从前都没有这个待遇！

正好那周大白过生日，几个人约着吃饭，因为方倩想邀请瑶妹一起，也就没出去吃，继续在十八楼做饭。

彼时周漆还不屑："瑶妹很忙的好吗？你们说约就约啊？不知道的以为你们多大面子呢！"

四个人的群里，一时没有人说话，这个话题就此沉寂下去。周漆以为是他们承认他说得对了，不好意思再往下面说，冷哼一声，美滋滋地开始追剧。

快到饭点，他关了电视，拎着给大白的生日礼物下楼，穿越两栋楼之间的小路，回到他曾经的家。

门是关着的。

周漆非常自如地将手指摁上门锁，这回门锁倒是有电，也有反应，只是门锁发出"嘀嘀"两声警告，冰冷的机械女声提醒说："解锁失败。"

"啊？"他把手指拿下来，又试了一次，仍然失败；他在衣角擦了擦手，还换了只手，依然失败。

直到不停的"嘀嘀"声和提醒声惊动了里面的人，大白才从沙发上起身来开门。

"哟，"他侧身让周漆进来，"你这是搬走半个月，不会开门了是吧？"

"不是啊，"周漆很蒙，换了鞋，关上门，纳闷儿地道，"我打不开。奇了怪了，这锁又坏了吧？"

喻嘉树拎着瓶汽水路过，扫了他一眼，淡淡地道："哦，我把你的指纹删了。"

"不是吧？有必要这么对我吗？"周漆顿了两秒，难以置信，接着很愤怒，一路追着喻嘉树进屋，愤愤不平地道，"这好歹也是我之前的家，要赶尽杀绝是吧？我又不会打扰你什么！"

喻嘉树往沙发上一坐，脊背靠在沙发背上，很轻地挑了挑眉，漫不经心地道："那可不一定。"尾音轻飘飘地落在空气里，好像周漆真的打扰过什么事似的。

周漆还想说什么，听见"嘀"的一声响，转头看见还有人在吧台边上,身影纤细,长发披散着,埋头鼓捣烤箱。

戚瑶看了一眼时间,戴好隔热手套,把烤好的蛋挞拿出来,放在一边。浓郁的奶香气顿时在客厅里弥漫,她摁了两下烤箱按钮,又顺手把另一个烤盘放进去。

黑巧克力混着黄油与面粉,还没做好就可以感知到布朗尼的松软可口。

她的动作极其娴熟,利落又漂亮,专注的侧脸在顶灯下微微泛着光。

周漆蒙了两秒,觉得这都不是最奇怪的,最奇怪的是她穿着略显平常的家居服,跟平时见外人的模样不一样,好像是纯素颜,没化妆,穿着宽松的裤子和上衣,吧台底部露出她蓝白色的玉桂狗拖鞋,还有毛茸茸的珊瑚袜子!

周漆张了张嘴,感觉大脑顿时死机,缓慢地扭过脸,看着沙发上的两个男人:"什么情况?"

沙发上的两个人都看着他,没说话。

周漆大脑缓慢地转动,思索一百种可能性:"你们衣服都不让人家换,就把人喊过来给你们做甜品了?还是不是人啊你们?瑶妹是女演员啊,就算是邻居,就算她温柔又善良可爱,你们也不能这样吧?!"

"她没脾气,我可有脾气!"周漆越想越生气,觉得这俩人就是仗着瑶妹好说话欺负她,一阵火起,刚撸起袖子就听吧台那边有人喊——

"过来帮我把这个端出去!"

戚瑶没头没脑的,没特意喊谁,周漆愣了两秒,刚想过去,就看见原本在沙发上悠闲地坐着的人站起身了。

路过他时,喻嘉树垂睫看了他一眼,眼尾下压,显得冷淡又锋利,懒洋洋地说:"我从前怎么没觉得你这么笨?早知道不带你玩了。"

周漆愣在原地,眨了两下眼,看见喻嘉树很自如地走过去接过她手里的东西。

估摸着快吃饭了,大白也起身,拍了拍他的肩膀,语重心长地道:"待会儿好好想想改口叫什么吧。"

大脑还未恢复运作,他就看着喻嘉树正对着她,抬起眼皮扫了他一

· 447 ·

眼,然后宣示主权似的,就着戚瑶站在面前给他递东西的姿势——低头吻了一下她的发顶!

戚瑶也没有反抗,只是轻轻地推了他一下,让他注意场合,别捣乱,动作熟悉又自如,亲昵到不行!

那一刹那,周漆如被五雷轰顶,颤抖着抬起手,胸膛剧烈起伏,没听见戚瑶喊他过去吃蛋挞的声音,指着一副悠闲模样的人,"你"了半天,说不出话来。

到现在,他终于知道——他的白菜是真的被拱了!

后来这顿饭,周漆一直很沉默。

"不是你哥说的你爱吃蛋挞吗?"戚瑶有点儿疑惑,端着甜品小盘子递给他,"专门给你烤的,今天怎么不动呢?"

周漆扫了一眼她,又扫了一眼喻嘉树,埋头去戳碗里的饭粒,闷闷地道:"有点儿不想吃。"

戚瑶困惑地看了一眼喻嘉树,后者挑了挑眉,表示不知道怎么回事,趁她转眼时抬起眼皮,不冷不热地看了周漆一眼,意思是"别作死"。

周漆撇嘴,显得委委屈屈的,咬了一口蛋挞之后神情就好了,要不是强行压着,甚至可以用美滋滋来形容。

戚瑶觉得有点儿说不出来的怪,但是又不知道问题出现在哪里,大白和方倩见状连忙另起话题。下半场倒还算愉快,只是周漆一直没说话,不知道在想什么。

吃完饭后,两个男人去洗碗,方倩给戚瑶使了个眼色,戚瑶于是冲着小朋友勾勾手指,两个人站在阳台上。

"怎么了?"戚瑶将手肘搭在栏杆上问他。

周漆一开始也不说话,被她盯着看,好半晌才小声道:"我才知道你们谈恋爱了,好像还谈了好久,人人都知道,就我不知道。"声音听起来还有点儿委屈。

戚瑶诧异地道:"你哥不是说跟你说过了吗?"

周漆顿了两秒,蹙眉无语道:"我哪儿知道他说的是真的啊!他大半夜跑到我的房间,说跟你谈恋爱了,要让我搬走,搁谁不觉得他梦游啊?"

戚瑶有点儿想笑,心想:这样你都不知道,难道不是你有点儿缺心眼儿的原因吗?

但看小朋友眼睛都有点儿红,她就没笑,顿了两秒,轻声解释道:"本来觉得是应该很正式地告诉你的,但是一直没找到机会。现在跟你说,行吗?"

"我跟你哥谈恋爱啦,很认真的那种。"她的神色很认真,温和的桃花眼注视着他,神情也专注。她总是有这种抚平别人情绪的能力,熨帖又温暖。

顿了好几秒,周漆垂睫,闷闷地"哦"了一声:"他追的你?"

"对。"戚瑶弯唇笑了一下。

周漆又顿了好久,才说:"其实他这人挺不错的,除了有时候有点儿蹑以外,其他时候很好。"

戚瑶没说话,安静地听他讲。小朋友嘴硬心软,脸上虽然还有点儿不愉快,嘴上却已经在给她讲那人的好了:"本来我是没有进风行资助项目的,是他以个人名义资助我的——用他创业赚的钱。他也不希望我感激他,出了一大笔钱,连我的面都不想见,是我硬查了他的资料去晶帆门口堵他,这才见到。

"他当时好像很累,见到我,听完我的自我介绍之后,说的第一句话就是轻飘飘的一句——不希望我回报他什么,尽力保持真诚和善良就可以了。

"我当时就觉得,这个人真奇怪啊,不图名不图利的,把一大笔钱打水漂儿只为了让一个陌生人有书读,连要求都是'希望',不是'必须'。

"后来我就经常路过晶帆,对前台的姐姐软磨硬泡,借着进去上厕所的借口,隔着玻璃门看他。

"他真的是一个很厉害的人,别人上大学还在寝室逃课打游戏、担心挂科的时候,他已经建立了公司,每天泡在实验室里,做出了不少成果。我真的很佩服他。"周漆最后垂眼安静地说,"后来我就转专业去学电子信息也是因为他。

"虽然我觉得你很好很好,无可比拟地好,但是要让我在认识的人里面挑一个最配得上你的人……好像也只能是他。"周漆垂着眼默默说道。

可能是周漆最近忙课题,没来得及剪头发,他的寸头长长了一点儿,摸上去不算硬,只有那么一点点扎手。戚瑶摸摸他的脑袋,看着他认真说道:"我知道,他的确是很好。但你也不差。"

她想起之前见到这个小孩儿时,他就是在便利店外面咋咋呼呼的小朋友,乐观开朗,哪里看得出来是福利院长大的小孩儿?

他从前胖胖的,缩在角落里,抬眼看人都是飞快地一瞟,然后目光又落下去,盯着自己的脚尖,很不自信。

"哦,"戚瑶想起什么,笑了一声,"还天天流鼻涕。"

小朋友的脸瞬间就红了,他小声反驳道:"当时是身体不好,老感冒。"

"但现在你也很优秀呀!"戚瑶又摸了摸他的脑袋,感觉这种触感很奇妙,还有点儿上瘾,用纤细的手指在他的头顶抓了抓,"'双一流'大学学士和硕士,还保研,拿奖学金,对不对?"

周漆脸更红了,低低地"嗯"了一声。他比她高,为了方便她揉脑袋,还略微低着头。

戚瑶哄了这个小朋友好一会儿,他看起来才不生气了。最后她笑着看他,提议:"抱一下?"

周漆的脸简直红到了脖子根,他抿唇不说话,呼吸都屏住了,张开双臂很有分寸地抱了她一下。

"蛋挞很好吃。"他,犹豫了片刻,说"但好像不太够我吃。"

她烤了九个呢!戚瑶沉默一会儿,说:"最多再吃三个啊,我不想看你变成原来那样子。"

周漆咧开嘴笑,说"好",又是一副美滋滋傻乐的模样。他转头推开阳台的玻璃门,看见有人装作看风景,站在那儿不说话。

两个人对视片刻,气氛很微妙。

阳台的玻璃门又不隔音,喻嘉树当然能听见周漆夸他的话。他率先移开视线，竟然难得显出几分不自在，说道："只准你抱这一次。"

周漆：小气鬼！！！

元旦刚过，小满那边来了消息，说戚瑶可以进组了。

那会儿戚瑶正趴在沙发上，抱着游戏机玩游戏。她最近玩游戏有点儿上瘾，每天都在岛上钓鱼、抓蝴蝶、拿铲子挖河流、种花、种菜、盖房子……喻嘉树跟她说话，她都左耳进右耳出，也不知道听见没听见，就哼唧两声，简直称得上是聚精会神。

喻嘉树两步走到沙发边上，站着垂眼看她。从这个角度看过去，这姑娘发顶漆黑，睫毛纤长，对着屏幕里一只小章鱼说话，专注得不得了。

"听见没？"喻嘉树问她。

"嗯？什么？"戚瑶眼都没挪一下，顺口回了一句，"听见了，听见了。"

喻嘉树呼出一口气，倏地伸手把游戏机从她的手里抽走，松松地捏在手里，听着她惊呼一声，挑了挑眉，慢悠悠地开口："那你说，我刚刚说什么了？"他像中学老师抽查走神儿的学生似的。

戚瑶一下子没攥住游戏机，被他得逞，意犹未尽地蜷了蜷手指，沉默了两秒。

她哪里知道？她刚刚在跟她最喜欢的小动物说话，根本没听好吗？！

答不上来，想蒙混过关，她含混地冒出一些语气词拖延时间，同时伸手试图去拿游戏机。

她支起上半身够了一会儿，眼看着就要够到了，眼前的人又把游戏机轻松地往上拎了一点儿——就那么一点儿，好像她再一努力就可以够到。戚瑶不死心，抿唇直起上半身伸直手臂去拿。

这人站着，漫不经心地再把游戏机往上一提，她即将到手的游戏机又飞了！

戚瑶一只手都环住他的脖子了，往上蹭啊蹭的就是够不到，还折腾得有点儿热。

她蹙着眉看他,这人神情很淡,抬起薄白的眼皮,散漫地看着她,还挑了挑眉,十分低调地挑衅,大有她不说出来就不给她的意思。

坏心眼儿的男人……戚瑶在心里骂了两句,泄力地坐回沙发上,看着他的脸,努力回想了一会儿,实在毫无印象。

两秒后,她灵机一动,眨了眨眼:"你说我很漂亮。"

想了想,她又补了一句他更无法反驳的话:"你还说很喜欢我。"

喻嘉树一时半会儿没说话,垂眼瞧着她。

戚瑶又眨了两下眼,问道:"难道不是吗?"

空气沉默好半响,喻嘉树盯着她充满期冀又亮晶晶的眼睛,呼出一口气,移开视线,放下手臂。

"是。"他拿她没办法。

戚瑶乐得眼睛都弯起来,两下把游戏机拿回来,存好档放在一边,才盘腿坐着,问他:"所以是什么?"

沙发柔软地下陷,喻嘉树坐在她身边,散漫地道:"让你准备进组。"

顿了两秒,戚瑶"啊"了一声,尾音拖得很长,语调由高转低,从诧异到惆怅,听起来不像是很高兴的样子。

喻嘉树笑了一下:"怎么?事业心女艺人也有不想上班的时候?"

戚瑶叹了口气:"不想上也要上,就是有点儿舍不得。"

"舍不得什么?"喻嘉树看她,"别是我的游戏机吧?"

戚瑶想了想:"本来还没想到这一层,你这么一说,确实有一点儿。"

他眯了眯眼,声音冷下去:"你再说一遍?"

"舍不得游戏机——"眼看这人起身就要走,戚瑶这才憋着笑,凑过去抱他的手臂,忙道,"舍不得你,舍不得你。"

喻嘉树冷哼一声,没说话,神情也淡,还想把手臂抽出去,被她紧紧抱住,动了一下,没成功才作罢。

戚瑶被这种幼稚的行为逗乐了,实在忍不住,笑了一会儿,被他冷淡地扫了一眼,又略微起身往他的脸上亲了好几口哄人。

她有点儿急,连续不断的柔软触感落得很纷杂,时而在脸颊上,时而在下颌线附近。喻嘉树"啧"了一声,侧脸看她,扬眉道:"会不会亲啊?"

这位少爷很跩,连索吻都很跩。

戚瑶顿了好几秒,抿了抿唇才凑上去,和他鼻尖相触,柔软的唇瓣触碰一瞬,蜻蜓点水般一触即分。

她往后略一仰头,刚想离开,男人抬起没被抱住的手臂,五指张开,不容拒绝地摁住她的后脑,加深了这个吻。

黏糊糊的吻结束之后,戚瑶把脸埋在他的颈窝上蹭了两下。

喻嘉树偏头笑了一下:"不是吧,戚十一?接个吻还脸红啊?"

"你管我……"戚瑶把脸埋得更深了点儿。

喻嘉树还是笑,连胸腔都在微微颤动,另一只手松松地环住她的腰,不轻不重地揉了两下。

她前两天一直说腰疼。

骨节分明又修长的手指在她的腰侧轻轻揉捏,力度合适,轻柔又舒缓。

戚瑶睫毛颤了两下,悄悄抬眼看他——许是手上在用力,他修长的颈项上青筋也时隐时现,意外地……性感。

戚瑶移开视线,把下巴搁在他的颈窝上,安静地感受着腰上的动作。

他刚洗完澡,家居服面料舒适又干净,她的鼻间尽是好闻的香气。

她一时有点儿出神——在别人面前冷淡平静的人,在家里还不是要环着她,帮她揉腰?

过了几分钟,她腰上的酸痛感明显减轻了,她连带着身体都软下来,靠在他的身上。

喻嘉树偏头看她:"你笑什么?"

戚瑶忙敛起唇角的弧度,否认道:"我没笑。"

"扯淡。"喻嘉树嗤笑一声,"真当我是聋子是吧?你就对着我耳朵笑的,以为我听不见?"

戚瑶眼神飘忽,小声道:"我说了你要生气的。"

"我是那么容易生气的人?"他反问道。

是啊，你可跩了。戚瑶只能在心里想想，不敢说，想了片刻，还是把脸抬起来，看着他："我觉得，你好像是那种不正经的按摩店里的帅哥。"

喻嘉树眯了眯眼，手上的动作停了一瞬，接着微屈长指，开始挠她的腰："你还去过不正经的按摩店？"

"别……"猝不及防，戚瑶被他挠得直躲，身体后仰，整个人快要躺下去，往沙发另一侧躲，"痒！"

喻嘉树没放过她，起身把人摁住，一只手撑在她脑袋边上，沙发下陷，另一只手还在她的腰上放着，不轻不重地挠着。

他神情很淡，但有点儿冷，仔细看还能看出很明显的不爽，声音都是冷淡的："那儿的帅哥也是这么按的吗？"

他整个人快覆在她身上，膝盖分开，半跪着把她的腿卡在中间，一只有力的手臂支起上半身，下颌线锋利又冷淡。

戚瑶痒得受不了，断断续续地说道："没……没有！没去过！"

她好不容易把这句话说出来之后，腰侧的手才停止作乱。喻嘉树垂眼看她，挑了挑眉，眼尾弧度显得冷淡又锋利，意思是"那你最好解释一下"。

他明明说了不会生气的，骗子！

戚瑶方才躲得费力，现在躺着休息，胸膛起伏着，调整呼吸，好半响才道："真没去过！我刷视频看到的，就是那种男仆咖啡店，他们好像就是这么工作的。"

想了想，戚瑶又澄清道："之前那次也是叶清蔓开玩笑的！我们可是正经女艺人。"

喻嘉树扫了戚瑶一眼，不置可否："你勉强算吧，她不知道。"

为什么我还是"勉强"？戚瑶蹙起眉，手伸上去搭在他的胸膛上，问道："为什么？"

喻嘉树以为她在问叶清蔓，冷淡地耷拉着眼皮，爱搭不理地说："正经人谁会给小丑狗取名叫老公？"

顿了两秒之后，戚瑶笑了好半天："可是你当时听我喊也没什么反应啊？甚至还没大白和周漆反应大。"她偏头回想了一下，"周漆好像还流鼻血了，是吧？"

顿了片刻，喻嘉树抬起眼皮，漆黑的瞳孔盯着她："喜欢看人流鼻血啊？"

戚瑶唇角的笑意顿住，心头涌上一点儿不好的预感。

果然，她身上这人慢悠悠地开口道："你现在叫一声，指不定我也流。"

这人怎么对这事这么执着？

空气安静好半晌，两个人都没说话，维持着这个姿势。她躺在沙发上，双腿被他的膝盖抵住。他极有压迫性地在上方等着，似乎随时会压下来。

戚瑶搭在他胸膛上的手指不自觉地蜷了蜷，想收回来，却被他抬手扣住。

他骨节分明的大手覆住她的，不知有意无意，拇指在她柔嫩的手心里画圈，若有似无的触感，撩得人心痒。

她的手又蜷了一下，这次她是想抽出来，没能抽掉。

他的手坚定、有力，不容她拒绝。

好半晌，戚瑶看着他的眼睛，幅度很小地张了张嘴，几秒钟过去又闭上。

"叫不出来。"她抿唇老实地道。好羞耻……她总感觉一想到这个词就会脸红。

她忐忑地看着喻嘉树，后者没什么表情，只是顿了片刻，很淡地"哦"了一声。

他没再挠她，也没说什么，从她身上下去，随意地站直了，把游戏机给她放在桌上："我进去了，你早点儿休息。"

安静了一会儿，戚瑶小心翼翼地问道："你生气了吗？"

"没啊。"喻嘉树说，"不就是我的女朋友过两天上班去了，让她哄我一句都不行吗？没关系的，我可以忍受。"

说完这句，喻嘉树没再看她，看样子转身就要走。

戚瑶抿唇，一把拽住他的袖子，这人顿了两秒才缓慢地回过头来，瞳孔漆黑，额前的黑发散落着，侧脸清俊，神情很淡。

戚瑶小声说:"我想进去了。"

她说话的时候,小腿悬在沙发边动了两下,拖鞋没在边上,于是她伸出双臂,看样子是要他背。

喻嘉树顿了一会儿,问:"你不玩游戏了?"问归问,他还是稍微躬身,方便她动作,轻薄而宽松的家居服因为重力下垂,流畅的脊背肌肉线条明晰。

"不玩了。"戚瑶一边说,一边从沙发上站起来,蹭到他的背上去。

喻嘉树等她抱稳,伸手托住她的腿弯,往上颠了一下,站直了,往卧室走。

她看不到他的脸了,应该可以喊了吧……

戚瑶用双臂环住他的颈项,脸红了个透,略一偏头,在他耳边小声开口,很轻很轻——

"老公。"

她的声音轻得可以忽略不计,背着她的人却瞬间顿了一秒。

从戚瑶的角度看过去,她刚好可以看见他修长的颈项上,凸出的喉结克制地滚了一下。接着,他单凭一只手稳住她的身体,抽出一只手关上卧室的门,把人往床上一扔。

骤然失重的感觉让戚瑶下意识地闭眼,惊呼一声,陷入松软的被子里,再睁开眼时,人已经压上来了。

第十四章
这些也值得成诗

《尘曲》重新开机有小半个月,正是一年中最冷的时刻。

冬天的海滨城市,天不算晴,阴沉沉的云压在远处,建筑物显得灰暗,剧组人员维持着秩序,却挡不住路人看热闹的热情。

"什么情况?谁在拍戏啊?"

"这是哪个女演员?好漂亮。"

"拍到了没,拍到了没?我要发给我室友看。她是戚瑶的粉丝,这不得忌妒死我?"

…………

远处的议论声纷纷杂杂,忽远忽近,戚瑶恍若未闻,听见场记打板的声音,开始对戏,神情往下一沉,漆黑而纤长的睫毛垂下,两秒后再抬起来,整个人的气质就不一样了。

谁都得承认,镜头前的她总是有另一种别人无法企及的魅力。

小满这个剧本挺有趣的,不是一般意义上全程都是灰黑色调、带着阴森恐怖气氛的悬疑剧,她别出心裁地从正常都市剧开头,视角放在一位普通的法律系女大学生身上,以主角寻找自己离奇失踪的日记本为线索,串联起一个个小单元,进而营造一个个人物与其背后能发人深思的困境。

剧情反转再反转，完全是读者和观众都猜测不到的角度，偏偏又不虚浮，不刻意塑造悬疑氛围，甚至连镜头画面和色彩都称得上明艳。

剧情代入感强、受众广、切入点奇特，又不拘泥于情情爱爱，群像塑造得甚至不输某些正剧。戚瑶刚拿到剧本时就惊艳了，才有了这么久的犹豫——她实在是很喜欢这个剧本。

一个下午的戏都在人群的围观中拍完。

最后一声"cut"响起，戚瑶今天收工了。她跟旁边喊她名字的粉丝挥了挥手，上去收了几封信，一路边走边聊天儿。

"宝贝最近累不累？怎么感觉又瘦了啊？一定要多吃点儿啊！"

"还好，不是很累。"戚瑶笑了一下，"吃得多着呢，怕胖起来吓到你。"

"怎么可能？健康最重要！你怎么样我们都喜欢你。"

"瑶妹，还有几天就过年了，今年也在剧组过吗？"

戚瑶明显一顿，停了几秒才轻声道："大概吧，时间上有点儿赶。"

"现在拍了多少了呀？过半没有啊？能不能回家过年呀？你每年都在剧组过年，也太辛苦了吧。"粉丝心疼地追问。

戚瑶弯起唇角笑了一下："这个剧短，一个月就能拍完，不好把战线拉得太长。"

一群人簇拥着戚瑶，边走边说，聊点儿日常话题，她随和、不摆架子，闲谈着就到了保姆车前。

人群里忽然探出个脑袋，那人喊她："你快把羽绒服的拉链拉上啊！急死妈妈了！这么冷的天你光腿啊？"

戚瑶本来半只脚都跨进车里了，闻声又拢着衣服回头来看，视线在人群中扫了一圈，装得很凶："少占我便宜啊！"

人群中顿时一片笑声，那个粉丝也"嘿嘿"地笑："顺口喊的，平时还是喊瑶妹，太担心你了。"

"知道了。"戚瑶说，没绷住也弯了一下眼角，"走了啊。你们也早点儿回去，拜拜！"

"拜拜瑶妹！"

戚瑶挥了挥手，钻上车，接过栗子递的水杯喝了大半杯热水，才缓过来一点儿。

冷是真的冷，但这半个月已经比之前好很多了。预算原因，之前的场地环境都不怎么好，设备也有限，诸多不便的条件限制下，一场戏来回 NG 好几次，时间成本拖得老长，也更难挨，现在倒还速战速决了。

这一切都要多亏了那位"慷慨"的投资商。据小满说，那位投资商既不要求植入，也不要求别的什么，砸一大笔钱进来只有一个要求：对他们女主角好一点儿。

"咦——"此话一出，全剧组的人都开始默契地起哄。一群小年轻此起彼伏地叫着，彼此交换意味深长的眼神，最后落到他们的女主角身上。

戚瑶能说什么呢？她只能默默地把帽子拉到头顶，遮住泛红的耳根，面无表情地催他们开工。

她提前下班后，保姆车缓缓地驶向大路，向酒店开去。

许是刚才粉丝的问题一下子点醒了她，戚瑶窝在座位上，倏地想到什么，抿唇拿起手机点开置顶的对话框。

消息记录还停留在昨晚长达一个小时的语音通话那里。

他们每晚都打语音通话。

不知是不是习惯了旁边有人，或是别的什么，戚瑶竟然开始有点儿认床，重新进组后反而睡不着，都是他每晚打电话哄她，随口聊两句天，等到她睡着。

戚瑶顿了两秒，指尖在键盘上悬停片刻。

最后，她还是先谨慎地发了个表情包，像不熟的人忽然发的欲盖弥彰的一句"在吗"一样，一看就有事要说。

1："叮叮叮！"

1："查岗时间到。"

发完这两条消息，她扫了一眼日期，有点儿出神——马上就要到春节了，她的通告单还排得满满的，看样子是一天假都没有。

毕竟一开始的剧组进度就是她生病打断的，剧组要赶在 2 月中旬拍完，也是因为她要进下一个组，她实在不好意思让小满再给她放两天假，但又不想一个人过年。

从前孤身一人的时候,她总觉得春节,连带着其他一切节日都只不过是普通的日子,被人为赋予了意义,并无什么特殊之处,自然也没有思考"和谁过"与"怎么过"的必要。可是现在不同了,因为他的出现,一切都变得无比有意义。任何特殊或不特殊的日子,她都想和重要的人在一起。

　　可是他过年应该要回家吧?好像普通人的春节总是伴随着家庭的团圆与和和美美,何况是他那样家世的人。

　　她这种无家可回的人大概还是少数。戚瑶睫毛颤了颤,垂眼,抿唇看着对话框,呼出一口长长的气。

　　对面的人不知道是不是在忙,一时半刻没有回。她百无聊赖地等待着,为了防止自己胡思乱想,随手点进微博刷了一下资讯。

　　她在城市里拍戏,不比在影视基地或是摄影棚,没什么隐蔽性,凑热闹的路人多,相应地,路透和花絮也就满天飞。

　　就这么半天工夫,她的路透照片又上了个热搜,不少网友看热闹,总体还算平和。她点进去扫了两眼。

　　"这是啥剧?都没听说过,上网搜了一下,也啥资料都没有,除了她其他人一个都不认识,好寒酸啊。"

　　"为啥美女总是在拍这种一看造型就很普通甚至很烂的小网剧啊?好怪。"

　　"她只能拍小网剧啊!盛屿就这破样好吗?"

　　"这剧组除了她没一个眼熟的,连百科词条上都只有一个剧名,导演都没听说过,不得不质疑她工作室挑本子的能力。"

　　"好惨的瑶妹,要资源没资源,要公司没公司,可惜了。"

　　"之前听谁说的她解约了来着?风声很紧啊,说不定是真的。"

　　"他们家粉丝乱喊的吧。喊解约都喊了好几年了,也没见哪次是真解了。"

　　"谁告诉你们一定是工作室帮她挑的本子啊?说不定是她自己挑的呢,因为地位不高,所以搞个其他演员没人认识的剧当主角。"

　　……………

　　戚瑶一目十行地刷过微博,好的坏的都没过心。不过这倒是提醒她了，她退出微博，发消息问了一下赵敏什么时候官宣。

她已经跟新经纪人见过一面了。

新经纪人是一位很干练的女性，虽说带过好几位成熟艺人，但是跟乔念截然不同的风格，气场很强却不盛气凌人，说话更不夹枪带棒、咄咄逼人，初步规划也是跟她商量着来，戚瑶还挺满意的。

赵敏过了会儿回复，说什么时候都可以，但是现在没有新剧宣发，直接官宣签约有点儿浪费热度，不过决定权还是在她。

戚瑶想了想，的确也是，这又不是什么必须立刻就要广而告之的事情，不如等着《尘曲》宣发的时候一起宣布。毕竟这部剧的初期热度全靠她在扛。

她回了个"好"，这才处理完工作似的，整个人没骨头一样窝在椅子里，点回置顶的微信消息框，发现对面的人回了。

S："到。"

他这是在回她那句"查岗"呢。戚瑶没忍住，笑了一下。过了片刻，唇角的弧度又敛下去，她犹豫着在对话框里打字。

"你过年一定要回家吗？"会不会暗示意味太重了？他一看就知道，她想让他来陪她过年。

这句话在对话框里躺着，没被发出去，戚瑶抿唇，又摁下删除键一个字一个字地删掉，改成"你过年忙吗？"。

这样应该不明显了吧？她思考了好一会儿，终于摁下发送键。

对面的人回得很快："看你输入这么久，还以为你要跟我告白。"

这人一天都在想些什么？

喻嘉树这才又回："忙。"

戚瑶顿了一下，好半晌，垂眼回了句"好吧"。

一股郁气从她的胸腔里生起来，无端挤压着五脏六腑，连呼吸都变得沉重起来。戚瑶呼出一口沉沉的气，把手机摁灭，随手扔在一边。

她盯着窗外想：没关系啦，他要回家嘛，说不定公司还有事要处理，人人都有工作，她可以理解。她也不是第一次自己在剧组过年了，可以习惯的。

到酒店的车程大约有半个小时，戚瑶后来都盯着窗外出神，没有再看手机。窗外灰蒙蒙的景色掠过，连带着她的心情也越发低沉。

隐隐约约能隔着两条街看见酒店高楼的时候，手机铃声响了。屏幕上闪烁着通话请求，是熟悉的号码与备注，戚瑶顿了两秒，指尖一滑，将手机放到耳边接起来："喂？"

那边有点儿吵，"窸窸窣窣"的，她没听到他的声音。

戚瑶等了一会儿，还是没有人应答。她只能模模糊糊听到一句："让我跟她打招呼！"

她有点儿困惑地叫了一声："喻嘉树？"

她等了两秒，对面响起一个稚嫩的女声，吐字还奶声奶气的，一字一顿地开口："瑶瑶姐姐，您好！"这话掷地有声，字正腔圆又清亮，带着压不住的兴奋。

一个小朋友？戚瑶蒙了两秒，把手机从耳边拿下来看了一眼，确认的确是熟悉的号码和备注没错，又抿唇把手机贴到耳边，小声道："你好？"

对面的小朋友安静了一秒，接着就是"噼里啪啦"一阵响，气流不停地从手机里传出，像有人握着手机手舞足蹈似的。

"真的是瑶瑶姐姐！真的！哥哥没有骗我！"

喻嘉树懒洋洋地靠在沙发上，抬起眼皮，看喻秋秋兴奋得一阵蹦，指尖在腿侧叩了两下，长臂一展，把手机接过来，另一只手五指张开，摁住她的脑袋，不让她乱跳。

"喂？"他出声。

戚瑶还是蒙："什么情况？"

喻嘉树没答，只是懒洋洋地坐着，抬起眼皮，透过玻璃门看缓慢停在门口的黑色保姆车。

"说个'忙'就不理我了啊？"他拖着尾音，懒洋洋的，跟他每天晚上哄她睡觉的时候一个调子，"都不问问你男朋友为什么忙？"

戚瑶沉默了两秒，躬身从车里出来。

她站在凛冽的冬风里，半晌，垂着眼轻声开口道："你为什么忙我都能理——"

"戚十一，"喻嘉树好像很轻地叹了口气，低声打断她，"抬头。"

清越而富有磁性的声音从听筒中传来，顺着耳道往里钻，无端让人耳朵麻了一下。

然后戚瑶听见他说："我在你对面。"

错愕地顿了几秒后，戚瑶缓慢抬眼。冬风凛冽，人影稀疏，她站在街边门口，隔着酒店大厅锃亮的玻璃门望见沙发边上的身影。

男人穿着黑色外套，整个人高大而挺拔，散漫又随意地站着。他用修长的手指握着手机，轻贴在耳边，神情平静地望着她。

两人四目相对，耳边的听筒里只有风声还在呼啸。

戚瑶攥着手机的手指紧了一下，她张了张嘴，一时不知道要说什么。

他又来了，上一次是因为她生病，这一次是因为她甚至都没来得及提过的陪伴。

"要不是怕被拍，我就出来抱你了。"

喻嘉树提溜着喻秋秋的后衣领，阻止她准备冲出去的步伐，偏头低声道："进来，外面冷。"

戚瑶慢吞吞地"哦"了一声，自觉地把羽绒服拉链拉到顶，等栗子把车上的东西拿下来，跟着她往里走，进入大厅。

预算上来之后，小满也没有苛待他们，换了附近最好的酒店，包了一层楼供演员和剧组人员使用，惹得人群里又是一迭声的"感谢金主爸爸"，目光和起哄声还是冲着戚瑶的，好不明显，害得她又抿着唇催他们快快开工。

这会儿办入住登记的人还不少，大抵是快过年了，跟亲朋好友来度假的人三三两两地聚在大厅里，人影纷杂。

戚瑶戴着帽子和口罩，从头到脚遮得严实，只露出一双眼睛，从人群中穿过时依旧引起了一些人的注意。

电话还通着，她进来的时候将眼睛藏在帽檐下，偷偷看了他一眼。

喻嘉树坐下了，整个人漫不经心地靠在沙发背上，神情很淡，侧脸俊秀。

喻秋秋在他旁边吃着棒棒糖，一双眼睛亮晶晶的，瞪得老大，身体朝向跟着戚瑶的步伐转动，跟向日葵似的，还时不时地跟旁边的人播报两句：

"瑶瑶姐姐走到前台了。

"瑶瑶姐姐走到电梯口了。"

喻秋秋硬生生地把现场弄得像红毯直播一样，很可爱，戚瑶倏地被逗笑了，收回视线。

人多眼杂，他们听着彼此身边"窸窸窣窣"的声响，都没有再讲话，很默契地决定分开上楼。

进了电梯，不确定还有没有信号，戚瑶把手机拿下来，刚想挂断，听见后面几个女生小声讨论。

"真的好帅啊……有点儿后悔没去要微信了……"

"刚才让你去你不去，现在知道后悔了？这种帅哥你不抓住，什么时候才有机会再碰到？"

"但我害怕那是他的女儿啊！再帅我也不想帮别人带孩子啊！"

戚瑶听到这里，动作一顿，抬起眼，从电梯门的镜面中扫了一眼她身后的几个女孩儿——应该是出来度假的大学生，拉着行李箱，年轻漂亮。

左边的那个女生恨铁不成钢："都跟你说了，小涵听到那个小朋友喊他'哥哥'！这么年轻一个帅哥怎么会有这么大的女儿啊！难道18岁当爹啊？"

最中间的女孩儿犹豫片刻："说得也是。"

右边的女生大概就是小涵，先扫了一眼戚瑶，看她好像没在听，才压低声音道："而且他手腕上的表，一看就很贵啊……跟这种人谈恋爱不会亏的。"

"就算是露水情缘也好啊！"小涵说，"真的不去试一下吗？"

中间的女孩儿似乎在犹豫，皱着眉头，神情纠结。

好半晌，等电梯到了十楼，戚瑶准备出去的时候，那女孩儿才终于下定了决心似的沉沉吐出一口气："走吧走吧！回去要。"

她的两个同伴发出一阵小声的欢呼，等戚瑶和栗子踏出门之后连忙去摁按钮，改变了电梯原本向上的行进轨迹，门一关，电梯向下要回到一楼。

"什么啊？说的不会是小喻总吧？"栗子抱着保温杯，皱眉嘟哝，"还什么跟这种人谈恋爱不会亏，什么露水情缘也好，听着怎么这么奇怪呢？"

戚瑶没说话，沿着走廊往前走——她的房间在尽头。

耳边是栗子的念叨声，戚瑶垂睫扫了一眼屏幕，发现喻嘉树竟然还没有挂断。

"喂？"她拿起手机喊了一声。

迟钝地卡了一秒之后，信号缓缓连上，那边的人应道："到了？"

戚瑶"嗯"了一声，怕他不知道她在哪里，补了一句："十楼。"

"我知道。"喻嘉树笑了一声，"这点儿东西还是摸得清的。"

他冲喻秋秋抬了抬下巴，后者很上道，咬着棒棒糖"噌"地站起来，"噔噔噔"地跑过去摁电梯。

喻嘉树也将手肘在膝盖上一撑，慢悠悠地站起来，往电梯走。

"刚才我在电梯里的时候，你能听得见声音吗？"戚瑶问。

"不能啊。"喻嘉树说，散漫垂睫，"没信号。"

"那你怎么不挂？"

他似乎笑了一声，漫不经心地拖着尾音，颇不正经地低声道："因为要随时为公主殿下待命。"所以不能放过有可能收到命令的一分一秒。

戚瑶坐在阳台的秋千上，顿了好几秒才低声道："哦。"

那边一时没了声音，戚瑶隐约听见电梯门开，觉得没必要让他也傻乎乎地等着："那我先挂了，楼上见。"

喻嘉树说"好"。

摁了挂断键之后，戚瑶才倏地想起来，那班电梯应该刚好是那几个女孩儿下去的那一班。也就是说，都不用走回大厅，她们就可以在电梯门口向喻嘉树要微信，有可能还会聊一会儿天儿，甚至还有可能会聊到属于成年人的话题。

她心里顿时不知道是什么滋味，五味杂陈，复杂得很，盯着被挂断的通话发呆。

她也不是不相信他，或是隔空吃飞醋什么的——她还没有这么无理取闹。只是想到他被别人惦记，她又不能光明正大地说什么，心里就有点儿堵得慌。

他们明明在谈恋爱，在公开场合却得避着人走，装成没有交集的陌生人，戚瑶有点儿难受。他们什么时候可以光明正大地牵手？她漫无目的地想着。

大约五分钟后，房门被敲响。

戚瑶从阳台上走过去，打开门，水平视线上并没有看见人，垂眼才看见一个小朋友站在门口——她穿着白色小棉袄，扎了两条辫子，可能因为没找到垃圾桶，棒棒糖的包装纸还捏在手心里，团成团，双手捧着一束花，眼睛亮晶晶的。

"瑶瑶姐姐，您好！"声音跟刚才电话里的一模一样，奶声奶气，又字正腔圆，抑扬顿挫。

她伸出白白嫩嫩的手臂，把花递出去，眼睛一眨一眨的："我叫喻秋秋，是你的超级无敌头号小粉丝。"

这形容词叠的——超级、无敌、头号，她还很有自知之明地加了个"小"。戚瑶想笑，略微躬身，直到视线和她的平齐，接过她手里的花，弯起眼睛笑笑："谢谢秋秋。"

"进来吧。"她侧身让小粉团子进来，又站在门口看了一会儿。

走廊上空空荡荡，没有人，戚瑶疑惑地回头，问小朋友："你哥哥呢？"

喻秋秋撑着沙发边缘坐上去，小短腿悬空，眨了眨眼，诚实地道："他在跟楼下几个姐姐聊天儿，让我先上来。"

顿了两秒后，戚瑶反手关上门："哦，好的。"

虽然脸上没什么表情，但她心里已经在冷笑了：呵，男人！什么话他还得支开小朋友说？

亏她还这么相信他，都是假的吧？管他好男人、坏男人，还不是会贪恋那一会儿跟"野花"聊天儿的时间？

她愤愤地想着，打开平板电脑跟喻秋秋一起玩双人小游戏，这小朋友点名要玩《王子公主回家记》。

几分钟后，被骂的人浑然不知地上楼敲门，屈起指节叩了三下，良久都没听到回应。

又等了一会儿，他终于听见有人隔着门开口，喻秋秋尽职尽责地站在门后充当传话官，有板有眼地说道："姐姐今天累了，不想见人，你改天再来吧。"她俨然一副主人赶客的样子。

喻嘉树缓缓挑起眉，没理小屁孩儿，直接问戚瑶："方便见喻秋秋，不方便见我？"

没想到这么快就被识破了，戚瑶冷哼一声："秋秋可比你可爱多了好吗？"

喻秋秋站在旁边，点头如捣蒜，没有丝毫要帮她哥开门的意思。

"起码人家不会跟其他漂亮姐姐聊天儿！"戚瑶气不过，继续说道。

喻嘉树总算明白是怎么一回事了。

"冤枉啊，殿下。"他也不敲门了，就懒懒地倚在门边，隔着一扇门跟她说话。

他是真冤。电梯门刚开，里面的三个女孩儿看到他立刻停止了原本的交谈，中间那个犹豫两秒，走上前问他能不能去另一边说点儿事。

喻嘉树没什么反应，抬眼看了一眼，她指的方向靠近消防通道，人少，安静。

他收回视线，冷淡又疏离地道："有什么事在这儿说就好。"

那女孩儿明显顿了两秒，有点儿无措，下意识地偏头看了一眼她的朋友们，收到眼神鼓励之后定下心来，又邀请了他一次："这里人太多了，挡住别人进出电梯是不是不太好？"她急切地补充道，"而且不会耽搁你很长时间的。"

喻嘉树这才看了她一眼，瞳孔漆黑，眼尾线条显得十分锋利。熟悉他的人会知道，他现在其实已经有点儿不耐烦了，只是出于对陌生女孩子的礼貌还压着。

从小到大被要联系方式的次数太多了，他一眼就能判断出对方是真的找他有事，还是只是托词。

当着这么多人的面，他不想扫女生的面子，低头摸了摸喻秋秋的脑袋，让喻秋秋先上去，而后长腿一迈，往那头走了。

那女孩儿赶紧跟上他，她的朋友们还在后面对她比"加油"的手势。

但她显然没成功，话还没说完，就被喻嘉树不轻不重地打断了："不好意思，有女朋友，不加微信。"他神情寡淡地说，显得兴致缺缺，眼尾垂着，整个人却更有一种冷淡的跩劲儿，意外地勾人。

那女孩儿愣了两秒，不知道是被朋友在耳边说的话蛊惑了还是别的什么，竟然开口问他："你的女朋友没在这里吧？"

这话够意味深长的。停了一瞬，喻嘉树抬眼看她，没说话。

她顿了几秒，继续道："我猜的。你是一个人来的，一个人拿的房卡，说明你的女朋友不在这里。既然不在这里，度假这几天会发生什么事，你的女朋友也就不知道，对不对？"

喻嘉树缓缓地挑起半边眉毛，似笑非笑。

她会错了意，以为他在担心别的事情，忙道："你放心，我有分寸，假期结束后一拍两散，绝不纠缠。"

"……"

听他说完，戚瑶隔着门都沉默了两秒，有够无语的。她不想去评判这种人的生活方式，也说不出什么话来，只是顿了一会儿，捂住小粉团子的耳朵，问道："那你是怎么说的？"

"我说，"喻嘉树停了一秒，散漫地站直身体，避重就轻地淡道，"建议她换别人。"

事实上，他当时的反应比这冷漠多了——

听完那女生的话，喻嘉树都快被逗笑了，扯了扯嘴角，露出一个略显讥诮的笑容。他一般是没什么架子，也算得上有礼貌，但前提是对值得的人。对触及底线的人，他大概率不会有好脸色。

"不好意思啊。"他没什么情绪地说，"我的女朋友实在太好、太漂亮了，估计跟她分手十年内我都会处于出家状态，对其他人提不起兴趣。"

那女孩儿的表情僵了一下。

喻嘉树没什么表情地扫了对方一眼，又补了一句："何况我不会跟她分手。"

"你这招儿……"他咬字清晰，说到这里的时候，极其微妙地顿了一下，显得嘲讽意味十足，"还是用在别人身上吧。"

那女孩儿后来的脸色极其难看，但喻嘉树没说。

他站在房门外，抬手揉了揉后颈，简短地一笔带过楼下的事，然后开始装乖："我说，我的女朋友还乖乖地在楼上等我，十多天没见，她肯定想死我了，说不定还要哭。谁知道吹牛吹早了，想到要哭，巴巴地跑来的人是我。"他低低地叹了口气，"我的女朋友事业心强，是独立女性，门都不带开一下的。"

她的心脏软软地塌了一块。他将叹息声拖得长长的，明显就是在博取同情，可她偏偏就吃这一套。

戚瑶抿了抿唇，把手从喻秋秋的耳朵边上移开。

喻嘉树还在门外继续道："算了，不就是几个小时的飞机吗？我可以走。"

这人真是装得一手无辜，可是没办法，她就是吃这一套。

两秒之后，喻嘉树弯着唇角，眼角都带了点儿笑意，看他的女朋友不情不愿地开了门瞪着他。

他刚走进屋，就反手把门一掩，双手插着兜喊喻秋秋："过来，是不是偷偷说我坏话了？"

喻秋秋眨了眨眼，往戚瑶背后躲，小声道："没有，我就是说实话。"她说得也没错，这不是实话是什么？她只不过是临阵倒戈，跟着瑶瑶姐姐一起数落他了嘛！

喻秋秋看他没什么表情，薄白的眼皮冷淡地垂着，哪还有半点儿在外面可怜兮兮的样子，赶紧抱住唯一的"大腿"。她现在算是看明白了，谁才是真正的老大！

"行了，你别对她这么凶。"戚瑶看喻秋秋这副样子直想笑，摸了摸她的脑袋，弯下身来："你先去隔壁找栗子姐姐玩，好不好？"

喻秋秋有点儿不想走，抱着戚瑶的腿不撒手，跟大腿挂件似的。戚瑶没忍住笑，又好脾气地哄了好一会儿，说待会儿找她一起吃饭，小朋友这才犹犹豫豫，一步三回头地出门去了："那你们待会儿记得来叫我呀！"

"好。"戚瑶说。

喻嘉树就站边上看着，侧身看着小朋友出去敲了隔壁的门、进了房间之后,才道:"我觉得你还挺喜欢小孩儿的。"

"只喜欢这种长得可爱嘴还甜的。"戚瑶往沙发上一坐,拍了拍边上,示意他坐过来,"你怎么把她也带来了?"

喻嘉树脱了外套:"回家报备说今年不在家过,她硬要跟来,全家都拿她没办法。"

戚瑶顿了两秒:"你直接说不在家过年啊?"

"那不然呢?"喻嘉树坐下来,手肘撑在扶手上,人懒懒地往后面一靠,问道,"难道留你在这里,跟那个谁一起过啊?"

戚瑶蹙了蹙眉,一时没反应过来:"谁?"

看她真不知道,喻嘉树略微仰了仰下颌,轻动了两下喉结,清了清嗓子,略显做作地开始学:"姐姐,你起床了吗?"他把尾音拖得长长的,憋了点儿低沉的声音,"姐姐,你不舒服吗?"这回明显了,一听就知道他是在学温川说话。

戚瑶:"无语!"

喻嘉树靠着沙发背低笑两声,长臂一展,伸手去揉她的腰,一下又一下地打着圈按:"还痛不痛?"

好久没被他碰过,还有点儿不习惯,被碰到的时候戚瑶抖了一下,才缓慢放松下来。

"还好。"她说,"站久了有点儿痛,贴贴膏药就好了。"顿了两秒,她又补了一句,"反正应该没有在家里累。"在家里这人翻来覆去地折腾,可不比上班还累人吗?

喻嘉树闻言挑了挑眉,不置可否地"哦"了一声:"那现在提前按一下,晚上就没有那么累了。"

"你烦不烦?"戚瑶说。

两个人对视一眼,又莫名其妙地开始笑。

两个人很久没见,戚瑶又开始察觉到自己黏人,手忍不住去拉他搭在沙发上没揉她的腰的那只手,指腹在他的手背上轻轻蹭了两下,然后翻过手腕,和他十指相扣。

两个人光是坐着什么都不说,就很觉得美好。

戚瑶安静了一会儿,感到一种久违的舒适。

"对了。"她倏地想起什么,"你这几天都要住这里吗?"

今天是因为收工早,她没跟剧组的人一起吃饭,提前回来的,外面就没什么人。有时候下夜戏,或是别的什么,她逃不开和浩浩荡荡的一群人一起上楼,各自在走廊上聊天儿,偶尔还要串一串房间谈心,就危险多了。

虽然他们听到投资商什么的会起哄,但戚瑶知道,他们都只是凑一凑热闹,以为这位没露过面的投资商是在追她或者别的什么。

有时候,有人起哄反而才是最安全的,当听到八卦,人们却只是互相对视然后缄默的时候,一定出大问题。

戚瑶自己其实无所谓,主要是不想让他被说闲话。她在风口浪尖上生活,对流言蜚语早已习惯,只是不想再像发布会那次一样把他也卷进来。

喻嘉树知道她在想什么,倒也没戳破,只是懒洋洋地道:"你没发现你左右的房间全都是空的?"

"发现了啊……"戚瑶说了一半,倏地反应过来,偏头看他,难以置信地道,"你的?"

"对啊。"喻嘉树说,一副理直气壮的模样,"这层楼都是用我的钱包的,给空两个房间怎么了。"

"你真行。"戚瑶说。

喻嘉树也低睫笑了一下:"所以不用担心,他们看到我,只会觉得我是 18 岁当爹,带着女儿来视察的有钱人。"

他是带着点儿戏谑,慢悠悠地出声逗人的,但戚瑶没笑。她不仅没笑,心里还有点儿沉沉的,从在电梯里听到那几个女孩儿说话的时候,她的心就有一点儿沉了。

她沉默了好半天,伸手去环他的腰,把脑袋靠在他的胸膛上,盯着阳台一角的绿植,犹豫片刻,小声道:"你有没有觉得跟我谈恋爱很麻烦?"

顿了两秒,喻嘉树没什么表情地调整了一下坐姿,让她可以靠得舒服点儿,才道:"怎么说?"

"不能在朋友圈露脸秀恩爱,不能一起出去玩……"戚瑶一条一条

· 471 ·

地数着，好像普通情侣能做的事他们都不能做一样。

到最后，她叹了口气："总之，就是不能光明正大的，要避着人。"

喻嘉树一时半刻没说话，手在她的腰上搭着，长指轻轻地叩了两下——这是他思考时下意识的动作。

空气安静下来。好半晌，戚瑶依旧没听到回音，心脏一悬，有些忐忑地抬眼看他。

他这才垂眼道："没觉得。我也没跟别人谈过恋爱，不知道光明正大的恋爱是什么样的，但是我猜他们应该不会有我快乐。"

心脏倏地软了一块，戚瑶抿了抿唇，听他继续说——

"公不公开对我而言没什么大影响，我又不吃你们这碗饭，不需要舆论，也不害怕舆论。"他说这句话的时候神情很淡，轻飘飘的，话里的贱劲儿却根本压不住，有一股"爱咋咋的"的云淡风轻，好像把什么都不放在眼里。

顿了几秒，他敛眉接着道："所以，这一切的决定权都在你。时机不合适的时候，我们就这样安安静静地谈恋爱，也没什么不好。等你认为时机成熟了，想要告诉大家你有个全世界最帅的男朋友，直接说就好了，不用看我。

"反正我随时做好准备，也一直都在你身边。"

戚瑶连呼吸都屏住两秒，心脏悬停一瞬，又重重下坠，一种难以言喻的饱胀感从胸腔弥漫开。

他总是这样尊重又理解她——

明明会受流言纷扰的人是他，明明是投资人却还要避着其他人的人还是他，此刻却是他来安慰她，好像她才是那个会因为别人的伤害而流泪的小朋友。

戚瑶很轻地吸了吸鼻子，垂下眼，低低说了声"好"。

两秒后，那股饱胀的劲儿还没过，好像膨胀的爱意，她略微抬起上半身，凑上去吻他。一开始很安静，她只是简单地碰了他一下，鼻息扫过，单纯地表达爱意。后来不知怎么，他们鼻尖相抵，唇舌交缠，呼吸交错着，空气开始发热。

喻嘉树环着她的手稍一用力，她腾空一瞬，从身边到了他腿上，双

· 472 ·

腿分开，和他面对面坐着。

戚瑶的呼吸有点儿急，她伸手环住他的脖子，小声提醒道："待会儿还要带秋秋去吃饭。"

"不重要。"喻嘉树可有可无地说道，垂眼撩开她的衣服下摆。

纤细的腰猛地往回缩了一下，随着触碰而战栗，戚瑶没了力气，环住他脖子的手滑了一下，把脸埋在他的颈窝里，几乎全身都靠在他身上，他是她唯一的支点。

阳台上的纤细绿植被风吹动，枝叶颤颤巍巍地晃动，又被另一个方向的风托住，来回拉扯，地面上单薄的叶影颤动。

喻秋秋趴在床边玩了五局《森林冰火人》、四局《闪翼双星》，终于撑不住了，小声道："栗子姐姐，我好饿。"

栗子正在忙年后戚瑶的档期安排，确认品牌方行程，看了一眼时间，想了一下，说："你要不要去催一催他们？应该快了。"

"好。"喻秋秋说，略微一蹦，从床上下来。

"算了。"栗子想了一会儿，还是不放心地起身，"我跟你一起去吧。"

她们走到门口，发现门没关严。

喻秋秋小跑着，要快两步，从门缝里看了一眼，眨了眨眼睛："他们好像还在忙。"

"嗯？怎么啦？"栗子垂着眼，用手机回消息，说道，"敲门催一下就可以啦。"

从栗子的角度看过去，她只能看见两个模糊的人影。喻秋秋老实地道："可是瑶瑶姐姐坐在哥哥的腿上，抱着他，好像正在睡觉……"

栗子愣了两秒，想象了一下那个画面之后……

"妈呀！"她连忙把手机塞进兜里，一个箭步蹿上来把小朋友带开，还不忘捂住小朋友的眼睛，"没事没事，他们只是在玩……"

她反手把门拉上了，连发出不小的声响也顾不得，推着喻秋秋往自己房间走，逃也似的。

完蛋了，完蛋了……栗子慌张地想，都是喻秋秋看的，她什么也没听见，什么也没看见，千万不要被发现啊啊啊！

然而事与愿违，还没等一大一小两个人进房间，那个刚被关上的房门就打开了。

戚瑶难得有点儿无措，脸有点儿红，发丝还是乱的，站在门口，张了张嘴，小声解释道："不好意思，我睡着了。"

"嗯嗯！我们猜也是这样。"栗子点头如捣蒜地说，手还搭在小朋友的肩上，紧张地收紧了。

安静的走廊上，唯一不紧张的只有喻秋秋一个人。她大眼睛眨了两下，看看栗子，又看看戚瑶，有点儿疑惑：怎么感觉她们这么奇怪？

每逢年关，日子过得都很快。

除夕夜，剧组收工更早，冬日的天还未擦黑儿，场记最后一次打板就结束了。

一群人热热闹闹地说要去通宵营业的小酒馆里吃饭喝酒，让戚瑶一起去。她笑着祝大家新年快乐，然后婉拒了。

"还给我们发红包啊瑶瑶姐？"

栗子帮她给现场的人分发着红包，一群大学生都不好意思起来，僵着手，不知道该收不该收。

"没多少。"戚瑶说，往头上戴了个白色的毛绒帽子，显得脸更小了，眼睛亮晶晶的，"图个吉利。"

"我比你们都大点儿，也算长辈了。"她说，"都是第一次没回家过年吧？辛苦了。"

一番感谢之后，几个在剧组负责灯光和摄影的学生都收下了红包，站在原地，看她在灯光昏黄的路灯下走远。

"她人真好啊，怪不得温川那么喜欢她，现在我也喜欢她了。"

"但温川最近是不是收敛了很多？就安安静静地演戏，大半夜还在背台词，我感觉他的演技有点儿突飞猛进。"

"我觉得也是。对了，最近老是来现场坐着那位，你们看到过没？好像就是新的投资商吧。"

"啊？真的假的？我就说一个大帅哥怎么每天就坐在满导后面，不说话，满导还挺尊敬他的。"

· 474 ·

"说起来,我有一次看见他上过瑶妹的车。"

中间那个男生倏地想起什么,一拍脑袋,用戴着手套的手把手机摸出来:"我就是觉得他有点儿眼熟,你一说瑶妹,我想起来了!"他把手机屏幕递到几个人中间,点下视频播放键,"是这个不?"

手机上刚好是发布会的视频——镜头推近,男人站在台上,挺拔又随意,眉眼清俊,下颌线锋利,没什么表情,一字一顿地开口说话。

几个脑袋凑在一起,围成圈,他们看完视频之后,纷纷直起身:

"好帅啊!"

"他们这是在谈恋爱吧?"

"肯定吧,光看这个我都有点儿上头了,更别说他还来探班。"

"这种小项目也值得他在年关拨冗过来吗?他完全是借探班的借口来找瑶妹的吧?"

"对,我想起来了,那次瑶妹生病,我跟着满导一起去送水果,好像也看到过他。"

零散的线索被串联在一起,他们越说越确信。面面相觑好几秒之后,他们像是发现了什么秘密似的。半晌,中间的人摆摆手:"没事,反正我们也不出去说。"

"就感觉挺配的。"

"真好啊!"

一群人转了身,把红包往兜里揣,勾肩搭背地往小酒馆走了。

天空飘了点儿雪,雪花细碎,路灯灯光映亮巷口拐角处的身影。

刚才还说自己是长辈的人,还隔着好一段距离就加快步伐,小跑过去,身体略一悬空,伸出双臂,扑进那人的怀里,被他稳稳地接住。

一个温暖、厚重又坚实的拥抱,富有安全感,能消除一切疲惫的拥抱。

他们身旁,小朋友穿着淡粉色小棉袄,惊呼两声,伸手出去接雪花,被冰得龇牙咧嘴,却忍着回身捧着给他们看。

这是一个平常、美满又团圆的冬天,第一个她不再是孤身一人的冬天。

2月初,《尘曲》正式杀青。

小满请大家吃了最后一顿饭,甚至还订了蛋糕,戚瑶收花束收到手软,这段时间的工作彻底落下帷幕。

随着年后复工,新年新气象,就着《尘曲》杀青的热度,赵敏的新公司和戚瑶工作室官博也放出通告,宣布戚瑶签约新公司。

"热爱可抵万难。欢迎@戚瑶加入万晟传媒,今后共同努力,向大家呈现更优秀的青年演员!"配图是盖有公章的公司文件。

赵敏的个人微博、叶清蔓以及一众圈内好友纷纷转发微博,正式而又猝不及防。

甚至连乔念都似是而非,没有点明地发了一句"祝你以后星途璀璨"。

网友也很激动。

"这公司和经纪人都可以的,这经纪人好像是从前带宋晴岚的那个。"

"赵敏解约也没多久吧?这是她公司签的第一个艺人,这得多看重戚瑶?"

"我们瑶妹以后会越来越好的。"

"这个时候宣布是不是因为戚瑶那个剧杀青啊?去扫了一眼,感觉像低成本草台班子。"

"她的人气都那么高了,不比刚出道那两年,怎么还在接这种粗制滥造的小网剧?"

"............"

戚瑶扫了一眼评论就没再看了。

万晟不比盛屿,在公司里好歹是业内前辈,基本操作都不用担心。

只是她快要退出微博时,看到主页显示的浏览记录,指尖顿住,犹豫两秒,又鬼使神差地点进那个超话里。

喻嘉树来接机,这会儿刚驾车驶出机场路,手松松地握着方向盘,问了一句:"中午去哪儿吃饭?"

"都可以,你定吧。"戚瑶眼也不抬地说,指尖在屏幕上滑动。

"树和瑶妹没有同屏,我们就制造同屏。"

别说，戚瑶看着那张配的海报大图，都是发布会那天的造型，放在一起还挺好看的。

"在朋友圈里的代拍那儿看见的，很模糊，但是隐约能看到监视器后面的椅子上坐着一个穿黑色衣服的男人。树也是男人！树也爱穿黑衣服！四舍五入，这就是我们少爷！"

"别管了，这就是树！少爷为爱投资，当场去看老婆拍戏！紧盯着她和所有男演员的互动！！！"

"假糖当真糖，还不敢带大名，生怕被别人看见，我们冷门粉丝悲惨的一生……"

超话里一片哀号，看起来是挺惨的。

正想退出去的时候，她看到了一个黑色头像的账号，ID 是注册时自带的编号的用户评论了一句："这就是真的。"

她往上一翻，他评论的是有人说他们其实已经隐婚了的那条，没有丝毫论据，却言之凿凿，甚至在别人询问的时候摆出"反正我就是知情人，你爱信不信"的姿态。

她怎么感觉这个腔调有点儿熟悉？

倏地想起那个"您有三个好友正在关注"的话题，她扫了一眼旁边的人，伸手晃了晃："手机给我一下。"

"查岗啊？"喻嘉树嘴上随口问了一句，动作却没犹豫、没偏头，踩油门起步，单手把手机递给她，漫不经心地道，"我老实着呢。"

"谁管你老不老实？"戚瑶小声说道。

喻嘉树弯起唇角笑了一声，没继续问，好像根本不在意她要干吗。

戚瑶刚想用密码开锁，结果拇指碰到屏幕的那一刻，手机就自动解锁了，反应之迅速，解锁之流畅，她都蒙了两秒："你什么时候录的我的指纹？"

"好久之前了。"喻嘉树说，这才抬眼，从后视镜里扫了她一眼，慢悠悠地道，"第一次在我家睡着的那次。"

"哦。"戚瑶应了一声，点开微博，在心里想：这男人的小动作还挺多，还挺……触动人的，有些东西就是要不经意地发现才最勾人。

心脏软了一块，戚瑶一边想一边点了微博。

"嗯？"她略微蹙起眉，有些疑惑地出声，"你怎么还开了应用锁啊？"

微博被他开了单独的应用锁保护，她有指纹也没用，需要输入独立的密码才能进入。

喻嘉树顿了一秒，又抬起眼皮，从后视镜里扫了她一眼，不动声色地道："之前周漆用我的账号乱发，害怕了。"

可以理解，戚瑶"哦"了一声，点点头，接着问："我不会乱发，你告诉我呗？"

沉默了两秒之后，喻嘉树问："你要干吗？"

"不干吗呀！"戚瑶说，偏头看他，眨了眨眼，"我的手机没电了，我想看看微博。"

又是漫长的沉默。

"非看不行吗？"他问。

这要她怎么回答呢？

喻嘉树最后说："还有十分钟就到家了，你忍一忍。"

戚瑶垂眼盯着这个离奇的应用锁，沉默了。

其中绝对有鬼好吗！这人连指纹都给她录了，偏偏留个锁，是怕她看见什么？他要是没问题，她今天把名字倒过来写！

"好吧。"戚瑶说，泄气似的把手机往腿上一放，好像不打算再看了。然后她就感觉到身边的人不动声色地松了一口气。

呵，男人。

她等了一会儿，等喻嘉树缓慢把车倒进停车位，又把屏幕摁亮，装作很惊奇的样子："啊？这个锁莫名其妙地开了呀！"

喻嘉树正倒车呢，闻言一顿，又不好停下，两秒后没什么表情地说道："不可能，别想骗我啊，戚十一。"

他嘴上说着，但戚瑶能明显感觉到他倒车的速度变快了，车规规整整地停进车位里。

"真的。"戚瑶认真地说。

两秒后，她惊呼一声，一副发现了秘密的语气："好啊你喻冬冬！现在还会开小号了是吧……"

喻嘉树顿了一秒，立刻拉起手刹，拔了钥匙，人从驾驶位上压过来，长指微屈，攥住她的手腕抵在窗沿上，想伸手抽走手机。

戚瑶猝不及防地被他压住，没防好，手腕翻转过来，露出手机屏幕——哪里解了锁，白色的应用锁还明晃晃地挂在那里。

两个人都沉默了，安静的氛围蔓延开来。

良久，戚瑶开口道："好啊，开小号在超话里说我们俩已经结婚一年了的人就是你是吧？"

喻嘉树还是沉默，两个人保持着这个姿势没动。

车内一片寂静，他们连远处停车的人在哼什么歌都能听清——简单又耳熟能详的《姐就是女王》，还跑调。

好半晌，喻嘉树才缓缓起身，在她的手腕上揉了两下，坐回驾驶位上，手肘抵在窗沿上："你又没打开，怎么乱说？"他没什么表情，很快调整回了处变不惊的状态，还想掩饰，"诬蔑我。"

戚瑶把手机还给他，扯了扯嘴角："别装了，正常人也不顶着初始ID在超话里说话，然后转发里全是我——"顿了两秒，她补充道，"还有我们俩的文。"

喻嘉树沉默了一会儿，觉得好像有道理。实在装不下去了，他用食指钩着车钥匙晃了一下，很委婉地承认了："我没看过，只是顺手转的。"这更有欲盖弥彰的意味了。

戚瑶决定给他个面子，盯着窗外，慢吞吞地"哦"了一声。

两个人又沉默了一会儿，好半晌，才试探着偏头相互对视一眼，接着都顿了两秒，默契地拉开车门下车，往电梯的方向走。

他们尴尬归尴尬，情侣间习以为常的动作还是熟稔，戚瑶被他伸手揽着腰，不用看路，眼睛藏在帽檐下，垂着睫毛，边走边盯着地面上白色的实线发呆。

男人的手臂扣在她的腰侧，随意却有力，她能隔着衣服感到他的小臂上略微绷紧的肌肉，极其具有安全感。

她略微抬眼，看了他一眼——身旁的人侧脸依旧清俊，鼻梁和眉骨高挺，下颌线利落又分明，同许多年前一般无二。

为什么当时她和顾恒什么都没有，粉丝却能想象出花来，又是扒日常穿搭,又是修图,简单的微博互动能想象出381式?怎么轮到真的,反而需要她亲自下场了?

越想越觉得惨,戚瑶呼出一口气,抿了抿唇。走进电梯之前,她摸出手机,纤细的手指在屏幕上点了两下。看着"设置成功"的提示,她顿了两秒,退出设置页面,把手机揣回兜里。

反正她都想好了,早一点儿晚一点儿露出马脚好像都不是什么大事。公众人物的一举一动都在大众的眼睛里,有话题的时候他们疯狂发通稿,没话题的时候就制造话题。

戚瑶最近风头正盛,自然有其他人难以企及的关注度——小号也不例外,她刚设置完没多久,就有人发现了。

"瑶妹开权限了,小号内容全部可见了?"

"妈呀!这是什么日子?我要去全部点赞一遍。"

"出道的时候是不是都没有全部可见过?她那时候只是喜欢发,让我们觉得她好像很喜欢表达自己,喜欢记录日常生活。"

"是的……所以现在是什么情况?"

"只有两百多条,我翻到底了,最早的一条是2014年发的,是真没人看过,我是第一个赞。"

"感觉都是情绪碎片的产物,一些书籍片段、很漂亮的日落什么的,偶尔有话也很短。"

"但是我感觉好能共情……好多话都莫名其妙地触动我……"

叶清蔓刚好准备午休,上网时看到这个消息,好奇地点进戚瑶的小号看。已经有粉丝发现了小号的变化,赞和评论都在陆陆续续增加,她翻到最底部——

那是2014年5月的一条微博。

"记录生活中的美好——其实对我而言,80%都是你。"

叶清蔓的心跳倏地漏了一拍。这话里的指向性实在太明显,以至于叶清蔓指尖悬在屏幕上,难以控制地在大脑里快速倒推时间线。

戚瑶跟她同届,那2014年5月……戚瑶应该是读高二。

其实她就算不能顺利倒推回去也无所谓,因为这么多年,戚瑶大概就只喜欢过那么一个人。

2014年6月:"尽管知道他不是在看我,但我依旧会为了不经意撞上的目光而怦然心动,好像溺水。"

2014年8月:"17岁,我第一次知道校服是可以装下风的,一整个夏天的风。"

2014年12月:"生日快乐,平安如愿。"

2015年1月:"好像梦到你了。你只用站在走廊上看我,什么都不用做,好像也让我有了继续面对这一切的勇气。"

2015年3月:"红榜上隔着237个人。"

2015年6月:"我是胆小鬼。"

2015年7月:"毕业快乐,前程似锦。"

2015年9月:"如果我认识你,大概会问你为什么喜欢北京。这里风好大,而且总是另一种我没见过的晴天,跟C市完全不一样的感觉。可惜我们没有交集了。"

2015年12月:"新年快乐。新的一年,依旧是只敢在这里祝你快乐的胆小鬼。"

2016年3月:"听见咖啡店的女孩儿们在讲你的名字。好像你真的到哪里都是很耀眼的人。"

到这里,自言自语式的文字就断了近一年的时间,刚好跟叶清蔓认识她的时间吻合了——那个时候戚瑶在北京拍《盛夏》,大概是由于全身心沉浸在人物里,同样的感情在另一个角色身上得到了抒发,没有再进行少女日记一般的只言片语记录。

直到2017年6月,《盛夏》播出。

夜晚8点,剧集正式上线的时间,她说——

"送给你,送给我青春里漫长而又不见天日的暗恋。是它告诉我,这些也值得成诗。"

再到后来,这个账号的主人逐渐从普通人变成了公众人物,发稍微敏感一点儿的话题都要慎重地思忖再三,微博被设置成半年可见,情绪碎片不再出现。

最后一条没有人看过的微博,是2017年9月的,她写:"愿我如星君如月,夜夜流光相皎洁。"配图是北京的月亮。

五年前中秋圆月莹白皎洁的月光仿佛隔着多年光阴，重新落在戚瑶的身上。

那一瞬间，不学无术如叶清蔓，都能回想起一句和月亮有关的诗句——

"今人不见古时月，今月曾经照古人。"

月缺后总是圆满，月光最后总皎洁，难得圆满。

叶清蔓盯着这些语句看了片刻，竟然难得没有心思去管热度攀升的舆论，只感到一种跨越时空的圆梦感，心绪如潮起伏，一时难抑。

戚瑶太勇敢了，敢于把过去的自己剖开给别人看，看那一颗漂亮皮囊下的赤诚真心。

喻嘉树晚上习惯性地点进超话里的时候，依旧不抱希望超话里能有多热闹。

瘦死的骆驼比马大，戚瑶和那个"出轨男"的超话现在每天签到的人数还是他们超话人数的十倍。他不爽，十分不爽。他"啧"了一声，散漫地往沙发背上一靠，长指轻微一点，目光随意扫过屏幕时却陡然顿住。

超话里太热闹了，看着好怪，顿了几秒后，他神情自若地退出去，再重新点进去。

进错了吧，他想。

但他看清楚之后第二次点进来，页面还是跟刚才那个一样。他定睛一看，这是从前那个超话，又不是——

"瑶钱树"三个大字依旧明晃晃地悬在那里，人数却暴涨十倍，版面都分出来了，一晚上各种剪辑不断，热闹得像是在过年。

喻嘉树挑了挑眉，顺着一路看下去——视频、图片、海报，还有网友扒出来的细节，这回大家笃定得不得了了。前几天断更的一个博主又回来接着写文，评论区中一片欢呼，他也跟着点了个赞。

戚瑶洗完澡出来，就看见他坐在那儿聚精会神地看手机。

"我发现你现在是不是多少有点儿网瘾？从前都不碰这些社交软件的。"她问。

喻嘉树抬起眼皮，漫不经心地道："那是从前不好看。"

说着，他还是长指微动，懒散地摁灭屏幕，把手机放下，起身给吹风机插上电源，推好开关，在手背上试了试合适的温度和距离。

戚瑶屈起腿坐在他前面，叮嘱道："从下往上吹。"

喻嘉树垂眼看着她，"嗯"了一声，懒洋洋地拖着尾音，声音清越，一股跩劲，偏偏说的话又很不正经："遵命。"

戚瑶不说话了，安静地坐着等他吹。

近十分钟过去了，被暖风烘得有点儿昏昏欲睡，轰鸣声太大，说话又听不清，没法儿聊天儿，戚瑶略微起身，把手机抓过来，准备看看她的舆论怎么样了。

他们用的是一样的手机，指纹锁灵敏到甚至屏幕刚亮起，还没来得及显示锁屏壁纸就解开了。映入她眼帘的就是一张图片，白底黑字，可拉动的那种。

什么东西？戚瑶蹙起眉，不记得自己洗澡之前点开了什么长图。

脊背往后靠，没骨头似的靠在那人身上，戚瑶集中精力看了一会儿。

"……"

握住手机侧边的手指收紧了，最后她又安静地关掉屏幕，安静地把手机放回原位。

站在她身后的人心里也揣着事，垂着眼，没注意她的异样。

喻嘉树直到托着她的后脑，把吹风机关掉放在桌上，回神才看见她的神情——很难形容，很是一言难尽，又有几分欲言又止。

戚瑶看他一眼，犹豫两秒，又很快地移开目光，抱着客厅里的小熊玩偶快步走进房间，颇有几分逃的意思。

他还没反应过来，只是略微弯身捞起手机，就看见她又从房间里探出头来，眼神飘忽地小声道："我不喜欢……"她停了好几秒，耳根都憋红了，才继续道，"那个……"声音小得让人听不清。

顿了片刻之后，喻嘉树倏地反应过来刚刚让他费了很大劲儿，翻转又镜像的到底是个什么东西。他缓缓垂眼，一目十行地扫过屏幕上的白底黑字。

483

这回他是真冤啊!

凌晨,"瑶钱树"超话内。

"啊啊啊!谁家有当事人亲自下场这么甜的糖?来看——对应!已知少爷和瑶妹是高中同学,2014年瑶妹读高中,他们同校,'生活中80%的美好''校服装着风''红榜上隔着名字'全都能对得上!"

"这是评论里姐妹补的图,她比瑶妹小两届,也是C市一中的,从相册里翻出来的高一拍过的红榜图片!虽然不是两百多名,但是少爷在前瑶妹在尾,大致是能对得上的!"

"妹夫高中就这么帅吗?这很难不喜欢吧?"

"是的,照片就是我拍的,因为太帅了……你们懂吧,这个红榜的前十名一开始是自己交照片给教导主任,但是不知道从什么时候开始就莫名其妙地卷起来了,很多人交那种艺术照,或者是精修图,我们教导主任觉得风气不对,就开始举相机自己拍,角度超级刁钻……原图直出,大小眼也不会给你修的那种……所以他帅成这样是真的很难得啊!每次他上红榜我必然会拍,但是只能找到这一张了。"

"本来还在想,他得长什么样才能高中就把我们瑶妹迷住,现在我知道了。换成我,我也为他开个微博写日记好吗?"

"再接着来。'北京的风'那句,看少爷的词条,他本科学校在北京!谁懂啊!'如果我认识你的话,我会问你为什么喜欢北京',瑶妹在采访里说过,其实自己比较喜欢江南沿海一带的,可是后来为什么会去北京,为什么会放弃自己喜欢的地方,去遥远的北方,大家都懂了吗?"

"我懂了!但是我好想哭是怎么回事啊?"

"我也是。我第一次看到这句话就想哭了。尤其是那句看起来没什么情绪的'可是我们没有交集了',一下子就想到了我自己。"

"我也是高中有喜欢的人,填志愿的时候旁敲侧击问了他想去哪里,因为成绩没那么好,就填了他隔壁的学校。但是进大学没过多久他就谈恋爱了,我每次看到他和他的女朋友,一边会觉得好般配,一边又会很伤心。"

"摸摸楼上的姐妹。你很善良了,还会觉得他们很般配,这已经很了不起啦!"

"没关系啦,都已经过去了。我不幸福,瑶妹一定要幸福!接着往下分析,再探,再报!"

"来,接着往下。12月的'生日快乐',谁的生日在12月?叶清蔓?顾某?其他的圈内好友?没有人!只有我们树宝在12月过生日!而且不知道你们发现没有,瑶妹从来没在25日发过节日快乐,这么多年,从来不熬夜劝我们健康生活的人,永远永远都在12月24日凌晨发微博,说节日快乐。"

"是的,还是我,本学妹托了好几个人问到了,学长的生日就是12月24日。这是他微信名片上填的生日。我真的哭得稀里哗啦。"

"这真的是糖吗?我怎么一边嗑一边哭啊?我们瑶妹真的是很好的一个人。"

"还有那句,'送给你',她哪里是在讲刚刚上线播出的《盛夏》啊?她是在把自己那段暗恋的剖开给我们看啊!"

"我现在重看《盛夏》,依旧觉得那是她这几年最有灵气的作品。不是其他作品不好,而是从这个角色身上能感受到一种生动到活起来的情绪,实在处理得太好了。"

"因为那都是她自己的情绪吧……一颦一笑,看着男主角的背影时落寞得连睫毛好像都在抖……代入今天的内容,我直接哭崩溃了。"

"我看过……这场哭戏一点儿也不浮夸,就是安安静静地掉眼泪,甚至还在笑,我却看一次哭一次,实在太有感染力了。"

"这个角色让她演活了。从经年的苦涩中获得力量,走上另一条新的道路,我只能想到一个词——凤凰涅槃。"

…………

"今天的内容我从头到尾看下来,先是看'小元宝'们捋时间线哭崩溃,接着又是看太太剪的视频笑得合不拢嘴。"

"真的会有人看完'暗恋时间线'和'发布会名场面'之后不喜欢我们真情侣的吗?"

"十年前我悄悄暗恋你,十年后你公开向我告白,小说都不敢这么写。"

"姐妹们,我知道他们是真的很甜,但我们是不是应该低调一点儿……毕竟对面也不是圈内人吧。"

"大半夜看到热搜进来扫了一眼,总算看到个正常人了。你们魔怔了吧?一个学校那么多人,是个高中同学就能对号入座啊?"

"而且就算你们猜得对,戚瑶就是喜欢他又怎么样?说不定就是普通单相思啊,哪儿来这么多回应?"

"同意,还'十年后他向我告白',人家哪个字是告白啊?不就是很正常很迅速的公关手段和反应吗?你看看如果你们没有拿到风行代言,人家会理你们吗?"

"而且怎么总有人觉得这样就好呢?田莺当年结婚可挨了不少骂,最后还不是帮别人带娃、洗衣、做饭?"

"反正不要让瑶妹看到就好。我现在爬下床学剪辑!万一叶清蔓偷偷告诉瑶妹这个超话,她进来的时候就会开心很多!!"

"哈哈哈!你是懂叶清蔓的,我笑死了。"

好巧不巧,真的开着小号刷微博的人缓缓停下滑动的手指。

叶清蔓:"……"

他们把她当消息传递机了是吧?她一边无语,一边愤愤地给戚瑶转视频链接,"噼里啪啦"地打字。

叶清蔓:"开粮仓啦!!!"

叶清蔓:"你的粉丝已经知道我潜伏在里面了,有视频都是直接@我,说比@你有效。"

另一头的房间里,朦胧的月光从简洁大方的纱质窗帘外透进来,留下一地皎洁。

"嗡嗡……嗡嗡……"戚瑶已经入睡了,此刻又被连续不断的手机振动声吵醒——她忘记设置静音了。

她迷迷糊糊地睁开眼,伸手去摸放在床头柜上的手机,扫了一眼时间,关掉声音放在一旁,翻了个身。

她往旁边一伸手臂,习惯性地想去抱人,却摸了个空。

她蒙了一秒,缓慢地眨了眨眼,坐起来,还带着睡醒后的困倦与迟

486

钝，偏头环顾四周。

房间空荡荡的，除了她以外没有别人——喻嘉树不在。

梦境还拉着人往下坠，她缓了两秒，确认不是在做梦，想了一会儿之后，手臂撑在床边，刚想下床去看，听见门边有响声。

门把手被缓慢下压，接着，门很轻地被推开了。

男人带着一身夜风的寒气走进来，脚步轻缓，几乎没有声音，几步后又停住。似乎是没想到她醒了，男人有些错愕地顿在原地，神色掩在夜色下，看不真切。

两个人一站一坐，对视了几秒。

"你怎么了吗？"戚瑶先开口问道。她刚睡醒，声音还有点儿哑，又软又轻地拖着尾音，很可爱。

不知道为什么，喻嘉树顿了两秒才垂着眼走过来，略微弯身亲了她一下："没怎么，忽然睡不着，到阳台上站了一会儿。"

空气中弥漫着一股很淡的烟草味，和香杉薄荷的气味混在一起，不明显，似乎是被露台上凛冽的夜风吹淡了，只留下一点儿存在过的痕迹。

"哦。那你现在要睡了吗？"她歪着头看他，安静地问，眼尾不住地往下耷拉，看起来困得不行，也乖得不行。

喻嘉树笑了一声，心脏倏地软了一块。

"睡。"他说。

伸手环住熟悉的人，被让她安心的气味和温度包围，戚瑶又快要睡着时，听见他在耳边低声问了一句："我可以在社交平台上自由说话吗？"

这问题问得……戚瑶在他怀里蹙起眉，有点儿莫名其妙，但还是往他的怀里钻了钻，蹭了一下，轻声道："可以啊……"她实在太困了，尾音直接轻到可以忽略不计，落在空气中，半截儿就没了。

喻嘉树"嗯"了一声，也没再问，只是伸手环住她，低声道："睡吧。"

那个时候，戚瑶没想到，自己早上醒来的时候会看见一整屏的热搜，与他常年没有动态的账号下数十条的微博。

次日清晨，8点的闹钟只响了一声就被摁掉。

房间的光线尚且昏暗，迷糊间，戚瑶感到身边的人缓慢坐起来。

怀抱中的热源离开，很不习惯，她下意识地伸手，纤细的手指并拢，很轻地抓住他的手臂，像是一种无声的挽留。

空气安静片刻，她得到了一个拥抱——喻嘉树弯身，很轻地抱了她一下，在她的耳边低声道："工作日，要上班。"

也不知道戚瑶听见没，反正她顿了两秒，还闭着眼睛，缓缓地松开了攥住他衣角的手。

一阵很轻的响动之后，睡着的人的额头上落下一个轻柔的吻，房间又安静下来。

戚瑶的生物钟一向很准。虽然她醒了好几次，但昨晚的小插曲和早上的动静并没有给她带来什么实质上的干扰，她依旧安稳地睡到8点30分才缓缓地睁开眼。

下床洗漱完，她发现喻嘉树热好的牛奶在吧台上温着。她坐在吧台边上，倒了一杯牛奶，再给吐司规整地抹好果酱之后，才拿起手机不经意地扫了一眼，动作却倏地顿住。

被迫安静的手机承载了一整晚的"轰炸"，在屏幕被摁亮的瞬间都卡了好一会儿。

锁屏停顿一瞬，接着各类数据飞快归位——微博私信、微信消息、未接电话……

眼看着各类社交软件的消息一股脑儿地涌进来，把通知栏挤得满满当当，戚瑶蒙了。她端着牛奶顿了好几秒，下意识地回想自己是不是有什么遗漏的工作安排，回忆无果。

她犹豫着，指尖一抖，点进消息最多的微博。

事出反常必有妖。她昨晚睡前登的是小号，按理说不会有这么高的热度，一定是发生了什么。

戚瑶有点儿忐忑，边点进搜索页边想，她开个小号权限，不至于这么大讨论度吧？刚换公司，又出点儿什么事情，她好像不太好交代吧？

她指尖轻触，点到热搜页，只见搜索页面上可见的前十一位热搜话题有一半有她的名字，极其醒目，其中的词语包括但不限于"恋情""回应""神仙爱情"。

心脏倏地重重一跳，戚瑶顿了好几秒，抿唇点进去看。

营销号十分熟练，用说了跟没说一样的语言阐述了戚瑶小号里的大部分内容，接着挖出了这些少女日记的主人。

如果戚瑶昨晚在看超话，就会发现营销号跟粉丝总结得大差不差，左不过就是一些半真半假的叙述性语言，添油加醋地讲她有些什么不为人知又心酸的故事。

直到她滑到第五张图。

截图上的主人公不再是她的小号，而是另一个账号，简洁的黑色头像，大名坦坦荡荡地挂在那里：@XM芯片研发者－喻嘉树——于凌晨2:30。

戚瑶的心跳猛地漏了一拍。

清醒过来的她倏地回想起他昨晚莫名其妙的消失，身上淡淡的烟草味与夜风凉意，还有那个没头没脑的问句——

"我可以在社交平台上自由说话吗？"

原来是这个意思，他看到了，戚瑶想。

有如此高的热度，他绝不可能只是讲了一些似是而非的话，可是，他还能讲什么呢？

戚瑶连呼吸都屏住了，指尖微微发颤，往下面翻。

那个几乎从不主动发动态的人的一连十几条微博被拼在一起，每条都是文字，相互间隔几分钟。

凌晨2:15："你不知道我多想看那时候的你。"

凌晨2:21："那年的生日好像的确很快乐。你放在桌面上的苹果很甜。"

凌晨2:27："那不是梦。是我。"

凌晨2:34："你写给我的信也祝了我毕业快乐。我留到现在。"

凌晨2:40："我其实并没有很喜欢北京。现在想到北京，我总是想到冬天的阳光、烘焙的香气，还有被阳光照耀着的你。我们今年冬天可以一起去海边，如果你愿意的话。"

489

……………

一条又一条，戚瑶缓慢地往下滑，心脏像被人攥住一般，止不住地饱胀与酸涩。

距离她发那些稚嫩却又代表着情绪的文字已经过去了很久，近十年未能回看，此时此刻她却奇迹般回忆起来。

她甚至连他在答复哪一条都清楚。

"尽管知道他不是在看我，但依旧会为了不经意撞上的目光而怦然心动，好像溺水。"

"你不知道我多想看那时候的你。"

"生日快乐，平安如愿。"

"那年的生日好像的确很快乐。你放在桌面上的苹果很甜。"

"好像梦到你了。你只用站在走廊上看我，什么都不用做，好像也让我有了继续面对这一切的勇气。"

"那不是梦。是我。"

"毕业快乐，前程似锦。"

"你写给我的信也祝了我毕业快乐。我留到现在。"

"如果我认识你，大概会问你为什么喜欢北京。这里风好大，而且总是另一种我没见过的晴天，跟 C 市完全不一样的感觉。可惜我们没有交集了。"

"我其实并没有很喜欢北京。现在想到北京，我总是想到冬天的阳光，烘焙的香气，还有被阳光照耀着的你。我们今年冬天可以一起去海边，如果你愿意的话。"

"红榜上隔着 237 个人。"

"一点儿也不远。我知道你在努力向我靠近。"

"送给你……"

"收到了。"

……………

把微博一条一条地翻到尾，戚瑶指尖抖得不成样子，眼泪不受控制地从眼角往下坠，模糊了视线。

她蹙着眉眨了眨眼，从稍微变得清晰的视野中看见他的最后一条回应。

时间间隔比任何一条都要长。

凌晨3点多,这个人在她身边字斟句酌地打下这句话。

17岁的戚瑶说:"我是胆小鬼。"

他偏头垂眼,看着她恬静的睡颜。良久,他一字一字地写——

你不是。

你是最好的、最漂亮的、最勇敢的,是我永远最最喜欢的。

看着一个又一个字,她仿佛隔着屏幕也能感到他的认真与珍重,这些话像是隔着光阴,一笔一画地落在她的心头。

不就是公开告白吗?喻嘉树想,他给她就好了。

她真诚到把心都捧出来给别人看,他更没有必要来回拉扯,让她为一些本就莫须有的事情承受不必要的负担。

不是虚与委蛇,不是装傻充愣,不是欲盖弥彰,他就是喜欢她,坦坦荡荡,光明正大。全世界都应该知道这一点。

就像17岁的戚瑶喜欢他,用一个让所有人惊艳的角色来写一首关于暗恋的长诗,他没有那么有天赋,但始终会为她让步。

早说过了,他并不害怕舆论,好的坏的都不影响他做什么。

事事有回应而已,对他而言并不是什么难事。

此时此刻的会议室里,热搜上的主人公之一正垂着眼,因为缺觉显得冷淡又倦怠,随意地靠在椅背上听人汇报。

晶帆的一众人虽然规规矩矩地坐着,但是偷瞄的偷瞄,偷看手机的看手机,明显心不在焉。

继视频会议中出现一个女孩儿之后,老板又在微博上公开告白,任何一个人都不可能按下对老板的八卦心。

"不想上班就别上了。"问题连续问了两遍问题,依旧没人回答,喻嘉树靠着椅背,指尖在桌面上叩了两下,没什么情绪地道,"我早起不是来看你们发呆的。"

何况他早起时还是被人挽留过的。天知道，她拽住他的手腕的时候，他有多不想走。

会议室顿时落针可闻，一众人察言观色，看他神色不虞，纷纷回神，强迫自己投入工作之中。

工作是工作，生活是生活，公私分开，应该的。

直到会议尾声，喻嘉树手机响起提示音，很轻的声音，轻而短促，像是什么社交平台的提示音。

霎时间，全会议室的人都诡异地顿了一秒——那是微博的提示音。

他们想动，又不敢动，顶头上司的八卦摆在面前他们却不敢看，谁懂这种煎熬与挣扎？

倒是喻嘉树顿了两秒，没什么表情地拿起手机，滑开锁屏。

他垂睫，目光很淡地从屏幕上扫过，顿了片刻，周身因为缺觉而显得冷淡倦怠的气压缓慢地散了。

他往椅背上一靠，抬起眼皮，看了正襟危坐强压八卦之心的众人一眼，片刻后，懒懒地道："看吧。"他散漫地拖着尾音，神情中还有点儿不易察觉的、强压着的愉悦。

顿了两秒后，众人互相对视一眼，纷纷快速摸出手机，点开微博，看那个能一瞬间顺了他毛的消息是什么。

热搜第一"戚瑶恋情"的词条后面，跟了个"爆"字。

他们点进去一看，戚瑶刚刚发送的微博热度以难以控制的速度攀升，落在所有人的眼睛里。

戚瑶："我愿意。//@XM芯片研发者－喻嘉树：我们今年冬天可以一起去海边，如果你愿意的话。"

那是跨越光阴的另一种回应，是她对着所有人说出来的"yes, I do（我愿意）"。

"这就是官宣吧？我们居然可以看见这种坦坦荡荡的官宣了！"
"震惊我全家。我说你们真情侣别太过分啊！"

"这两位真的很牛,一个是愿意打开权限让大家看她的十年暗恋史,一个是愿意半夜三更一条一条地回应,无论是珍重的程度还是真诚的性格都很配,百年好合。"

"我哭得好惨。其实早先就猜到一些,关注树是因为一开始看他长得好帅,后面他发照片也偶尔有71的身影,就觉得俊男靓女挺般配的,直到昨晚熬夜,亲眼看着他一条一条发微博,又去比对71小号的内容,瞬间泪崩。"

"看到这种真诚坦荡的情侣想送一句祝福。"

"你们去看叶清蔓的微博,她刚发的vlog,里面有个片段是'参加好朋友的告白仪式',虽然只有侧脸和背影,但有眼睛的人都能看出来吧,这不就是他们俩?!"

"我看了!这个男人带她回学校告白啊!那个烟火规模跟我前年在火花大会看的感觉一模一样,甚至更盛大!"

"这也太浪漫了,比偶像剧还要像偶像剧。"

"谁的生活甚至高于艺术?!求求你们俩一起拍个剧吧,纪录片也行,我看一百遍!"

"俩美女的感情是真的很好,蔓随时奔波在第一线,永远无条件支持朋友。忽然好羡慕71啊,友情、爱情双丰收,自己也很优秀,事业心女艺人,我永远的楷模。"

"剧组的人不是人,像走在路边忽然被踹了一脚的狗。来欣赏世界名画——《尘曲》片场小黑板上请吃饭的'戚瑶家属'!你们就悄悄秀吧!"

"这个谐音我笑死了!家属和嘉树,到底是谁想出来的?!给树宝扣钱!!"

"还有更甜的,小说都不敢这么写。看这张照片,代拍拍的,没脸。我一开始只觉得有点儿熟悉,想不起来,现在顿悟,这不就是风行少爷吗?大年三十在片场边的巷口拥抱,要甜死谁啊?"

"这张照片好配啊!瑶妹看着好娇小,纤纤细细,被整个包住似的,看起来都很温暖。"

"过年啊这是,少爷不用回家的吗?感觉喻重山长了一副'不回家过年就把你从族谱里开除'的样子。"

"说不定人家已经见过家长了。"

"只有我的关注点是，照片上有三个人吗？旁边的小朋友也好可爱，哈哈哈哈哈哈。"

小猪仔仔："不会是他们的女儿吧？要是娃都这么大了还在搞什么官宣这一出，未必太喜欢炒作了。"

田莺回复小猪仔仔："你想多了。"

"我看到了什么？楼上是真人？"

"惊动了莺姐本人哈哈哈！这是莺姐的女儿啦！平时看她在日常微博里偶尔会发，很可爱的妹妹！"

"哈哈哈！莺姐：你怎么做到一句话既不尊重我，又恶意揣测我儿媳的？"

"这是已经见过家长了吗？已经到了家长会在公共场合维护儿媳的地步了吗？"

"报！戚瑶工作室刚转了条微博，好像是《尘曲》的预告片和杀青特辑出来了。"

"看完回来了。震惊，我以为是个普通的都市网剧，没想到还有点儿悬疑味。"

"别说，预告片剪得还可以，我的鸡皮疙瘩都起来了……"

"71是转型了吗？预告片最后那个楼梯转角的一眼，明明没有奇怪的滤镜，甚至也没有背景音乐，就是让我整个人汗毛倒竖。"

"你不是一个人。我正开着电热毯在被窝里呢，怀里还有两只猫，刚才还高高兴兴暖暖和和的，看完之后整个人默默裹紧了被子……现在想起来都还全身发冷。"

"她好像演技越来越牛了，也不依靠妆造和衣服，就普通女大学生打扮，但是那个肩膀一抖，睫毛轻微颤一下，面部肌肉轻微一动，就感觉有那种晦暗的故事被揭开。"

"她好会挑战自己啊，这么多年演过的角色几乎没有重复类型的。而且听说这个剧只有12集？"

"真的假的？那我到时候去看看。这年头儿节奏快且不注水的剧已经不多了。"

"听说这部剧还没播，海外版权已经卖了。"

"格局打开。同时期的女艺人还在抢大热言情IP（知识产权），困在和男主角谈恋爱里，瑶妹已经直接去搞大女主职场悬疑剧去了。"

…………

转发微博这件事说大不大，说小不小，毕竟涉及官宣恋情，是戚瑶跟赵敏、杨蔓开了个线上短会决定的。

三个人倒也没聊什么，杨蔓带过的几个女艺人都已婚或离过婚，赵敏本人更是离过两次婚，对官宣这件事挺宽松，只要确认戚瑶不会爆出难看的桃色新闻，是认真在谈就可以。

"你是演员，也不靠'男友粉'，比起官不官宣，我更关心你未来的戏路。"

跟这样看得清且理念相同的人共事，戚瑶前所未有地感到轻松。她们顺势又商量了一下新剧的宣发，确认了路演档期。

"这边有几个投资商在联系我，问能不能做中插或者片头的广告，我下来再答复。"

"好。"戚瑶说。

"我挺喜欢他的。"挂电话前，赵敏倏地没头没脑地说，引得杨蔓笑了两声，说她八卦。

戚瑶蒙了两秒："谁？"

"你的男朋友。"赵敏慢悠悠地说，"面试时见过，长得是真不错，不骄不躁的，又谦逊又骄傲，主要是人沉静。

"田莺从前跟我讲过他不少事，那时当个乐子听，没想到最后会变成一家人。确实是个不错的孩子。"

戚瑶沉默了两秒，不知道接什么，最后说了声"谢谢"，然后挂了电话。

光是前面还好，就是最后一句——

"不错的孩子"。

这话一说出来，她跟喻嘉树就不同辈了，让人觉得他俩之间好像隔了个辈分。

495

单论资历，赵敏确实是跟田莺一辈的。而戚瑶叫赵敏一声"姐"，按理也该叫田莺一声"姐"。

那么，这样算下来，她是喻嘉树的小姨……不能细想，不能细想，这话要是让他听到，她还不知道得被他怎么嘲讽呢！

戚瑶挂了电话，又进社交平台看了一眼。

舆论热度居高不下，把《尘曲》也带得讨论度极高，剧组趁机宣发，到达了之前未能设想过的热度。

喻嘉树的账号涨了两百万粉丝，俨然要比十八线小艺人的粉丝量还多了，戚瑶点进去看了一眼他的评论区，除了祝福就是大家开玩笑，喊他"瑶妹夫"。

这都是什么奇奇怪怪的？戚瑶笑了一声，把碗洗干净放好，回沙发上坐着，随手点开了一部电影，这是挺老的港片，画质不算好，但剧情很精彩。电影刚放了一半，玄关处传来轻微声响，片刻后，防盗门被打开了。

她偏头看了一眼时间，又看了一眼正神情自若地走进客厅的人，疑惑发问："才11点，你还没下班吧？"

"正常来说是这样的。"喻嘉树垂着眼，慢条斯理地把外套脱下来，挂在客厅一角。

戚瑶抱着抱枕往后坐了一点儿，重复了一遍："正常来说？那今天有什么特殊的翘班理由吗？"

"有啊！"喻嘉树从冰箱里拎出了两瓶汽水，慢悠悠地晃过来，站在她面前，垂眼看着她，"老板的大好日子，全公司放假，老板娘有意见吗？"

他神情和声音都很淡，懒散地拖着尾音，却莫名其妙让人觉得有一股"我是老板我说了算"的感觉。

"……"

戚瑶沉默了一会儿，恭维道："不敢不敢。"

两个人一坐一站，仰头的仰头，垂眼的垂眼，对视了一会儿，都在彼此的眼睛里看到了笑意。

"那麻烦这位老板坐这儿陪我看电影。"戚瑶拍了拍旁边的位置。

男人弯唇笑了一下,"嗯"了一声,依言坐下来。沙发柔软下陷,戚瑶顺手挽住他的手臂,头靠在他的肩膀上,寻了个舒服的位置,安静地看了一会儿电影。偶有需要解释前面的剧情的时候,她就简单说两句,喻嘉树也能听懂,很轻地应两声。

窗帘拉了一半,遮了光,投影仪投出的光影在幕布上晃动。

沙发上,两个人的身影亲密无间,显得平和又美满。

他们都没有提社交网络上的风风雨雨,好像两个人在独处时并不值得为其他人和事烦心。数十条微博、上百万的粉丝、满屏的热搜,不过是他们率性表态后可有可无的陪衬,有也好,没有也罢,好的坏的都带不进只属于两个人的时光里。

戚瑶倏地想起自己负面新闻满天飞的那段时间,喻嘉树也是这样,用一台小小的红白机,以及在水管里奔跑的马里奥和路易基,状似无意地帮她驱散了一系列消极情绪。

他总是这样沉默、漫不经心,却永远细致周到、游刃有余。

是他用行动告诉她,有他在的地方永远是最安全、最温暖的港湾。

戚瑶安静了好一会儿,一帧帧画面在眼前闪动,如云烟一般,并未过眼,直到喻嘉树重复了一遍问题。

"他为什么一直在泳池里游泳?"

戚瑶这才回神,缓慢地眨了眨眼,"哦"了一声,开始解释:"因为他其实就是她老公,听到她说这一番话很难过,大概在水里的话,何丽珠就看不到他的眼泪……"

话到这里,戛然而止。

喻嘉树整个人靠在沙发背上,目光平直地落在屏幕上,可有可无地"嗯"了一声,十分理直气壮地问她:"怎么不继续了?"

戚瑶沉默了片刻,垂下眼睫看了一眼。要不是自己单薄的睡衣腰侧稍微鼓起一块,她差点儿都要以为是自己在诬蔑他了。

半晌,戚瑶抬眼,也学着他的模样,视线平直地盯着前面的屏幕,装作无事发生,另一只手下滑,攥住那只作乱的手。

"你能别摸了吗?"她问。

他骨节分明又修长的手指并拢,有一下没一下地揉着她的腰,还隐隐有往上滑的趋势。

"那不能。"喻嘉树神情自若地道,"你今天早上拽我的手的时候,我就想摸了。"

微凉的触感上移,戚瑶抖了一下:"我那只是下意识的。"

"你就是无意识地梦游,也得负责好吗?"喻嘉树懒洋洋地偏头看她,说话时的温热气息扑在她的耳边,让人难以抑制地往后一缩。

"怎么还强词夺理啊?"戚瑶说,伸手推他,"你要不还是回去上班吧。"

"不行。"喻嘉树张开五指,单手托住她单薄的脊背,把人往自己身边压,抵住她的鼻尖,低声道,"现在所有人都知道我们在谈恋爱了。"

他停了一瞬,漆黑的瞳孔望着她,半晌,妥协似的开口道:"我满脑子都是你,根本没办法好好上班。"

这人怎么这么黏人?戚瑶的耳根缓慢地变红,她抿唇顿了好半晌,对他这种行为还是感到有那么一丝不自在,最后小声道:"那你把窗帘拉上。"

喻嘉树偏头很低地笑了一声。

"行。"他说,"老板娘说什么就是什么。"

第十五章
下一站天后

最后这人还是得逞了。

影片还在幕布上放映着,后半段的背景音乐与台词中,隐约混杂着一点儿其他细微的声音。

窗帘被拉上,挡住明亮光线,室内一片昏暗。投影仪的光被人隔断,只留下细小的尘埃在空中飘浮,白墙上落下交叠的侧影。

两个人相对而坐。女孩儿的腰纤细流畅,背部曲线明显,被一只骨节分明的手用力扣住,半坐着的侧影随着起伏晃动,留下一室旖旎。

张导那边还没通知进组,戚瑶又在家短暂地休息了一个星期,发掘了不少新爱好,例如养花和做饭什么的,这期间,那位老板竟然也没怎么上班。

"你不是号称最敬业的老板吗?"戚瑶很纳闷儿,倚在门边上看他洗碗,"我刚见到你那会儿,你还加班到凌晨两三点呢。"

现在别说凌晨两三点了,工作日的下午两三点他还在家里,还偶尔突发奇想地问她要不要去山上露营。

戚瑶还真答应了,两个人开车去山上住了几天。

刚开始,她还有心情去玩雪和看日出,后面就懒了,睡到自然醒,把房间里的暖气开到最大，抱着本书坐在窗边，看他在院子里躬身三两下摆好烧烤架。

小规模度假山庄的联排小洋房有三层楼，楼下的院子是两户一起拼的。

他们隔壁住着一家三口，夫妻俩三十来岁，带着孩子——跟喻秋秋差不多大，一个挺调皮的小女孩儿。

戚瑶裹好围巾出来，坐在白色的露营椅上，双手抱膝，看那家的小女孩儿遛小狗——很小的一只博美犬，拴着绳，眼睛又圆又亮，洁白的毛发被打理得很好，随着奔跑的动作在风中晃动。

她就这么抱着膝盖，安静地看了一会儿一人一狗的互动，视线一转，目光落在喻嘉树身上。

这人连站在这儿烤串都是帅的，身姿颀长，肩宽腰窄，散漫地站在烤架前，垂睫低颈，修长的手指捏着竹扦子时不时地翻两下，显得漫不经心而又游刃有余。

空气中逐渐弥漫着诱人的香气，混合着远处覆雪的枝丫的清香，莫名其妙地令人心安。

心脏轻微收缩，又熨帖地舒展开，戚瑶坐在那里，倏地有了一个很莫名其妙的想法，猝不及防、没头没脑却好像又顺理成章：她想跟他有个家，不是福利院里很多人的房间，不是只有和她相依为命的奶奶的屋子，不是一个人住的陈旧家属院，也不是只是看起来堂皇富丽的大房子，是只属于他们两个的家。

这个家能在夏日使人免于受烈日暴晒，在冬日挡住凛冽的风，壁炉中燃起熊熊的炉火，柴木偶尔发出"噼里啪啦"的声响，温暖如格兰芬多公共休息室一般，能挡住所有的风雪。

她从前其实不懂。父母的缺席让她很长一段时间都处于一种对婚姻和家庭不信任的状态，她很难理解为什么有人会愿意牺牲掉自己的一部分去组建一个家庭。

偶尔她跟叶清蔓聊到这个话题的时候，叶清蔓说，可能是因为足够喜欢吧。那时候戚瑶不置可否，现在她终于察觉到——叶清蔓是对的。

隔壁的夫妻下了楼，远远地跟他们打招呼，一家三口的声音在院子里回荡，热闹又美满，让这个念头显得更加来势汹汹——

她很喜欢他，想跟他有个家。

烧烤架旁暖和，在院子里受风吹也不冷。

直到喻嘉树扯了张纸擦手，回身问话，她这才回神。

"放辣椒吗？"他问。

戚瑶顿了两秒，缓慢地眨了眨眼："放吧。"片刻后，她补充道，"一点点。"

喻嘉树好像笑了一声，偏头回去，握着调味瓶很轻地撒了两下："你怎么跟喻秋秋似的？"

"什么？"戚瑶问。

"又菜又爱玩。"他说。

她不就是不太能吃辣，但又偶尔嘴馋爱吃吗？戚瑶"喊"了一声，起身把椅子挪近了点儿，接过他烤的鸡翅。

鸡翅外焦里嫩、色泽金黄，咬开烤得酥脆的皮之后，露出鲜嫩的肉。戚瑶一边吃一边忍不住地想：这个男人到底还有什么不行的？

喻嘉树垂睫扫了她一眼，好像能看出她心里在想什么似的，慢悠悠地接了一句："没有。"

戚瑶抬眼："嗯？"

"没什么不行的。"喻嘉树说，回身拽了把椅子，坐在她旁边，把烤好的串往露营桌上一放，懒洋洋地道，"你的男朋友什么都会。"

戚瑶："能谦虚点儿吗？"

喻嘉树笑了一声："实话。"

戚瑶又"喊"了一声，但确实找不出什么反驳的话，就没再嘴硬。他确实没什么不会的。

两个人就那么坐在院子里有一搭没一搭地聊天儿，吃了个半饱，喻嘉树伸手帮她把鬓边散落的头发撩开时，倏地听见她叫了一声：

"喻嘉树。"

"嗯？"他应道。

戚瑶沉默了一会儿，眼睫安静地垂着，咬着吸管喝了口酸奶，才很轻地开口，一字一顿地问："你有没有想过——"

"您好,可以打扰你们一下吗?"

话说到一半,她被打断了。

许是闻到香气,对面的小朋友馋了,说也想吃烧烤,那对夫妻不好意思地来打断他们,问能不能帮忙搭一下烧烤架,他们不是很会。

其实他们主要是问喻嘉树,因为戚瑶也不会。他搭的时候,她就坐在边上看书,是一点儿都没操过心。

女人很有礼貌,似乎也在为打扰他们而感到抱歉,问完之后就安静地等在一边。

喻嘉树偏头看了戚瑶一眼,眉梢很轻地往上一挑,是个无声的询问,戚瑶忙摆手道:"去吧,我们待会儿再说。"

喻嘉树起身了。戚瑶就坐在椅子上,看他三两下帮对面的人把架子搭好,又礼貌地回应了他们的感谢。

对方客套地抛出几个话题,类似"您和您的太太也是来这里度假的吗?""后山的温泉不错"之类的,他就不咸不淡地接两句,既不显得过于热络,也不显得毫无礼貌,侧脸显得清俊而专注。

确认弄好烧烤架之后,喻嘉树回身走过来。

被这么一打岔,戚瑶原本想说的欲望也散了。

所以他回来之后,让她接着说的时候,戚瑶想了半天,支支吾吾地带了过去。

"继续。"喻嘉树坐下来。

"想过什么?"

"你有没有想过……"戚瑶沉默了一会儿,目光在烧烤架上流连片刻,忽然福至心灵,"你以后退休了,可以去摆摊儿卖烧烤?"

空气顿时寂静了两秒。

喻嘉树坐着,动作停了一会儿,缓缓挑起半边眉毛。

他们在山上的最后一天,雪停了。

老板带着人扫干净院里的雪,说这会儿是冬天,客人少,要请他们吃烤全羊。

戚瑶戴着帽子去跟喻嘉树复述:"老板说晚上请我们吃烤全羊。"

喻嘉树正在看路况，垂睫把桌面上的纸收起来，叠了两下，放进口袋里，闻言看了她一眼："你想吃吗？"

"有一点儿。"戚瑶说。

"那就吃呗。"他笑了一声，把手机收起来，"雪刚停，路上不是很安全。"

刚睡醒，慢悠悠地吃了午饭，她撑得慌，喻嘉树说出去转一圈。

"那就走路吧。"戚瑶不以为意，"反正应该不会走很远，就随便散散步。"

"那你换双鞋。"喻嘉树说。

"为什么？"戚瑶低头看了一眼新买的鞋，款式像拖鞋，偏休闲的白色，毛茸茸的，配上厚袜子，跟她今天这一身很搭。

喻嘉树也低头看了一眼，看她连忙把露出来的脚尖缩回去，扯了扯嘴角，似笑非笑地问："你觉得呢？"

迫于强权，戚瑶最后还是换了鞋，踩着厚实的雪地靴，小心翼翼地走过积雪处，和喻嘉树沿着盘山公路往半山腰晃荡。

山川湖海总有一种能让人静心的魅力，路边连片的雪松的针叶上还残留着一层薄薄的雪，一点点地往下落，空气中弥漫着雨雪混杂着青草的香气，出人意料地熟悉，沁人心脾。

戚瑶穿得很厚，但露在外面的手还是有点儿冷，伸到喻嘉树兜里去牵他的手。

"我现在好喜欢冬天。"

喻嘉树偏头看她一眼，修长的手指在兜里略微一动，自然地和她十指相扣："怎么说？"

"冬天好适合谈恋爱。"戚瑶眨了眨眼。

喻嘉树看了她一会儿，很低地笑了一声："我觉得一年四季都挺适合的。"

许是路面很滑，车少，两个人沿着盘山公路一点点往下走，竟然也没碰上别人。

"走不动了。"戚瑶回头看了一眼，山顶上的酒店都要看不见了，他们起码走了3000米。

"再走一会儿。"喻嘉树说。

"为什么？"戚瑶很不解，"不是消食吗？再走下去我又该饿了。"

喻嘉树："你休息的这几天，这么能吃了？"

"不好说，放松的时候就想吃。"戚瑶归说，还是撇了撇嘴，跟着他继续往前走，腿很酸，大半个身子就往他身上靠，人压着他的肩膀，跟挂件似的，弄得喻嘉树说干脆背她好了，戚瑶又不好意思，连忙推辞。

两个人拉拉扯扯，竟然也就这么往前又走了2000米，到了半山腰。

"你要背我可以回去背，外面人太多了，我不好意……"戚瑶说着，略一偏头，视线不经意地往前一扫，倏地顿住。

说到一半的话连同动作一起停下，她站在那里，愣愣地望着前面——

半山腰的雪比山顶少一些，却依旧在屋檐上落了零星的白。

非节假日，往日游人如织的庭院门口空空荡荡。原木色的寺门朴素大方，半开着，露出香炉中缓缓飘出来的袅袅白烟，一缕又一缕地缠绕着，在冬日的风里飘散——大慈寺。

戚瑶从前来的时候都是春秋，在车里顺着蜿蜒山路，从暗色车窗中窥得一抹春色，从未从山顶往下，也从未见过寺庙屋檐覆雪的模样。

愣了许久之后，她缓慢地眨了眨眼，偏头去看身边的人。

喻嘉树也看她，瞳孔漆黑，眉眼冷淡，顿了几秒后，接着她刚才的话题，漫不经心地"嗯"了一声，低声说："那就回去再背。"

可是戚瑶现在不关心这个了。风在呼啸，她抿了抿唇，没再说话，兜里紧握着的手指蜷了蜷，缓慢地往前迈步。

路面上的雪化了一半，仍在边上堆着，雪地靴踩上去发出轻微的声响。

戚瑶垂眼盯着浅浅的脚印，漫无目的地发散思维——

怪不得……怪不得他一路上都好像对路线了如指掌，几次岔路口的选择总是很清晰，她那时还以为他是随便挑的，原来目的地是这里。

时隔近半年的时间，戚瑶再次踏进寺门，这回却不再是一个人。

两个人并肩绕过庄严的大殿，穿过回廊，到了后庭的禅院。

冬季的柳树是枯的，不像她梦境里那般有着嫩绿的新叶，但是枝条上覆着细碎的雪，青砖地上也落了细雪，是另一种意义上的美丽。

禅院里有僧人在诵经，声音不疾不徐，吐字清晰。

两个人远远地站在柳树下，身影好像很渺小，又显得平静而美满。

温柔又平和的声音轻缓地响起，戚瑶看着青砖地上落的雪痕，一句又一句地轻声开口，把上次梦境没来得及说完的话，全都讲完。

喻嘉树就在一旁看着她，安静地听她述说，听她讲近期的生活与工作，听她讲印象比较深的趣事，听她漫无目的又放松地念叨，随心所欲，想到哪里说到哪里，像个絮絮叨叨的小朋友。

直到戚瑶欲言又止地看了他一眼，喻嘉树了然——这是要讲和他相关的事，这姑娘不好意思了，于是他看着她，挑了挑眉，转身拉开距离。

其实她也没什么好说的，该说的话早在梦里就说过了。

"奶奶。"戚瑶最后叹了口气，很轻地开口，"我很喜欢他，从15岁就喜欢他。"

"跟他在一起很开心。"她说，"您放心吧。"

从柳树边上离开之后，戚瑶照例捧了三炷香，进了大殿。

佛像庄严，俯视众生，她俯首拜了一拜。不同于往日，这次她脑袋空空，只有简单到无法用言语表达的愿望。

门口的香炉还在飘着袅袅的烟，戚瑶低眸垂睫，从蒲团上缓慢起身，站定回身，望向他的眼睛。

喻嘉树站在那里，身姿颀长，几乎和远处覆雪的香杉一般挺拔，抬眼缓慢地看来。

二人四目相对。

没什么好求的了，戚瑶想，迄今为止，她所有的愿望全都实现了。

上山的时候戚瑶实在走不动了。她在家里待了小半个年假，缺乏锻炼，稍微一走，小腿肚子就疼。

距离顶峰大概还有1000米处有个向外修建的露天玻璃观景台，云雾缭绕，很是漂亮。戚瑶坐在观景台的长椅上耍赖："我不走了。"

喻嘉树站在她边上，挑了挑眉："我让老板开车下来接？"

"算了吧。"戚瑶很怕麻烦，"这个路面确实不适合开车，别折腾人家了。"

想了想，她又补了一句："说不定他正忙着处理烤全羊呢！"

完蛋了，这个女演员一天到晚就想着吃了。

喻嘉树没辙，往她身边一坐："背也不让背，接也不让接，你想怎么样？"

"坐一会儿再说嘛！"戚瑶说，"说不定我休息一会儿就好了。"

"行。"喻嘉树说，略微俯身攥住她的脚踝。

戚瑶下意识地缩了一下，不让他攥："你干吗？"

喻嘉树没什么反应，抬起眼皮看了她一眼，不由分说地把她的腿抬起来放到他的腿上，隔着宽松的裤子一下一下地揉着。

"是这儿吗？"他垂着眼问，神情自若，丝毫没什么不好意思的样子，坦坦荡荡。

戚瑶顿了两秒，蜷了一下指尖，缓慢地调整了坐姿，手撑在长椅边上，很轻地回应道："嗯。"

距离吃完午饭已经有一段时间了，他们从山上晃晃悠悠下来，又在寺里耽搁了一会儿，到了临近冬季日落的时间。露台邻近山顶，草坪宽阔，海拔近2000米，他们能望见对面山峦被云雾包裹住的轮廓。

戚瑶小腿的酸胀感逐渐缓解，好像神经都聚拢在一处，酥麻感随着他动作一点点地传到全身，她一瞬间有绵长的心悸感。

戚瑶抬眼看他。男人垂着眼，侧脸专注，下颌线利落。

"喻嘉树。"她又喊他。

"嗯。"他没抬眼，漫不经心地应了一声。

"你是不是……"戚瑶停顿了片刻，才轻声接着道，"给奶奶递了信？"

这个问句一出口，喻嘉树手上的动作倏地顿了一秒。

露台空旷，只偶尔有两声鸟鸣。

片刻后，他又随意地恢复动作，骨节分明的手顺着她纤细的小腿往上，轻缓又力度适中地揉着，但依旧没说话，似乎在思忖着什么。

戚瑶莫名其妙地有些提心吊胆，屏住了呼吸。

良久，喻嘉树才垂着眼睫，低低地"嗯"了一声。

戚瑶这才呼出一口沉沉的气，轻声道："我不小心看见的。"

她进房间的时候，喻嘉树大概刚写完，笔和纸都还放在桌上。虽然他听到声音，很快地把信纸折起来，塞进了兜里，戚瑶还是看见了一个开头——很正式的"致黄女士"。

那时她还没反应过来，不知道这个"黄女士"就是奶奶——黄春英女士。

戚瑶此刻倏地有点儿想笑。当年他给她写信都没有如此规整过，现在给奶奶写信，倒是规规矩矩地用上正确的书信格式。

喻嘉树偏头看她，很轻地挑起半边眉梢："反应这么快？"

"没有。"戚瑶摇头，"当时没想那么多，是从庙里出来的时候。"

她跪过蒲团，刚许过平安顺遂的愿，转身看见他侧身用香炉的烛火点纸。男人站在香火缭绕的炉鼎边，抬起手。信纸一角燃起火苗，黑色的字迹顺着火舌卷起的痕迹被吞没，信纸簌簌地往下落灰。

就算再迟钝，站在寺院门口的时候，她也应该知道这封手写信的收件人是谁了。

戚瑶当时就么看着他，想啊：一个无神论者，到最后竟然也会为她写信。

沉默了须臾，还是没忍住好奇心，戚瑶缓慢地把腿从他身上挪下来，眨了眨眼，小声问："你都写了什么，能告诉我吗？"

奶奶是文化人，读过不少书，如果他写得不好，不知道奶奶会不会纠他的错呢？

"能倒是能，但是……"喻嘉树偏头看了她一会儿，看她那双亮晶晶的眼睛，顿了两秒，"你确定想现在知道？"

难道还有什么她不能知道的事吗？难道他在信里讲她的坏话？

视线一转，戚瑶先谨慎地思考了一下，觉得任何事都可以接受，才笃定地说道："说来听听。"

喻嘉树又看了她好半晌，很轻地一挑眉梢，好像在说"这是你选的"。

接着，他垂睫扫了一眼腕表，低声道："再等十分钟吧。"

戚瑶眨了眨眼，不明所以，但还是安静地陪他等着。

她偏头去望，雪停后放晴，云雾湿润，在冬日阳光的照耀下尽数散去，露出晴朗的天空，远处的山峦轮廓清晰，连绵起伏，太阳逐渐西沉。

大约 6 点钟，正逢黄昏，大片大片的余晖洒下，连积雪都被覆上晚霞的暖色——山顶的、一览众山小的日落。

山脚下的村落在霞光中清晰可见，落日光影偏暖橙色，磅礴又灵动地洒下，落在她的身上。

这几天都在飘雪，天不晴，戚瑶除了第一天早起看了日出以外，几乎没见过如此磅礴的景象。

她愣怔地眨了眨眼，看着目前这场气势恢宏的盛大光景，出神间，听见他在耳边道：

"我写信给奶奶说——"

他一如既往地拖着尾音，咬字却清晰，一字一顿，让人听出些庄重认真的意味来。

顿了两秒之后，他接着道："我想和你有个家。"

"怦怦——怦怦——"

周遭的一切顿时仿佛都飘远了，这句话落在耳朵里时，戚瑶连心跳都停了一秒。

她下意识地屏住呼吸，迟钝又难以置信地反复回忆这句话。片刻后，她缓慢偏头，目光跟他相对。

她的右耳被放入一只耳机，男人垂睫摁下播放键，熟悉的钢琴前奏和欢呼声入耳，只用了不到一秒钟，她就听出了这是什么歌——张国荣的《为你钟情》，是千禧年演唱会的现场版本，也是从前同学婚礼那天，她喝醉后，曾分享给他的歌曲。

悠扬的男声在她的耳边唱：

"为你钟情，倾我至诚。

"请你珍藏这份情。"

愣怔间，她看见喻嘉树不知道从哪里摸出个方方正正的盒子来——

黑色的，小巧而精致，底部刻有低调的品牌 logo。

看过那么多剧本，演过那么多别人生命中重要的瞬间，戚瑶当然知道这是什么。她连呼吸都发紧，睫毛轻颤，手指不自觉地蜷了蜷，看着他缓慢地打开盒子。

那丝缝隙由狭窄变宽阔，不疾不徐，直至完全展露出内里，像露出珍珠的贝，露出黑色绒布上的一枚崭新的钻戒，精细切割的截面反射光线，璀璨而夺目，在日落光影下反射近乎梦幻的光芒。

不同于看烟火那次从信封里掉出来的那一枚，这次视线清晰，光线朦胧，越发显出钻石恒久的美丽，几乎让人心颤。

"本来没准备在今天说，"喻嘉树偏头看着她，很轻地笑了一声，"是你让我现在说的。"

他缓慢地敛了神色，显出几分认真来："不过我猜，你大概也不喜欢那种人很多的场景。"

她的耳边萦绕着那首熟悉的歌，心脏迟钝片刻后，在胸腔内狂跳，几乎快要蹦出来。戚瑶近乎无措地望着他，睫毛一下又一下地颤动，顺着他的话问："万一你猜错了怎么办？"

"猜错了我就给你补。"喻嘉树看着她，神情平静，声音也淡，话却让人的心脏都倏地往下塌了一块，好像这并不是什么值得困惑的事情。

"山上，海边；黄昏，或者日出。"他一字一字，平静地说道，"你喜欢哪里，就在哪里，一千次，一万次……补到你满意为止。"

戚瑶的呼吸猛然一滞，心脏像被人攥住一般，酸涩又发胀，她难以控制地鼻尖发涩，感到眼眶涌起一阵热意。

原来她是值得坦荡被爱的，原来是会有人给她预设千千万万次告白的。

落日余晖洒在他们身上，像镀了一层漂亮的金边。

顿了好半晌，戚瑶才吸了吸鼻子，缓慢地弯起眼角，摇摇头："我现在就很满意了。"

喻嘉树看了她一会儿，笑了一声："怎么又哭又笑的？"

戚瑶带了点儿鼻音，撇了撇嘴："我在想，上一枚戒指我都没机会戴呢，又来一枚，我又不是八爪鱼。"

喻嘉树也笑："这不是没把那枚戒指拿来吗？看你那天不是很开心，我就重新订了一个。"

戚瑶顿了两秒，没管他财大气粗的那一句话，只愣愣地问道："你知道我那天想说什么？"

那天坐在庭院里看一家三口时，想说的话被打断，她后来再也没有提起过。

"不难猜。"喻嘉树安静地看着她，"因为我看到他们时，也会有这样的想法。"

"戚十一，"他珍重地喊了她，一字一字地认真道，"我当然想过跟你有个家。"

心脏又是重重一跳，戚瑶不明白为什么，只是很轻地眨了两下眼，就有水珠从眼角往下坠。她很轻地蹙起眉，看着他，小声解释道："我不想哭的。"

"我知道。"喻嘉树很轻地弯了弯眼角，垂眼把戒指握在指间，开玩笑似的回答她之前的问题，"换着戴，这枚大点儿，你需要撑场面的时候再戴。"

"你是神经病吧！"戚瑶又被他逗笑了，蜷了两下手指，轻轻递出自己的手。

冰冷坚硬的戒指套上无名指的时候，她的睫毛颤了颤，视线从二人相触的地方上移。

喻嘉树垂睫，敛起了平日里身上那股漫不经心的劲儿，显得格外专注而认真，好像这个小小的、正被缓慢地往她的指根推动的指环，对他而言就是全世界最重要的东西。

戒指触到指根时，两个人都顿了片刻。

尺寸刚好的戒指安静地环在她的无名指上，像某种牢不可破的誓言。

他们手腕轻转，十指紧扣，两个人对视的侧影在天边最后的霞光里，被蒙上最温柔的滤镜。

耳机里随机播放到下一首歌，是卫兰的《就算世界无童话》。

他们起身并肩往最高处走时，戚瑶垂着眼想：没关系，就算世界无童话,她身边的这个人也会永远赠她心想事成、美梦成真。

圈内人叶清蔓接受直播采访时嘴快,一不小心爆出近期有好友的婚讯,虽说很快地带了过去,但还是被网友敏锐地捕捉到,进而引发了一系列评论和猜测。

"叶清蔓,你是会泄露八卦的!"

"她不是故意的吧,哈哈哈!说了半截儿就马上收住,还控制住了自己的表情,这对她来说已经很难了好吗?"

"殊不知就是这份冷静引起了我们的注意!一般来说,她说错话之后都会抑制不住地很惊恐,迅速捂嘴,这回竟然愣了一秒,眼神躲闪一下,很有意识地装作无事发生,完美地转移话题!"

"平时演戏都没这么好的演技吧?这转变是连粉丝都震惊的程度,说啊,是谁让你这么上心?"

"还能有谁?只有71了吧!"

"是71和那位在微博官宣的大帅哥吗?"

"'瑶钱树'要结婚是真的假的啊?!叶清蔓你别骗我们啊!骗我你一辈子谈不到帅哥!"

"楼上好狠,但是我们粉丝认了。叶清蔓!这种事情别人还没公布呢!你怎么能泄露出来?"

…………

当相关猜测在微博上闹得沸沸扬扬时,故事主人公暂时对此一无所知,忙着准备即将开始的金鹰奖颁奖典礼。

做了近六个小时的妆发和造型,戚瑶全身都快僵掉,从化妆间的椅子上站起来,转身时听见栗子倒抽凉气的声音。

"太美了吧……"栗子下意识地伸手捂住嘴,喃喃道。

戚瑶平时的妆都淡。她本身不是"浓颜",从前为了贴合气质和维持"人设",造型也都是偏小家碧玉,淡色礼服裙配上柔顺的长发,温柔大方,很少做明艳的造型。

但近期她转型闹得轰轰烈烈,舆论评她一跃向上,非科班出身,却依旧半只脚踏进了演技派的门槛。经纪团队商量不再给她设限制,她贴合剧里角色，做了一个明艳大方的造型。

她照例穿了不出错却又设计感极强的黑色礼服裙，长直发没有刻意做得蓬松，贴着头皮，将鬓边的碎发拢到耳后，轻轻垂睫又抬眼。

没有繁复和花哨的装饰，反而更大程度地显出她优越的骨相，她一举一动间都是从前被轻巧掩去的气场，把栗子都看呆了。

戚瑶起身，轻微转头，活动了两下脖子。腰因为久坐而酸痛僵硬，她揉了两下，抬眼看栗子神情还是愣愣的，没忍住笑了一声："怎么？又不是没见过。"

"是真的很漂亮。"栗子忙上前帮她提裙摆，真诚地道，"要不说红气养人呢。我觉得你这两年越来越有自己的风格了。"

戚瑶没说话，弯了弯眼角，弯下身来穿高跟鞋。

栗子帮她把裙摆提高，捏了捏手里柔软细腻的面料，又难以抑制地感慨道："一下子想起我们刚开始到处去找别人借礼服，不合身，面料差，还要看脸色的日子。"

大抵是到了要出发的时间，杨蔓推门进来看她准备好没有，刚好听见这句话。

女经纪人抱臂倚在门边，打量着戚瑶，看她直起身来的时候眼睛里有一闪而过的欣赏之色。

良久，杨蔓弯唇笑了一下，慢悠悠地道："我也没想到，刚接手的艺人就能拿到最受欢迎女演员奖的提名。"

戚瑶偏头沉默了一会儿，安静地问："谁能想到呢？"

《尘曲》火得简直出乎所有人的意料——非平台投资的自制剧，不愿意有乱七八糟的广告植入，连上平台都是谈了许久的结果，中间还少不了赵敏和杨蔓的打点。

原本《尘曲》档期定在明年第二季度，非寒暑假，不温不火，结果有部剧由于主演问题遭撤，第一季度的档期才空了出来。这部剧一直边拍边剪，过审也快，加上戚瑶这段时间讨论度不错，就被平台提了上来填档。谁知道，原本名不见经传的小网剧，一跃成为开年热度最高的爆剧。

剧情以戚瑶饰演的女大学生的视角切入，单元案件串联，伏笔重重,集数少到日更一集都撑不过两周,其紧密的节奏却不输任何冗长的七八十集电视连续剧。

短短 12 集的剧里塑造了五个单元案件里的五位女性,从小女孩儿到刚退休的阿姨,年龄和职业跨度极大,剧情反转再反转,最后得以揭开真相。

在这个酒香也怕巷子深的大环境里,《尘曲》极其干脆地脱颖而出,是所有人始料未及的。剧评人锐评其为国内网剧的一个台阶,没有磨皮到看不清轮廓的滤镜,不搞花里胡哨的每周两三更,没有注水的剧情,没有明显的逻辑硬伤,每一帧都不可或缺。

最初火出圈的那一条千字长评,来自一位圈内以犀利与刻薄闻名的女剧评人。她这样写:

> 不算很新颖的题材,海外同类型的剧集看多了就可以猜到走向,但是国内市场确实一片空白。
>
> 制作方具有一定的深度和视野,剧里每一个小单元的反转都经过设计,伏笔与反差处理得比较融洽,虽然没有到我觉得超级好的地步,但也足以秒杀市场上 99% 没上过班的编剧。
>
> 单上述原因,此剧顶多算普普通通,中等偏上,不足以成为我对这部剧持有好评的理由,更重要的是我从剧中看到的东西。
>
> 很难得的是,我终于从国内的剧里看到一种年轻女性的觉醒与独立——不局限于情情爱爱,没有大篇幅的男女主角恋情线,没有令人无语到懒得予以评价的智力下降行为与逻辑硬伤,甚至水平不错地刻画了群像。
>
> 《尘曲》用以小见大的艺术手法,四两拨千斤地点出所有当代社会中存在的女性困境,从出生开始的重男轻女、职场上的性别歧视,再到绵延一生的刻板印象都有体现。
>
> 最令人惊奇的是,它不沉重。不同于一般的主旋律或者悬疑、职场剧集,这部剧并没有一开始就把沉重的基调明显

地摆在那里,劝走大部分不愿意花时间看人说教的观众,而是用灵动且老少咸宜的方式开篇,轻松与沉重间杂,是极少数能让我感到"润物无声"的作品,节奏把控极好。毋庸置疑的是,这是国产网剧的一个重大进步。

尽管这部剧在细节处理和选角方面仍然稍显稚嫩,但是其表达的思想值得我予以夸奖,称得上是一部好剧。

这条长评中肯又客观,被许多圈内剧评人转发,在剧播初期吸引了不少观众。其他评论也是清一色的夸奖与赞同,该剧的受众不断外扩。

除了极高的口碑与评分以外,《尘曲》最直观的数据也极其优秀——集均收视率破8000万,单日最高播放量破亿,微博相关话题阅读量高达10亿,讨论量高达15万,无数投资商蜂拥而至,希望分一杯羹。

满打满算没有播到两周的剧,热度从大年初一直持续到年中,依旧保持着良好的口碑,直到收到颁奖典礼的邀请。

小满就算一直被怀才不遇的气压着,比任何人都希望《尘曲》能够一飞冲天,也没想过它能到这样的高度。尚未毕业的编导系学生,就这么收到了国内电视剧四大奖之一的金鹰奖最佳导演奖提名。

戚瑶由衷地为小满感到高兴,也为自己感到高兴。

作为这部剧的女主角,她也沾了剧本的光,入围了年度最受欢迎女演员奖的角逐。无论最后获奖与否,能获得奖项提名,对她而言已经是意外之喜。

实际上,那位剧评人在最后还补了一段话:

"另外,想多说一句的是,女主角的演技不错。查了一下资料,她才25岁,年轻且有潜力。她愿意从模式固定的言情剧里抽出身来,去演一部前途未知的小网剧,这需要极强的文字感知力与勇气,还有极其独到的眼光与张力。这是一位很棒的青年演员。"

戚瑶伸手拢住领口,另一手提着裙摆,躬身钻上保姆车,前往颁奖典礼现场。

路程大约半小时。靠在椅背上坐好之后,她终于有空儿从栗子手里接过振动个不停的手机。

她打开微信一看,全是一个人发的消息。

她先给置顶的那个账号发了一句"我出发了",才退出对话框,去看叶清蔓满屏的消息。

叶清蔓:"你看热搜没有?你还没看吧?!"

叶清蔓:"今年最受欢迎的女演员正在忙于妆造,奴婢先来认错!"

叶清蔓:"我不是故意泄露你们的婚讯的!对不起呜呜呜!"

叶清蔓:"当时有点儿太激动了,没收住嘴,就说了半句,立刻就反应过来了!"

叶清蔓:"我自认为我演戏都演得没这么完美,谁知道还是被发现了……"

叶清蔓:"瑶子!我对不起你啊瑶子!"

看了半天才知道这是个什么意思,戚瑶挑了挑眉,点进叶清蔓的直播剪辑里看了一眼。

戚瑶就那么靠在窗边,看叶清蔓跟品牌方做活动,跟主持人聊了好一会儿,到了粉丝弹幕提问的环节。

"清蔓,有粉丝提问,问你最近的重心是不是放在工作上的,后面还加了一个可爱的表情。看来是事业粉啊。"

叶清蔓凑近屏幕看了几眼,觉得主持人在众多评论中找到这一条不偏激的,也是不容易。

"不用这么委婉,我知道他们想问的是我'恋爱脑'治好了吗?还想不想要谈恋爱、结婚了?"

主持人笑了两声:"你跟你的粉丝的相处模式很有趣啊,像朋友一样。那我也不拐弯抹角了,他们就是想知道这个问题的答案。"

"不想了。"叶清蔓无言地摆手,"早就不'恋爱脑'了,靠近男人会变得不幸。"

弹幕顿时厚了一层,全在笑。

主持人也笑,打趣道:"听起来很笃定啊,是你和身边的朋友都受过这种伤吗?"

"没有,"叶清蔓说,"只有我。我身边的人都很幸福,下个月就要结婚……"

说到这里，她猛然眨了一下眼睛，放在膝盖上的手蜷缩了一瞬，尽量保持自然地飞快改口："嗯，要去结善缘了。"

戚瑶：你还不如不发挥你的演技呢，好一个明显的欲盖弥彰！

戚瑶一时半会儿没说出话来，沉默良久后，给叶清蔓回了个"没事"，退出去看另一个人的消息。

对面的人倒是回得很快："紧张吗？"

戚瑶想了想，偏头看车窗外匆匆而过的暮色，回："倒还好。"

她本身没抱什么希望，二十岁出头的她能入围已经不错了，没必要去妄想更多的东西。人的大部分负面情绪来源于过高的期待和现实之间的落差，她以平常心面对典礼就好。

对面的人又问了个八竿子打不着的问题："那想你的男朋友吗？"

l："不是今天早上才见过吗？"

S："整整八个小时了，不想吗？"

这人怎么这么不要脸的？

刚抿唇打了一个字，她倏地想到，他今天早上硬说她的口红太浓了，磨磨蹭蹭地要给亲淡，还害得她化妆差点儿迟到。

她这么一回忆，逆反心理顿时又起来了。她删掉原来的消息，"噼里啪啦"地打下两个字："不想！"这句话言简意赅，果断决绝，还带感叹号。

对面的人沉默片刻，甩过来一个问号。

戚瑶现在已经熟练掌握了他的符号语言，知道这是在确认，还带着点儿不爽，于是又打字气他："真不想，一点儿都不想。"

屏幕上方显示"对方正在输入中"，好半响，对面的人才甩出一个字："好。"

S："很好。"

他气傻了？

她一头雾水地发了一个问号。这个问号的意思对面的人也懂，意思是"你没事吧"，或者"所以呢"。

S："夸你呢。"

S："你真棒。"

S:"不愧是年度最佳女演员。"

戚瑶：神经病！

她笑了半天，抬眼一看已经快到场地了，垂眼最后给他发了条消息就放下手机，踩着红毯，迎着炫目的闪光灯下车了。

"来了！来了！"周漆骤然惊呼一声，把手从薯片包装袋里拿出来，扯了张纸擦干净，拿起遥控器调节音量。

"妈呀！你吓死我了。"大白被他的声音吓了一跳，抚了抚心口，放下正在玩斗地主的手机。

"我看看，我看看。"方倩忙端着刚榨的果汁从吧台边过来。

一片嘈杂声中，喻嘉树坐在沙发上，懒懒地从手机屏幕上抬起眼。

客厅巨大的投影幕布上正在播放颁奖典礼直播画面，一众媒体记者的闪光灯频频晃动，"咔嚓"的快门声连续不断，仿佛隔着屏幕都要把人的眼睛晃瞎——正是入场环节，主持人一位接一位地报着名字，说一些可有可无、故作热络的场面话，沦为直播画面的背景音。

镜头刚从上一位在入口处签名拍照的男艺人身上移开，一阵平缓地移动，掠过笼罩在夜色下的景，最后落在黑裙黑发的女孩儿身上。

没管周漆咋咋呼呼的惊叹声，喻嘉树安静地看着从车里出来，缓缓走上红毯的人。

她很漂亮，毋庸置疑。黑色的礼服裙包裹住纤细匀称的身体，露出来的颈项和大片锁骨，连带着细白的手臂，在闪光灯下泛着莹白的光泽。

人群拥簇下，她面容沉静，桃花眼里略带笑意，视线专注又礼貌地掠过每一个镜头，眼尾有熠熠生辉的细碎闪光粉。

透明度被调低的弹幕密密麻麻的，"美绝了""心跳骤停"之类的词纷纷闪过。

喻嘉树只是安静地坐在那里，想：这个人是他的。

刚结束聊天儿的对话框还亮着，两句话安静地停在那里。

喻嘉树垂眼想：多幸运，这个万众瞩目的人是属于他的。

颁奖典礼进行到一半，颁了最佳导演、编剧、美术、录音等奖项，客厅里的东西也被某人吃过一轮。

周漆边吃边说:"我们瑶妹真的太牛了,女主角,奖项提名,扛大爆剧的女王!"

"哎哎哎!说话归说话,薯片渣子别往外喷啊。"大白很嫌弃地扯了张纸巾给他。

周漆接过纸巾,擦了擦嘴,咽下薯片,又继续道:"是真的!我哥这纯粹算是捡到宝了好吗?我要是有瑶妹这么好的女朋友,做梦都要笑醒。"

空气寂静了两秒。沙发上的人缓慢偏头,抬起眼皮看他一眼,似笑非笑地开口:"你敢梦试试?"

周漆:这是重点吗?重点难道不是他在夸瑶妹吗?

奈何这人气场太强,光是那么坐着看他一眼,都让人心虚,周漆撇撇嘴,连忙摆手说"不敢",然后开始转移话题。

"是真的!你们不知道,这奖项提名很难的。这不是国内那种乱七八糟的毫无含金量的奖,是真的组委会在评选,往年挖了不少冷片冷角色出来,是圈内公认的好。"

"欸欸,我有点儿印象。"大白喝了口果汁,被酸得皱起眉,不动声色地放下杯子,缓了好半天,才接着道,"宋晴岚是不是拿过这个奖?"

"对!"周漆点头,"她是大满贯,甚至是先拿的飞天奖和白玉兰奖,最后才拿到这个。"

方倩好奇:"获得提名就很难了,那万一我们瑶妹真拿到了怎么办?"

"可能性不大。"周漆摇摇头,一副很懂的样子,"提名只是表达对她的认可,同组还有很多很厉害的前辈,所以不用抱希望了。"

"那也真不错。"大白"啧"了两声,"我们瑶妹真的有成为下一个宋晴岚的潜质,不错不错。"

"宋晴岚、宋晴岚,就知道宋晴岚。"方倩翻了个白眼,"瑶妹就是瑶妹,独一无二的!什么第一个第二个?你有'女神'了不起啊?"

两位男性同时沉默了。大白和周漆面面相觑,都有点儿蒙。

到底是有经验,大白还是立刻反应过来,把果汁端起来,赶紧哄老

518

婆:"不是,怎么会呢?我什么时候说过宋晴岚是我'女神'了,明明你才是我的'女神'……"

方倩"哼"了一声,推开他的手,又被他狗皮膏药似的黏上来,才勉为其难地就着他的手喝了口果汁,刚缓和些的神情又凝住,脸一皱,被酸得想骂人:"你想酸死我是吧?"

"哎哟,对不起,对不起,我忘了……"

周漆瞅着夫妻俩打情骂俏的,一时不知道他们是在闹还是在秀,沉默半晌,默默往喻嘉树那边挪了点儿,坐在他身边看电视:"哥,我们两个好孤独。"

喻嘉树的视线都没从屏幕上离开,脊背懒散地靠着沙发,他淡淡地问了一句:"你没事吧?"声音很轻,漫不经心的,却硬生生让人听出几分不屑与之为伍的冷淡来。

周漆:"啊?"

喻嘉树依旧没看他,盯着戚瑶在镜头前闪过的片段,慢吞吞地开口:"你自己没有女朋友吗?为什么要来我家,看我的女朋友?"

其中"我家"和"我的女朋友"两个词格外清晰,故意强调似的。

小寸头无言以对地扯了扯嘴角,彻底被伤到,立刻抱着他的薯片起身,到阳台上坐着去了。

客厅里吵吵闹闹的,直到冗长的颁奖典礼进行到尾声,大部分奖项都被揭晓,轮到压轴的最佳男女主角时,几个人才又安静下来,进来的进来,坐下的坐下,守在幕布前等待。

周漆嘴上说着戚瑶获奖可能性不大,但还是紧张起来,眼睛一眨不眨地盯着幕布。

大白和方倩坐在沙发上,双手不自觉地交握,捏紧了。

一片焦灼的氛围里,喻嘉树这个利益最为相关的人反而显得格外淡定。他就那么斜斜地靠坐着,动都没动一下,两指并拢,捏着手机的一角晃荡。

"树啊,你的女朋友在等颁奖呢,你不紧张啊?"大白问,边问还边咽了咽口水,看起来挺期待的。

"不紧张啊。"喻嘉树简短地说。

大白还没来得及接着问，屏幕上就显示出"年度最佳女演员"的标题，客厅里一时噤声，没有人说话。

舞台上，巨大的 LED 屏幕闪出几个片段，十秒左右的影视剧剪辑视频，配以提名者信息。

"候选者 1 号，万晴儿，提名作品《海晏河清》。

"候选者 2 号，杨安琪，提名作品《山鬼》。"

……

"候选者 7 号，戚瑶，提名作品《尘曲》。"

组委会截取的《尘曲》片段是结尾的那一段，很安静，没有台词，从某些方面来说甚至跟她那段出名的暗恋剧片段有些异曲同工之处。

尚且稚嫩的女孩儿历经所有层层叠叠笼罩着迷雾的案件，倏地就从象牙塔中踏进了社会，站在校门口，安静地回望着校门。

从她周围路过的女大学生好像依旧有说有笑，手挽手讨论着要去哪里买书或者逛街，显得如此灵动而生机勃勃。

而她站在梧桐树下，沉默地望着这一切。明明她们年纪相仿，装扮也相似，看起来却完全不同，像有什么看不见的鸿沟横亘在她们中央。斑驳的树影落在她的身上，半明半暗，留下明显的分割线。

那是一种历尽千帆的沧桑感。她站在那里，眉梢轻抬，睫毛一垂，万千的情绪就从肢体和神情中，从那一双清澈而明亮的桃花眼里传达出来——是一种"轻舟已过万重山"的豁然开朗，"关关难过关关过"的坦荡与释然。

这全是一个场景里表现出来的。

镜头最后停在她的脸上，视频片段到此为止。

场中短暂地寂静一秒之后，戚瑶耳边掌声雷动，不少前辈认真地在鼓掌。

提名者视频片段全部播放完毕后，主持人开始例行寒暄，说一些"这届最佳女主角的竞争很激烈"之类的话，7 号候选人却不合时宜地出了神。

戚瑶坐在台下，看到自己的脸在屏幕上闪过的时候，一时说不上是什么感觉。

她倏地想：好像生活总是这样。从前裘朗和乔念为了所谓的商机，不惜拖着本就脆弱的胃辗转于各个饭局，点头哈腰地给人送礼，只为了让她能出演那些"看起来好像很有前途"的剧和角色。

可是后来呢？从海滩上随手捡的贝壳里开出了最漂亮的珍珠，那些看似完好饱满的蚌里却空空如也——造化弄人。

数年光阴过去，一中教学楼翻新，街边的小摊贩换了一批人，C市高新区向南扩展，北京的天越发晴朗，身边的人初心湮灭，化在滚滚红尘中，唯有一人如故——

只有他依旧站在那里，像雪国永不弯折的松。

无论是《盛夏》的回眸，还是《尘曲》的释然，她透过这些虚无的东西在凝望的永远是他。

她再回过神来时，寒暄已过，主持人正一字一顿地报出获奖者的名字。

她的心脏短暂地高悬一瞬，又在主持人首字出口的时候倏地落下——不是她，是另一位前辈，凭借年代剧里出色的女知青角色拿到奖项。

顿了两秒之后，戚瑶笑着鼓掌，衷心地送去祝福的目光。

她并不意外，来之前就做好了心理准备，知道如此年轻且非科班出身的自己凭借自制网剧中的角色拿到奖项的可能性微乎其微，所以也不算非常失落——但总归是有一点儿的，"本该可以"本来就比毫无机会更令人惋惜。

她安静地坐在台下，等待典礼结束，回家投入温暖的怀抱。

得奖的前辈和主持人说说笑笑，几段对话之后，捧着奖杯下台。

按照常理，典礼就到此为止。戚瑶不动声色地垂睫，伸手整理裙摆，准备起身，忽地听见台上传来一句："但是今年的奖项有一些特别之处。"

短暂而微妙的停顿之后，戚瑶听见主持人接着道："由于某位被提名者实在太令人惊艳、太优越，完全是青年演员中的佼佼者，所以——"

又是一个微妙的停顿后，主持人清了清嗓子，笑着继续道："组委会讨论决定，颁发两个最佳女主角奖项。"

空气沉寂片刻，戚瑶的心跳倏地漏了一拍，她缓慢抬起头。

主持人看了一眼手中的卡片，接着抬头，笑着在人群中寻到戚瑶的眼睛，一字一顿地道："最佳女主角奖项，第二位得主——《尘曲》，戚瑶。"

最后一个字落下的时候，场内掌声如潮。坐在第一排的赵敏，还有一众合作过的前辈，熟的不熟的，都回过头去，带着笑意鼓掌。

戚瑶只是愣愣地坐在原地，迟钝地消化着这个突如其来的消息。她的心脏高高地悬起，又重重地落下，接着越发急促地跳动起来。

真的……是她？

对双奖项设置的诧异，对组委会为此破例的震惊，还有最后竟然真的是她的不可置信，种种情绪混杂在一起，一瞬间呼啸而过，她的大脑一片空白。

片刻后，戚瑶完全是机械性地拥抱了离她最近的女演员，穿过座椅间铺了红毯的狭长过道，缓慢上台。

顶灯的光芒落在她头顶的那一瞬，她还是恍惚。

她站定在台上，接过话筒，望着满座前辈，一时有点儿茫然。

"大家好，我是戚瑶。"她说。

主持人打趣："我看我再晚说一句，你都准备走了，是不是？"

"对。"戚瑶说，握着话筒环顾了一下四周，诚实地道，"有点儿太突然了。"

台下响起一阵善意的笑声。

主持人也笑："是的，这的确是少见的破例，更能表达组委会对你的肯定。《尘曲》是一部非常优秀的作品，也收到了我们最佳导演奖的提名，虽然最后没能拿到最佳导演奖，但也体现了这部作品的分量。

"青年演员想要不落窠臼非常难，何况是非科班出身，需要具有极其敏锐的洞察力与情绪感知力，还有学习能力。我们的颁奖嘉宾说，能从你身上看到一种坚韧的品质，不骄不躁，永远脚踏实地，所以特意点名要来给你颁奖。"

戚瑶顿了两秒，偏头看主持人，缓慢地眨了眨眼。

"好奇是吧？"主持人笑笑，看向场下，"我们也好奇，为什么请了那么多次不来，这回却主动提出，说要从国外飞来给瑶妹颁奖。

"有请我们最后一位颁奖嘉宾——宋晴岚。"

直到奖杯被递到手边,一阵馨香在拥抱时靠近又远去,戚瑶才回过神来。

宋晴岚站在这里为她颁奖,没有说很多话,只是祝福了两句,拥抱时轻声在她的耳边道:"很棒。"

两秒后,宋晴岚又半真半假地接了一句:"跟着赵敏可惜了。"

圈内的人都知道,这两位有点儿王不见王的感觉。戚瑶倏地想笑,很轻地摇摇头:"不可惜,您跟敏姐都很优秀。"

"挺会说话的。"宋晴岚也笑了一声,拉开距离。

戚瑶单手捧着奖杯,站在台上,沉甸甸的感觉让心脏倏地沉静下来,她用另一只手扶着话筒,缓慢开口:"其实之前设想过很多次这个场景,但真的站上来之后,那些冠冕堂皇的话就全都忘了。"

"长话短说吧。"她不疾不徐地道,"感谢组委会给予我的肯定,感谢小满用心写的剧本和用心地拍摄,感谢全体剧组人员的努力,感谢坚持初心的我自己,还有……"

说到这里,她停顿两秒。

戚瑶抿唇,蜷了蜷握着奖杯的右手,缓慢地举起手来,细白的手指并拢,纤细的无名指上赫然套着一个指环,钻石在顶灯下闪烁着璀璨的光泽。

"感谢我的男朋友。"她说。

全场安静两秒。

在她看不见的地方,弹幕顿时厚了两层,密密麻麻地飘过,根本看不清。

"戒指!"

"好大一个啊!好羡慕!"

"'瑶钱树'什么时候结婚?!"

"真的人生赢家,最优秀的一对情侣,郎才女貌,我哭了。"

"我真的泪目了。十年前悄悄暗恋的人,现在在顶峰相见了。"

"谢谢你们让我相信爱情,谢谢你们让我相信这个世界上真的有童话。"

………………

而十八楼的客厅里一片安静。

飞快刷过的弹幕如云烟一般,根本不值得在意,喻嘉树只是顿在原地,抬眼看着屏幕里的人,他们仿佛隔着一个镜头长久地对视。

片刻停顿后,戚瑶弯起眼角,望着镜头,很轻地开口:"谢谢他这么多年一直一直给予我力量。"

心脏倏地软了一块,喻嘉树坐在沙发上,盯着屏幕看了好一会儿。

自信强大,坦荡而恬淡,这是他喜欢的人。

半响,他很轻地舒了一口气,垂着眼起身。

屏幕里,直播仍在继续,主持人望望台下,诧异地问道:"这是来了一次现场官宣吗?等一下,我现在有点儿无措,消息太突然了。瑶妹手上这是订婚戒指吗?"

戚瑶笑了一下:"是的。因为有人已经当漏勺,帮我把消息泄露出去了,我也就不遮掩了。"

在保姆车里用手机看直播的叶清蔓默默地捂住了脸。

然后所有人都看见戚瑶站在台上,神色平静,带了点儿温和的笑意,轻声开口:"的确是下个月结婚。感谢大家。"

喻嘉树拎着外套和车钥匙出门,把客厅里的大屏幕留给热泪盈眶的三个人。

车窗外,霓虹灯闪烁,暮色匆匆而过。

男人的侧脸在夜色中蒙上一层光影,下颌线利落,眉眼清俊。手机被放在中控台上,继续发出声响。

"典礼已经临近结束,可以八卦一下吗?"主持人问,"你和你的男朋友最近真的频上头条啊!"

戚瑶笑着"嗯"了一声:"不好意思,不是故意的。"

场内又是一阵笑。

"啧啧啧。"主持人带着笑意开口,"多的我们就不问了,只有一个问题,相信在座的各位和屏幕前的粉丝都很好奇——你为什么会喜欢他?"

画面中,女孩儿沉默片刻,接着缓慢地开口:"其实我做演员到现在，遇到了很多人，也收获了很多爱。

"我很珍惜别人的喜欢。但是不可否认的是，他们大多是爱我舞台上和镜头前的高光时刻，爱我限时的漂亮。

"只有他，"戚瑶偏头，停顿了片刻，似乎在怀念，接着很轻地弯起眼角，带着点儿难以言喻的温柔，轻声道，"他从我仅仅是个普通的女孩儿时就开始爱我。

"在光芒万丈时，他愿意爱平凡的我。"

戚瑶的睫毛颤了颤，她笑了一声："来的路上，我其实是有点儿紧张的，问他，万一我没拿到奖怎么办，他会不会失望。

"他很坦荡，几乎没有思考地说'不会啊'。"

她抬起眼，望着镜头，仿佛隔着屏幕与人对视，温柔地笑着，眼角却有泪光。

"他说——'你永远都是我人生里的最佳女主角'。"

繁华散去，人影幢幢，擦肩而过。

戚瑶披着外套，从场馆大门出来，望见男人挺拔的身影。夜色朦胧，他们在漫天星光下对视。

戚瑶倏地想起参加李寻婚礼的那次，她在包间里唱《下一站天后》，那时候觉得一切都那么遥不可及。

最后变天后，变新娘——现在她都做到了。

爱人在夜色中相拥，熟悉的香杉薄荷气味盈满她的鼻腔，十指相扣，沉甸甸的奖杯被抱在怀里。

戚瑶觉得，没有比现在更圆满的时刻了——

前途近在咫尺，爱的人就在身边，她不再有遗憾了。

番 外
如果的事

2013 年 8 月。

炽热的阳光从头顶的晴空落下来炙烤着大地，水泥路面滚烫，常绿的阔叶植物被晒得蔫嗒嗒的，唯有蝉还聒噪，在茂密的林荫里不知疲倦地鸣叫。

老旧的电视机局部闪烁着雪花点，在家庭伦理剧的间歇里插入了一段天气预报。

西装革履的主播用标准的普通话播报着近日天气，戚瑶一边听，一边站起身来盯着地上摊开的行李箱，思考有没有什么忘带的东西。

她的东西很少——几件被洗到褪色的T恤衫，超市里买的洗面奶和洗漱用品，还有几本崭新的练习册与从图书馆借来的书，那些书的书脊上贴着标签，封面略微泛黄，被妥善地放好。

本就不大的箱子只被塞满了一半，看起来越发空荡。

戚瑶垂眼环顾一周，确认东西都带齐了之后，弯腰合上行李箱。

轻微的碰撞声响后，她直起身，摁下拉杆，微微往厨房探身，仰起下巴喊道："奶奶！我准备走啦。"

她的声音又轻又亮，带着点儿不易察觉的雀跃，她连眼睛里都晃着细碎的笑意，看起来生动极了。

今天是一中提前开学的日子。

全市最好的学校，入学分数线高到令人咋舌，毕业名校率却还能更高，引得任阿姨好奇得不行，说下次要找机会去看看。

"等会儿，等会儿。"

厨房里传来一阵声响，接着是锅盖被掀开又放下的声音，轻飘飘的白雾在空中弥散，带出清甜的香气。老人戴着围裙，伸手用筷子夹起刚蒸好的米糕，整整齐齐地摆在饭盒里，从厨房里出来递给她："这个带着吃，还可以分给同学们一些。"

戚瑶接过饭盒，装进书包里，说"好"。

"一定要好好学习呀，瑶瑶。"奶奶上了年纪，难免喜欢絮叨，明明腰和腿都不大好，还硬要帮戚瑶把行李箱提到楼下去，站在楼下的树荫里最后叮嘱了几句，"但也不要太累了，要劳逸结合，注意休息。跟不上的多问问老师，多跟同学们说说话……"

"知道了，知道了。"戚瑶全都应下，笑着挥挥手，看着老人一步三回头依依不舍地上楼，心里竟然有几分怅然，冲淡了即将迎来新生活的雀跃。

半响，她呼出一口长长的气，伸手理了理书包的带子，在日光下往前走。

天气预报说，这是近五十年来最炎热的夏天。正午温度高达41℃，太阳一晒，蒸出的暑气直到她上了公交车，才被强烈的冷气吹散。

但是她还是有点儿晕。

不知道是有些中暑，还是车上太闷了，戚瑶略微有点儿晕车，拖着行李箱站在窗边，看窗外景色逐渐从破败偏僻到车水马龙、建筑密集。

前面的座椅上坐着两个穿一中校服的女孩儿，一人戴着一只耳机，将小小的MP3握在手里，正小声地聊天儿。

戚瑶没有故意偷听，但一些字眼儿还是随着风飘到耳朵里。

"除了我们，还有哪些是直升的啊？"

"挺多的啊，我记得王晨、何璐，还有他们班那个长得很好看的男生。"

"我知道他！总是在年级前几名是不是？"

"对，好像名字还很好听，叫喻……"

"嘘。"窗边的那个女孩儿抬眼扫到什么，忙拍了一下同伴的手臂，用眼神示意她噤声，落下的手却伸出食指，隐秘地指了指前方。

与此同时，公交车停在站台边，发出一阵放气的响声。

已经站了近一个小时，戚瑶有些腿酸，换了下身体重心。她第一次来这边，有些忐忑，总害怕坐过站，于是偏头去看窗外的站台。

玻璃窗明净，白底蓝字的站牌在日光下闪烁，字迹有些模糊不清。

她略微眯起眼，视线下落时，却不经意地扫过站台边站着的身影，顷刻间，一种说不清的感觉涌上心头。

戚瑶顿了一秒，视线倏地停住，好像有种……在哪里见过一般的熟悉感。

她不知为何，连呼吸都屏住，缓慢地眨了眨眼，去看站在阴影和日光分界线上的那个人。

他很高，校服白衬衫在阳光下发出几乎晃眼的光，书包略显散漫地单肩挂着，修长的手指摁灭手机屏幕，半张脸隐在站台雨棚投下的阴影里，却依旧清晰，黑发理得利落，鼻梁高挺，下颌线分明。

他明明只是很随意地站着，却好像让人看见一棵挺拔的松，一棵无论何时都葱郁茂密，在冰天雪地里也常青的松。

那人似有所感般缓慢抬眼，二人的视线隔着明净的车窗玻璃相触，四目相对。

空气似乎安静了几秒。

她的余光中，日光投射出的光斑很晃眼，在她愣怔间，车门缓缓打开。

街边的燥热和嘈杂一同涌入车厢，冷气碰撞夏日午后的暑气，车厢外面仿佛另一个世界。

那人走上来的时候，戚瑶同时听见两个声音。

公交车上的机械女声字正腔圆地播报，说下一站是她的目的地。

前排女孩儿的耳机线在动作中从接口脱落，小巧的 MP3 在地上很轻地弹了几下，滚到她的脚边。

一阵夹杂着橘子汽水味道和薄荷香气的风撩起她散落的碎发，戚瑶弯身去捡 MP3。

一片似乎被无限拉长的嘈杂声中，她唯独清晰地听见，MP3 里正在播放的是周杰伦在 2000 年发行的那首歌，音量很小，甚至还带着些音质不佳的电流杂声，却好像让空气都静止了。

白衬衫擦过她的发尾，那一瞬间，空气真正停止了流动。

无数个钟表上的指针奇迹般停顿，然后倒流——

《反方向的钟》。

"你还不走，在这儿干吗呢？不嫌热啊？

"喊你好几声了！听见了没，瑶瑶？"

一迭声的呼唤把人从出神状态里拉了出来，戚瑶顿了两秒，缓慢地眨了眨眼，收回视线。

停顿了片刻，她才缓慢地意识到这是同学在叫她同行。

"我想去个洗手间，你们先去吧。"她说道。

"好吧，那我们走咯！"同桌吐了吐舌头，挽着前排的女生的手臂，跟戚瑶挥挥手。

戚瑶收拾好东西，从座位上起身，光是这么简单地动一动，都感到颈后一阵黏腻。

8 月底，正值盛夏，全城高温。供电过于紧张，学校这片的线路出了问题，毫无预兆地停了电，连续运作的空调霎时偃旗息鼓，没了动力。

教室里热得像不透气的蒸笼，三四十个人都无精打采，后排还有男生趴在桌上哀号，直到教导主任广播通知大家去礼堂避暑，气氛才重新活跃起来。

戚瑶从洗手间里出来。连水龙头里的水都是温的，好歹还有些流动的凉意，驱散了一些燥热。她抱着数学练习册和笔袋往礼堂走。

她晚来了一步，礼堂里人满为患。她站在后门张望了一圈，没看见同桌。

人多就热闹，认识的不认识的混在一起，实在太吵闹，戚瑶犹豫片刻，索性就近在最后一排坐下，放下小木桌，摊开数学练习册，倒有几分心无旁骛。

她的耳边忽然传来一阵声响，脚步声由远及近。约莫是几个男生三言两语地在拌嘴。戚瑶没细听，专心地在草稿纸上运算，直到过了片刻，老邓亲自把另外两个男生拎走，剩下的那个才慢悠悠地在她身旁落座。

与一阵轻微响动一同而来的是很熟悉的气味，微弱却明显，像冷空气行经巨大的香杉林，轻缓而沉静，不容忽视。

戚瑶很轻地吸了吸鼻子，手中的笔一顿，在纸面上戳了个明显的黑点，显得十分突兀。她迅速回神，伸手在笔袋里翻找橡皮。

礼堂木桌本来就小，练习册和草稿本摊开就占了一半，她动作稍大，一个没注意，练习册就要向下滑。

戚瑶手疾眼快，"砰"的一声用手掌压住练习册边角，堪堪让它留在桌面上，才不至于太狼狈。但还是有什么东西掉下去了，一张夹在书页里的纸，受重力影响而脱落，白色的，有三道规整又轻浅的折痕，轻飘飘地往下落，还在冷气口轻轻地打了个旋儿，飘落在地，落在身旁的人的脚边。

那人原本正靠在椅背上，双腿略微分开，手肘搭在扶手上，漫不经心地垂睫看手机屏幕，一副散漫且随意的姿态。

许是闻声，少年抬眼扫了一眼落在地上的东西。

空气寂静了几秒。

不知道是不是错觉，戚瑶感觉他好像顿了片刻。她能明显地从余光中看到，他握着耳机线的那只手停住一瞬。

好似许多年一般的几秒过去，那人修长的食指和中指交替，很轻地叩了叩腿侧。

躺在地上的是一张信纸，微微展开，在冷气出风口之下轻晃，隐隐能看清两行娟秀的字迹。

第一行规整地写着"To（致）S"。

我收到一中的录取通知书了，看到了你给我拍过的地方。校门口的爬山虎、巨大又造型特别的花钟还有操场和教学楼，都很漂亮。

　　…………

　　娟秀的字迹规整地铺满了整页信纸，跟以前无数次通信一样，承载着隐秘的欢欣与雀跃。

　　他的视线再往下。最后一行的字迹略有变化，落笔处带着细微的波动，大概是犹豫万千次后犹带忐忑地落下的。

　　"我们，要不要见一面？"她这样写。

　　空气静止了四五秒。

　　戚瑶顿了两秒，抿唇，少见地有些慌张，像什么秘密被发现了一般，很急地想要去捡信。

　　但桌上太乱了，她一手压着练习册，一手拽着笔袋，根本腾不出手来收拾好桌上的东西，再收起小桌板躬身下去——那样动静太大了。

　　她正焦灼着，短暂却又漫长的寂静之后，旁边的人忽然动了。

　　少年坐在椅子上，略微躬身，微微垂头，长臂一展，修长的手指就触到了那张纸。然后他食指和拇指微屈，将白色的信纸带离地面，送回她眼前。

　　人满为患的大礼堂依旧安静，上课前的嬉闹声尽数散去，唯有落笔"窸窣"的声响，沉默到令人心悸。

　　不知道是因为局促，还是别的什么，戚瑶竟然有些不敢直视他的眼睛。匆匆瞥了他一眼后，她飞快地从他手中接过那页纸，小声开口："谢谢。"

　　又是片刻的安静。

　　好半晌，直到她用橡皮把黑点擦掉，故作镇静地在题干下方画出一道横线，她才听见身旁的人复又出声。他好像很轻地笑了一声，尾音在空气中弥散。

　　"没关系。"他说。

　　彼时她垂眼盯着数学练习册，符号和文字都如云烟般不入眼，却还是不敢偏头，没看见身旁少年望着她的侧脸，眉眼带笑，神色竟有些缱绻。

电路检修很快，大概半个小时后教学楼就来了电，老邓招呼着大家回教室去。

戚瑶刚好写完一整页题，把练习册抱在怀里，站起来，安静地等人流不那么拥挤时再出去。

很奇怪的是，她身边的人竟然也没走。他坐在最后一排，靠过道处，按理说那是全场最靠近出口的一个位子，他却偏偏跟她一起等。

而且……用余光瞥见他好像偏过头来，戚瑶迅速移开视线，盯着礼堂演讲台，不自然地攥紧了书脊，脑子里浮出许多乱七八糟的想法。

第七次了，他们差点儿对视。

她怎么觉得，他好像在等她，好像还有什么话要说？静了两秒后，戚瑶又抛掉这个想法，呼出一口气，准备从另一边绕出去，忽地见他站起来。

穿白衬衫的少年站在她面前，挡住穹顶投下的一小片光。他垂睫看着她，瞳孔漆黑，停了两秒，似是真的要开口。

她的心跳蓦地停了一拍。

"瑶瑶！"她的身后倏地传来一声呼喊。

她顿了一秒，迟疑地看了看眼前的人。他没什么表情，只是在动作被打断时很轻地挑了挑眉，没说话。于是她又缓慢地回头看。

同桌在后门处冲她招手，示意她快过去："你怎么在这里呀？找你半天了！还不快点儿？下节课要迟到了！"

"好。"戚瑶应道。她抱着书走出两步，不知怎么，又犹豫两秒，偏过头来。

同桌依然在催她，但那人还是略显散漫地站在那里，看着她，眉梢微挑，指尖在椅背上轻叩两下，竟然有几分无言的意思。

他身后，之前被教导主任拎到第一排的两个男生蹦着走上来，手搭上他的肩膀，顺着他的视线好奇地往前看，问他怎么还不走。

"没事。"几秒后，戚瑶听见他略显敷衍地低声回答，"来了。"

她转头往门口走去。

"你认识他吗？"同桌挽住她的手臂往教学楼走，"怎么感觉你们俩有点儿熟悉？"

"没有。"戚瑶说,"就是碰巧遇到的。"

同桌"哦"了两声,开始跟她讲在前面偷偷听到的八卦。戚瑶心不在焉地听着,时不时应两声,片刻后,还是没忍住,小声问:"刚才那个……"

"嗯?"同桌偏头看她的神情,很快会意,"那个男生吗?"

"嗯。"戚瑶说。

"帅吧?"同桌笑起来,"我还以为你对这种人不感兴趣呢,都憋着没敢跟你聊,辛苦死了。他是我们初中直升上来的!学校里基本没人不知道他!其实我跟他不太熟,人家搞竞赛的,成绩很好,也不像那种半壶水晃荡的男生,整天把竞赛挂在嘴边。"

"最重要的是,长得帅啊!打篮球帅到极点……"同桌聚精会神地跟她描述场景,手舞足蹈的,正在兴头上,忽然瞥见前面有个人,回过神来,戳她的胳膊,"哎,那个就是王晨。"

"啊?"戚瑶没反应过来。

"就是你照片里的人呀!你不是要找他吗?"

"哦,对。"

那是她的笔友 S,那封信也是给他的。

戚瑶望着前面那个黑黑的小胖子,看着他在人群中模仿史迪奇跳草裙舞,一副人来疯的样子,沉默了片刻。

"你还要去吗?"同桌也沉默了。

"去吧。"戚瑶说。

她从练习册里拿出那封信,叠了三下,妥帖地放进信封里,收紧指尖,看着前面犹豫片刻,才抿唇快步走上前去。

"老邓管得太严了,我坐前几排,根本没机会给你们展示!现在重来一遍,你们看好啊!"王晨一边说,一边站定,往后退了几步,把夏季校服的短袖袖口撸到肩膀上,浮夸地为表演做预热,"不是谁都有机会看我跳舞的……"

他再往后一步,差点儿撞上人,话音戛然而止。

"啊?"王晨回头。

戚瑶站在他身后。虽说这人跟她想象中的不太一样，但她竟然还是有些紧张。

信在日光下一晒，纸面发烫，好像薄到几近透明，却又厚重到承载了近三年的挂念，是她这么多年一直以来的情感寄托。

戚瑶的手心略微出了汗，她站在阳光下缓慢地张开嘴。

这很难，她要怎么讲呢？

"你好，这是给你的信"？"你好，我是你的笔友"？都太奇怪了。

那一瞬间，她竟然无端想起礼堂后排那人欲言又止的模样，想起他那样的人也会有难得略带无言的神情。她忽然没来由地觉得应该是那样的——珍重的情谊、带有延迟却不会缺席的回应、半夜三更她对这个世界为数不多的牵挂，应该是那样的。

这一瞬间的出神，让她面前的人面带疑惑。

从礼堂去教学楼的路上人群熙攘，他们本就在人流之中，何况他方才还吸引了一群人的注意。此时众目睽睽之下，不少爱看热闹的人驻足，开始发出了然的起哄声：

"哇！什么情况？"

"这不是才开学吗？不得了啊王晨……"

王晨也蒙。他看看面前的人，又看了看被她紧紧捏住的信，顿了两秒，倏地反应过来似的缓慢地闭上了浮夸张着的嘴。

半响，小胖子耳根略微泛红，不好意思似的忙把校服袖子拉下来，清了清嗓子，有些局促地开口："那个，同学，其实你可以晚点儿给我的。"他挠了挠头，准备伸手去拿，"现在这么多人，多不好意思啊……"

话还没说完，一只手凭空横到两个人中间，打断了他的动作。

两个人都愣住了。

一中的夏季校服是短袖衬衫，戚瑶视野里倏地闯进一点儿针织袖口的边角，再往下是一截瘦削有力的小臂，线条流畅，修长且肌理分明，隐隐可见青筋。

戚瑶眨了眨眼，缓慢抬眼——方才礼堂里那人半侧着身子，站在她面前。

他就那么随意地站着，也比其他人高出一截，此时垂睫瞥了一眼王

· 534 ·

晨，不甚在意地移开视线，伸手去拿她手里的东西。

他并拢指尖，轻巧地从她的手心里抽走信封，动作散漫却不显得轻佻，反而从缓慢抽出的动作中显出几分珍重来，跟方才在礼堂时一样。

没管周围围观的同学发出好奇的嘘声，喻嘉树垂睫看着她，漆黑如曜石的瞳孔映出她的身影，指根那颗淡色的小痣展露在她的面前，仿佛是一种无言的宣示。

和喻嘉树对视几秒后，戚瑶仿佛听到心脏"怦怦"直跳的声音。

那一瞬间，她脑海里闪过许多模糊不清的画面：冬夜街巷、糖炒板栗、壁炉炉火……烟火与星光在夜色里同时闪烁。

对啊……她怔怔地站在原地，近乎自嘲般想：她怎么会认错呢？本就该是这样的，本就该是他。

空气好像蓦然被抽走，起哄声，一时都飘远了。一片嘈杂声中，她只能看到喻嘉树径自将那封信从两个人中间拿走，神色自若地攥在手里。

"不好意思啊，同学。"他垂眸扫了一眼王晨，漫不经心地开口。他的声音很低，却一字一字清晰地落在空气里，被风送进她的耳道，继而在她的胸腔里掀起一场海啸。

"这封信是我的。"他说。

后　记

其实距离全文完结还没有过去多久，满打满算不过三个月，但落笔写这篇番外的时候，我竟然觉得这个故事好像已经是很遥远的事情了。

我思来想去，感觉只有一个原因，那就是这个故事实在太圆满了。

毕竟还处在学生时代，潜意识里的乌托邦与理想国不可磨灭，依然最为动人。

关于瑶妹，我之前也讲过，整个故事几乎是以她的成长为主线的，这个万众瞩目的职业设置也仅仅是为了让她退去从前的青涩和胆怯，收获很多喜欢和爱，让她变得更强大、更自信、更丰盈，仅此而已。

看过《暮色》的读者应该都知道，其实是先有喻嘉树这个角色，有他们一群人张扬明媚的青春，随后才生出瑶妹这样善良又温柔的人。

她并不是什么学生时代的风云人物，没有优渥的家境、优异的成绩与令人瞩目的成就，但毫无疑问的是，她当然也值得被爱。

经年之后，敏感自卑的小女孩儿蜕变成熠熠闪光的大人，以自己柔软的外壳和坚韧的自我碰撞世界，勇敢地迈出人生的每一步，最终得偿所愿。

像文里写的那句：前途近在咫尺，爱的人就在身边。这实在太难得。

对于喻嘉树,我没有什么想讲的了。

写这个故事的时候,我曾在备忘录里写道:"其实喻嘉树跟目前笔下的任何一个男主角都不一样,按照分院帽的结果,他既不像蒋惊寒那样明显地归属于勇敢张扬的格兰芬多,也不像燕啾那样是非常典型的斯莱特林。"

他属于拉文克劳。

塔楼上晴朗如洗的碧空、随风飞扬的蓝色帷幔、翱翔在无人可及的巅峰的鹰,这一切的一切,造就了他的聪敏、有趣和包容,对所有事都有属于自己的思考,知世故而不世故,在红尘中仍保有初心。

很有趣的一点是,离我高中毕业大概已经有三年了,但我还是很偏爱演讲台上意气风发的少年。

有一段话是他当年在演讲台上引用过的,但正文没有写到,我觉得很适合送给喜欢这个故事的大家——

"我们不过是宇宙里的尘埃、时间长河里的水滴,所以大胆去做不要怕,没有人在乎。

"就算有人在乎,人又算什么东西?"

感谢大家愿意喜欢这个故事,喜欢树和瑶妹。

真诚地祝愿,你们也能够有旧梦成真的那一天。

栖　遥
2023年4月